WORLD OF WARCRAFT

크리스티 골든 지음 | 구세희 옮김

아서스 | 리치 왕의 탄생

제우미디어

아서스: 리치왕의 탄생

초판 1쇄 | 2010년 5월 10일
초판 41쇄 | 2018년 5월 14일

지은이 | 크리스티 골든
옮긴이 | 구세희
펴낸이 | 서인석
펴낸곳 | (주)제우미디어
출판등록 | 제 3-429호
등록일자 | 1992년 8월 17일
주소 | 서울시 마포구 상수동 324-1 한주빌딩 5층
전화 | 02-3142-6845 / **팩스** | 02-3142-0075
홈페이지 | www.jeumedia.com

ISBN | 978-89-5952-205-7
• 파본은 본사나 구입하신 서점에서 교환해드립니다

만든 사람들
출판사업부총괄 | 손대현 **책임 편집** | 전태준 **기획** | 하일구, 김용진
디자인 | 박미혜 **제작** | 복대한 **영업** | 김한호, 김경훈, 이창배, 김소영
도와주신분 | 한정원, 김병수, 유원상, 블리자드코리아 한글화팀, 홍보팀, 커뮤니티팀, 마케팅팀, 웹서비스팀

워크래프트를 사랑하는 모든 사람들에게 이 책을 바칩니다.

제가 글을 쓰면서 느낀 즐거움을 이 글을 읽는 여러분도 느껴보시기 바랍니다.

목 차

감사의 말

워크래프트 게임과 외전에 불타는 열정을 보여준 크리스 멧젠과
자료 조사에 큰 도움을 준 블리자드 사의 에블린 프레데릭슨, 미키 닐슨,
저스틴 파커, 에반 크로포드 씨께 감사의 말을 전합니다.
그들의 도움이 없었다면 이렇게 방대하면서도 세세한 책은
쓰지 못했을 것입니다.

동부 왕국
태양샘
실버문
쿠엘탈라스
스트라솔름
하스글렌
로데론
발니르 농장
수도
안돌할
로다미어 호수
달라란
던홀드 요새
카즈 모단
아이언포지
스톰윈드

서리한 동굴
망각의 해변
비수집 만
노스렌드

시작하는 이야기: 꿈

마치 고통에 몸부림치는 아이처럼 바람이 울부짖었다.

뾰족엄니 무리가 온기를 찾아 한데 모여 서 있었다. 두꺼운 가죽과 텁수룩한 털 덕분에 추위는 피할 수 있었다. 둥글게 모여선 무리 가운데에는 새끼들이 추위에 오들오들 떨면서 가냘프게 울며 서 있었다. 하나같이 거센 눈보라에 눈을 질끈 감은 채 거대한 뿔이 달린 머리를 눈 덮인 땅을 향해 숙이고 있었다. 바람을 맞고 선 그들의 입에서는 하얀 입김이 뿜어져 나와 주둥이와 코를 얼렸다.

무리와 온기를 나누는 늑대도, 홀로 체념한 듯 내리는 눈을 바라보는 곰도 각자의 동굴에서 눈발이 그치기를 기다렸다. 아무리 허기가 심해도 날카로운 바람이 울음을 멈추고 눈앞을 가리는 거센 눈발이 잠잠해질 때까지는 굴 밖으로 나가지 않을 터였다.

굉음을 내며 바다에서 시작된 바람이 카마구아 마을에 불어닥쳤다. 거대한 바다 생물 뼈 위에 씌운 천막이 거세게 흔들렸다. 헤아릴 수 없을 만큼 오랜 세월 동안 이곳에서 살아온 투스카르족은 이 폭풍이 지나고 나면 그물과 덫을 수리하거나 새것으로 바꾸어야 한다는 사실을 잘 알고 있었다. 그들이 사는 천막은 매우 튼튼하긴 했지만 이런 폭풍이 한 번씩 지나갈 때마다 어김없이 피해를 입곤 했다. 모두들 땅을 깊숙이 파서 만든 널따란 집단 거주지 안에 모여 천막을 단단히 고정시키고 연기가 나는 기름등을 조심스레 켰다.

아투이크 장로가 굳은 표정으로 침묵을 지켰다. 그는 지난 7년간 이런 폭풍을 수도 없이 겪었다. 짙은 노란색의 긴 엄니와 갈색 피부를 뒤덮은 주름은 그가 얼마나 나이를 먹었는지 보여주었다. 그러나 이 폭풍은 여느 폭풍과 달랐다. 자연적으로 일어나는 바람의 규모를 넘어섰다. 그는 떨고 있는 젊은이들을 흘끗 바라보았다. 추위 때문이 아니었다. 공포 때문이었다.

"그가 꿈을 꾸고 있어요."

젊은이 중 하나가 중얼거렸다. 눈이 맑고 수염이 꼿꼿한 젊은이였다.

"시끄럽다."

아투이크가 내뱉었다. 그의 생각보다 어조가 날카로웠다. 깜짝 놀란 젊은이가 입을 다물었다. 또다시 들리는 것이라고는 눈과 바람이 흐느끼는 소리뿐이었다.

깊게 쩌렁쩌렁 울리던 소리가 연기처럼 조용히 피어올랐다. 말은 되지 않지만 의미로 가득한, 열댓 명의 사람이 한 목소리로 읊어대는 노래와도 같았다. 북과 딸랑이, 뼈와 뼈가 부딪치는 소리가 한데 녹아들어 말없는 노래 아래 낮게 깔렸다. 최악의 바람은 둥글게 박힌 기둥과 장막 덕분에 타운카 마을을 비껴갔다. 이 황폐한 땅에 도전이라도 하듯 둥글게 지붕을 올려 널찍하게 지은 오두막은 다행히도 튼튼했다.

고대의 의식과 함께 울려 퍼지는 낮은 소리를 뚫고 바람이 울부짖는 소리가 여전히 들려왔다. 춤을 추고 있던 카미쿠라는 이름의 주술사가 박자를 놓쳐 발을 헛디뎠다. 집중. 가장 중요한 것은 집중이었다. 그래야 자연의 힘을 얻고 그에게서 복종을 이끌어낼 수 있었다. 그래야 그의 종족이 황량하고 거친 이 땅에서 살아남을 수 있었다.

춤이 계속되자 그의 털이 땀으로 축축해지며 색이 진해졌다. 정신을 집중하는 그의 커다란 갈색 눈이 감기고, 그의 발굽이 힘찬 리듬을 되찾았다. 머리를 흔들자 짧은 뿔이 공중을 찌르고 꼬리가 실룩거렸다. 다른 이들도 그 옆에서 춤을 추었다. 지붕의 연기 구멍을 통해 눈송이와 바람이 새어들었지만 그들의 체온과 피워놓은 불 덕분에 오두막 안은 따뜻하고 편안했다.

그들 모두 바깥에서 무슨 일이 벌어지고 있는지 잘 알고 있었다. 그들에게 바람과 눈을 조종할 수 있는 능력 따위는 없었다. 이것은 그의 짓이 분명했다. 그래도 그들은 그의 공격에 맞서 춤추고, 놀고, 웃을 수 있었다. 그들은 타운카 아닌가. 그들은 이겨낼 것이다.

★ ★ ★

세상은 온통 파란색과 흰색으로 물들었고 폭풍이 거세게 몰아치고 있었지만, 연회장 안의 따뜻한 공기는 조용히 멈춰 있었다. 사람 키만큼 큰 벽난로에는 굵은 통나무가 가득했고, 타닥타닥 나무 타는 소리만 조용한 회랑 안에 울렸다. 상상 속의 동물이 조각된 화려한 벽난로 선반 위에 거대한 뾰족엄니 뿔이 걸려 있었다. 용 머리 모양의 촛대에 꽂힌 횃불이 밝게 빛났다. 수십 명을 수용할 수 있는 이 커다란 연회장 지붕은 묵직한 대들보가 받쳤고, 벽난로에서 나오는 주황색 불빛이 어두운 그림자를 구석으로 몰아냈다. 차가운 돌바닥은 북극곰이나 뾰족엄니, 그 외의 다른 동물의 가죽으로 덮여 부드럽고 따뜻한 느낌을 주었다.

여러 무늬가 새겨진 길고 무거운 탁자 하나가 대부분의 공간을 차지했다. 손님 서른여섯 명 정도는 너끈히 앉을 만한 이 탁자에 있는 사람은 셋뿐이었다. 한 남자, 오크 그리고 소녀.

물론 이 사람들은 모두 실제가 아니었다. 옥좌라고 할 수는 없지만 매머드가 새겨져 있고 다른 자리보다 약간 높은 주빈 자리에 앉은 남자는 이 사실을 잘 알고 있었다. 꿈을 꾸고 있는 것이다. 그는 꽤 오랫동안 꿈을 꿔왔다. 연회장, 뾰족엄니 뿔, 벽난로, 탁자, 오크와 소년, 이 모두가 그의 꿈에 불과했다.

그의 왼편에 앉은 오크는 나이가 들었지만 여전히 힘이 세어 보였다. 턱선이 강한 얼굴에 수놓인 무시무시한 해골 그림이 주황빛 벽난로 불과 횃불 때문에 깜빡거렸다. 그는 한때 강력한 힘을 휘두르던 주술사였고, 남자의 꿈속 인물에 지나지 않는 지금 이 순간에도 꽤나 무서워 보였다.

그렇지만 소년은 아니었다. 한때 바다처럼 초록색이었던 큰 눈과 고운 얼굴선, 금빛 머릿결을 자랑하던 소년은 무척 잘생긴 아이였다. 그러나 그것은 과거일 뿐, 현재는 달랐다.

소년은 아팠다.

너무나 심하게 여위어 뼈가 곧 피부를 뚫고 나올 것만 같았다. 한때 총명하게 빛나던 눈은 그 빛이 사라지고 움푹 팼으며, 희뿌연 막이 그 위를 덮고 있었다. 피부에 가득 돋아난 작은 혹들이 터져 녹색 고름이 흘러나왔다. 숨쉬기마저 힘겨운 듯 쌕쌕거리는 소리와 함께 소년의 가슴이 오르락내리락했다. 이미 오래전에 멈췄어야 했지만 아직도 고집스럽게 뛰고 있는 소년의 심장은 힘겹게 움직이는 모습이 보이는 것만 같았다.

오크가 손가락으로 소년을 가리키며 말했다.

"이놈이 아직도 여기 있군."

"오래가진 못할 거야."

남자가 대답했다.

그 말에 반응하듯 소년이 기침하기 시작했다. 탁자 위로 피와 끈적끈적한 액체가 튀자, 소년이 한때는 고급스러웠지만 이제는 삭아버린 소맷

자락으로 창백한 입술을 닦았다. 숨을 몰아쉬며 소년이 더듬더듬 입을 열었다. 말하는 것조차 매우 힘겨웠다.

"넌 아직… 그를 완전히 손에 넣지 못했어. 내가… 증명해 보이겠다."

"고집만 센 줄 알았더니 멍청하기까지 하구나. 그 싸움은 이미 오래전에 끝났다."

오크가 으르렁댔다.

둘의 이야기를 듣던 남자가 의자 팔걸이를 꽉 움켜쥐었다. 이미 지난 몇 년간 계속 꾸어온 꿈이 아닌가. 흥미롭기보다는 지겨워지고 있었다.

"이것도 이제 신물이 나는군. 이참에 아예 끝내버리도록 하지."

남자가 말했다.

오크가 소년을 흘겨보며 기분 나쁜 웃음을 지었다. 그의 얼굴에 그려진 해골도 끔찍한 모습으로 따라 웃었다. 소년이 다시 기침을 했지만 오크의 시선을 피하지는 않았다. 소년이 천천히, 위엄 있는 태도로 등을 곧게 펴고는 뿌옇게 흐려진 눈을 들어 오크와 남자를 번갈아 쳐다보았다.

"그래, 이건 아무 의미가 없는 일이지. 곧 다시 깨어날 때가 올 거다. 깨어나 세상으로 다시 한 번 나아갈 때가 말이야. 그러면 네가 선택한 그 길을 다시 걷게 될 거야."

말을 마친 오크가 남자를 향해 몸을 돌렸다. 눈이 번득이고 있었다.

해골이 얼굴에서 떨어져 나오더니 또 다른 존재처럼 그의 머리 위로 둥둥 떠올랐다. 그러자 해골의 움직임과 함께 방 안 풍경이 변하기 시작했다. 조금 전까지만 해도 나뭇조각에 불과하던 촛대 속 용의 모습이 물결치듯 몸부림치더니 눈앞에서 살아났다. 용이 고개를 흔들자 입에 물려 있던 횃불이 너울거리며 벽에 비친 그림자가 기괴한 춤을 추었다. 바깥에서는 다시 바람이 울부짖었고, 그 순간 연회장의 문이 쾅 하고 열렸다. 문틈을 비집고 들어오는 눈보라와 함께 세 사람이 모습을 드러냈다. 남자가 양팔을 벌려 시린 바람이 망토처럼 몸을 감싸고 돌게 했다. 오크가 웃음을 터뜨렸고, 그의 머리 위로 떠다니던 해골도 미친 듯 웃어젖혔다.

"네 운명이 내게 달렸음을, 그리고 '이 아이'를 없애야만 진정한 힘을 얻을 수 있음을 보여주지."

연약하고 가냘픈 소년이 거세게 불어닥치는 찬바람을 맞고는 의자에서 떨어졌다. 소년이 덜덜 떨며 힘겹게 몸을 일으켰다. 의자 위로 기어오르려는 그의 입에서 하얗게 입김이 올라왔다. 소년이 남자에게 시선을 던졌다. 희망과 두려움, 기묘한 결심이 담긴 눈이었다.

"아직 끝난 게 아냐."

소년이 속삭였다. 오크와 해골이 웃어대고 거센 바람이 울부짖는데도 어찌 된 일인지 남자의 귀에는 소년의 가느다란 목소리가 또렷이 들렸다.

1부

모든 것을 가진 소년

제 1 장

"머리를 좀 잡아줘요, 그렇지!"

암말이 눈을 희번덕거리며 가냘픈 소리로 울었다. 평소엔 눈처럼 희던 몸통이 온통 땀범벅이 되어 회색으로 군데군데 얼룩져 있었다. 제왕 테레나스 메네실 2세의 외아들이자 장차 로데론 왕국을 다스릴 왕자 아서스 메네실은 고삐를 꼭 붙들고는 나지막한 목소리로 말을 다독였다.

말이 격렬히 머리를 흔드는 바람에 아홉 살 먹은 왕자의 몸이 덩달아 들썩였다.

"워, 밝은갈기. 착하지. 괜찮아. 걱정하지 마."

왕자가 거듭해서 말을 달랬다.

"이만한 덩치의 새끼가 *왕자님* 몸에서 나온다고 생각해보슈. 그래도 괜찮을지."

조럼 발니르가 어이없다는 듯 쓴웃음을 지으며 퉁바리를 놓았다.

아버지 조럼과 왕자 사이에 쪼그리고 앉아 있던 자림이 웃음을 터뜨리자 아서스도 따라 웃었다. 밝은갈기의 입에서 뜨거운 침이 거품이 되어 자신의 다리 위로 뚝뚝 떨어졌지만, 왕자는 터져 나오는 웃음을 참지 못했다.

"자, 한 번만 더 힘을 줘."

조럼이 말을 달래며 엉덩이 쪽으로 천천히 걸어갔다. 번들거리는 양막에 감싸인 새끼의 몸은 이미 반쯤 밖으로 나와 있었다.

사실 아서스는 여기 있으면 안 되었다. 그러나 수업이 없을 때마다 아서스는 곧잘 궁에서 빠져나와 발니르 농장에서 기르는 말을 구경하거나 친구인 자림과 놀았다. 아무리 왕족이 타는 말이라고 해도 말이나 기르는 집안의 아들이 왕자에게 '어울리는' 놀이 동무일 리 없다는 건 왕자와 자림 모두 잘 알고 있었다. 그렇지만 둘 다 별로 개의치 않았고, 어른들 역시 아직은 둘의 우정을 막으려 하지 않았다. 오늘도 보통 때처럼 자림과 어울려 요새를 쌓고 눈싸움을 하고 병정놀이를 하는데, 조럼이 탄생의 기적을 보라며 둘을 마구간으로 부른 것이다.

'탄생의 기적이라는 게 사실은 꽤나 역겨운 거구나.'

아서스는 *끈적이고 미끈거리는 것*들이 그렇게나 많이 쏟아질 줄은 몰랐던 것이다. 밝은갈기가 끙 소리를 내며 몸을 들썩였다. 네 다리에 힘을 주며 뻗대는 순간, 철퍼덕 하는 질척한 소리와 함께 새끼가 세상 밖으로 나왔다.

아서스의 무릎 위로 머리를 툭 떨어뜨린 말이 잠시 눈을 감았다. 힘겹게 숨을 몰아쉬자 옆구리가 위아래로 들썩였다. 왕자는 미소를 띠고 축축이 젖은 말의 목과 두껍고 거친 갈기를 쓰다듬으며 조럼과 자림이 새끼를 돌보고 있는 쪽을 슬쩍 넘겨다보았다. 마구간에 있기에는 아직 추운 날씨였다. 따뜻하고 젖은 새끼의 몸에서 희미하게 김이 올랐다. 조럼 부자가 새끼의 몸에 묻은 지저분한 것들을 수건과 건초로 닦아내고 있었다. 아서스는 자기도 모르게 슬그머니 미소를 지었다.

축축이 젖은 회색 새끼가 네 다리가 꼬인 채 누워서 희미한 빛 속에 눈을 깜빡이며 주변을 둘러보았다. 순간 커다란 갈색 눈이 아서스의 눈과 마주쳤다.

'아름답구나!'

아서스는 놀라움에 숨이 멎는 것 같았다. 그러고는 사람들이 그토록 입을 모아 칭송하는 '탄생의 기적'이라는 것이 정말로 기적임이 분명하다고 생각했다.

밝은갈기가 안간힘을 쓰며 몸을 일으켰다. 이 커다란 말이 좁은 마구간에서 몸을 돌릴 수 있게끔 아서스도 재빨리 일어나 마구간 벽에 몸을 찰싹 붙였다. 어미와 갓난 새끼가 킁킁대며 서로의 냄새를 맡더니 어미가 푸르릉거리며 긴 혀로 새끼를 핥기 시작했다.

"어, 왕자님. 행색이 영 말이 아닌뎁쇼."

조럼이 말했다.

이 말을 들은 아서스가 바지를 내려다보았다. 가슴이 철렁 내려앉았다. 온통 지푸라기와 침 범벅이었다. 아서스는 아무렇지 않다는 듯 어깨를 으쓱하더니 싱긋 웃으며 대답했다.

"궁으로 돌아가는 길에 눈 더미에 뛰어들든가 하죠, 뭐."

그러다가 짐짓 진지한 표정을 짓고는 말을 이었다.

"걱정 마요. 이제 아홉 살이나 됐는걸. 더 이상 아기가 아니라고요. 내가 원하면 어디든지 갈 수…."

그 순간, 멀리서 닭들이 꼬꼬댁거리는 소리와 함께 한 남자의 천둥 같은 목소리가 들려왔다. 왕자의 표정이 굳어졌다. 왕자는 가냘픈 어깨를 쫙 펴고 지푸라기를 황급히 털어내고는 마구간 밖으로 걸어 나갔다.

왕자는 '내가 왕자라는 사실을 기억하는 게 좋을걸' 하는 듯한 침착한 말투로 입을 열었다.

"우서 경, 내게 친절을 베푼 사람들입니다. 그러니 이들의 가축을 짓밟고 돌아다닐 필요는 없지 않습니까."

'금어초 꽃밭은 더더욱 밟지 말고!'

눈 덮인 낮은 둔덕을 힐끗 쳐다보며 아서스가 속으로 덧붙였다. 몇 달 만 있으면 그 꽃밭에서 조럼의 아내 바라의 자랑이자 기쁨인 금어초 꽃이 활짝 피어날 것이었다. 그때 조럼과 자림이 마구간 밖으로 나오는 소리가 들렸지만 아서스는 뒤도 돌아보지 않고 말 위에 앉은 우서 경에게 눈길을 고정했다. 그런데 자세히 보니 그가 군장을 완전히 차려입고 있는 게 아닌가!

"갑옷? 무슨 일인가요?"

깜짝 놀란 아서스가 소리쳤다.

"돌아가는 길에 이야기해야겠네. 자네의 말은 사람을 보내 나중에 찾아오게 하지. 내 말 일편단심은 둘을 태우고도 빨리 달릴 수 있다네."

우서 경이 심각한 표정으로 대답하더니 몸을 굽혀 커다란 손으로 아서스의 팔을 움켜쥐었다. 그러고는 솜털을 집어 올리듯 왕자의 몸을 휙 들어 올려 자신 앞에 앉혔다. 말이 전속력으로 달려오는 소리를 듣고 집 밖으로 뛰어나온 바라가 어느새 곁에 서 있었다. 들고 있던 수건에 손을 닦는 그녀의 코에는 밀가루가 묻어 있었다. 바라가 푸른 눈을 크게 뜨고 걱정스럽다는 듯 남편을 쳐다보았다. 우서 경이 그녀를 향해 살짝 고개를 숙였다.

"다음에 이야기합시다."

우서 경이 조럼에게 말했다. 그리고 장갑 낀 손을 이마에 가볍게 대며 바라에게 인사하고는 역시 군장을 차린 일편단심의 옆구리를 힘껏 찼다. 곧 말은 전속력으로 달리기 시작했다.

아서스의 허리를 단단히 감싸 안은 우서 경의 팔은 강철 같았다. 걱정으로 뱃속이 부글부글 끓는 것 같았지만 아서스는 애써 걱정을 누르고는 우서 경의 팔을 밀쳐냈다.

"저도 말은 탈 줄 압니다. 도대체 무슨 일인지나 알려주세요."

짐짓 화난 표정으로 두려움을 감추며 아서스가 물었다.

"사우스쇼어에서 사람이 왔다 갔다네. 안 좋은 소식이야. 며칠 전 스톰윈드의 난민을 실은 수백 척의 배가 우리 해안에 닿았어."

우서 경이 대답했다. 그의 팔은 여전히 아서스의 허리를 붙들고 있었다. 아서스는 몸을 빼내는 건 잠시 잊고 목을 한껏 늘여 귀를 기울였다. 바닷빛 초록색을 띤 왕자의 눈이 우서 경의 어두운 얼굴에 고정되었다.

"스톰윈드가 무너졌다네."

"뭐라고요? *스톰윈드*가? 어쩌다가? 누구한테? 무슨…?"

"곧 알아낼 수 있을 거야. 스톰윈드의 투사 안두인 로서 경이 바리안 왕자를 포함해 생존자들을 데려오고 있으니. 며칠만 있으면 수도에 당도할 거라네. 놀라운 소식을 가져오고 있다고 로서 경이 이미 경고했고. 무언가가 스톰윈드를 무너뜨렸으니 당연한 말이지만. 그래서 왕자를 데리러 온 걸세. 평민 아이와 놀고 있을 때가 아니야."

깜짝 놀란 아서스는 굳어버린 몸을 돌려 다시 앞을 바라보았다. 그의 손이 일편단심의 갈기를 꼭 감아쥐었다. 스톰윈드가! 가본 적은 없지만 이야기는 많이 들었다. 거대한 석조 벽과 아름다운 건물이 가득한 강대한 도시라고 했다. 이름처럼 격렬한 폭풍과 바람을 견디기 위해 튼튼하게 지어진 곳일 터였다. 그런데 그런 곳이 무너지다니. 도대체 누가, 아니면 무엇이 그 도시를 무너뜨릴 정도로 강력하단 말인가?

"몇 명이나 왔습니까?"

왕자가 큰 소리로 물었다. 말발굽 소리 때문에 소리를 질러야 했다.

"아직 모른다네. 적지 않다는 건 확실하지. 전령의 말에 의하면 살아남은 자는 모조리 왔다고 하네."

'살아남아? 무엇으로부터?'

"바리안 왕자는…?"

바리안 왕자에 대해서는 수도 없이 들었다. 주변 도시의 왕과 왕비, 왕자, 공주의 이름은 전부 알고 있었으니까. 갑자기 왕자의 눈이 커졌다.

'잠깐, 바리안 왕자가 생존자들과 함께 오고 있다고 했지? 그 아버지인 레인 국왕이 아니라….'

"곧 바리안 왕이 되시겠지. 레인 국왕은 스톰윈드와 운명을 함께하셨다네."

아서스에게는 이 비극적인 소식이 집을 잃고 난민 신세가 된 수천 명의 사람들 이야기보다 더 큰 충격이었다. 아서스의 가족은 서로 매우 가까웠다. 아서스와 누나 칼리아, 어머니인 리안 왕비 그리고 테레나스 왕. 가족끼리 별로 정이 없는 다른 나라의 왕족들도 익히 보았지만 아서스의 가족은 놀라울 정도로 사이가 돈독했다. 그런데 자신의 도시와 삶, 아버지를 한꺼번에 잃어버리다니….

"불쌍한 바리안…."

아서스의 눈에는 금세 연민의 눈물이 차올랐다.

우서 경이 어색하게 왕자의 어깨를 두드렸다.

"슬픈 날이지."

아서스의 몸이 부르르 떨렸다. 겨울 오후의 추위 때문이 아니었다. 푸르른 하늘이, 눈 덮인 부드러운 풍경이 펼쳐진 아름다운 오후가 갑자기 어두워진 것 같았다.

며칠 후, 아서스가 경비병인 팔릭과 함께 성벽에 서 있었다. 그와 말동무를 하며 뜨거운 김이 모락모락 오르는 차 한 잔을 건네던 참이었다. 아서스가 이렇게 경비병과 어울리거나, 발니르 농장에 가서 시간을 보내거나, 성의 하녀나 시종, 대장장이를 비롯해 성 안에 사는 계급이 낮은 사람들을 찾아가는 것은 드문 일이 아니었다. 이런 이야기를 들을 때마다 테레나스 왕은 조용히 한숨을 내쉬었지만 그런 사람들과 친하게 지낸다고 아들을 꾸짖은 적은 단 한 번도 없었다. 아서스는 아버지가 말씀은 안 하시지만 자신의 행동을 마음에 들어 하시는 것은 아닐까 생각하곤 했다.

팔릭이 고마움에 미소 지으며 고개를 꾸벅 숙였다. 그러고는 차가워진 손을 덥히기 위해 갑옷 장갑을 빼고 잔을 받아들었다. 금방이라도 눈이 쏟아질 것처럼 하늘은 연한 회색을 띠었지만 아직까지 날씨는 맑았다. 아서스가 팔을 포갠 위에 턱을 얹고 성벽 발코니에 몸을 기대고는 티리스팔 숲의 부드러운 흰색 구릉을 내려다보았다. 은빛 소나무 숲을 통해 사우스쇼어로 가는 길이 그리로 이어져 있었다. 안두인 로서 경과 마법사 카드가 그리고 바리안 왕자는 그 길로 올 것이다.

"아직 안 보여?"

"네, 왕자님. 오늘이 될지, 내일이 될지, 아니면 모레가 될지 모르지요. 그들이 오는 걸 보고 싶으시다면 오래 기다리셔야 할지도 모르겠습니다."

팔릭이 뜨거운 차를 홀짝이며 대답했다.

아서스가 그를 보며 웃었다. 눈이 장난기로 반짝였다.

"공부하는 것보단 낫잖아."

"공부에 관해서라면 왕자님 말씀이 옳을 겁니다."

팔릭이 예의 바르게 대답했지만 애써 웃음을 참는 것이 분명했다.

팔릭이 차를 마시는 사이, 아서스는 한숨을 내쉬며 다시 길을 내려다보았다. 처음에는 재미있었지만 점점 지루해졌다. 아서스는 궁을 빠져나가 밝은갈기의 새끼가 어떻게 지내고 있는지 보고 싶었다. 아무도 눈치채지 못하게 몇 시간쯤 나갔다 오는 것은 어려운 일이었다. 팔릭의 말이 옳았다. 로서 경과 바리안이 오기까지 며칠이나 더 걸릴지….

그때 아서스가 눈을 깜빡였다. 그가 천천히 고개를 들며 눈을 가늘게 떴다.

"오고 있어!"

아서스가 손가락으로 성 밖을 가리키며 소리쳤다.

말이 떨어지기가 무섭게 팔릭이 그의 옆으로 다가섰다. 찻잔은 잊은 채였다. 그가 고개를 끄덕였다.

"눈썰미가 아주 좋으신데요, 왕자님. 마윈!"

그가 소리쳐 부르자 다른 경비병이 즉시 이쪽으로 고개를 돌렸다.

"가서 로서 경과 바리안 일행이 오고 있다고 폐하께 알려라. 한 시간이면 도착할 거야."

"예, 대장님."

경비병이 경례를 붙이며 대답했다.

"내가 할게! 내가 간다고!"

이미 재빠르게 뛰어가며 아서스가 말했다. 팔릭을 쳐다보며 마윈이 머뭇거리는 사이에 아서스가 계단을 뛰어 내려가기 시작했다. 얼음을 밟고 미끄러지는 바람에 마지막 몇 계단을 훌쩍 건너뛴 왕자는 안뜰을 가로질러 알현실 바로 앞에서 멈췄다. 그러고는 후다닥 옷매무새를 가다듬었다. 오늘은 테레나스 왕이 주민 대표와 만나 그들의 문제를 듣고 해결해 주는 날이었다.

아서스는 아름답게 자수가 놓인 붉은 룬 매듭 망토의 두건을 뒤로 젖혔다. 그러고는 깊이 숨을 들이쉬었다가 후 내쉰 다음, 자신에게 경례하는 두 명의 경비병에게 고개를 끄덕였다. 그들이 뒤를 돌아 문을 열어주었다.

알현실은 천정이 높고 대리석과 돌로 만들어진 커다란 방인데도 안뜰에 비해 상당히 따뜻했다. 오늘처럼 흐린 날에도 천정 꼭대기에 있는 팔각형 창문으로는 햇빛이 쏟아졌다. 벽에 고정된 횃불들이 타닥타닥 타오르며 온기와 주황빛 기운을 구석구석 전해주었다. 바닥에는 로데론의 문장을 둘러싸고 복잡한 문양이 새겨져 있는데, 오늘은 왕을 알현하기 위해 차례를 기다리고 있는 사람들에게 가려 보이지 않았다.

테레나스 2세가 높은 연단 위 보석이 박힌 왕좌에 앉아 있었다. 연한 머리는 관자놀이 부근에서 옅은 회색으로 변했고 얼굴에는 주름이 약간 보였다. 하지만 그것은 얼굴만이 아니라 영혼에도 깊은 흔적을 남길 만큼 찌푸려서가 아니라 잦은 미소로 잡힌 주름이었다. 왕은 푸른색과 보라색이 섞인 아름다운 겉옷을 걸치고 있었다. 옷에 새겨진 금빛 자수와 왕관이 햇불을 받아 반짝였다. 앞에 선 계급이 낮은 귀족의 말에 귀를 기울이느라 왕은 몸을 앞으로 숙이고 있었다. 아서스처럼 푸른색과 녹색이 섞인 왕의 눈이 그 남자만 바라보고 있었다.

아서스는 알리려던 소식도 잠시 잊고 그대로 서서 아버지를 바라보았다. 바리안처럼 자신도 왕의 아들, 핏줄로 이어진 왕자가 아니던가. 바리안은 이제 아버지가 없었다. 텅 빈 왕좌와 새 왕이 된 자신을 위한 대관식 노래를 상상하던 아서스는 갑자기 가슴속에서 울컥 치미는 것을 느꼈다.

'빛이시여, 부디 그날이 아주 먼 미래가 되게 해주십시오.'

아들이 뚫어지게 바라보는 것을 느꼈을까, 테레나스 왕이 고개를 들어 문 쪽을 바라보았다. 그의 눈이 잠시 미소로 주름지더니 곧 앞에 선 남자에게로 돌아갔다.

아서스가 가볍게 헛기침을 하며 앞으로 나섰다.

"방해해서 죄송합니다. 아버님, 그들이 오고 있습니다. 제가 봤어요! 한 시간 내로 당도할 겁니다."

왕의 표정이 약간 굳어졌다. 그는 '그들' 이 누구를 의미하는지 알고 있었다. 왕이 고개를 끄덕였다.

"고맙구나, 왕자."

모여 있던 사람들이 서로 쳐다보았다. 그 사람들도 '그들' 이 누구인지 잘 알고 있었다. 알현을 마치려는 듯 그들이 서둘러 움직이기 시작했다. 그때 테레나스 왕이 한 손을 들었다.

"아니오. 날씨가 좋고 길이 트였으니 올 때가 되면 무사히 도착할 것이오. 그때까지는 계속 진행하도록 합시다."

왕은 미안하다는 듯 미소 짓더니 말을 이었다.

"그들이 도착하고 나면 알현은 당분간 보류해야 할 것이오. 그러니 그 전에 최대한 많은 문제를 해결하는 게 좋겠소."

아서스는 뿌듯한 기분으로 아버지를 쳐다보았다. 이것이 바로 사람들이 테레나스 왕을 좋아하는 까닭이었다. 그리고 아서스가 평민들 사이에서 '모험' 하는 것을 왕이 눈감아주는 이유이기도 했다. 테레나스 왕은 자신이 통치하는 사람들을 진심으로 아꼈으며, 그러한 마음을 아들에게도 심어주었다.

"제가 나가서 그들을 맞을까요, 폐하?"

왕이 아들을 잠시 골똘히 쳐다보더니 고개를 저었다.

"아니다. 너는 참석하지 않는 편이 나을 것 같구나."

아서스는 한 대 얻어맞은 기분이었다. 참석하지 말라고? 아홉 살이나 되었는데도! 중요한 동맹국에서 아주 나쁜 일이 벌어지고, 자신보다 몇 살 많지도 않은 소년이 아버지를 잃었는데도? 아서스는 돌연 화가 솟구치는 것을 느꼈다. 왜 아버지는 나를 감싸려고만 드는 걸까? 왜 중요한 회의에 참석하지 못하게 하는 걸까?

아버지와 단둘이 있었다면 마구 쏟아냈겠지만 아서스는 꾹 참았다. 보는 눈도 많은 지금, 이 자리에서 아버지와 말다툼을 벌이는 것은 안 될 법이었다. 아무리 아서스가 옳다고 해도 말이다. 그는 숨을 깊이 들이쉬고 고개 숙여 인사한 다음 방을 나갔다.

한 시간 뒤, 아서스는 알현실이 들여다보이는 발코니에 안전하게 숨어 있었다. 그가 빙긋 웃었다. 누군가 발코니를 들여다본다고 해도 의자 밑에 숨을 수 있을 정도로 몸이 작아서 다행이었다. 그는 불편한 듯 몸을 꼼지락거렸다. 한두 해 지나면 이 짓도 못할 노릇이었다.

'한두 해 지나면 분명 아버지도 내가 그런 일에 참석할 권리가 있다는 걸 인정하시겠지. 그러면 숨을 필요가 없는걸.'

이렇게 생각하니 흐뭇해졌다. 아서스는 망토를 벗어 둘둘 만 다음 베개처럼 베고 누웠다. 화로와 횃불 그리고 사람들의 체온 때문에 방 안은 따뜻했다. 온기와 웅얼대는 말소리 때문에 아서스는 갑자기 나른해졌다. 거의 잠이 들 뻔했다. 그때였다.

"폐하."

힘 있게 울리는 목소리에 아서스는 퍼뜩 정신이 들었다.

"저는 스톰윈드의 기사 안두인 로서라고 합니다."

왔구나! 안두인 로서 경, 한때 스톰윈드의 투사였던 사람. 아서스가 의자 밑에서 기어 나와 조심스럽게 몸을 일으켰다. 그리고 발코니에 드리운 푸른 커튼 뒤로 몸을 숨긴 후 빼끔히 내다보았다.

'로서 경은 온몸 구석구석 전사처럼 보이는구나.'

아서스가 그 남자를 바라보며 생각했다. 키가 크고 덩치도 좋은 그는 무거운 갑옷을 가벼운 비단처럼 걸치고 있었다. 갑옷의 무게에 익숙하다는 뜻이었다. 윗입술과 턱에는 두텁게 수염이 나 있었지만 머리는 대머리에 가까웠다. 조금 남은 머리는 하나로 묶여 있었다. 그의 옆에는 보라색 로브 차림의 한 늙은이가 서 있었다.

아서스의 시선이 한 소년에게 닿았다. 바리안 린 왕자가 분명해 보였다. 키가 크고 호리호리했지만 어깨가 넓은 걸 보니 얼마 지나지 않아 좋은 체격을 갖추게 되리라. 왕자는 창백하고 무척 피곤해 보였다. 그가 얼마나 어린지 직접 확인한 아서스는 얼굴을 찡그렸다. 자신보다 겨우 몇 살 많은 나이에 갈 곳을 잃고 홀로 겁먹은 소년…. 멍한 표정으로 서 있던 바리안은 누군가가 자신에게 말을 건네자 그제야 정신을 차리고 예의 바르게 대답했다. 테레나스 왕은 사람들의 마음을 편하게 만드는 데 능수능란했다. 그는 재빨리 대신과 경비병 몇 명만 남기고 다른 사람은 모두 물러가게 했다. 그러고 나서 왕좌에서 내려왔다.

"자, 앉으시오."

왕좌가 아닌 연단 위에 엉덩이를 걸친 채 왕이 말했다. 왕이 아버지처럼 인자한 몸짓으로 바리안 왕자를 옆에 앉혔다. 이 모습을 본 아서스가 미소 지었다.

보이지 않는 곳에 숨어 있던 로데론의 어린 왕자 아서스는 주의 깊게 그들을 관찰하며 귀를 기울였다. 그들의 목소리는 실제처럼 들리지 않았다. 그러나 스톰윈드의 힘센 전사를, 그리고 곧 위대한 왕국의 왕이 될 소년의 핏기 없는 얼굴을 보고 있자니 이 모든 일이 터무니없는 환상이 아니라 끔찍한 현실이라는 생각이 불현듯 스쳤다. 정말 무서운 일이었다.

그때 누군가 '오크'에 대해 말했다. 언제부턴가 그것들이 나타나 아제로스에 들끓게 되었다고 했다. 초록색을 띤 거대한 이 괴물은 이빨 대신 엄니를 가졌으며, 사람의 피를 탐한다고들 했다. 또한 '호드 무리'를 이루어 멈출 수 없는 파도처럼 스톰윈드를 싹 쓸어버렸다고도 했다.

"한쪽 해안부터 반대쪽 해안까지의 땅을 모두 뒤덮을 정도였습니다."

로서 경이 비참한 표정으로 입을 열었다. 그것이 스톰윈드를 공격해서 주민을 난민과 시신으로 바꾸어놓은 것이었다. 일부 대신이 로서 경의 말을 믿지 못하자, 분위기는 곧 격렬해졌다. 로서 경이 점점 분노하는 것을 본 테레나스 왕이 사태를 진정시키고 회의를 끝냈다.

"주변국의 왕들을 소집하겠소. 이번 사건은 우리 모두의 문제이기도 하오. 왕자, 필요하다면 언제까지든 안전하게 머무를 곳을 제공할 테니 걱정하지 마시오."

아서스가 미소 지었다. 바리안이 여기 머무르게 되다니. 이 성에서, 그와 함께! 같이 놀 귀족 신분의 소년이 있다면 정말 좋을 것이다. 두 살 위인 칼리아 누나와도 잘 어울렸지만 여자 아닌가. 그리고 자림을 좋아하긴 해도 그 아이와 함께 놀 기회는 어쩔 수 없이 제한되어 있었다. 아서스처럼 왕족의 피를 타고난 바리안이라면 괜찮을 것이다. 같이 대련도 하고, 말도 타고, 탐험을 나갈 수도….

"전쟁에 대비하라는 말이오?"

아버지의 목소리에 아서스의 생각이 문득 멈췄다. 그리고 표정이 다시 엄숙해졌다.

"그렇습니다. 바로 우리 종족의 생존을 위한 전쟁입니다."

아서스는 침을 꿀꺽 삼키고는 들어왔을 때와 마찬가지로 조용히 발코니에서 빠져나갔다.

아서스의 예상대로 잠시 후 바리안 왕자가 손님용 숙소로 안내되었다. 왕자의 어깨에 부드럽게 손을 얹고 들어온 이는 테레나스 왕이었다. 아서스가 그곳에서 기다리고 있는 것을 보고 놀란 듯했지만, 겉으로 티를 내지는 않았다.

"아서스, 이쪽은 바리안 린 왕자다. 스톰윈드의 왕이 되실 분이지."

아서스가 고개를 숙였다.

"왕자 전하, 로데론에 오신 것을 환영합니다. 다만 좋은 일로 오시지 못한 것이 아쉬울 따름입니다."

바리안 왕자가 역시 예의 바르게 고개를 숙여 인사했다.

"테레나스 폐하께 말씀드린 대로 이 어려운 때에 도와주시고 호의를 베푸신 점, 감사하게 생각합니다."

그의 목소리는 경직되어 부자연스럽고, 지친 기색이었다. 아서스는 바리안 왕자의 망토와 튜닉, 바지를 가만히 살폈다. 모두 룬 매듭과 마법 매듭이었고 아름답게 수가 놓여 있었지만, 반평생은 입고 있었던 것처럼 더러웠다. 얼굴도 박박 문질러 닦았겠지만 관자놀이 부근과 손톱 밑에는 더러움의 흔적이 남아 있었다.

"음식과 수건, 뜨거운 물과 목욕통을 하인 편에 올려 보낼 테니 씻고 쉬도록 하오, 바리안 왕자."

테레나스 왕은 바리안에게 왕자라는 호칭을 생략하지 않았다. 물론 시간이 지나면 이름만 부르게 되겠지만, 아서스는 왜 아버지가 굳이 왕자라는 호칭을 강조하는지 알 것 같았다. 목숨 말고 모든 것을 잃은 지금도, 자신이 여전히 존경 받는 왕족의 일원이라는 사실을 바리안이 알 필요가 있었기 때문이다. 바리안은 굳게 입을 다물고 조용히 고개를 끄덕이고는 속삭이듯 겨우 대답했다.

"감사합니다."

"아서스, 왕자를 잘 돌봐드려라."

테레나스 왕이 안심시키듯 바리안의 어깨를 한 번 살짝 쥐고는 방을 나갔다.

두 소년은 말없이 서로를 바라보았다. 아서스의 머릿속은 순식간에 텅 비어버렸다. 어색한 침묵이 흘렀다. 마침내 아서스가 불쑥 입을 열었다.

"아버지 일은 안됐어."

바리안이 얼굴을 찡그리더니 고개를 돌렸다. 그러더니 로다미어 호수가 내려다보이는 커다란 창으로 다가갔다. 아침 내내 금방이라도 쏟아질 것 같던 눈이 이제야 내리기 시작해서 부드러운 담요처럼 땅을 덮고 있었다. 맑은 날이면 멀리 펜리스 요새까지 다 보일 텐데….

"고마워."

"분명 적들에게 맞서 용맹스럽게 싸우다가 돌아가셨을 거라 생각해."

"암살당하셨어."

바리안의 목소리는 퉁명스럽고 무덤덤했다. 아서스가 깜짝 놀라 그를 향해 몸을 돌렸다. 차가운 겨울 낮의 햇빛이 비친 바리안의 얼굴은 이상하리만치 담담했다. 다만 잔뜩 충혈되어 고통으로 가득한 그의 갈색 눈만이 살아 있는 것 같았다.

"믿었던 측근이 아버지와 단둘이 있다가 아버지를 살해했어. 그 여자가 아버지의 심장에 칼을 박아 넣었다고."

아서스는 멍하니 바리안을 바라보았다. 전투에서 명예롭게 전사해도 받아들이기 힘든데 이건….

아서스가 자신도 모르게 바리안의 팔에 손을 얹었다.

"저기, 어제 망아지가 태어나는 걸 봤거든."

바보 같은 소리였지만 아서스의 머릿속에 가장 먼저 떠오른 말인데 어찌할 것인가. 아서스가 진지하게 말을 이었다.

"날씨가 좋아지면 같이 망아지를 보러 가자. 정말 예뻐."

바리안이 아서스를 향해 돌아서더니 한참 쳐다보았다. 수많은 감정이 그의 얼굴을 스쳐 지나갔다. 화, 의혹, 고마움, 열망, 마지막으로 완벽한 이해까지. 순간, 그의 갈색 눈이 눈물로 가득 차오르더니 그가 고개를 돌렸다. 고개를 푹 숙이고 양팔로 자신을 감싸더니, 바리안의 어깨가 마구 흔들리기 시작했다. 참으려 애썼지만 결국 울음이 터져 나왔다. 돌아가신 아버지, 잃어버린 왕국과 자신의 처지에 대한 슬픔이 격렬한 흐느낌이 되어 흘러 나왔다. 지금 이 순간까지 그 누구에게도 드러내지 못하고 참았을 울음이었다.

"난 겨울이 싫어."

바리안이 흐느끼며 말했다. 아무 상관 없어 보이는 세 마디 말에 담긴 깊은 고통이 아서스의 마음을 뒤흔들었다. 그렇게 쓰라린 고통을 가만히 지켜볼 뿐, 어떤 도움도 줄 수 없는 아서스는 손을 툭 떨어뜨리고 고개를 돌려 창밖을 내다볼 뿐이었다.

창밖에는 조용히 눈이 내리고 있었다.

제 2 장

아서스는 답답해서 미칠 지경이었다.

오크에 대한 공격 이야기가 나왔을 때만 해도 곧 본격적으로 검술 훈련을 시작할 것이라고 생각했다. 새로운 친구 바리안과 함께 말이다. 그러나 이와는 다른 일이 벌어졌다. 호드와 전쟁을 벌이느라, 칼을 휘두를 줄 아는 사람이라면 대장장이까지 모조리 군에 들어간 것이다. 이를 가엾게 여긴 바리안은 한동안 최선을 다해 아서스를 가르쳤지만, 어느 날엔가 마침내 한숨을 내쉬며 물끄러미 아서스를 쳐다보았다.

"아서스, 기분 나쁘게 듣지는 마. 하지만…."

"나, 형편없지…."

바리안이 얼굴을 찌푸렸다. 투구를 쓰고, 가죽으로 된 가슴 보호대를 차고, 훈련용 나무 검을 손에 든 둘은 무기고에서 한창 대련 중이었다. 바리안이 선반에 검을 걸고 투구를 벗으며 말했다.

"좀 놀랐을 뿐이야. 넌 운동신경도 좋고 민첩한데 말이야."

아서스는 뾰로통해서 입을 비죽 내밀었다. 바리안이 상처 주지 않으려고 그렇게 말하는 것을 잘 알고 있었다. 여전히 툴툴거리며 아서스 역시 나무 검을 걸고 보호 장구를 풀었다.

"스톰윈드에서는 꽤 어릴 때부터 훈련을 시작하거든. 내가 네 나이쯤

일 때는 나만의 갑옷 세트도 있었어."

"알았으니까 그만해."

아서스가 퉁명스럽게 중얼거렸다.

"미안해."

바리안이 씩 웃으며 말했다. 이를 본 아서스도 별수 없이 살며시 미소를 지었다. 둘의 첫 만남은 슬픔으로 얼룩져 어색했지만, 아서스는 바리안이 강한 정신력에 대체로 낙천적인 성격임을 알게 되었다.

"왜 너희 아버지께서는 훈련을 시키지 않으셨는지 궁금할 뿐이야."

아서스는 그 이유를 이미 알고 있었다.

"날 보호하려 하시거든."

가슴 보호대를 벗어서 벽에 거는 바리안의 표정이 진지해졌다.

"우리 아버지도 나를 보호하려고 하셨어. 그런데 소용이 없었지. 살다 보면 문제가 생기는 법이잖아."

바리안이 아서스를 바라보며 말을 이었다.

"나는 싸우기 위해 훈련을 받았어. 싸움을 *가르치라고* 배운 게 아니라. 그래서 널 다치게 할지도 몰라."

아서스의 얼굴이 붉어졌다. 아서스가 *바리안*을 다치게 할 수도 있다고는 생각조차 하지 않다니. 계속해서 말실수를 하고 있음을 깨달은 바리안이 황급히 아서스의 어깨를 치며 말했다.

"있잖아, 전쟁이 끝나고 나면 제대로 된 검술 선생님을 구할 수 있을 거야. 그러면 내가 폐하께 같이 가서 말해줄게. 금방 나보다 훨씬 잘하게 될걸."

결국 얼라이언스 연합의 승리로 전쟁은 막을 내렸다. 한때 막강한 권력을 휘두르던 호드의 대족장인 오그림 둠해머가 사슬에 묶여 수도로 끌려왔다. 거대한 오크가 사로잡힌 채 로데론 시내를 행진하는 것을 본 아서스와 바리안은 뿌듯한 기분이었다. 둠해머의 손에 안두인 로서 경이 쓰러진 후, 놈을 물리친 젊은 성기사 부관인 투랄리온은 놈에게 목숨만은 살려주는 자비를 베풀었고, 본래 심성이 착한 테레나스 왕이 놈에 대한 어떠한 공격도 금하는 바람에 산 채로 끌려오게 된 것이었다. 한때 수많은 사람을 공포에 질리게 한 오크가 이제는 완전히 무력해져서 멸시와 조롱의 대상이 된 것을 보고 사람들이 야유를 퍼붓자 모두의 사기가 더욱 높아졌다. 그러나 놈이 테레나스 왕의 감시하에 있는 한, 놈을 공격할 수는 없었다.

그때가 증오로 일그러진 바리안의 얼굴을 아서스가 목격한 유일한 순간이었다. 그렇다고 바리안을 탓할 수는 없었다. 오크들이 테레나스 왕과 우서 경을 죽였다면 아서스 역시 그 못생긴 녹색 얼굴에 침을 뱉고 싶어질 것이 분명했기 때문이다.

"저런 놈은 죽여버려야 해."

바리안이 으르렁거렸다. 성벽 위에서 궁을 향해 끌려오는 둠해머를 지켜보던 바리안의 눈에는 분노가 가득했다.

"아니, 내 손으로 죽여버리고 싶어."

"놈은 언더시티로 보내질 거야."

아서스가 말했다. 왕궁 아래 땅속 깊이 자리한 그곳은 지하 감옥, 하수구, 이리저리 얽힌 좁은 골목으로 이루어진 토굴이었지만, 하나의 도시처럼 언더시티라는 이름이 붙었다. 어둡고 축축하고 더러운 언더시티는 본래 죄수나 죽은 자들을 위한 곳이었지만, 달리 갈 곳 없는 가난한 사람들이 언제부턴가 그곳에 자리를 잡기 시작했다. 집 없이 눈비 가릴 것 없는 곳에서 얼어 죽는 것보다는 그곳이 나았고, 떳떳하지 못하거나 불법적인 물건이 필요할 때마다 사람들이 그곳을 찾는다는 사실은 아서스도 이미 알고 있었다. 때때로 경비병들이 내려가 순찰하곤 했지만, 그들을 완전히 몰아내기엔 역부족이었다.

"언더시티에서 도망친 사람은 지금까지 아무도 없었어. 놈도 감옥에서 죽게 될 거야."

아서스가 바리안을 안심시켰다.

"그놈한테는 호강인 셈이지. 기회가 있을 때 투랄리온이 해치웠어야 했어."

바리안의 말은 예언과도 같았다. 얼마 후 놈이 언더시티에서 탈출한 것이다. 사람들의 조롱과 증오로 기가 꺾인 듯 보였던 오크 대족장인 둠해머는 단지 그런 척한 것뿐이었다. 알고 보니 놈은 여전히 기세등등했다. 아서스가 주워듣기로는 둠해머가 기운이 빠졌다고 생각한 경비병들이 감시를 소홀히 했다고 한다. 오그림 둠해머가 어떻게 탈옥했는지는 아무도 몰랐다. 목격한 사람은 하나같이 살해당했기 때문이었다. 놈이 탈출하다가 맞닥뜨린 경비병은 모두 목이 부러져 죽었다. 활짝 열린 감방에서부터 언더시티를 가로지르며 악취를 풍기는 하수도에 이르기까지, 둠해머가 탈출한 길에는 경비병, 노숙자, 범죄자의 시신이 즐비했다. 놈은 상대를 가리지 않고 거치적거리는 사람은 모조리 해치웠다. 얼마 지나지 않아 둠해머는 다시 체포되었고, 이번에는 포로수용소에 감금되었다. 그런데 놈은 그곳에서도 또 한 번 탈출을 감행했다. 이제 얼라이언스 연합은 모두 숨을 죽인 채, 놈이 오크 군단을 이끌고 다시 나타나기만을 초조히 기다렸다. 그러나 오크는 다시는 모습을 보이지 않았다. 둠해머가 마침내 죽은 것인지, 아니면 싸울 의욕을 잃고 만 것인지, 누구도 알지 못했다.

그로부터 2년이 흘렀다. 맨 처음 호드가 아제로스를 침략했을 때 이용한 어둠의 문이, 2차 전쟁 막바지에 얼라이언스 연합이 굳게 막아놓은 그 문이 다시 열렸다는 소문이 파다하게 퍼졌다. 아니, 이미 열렸는지도 모르지만 아서스는 알 수 없었다. 미래의 왕이 될 그에게 아무도 알려주려 하지 않았기 때문이었다.

태양이 밝게 빛나는 따스한 날이었다. 아서스는 천하무적이라고 이름붙인 새 말을 타고 바깥으로 나갈지 잠시 망설였다. 2년 전 혹독하게 춥던 어느 날, 탄생의 순간을 지켜본 바로 그 망아지였다.

'아니, 그 일은 나중에 하자.'

아서스의 발걸음이 무기고로 향했다. 바리안과 함께 대련하다가 잔뜩 망신만 당했던 바로 그곳이었다. 고의로 그러진 않았겠지만 아서스를 무시하는 듯한 바리안의 말이 상처가 된 것은 사실이었다.

2년.

아서스는 훈련용 나무 검이 걸린 선반으로 다가가 검 하나를 잡았다. 열한 살이 된 아서스는 소위 '급성장기'를 거쳤다. 지난번 가정교사 부인이 아서스를 보고는 감격해서 눈물을 글썽이며 와락 끌어안더니, "완전한 청년이 되었다"고, 이제 가정교사는 필요 없겠다고 하지 않았던가. 아홉 살 때 쓰던 작은 검은 어린아이용이었다. 아서스는 정말 청년이 되어 있었다. 키가 이미 173센티미터에 육박하는 아서스는 집안 내력을 고려할 때 앞으로 더욱 훌쩍 자랄 터였다. 그는 검을 들어 무게를 가늠해 보고는 이리저리 돌리다가 갑자기 씩 웃었다.

그는 검을 꽉 쥐고 오래된 갑옷을 향해 다가갔다.

"어이!"

갑옷이 오랫동안 아버지의 골치를 썩인 그 역겨운 녹색 괴물이었으면, 하고 생각하며 아서스가 크게 소리쳐 불렀다. 그러고는 몸을 꼿꼿하게 세우고 칼을 들어 칼끝을 갑옷의 목에 겨누었다.

"감히 여기를 지나가려고, 이 더러운 오크 놈아! 네놈은 얼라이언스 연합의 땅을 밟고 있다! 이번 한 번만 자비를 베풀 테니 썩 꺼져서 다시는 나타나지 마라!"

아뿔싸, 멍청한 오크는 항복이나 명예 따위는 이해하지 못했다. 그저 무식하고 힘만 센 짐승 아니던가. 놈은 무릎을 꿇고 아서스에게 존경을 표하기를 거부했다.

"뭐라고? 꺼지지 않겠다고? 네놈에게 기회를 주었건만. 별수 없구나. 싸울 수밖에!"

바리안이 하던 대로 아서스가 와락 달려들었다. 물론 갑옷을 직접 공격하지는 않았다. 아주 오래되고 귀중한 갑옷이었으니. 치고, 막고, 숙이고, 적의 몸을 가로질러 칼을 휘두른 다음 획 돌아….

헉, 아서스가 숨을 멈췄다. 검이 살아 있는 것처럼 손에서 빠져나가더니 휙 날아가버리는 것 아닌가. 방 반대편으로 날아간 검은 쨍그랑 소리를 내며 대리석 바닥에 떨어지더니, 돌에 긁히는 기분 나쁜 소리와 함께 한참 미끄러지다 핑그르르 돌며 마침내 멈췄다.

제길! 아서스가 문 쪽을 돌아보았다. 그의 시선이 꽂힌 것은 다름 아닌 무라딘 브론즈비어드의 얼굴이었다.

무라딘은 마그니 브론즈비어드 왕의 동생으로, 로데론에 와 있는 드워프족의 대사였다. 에일 맥주와 파이 같은 사소한 일부터 국가적 사안에 이르기까지 항상 유쾌하면서도 진지한 그의 태도는 왕궁에 있는 모든 사람들의 호감을 샀다. 그는 영리하고 용맹한 전사로도 명성이 높았다.

그런 그에게 장차 로데론을 다스릴 왕자가 갑옷을 상대로 싸우다가 검을 방 반대편으로 날려버리는 장면을 들키다니. 당황한 아서스는 온몸에서 땀이 솟는 것을 느꼈다. 분명 볼도 발갛게 달아올랐을 것이었다. 그는 상황을 수습하려 애썼다.

"저, 대사… 나는 그냥…."

그러자 드워프족의 난쟁이 대사가 헛기침을 하더니 시선을 피했다.

"네 아버지를 찾고 있는데. 어디 계신지 좀 알려줄 테냐? 궁이 좀 복잡해야 말이지."

아서스는 꿀 먹은 벙어리처럼 입도 뻥긋하지 못하고 왼쪽으로 난 계단을 가리켰다. 그러고는 난쟁이 대사가 가는 모습을 물끄러미 바라보았다. 둘 다 아무 말도 하지 않았다.

그렇게 창피한 적은 난생처음이었다. 눈물이 날 지경이었지만 아서스는 맹렬한 기세로 눈을 깜빡이며 애써 참았다. 나무 검을 제대로 치워둘 생각도 하지 못하고 아서스는 달아나듯 방을 나갔다.

10분 후, 마구간을 빠져나가 티리스팔 숲을 향해 동쪽으로 말을 달리던 아서스는 이제야 기분이 풀리는 것 같았다. 아서스는 말을 두 마리 데리고 있었다. 지금 타고 있는 온순하고 나이 든 얼룩무늬 회색 말 참마음과 조련용 줄에 묶인 두 살배기 망아지 천하무적이었다.

천하무적이 태어나고 처음 눈을 맞추었을 때, 아서스는 둘 사이에 무언가가 있다고 느꼈다. 이 말이 준마, 친구, 갑옷과 무기 이상으로 그의 일부가 될 훌륭한 말이 되리라는 사실을 깨달았던 것이다. 이렇게 태생이 훌륭한 말은 잘 돌보기만 하면 20년 이상 살 수 있었다. 천하무적은 주요 행사 때나 필요에 따라 우아하게, 그리고 충실하게 아서스를 태우고 다닐 말이었다. 전쟁용 군마는 아니었다. 그런 용도로 기르는 말은 따로 있었고, 특정한 때에 특별한 목적에 이용될 뿐이었다. 커서 전투에 참가할 때가 되면 그런 말은 따로 한 마리 생길 테고, 천하무적은 생활의 일부가 될 것이다. 아니, 이미 그렇게 되었는지도 모르겠다.

태어날 때 회색이던 천하무적의 몸통과 갈기, 꼬리는 모두 태어난 날 땅을 덮은 눈처럼 하얗게 변해 있었다. 발니르 가문에서 기르는 말 중에서도 유난히 드문 경우였다. 발니르 사람들이 흰색이라 부르는 말도 사실 연한 회색인 경우가 많았다. 아서스는 '눈꽃', '별빛' 같은 이름도 떠올렸지만, 결국에는 로데론의 기사들이 흔히 그렇듯 말로서는 훌륭한 성품이라 할 수 있는 특성을 이름으로 붙여주었다. 우서의 말은 '일편단심', 아버지의 말은 '용감무쌍'이었다. 그래서 아서스의 말은 '천하무적'이라 불렸다.

아서스는 한시라도 빨리 천하무적을 타고 바람처럼 달리고 싶었지만, 말 훈련을 맡은 조마사는 아직도 1년은 더 기다려야 한다고 경고했다.

"두 살이라면 아직 아기입니다. 아직도 자라는 중이고 뼈가 형성되고 있으니 조금만 참으십시오, 왕자 전하. 앞으로 20년을 타신다고 생각한다면 1년쯤이야 그리 긴 시간이 아닙니다."

그러나 1년은 *길었다*.

'너무 길어….'

아서스는 뒤에서 따라오고 있는 천하무적을 어깨 너머로 흘끗 바라보았다. 참마음이 낼 수 있는 최고 속도로 구보하는 것은 슬슬 답답해지던 참이었다. 나이 든 참마음과 달리 두 살 먹은 천하무적은 스르륵 떠가는 것처럼 아무런 힘도 들이지 않고 움직였다. 귀를 쫑긋 세운 천하무적이 숲 냄새를 맡고 콧구멍을 벌렁거렸다. 밝은 눈으로 아서스에게 말을 거는 것만 같았다.

'날 타봐요, 아서스. 그게 내가 태어난 이유예요.'

'그래, 딱 한 번 타는 게 뭐 그리 대수겠어. 천천히 한 번만 달려보고 아무 일도 없었던 것처럼 마구간으로 돌아가는 거야.'

아서스가 생각했다.

그는 천천히 참마음의 속도를 줄이고는 낮게 걸린 나뭇가지에 고삐를 묶었다. 그러고는 천하무적에게 다가갔다. 천하무적이 히힝 하고 낮게 울었다. 천하무적에게 사과를 하나 먹이자, 벨벳처럼 부드러운 주둥이가 아서스의 손바닥을 간질였다. 아서스는 자신도 모르게 빙그레 웃었다. 천하무적은 안장을 얹는 데 익숙했다. 등에 무언가를 올리는 데 거부감을 갖지 않게 하기 위해 천천히 인내심 있게 길들인 덕분이었다. 물론 빈 안장과 사람은 큰 차이가 있었다. 그래도 함께 오랜 시간을 보낸 아서스 아닌가. 아서스는 짧게 기도를 올린 다음, 천하무적이 옆으로 물러서기 전에 재빨리 등 위로 올라탔다.

바로 그 순간, 화가 난 천하무적이 높은 소리로 울부짖으며 뒷발로 서서 발버둥쳤다. 아서스는 빳빳한 갈기를 두 손으로 꼭 붙잡고 다리에 온 힘을 주어 도깨비풀처럼 말에 찰싹 달라붙었다. 말이 풀쩍풀쩍 뛰고 미친 듯 몸부림쳤지만 아서스는 끝까지 매달렸다. 이번에는 낮게 드리운 가지 밑을 달리며 아서스를 떨어뜨리려 했지만, 가지에 긁혀 소리를 지르면서도 아서스는 잡은 손을 놓지 않았다.

그러자 천하무적이 전속력으로 달리기 시작했다.

아니, *날아가고 있다*고 해야 옳을 것이다. 최소한 말의 목을 부둥켜안고 납작 엎드려 입이 찢어지도록 웃고 있는 어린 왕자에게는 말이 날고 있는 것만 같았다. 아서스는 이렇게 빨리 달리는 동물을 타본 적이 없었다. 엄청난 흥분에 심장이 두방망이질했다. 속력을 줄이려고 애쓰지도 않았다. 그저 매달려 있을 뿐이었다. 아서스가 꿈꾸던 대로 훌륭하고, 격렬하고, 아름다운 경험이었다. 이제 곧….

정신을 차렸을 때 아서스는 이미 하늘을 날아 풀밭 위로 쿵 하고 떨어진 뒤였다. 엄청난 충격으로 한동안 숨조차 쉬지 못했다. 아주 천천히, 아서스가 몸을 일으켜 자리에서 일어섰다. 온몸 구석구석까지 아팠지만 부러진 곳은 없는 것 같았다.

그러나 천하무적은 이미 작은 점이 되어 저 멀리 빠른 속도로 사라지고 있었다. 이를 본 아서스가 주먹을 쥐고 큰 소리로 욕을 내뱉으며 낮은 언덕을 발로 걷어찼다. 꼼짝없이 혼나게 생겼다.

궁으로 돌아오니 빛의 수호자 우서 경이 그를 기다리고 있었다. 아서스가 참마음에서 내려서서 마부에게 고삐를 건네며 얼굴을 찡그렸다.

"조금 전에 천하무적이 혼자 돌아왔다네. 다리에 심한 상처를 입었더군. 그런데 조마사는 괜찮아질 거라고 했다네. 혹시라도 말의 안위가 걱정되었다면 말일세."

아서스는 말들이 이유도 없이 겁을 먹었고, 결국 천하무적은 쏜살같이 달아나버렸다고 거짓말을 할까 잠시 망설였다. 그렇지만 낙마하면서 옷에 묻은 풀 얼룩이 선명했고, 겁을 먹었든 아니든 온순하고 늙은 참마음에서 왕자가 떨어질 리 없다는 사실을 우서 경은 잘 알고 있었다.

"아직 그 말을 타선 안 된다는 걸 잘 알고 있지 않은가."

우서 경이 가차 없이 말을 이었다.

"압니다."

아서스가 한숨을 내쉬었다.

"아서스, 모르겠나? 어린 나이에 너무 큰 압력을 가하면 말이…."

"알아요, 안다고요! 불구가 될 수도 있다는 걸. 딱 한 번 타본 거란 말이에요."

"이번 한 번뿐이란 말이지?"

"알겠어요."

뿌루퉁 화가 난 아서스가 마지못해 대답했다.

"그리고 수업을 또 빼먹었더군."

아서스는 아무 말도 하지 않았고, 우서 경을 올려다보지도 않았다. 화가 나고, 부끄럽고, 몸도 아팠다. 뜨거운 물에 몸을 푹 담그고 찔레가시 차나 마시면 좋으련만. 오른쪽 무릎이 부어오르고 있었다.

"그나마 오후 기도 시간에 맞춰 온 게 다행일세."

우서 경이 왕자를 위아래로 훑어보더니 말을 이었다.

"그런데 먼저 씻어야겠군."

아서스는 땀투성이에 말 냄새가 진동했다. 그래도 나쁜 냄새는 아니었다. 적어도 정직한 냄새 아닌가.

"서두르게. 예배당에서 모일 거라네."

아서스는 오늘의 기도 주제가 무엇인지도 몰랐다. 죄송스러운 마음이 들었다. 아버지와 우서 경은 빛을 매우 중요하게 여겼다. 그리고 두 분이 아서스가 그들만큼 독실해지기를 진심으로 바란다는 사실도 잘 알고 있었다. 빛은 분명 존재했다. 왕궁의 사제와 성기사들이 치유와 보호의 기적을 행하는 것을 아서스도 보았다. 아무리 그래도 우서 경처럼 몇 시간씩 앉아 명상하거나 아버지처럼 경건한 어조로 빛에 대해 이야기하고 싶은 마음은 들지 않았다. 그에게 빛은 그저 존재하는 것일 뿐이었다.

한 시간 뒤, 깨끗이 씻은 후 수수하지만 우아한 새 옷으로 갈아입은 아서스는 서둘러 왕족 처소에 있는 가족 예배당으로 향했다.

예배당은 크지는 않았지만 아름다웠다. 인간이 사는 곳에서 흔히 볼 수 있는 전통적인 예배당을 축소한 것 같았으나, 세세한 부분을 훨씬 고급스럽게 꾸며놓았다. 예배에 사용하는 성찬배는 정교하게 금으로 세공되어 보석까지 박혀 있었고, 그것이 놓인 탁자는 귀한 골동품이었다. 의자도 푹신한 방석이 대어 있어서 평민들이 사용하는 딱딱한 나무 의자보다 훨씬 편안했다.

조용히 예배당으로 들어서던 아서스는 자신이 가장 늦었다는 걸 깨달았다. 그리고 왕궁을 방문하고 있던 몇몇 주요 인사의 얼굴을 알아보고는 얼굴을 찌푸렸다. 평상시 참석하는 그의 가족과 우서 경, 무라딘 외에도 트롤베인 왕이 자리하고 있었다. 아서스만큼이나 억지로 앉아 있는 것처럼 보였지만 말이다. 그리고… 한 명이 더 있었다. 한 소녀, 호리호리한 몸을 꼿꼿이 세운 금발 머리 소녀가 그에게 등을 돌린 채 앉아 있었다. 궁금해진 아서스는 그 소녀만 쳐다보며 걷다가 의자에 부딪치고 말았다.

조용한 가운데 쨍그랑 하고 접시를 떨어뜨린 것이나 마찬가지였다. 50대 초반의 나이에도 여전히 아름다운 미모를 자랑하는 리안 왕비가 그 소리에 고개를 돌리더니 아들을 향해 자애로운 미소를 지었다. 어머니의 예복은 완벽히 정돈되어 있었고, 금색 쓰개로 덮어 뒤로 넘긴 머리는 빠져나온 머리카락 한 올 없이 깔끔했다. 열네 살이 되었지만 아직도 망아지 천하무적처럼 철이 덜 든 누나 칼리아가 고개를 돌리더니 아서스를 한껏 흘겨보았다. 방금 저지른 말썽이 벌써 누나 귀에 들어간 것이 분명했다. 아니면 늦게 왔다고 화가 난 것일 수도 있다. 테레나스 왕이 아서스에게 고개를 끄덕이고는 예배를 주도하고 있던 주교에게로 다시 시선을 돌렸다. 아서스는 아버지의 눈에 담긴 말 없는 꾸짖음을 보고 속으로 움찔했다. 트롤베인 왕은 아서스에게 아무 관심이 없었고, 무라딘 역시 고개를 돌리지 않았다.

아서스는 예배당 맨 뒤에 놓인 긴 의자에 구부정하게 몸을 굽혀 앉았다. 주교가 입을 열고 양손을 들어 올리자 부드러운 하얀 빛이 선을 그리며 따라 움직였다. 아서스는 그 소녀가 잠깐이라도 이쪽을 보기를 바랐다. 얼굴을 한 번 보고 싶었다. 누구지? 분명 귀족이나 지위가 높은 사람의 딸일 것이다. 그렇지 않으면 왕의 가족 예배에는 초대 받지 못할 테니…. 아서스는 예배보다 그녀가 누군지 아는 데 더 관심을 기울였다.

"… 그리고 왕자 전하 아서스 메네실…."

주교에 목소리에 퍼뜩 정신이 돌아온 아서스는 혹시 중요한 말을 놓친 것은 아닌지 걱정스러웠다.

“그의 모든 생각과 말, 행동에 빛의 축복이 있으라. 그리하여 그가 빛 아래 번성하고 빛의 뜻을 따르는 자로 성장할 수 있도록 하라.”

축복의 말을 듣던 아서스는 갑자기 평온하고도 따뜻한 느낌이 몸 구석구석으로 번지는 것을 느꼈다. 순간 여기저기 쑤시던 통증이 사라지고 원기가 회복되는 동시에 마음이 편안해졌다. 그런 다음 주교가 왕비와 공주를 향해 몸을 돌렸다.

“리안 메네실 왕비 폐하께 빛이 비추기를. 그녀가….”

아서스는 빙그레 미소를 지으며 주교가 모든 사람에게 축복을 내리는 광경을 지켜보았다. 조금 있으면 저 소녀의 이름을 부르겠지. 아서스는 느긋하게 예배당 벽에 몸을 기댔다.

“그리고 제이나 프라우드무어 아가씨에게 빛의 축복이 있기를. 빛의 치유력과 지혜로 그녀에게 축복을 내리사, 그녀가….”

아하! 수수께끼 소녀의 정체를 알아냈다. 아서스보다 한 살 어린 제이나 프라우드무어는 해전의 영웅이자 쿨 티라스의 통치자인 댈린 프라우드무어 제독의 딸이었다. 그러나 아서스를 더욱 궁금하게 만든 것은 왜 그녀가 여기 있을까, 그리고….

“… 또한 달라란에서 잘 수련하기를. 빛을 대표하는 사람이 되어 마법사로서 그녀의 백성을 훌륭히, 진심으로 섬길 수 있기를 비옵나이다.”

이제야 이해가 되었다. 수도에서 그리 멀지 않은 마법사의 도시, 아름다운 달라란으로 가는 것이 분명했다. 왕족과 귀족 사이에 행해지는 다소 엄격한 예법과 손님 접대의 원칙에 따라 달라란으로 가기 전에 며칠 더 머무르게 될 터였다.

‘이거 재미있겠는데.’

예배가 끝나자 맨 뒤에 앉아 있던 아서스가 가장 먼저 밖으로 나왔다. 무라딘과 트롤베인 왕이 그다음으로 나섰다. 예배가 끝난 것이 못내 다행스럽다는 표정이었다. 테레나스 왕과 우서 경, 리안 왕비, 칼리아 그리고 제이나가 뒤따라 나왔다.

아서스의 누나와 제이나 모두 머리색이 연하고 몸이 호리호리했지만, 그것만 빼면 비슷한 구석이라곤 하나도 없었다. 칼리아는 골격이 가늘고 오래된 그림에서 막 튀어나온 것처럼 얼굴선이 연하고 부드러웠다. 반면 제이나는 눈이 밝게 빛나고 생기 넘치는 미소를 지었으며, 말을 타고 산을 오르는 데 익숙한 사람처럼 활기차게 움직였다. 콧잔등이 엷은 주근깨로 덮여 있고 피부가 가무잡잡한 것으로 보아 야외에서 많은 시간을 보내는 게 분명했다.

이 아이는 얼굴에 눈덩이를 맞거나 무더운 날이면 수영하러 가는 일쯤은 망설이지 않을 소녀였다. 누나와는 달리 함께 놀 수 있는 상대였던 것이다.

"아서스, 이야기 좀 하지."

어디선가 우락부락한 목소리가 들려왔다. 고개를 돌리자 드워프 대사인 무라딘이 그를 올려다보고 있었다.

"예."

아서스가 흔쾌히 대답했지만 가슴은 덜컹 내려앉았다. 아서스는 당장 새로운 친구에게 다가가 말을 걸고 싶은 마음뿐이었다. 이 소녀와 함께라면 잘 어울릴 수 있을 것만 같았다. 게다가 무라딘은 아까 무기고에서 보았던 창피한 행동에 대해 혼을 낼 것이 뻔했다. 그래도 어느 정도는 사리분별이 있는지, 다행히 다른 사람들로부터 멀찌감치 떨어져 섰다.

그가 두툼한 엄지손가락을 허리띠 양쪽에 걸고 서서 왕자를 바라보았다. 무슨 생각을 하는지 우락부락한 얼굴을 조금 찡그린 채였다.

"아서스, 다 집어치우고 본론으로 들어가자. 싸우는 꼴이 영 형편없더군."

다시 한 번, 아서스는 얼굴로 피가 쏠렸다.

"저도 알아요. 하지만 아버지께서…."

"네 아버지는 바쁜 분이시지. 아버지 탓이나 할 생각은 관두고."

그러면 무슨 말을 할 수 있겠는가?

"저기, 제가 *저*를 가르칠 수는 없잖아요. 그러면 어떻게 되는지 봐서 아시겠지만요."

"그야 그렇지. 괜찮다면 내가 가르쳐주마."

"대사님이, 저를 가르쳐주시겠다고요?"

처음에는 그 말을 믿을 수 없었지만 곧 뛸 듯이 기뻤다. 드워프족은 뛰어난 싸움 솜씨로 유명했다. 그러고 보니 술을 잘 마시기로 이름난 드워프족 아닌가. 혹시 술잔 잡는 법도 가르쳐주지 않을까 잠시 기대했지만, 일단 그 질문은 하지 않기로 했다.

"그래, 그게 방금 내가 한 말 아니더냐. 네 아버지하곤 벌써 이야기를 끝냈고, 아버지도 좋다고 하셨다. 꽤 오래 미뤄오긴 했지. 이것 하나만은 확실히 해두마. 난 변명 따윈 듣지 않는다. 그리고 다그치면서 가르칠 게야. '무라딘, 이놈아, 넌 시간 낭비만 하는 거야' 하는 생각이 들거들랑 언제든 때려치울 테니. 알아듣겠냐, 얘야?"

자기보다 훨씬 조그만 사람이 '얘야' 라고 말하는 것에 웃음이 터져 나오려 했지만, 아서스는 꾹 참았다.

"네, 알겠습니다."

아서스가 열정적으로 대답했다. 무라딘이 고개를 끄덕이더니 못 박힌 커다란 손을 불쑥 내밀었다. 아서스가 그 손을 쥐고 흔들었다. 아서스가 씩 웃으며 아버지를 올려다보니, 그는 우서 경과 한창 대화에 빠져 있었다. 그때 아서스의 눈길을 느끼기라도 한 듯 아버지와 우서 경이 동시에 그를 쳐다보았다. 두 쌍의 눈동자가 아서스를 꿰뚫어 보았다. 아서스는 속으로 한숨을 내쉬었다. 둘의 표정이 무엇을 의미하는지 잘 알고 있었다. 이제 제이나와 노는 일 따위는 물 건너간 셈이었다. 소녀가 달라란으로 떠나기 전에 얼굴이나 한 번 볼 수 있으면 다행이었다.

아서스는 칼리아가 소녀의 어깨를 감싼 채 밖으로 데리고 나가는 것을 지켜보았다. 그러나 복도 끝으로 모습이 완전히 사라지기 전, 제이나가 금색 머리를 돌리더니 아서스와 눈을 맞췄다. 그리고 빙그레 미소를 지어 보였다.

제 3 장

"자랑스럽구나, 아서스. 이렇게 막중한 책임을 맡겠다고 나서다니."

테레나스 왕이 말했다.

제이나 프라우드무어가 메네실 왕궁에 머무른 지난 한 주 동안 '책임'이라는 말은 그야말로 아서스를 위한 표어 같았다. 우선 무라딘과의 훈련이 시작되었다. 훈련은 무라딘이 경고한 대로 무척이나 격렬하고 힘들었다. 온몸에 통증과 푸른 멍 자국을 남긴 것만으로는 부족한지, 그는 간간이 아서스가 한눈을 팔 때마다 아서스의 귀를 찰싹 후려갈기곤 했다. 이것이 전부가 아니었다. 우서 경과 테레나스 왕이 다른 분야에서도 아서스의 훈련을 한 단계 끌어올릴 때가 되었다고 판단한 것이다. 그래서 아서스는 매일 아침 동트기 전에 일어나 빵과 치즈로 가볍게 아침을 때운 다음, 무라딘과 함께 말을 달렸다. 한참을 달리고 나면 곧 산에 올랐는데, 막바지에 이르면 몸을 덜덜 떨며 가쁜 숨을 몰아쉬는 것은 언제나 열두 살 먹은 아서스였다. 오죽하면 아서스는 드워프족이 돌덩이와 엄청난 친화력이 있어서 땅이나 산이 오르기 쉽게 도와주는 것은 아닌지 궁금해하기 시작했다. 그러고 나서 집으로 돌아와 목욕하고 나면 곧바로 역사와 수학, 서예 수업이 이어졌다. 정오에 점심을 먹고 나서는 오후 내내 예배당에서 기도하고, 명상하고, 성기사의 본질과 그들이 지켜야 하는 엄격한 규율에 관해 우서 경과 토론하는 시간으로 이어졌다. 그런 다음 저녁을 먹고 나면 완전히 기진맥진한 상태로 침대 위에 쓰러져 꿈도 꾸지 않을 만큼 깊게 잠이 드는 것이 일상이었다.

제이나는 저녁 식사 시간에 몇 차례 보았는데, 칼리아 누나와 매우 친해진 것 같았다. 아서스는 이제 공부는 할 만큼 했다고 생각했다. 그래서 귀에 못이 박히도록 들은 역사와 정치 수업에 나온 정치적 계략에서 힌트를 얻어, 아버지와 우서 경에게 찾아가 귀한 손님인 제이나 프라우드무어 양을 달라란까지 직접 호위하겠다고 제안했다.

빡빡한 일상에서 잠시 벗어나고 싶다고 굳이 밝힐 필요는 없었다. 아들에게 책임감이 생겼다고 생각한 테레나스 왕은 매우 기뻐했고, 아서스가 동행한다는 말에 제이나는 반갑게 미소 지었으며, 아서스는 자기가 원하던 바를 이뤘으니 모두에게 좋은 일 아닌가.

그리하여 꽃이 활짝 피고, 숲은 온갖 들짐승으로 가득하고, 푸른 하늘에 태양이 밝게 빛나던 초여름의 어느 날, 아서스 메네실 왕자는 밝은 미소의 금발 아가씨를 모시고 경이로운 마법사의 도시로 여행을 떠나게 되었다.

출발은 계획보다 조금 늦었다. 아서스가 제이나 프라우드무어에 대해 알게 된 것이 있다면 그녀가 언제나 시간을 잘 지키는 사람은 아니라는 점이었다. 그러나 아서스는 개의치 않았다. 서두를 필요는 전혀 없었기 때문이다. 물론 둘만 가는 것은 아니었다. 예법에 의하면 제이나의 시중을 들 하녀와 경비병 한두 명이 함께 가도록 되어 있었다. 그런데 따라온 이들은 조금 뒤처져서 두 젊은 귀족이 친하게 지낼 수 있도록 해주었다. 그들은 잠시 말을 달리다가 점심을 먹기 위해 말을 멈췄다. 빵과 치즈, 물을 탄 포도주를 먹고 있는데, 아서스의 경비병 중 한 명이 다가왔다.

"왕자님, 괜찮으시다면 앰버밀에서 밤을 보낼 준비를 하겠습니다. 내일 해질녘쯤에는 달라란에 도착할 수 있을 겁니다."

아서스가 고개를 저었다.

"아니, 계속 가자. 힐스브래드 지역에서 야영을 할 수 있어. 그러면 내일 오전 중에 제이나 양을 달라란에 모셔다 드릴 수 있을 거야."

그 말과 함께 아서스는 제이나를 향해 미소 지었다.

제이나도 답례로 살짝 웃어 보였지만, 어쩐지 눈에는 실망한 기색이 떠오른 것 같았다.

"그래도 괜찮으시겠습니까? 제이나 양이 풀밭에서 주무시지 않도록 마을 주민에게 신세를 지려고 했는데 말입니다."

"괜찮아요, 케이반. 나는 연약한 인형이 아니에요."

제이나가 대신 대답했다. 아서스는 더욱 활짝 미소 지었다.

몇 시간 후에도 제이나의 그런 마음이 변하지 않았으면 좋겠는데….

하인들이 야영 준비를 하는 동안 아서스와 제이나는 근처를 둘러보러 나섰다. 언덕을 올라가니 저 먼 곳의 풍경까지 내다보였다. 서쪽으로는 작은 농촌 마을 앰버밀과 저 멀리 실버레인 남작이 사는 성의 뾰족한 첨탑까지 보였다. 그리고 동쪽으로는 어렴풋이 보이는 달라란과 함께 조금 남쪽에 있는 포로수용소가 선명하게 눈에 들어왔다. 2차 전쟁이 끝난 이래 오크는 모두 잡아들여 이 수용소에 감금했다. 그 자리에서 죽이는 것보다 그 편이 훨씬 자비롭다고 테레나스 왕은 아서스에게 이야기한 적이 있었다. 게다가 오크는 희한한 무기력감에 시달리고 있는 것 같았다. 우연히 그들과 마주치거나 오크를 사냥하러 다니다 보면, 그들은 마지못해 싸우고는 아무런 저항도 하지 않고 포로수용소로 끌려가곤 했다. 그리고 이것과 똑같은 포로수용소가 대여섯 군데 더 있었다.

아서스 일행은 불에 구운 토끼 고기로 소박하게 저녁을 먹고 해가 지자 곧 잠자리에 들었다. 그러나 모든 사람이 잠이 든 것을 확인한 아서스는 재빨리 튜닉을 걸치고 장화를 신었다. 그러고는 뒤늦게 생각난 듯 단검을 하나 골라 허리띠에 꽂은 후 살금살금 제이나에게 다가갔다.

"제이나, 일어나봐."

아서스가 속삭였다.

제이나가 조용히 잠에서 깼다. 달빛에 빛나는 그녀의 눈에 두려움 따위는 없었다. 아서스가 일어나 앉는 제이나에게 한 손가락을 입에 가져다 대고 조용히 하라는 몸짓을 했다. 제이나도 역시 작은 소리로 입을 열었다.

"아서스, 뭐 잘못됐어?"

아서스가 씩 웃었다.

"모험해보지 않을래?"

제이나가 고개를 갸우뚱했다.

"무슨 모험?"

"나만 믿어."

제이나가 잠시 그를 쳐다보더니 이내 고개를 끄덕였다.

"좋아."

제이나도 다른 사람들처럼 옷을 입은 채 잠자리에 든 터라 장화를 신고 망토를 걸치기만 하면 되었다. 그녀는 손가락으로 대충 머리를 가다듬은 후 고개를 끄덕였다.

둘은 그날 일찍 올랐던 산등성이를 다시 올랐다. 밤이라서 낮보다 오르기가 힘들었지만 달빛이 꽤 밝았고 다행히 길이 미끄럽지 않았다.

"저기가 우리의 목적지야."

왕자가 손가락으로 가리키며 말했다. 제이나가 침을 꿀꺽 삼켰다.

"포로수용소?"

"가까이에서 본 적 있어?"
"아니, 그리고 보고 싶지도 않아."
실망한 아서스가 얼굴을 찡그렸다.
"왜 그래, 제이나. 오크를 제대로 볼 수 있는 유일한 기회란 말이야. 궁금하지도 않아?"
달빛만으로는 제이나의 표정을 읽기가 힘들었다. 그녀의 눈은 짙은 그림자에 가려 있었다.
"난… 그놈들이 우리 오빠 데렉을 죽였단 말이야."
"놈들이 바리안의 아버지도 죽였어. 사람을 수도 없이 죽였지. 그래서 포로수용소에 갇혀 있는 거야. 놈들에게 딱 어울리는 곳이지. 우리 아버지께서 포로수용소를 운영하기 위해 세금을 올린 걸 싫어하는 사람들도 많지만…. 네 눈으로 보고 직접 판단해. 둠해머가 언더시티에 있을 때 볼 수 있었는데 아깝게 그 기회를 놓쳤거든. 지금 이 기회마저 놓치고 싶진 않아."
제이나는 아무 말이 없었다. 결국 아서스가 한숨을 내쉬었다.
"좋아, 돌아가자."
"아니야, 갈래."
제이나의 대답에 아서스는 도리어 놀랐다.
언덕을 조용히 내려가기 시작했다. 아서스가 속삭였다.
"좋아. 아까 여기 왔을 때 순찰을 어떻게 도는지 봐두었거든. 밤이라고 해서 특별히 다를 건 없을 거야. 오히려 덜 돈다는 것 말고는. 오크들이 기운이 별로 없어서 탈출할 가능성이 그리 높지 않다고 생각하는 것 같아."
아서스는 안심하라는 듯 제이나에게 잠시 미소 짓고 말을 이었다.
"우리한텐 잘된 셈이지. 순찰 말고도 저 감시탑 두 군데는 언제나 누군가가 지키고 있어. 우리가 가장 조심해야 할 사람들이지. 그렇지만 뒤쪽보다는 앞에서 일어나는 일에 더 관심을 갖고 지켜볼 거야. 포로수용소 뒤쪽은 아주 가파른 흙벽으로 되어 있거든. 자, 이제 저기 저 사람이 한 바퀴 도는 동안 잠깐 기다리자. 그러면 저 벽으로 다가가서 충분히 둘러볼 시간이 날 거야."

지겨워 죽겠다는 표정을 한 경비병이 어슬렁어슬렁 지나간 후에도 둘은 조금 더 기다렸다.

"두건을 써."

아서스가 말했다. 둘 다 머리색이 연하기 때문에 경비병이 알아보기 쉬울 터였다. 겁이 나기도 하고 흥분도 되면서 제이나는 아서스의 말에 따라 두건을 머리 위로 덮어썼다. 다행히 제이나와 아서스 모두 어두운 색의 망토를 입고 있었다.

"준비됐어?"

제이나가 고개를 끄덕였다.

"좋아, 가자!"

그들은 재빨리, 그리고 미끄러지듯 조용히 길을 걸어 내려갔다. 아서스는 감시탑의 경비병이 다른 방향을 볼 때까지 기다렸다가 제이나에게 빨리 오라고 손짓했다. 두건이 흘러내리지 않도록 꼭 붙들고 둘은 재빨리 달리기 시작했다. 몇 걸음 지나지 않아 그들은 포로수용소의 벽에 몸을 기댔다.

수용소는 잘 다듬어지지 않은 거친 건물이었지만 효율적이었다. 나무로 된 수용소는 위는 뾰족하게 깎고, 아래는 땅속 깊이 박아놓은 통나무를 한데 묶어놓은 데 지나지 않았다. 나무 벽 사이사이에는 갈라진 틈이 많아서 호기심 많은 소년과 소녀가 들여다보기에는 안성맞춤이었다.

처음에는 사물을 분간하기 힘들었지만 곧 커다란 그림자가 여럿 보였다. 아서스는 더 잘 보기 위해 머리를 이리저리 움직였다. 오크였다. 몇몇은 담요를 덮고 쪼그린 채 바닥에 누워 있었다. 또 다른 몇몇은 우리 안에 갇힌 짐승처럼 하염없이 이리저리 거닐고 있었다. 다만 탈출에 대한 기대감 따위는 없어 보였다. 한구석에 가족처럼 보이는 남자, 여자 그리고 어린것이 모여 있었다. 남자보다 약간 마르고 키가 작은 여자의 가슴팍에는 무언가 안겨 있었는데, 아서스는 그것이 아기임을 알아보았다.

"오… 슬퍼 보이네."

옆에서 제이나가 속삭였다.

아서스가 흥, 하고 콧방귀를 뀌었다. 그 소리가 너무 큰 것 같아 흠칫 놀란 그가 재빨리 감시탑을 올려다보았지만 다행히 경비병은 아무 소리도 듣지 못한 듯했다.

"슬퍼? 제이나, 이 짐승들은 스톰윈드를 완전히 무너뜨렸어. 인간을 멸종시키려고 했다고. 세상에, 오빠가 놈들 손에 죽임을 당했다면서. 동정할 가치도 없어."

"그래도… 아이가 있을 거라고는 생각도 못했거든. 저기, 아기를 안고 있는 게 보여?"

제이나가 물었다.

"당연히 아이가 있지. 한낱 쥐들도 새끼를 낳잖아."

아서스는 화가 났다. 아니, 열한 살 먹은 소녀라면 그렇게 반응하리라 예상했어야 하는 것일까?

"저들은 사람을 해칠 것 같지 않은데. 여기 갇힌 게 맞아?"

제이나가 아서스를 향해 고개를 돌렸다. 계란형의 흰 얼굴이 달빛을 받아 반짝였다.

최대한 어조를 부드럽게 하고 아서스가 대답했다.

"제이나, 저들은 살인자야. 지금 당장은 무기력한 상태라고 해도, 풀려나면 무슨 일이 일어날지 누가 알겠어?"

제이나가 어둠 속에서 조용히 한숨을 내쉬더니 아무 말도 하지 않았다. 아서스가 고개를 절레절레 저었다. 볼 만큼 봤고, 곧 경비병도 돌아올 터였다.

"이제 돌아갈까?"

제이나가 고개를 끄덕였다. 그러고는 걸음을 옮겨 아서스와 함께 재빨리 언덕 아래로 달리기 시작했다. 그런데 아서스가 힐끗 뒤를 돌아본 순간 경비병이 그들이 있는 방향으로 몸을 돌리는 것 아닌가. 아서스는 잽싸게 몸을 날려 제이나의 허리를 감싸 안고 바닥으로 밀어붙였다. 아서스 역시 제이나 옆에서 바닥에 찰싹 엎드렸다.

"움직이지 마. 경비병이 우리 쪽을 보고 있어!"

아서스가 속삭였다.

제법 놀랐을 텐데도 영리한 제이나는 순간적으로 가만히 있었다. 최대한 얼굴을 그림자로 가린 후 아서스는 조심스럽게 머리만 돌려 경비병을 쳐다보았다. 거리가 멀어 얼굴을 잘 볼 수는 없었지만 그의 몸짓은 여전히 지루하고 피곤해 보였다. 아서스의 심장 뛰는 소리만 쿵쾅쿵쾅 귓전을 울렸다. 한참이 지난 후 경비병이 다른 방향으로 돌아섰다.

"밀쳐서 미안해. 괜찮아?"

아서스가 제이나를 일으키며 물었다.

"응."

제이나가 대답하며 아서스를 향해 씩 웃었다.

잠시 후 둘은 무사히 잠자리로 돌아갔다. 뿌듯한 기분으로 아서스는 별들을 올려다보았다.

신나는 하루였다.

다음 날 오전 늦게 마침내 그들은 달라란에 도착했다. 그곳에 대해 들은 적은 많았지만 아서스는 한 번도 달라란에 가본 적이 없었다. 마법사는 비밀스럽고 불가사의한 사람들이었다. 또한 매우 강력한 힘을 지녔지만, 불가피한 경우를 제외하고는 그들끼리만 조용히 지냈다. 아서스는 오크의 침략을 알려주러 안두인 로서 경과 지금은 왕이 된 바리안 린 왕자와 함께 마법사 카드가가 로데론에 왔던 일이 기억났다. 카드가가 동행한 덕분에 로서 경의 말에 더욱 무게가 실릴 수 있었다. 그도 그럴 것이, 키린 토의 마법사들은 본래 정치에는 관여하지 않았던 것이다.

또한 마법사들은 왕족을 초대해 융숭하게 대접하는 것 같은 정치적 행동 역시 하지 않기로 유명했다. 아서스와 그의 수행원들이 달라란 땅에 발을 들여놓을 수 있었던 것도 순전히 제이나가 그곳에서 수련하기로 되어 있었던 덕분이었다. 달라란은 아름다웠다. 수도보다도 훨씬 훌륭했다. 도시 자체가 마법으로 세워진 달라란은 말로는 표현할 수 없을 정도로 깨끗하고 반짝반짝 빛났다. 바닥은 흰 암석으로 되어 있고 꼭대기는 금으로 된 보라색의 아름다운 탑 몇 채가 하늘을 찌를 듯이 솟아 있었다. 밝게 빛나는 돌이 주변에 둥둥 떠 있는 건물도 많았다. 어떤 건물은 햇빛을 받아 반짝이는 스테인드글라스로 장식되어 있었다. 정원마다 화초가 만발했고, 야생의 기묘한 꽃이 풍기는 진한 냄새 때문에 아서스는 머리가 어지러울 지경이었다. 아니, 공기 중에 떠다니는 끊임없는 마법의 흔적 때문에 그런 기분이 드는지도 모르겠다.

말을 타고 달라란으로 들어가던 아서스는 자신이 너무나 평범하고 후줄근하게 느껴졌다.

'지난밤에 야영을 하는 게 아닌데….'

아서스는 후회가 되기 시작했다. 앰버밀에 머물렀더라면 목욕이라도 할 수 있었을 터였다. 그랬다면 포로수용소를 구경하지는 못했겠지만.

아서스가 슬쩍 제이나를 바라보았다. 입을 살짝 벌리고 주변을 둘러보는 그녀의 푸른 눈이 경외와 흥분으로 가득했다. 그녀가 미소를 지으며 아서스에게 말했다.

"여기서 수련하게 되다니, 정말 운이 좋은 것 같아."

"그렇지."

아서스도 싱글거리며 대답했다. 제이나는 사막에서 일주일을 보낸 뒤 벌컥벌컥 물을 들이키는 사람처럼 주변의 광경을 빨아들이고 있었다. 그렇지만 아서스는 왠지 이곳에서 쓸모없는 것처럼 느껴졌다. 제이나처럼 마법이 친밀하게 느껴지지 않았다.

"여기에서 외부인은 환영 받지 못한다고 들었어. 아깝다. 다시 만날 수 있으면 좋을 텐데."

말을 마친 제이나가 얼굴을 붉혔다. 그 순간 아서스는 이 도시가 내뿜는 범접하기 힘든 기운은 잠시 잊고, 제이나 프라우드무어를 다시 만날 수 있으면 좋겠다고 진심으로 생각했다.

정말 좋을 것 같다.

"한 번 더, 이 코딱지만한 노움 계집애야! 머리끄덩이를 낚아채주마! 어디… 아이고!"

아서스의 화를 돋우며 공격해 오던 투구 쓴 드워프의 얼굴에 정통으로 방패가 맞았다. 그러자 그가 주춤거리며 한두 걸음 뒤로 물러섰다. 검을 휘두르던 아서스는 상대를 정확히 맞힌 것을 느끼고 투구 속에서 회심의 미소를 지었다. 그런데 갑자기 쾅 하는 소리와 함께 몸이 공중으로 붕 떴다가 떨어졌다. 보이는 것이라고는 눈을 가린 긴 수염뿐이었다. 아서스가 재빨리 검을 들어 날아오는 공격을 겨우 막아냈다. 끙, 하는 소리와 함께 아서스가 다리를 가슴 쪽으로 끌어 올렸다가 힘껏 내뻗었다. 발이 정확히 무라딘의 배를 가격했다. 이번에 공중으로 날아간 것은 무라딘이었다. 아서스는 다시 한 번 다리를 모았다가 껑충 뛰어 단번에 두 발로 일어섰다. 그러고는 곧장 바닥에 쓰러진 스승을 공격하기 시작했다. 무라딘을 향해 한 방, 한 방 계속해서 주먹을 날리던 아서스의 귀에 평생 무라딘에게서는 들을 리 없다고 생각한 한 마디가 꽂혔다.

"항복!"

갑자기 공격을 멈추려니 쉽지 않았다. 팔을 내리고 뒤로 물러선 아서스는 순간 균형을 잃고 넘어질 뻔했다. 무라딘은 꼼짝하지 않고 누워 있었다. 그의 가슴만 조용히 오르락내리락했다.

두려움이 몰려와 아서스의 심장을 쥐어짜는 듯했다.

"무라딘? 무라딘!"

그때 두터운 청동 빛 수염 사이로 껄껄 하는 웃음소리가 터졌다.

"잘했다, 얘야. 진짜 잘했어!"

무라딘이 일어나려고 버둥거리자 아서스가 한 손을 내밀어 그를 일으켜주었다. 무라딘이 행복한 듯 잡은 손을 힘차게 흔들었다.

"그러니까 나만의 비법을 알려줄 때 정신 차리고 듣긴 했구먼!"

칭찬을 듣고는 마음이 놓이고 기분 좋아진 아서스는 씩 미소를 지었다. 무라딘이 가르쳐준 어떤 동작은 성기사 훈련을 받는 동안에도 반복해서 연습했지만, 다른 것들은 이야기가 달랐다. 아서스가 생각하기에 빛의 수호자 우서 경이라면 발로 배를 걷어찬다든지, 깨진 술병을 이용하는 등의 꽤 유용한 편법은 모를 것이다. 고귀하고 격식을 차리는 싸움이 있는가 하면, 무슨 수를 쓰든 이기고 보는 *싸움*이 있는 법이니까. 그리고 무라딘 브론즈비어드는 아서스가 두 가지 기술을 모두 배우길 바랐다.

이제 열네 살이 된 아서스는 드워프족 대사인 무라딘이 외교 문제로 자리를 비울 때만 빼고 일주일에 서너 번씩 그와 훈련했다. 물론 처음에는 예상한 대로 형편없었다. 처음 열댓 번은 아서스가 잔뜩 멍이 들거나,

피투성이가 되거나, 한쪽 다리를 절며 훈련을 마치기 일쑤였다. 그러나 훈련에서 비롯된 통증이 수련의 일부라고 생각한 아서스는 고집스럽게 치료를 거부했다. 무라딘은 아서스의 태도가 마음에 들었고, 그를 더욱 힘들게 몰아붙이며 자신의 마음을 표현했다. 아서스도 절대 불평하지 않았다. 불평하고 싶은 마음이 굴뚝같을 때에도, 무라딘이 그를 호되게 꾸짖을 때에도, 그리고 방패를 들 수도 없을 만큼 완전히 지쳤는데 무라딘이 공격을 계속할 때에도 말이다.

불평하고 싶은 마음을 꾹 참고 훈련을 계속한 대가로 아서스는 두 가지 귀중한 선물을 손에 넣었다. 첫째로 매우 많은 것을 배웠고, 둘째로 무라딘 브론즈비어드에게 인정받게 된 것이다.

"오, 그럼요, 스승님. 저, 집중했습니다."

아서스가 쿡쿡 웃었다.

"좋아, 녀석. 자, 오늘은 여기까지. 오늘도 꽤 얻어터졌지? 좀 쉴 때도 되었지."

무라딘이 까치발을 들고 아서스의 어깨를 두드렸다. 말을 마친 무라딘의 눈이 장난기로 반짝였다. 아서스 역시 스승의 말이 옳다는 듯 고개를 주억거렸다. 사실 오늘 얻어터진 사람은 아서스가 아니라 무라딘이었다. 그리고 무라딘도 아서스만큼이나 그 사실이 기쁜 듯했다. 아서스는 무라딘을 향한 애정으로 가슴이 따뜻해지는 것을 느꼈다. 엄격한 스승이긴 해도 무라딘은 아서스가 매우 아끼는 사람이었다.

휘파람을 불며 숙소로 돌아가던 아서스는 갑자기 들려온 큰 소리에 발걸음을 멈췄다.

"아니요, 아버지! 그렇게 하지 않을 거예요!"

"칼리아, 이 대화도 이제는 지겹다. 이 문제에 네 의견은 필요 없다!"

"아빠, 제발요. 싫어요!"

아서스가 칼리아의 방으로 슬금슬금 다가갔다. 걱정스러운 마음에 문틈 사이로 엿듣기 시작했다. 테레나스 왕은 칼리아를 무척 아꼈다. 도대체 아버지가 무엇을 시키셨기에 칼리아가 저렇게 대드는 것일까? 게다가 자라면서 더 이상 쓰지 않게 된 아빠라는 말까지 하면서?

칼리아가 흐느껴 울기 시작했다. 아서스는 더 이상 가만히 있을 수가 없었다. 그래서 문을 열었다.

"죄송합니다. 우연히 듣게 되었어요. 그런데 무슨 일이에요?"

요즘 들어 부쩍 이상하게 행동하는 왕이었다. 이제는 열여섯 살 된 큰딸에게 화를 내고 있다니.

"네가 상관할 바가 아니다, 아서스. 네 누나에게 무언가를 시킨 것뿐이니. 내 명을 따르게 될 게야."

테레나스 왕이 대답했다.

칼리아가 침대에 쓰러져 울고 있었다. 놀란 아서스는 아버지와 누나를 번갈아 쳐다볼 뿐이었다. 왕이 혼잣말을 내뱉더니 밖으로 휙 나갔다. 아서스는 누나를 흘끗 바라보고는 아버지의 뒤를 따랐다.

"아버지, 잠시만요. 무슨 일입니까?"

"내게 묻지 마라. 아버지의 명을 따르는 것이 칼리아의 의무이니라."

왕이 문을 벌컥 열고 알현실로 들어갔다. 방 안에는 다발 프레스톨 경과 아서스가 모르는 달라란의 마법사 두 명이 있었다. 프레스톨 경은 아버지가 무척 높이 평가하는 젊은 귀족이었다.

"누나한테 가보거라, 아서스. 달래주도록 하고. 이따 보자꾸나."

세 명의 방문객을 한번 둘러본 아서스는 고개를 끄덕이고는 칼리아의 처소로 향했다. 누나의 울음소리는 잦아들었지만 여전히 침대에 엎드린 채였다. 아서스는 무슨 말을 해야 할지 몰라 어색했지만, 일단 누나 옆에 앉았다.

고개를 든 칼리아의 얼굴이 흠뻑 젖어 있었다.

"그, 그런 모습을 보게 해서 미안해. 하, 하지만 차라리 잘된 건지도 몰라."

"아버지가 뭘 원하시는 거야?"

"내 뜻과 상관없이 결혼을 시키려 하셔."

아서스가 눈을 깜빡였다.

"누나는 이제 겨우 열여섯이야. 결혼할 나이도 안 됐다고."

공주가 손수건을 가져다가 부어오른 눈을 눌렀다.

"아버지께 그렇게 말씀드렸지. 그렇지만 그건 중요하지 않대. 약혼을 발표하고 내 생일이 되면 프레스톨 경과 결혼하게 될 거야."

이제야 감을 잡은 아서스의 초록색 눈이 크게 떠졌다. 그래서 프레스톨 경이 여기 있었군. 아서스가 어색하게 입을 열었다.

"저기, 집안이 좋은 사람이잖아. 그리고 그 정도면 잘생겼잖아. 다른 사람들도 그러더라고. 최소한 늙은 건 아니잖아."

"아서스, 넌 몰라. 집안이 얼마나 좋든, 얼굴이 잘생기든, 얼마나 친절하든, 난 그런 거 상관없어. 그저 내게 아무런 선택권이 없다는 게 싫을 뿐이야. 난, 난 마치 네 말 같아. 사람이 아니라 동물 같다고. 아버지 마음대로 남한테 줘버리는. 정치적 거래를 위해 말이야."

"누나, 누나는 프레스톨 경을 사랑하지 않아?"

"사랑?"

칼리아의 충혈된 푸른 눈이 날카로워졌다.

"그 사람을 잘 알지도 못한다고! 내게 관심 한 번 보인 적도…. 오, 이게 다 무슨 소용이람. 왕족과 귀족 사이에선 늘 일어나는 일이라는 거 잘 알아. 체스의 졸처럼 명령에 따라 움직여야 하는 것도. 그렇지만 설마 아버지가 이러시리라고는…."

아서스도 아버지가 이렇게 나오리라고는 상상도 못했다. 솔직히 말해 아서스는 자신이나 누나의 결혼에 대해 생각해본 적도 없었다. 그저 무라딘과 훈련하거나 천하무적을 타고 달리는 데에 훨씬 더 관심이 많았다. 그렇지만 칼리아의 말이 옳았다. 귀족들 사이에서는 정치적 입지를 굳히기 위해 혼사를 맺는 일이 보편적이었다.

다만 자신의 아버지가 딸을 교배용 암말처럼 팔아넘기리라고는 예상하지 못했다. 아서스가 진심을 담아 입을 열었다.

“누나, 정말 안됐다. 혹시 다른 사람은 없을까? 더 나은 혼사가 있다고 아버지를 설득할 수도 있잖아. 누나도 행복해질 수 있는 결혼 말이야.”

칼리아가 씁쓸한 표정으로 고개를 흔들었다.

“소용없어. 아버지 말씀 들었잖아. 내게 부탁하신 것도, 프레스톨 경이 어떻냐고 물어보신 것도 아냐. 명령하신 거지.”

칼리아는 애원하듯 아서스를 바라보며 말을 이었다.

“아서스, 네가 왕이 되면… 약속해, 네 아이들에게는 그런 짓을 하지 않겠다고.”

아이? 아서스는 그런 것에 대해 생각할 준비가 전혀 되어 있지 않았다. 마음에 드는 여자도 하나 없…. 아니, 있긴 있다. 그러고 보니 그녀를 떠올린 지도 어언….

“그리고 네가 결혼할 때가 되면, 내게 그러신 것처럼 네게도 명령하실 순 없을 거야. 적어도 넌 그녀를 아끼고, 그녀 또한 너를 아껴야만 해. 아니면 여자가 자신의 인생과 치, 침대를 함께 나눌 사람을 고르는 데 자신의 의견쯤은 이야기할 수 있게 해줘.”

칼리아가 다시 울기 시작했다. 그러나 아서스는 방금 깨달은 사실에 너무 놀라 누나가 우는 것도 알아채지 못했다. 그는 열네 살밖에 되지 않았지만 앞으로 4년만 지나면 결혼할 나이가 될 터였다. 갑자기 메네실

혈통의 미래에 대해 여기저기서 주워들은 말이 떠올랐다. 그의 아내는 곧 미래 왕들의 어머니가 될 것이다. 분명히 신중하게, 그리고 칼리아가 부탁한 것처럼 강제하지 않고 아내를 골라야 할 터였다. 아서스의 부모님은 서로를 매우 아꼈다. 오랜 세월 동안 함께했는데도 여전히 서로에게 미소 짓고 상냥하게 대하는 것을 보면 알 수 있었다. 아서스 역시 그런 관계를 원했다. 인생의 동반자, 친구 그리고….

아서스가 갑자기 얼굴을 찌푸렸다. 하지만 혹시라도 그러한 관계를 맺을 수 없다면?

"미안해, 누나. 하지만 어떻게 보면 누나가 운이 좋은 걸지도 몰라. 고를 수 있는 자유가 있지만, 원하는 것을 가질 수 없다면 더 나쁠 수도 있어."

"한낱 고, 고기 덩어리처럼 취급당할 바엔 차라리 그 편을 택하겠어."

"우리에겐 의무가 있어. 누나는 아버지가 원하는 사람과 결혼하고, 나는 왕국을 위해 결혼할 의무 말이야."

아서스가 조용히, 그리고 진지하게 말했다. 그러고는 갑자기 자리에서 벌떡 일어났다.

"누나, 미안해."

"아서스, 어디 가는 거야?"

아서스는 대답하지 않았다. 그리고 달리듯 왕궁을 가로질러 마구간으로 향했다. 그는 마부를 기다리지도 않고 천하무적에 직접 안장을 얹었다. 문제로부터 달아나는 것밖에 안 되는 일시적인 해결책이었지만, 그는 아직 열네 살이었다. 일시적이라도 해결책은 해결책이었다.

그가 천하무적의 등 위에 납작 엎드렸다. 매끄러운 근육과 우아한 자태를 뽐내며 말이 달리자, 하얀 갈기가 바람에 흩날리며 아서스의 얼굴을 세차게 때렸다. 저절로 미소가 떠올랐다. 아서스와 말이 하나의 존재처럼 합쳐져 달릴 때만큼 행복한 순간은 없었다. 천하무적이 자라는 동안 아서스는 인내심을 지니고 기다렸다. 물론 유혹에 넘어갈 뻔한 적도 많았다. 세상에 태어나는 순간을 목격한 바로 그 말이 완전히 자라기를 참으로 오랫동안 기다렸다. 역시 기다린 보람이 있었다. 둘은 완벽한 팀이었다. 천하무적은 그에게 아무것도 바라지 않았다. 아서스가 갑갑한 궁을 벗어나길 간절히 바라는 것처럼, 천하무적 역시 답답한 마구간을 벗어날 기회만 원하는 것 같았다. 그렇게 둘은 함께 그곳을 벗어났다.

아서스가 정말 좋아하는 도약 코스가 점점 가까워지고 있었다. 수도의 동쪽에 있는 발니르 농장 근처에 조그만 언덕 지대가 있었다. 천하무적이 공중으로 풀쩍 뛰어올랐다. 둔탁하게 때려대는 발굽에 땅이 푹푹 패어들었다. 천하무적은 평지를 달리는 것과 같은 속도로 언덕 꼭대기까지 올라갔다. 왕자는 급작스레 방향을 바꿔 좁은 오솔길로 향했다. 작은 돌들이 사방으로 튀고, 아서스와 천하무적의 심장은 흥분으로 뛰었다. 아서스는 제방 너머 왼쪽으로 방향을 바꾸었다. 발니르 농장으로 가는 지름길이었다. 천하무적은 머뭇거리지 않았다. 천하무적은 아서스가 뛰라고 할 때 단 한 번도 머뭇거린 적이 없었다. 말이 뛰어오를 준비를 갖추고 앞으로 몸을 내던진 바로 그 순간, 놀랍도록 아름답고 심장이 멈추는 듯한 그 순간, 말과 왕자는 모두 공중에 떠 있었다. 그런 다음 부드러운 잔디 위로 안전하게 착지한 둘은 다시 빠른 속도로 내달았다.

그야말로 천하무적이었다.

제 4 장

"왕자 전하, 보시다시피 백성의 세금은 훌륭하게 잘 쓰이고 있습니다. 시설을 운영하는 데 필요한 모든 안전 조치도 취해지고 있습니다. 사실 경비가 너무나 삼엄한 덕분에 검투사 대결을 벌일 수 있을 정도지요."

애델라스 블랙무어 사령관이 말했다.

"나도 들었소."

사령관을 따라 포로수용소를 둘러보던 아서스가 대답했다. 포로수용소라기보다는 모든 수용소의 중추부와 같은 거대한 던홀드 요새는 오히려 흥겨운 분위기를 풍기고 있었다. 서늘하고 맑은 가을 오후, 불어오는 바람에 성 위에 달아놓은 푸른색과 흰색 깃발이 활기차게 나부꼈다. 바람은 성벽을 따라 걷는 블랙무어의 길고 검은 머리를 휘젓고 아서스의 망토를 펄럭였다.

"이제 직접 보실 차례입니다."

알랑거리는 미소를 지으며 블랙무어가 말했다.

던홀드 요새를 불시에 방문하는 것은 아서스의 생각이었다. 이 말을 들은 테레나스 왕은 아서스의 솔선하는 모습과 따뜻한 관심을 칭찬했다.

"그래야 마땅하지요."

아서스가 겸손하게 대답했다. 물론 아서스의 대답에는 진심이 담겨 있었다. 사령관이 데리고 있다는 오크 한 놈에 대한 호기심을 충족시키는 것이 본래 목적이긴 했지만 말이다.

"세금이 블랙무어의 주머니가 아닌 포로수용소에 제대로 쓰이고 있는지 확인해야 합니다. 검투사에게 적절한 처우는 하고 있는지, 혹시 그의 아버지의 전철을 밟고 있는 건 아닌지도 살펴보아야지요."

블랙무어 사령관의 아버지였던 애들린 블랙무어 장군은 악명 높은 반역자로, 국가 기밀을 팔아넘긴 혐의로 유죄 판결을 받았다. 그 일이 벌어진 것은 아들인 사령관이 아직 어린아이였을 때였지만, 그 오명은 애델라스 블랙무어 사령관의 군 생활 내내 그를 따라다녔다. 여러 전투에서 거둔 놀라운 승리의 전적과 특히 오크와 싸울 때 보여준 뛰어난 용맹함 덕분에 블랙무어는 현재의 자리에 오를 수 있었다. 아서스는 사령관의 입에서 술 냄새를 맡을 수 있었다. 지금은 아침인데도 말이다. 테레나스 왕이 사령관의 음주 문제를 모를 리 없었지만, 어쨌거나 아서스는 이 사실을 아버지에게 보고하기로 마음먹었다.

아서스는 차려 자세로 꼿꼿이 서 있는 수십 명의 경비병들에게 관심을 보이는 척하면서 아래를 내려다보았다. 미래의 왕인 아서스가 여기 없더라도 그렇게 경비 태도가 좋은지 아서스는 궁금했다.

"오늘 승부가 기대되는군요. 사령관이 데리고 있다는 스랄이 싸우는 걸 볼 수 있을까요? 소문은 익히 들었습니다."

아서스의 말을 듣고 블랙무어 사령관이 미소 지었다. 단정하게 다듬은 턱 밑의 염소수염이 벌어지더니 하얀 이가 드러났다.

"오늘 싸울 예정은 아닙니다만, 왕자 전하를 위해서라면 스랄에 비해 손색이 없는 놈으로 골라 대결을 시키도록 하겠습니다."

두 시간 뒤 포로수용소를 전부 둘러본 아서스는 블랙무어 사령관과 또 다른 남자와 함께 식사를 하게 되었다. 블랙무어 사령관이 자신의 '후계

자' 라며 소개한 카라마인 랭스턴이라는 젊은이였다. 아서스는 첫눈에 그가 마음에 들지 않았다. 특히 험한 일 한 번 해본 적 없을 듯한 야들야들한 손이나 기운 없이 늘어진 몸가짐이 그랬다. 최소한 블랙무어 사령관은 전투에서 세운 공으로 그 자리를 얻어낸 것 아닌가. 열일곱인 아서스보다 나이는 많지만 소년이라고밖에 생각되지 않는 이 남자는 남들이 고이 바치는 것만 받고 자란 듯했다.

'뭐, 나도 그렇긴 하지.'

아서스가 생각했다. 그래도 아서스는 왕으로서 치러야 할 희생에 대해 잘 알고 있었다. 반면 랭스턴은 살면서 얻지 못한 것은 단 하나도 없는 사람 같았다. 최고로 맛있는 부위의 고기와 가장 큰 파이만 골라 냠냠 먹고 있는 지금도 마찬가지였다. 블랙무어 사령관은 이와 반대로 음식은 조금밖에 먹지 않았지만 포도주는 랭스턴보다 훨씬 많이 마셨다.

한 하녀가 들어오고 블랙무어 사령관이 그녀를 자기 소유물인 양 만지는 모습을 본 순간, 두 사람에 대한 아서스의 혐오감이 극에 달했다. 수수한 옷을 입긴 했지만 치장이 필요 없을 정도로 아름다운 얼굴의 금발 소녀는 사령관의 손길을 즐기는 듯 미소 지었지만, 아서스는 그녀의 푸른 눈에 언뜻 불쾌한 기운이 스치는 것을 알아챘다.

"이 아이는 타레사 폭스턴입니다. 제 시종 타미스의 딸년이지요. 타미스는 곧 보시게 될 겁니다."

접시를 치우는 소녀의 팔을 연신 쓰다듬으며 사령관이 말했다.

아서스는 소녀에게 미소를 지어 보였다. 햇빛에 연하게 바랜 머리라든가, 까무잡잡하게 탄 피부라든가, 소녀는 제이나와 비슷한 구석이 있었다. 그녀는 빙그레 웃고는 얌전히 고개를 돌리고 계속해서 접시를 치웠다. 그러고 나서는 무릎을 살짝 굽히고 절을 한 후 방을 나섰다.

"전하께도 곧 저런 아이가 생길 겁니다."

껄껄 웃으며 사령관이 말했다. 조금 지나서야 말뜻을 알아들은 아서스가 당황하여 눈을 껌뻑거렸다. 블랙무어 사령관과 랭스턴이 더 큰 소리로 웃더니 이내 사령관이 술잔을 들었다.

"금발 머리 아가씨들을 위하여!"

능글맞은 어조로 그가 소리쳤다. 아서스는 제이나를 떠올리며 타레사를 잠시 돌아보았다. 그러고는 내키지 않는 듯 술잔을 들어 올렸다.

한 시간 뒤, 아서스의 머릿속에서 타레사 폭스턴이나 그녀가 받고 있는 부당한 처우에 관한 생각 따위는 사라진 지 오래였다. 고함을 지르느라 목이 쓰라리고 손뼉을 치느라 손이 아팠지만 아서스는 그 어느 때보다 즐거운 시간을 보내고 있었다.

처음에는 마음이 불편했다. 처음 몇 판은 맹수들이 차례대로 맞붙어 죽을 때까지 싸우는 것이었다. 구경하는 사람에게 볼거리를 제공하는 것 말고는 다른 목적이 없었다.

"싸움판에 내보내기 전에 저 동물들은 어떤 대우를 받고 있소?"

처음에 아서스가 물었다. 워낙 동물을 좋아했기에 동물이 학대 받는 광경을 보기가 편치 않았다.

랭스턴이 입을 열려 하자 블랙무어 사령관이 재빨리 눈치를 주었다. 그러더니 포도 한 송이를 들고 긴 의자에 기대어 앉은 사령관이 씩 웃으며 대신 대답했다.

"당연히 싸울 때 최고의 상태를 유지하게 하지요. 그래서 포획할 때나 가둬둘 때에도 조심스럽게 다루고 있습니다. 그리고 보시다시피 싸움은 금방 결판납니다. 살아남더라도 다시 싸울 수 없을 경우에는 고통 없이, 빠르게 처치하지요."

아서스는 남자의 말이 사실이길 바랐다. 그가 거짓말을 하고 있다는 불길한 예감이 들었지만 애써 무시했다. 그러나 찜찜한 기분은 사람 대 동물의 싸움이 시작되자 곧 사라져버렸다. 아서스가 완전히 싸움에 푹 빠져 구경하고 있을 때, 블랙무어 사령관이 다시 입을 열었다.

"이 사람들은 보수가 아주 좋습니다. 사실 유명 인사나 다름없지요."

물론 오크는 그런 대우를 받지 못했다. 아서스 역시 그 사실을 알고 있었고 당연한 일이라 여겼다. 아서스가 정말 보고 싶은 것은 사령관이 아끼는 오크였다. 아주 어릴 때 발견하여 싸움꾼으로 만들었다는 바로 그 오크, 스랄.

역시 오크의 경기는 아서스를 실망시키지 않았다. 지금까지의 격투는 모두 군중을 위한 준비 운동에 불과했다. 끼익 문이 열리고 거대한 초록색 형체가 앞으로 걸어 나오자, 관중이 하나같이 소리를 지르며 자리에서 벌떡 일어났다. 아서스 역시 자신도 모르게 군중의 일부가 되었다.

스랄은 그야말로 거대했다. 아서스가 포로수용소에서 본 어떤 오크보다도 훨씬 건강하고 민첩했기 때문에 실제보다도 더 커 보였다. 갑옷을 걸치지 않고 투구도 쓰지 않은 탄탄한 근육 위의 초록색 피부가 팽팽해졌다. 게다가 다른 오크보다 자세 또한 꼿꼿했다. 귀청이 터질 듯한 관중들의 함성 속에 스랄은 주먹을 휘두르며 큰 원을 그리면서 한 바퀴 돌았다. 경축일에나 등장하는 장미꽃잎이 위를 쳐다보는 그의 흉측한 얼굴 위에 흩날렸다.

"저렇게 하라고 가르쳤죠."

블랙무어 사령관이 자랑스럽다는 듯 말했다.

"참 이상한 일이죠. 관중은 저렇게 환호하긴 하지만 매 경기마다 놈이 지기를 바라고 있거든요."

"지금까지 진 적이 있는가?"

"단 한 번도 없습니다. 물론 앞으로도 그럴 테고요. 하지만 사람들은 계속해서 놈의 패배를 바라고, 그래서 돈은 계속 쏟아져 들어오고 있습니다."

아서스가 그의 눈을 가만히 들여다보았다.

"당신이 벌어들이는 돈에서 합법적인 금액이 왕실 금고로 들어가기만 한다면 계속해서 격투할 수 있도록 허가 받을 것이오, 사령관."

다시 아서스가 격투장을 돌고 있는 오크를 쳐다보았다.

"저자, 제대로 통제되고 있소?"

"그럼요. 인간 손에서 자라 우리를 두려워하고 존중하도록 교육 받았습니다."

사령관이 즉시 대답했다.

그럴 리는 없었지만 이 말을 듣기라도 한 것처럼 스랄이 아서스와 사령관, 랭스턴이 앉은 곳으로 고개를 돌렸다. 그러고는 인사로 가슴을 몇 차례 쿵쿵 두들기더니 깊이 머리를 숙였다.

"보셨죠? 저놈이 바로 제 겁니다."

블랙무어 사령관이 흐뭇하게 말했다. 그가 자리에서 일어나 깃발을 흔들자 격투장 건너편에서 건장한 붉은 머리의 사내 역시 깃발을 흔들었다. 그러자 거대한 전투용 도끼를 거머쥔 스랄이 문을 바라보고 섰다.

경비병들이 문을 열었다. 그러나 문이 채 열리기도 전에 천하무적만한 곰 한 마리가 밖으로 뛰쳐나왔다. 잔뜩 털을 곤두세운 곰은 스랄을 향해 대포알처럼 달려들었다. 놈이 으르렁거리는 소리가 관중의 함성 너머로 들릴 정도였다.

스랄은 미동도 하지 않고 자리를 지켰다. 그러다가 곰이 코앞까지 닥쳐오자, 한 발자국 옆으로 물러서며 거대한 도끼를 휘둘렀다. 도끼가 곰의 옆구리에 큰 상처를 남기자 곰이 고통으로 악을 쓰며 빙글빙글 돌았다. 사방으로 피가 튀었다. 여전히 오크는 그 자리에 가만히 서 있었다.

발끝만으로 서 있던 놈은 덩치에 어울리지 않게 빠른 속도로 움직였다. 완벽한 공용어로 곰에게 야유를 퍼붓는 그의 목소리는 허스키했다. 이번에는 정면으로 곰에게 달려들며 다시 한 번 도끼를 내리찍었다. 곰의 머리가 거의 잘려 나갔다. 덜렁거리는 목으로 잠시 이리저리 뛰어다니던 곰은 이내 그 자리에 쓰러져 몸을 부들부들 떨었다.

스랄이 고개를 한껏 뒤로 젖히고 승리의 함성을 쏟아냈다. 군중들은 난리가 났고, 아서스는 멍하니 그 광경을 쳐다보았다.

오크는 한 군데 긁힌 자국조차 없었다. 그리고 숨도 그리 가쁜 것 같지 않았다.

아서스의 반응을 지켜보며 웃던 블랙무어 사령관이 입을 열었다.

"이건 시작에 불과합니다. 이번에는 사람 셋이 놈을 공격할 차례이지요. 물론 절대 사람을 죽여선 안 되고 이기기만 하면 된다고 철저히 교육을 받았지요. 무지막지한 힘이 아니라 전략을 이용한 싸움이 될 겁니다. 그래도 고백하건대, 놈이 한 방에 곰의 목을 베어버리는 걸 보고 있자면 자랑스러운 마음이 드는 건 어쩔 수가 없지요."

곧 덩치가 큰 근육질의 인간 검투사 세 명이 격투장으로 들어서서 스랄과 군중을 향해 인사했다. 세 명의 상대를 위아래로 훑고 있는 스랄을 쳐다본 아서스는 오크를 천하의 싸움꾼으로 만든 사령관의 행동이 과연 현명한 것인지 의심스러웠다. 혹시라도 스랄이 그곳에서 탈출한다면 다른 오크들에게 싸움 기술을 가르칠지도 모를 일이었다.

아무리 경비가 삼엄해도 그럴 가능성은 언제나 있었다. 오그림 둠해머가 왕궁 중심에 있는 언더시티에서 탈출했다면, 스랄 역시 던홀드 요새를 빠져나갈 수 있었다.

★ ★ ★

왕자의 방문은 닷새간 계속되었다. 어느 날 저녁 늦게, 왕자의 숙소로 타레사 폭스턴이 찾아왔다. 자신 없는 노크 소리를 들은 왕자는 하인들이 대체 어디로 갔는지 의아해하며 직접 문을 열었다. 그런데 아름다운 금발의 아가씨가 각종 진미가 가득 담긴 쟁반을 들고 서 있는 것 아닌가. 아서스는 깜짝 놀랐다. 그녀는 부끄럽다는 듯 눈을 내리 깔고 있었지만, 그녀의 옷이 몸을 워낙 훤히 드러내고 있어서 아서스는 잠시 아무 말도 하지 못했다.

그녀가 고개를 숙여 인사했다.

"한 번 즐겨보시라며 블랙무어 나리께서 이것들을 보내셨습니다."

그녀의 볼이 붉게 물들었다. 아서스는 정신이 멍했다.

"… 별로 시장하진 않지만 사령관께 고맙다고 전해라. 그리고 내 하인들은 어디로 갔는지 궁금하구나."

"다른 하인들의 초대로 함께 식사를 하러 갔습니다."

타레사가 대답했다. 여전히 고개는 들지 않은 채였다.

"그렇군. 사령관의 마음 씀씀이가 고맙구나. 하인들도 고마워할 게다."

그녀는 방을 나갈 생각이 없어 보였다.

"무슨 할 말이라도 있느냐?"

타레사의 볼이 더욱 붉어졌다. 그녀가 고개를 들었을 때 두 눈은 모든 것을 체념한 듯 보였다.

"한 번 즐겨보시라며 블랙무어 나리께서 이것들을 보내셨습니다. 좋아하실지도 모르신다며."

그 순간, 아서스는 무슨 일인지 이해가 되었다. 당황스러운 동시에 짜증과 화가 밀려왔다. 그는 애써 마음을 진정시켰다. 그녀의 잘못은 아니지 않은가. 오히려 불쌍하게도 이용당하고 있었다.

"타레사, 음식은 고맙게 받겠다. 그것 말고는 되었다."

"전하, 죄송한 말씀이지만 사양하지 마시옵소서. 나리께서 봐주시지 않을 겁니다."

"내가 괜찮다고 하더라고 전해라."

"그게 아니라, 제가 그냥 돌아가면 나리께서…."

아서스는 쟁반을 들고 있는 타레사의 손과 긴 머리를 내려다보았다. 그는 한 발자국 다가가서 길게 늘어뜨린 그녀의 머리채를 어깨 뒤로 넘겼다. 손목과 목에 푸르스름한 멍 자국이 선명했다. 아서스가 눈살을 찌푸렸다.

"알겠다. 그러면 들어오너라."

타레사가 방 안으로 들어오자, 아서스가 문을 닫고 그녀를 향해 몸을 돌렸다.

"원하는 만큼 여기 있다가 돌아가거라. 그건 그렇고, 나 혼자 이걸 다 먹을 수는 없겠는데."

아서스가 그녀에게 앉으라며 손짓하고는 그녀의 맞은편에 앉아 미소를 띠며 작은 파이 한 조각을 집어 들었다.

타레사가 멍하니 눈을 깜빡였다. 왕자의 말을 알아듣기까지는 잠시 시간이 걸렸다. 포도주를 따르는 그녀의 얼굴에는 조심스러운 안도감과 함께 고마움이 흘렀다. 처음에는 예의상 몇 마디의 말로만 대답하던 그녀가 조금 지나자 자연스럽게 말을 꺼내기 시작했다. 몇 시간 동안 음식을 먹으며 이야기를 나누다 보니, 이제는 돌아가도 괜찮을 것 같았다. 쟁반을 든 타레사가 왕자를 돌아보았다.

"전하, 다음으로 왕위에 오르실 분께서 이리도 착한 심성을 지니셨다니, 기쁠 따름입니다. 전하께서 왕비로 맞으실 분이 누구인지는 몰라도 매우 운이 좋으신 분입니다."

왕자가 그녀에게 미소를 지어 보이며 문을 닫았다. 아서스는 잠시 문에 기댄 채 서 있었다.

왕비로 맞을 여자라…. 아서스는 누나와 했던 이야기를 떠올렸다. 누나는 다행히 그때 결혼하지 않았다. 테레나스 왕이 프레스톨 경에게서 미심쩍은 구석을 찾은 것이다. 나쁜 짓을 꾸미고 있다는 확실한 증거는 없었지만 혼사를 중단하기에는 충분했다.

프레스톨 경과 약혼할 뻔했던 당시의 칼리아보다 한 살 더 먹은 아서스도 이제 결혼할 나이였다. 곧 신붓감에 대해 생각해야 할 때가 다가오리라.

내일이면 궁으로 돌아가겠지만, 그것은 내일 일이었다.

겨울이 오는 찬 기운이 공기 중에서 느껴졌다. 아름답던 늦가을의 마지막 날도 지나가버리고 금색과 빨강, 주황색을 자랑하던 나무들이 회색 하늘 아래 앙상한 모습을 드러냈다. 몇 달만 지나면 아서스는 열아홉이 되어 은빛 성기사단에 정식으로 입회할 예정이었다. 아서스는 마음속으로는 진즉 입회를 마쳤다. 무라딘과의 훈련이 몇 달 전에 끝나고 지금은 우서 경과 대련을 시작한 참이었다. 무라딘과 우서 경의 가르침은 서로 다른 것 같으면서도 어딘지 모르게 비슷했다. 무라딘이 가르쳐준 것은 전투와 상대에 집중하고 어떤 일이 있어도 전투에서 이기려는 마음가짐이었다. 반면 우서 경이 가르치는 성기사단의 규율에 의하면, 그들은 전투를 의식적인 측면에서 바라보는 동시에 실제 전투에 쓰는 검술이나 기술보다 전투에 참여하는 사람의 태도와 생각에 초점을 두었다. 아서스는 서로 다른 두 가지 방식이 모두 타당하다고 생각했다. 배운 것들을 실제 전투에서 써먹을 기회는 별로 없을 것 같지만 말이다.

보통 때라면 기도를 올릴 시간이었지만 외교상의 문제로 테레나스 왕과 우서 경이 스트롬가드로 떠나고 없었다. 이는 앞으로 며칠 동안 아서스의 오후 시간이 자유롭다는 뜻이었고, 날씨가 우중충하더라도 이 기회를 헛되이 날려버릴 아서스가 아니었다. 그는 늘 그렇듯 천하무적에 올라타고는 숲 속을 달리기 시작했다. 땅을 덮은 눈도 천하무적의 발을 늦추진 못했다. 머리를 흔들며 콧김을 내뿜는 천하무적뿐만 아니라 왕자의 입에서도 하얗게 입김이 올라왔다.

다시 눈이 내리기 시작했다. 이내 느릿느릿하고 통통한 눈송이가 아니라 작고 딱딱한 알갱이가 세차게 날아와 온몸을 때려댔다. 아서스는 얼굴을 찌푸렸지만 그대로 내달렸다. 조금만 더 갔다가 말을 돌릴 참이었다. 아니면 발니르 농장에 잠시 들르는 것도 괜찮은 생각이었다. 가본 지 오래되기도 했고, 그 비쩍 마른 망아지가 이렇게 훌륭하게 자란 것을 보면 조럼과 자림 부자가 매우 기뻐할 것이다.

처음에는 문득 든 생각이었지만 이제는 반드시 그렇게 해야 할 것 같은 기분이 든 아서스는 왼쪽 다리로 천하무적의 옆구리를 지그시 눌렀다. 가벼운 지시만으로도 천하무적은 곧장 방향을 틀었다. 눈발이 거세어지자 옷 밖으로 드러난 부분에 작은 바늘들이 날아와 꽂히는 것 같았다. 아서스는 조금이라도 눈을 피하기 위해 두건을 뒤집어썼다. 천하무적 역시 머리를 좌우로 흔들었다. 한여름 벌레들의 공격에 짜증을 내듯 피부가 움찔거렸다. 목을 앞으로 길게 빼고 전속력으로 질주하는 천하무적도 아서스만큼이나 달리기를 즐기고 있었다.

이제 곧 도약 코스가 나타날 테고, 그곳에서 조금만 더 가면 말에게는 따뜻한 마구간이, 왕자에게는 뜨거운 차 한 잔이 기다리고 있었다. 그런 다음 왕궁으로 돌아가면 되리라. 추위로 아서스의 얼굴은 점점 감각을 잃어가고 있었다. 최고급 가죽 장갑을 낀 손도 춥기는 마찬가지였다. 왕자는 꽁꽁 언 손가락을 애써 구부리며 고삐를 더욱 팽팽하게 말아 쥐었다. 그러고는 막 공중으로 뛰어오를 준비를 하는 천하무적에 몸을 더욱 밀착하며 점프에 대비했다. 아니, 이건 점프가 아니라 날아가는 것 같다….

말은 날 수 없었다. 공중으로 도약하기 직전, 아서스는 천하무적의 뒷다리가 돌덩이 위에서 미끄러지는 듯한 오싹한 기분을 느꼈다. 그 순간 말이 큰 소리로 울며 허공에서 발을 짚을 곳을 찾아 미친 듯 몸부림치기 시작했다. 갑자기 아서스의 목이 바짝 타들었다. 눈 덮인 부드러운 풀밭이 아니라 날카롭게 튀어나온 돌덩이가 무서운 속도로 자신과 말을 향해 다가오는 것을 느낀 아서스는 자신도 모르게 비명을 질렀다. 그는 허겁지겁 고삐를 잡아당겼다. 그렇게 하면 효과가 있는 것처럼, 무슨 조치라도 취할 수 있는 것처럼.

몽롱한 의식을 뚫고 소리가 들려왔다. 힘겹게 눈을 깜빡이며 의식을 되찾은 아서스의 귀에는 고통에 몸부림치는 동물의 끔찍한 비명이 들렸다. 몸이 경련을 일으키며 제멋대로 움직여서 아서스의 뜻대로 되지 않았다. 마침내 아서스가 몸을 일으켜 앉았다. 통증이 몸 구석구석을 훑고 지나갔다. 소름 끼치는 말의 비명에 왕자의 신음 소리까지 더해졌다. 갈비뼈가 한 대 이상 부러진 것 같았다.

눈발이 더욱 거세져 이제는 한 치 앞도 분간할 수가 없었다. 그는 고통을 이겨내려 애쓰며 목을 길게 뺐다. 도대체 어디서….

천하무적! 움직임이 시선을 끌었다. 김이 나면서 눈을 녹이고 붉게 번지는 피 웅덩이도 함께.

"안 돼…."

어떻게든 일어서려 애쓰는 아서스의 입에서 탄성이 새어나왔다. 시야의 가장자리가 어둠으로 물들면서 다시 한 번 의식이 가물거렸지만, 아서스는 정신력으로 버텼다. 아주 천천히, 그는 잔뜩 겁을 먹고 통증에 몸부림치는 말을 향해 다가갔다. 거센 바람과 눈발이 그를 넘어뜨릴 듯 불어댔다.

천하무적이 붉게 물든 눈밭 위에서 버둥거리고 있었다. 다치지 않은 두 뒷다리와 산산이 부서진 앞다리가 함께 허우적거렸다. 한때 그렇게나 길고, 곧고, 깨끗하고, 강력하던 두 다리가 이상한 각도로 꺾인 것을 본 아서스는 순간적으로 속이 메슥거리는 것을 느꼈다. 일어나려다 쓰러지기를 반복하는 천하무적의 모습은 다행히도 굵은 눈발과 아서스의 볼을 타고 흘러내리는 뜨거운 눈물에 가려 흐려졌다.

그는 흐느껴 울면서 천하무적에게 조금씩 다가갔다. 발버둥치는 말 옆에 겨우 무릎을 꿇은 아서스는 어찌할 바를 몰랐다. 뜨끈한 여물이 기다리고 있는 마구간에 도착할 때까지 임시로 동여맨다고 참을 수 있는 상처가 아니었다. 어떻게든 천하무적을 쓰다듬으며 진정시키고 싶어 머리를 향해 팔을 뻗었지만, 천하무적은 고통으로 제정신이 아니었다. 게다가 끊임없이 *비명을 지르고 있었다.*

'도와줘! 사제나 우서 경, 그들이라면 천하무적을….'

육체적인 고통보다 더 큰 아픔이 아서스를 뚫고 지나갔다. 주교와 우서 경 모두 아버지와 함께 스트롬가드에 가고 없었다. 다른 마을에 또 다른 사제가 있을지도 모르지만, 아서스는 그곳이 어디인지 몰랐다. 게다가 이 폭설에….

아서스는 귀를 감싸고 눈을 꼭 감은 채 뒷걸음질쳤다. 흐느끼는 그의 몸이 사시나무처럼 떨렸다. 이렇게 심한 폭설에 천하무적이 상처로 죽거나 얼어 죽기 전에 치유사를 찾을 수 있을 리 만무했다. 아무리 멀지 않은 곳에 있다고 해도 발니르 농장조차 찾을 수 있을지 확실치 않았다. 세상은 모두 흰색이었다. 꽁꽁 언 제방도 너끈히 뛰어넘을 수 있으리라 믿었던 그의 말이 죽어가고 있는 붉은 웅덩이만 빼고.

아서스는 어떻게 해야 할지 알고 있었다. 그러나 그렇게 할 수 없었다.

펑펑 울면서, 사랑하는 말이 고통에 몸부림치는 소리와 모습을 애써 보고 듣지 않으려고 애쓰며 얼마나 오래 앉아 있었는지 모른다. 이윽고 천하무적의 몸부림이 조금씩 잦아들었다. 눈 속에 누운 말의 옆구리가 호흡에 따라 오르락내리락했다. 심한 고통으로 눈알을 희번덕거렸다.

얼굴과 팔다리에 아무런 감각도 없었지만 아서스는 겨우 천하무적을 향해 다가갔다. 숨 쉴 때마다 고통이 뒤따랐지만 그는 오히려 고통이 달가웠다. 모두 그의 잘못이었다. 그의 잘못. 그는 천하무적의 커다란 머리를 자신의 무릎 위에 뉘였다. 그러자 아주 잠시, 그는 상처 입은 말과 함께 눈 속에 앉아 있지 않은 듯했다. 아니, 그는 이제 막 새끼를 낳으려는 암말과 함께 마구간에 앉아 있었다. 그 순간만큼은 모든 것이 이제 막 시작되려는 찰나였다. 이 놀랍고도 끔찍한, *피할 수 없는* 종착역으로 향하고 있지 않았다.

뜨거운 눈물이 말의 넓적한 볼 위로 뚝뚝 떨어졌다. 몸을 떨고 있는 천하무적의 갈색 눈이 소리 없는 고통으로 크게 벌어졌다. 아서스는 장갑을 벗고 천하무적의 불그스레한 회색빛 주둥이를 쓰다듬었다. 따스한 숨결이 손에 와 닿았다. 그런 다음 그는 천천히 말의 머리를 바닥에 내려놓고는 자리에서 일어났다. 그리고 조금은 따뜻해진 손으로 칼집을 더듬었다. 검을 빼들고 천하무적을 내려다보며 선 그의 발이 질퍽하게 녹은 붉은색 눈에 푹푹 빠졌다.

"미안해, 정말 미안해."

천하무적이 신뢰가 가득 담긴 눈으로 조용히 아서스를 올려다보았다. 곧 무슨 일이 벌어질 것인지, 왜 그래야만 하는지 이해한다는 듯한 표정이었다. 아서스는 더 이상 견딜 수 없었다. 다시 한 번 눈물이 시야를 가렸지만 아서스는 눈을 깜빡이며 애써 참았다.

아서스가 검을 들어 올렸다가 수직으로 내리꽂았다.

이것만은 제대로 한 것 같았다. 단 한 번의 시도로 천하무적의 심장을 꿰뚫은 것이다. 손이 얼어 있었다면 하지 못했을 일이었다. 그는 검이 말의 피부와 살집을 뚫고 들어가 뼈를 긁고는 맨 땅에 박히는 것을 느꼈다. 천하무적은 몸을 크게 한 번 들어 올렸다가 부르르 떨더니 이내 조용해졌다.

조림과 자림이 왕자를 발견한 것은 시간이 흘러 눈발이 가늘어진 후였다. 왕자는 한때 생명력과 기운이 넘치던 천하무적의 차디찬 시신 옆에 웅크린 채였다. 조림이 아서스를 안아 올리려 하자, 아서스가 고통으로 신음했다.

"유감입니다. 고통도, 사고도…."

조림이 말했다. 그의 목소리는 참을 수 없을 만큼 부드러웠다.

"그래요. 사고… 디딘 발이 미끄러지면서…."

아서스가 힘없이 대답했다.

"이런 날씨에 무리도 아니지요. 눈발이 갑자기 굵어졌습니다. 목숨을 건지신 게 다행이에요. 자, 어서…. 안으로 모시겠습니다. 궁으로는 사람을 보내지요."

"묻어줘… 여기에. 그렇게 해줄래요? 내가 찾아올 수 있게?"

조림의 억센 팔에 기댄 아서스가 몸을 뒤척이며 물었다.

아들과 잠시 시선을 주고받더니 조림이 고개를 끄덕였다.

"예, 그럼요. 아주 훌륭한 놈이었습니다."

아서스가 고개를 돌려 천하무적이라 이름 붙였던 말의 시신을 돌아보았다. 그들에게는 그 일이 사고였다고 믿게 할 것이다. 자신이 저지른 짓을 차마 남에게 말할 수는 없었다.

그 순간, 아서스는 속으로 맹세했다. 누구든 보호를 받아야 한다면, 그리고 다른 사람들을 위해 희생해야만 한다면 자신이 하겠다고 말이다.

'어떤 대가를 치르든.'

아서스가 다짐했다.

제 5 장

여름이 한창이었다. 말을 타고 스톰윈드의 거리를 행진하는 아서스 메네실 왕자의 머리 위로 햇볕이 무자비하게 내리쬐었다. 평생을 기다려온 날이었지만 기분이 무척 나빴다. 왕자의 완전 군장에 햇빛이 반사되었다. 스톰윈드 왕궁에 도착하기도 전에 쪄 죽을 것만 같았다. 게다가 타고 있는 군마는 힘이 세고 훈련이 잘되었으며 좋은 놈이긴 했지만, 천하무적이 아니었다. 천하무적이 죽은 지 몇 달밖에 되지 않았지만 아서스는 너무나 그리웠다. 의식이 시작되면 어떻게 해야 하는지 갑자기 아무 생각도 떠오르지 않았고 머릿속이 백지가 된 것 같았다.

옆에서 말을 탄 아버지는 아들의 이런 마음은 전혀 몰랐다.

"그토록 기다리던 날이 왔구나, 아들아."

테레나스 왕이 미소 지으며 말했다.

엄청난 열기와 투구의 무게에도 불구하고 아서스는 투구를 쓰고 있어서 다행이라고 생각했다. 얼굴이 가려지지 않는가. 억지로라도 미소를 지을 자신이 없었다.

"그렇습니다, 아버지."

차분한 목소리로 아서스가 대답했다.

이날은 스톰윈드 역사상 가장 큰 잔치가 열리는 날이었다. 테레나스 왕 말고도 많은 나라의 왕과 귀족, 유명 인사들이 찾아와 거대한 빛의 대성당으로 이어지는 흰 돌길을 따라 행렬을 이뤄 걷고 있었다. 1차 전쟁 동안 파괴되었던 스톰윈드 왕궁은 제 모습을 찾았고, 예전보다 더욱 아름다운 모습을 뽐냈다.

아서스의 어린 시절 동무이자 이제는 스톰윈드의 왕이 된 바리안은 벌써 결혼하여 아버지가 되었다. 그의 궁은 모든 귀족과 수행원들에게 완전히 개방되었다. 어젯밤 바리안과 술잔을 기울이며 이야기를 나눈 것이 이번 여행에서 가장 행복한 순간이었다. 10년 전에 고통 받던 소년은 자신감 넘치고 잘생긴 왕이 되었다. 정확하지는 않지만 자정에서 새벽 사이쯤 둘은 무기고로 가 어린 시절에 그랬듯 훈련용 나무 검을 가져다가 한참 동안 대련했다. 밤새 엄청난 양의 술을 들이켰는데도 둘은 비교적 멀쩡한 상태였고, 과거의 기억을 떠올리며 껄껄 웃고 즐거운 시간을 보냈다. 어릴 적부터 훈련을 받은 바리안은 전에도 솜씨가 좋았지만, 지금은 더욱 훌륭했다. 그러나 아서스 역시 훈련을 받아서 둘은 서로 비슷하게 공격을 주고받았다.

그러나 지금 이 순간에는 답답한 절차와 믿을 수 없을 정도로 뜨거운 갑옷, 자신이 이제 곧 받게 될 영예를 누릴 자격이 없다는 자괴감만이 그를 괴롭혔다.

딱 한 번, 아서스가 괴로운 심정을 우서 경에게 털어놓은 적이 있었다. 아서스가 기억하는 한 언제나 빛을 향해 변함없이 굳건했던 성기사 우서 경의 대답은 아서스를 놀라게 했다.

"아서스, 준비가 되었다고 느끼는 사람은 하나도 없다네. 자격을 갖추었다고 생각하는 사람도 없고. 왜 그런지 아는가? 아무도 *그렇지* 못하기 때문이라네. 빛의 축복은 순수하고 단순하다네. 우리는 본래부터 보잘것없는 존재야. 인간이기 때문이지. 인간, 엘프, 드워프, 모두가 불완전한 존재라네. 그래도 빛은 우리를 사랑하시네. 우리가 뛰어난 가치를 드물게나마 나타내기에, 남을 돕기에, 그리고 자격을 갖추지 못했다고 느끼면서도 훌륭한 존재가 되어 다른 사람들에게 빛의 교훈을 전달하려고 노력하기에 우리를 사랑하신다네."

말을 마친 우서 경이 아서스의 어깨에 손을 얹으며 좀처럼 보기 어려운 미소를 지어 보였다.

"그러니 그 옛날 내가 그랬듯 스톰윈드 왕궁에 서게. 아무리 자격이 없다고, 앞으로도 절대 자격을 갖추지 못할 거라고 느끼더라도 말이야. 그리고 자네보다 앞서 거쳐 간 수많은 성기사들도 같은 자리에 섰다는 사실을 기억하게나."

우서 경의 말이 조금은 위안을 주었다.

아서스는 어깨를 쫙 펴고 투구의 덮개를 올린 다음, 이 뜨거운 날 길에 나와 환호성을 올리고 있는 군중을 향해 미소 지으며 손을 흔들었다. 장미꽃잎이 그의 머리 위에서 흩날리고, 어디선가 트럼펫 소리가 울려 퍼졌다. 왕궁에 닿은 것이다. 아서스가 말에서 내리자 마부가 나타나 그의 군마를 데리고 갔다. 다른 하인이 그가 벗은 투구를 받아 들었다. 아서스의 금발 머리는 땀으로 축축이 젖어 있었다. 그는 장갑 낀 손으로 머리를 쓸어 넘겼다.

아서스가 스톰윈드에 온 것은 이번이 처음이었다. 그는 왕궁이 뿜어내는 평온한 기운과 강력한 힘에 깊은 인상을 받았다. 그는 카펫이 깔린 계단을 천천히 걸어 올라갔다. 돌로 만들어진 건물 안은 고맙게도 매우 시원했다. 어디선가 풍겨 오는 익숙한 향냄새가 마음을 차분히 가라앉혀주었다. 그의 가족이 궁의 작은 예배당에서 태우는 것과 같은 향이었다.

이곳에는 들뜬 군중들은 없었다. 예의를 갖추고 조용히 늘어서 있는 사제와 높은 신분의 사람들뿐이었다. 아서스는 그중 몇몇의 얼굴을 알아볼 수 있었다. 겐 그레이메인, 토라스 트롤베인, 댈린 프라우드무어 제독….

자신의 눈을 믿을 수 없다는 듯 아서스가 눈을 깜빡였다. 저절로 미소가 떠올랐다. 제이나! 마지막으로 본 이후 많이 자랐다. 눈이 부실 만한 미녀는 아니었지만 무척이나 예쁜 그녀는 어린 시절 그의 마음을 사로잡았던 생기와 지혜를 여전히 뿜어내고 있었다. 제이나 역시 아서스를 발견하고는 살짝 고개를 숙이며 미소를 보냈다.

아서스는 다시 제단에 집중했다. 다행히 아까까지만 해도 떨리던 마음이 진정되는 것 같았다. 공식 행사가 끝나고 난 후, 그녀와 잠시 이야기를 나눌 기회가 있으면 좋으련만.

알론서스 파올 대주교가 제단에서 그를 기다리고 있었다. 그는 산타클로스를 떠올리게 했다. 키가 작고 땅딸한 체구에 길게 내려뜨린 새하얀 수염, 밝게 빛나는 눈. 엄숙한 의식을 치르는 와중에도 그의 눈은 따뜻함과 상냥함을 담고 있었다. 아서스가 제단 앞에 무릎을 꿇자 대주교가 커다란 책을 펴고 입을 열었다.

"빛 안에서 우리는 형제에게 힘을 부여하기 위해 모였습니다. 빛의 은총 안에서 그는 새롭게 다시 태어날 것이요, 빛의 권능 안에서 만백성을 가르칠 것이며, 빛의 힘 안에서 그림자와 싸울 것이고, 빛의 지혜 안에서 형제들을 영원한 낙원으로 인도할 것입니다."

아서스의 왼편에는 사제인 남자와 여자 몇 명이 바닥까지 닿는 흰색의 긴 로브를 입고 조용히 서 있었다. 그중 몇 명은 최면을 걸듯 좌우로 흔들리는 줄 달린 향로를 들고 있었고, 다른 몇 명은 커다란 양초를 들었다. 마지막 한 명은 자수가 놓인 푸른색 띠를 들고 있었다. 아서스는 그들 중 상당수와 이미 인사를 나누었지만 이름이 머릿속에서 빠져나가버린 기분이었다. 희한한 일이 아닐 수 없었다. 자기 밑에서 일하는 사람들에게 진심으로 관심을 갖고 그들의 이름을 모두 기억하기 위해 항상 애쓰는 그였는데 말이다.

이윽고 파올 대주교가 왼편의 사제들더러 아서스에게 축복을 내리라고 말했다. 그들이 차례대로 축복을 마치자, 푸른 띠를 가지고 있던 사람이 앞으로 나와 그것을 왕자의 목에 두르고 눈썹에 성유를 발랐다.

"빛의 은총으로 그대의 동지들이 치유되기를."

파올 대주교가 아서스 오른편에 서 있는 남자들을 향해 섰다.

"은빛 성기사단이여, 이 남자가 적격이라고 판단한다면 축복을 내리시오."

첫 번째 무리와 달리 무겁고 반짝이는 갑옷을 입고 차려 자세로 서 있는 이 남자들은 모두 아서스가 아는 사람이었다. 그들은 은빛 성기사단에 속한 최초의 성기사들로, 수년 전 그들이 입단한 이후 처음으로 만나는 것이었다. 물론 우서 경이 있었고, 하스글렌의 현 총독으로 나이가 많아도 여전히 강인하고 품위 있는 티리온 폴드링, 키가 2미터에 달하는 사이단 다스로한, 그리고 독실하고 수염이 텁수룩한 게빈라드도 함께였다. 본래 구성원 중 한 명의 자리가 비었다. 아서스가 열두 살이던 2차 전쟁 중에 안두인 로서 경의 오른팔로 활동하다가 동료들과 차원문으로 들어간 후 실종된 투랄리온의 자리였다.

먼저 게빈라드가 거대하고 무거워 보이는 전투용 망치를 들고 앞으로 나섰다. 망치의 은빛 머리 부분에는 룬 문자가 새겨져 있고, 단단한 손잡이는 푸른 가죽으로 감싸여 있었다. 그는 망치를 아서스 앞에 놓고, 다시 형제들 옆에 섰다. 다음으로 걸어 나온 것은 아서스의 스승인 빛의 수호자 우서 경이었다. 그의 손에는 의식용 어깨보호대 한 쌍이 들려 있었다. 우서 경은 아서스가 아는 사람 중 가장 자제심이 강한 사람이었다. 그런데 아서스의 넓은 어깨에 어깨보호대를 올려놓는 그의 눈은 눈물이 가득

고여 밝게 빛나고 있었다. 그는 북받쳐 오른 감정으로 떨리지만 강한 목소리로 입을 열었다.

"빛의 힘으로 그대의 적이 무릎 꿇기를."

우서 경의 손이 아서스의 어깨 위에 잠시 머물렀다가 역시 뒤로 물러섰다.

파올 대주교가 왕자에게 상냥하게 미소 지었다. 아서스는 침착하게 그와 시선을 맞추었다. 더 이상 걱정되거나 떨리지 않았다. 해야 할 일도 모두 기억났다.

"일어나 들으라."

아서스가 파올 대주교의 말에 따랐다.

"아서스 메네실, 당신은 은빛 성기사단의 명예와 규율을 지킬 것을 맹세하는가?"

조금 놀라서 아서스가 눈을 껌뻑였다. 왕자 혹은 전하라는 호칭으로 불리지 않는 것이 놀라웠다. 그러나 아서스는 생각했다.

'당연하지. 한 사람으로서 입단하는 건데, 왕자가 아니라.'

"네, 맹세합니다."

"빛의 은총 안에서 움직이며 빛의 지혜를 다른 이들에게 전할 것을 맹세하는가?"

"네, 맹세합니다."

"어디에서든 악을 물리치고 목숨을 다하여 죄 없는 이들을 보호하기로 맹세하는가?"

"네, 맹… 네, 저의 피와 명예를 걸고 맹세합니다."

큰일 날 뻔했다. 맹세를 거의 망칠 뻔하다니….

파올 대주교가 안심하라는 듯 그에게 가볍게 윙크했다. 그러고는 사제들과 성기사들을 향했다.

"아서스의 맹세를 지켜보기 위해 여기 모인 형제자매 여러분, 손을 들어 빛께서 그를 밝게 비추게 하시오."

사제와 성기사들 모두 오른손을 들었다. 모두의 손이 부드럽고 따뜻한 빛을 발하고 있었다. 그들은 손을 들어 아서스를 가리키며 빛이 그를 향하게 했다. 경이로움으로 아서스의 눈이 크게 벌어졌다. 그리고 이 아름다운 빛이 자신을 감싸기를 기다렸다.

그런데 아무 일도 벌어지지 않았다.

적막한 시간이 흘렀다.

아서스의 눈썹 위에 송골송골 땀방울이 맺혔다.

'뭐가 잘못됐지? 왜 빛이 나를 감싸며 축복을 내리지 않는 거지?'

바로 그때, 천장에 난 창문을 통해 들어오던 햇빛이 빛나는 갑옷을 입고 홀로 서 있던 왕자를 향해 서서히 움직이기 시작했다. 아서스는 안도의 한숨을 내쉬었다. 우서 경이 말한 의구심 때문임이 분명했다. 모든 성기사들도 한 번씩은 경험했다는 의구심이 기다림의 순간을 더욱 길게 느끼도록 한 것이다. 우서 경의 말이 다시금 떠올랐다.

'자격을 갖추었다고 생각하는 사람도 없고…. 빛의 축복은 순수하고 단순하다네…. 그래도 빛은 우리를 사랑하시네.'

이제 빛이 그의 위에, 그의 속에, 그를 통해 밝게 빛났다. 눈이 멀 정도로 강한 빛 때문에 아서스는 눈을 감아야 했다. 처음에는 따뜻했는데, 이제는 화상을 입을 만큼 뜨거웠다. 아서스는 얼굴을 찡그렸다. 깨끗하게 박박 씻기는 듯한 느낌이 들었다. 속이 비워지고, 문질러 깨끗이 닦인 다음 다시 채워진 느낌이었다. 빛이 몸속에서 부풀어 오르다가 조금씩 사라지면서 견딜 만한 정도로 약해지는 것을 느꼈다. 그가 눈을 깜빡이고는 성기사단의 상징인 망치를 향해 손을 뻗었다. 손잡이에 손을 대며 파올 대주교를 올려다보자, 대주교가 더 활짝 미소를 띠었다.

"일어나시오, 로데론의 성기사 아서스 메네실. 은빛 성기사단에 들어온 것을 환영합니다."

아서스는 웃음을 참을 수 없었다. 그는 거대한 망치를 움켜쥐며 빙그레 미소를 지었다. 아서스는 조금 전까지만 해도 도저히 들 수 없을 것 같았던 큰 망치를 휙 소리와 함께 가볍게 위로 들어 올렸다. 아마도 빛 덕분인 것 같았다. 의기양양한 모습으로 아서스가 환성을 지른 순간, 왕궁은 쩌렁쩌렁 울리는 환호성과 박수 소리로 가득 찼다. 새로운 형제자매들이 다가와 아서스를 격렬하게 끌어안았다. 그런 다음 그의 아버지와 바리안, 다른 사람들이 제단으로 몰려오자 예의와 형식은 사라졌다. 아서스의 어깨를 움켜쥐려다 어깨보호대의 딱딱한 금속을 잘못 치는 바람에 아파하는 바리안을 본 순간 아서스 역시 너털웃음이 터져 나왔다. 어쩌다가 몸을 돌린 아서스의 눈에는 제이나 프라우드무어의 푸른 눈과 미소가 들어왔다.

새로운 은빛 성기사를 환영하는 군중에 둘러싸여, 둘은 겨우 몇 센티미터 떨어져 있을 뿐이었다. 이 좋은 기회를 그냥 날려버릴 수 없었다. 본능적으로 그의 왼팔이 그녀의 가느다란 허리를 감싸면서 그녀를 가까이 끌어당겼다. 아서스가 꽉 끌어안자 그녀는 놀란 것 같았지만, 기분 나빠 보이지는 않았다. 제이나도 아서스의 가슴팍에 얼굴을 묻은 채 웃으며 그를 안았다. 그러더니 몸을 뒤로 젖히고는 웃었다.

뜨거운 여름 오후, 군중의 흥겨운 소음이 한순간 사라지고 아서스에게 보이는 것이라고는 얼굴 가득 웃음을 짓고 있는 이 까무잡잡한 소녀뿐이었다. 입을 맞춰도 될까? 아니, *입을 맞춰야 하지* 않을까? 분명 하고 싶긴 했다. 그러나 아서스가 고민하는 사이에 제이나는 벌써 몸을 빼고 한 걸음 뒤로 물러섰다. 그리고 그녀가 서 있던 자리에는 어느새 비슷한 금발 머리의 소녀가 서 있었다. 칼리아가 웃으며 남동생을 꽉 끌어안았다.

“정말 자랑스럽다, 아서스.”

칼리아가 말했다. 아서스 역시 웃으며 누나를 껴안았다. 누나의 칭찬을 들으니 기뻤지만 기회가 있을 때 제이나에게 입을 맞추지 못한 것이 아쉽기만 했다.

“정말 훌륭한 성기사가 될 거야. 널 믿어.”

“정말 잘했다, 아들아. 오늘 네가 정말 자랑스럽구나.”

어느덧 테레나스 왕이 다가와 말했다.

아서스의 눈살이 찌푸려졌다. 오늘? 도대체 무슨 뜻일까? 다른 날에는 내가 자랑스럽지 않다는 뜻인가? 아서스는 갑자기 화가 치밀어 올랐다. 누구한테, 혹은 무엇 때문에 화가 나는지도 몰랐다. 빛이 빨리 자신을 인정하지 않은 것? 입을 맞출 수 있었는데 제이나가 품에서 빠져나간 것? 아니면 아버지의 말?

아서스는 억지로 미소를 짓고는 군중을 헤치며 밖으로 나갔다. 그를 아는 사람은 거의 없고, 그를 이해하는 사람은 더더욱 없는 이 무의미한 군중에 시달리는 것도 이만하면 되었다.

아서스는 열아홉 살이었다. 그 나이에 바리안은 1년 전부터 왕위에 올라 있었다. 원하는 일은 무엇이든 할 수 있는 나이였다. 게다가 이제는 은빛 성기사단의 축복이 그를 이끌어줄 것이다. 로데론의 왕궁에 머물러 있거나 지루한 공식 방문 등으로 시간을 낭비하고 싶지 않았다. 그는 무언가 재미있는 일을 하고 싶었다. 그의 힘, 지위, 능력을 이용해 누릴 수 있는 그 무언가를….

그리고 아서스는 자신이 무엇을 원하는지 정확히 알고 있었다.

2부

눈부신 여인

그 사이의 이야기

그날은 정확히 제이나 프라우드무어가 싫어하는 날씨였다. 폭풍우가 올 것 같은 을씨년스럽고 몹시 추운 날. 테라모어는 바다에서 불어오는 바람 덕분에 뜨거운 여름에도 선선했지만, 지금 도시에 휘몰아치는 바람과 비의 냉기는 뼛속까지 스미는 것 같았다. 불쾌한 듯 심하게 일렁이는 바다 위로 보이는 하늘 역시 회색빛으로 잔뜩 찌푸려 있었다. 날씨가 맑아질 기미는 전혀 보이지 않았다. 바깥의 수련장은 진흙탕으로 변했고, 여행자들은 험한 날씨를 피해 서둘러 여관을 찾았다. 밴하우젠 선생님은 치료 중인 환자들이 갑작스러운 추위와 습기로 병에 걸리지나 않을지 주의 깊게 지켜보아야 할 터였다. 제이나의 경비병들은 쏟아지는 비에도 아무 불평 없이 꿋꿋이 서 있었지만, 얼마나 고생스러울지는 뻔했다. 제이나는 다른 사람과 함께 마시려고 끓인 차를 하인을 시켜 경비병들에게 내가게 했다. 자신은 한 주전자 더 끓일 때까지 잠시 기다리면 될 일이었다.

천둥소리가 울리고 번개가 번쩍였다. 그토록 사랑하는 책과 종이에 둘러싸인 탑에서 아늑한 시간을 보내고 있던 제이나 역시 몸을 부르르 떨더니 망토를 더욱 바짝 여몄다. 그러고는 옆에 있는 사람에게 고개를 돌렸다. 그녀가 제이나보다 더 불편할 것이 분명했다.

티리스팔의 전 수호자이자 위대한 학자 메디브의 어머니로, 한때 세상에서 가장 힘 있는 여성이었던 마그나 에이그윈이 벽난로가에 앉아 차를 마시고 있었다. 뼈마디가 불거진 그녀의 손이 온기를 찾아 컵을 감쌌다. 방금 내린 눈처럼 하얀 그녀의 머리카락은 어깨 근처에 드리워져 있었다. 제이나가 다가가 맞은편 의자에 앉자, 그녀가 고개를 들었다. 모든 것을 꿰뚫어 보는 듯한 그녀의 깊은 에메랄드 빛 눈은 무엇이든 놓치는 법이 없었다.

"그를 생각하고 있구나."

제이나가 인상을 찡그리며 난롯불을 바라보았다. 춤추듯 움직이는 불꽃을 쳐다보며 딴 생각을 하려 애썼지만 쉽지 않았다.

"수호자께서 다른 사람의 마음도 읽으시는 건 몰랐네요."

"마음을 읽어? 가당치도 않은 소리! 펼쳐진 책처럼 읽을 수 있는 네 얼굴과 태도 덕분이란다, 얘야. 지금처럼 네 눈썹 사이에 주름이 생기는 건 그가 네 머릿속을 차지하고 있을 때뿐이지. 게다가 너는 날씨가 이럴 때면 항상 그런 기분에 잠기지 않니."

제이나가 몸을 부르르 떨었다.

"제 생각이 그렇게 뻔히 보이나요?"

제이나의 손을 어루만지는 에이그윈의 날카로운 표정이 순간 부드러워졌다.

"천 년이라는 관찰 경력이 있지 않느냐. 자연히 남의 생각을 읽는 솜씨가 다른 사람들보다 나을 수밖에."

제이나가 한숨을 내쉬었다.

"맞아요. 날씨가 추울 때마다 그 사람을 생각해요. 그리고 그때 일어났던 일이랑. 제가 할 수 있는 일은 없었는지도…."

이번에는 에이그윈이 한숨을 쉴 차례였다.

"천 년이나 살았는데 난 진정으로 사랑에 빠져본 적이 없는 것 같구나.

걱정할 일이 좀 많았어야지. 위로가 될지는 모르겠다만 나 역시 그에 대해 생각하고 있었다."

제이나가 이해할 수 없다는 듯 눈을 깜빡였다. 에이그윈의 말은 놀랍기도 했지만 동시에 걱정스러웠다.

"아서스에 대해 생각하고 계셨다고요?"

에이그윈이 제이나를 날카롭게 응시했다.

"리치 왕이지. 아서스가 아니야. 더 이상은…."

"꼭 그렇게 강조하실 필요 없어요. 도대체 왜…?"

제이나가 조금 날선 말투로 물었다.

"못 느끼겠니?"

아주 천천히, 제이나가 고개를 끄덕였다. 지금까지는 어떻게든 날씨 탓을 하려고 애썼다. 이렇게 눅눅하고 불쾌한 날이 지속되다 보면 괜스레 신경이 날카로워지는 법 아닌가. 그러나 에이그윈은 날씨 때문만은 아니라고 말하고 있었다. 서른 살의 나이로 테라모어 섬을 다스리고 있는 제이나 프라우드무어는 이 나이 든 여인의 말이 옳다는 사실을 인정했다. *나이 든 여인이라…*. 제이나의 입가에 저절로 미소가 지어졌다. 그녀 역시 한창 젊은 시절은 지난 후였다. 아서스 메네실이 그리도 큰 자리를 차지하고 있던 그 젊은 시절 말이다.

"그 사람에 대해 이야기해보렴."

의자에 몸을 기대며 에이그윈이 말했다. 그때 하인 한 명이 새로 끓인 차와 방금 오븐에서 꺼낸 쿠키를 들고 들어왔다. 제이나는 고맙게 한 잔을 받아 들었다.

"제가 아는 건 다 말씀드렸는데요."

"아니야. 일어난 사건들에 대해서만 이야기했지. 난 그 *사람*에 대한 이야기를 듣고 싶구나. 아서스 메네실. 지금 노스렌드에서 무슨 일이 벌어지고 있든, 그래, 무슨 일인가가 일어나고 있는 게 분명하지. 그건 리치 왕이 아니라 아서스다. 적어도 아직까지는 말이야."

에이그윈이 미소를 지었다. 그 순간, 초록색 눈에 장난꾸러기 소녀의 기운이 가득해서 얼굴에 깊게 팬 주름을 가리는 것 같았다.

"게다가 이렇게 춥고 비가 내리지 않니. 이야기란 이런 날 듣는 거란다."

제 6 장

제이나 프라우드무어는 달라란의 정원을 걸으며 콧노래를 흥얼거렸다. 달라란에 온 지도 8년이나 되었지만 이 도시는 볼수록 경이로웠다. 이곳의 모든 것이 마법을 내뿜었고, 제이나에게는 활짝 핀 꽃의 향기처럼 다가왔다. 제이나는 미소를 지으며 공기를 들이마셨다.

물론 그중에는 실제 꽃의 향기도 있었다. 이곳의 정원 역시 다른 모든 것처럼 마법에 흠뻑 젖어 있었다. 이렇게 건강하고 선명한 꽃은 다른 곳에서 본 적이 없었고, 이곳에서 나는 것보다 맛있는 과일이나 채소도 먹어본 적이 없었다. 게다가 학문이란! 제이나는 지난 8년간 평생 배운 것보다 더 많은 것을 배웠다. 그중에서도 안토니다스 대마법사께서 그녀를 정식 도제로 받아들인 지난 2년간은 특히 그랬다. 차갑고 달디단 과즙 한 잔을 홀짝거리며 책 더미에 파묻혀 햇볕 속에서 시간을 보내는 것만큼 행복한 일은 없었다. 물론 햇볕을 받거나 음료를 쏟으면 안 되는 매우 귀한 양피지 서적도 있었다. 그래서 햇살이 닿지 않는 실내에서 장갑을 끼고 조심스럽게 책장을 넘기며 상상을 초월할 만큼 오래된 학문을 받아들이는 것은 그녀가 두 번째로 좋아하는 일이었다.

그러나 지금만큼은 살아 있는 땅을 느끼고 좋은 향을 맡으며 정원을 정처 없이 거닐고 싶었다. 그러다가 갑자기 배가 고파진 그녀는 손을 뻗어 햇볕에 따뜻해진 황금빛 사과 하나를 따 아삭아삭 씹기 시작했다. 그때 어디선가 부드럽고 교양 있는 목소리가 들려왔다.

"쿠엘탈라스에 가면, 이 나무보다 훨씬 크고 흰 나무껍질과 금색 잎이 매우 아름다운 나무들이 있소. 저녁에 산들바람을 맞으면 아름다운 노래를 부르는 것만 같다오. 언젠가 그 나무들을 보면 제이나도 무척이나 마음에 들어 할 것 같군."

제이나가 몸을 돌리자 쿠엘도레이 엘프의 왕인 아나스테리안의 아들 캘타스 선스트라이더 왕자가 서 있었다. 제이나가 미소를 지으며 그에게 깊이 고개를 숙였다.

"전하, 돌아오신 줄 몰랐습니다. 오신 것을 뵈니 기쁘네요. 말씀하신 그 나무를 보고 싶습니다."

제이나는 왕족은 아니지만 귀족이자 통치자의 딸이었다. 그녀의 아버지인 댈린 프라우드무어 제독은 도시 국가인 쿨 티라스를 다스렸고, 덕분에 제이나는 신분이 높은 사람들과 어울리는 데 익숙했다. 그런데 캘타스 왕자는 어딘가 달랐다. 정확한 이유는 알 수 없었지만 왠지 대하기가 어려웠다. 모든 엘프처럼 품격과 아름다움을 갖춘, 분명 매우 잘생긴 사람이었다. 큰 키에 금실 같은 아름다운 머리카락이 등허리까지 내려오는 그는 제이나가 보기엔 살아 있는 사람이라기보단 전설 속의 인물 같았다. 공식 석상에서 입는 화려한 로브 대신 달라란의 마법사들이 입는 수수한 보라색과 금색이 섞인 로브를 입고 있는데도 꼿꼿한 기운을 유지하는 것만 같았다. 아마도 그것 때문이리라. 뭐랄까, 전통적으로 내려오는 딱딱한 규범과 예의가 그에게는 항상 배어 있었다. 물론 제이나보다 훨씬 나이가 많기도 했다. 또래로 보이긴 했지만. 매우 명석하고 마법사로서의 재능과 능력이 뛰어났다. 어떤 학생들은 그가 달라란의 최고 마법사들로 이루어진 비밀 집단인 식스 중 하나라고 수군거렸다. 그래서 제이나는 캘타스 왕자를 어렵게 느끼는 것도 당연하다고, 자신이 시골 촌뜨기라 그런 것이 아니라고 애써 자신을 위로했다.

캘타스 왕자가 팔을 올려 사과를 하나 따더니 제이나처럼 한 입 베어 물었다. 제이나에게만 털어놓는 비밀이라는 듯한 표정으로 말을 이었다.

"인간의 땅에서 자라는 음식은 먹고 나면 든든해져서 마음에 드오. 엘프 음식도 분명 맛있고 보기에도 좋지만, 언제나 조금 더 든든한 음식을 찾게 되더군."

제이나가 슬그머니 웃었다. 캘타스 왕자는 언제나 그녀를 편하게 해주려고 애썼다. 제이나는 그런 마음이 효과가 있다면 얼마나 좋을까 하고 생각했다.

"사과와 달라란의 톡 쏘는 치즈 한 조각보다 맛있는 건 없지요."

제이나가 맞장구를 쳤다. 따뜻한 햇볕과 가벼운 분위기에도 곧 어색한 침묵이 이어졌다.

"그래서 한동안 머무르실 예정인가요?"

"그렇소. 일단 실버문에서의 일이 일단락되었거든. 당분간은 떠날 필요가 없을 것 같소."

사과를 한 입 더 깨물며 그가 제이나를 쳐다보았다. 그의 잘생긴 얼굴은 훈련 받기라도 한 듯 언제나처럼 무표정했지만, 제이나는 그가 자신의 반응을 기다리고 있음을 알았다.

"돌아오셔서 저희 모두 기쁩니다, 왕자 전하."

그가 손가락을 좌우로 흔들었다.

"음, 말했잖소. 그냥 캘타스라 불러주면 좋겠소."

"죄송해요, 캘타스."

제이나를 쳐다보는 캘타스의 완벽한 얼굴에 언뜻 슬픔이 스쳤다. 그러나 너무 빨리 사라지는 바람에 제이나는 자신이 상상한 것은 아닐까 생각이 들었다.

"그래, 수련은 어떻게 되고 있소?"

"잘되어갑니다."

주제가 학문으로 바뀌자, 제이나는 기분이 좋아졌다.

"보세요!"

제이나가 높은 나뭇가지 위에 앉아 사과를 갉아먹고 있는 다람쥐를 가리키며 주문을 외웠다. 그러자 다람쥐가 순식간에 양으로 변하는 것 아닌가. 순간, 우스꽝스럽게도 양이 깜짝 놀라는 표정을 짓더니 우지끈 소리와 함께 땅으로 떨어졌다. 곧장 제이나가 손을 뻗었다. 그러자 이번에는 다람쥐-양이 공중에 둥둥 떴다. 제이나는 양이 천천히 바닥으로 내려오게 하였다. 귀를 움찔거리며 메에 하고 울던 양이 조금 지나자 다시 다람쥐의 모습으로 변했다. 다람쥐의 얼굴에는 혼란스러운 표정이 역력했다. 다람쥐가 몸을 곧게 펴더니 화가 난 듯 그녀를 향해 시끄럽게 찍찍거렸다. 그러고는 복슬복슬한 꼬리를 한 번 툭 튕기고는 이내 나무 위로 자취를 감추고 말았다.

캘타스 왕자가 쿡쿡 웃었다.

"아주 잘했소! 책에는 불을 안 질렀으면 좋겠지만 말이오."

그 사건을 떠올린 제이나의 얼굴이 홍당무처럼 붉어졌다. 그녀가 처음 이곳에 왔을 때만 해도 불을 다루는 솜씨가 형편없었다. 마침 캘타스 왕자와 함께 공부하던 어느 날, 실수로 두꺼운 책 한 권을 홀랑 태워버린 것이다. 그것도 그가 손에 들고 있던 것을. 그 대가로 캘타스 왕자는 그 후 몇 개월간 불과 관련된 주문을 연습할 때는 반드시 감옥 주변의 연못 근처에서 하게 했다.

"어, 아니요. 그런 일은 한참 동안 일어나지 않았어요."

"다행이군. 제이나…."

캘타스가 반쯤 먹다 남은 사과를 휙 던지고 한 걸음 앞으로 나서며 부드럽게 미소 지었다.

"쿠엘탈라스로 오라고 한 것은 빈말이 아니었소. 달라란은 참으로 훌륭한 도시이고 아제로스에서 가장 뛰어난 마법사들이 살고 있기도 하지. 그래서 그대도 여기에서 많은 것을 배우고 있다는 걸 아오. 그러나 마법이 매우 거대한 문화를 이루고 있는 나라에도 분명 가보고 싶을 거라고 생각하오. 도시의 일부만, 아니면 소수의 훈련 받은 마법사만이 마법을 즐기는 곳이 아니라 말이오. 마법은 모든 사람의 타고난 권리지. 우리는 모두 태양샘의 축복을 받았소. 그대도 그것이 궁금할 텐데?"

제이나가 캘타스에게 미소를 보였다.

"그럼요. 저도 언젠가 쿠엘탈라스에 꼭 가보고 싶습니다. 하지만 지금은 여기에서 공부하는 것이 최선이라고 생각합니다."

제이나가 더욱 활짝 미소 지었다.

"제가 책에 불을 지르면 어찌해야 할지 잘 알고 있는 사람들이 많은 이곳에서 말입니다."

제이나의 말을 들은 캘타스 왕자가 소리 내어 웃었지만, 곧 슬픈 듯 한숨을 내쉬었다.

"아마도 그대 말이 옳겠지. 그러면 실례하겠소. 안토니다스 대마법사께서 실버문에서 내가 어떻게 지냈는지 꼬치꼬치 알고 싶어 하셔서 말이오. 그래도 그대가 얼마나 많이 배웠는지 더 자세히 알고 싶소. 시간도 함께 보내고…."

그가 오른손을 심장에 대고 고개를 숙였다. 어떻게 해야 할지 몰라 제이나는 일단 무릎을 굽히고 고개를 숙여 절을 한 후 캘타스 왕자가 떠나는 모습을 지켜보았다. 머리를 꼿꼿이 쳐들고 정원을 성큼성큼 가로질러 걸어가는 그의 온몸에서 자신감과 품격이 배어났다. 먼지마저도 감히 장화나 로브 자락에 달라붙지 않으려는 것 같았다.

제이나는 마지막으로 사과를 한 입 더 베어 물고는 캘타스 왕자처럼 나머지를 휙 던져버렸다. 아까 그녀가 변신시켰던 다람쥐가 쪼르르 나무를 타고 내려오더니 냉큼 사과를 가지고 달아났다. 나무에 매달린 열매보다는 분명 얻기 쉬웠으니까.

그때, 등 뒤에서 별안간 두 손이 쑥 나와 제이나의 눈을 가렸다.

제이나는 깜짝 놀랐지만 그것도 잠시였다. 마법의 도시를 둘러싸고 세워진 강력한 보호막 덕분에 위협이 될 만한 존재는 아무도 그 경계를 넘을 수 없었기 때문이었다.

"누구게?"

어떤 남자가 속삭였다. 여전히 웃음 띤 목소리였다. 눈이 가려진 채 애써 웃음을 참고 있던 제이나는 잠시 생각에 잠겼다.

"흠, 손에 못이 잔뜩 박힌 걸 보니 마법사는 아니군요. 말과 가죽 냄새도 나고…."

제이나는 작은 손으로 눈을 감싼 힘센 손가락을 부드럽게 쓰다듬었고 커다란 반지 하나가 만져졌다. 반지에 박힌 보석의 모양과 디자인을 더듬었다. 그것은 로데론의 문장이었다.

"아서스!"

제이나가 소리쳤다. 고개를 돌려 아서스를 바라보는 제이나의 목소리는 놀람과 기쁨으로 따뜻했다. 아서스가 즉시 손을 풀고 제이나를 내려다보며 씩 웃었다. 육체적으로 아서스는 캘타스 왕자에 비해 덜 완벽했다. 머리카락도 엘프 왕자처럼 금발이었지만 노란색에 가까웠고 키도 크고 체격이 좋았지만, 유연하고 우아하기보다 단단해 보였다. 아서스는 캘타스처럼 왕자이긴 했지만 제이나를 편안하게 해주었다. 물론 캘타스 왕자가 아서스를 자신과 동급이라고 생각할 리는 없었다. 엘프는 사회적

지위 고하를 막론하고 모든 인간보다 우월하다고 생각하니까.

예의를 갖춰야겠다는 생각이 든 제이나가 재빨리 무릎을 굽히며 고개를 숙였다.

"왕자 전하, 깜짝 놀랐습니다. 여기에는 어쩐 일이십니까?"

갑자기 떠오른 생각으로 덜컥 겁이 난 제이나가 얼른 덧붙였다.

"수도에는 별일 없지요?"

"아서스라고 불러줘. 마법사가 통치하는 달라란에서 한낱 평범한 인간에 지나지 않는 내가 오히려 그대에게 복종해야죠."

그의 초록색 눈동자가 장난기로 반짝였다.

"우리는 몰래 빠져나가 포로수용소까지 훔쳐보며 함께 장난치던 동지잖아?"

제이나가 다행이라는 듯 한숨을 쉬더니 웃었다.

"그렇지."

"네 질문에 답하자면 별일 없어. 중요한 일이 얼마나 없으면 여기서 몇 달쯤 공부하겠다고 하니 아버지께서 순순히 보내주셨겠어."

"공부? 은빛 성기사단에 들어가지 않았어? 마법사가 될 생각은 아니잖아?"

아서스가 웃음을 터뜨리더니 제이나의 한쪽 팔을 가볍게 잡아당겼다. 그러고는 수련생 숙소를 향해 걷기 시작했다. 제이나 역시 나란히 걸어갔다.

"당연히 아니지. 그렇게 공부를 많이 해야 하는 일은 아쉽게도 내 능력 밖이야. 그렇지만 역사나 마법의 본질, 왕으로서 알아야 할 많은 것들에 대해 배울 수 있는 곳은 아제로스에서 달라란이 최고라고 할 수 있잖아. 다행히 아버지와 대마법사께서 허락하셨고."

이야기하던 아서스가 자신의 팔에 얹힌 제이나의 손을 부드럽게 잡았다. 친구로서 예의 바른 몸짓이었지만 제이나는 작은 불꽃이 몸을 훑고 지나가는 것 같은 기분이 들었다. 제이나가 아서스를 올려다보았다.

"놀라운걸. 오크를 훔쳐보려고 한밤중에 몰래 나를 깨워 데리고 나가던 아이는 분명 역사와 학문에 관심이 없던 걸로 기억하는데."

아서스가 쿡쿡 웃더니 짓궂은 표정으로 그녀의 얼굴 가까이 고개를 숙였다.

"사실을 말해줄까? 지금도 관심은 없어. 아니, 관심이 있긴 한데 그게 내가 여기 온 진짜 이유는 아니야."

"그래? 그러면 헷갈리는데. 달라란에 온 진짜 이유가 *뭐야?*"

어느덧 제이나의 숙소에 다다랐다. 제이나가 발길을 멈추고 아서스를 돌아보며 팔을 뺐다.

아서스는 아무 대답도 하지 않았다. 제이나와 시선을 맞춘 채 은근히 미소를 지을 뿐이었다. 아서스가 손을 잡더니 부드럽게 손등에 입을 맞추었다. 물론 예의를 갖춘 행동이고, 제이나 역시 많은 귀족 남자들로부터 손등에 입맞춤을 받았다. 그러나 아서스의 입술은 예의상 하는 것보다는 조금 더 오래 제이나의 손등 위에 머물렀으며, 손도 바로 놓아주지 않았다.

제이나의 눈이 커졌다. 혹시…? 달라란에 머무는 것은 쉬운 일이 아니었다. 안토니다스 대마법사는 외부인을 경계하기로 유명했다. 설마, 정말 나를 보러 온 걸까? 잠깐의 충격에서 벗어나 직접 물어보기도 전에 아서스가 윙크하더니 고개를 숙였다.

"저녁 식사 때 봅시다, 아가씨."

그날 저녁 식사는 매우 격식을 차린 자리였다. 같은 날 캘타스 왕자가 돌아오고 아서스 왕자가 도착하는 바람에 키린 토의 하인들은 정신없이 바쁘게 움직여야 했다. 특별한 날에만 사용하는 큰 식당이 오늘 저녁에 식사하는 장소였다.

스물네 명 이상이 앉을 수 있을 만큼 커다란 식탁이 방의 이쪽 끝부터 저쪽 끝까지 길게 자리 잡았다. 머리 위, 밝게 타는 촛불이 잔뜩 매달린 샹들리에 세 개가 식탁 위에 놓인 촛불을 반사했다. 벽을 따라 횃불이 켜졌고, 조명을 밝히는 동시에 부드러운 분위기를 내고자 벽마다 동그란 유리 램프가 공중에 둥둥 떠다니고 있었다. 조명을 조금 더 밝히고 싶으면 마법으로 간단히 불러올 수 있었다. 음식을 내오고 빈 접시를 치울 때 말고는 하인들이 거의 드나들지 않았다. 손가락을 가볍게 튕기기만 하면 포도주가 저절로 부어졌다. 인간의 손이나 공기의 흔들림이 아닌 마법으로 우아한 멜로디를 만들어내는 플루트와 하프, 류트가 차분한 음악을 들려주었다.

이날은 보기 드물게 대마법사 안토니다스가 식탁에서 주인 역할을 맡았다. 키가 큰 그는 마른 덕분에 실제보다 커 보였다. 그의 수염은 이제 갈색보다 회색이 더 많았고 완전히 대머리였지만, 눈은 또렷하고 날카로웠다. 자리한 사람 중에는 대마법사 크라서스도 있었다. 허리를 곧추세우고 앉아 눈빛을 반짝이는 그의 머리카락이 촛불과 횃불을 받아 은색으로 빛났다. 붉은색과 검은색 가닥도 섞여 있었지만 대부분이 은색이었다. 다른 사람들도 많았는데, 대부분은 신분이 매우 높았다. 따지고 보면 대마법사의 제자인 제이나가 가장 신분이 낮았다.

대대로 무관을 지낸 집안에서 자란 제이나가 아버지에게서 받은 가르침 중 하나는 자신의 강점과 약점을 항상 파악하고 있어야 한다는 것이었다.

"자신을 과대평가하는 것도 문제지만 지나치게 과소평가하는 것 역시 큰 문제다. 그릇된 겸손은 그릇된 자만심만큼이나 나쁘단다. 항상 네가 어떤 능력이 있는지 알고 그에 따라 행동해라. 그 길에서 벗어나는 것은 매우 어리석은 행동이다. 전투에서라면 죽음까지 초래할 수 있는 문제지."

제독인 아버지는 이렇게 말한 적이 있었다.

제이나는 자신이 마법에 재능이 있음을 알고 있었다. 영리하고 목표의식이 강한 그녀는 이곳에 머무른 짧은 시간 동안 이미 많은 것을 배웠다. 안토니다스 대마법사가 동정심만으로 제자를 들이지 않는다는 것은 널리 알려진 사실이었다. 제이나는 아버지가 그토록 경고했던 그릇된 자만심이 없었기에, 자신의 강점을 가지고 성공하고 싶었다. 엘프 왕자가 자신을 마음에 들어 한다는 사실만으로 앞서나가고 싶지 않았다. 그녀는 진한 거북이 수프를 한 숟갈 뜨며 기분 나쁜 표정을 감추려 애썼다.

포로수용소가 달라란과 가깝다 보니 자연히 대화는 오크와 관련된 주제로 향했다. 이 마법의 도시는 그렇게 질 낮은 무리와는 전혀 엮이고 싶어 하지 않았지만.

캘타스 왕자가 길고 우아한 손을 뻗어 빵 한 조각을 집더니 버터를 바르며 입을 열었다.

"무기력하든 아니든 위험한 존재입니다."

"제 아버지인 테레나스 왕 역시 그 의견에 동의하십니다, 캘타스 왕자님."

아서스가 엘프 왕자를 향해 미소를 지으며 말을 이었다.

"그것이 바로 포로수용소가 존재하는 이유입니다. 유지하는 데 비용이 많이 드는 것이 안타깝긴 하지만 아제로스의 안전을 지키는 데 그 정도 돈이야 적은 대가라고 생각합니다."

"놈들은 그저 짐승일 뿐이오."

평소 테너에 가까운 캘타스 왕자의 목소리가 오크를 향한 혐오감으로 낮아졌다.

"오크와 그들의 용 때문에 쿠엘탈라스가 큰 피해를 입었습니다. 태양샘의 힘이 아니었더라면 문제가 훨씬 더 심각해질 뻔했고요. 당신 인간들이 그놈들을 처형해버린다면 그리 높은 세금을 매기지 않고도 간단히 문제를 해결할 수 있을 텐데요."

제이나는 예전에 훔쳐보았던 오크들을 떠올렸다. 제이나가 보기에 그들은 지치고 풀이 죽어 있었다. 그리고 아이들도 있었다.

"수용소에 가보신 적 있나요, 캘타스 왕자님? 그들이 어떻게 변했는지 실제로 보셨나요?"

제이나가 쏘아붙이듯 물었다. 자기도 모르게 튀어나온 질문이었다.

캘타스 왕자는 얼굴이 잠시 붉어졌지만 곧 유쾌한 표정을 유지했다.

"아니오, 제이나 양. 가본 적은 없습니다. 가볼 필요도 못 느끼고요. 한때 아름다움을 뽐내던 내 땅의 나무들이 시커멓게 타버린 나무 둥치로만 남은 걸 볼 때나 그 전쟁에서 목숨을 잃은 사람들을 떠올릴 때마다 나는 그놈들의 모습을 봅니다. 그리고 제이나 양 역시 그놈들을 본 적이 없었을 텐데요. 이토록 품위 있는 아가씨가 수용소를 둘러보는 모습은 상상조차 하기 힘들군요."

제이나는 아서스를 쳐다보지 않으려 애쓰며 입을 열었다.

"과찬의 말씀이십니다만, 저는 정의를 원하는 것과 품위와는 아무 관련이 없다고 생각합니다. 정작 *품위가 있*는 사람이라면 생각과 마음이 있는 존재가 한낱 동물처럼 도살당하는 일을 원치는 않겠지요."

말을 마친 그녀가 상냥한 미소를 띠고는 다시 수프를 먹기 시작했다. 그녀의 반응을 이해할 수 없다는 듯 캘타스 왕자가 천천히 그녀를 훑어보았다.

그러자 안토니다스 대마법사가 끼어들었다.

"로데론의 법입니다. 테레나스 왕께서는 자신의 영토에서 옳다고 생각하시는 대로 행하실 테지요."

"포로수용소를 유지하는 데 드는 비용을 달라란과 다른 얼라이언스 연합에서도 부담하고 있습니다. 돈을 내고 있다면 당연히 우리도 의견을 제시할 수 있어야 하지 않겠습니까?"

제이나가 모르는 한 마법사가 말했다.

안토니다스 대마법사가 마른 손을 흔들며 대답했다.

"포로수용소에 들어가는 비용을 누가 부담하느냐의 문제가 아니오. 물론 수용소가 필요한지 따지자는 말도 아니고. 내가 궁금한 것은 희한하게도 오크들이 무기력하다는 점이지요. 오크의 역사에 관해 얼마 없는 자료를 뒤져봤는데, 감금 생활이 그들의 활기를 빼앗아 간 건 아니라고 봅니다. 질병이라고 생각하지도 않고요. 그러니 최소한 우리가 옮을까 봐 걱정할 필요는 없습니다."

안토니다스 대마법사는 의미 없는 수다 따위는 떨지 않는 사람이었으므로 즉시 모든 사람이 말을 멈추고 그를 주목했다. 제이나는 놀랐다. 대마법사가 오크에 대해 입을 연 것은 이번이 처음이었다. 이 시점에 이러한 정보를 내놓은 것이 안토니다스 대마법사의 의도적인 행동이라는 데에는 의심의 여지가 없었다. 아서스와 캘타스 왕자가 모두 있는 자리에서 나온 말이니, 이제 이 소문은 금세 로데론과 쿠엘탈라스에 퍼질 터였다. 안토니다스 대마법사는 실수로 중요한 이야기를 흘릴 만한 사람이 아니었다.

"질병이나 수용소 생활 때문이 아니라면 그 이유가 뭐라고 생각하십니까, 대마법사님?"

아서스가 상냥한 말투로 물었다.

안토니다스 대마법사가 아서스를 바라보며 대답했다.

"오크가 전부터 피에 굶주린 족속은 아니었다고 알고 있습니다. 카드가가 가로나에게 들었다고 했는데…."

"가로나라면 레인 국왕을 살해한 반(半)오크 말입니까? 죄송한 말씀이지만 그런 여자의 입에서 나온 말을 믿어선 안 된다고 생각합니다."

아서스의 얼굴에서 웃음은 사라지고 없었다.

몇몇 이들이 아서스의 의견에 동의하며 웅성거리자, 안토니다스 대마법사가 손을 들어 좌중을 진정시켰다.

"이 정보는 가로나가 배신하기 전에 입수된 것입니다. 다른 출처를 통해 확인되기도 했고."

안토니다스가 슬쩍 미소를 지으며 고의적으로 '다른 출처'에 대해 입을 다물었다.

"오크는 악마의 영향을 받은 것입니다. 곧 피부가 녹색으로, 눈은 붉은색으로 변하였지요. 처음 침략을 시작할 때쯤에는 이미 모두가 외부의 사악한 기운에 완전히 물들었다고 생각합니다. 이제 그 악마의 힘으로부터 차단되었으니, 지금의 현상은 질병이 아니라 일종의 금단 증상이라고 봅니다. 이 악마의 기운은 매우 강력하지요. 그것에서 벗어나는 데는 큰 대가가 따르는 법입니다."

캘타스 왕자가 말도 안 된다는 표정으로 손을 가로저었다.

"그 말이 옳다면 도대체 왜 우리가 그자들을 신경 써야 하는 겁니까? 악마를 믿을 정도로 바보 같은 놈들이라면 말입니다. 스스로 그렇게 파괴적인 힘에 중독되었다면 정말로 생각이 없는 자들입니다. 개인적으로 저는 이들이 중독을 치유할 방도를 찾도록 '돕는' 일이 현명하다고 생각지 않습니다. 그것이 그들을 본래의 온화한 상태로 돌려놓는다고 해도 말이지요. 지금 당장 그들은 힘도 의욕도 없습니다. 그것이 바로 제가, 그리고 제정신이 박힌 사람이라면 누구든지 원하는 상태겠지요. 그들이 우리에게 한 짓을 생각해보십시오."

사람들이 다시 웅성거리기 시작하자 안토니다스 대마법사가 다시 입을 열었다.

"아, 그렇지만 그들이 원래의 온화한 상태로 돌아갈 수만 있다면 그들을 수용소에 가둬놓을 필요도 없고, 그에 들어가는 돈도 다른 곳에 쓰일 수 있지 않겠습니까? 테레나스 왕께서 사리사욕을 위해 세금을 거둬들이는 것은 아니라고 저는 확신합니다. 그건 그렇고, 아버님은 어찌 *지내시나요*, 아서스 왕자? 가족 분들은요? 아쉽게도 왕자의 입단식에 참석하지 못했군요. 그렇지만 정말 훌륭한 행사였다고 들었습니다."

"고맙게도 스톰윈드에서 융숭하게 대접해주셨습니다. 바리안 왕을 다시 만난 것도 반가웠고요."

아서스가 따뜻하게 웃으며 대답했다. 그러고는 두 번째 코스인 구운 송어와 볶은 채소 요리를 먹기 시작했다.

"바리안 왕과 아름다운 왕비께서 최근에 왕자를 얻으셨다고요?"

"그렇습니다. 아기 안두인 왕자가 제 손가락을 잡는 힘을 보니 훌륭한 전사가 될 것 같더군요."

"왕자께서 왕위에 오르실 날이야 아직 멀었기를 바라지만, 왕실의 혼사라면 기대해도 좋지 않겠습니까? 혹 왕자님의 눈길을 끄는 젊은 아가씨가 있는지요? 아니면 아직도 로데론 최고의 독신남 자리를 지키고 계시는 겁니까?"

안토니다스 대마법사가 물었다.

얼핏 보면 캘타스 왕자는 자기 앞에 놓인 요리에만 집중하고 있는 것 같았지만, 제이나는 그가 이 대화에 귀를 기울이고 있다는 사실을 잘 알고 있었다. 그녀는 애써 담담한 표정을 지었다.

호탕하게 웃으며 포도주 잔으로 손을 뻗는 아서스는 제이나를 쳐다보지 않았다.

“아, 대답하면 비밀이 탄로 나는 것 아닙니까? 그러면 재미가 없지요. 그런 일에 대해서라면 앞으로도 알아갈 시간은 많습니다.”

갖가지 감정이 제이나를 훑고 지나갔다. 조금 실망했지만 안심이 되기도 했다. 그녀와 아서스는 친구로 남는 것이 최선일지도 몰랐다. 따지고 보면 남자와 시시덕거리기 위해서가 아니라 뛰어난 마법사가 되기 위해 이곳에 온 것 아닌가. 마법을 공부하는 사람은 절제를 잘하고 이성적이어야지, 감정적으로 굴면 안 되었다. 그녀에게는 해야만 하는 일들이 있었고, 온 정신을 집중해 그것들을 해내야만 했다.

제이나는 공부를 해야만 했다.

★ ★ ★

“나, 공부해야 해.”

며칠 후, 아서스가 말 두 마리를 끌고 다가오자 제이나가 투덜거렸다.

“제이나, 그러지 말고. 아무리 열심히 공부하는 학생이라도 가끔씩은 쉬어야지. 날씨가 이렇게 좋은 날에는 밖에 나가 즐겨야 해.”

아서스가 씩 웃었다.

“지금 즐기고 있는걸.”

제이나가 대답했다. 그 말은 사실이었다. 공부방에 틀어박히는 대신 책을 싸들고 나와 정원에 앉아 있었던 것이다.

“운동을 하면 머리가 더 잘 돌아갈 거야.”

나무 밑에 앉은 그녀를 향해 아서스가 손을 뻗었다. 제이나는 자신도 모르게 미소를 지었다.

“아서스, 넌 나중에 정말 위대한 왕이 될 거야. 아무도 네 말을 거역할 수 없거든.”

제이나가 그의 손을 잡고 자리에서 일어서며 놀리듯 말했다.

아서스가 웃음을 터뜨렸다. 그러고는 그녀가 말에 오르는 동안 말이 움직이지 않게 잡아주었다. 긴 로브를 입으면 여성용 곁안장을 써야 했지만, 오늘처럼 가벼운 면바지를 입고 있는 날이면 말에 걸터앉을 수 있었다. 잠시 후 그도 훌쩍 말에 올라탔다.

제이나가 아서스의 말을 흘끗 쳐다보았다. 잔인한 운명이 앗아간 흰색 수말이 아닌 적갈색 암말이었다.

"천하무적에 대해서는 정말 유감이야. 그렇게 아꼈는데…."

그녀가 조용히 말했다. 태양 위로 구름이 지나가듯 그때까지 즐겁게 웃고 있던 아서스의 얼굴에서 돌연 웃음기가 사라지더니, 조금 후 가벼운 미소가 떠올랐다.

"괜찮아. 하지만 고마워. 자, 여기 소풍에 필요한 건 모두 준비했고 이 좋은 날이 우리를 기다리고 있어. 가자!"

그날은 제이나가 앞으로 평생 기억할 만한 날이었다. 햇살이 진한 금색 벌꿀처럼 느껴지는 완벽한 늦은 여름 오후였다. 아서스는 비교적 빠르게 말을 달렸지만, 승마 경험이 많은 사람답게 제이나도 쉽게 보조를 맞췄다. 둘은 초록색 긴 초원을 따라 시내에서 꽤 멀리까지 벗어났다. 말들도 사람만큼이나 즐거운지 귀를 쫑긋 세우고 풍부한 풀 향기를 들이마시며 콧구멍을 벌렁거렸다.

빵, 치즈, 과일, 가벼운 백포도주뿐인 점심은 소박했지만 무척 맛있었다. 아서스가 긴 팔을 머리 뒤에 포개어 베고 잠시 눈을 붙이는 동안, 제이나는 신고 있던 장화를 벗은 채 부드럽고 빽빽한 잔디에 두 발을 집어넣고 나무에 기대어 앉아 한동안 책을 읽었다. 《순간이동의 본질에 관한 논문》은 흥미로웠지만 나른한 한낮의 열기와 운동 그리고 부드럽게 울려 퍼지는 매미 울음소리 덕에 그녀도 곧 잠이 들어버렸다.

시간이 흘러 한기를 느낀 제이나가 잠에서 깨니 이미 태양이 지고 있었다. 제이나가 두 눈을 비비며 일어나 앉았다. 그런데 아서스의 모습이 어디에서도 보이지 않는 것 아닌가. 그가 타고 온 말 역시 사라지고 없었다. 그녀의 말만 나뭇가지에 고삐가 묶인 채 평화롭게 풀을 뜯고 있었다.

눈살을 찌푸리며 그녀가 일어섰다.

"아서스?"

대답은 들리지 않았다. 잠시 주변을 둘러보러 갔을 테니 곧 돌아오겠지. 제이나는 말발굽 소리가 들리는지 귀를 기울였지만 아무 소리도 들리지 않았다.

아직도 여기저기 떠도는 오크들이 있었다. 물론 소문일지도 모르지만. 또 살쾡이나 곰일 수도 있었다. 오크보다야 덜 낯설지만, 그래도 위험한 동물임에는 틀림없었다. 제이나는 머릿속으로 몇 가지 주문을 외워보았다. 공격을 받는다면 스스로를 지켜낼 자신이 있었다.

뭐, 어느 정도는 말이다.

공격은 아주 조용히, 그리고 갑작스럽게 다가왔다.

뒷목에 무언가를 맞은 듯한 충격과 차갑고 축축한 느낌이 공격의 유일한 증거였다. 제이나는 헉 하고 숨을 들이키며 재빨리 뒤를 돌아다보았다. 그녀를 공격한 것이 무엇이든, 너무나 빠르게 몸을 숨기는 바람에 흐릿한 움직임만 보일 뿐이었다. 그러고는 또 하나의 투사체가 날아왔다. 이번 것은 입에 맞았고, 그녀가 콜록거리기 시작했다. 터져 나오는 웃음을 참지 못한 채. 입을 가득 채운 눈을 빼내려고 애쓰다 눈이 셔츠 속으로 들어가자 저절로 비명이 새어 나왔다.

"아서스, 비겁해!"

제이나의 말을 들은 것일까? 네 개의 눈덩이가 그녀를 향해 굴러 왔다. 그녀가 몸을 굽혀 그것을 주워들었다. 아서스가 겨울이 일찍 찾아온 높은 산까지 올라갔다 온 것이 분명했다. 전리품처럼 눈덩이들을 들고 말이다. 어디에 있는 거지? 저기! 아서스의 붉은 튜닉이 잠시 스쳐 지나간 것 같았다.

탄약이 다 떨어질 때까지 한동안 눈싸움이 계속되었다.

"휴전!"

아서스가 고함을 질렀다. 심하게 웃어대던 제이나가 겨우 대답하자, 아서스가 바위 사이의 숨어 있던 곳에서 뛰어나와 제이나에게 달려왔다. 그 역시 신나게 웃으며 그녀를 껴안았다. 제이나는 그 역시 머리카락에 눈의 흔적이 남아 있는 것을 보고 기분이 좋았다.

"예전부터 이럴 줄 알고 있었어."

아서스가 말했다.

"뭐, 뭘 알아?"

늦여름인데도 눈덩이를 하도 많이 맞아서 제이나는 추위에 떨고 있었다. 그녀의 몸이 떨리고 있음을 느낀 아서스는 그녀를 감싼 팔에 더욱 힘을 주었다. 제이나는 몸을 빼야 한다는 것을 알고 있었다. 물론 친구로서 포옹할 수도 있었지만 너무 오래 껴안고 있는 것은 또 다른 문제였다. 그렇지만 제이나는 자신도 모르게 그의 가슴팍에 머리를 기대고 그 자리에 가만히 섰다. 규칙적으로 빠르게 뛰는 그의 심장 소리가 그녀의 귀를 통해 그대로 전해졌다. 아서스의 손 하나가 눈을 털어내며 그녀의 머리를 쓰다듬자, 제이나는 가만히 눈을 감았다. 아서스가 입을 열었다.

"널 처음 본 날, 함께 놀 수 있는 여자아이인 줄 알고 있었어. 더운 여름날이면 같이 수영도 하고…."

이 말과 함께 아서스가 한 걸음 뒤로 물러서며 제이나의 얼굴에 묻은 눈을 털어내었다. 그러고는 다시 미소 지으며 말을 이었다.

"얼굴에 눈을 좀 맞아도 개의치 않을 거라고 말이야. 다치진 않았지?"

제이나도 빙그레 웃었다. 갑자기 몸이 따뜻해지는 기분이었다.

"아니, 안 다쳤어."

그때, 둘의 시선이 마주치면서 제이나는 얼굴에 붉게 달아오르는 것을 느꼈다. 뒤로 물러서려 했지만 아서스의 팔이 강철처럼 단단히 그녀를 붙잡고 있었다. 그가 계속해서 제이나의 얼굴을 어루만졌다. 단단하고 못 박힌 손가락이 볼의 곡선을 따라 움직였다.

"제이나."

아서스가 조용히 이름을 불렀다. 제이나가 가볍게 몸을 떨었다. 그러나 이번에는 추워서 그런 것이 아니었다. 이러면 안 되었다. 뒤로 물러서야 했다. 그 대신 그녀는 얼굴을 위로 들면서 스르르 눈을 감았다.

아서스의 입맞춤은 처음에는 점잖았다. 부드럽고 감미롭고…. 제이나가 처음으로 느끼는 기분이었다. 그녀의 팔이 천천히 그의 목을 감쌌다. 입맞춤이 깊어지자 그녀가 더욱 몸을 밀착했다. 물에 빠져 죽어가는 것만 같은 기분이었다. 붙잡고 매달릴 수 있는 것이라고는 그의 몸뿐이었다.

이것이 바로 그녀가 원하던 것, 원하던 사람이었다. 높은 신분에도 불구하고 친구가 되어준 사람, 공부를 좋아하는 자신의 마음을 알고 이해해준 사람, 그렇지만 통 모습을 내보이지 않는 자신 속의 명랑하고 모험심 강한 소녀를 밖으로 끌어내준 사람.

아서스는 제이나가 밖으로 드러내는 모습뿐만 아니라 그녀의 모든 내면을 알아보았다.

"아서스, 아서스…."

제이나가 아서스에게 매달린 채 속삭였다.

제 7 장

달라란에서 보낸 몇 달은 매우 즐거웠다. 아서스는 훗날 왕이 되었을 때 유용한 것들을 많이 배울 수 있었다. 또한 여름의 막바지와 시원해지는 가을의 시작을 즐길 기회가 넘쳐났다. 원래 승마를 좋아하는 아서스가 아닌가. 그러나 천하무적이 아닌 말에 올라탈 때마다 가슴을 찢기는 듯한 고통은 피할 수 없었다.

그래도 제이나가 있었다.

원래 제이나에게 입맞춤할 생각은 아니었다. 그러나 웃음과 미소로 눈을 반짝이며 자신의 팔에 안겨 있는 제이나를 본 순간, 아서스는 자신도 모르게 입을 맞추고 말았다. 그리고 그녀 또한 거부하지 않고 입맞춤에 응했다. 제이나의 수련 일정은 아서스보다 훨씬 빡빡하고 혹독했기 때문에 원하는 만큼 자주 만나지는 못했다. 만나더라도 다른 사람들과 함께하는 공식적인 일정이 대부분이었다. 소문이 날 만한 빌미를 만들지 않기 위해 둘은 약속이라도 한 것처럼 다른 사람들에게는 티를 내지 않았다.

그것이 둘에게 또 다른 자극제가 되었다. 아서스와 제이나는 남들 몰래, 아주 잠깐씩 숨어서 만났다. 방의 구석진 곳에서 짧은 입맞춤을 나누거나, 저녁 식사 자리에서 서로를 훔쳐보거나…. 처음 나들이를 나갈 때만 해도 둘의 의도는 매우 순수했지만, 이제는 그런 일이 일어나지 않도록 필사적으로 피했다.

아서스는 '우연히' 제이나와 마주칠 수 있게 그녀의 일정을 통째로 외워버렸다. 그리고 제이나는 마구간이나 아서스와 부하들이 검술을 연습하는 안뜰에 들를 핑계를 만들어냈다.

아서스는 그 아슬아슬하고 대담한 매 순간을 사랑했다.

지금 아서스는 사람이 거의 다니지 않는 복도에서 제이나를 기다리고 있었다. 커다란 책장 앞에 서서 책 제목을 훑어보는 척하고 있다 보면, 곧 제이나가 화염 주문 연습을 마치고 이 길로 지나갈 것이다. 아직도 화염 주문을 연습할 때면 연못 주변에서 한다고 그녀가 수줍게 웃으며 고백했더랬다. 수업이 끝나고 방으로 돌아가려면 아서스가 기다리고 있는 이곳을 지나야 했다. 그는 조용히 귀를 기울였다. 그때 발소리가 들렸다. 로브용 덧신을 신은 그녀의 발이 부드럽게 바닥을 스치는 소리였다. 아서스는 재빨리 뒤로 돌아 책을 한 권 꺼내 훑어보는 척했다. 그러나 곁눈으로는 열심히 그녀를 주시하고 있었다.

제이나는 여느 때와 같이 전통적인 수련 로브를 입고 있었다. 머리는 햇살처럼 빛났고, 얼굴은 깊은 생각에 잠겨 있을 때 그렇듯 찌푸린 채였다. 그녀는 아서스가 그곳에 있는지조차 알아채지 못했다. 그는 책을 얼른 책장에 꽂고 제이나가 너무 멀리 가버리기 전에 복도로 뛰어 들어갔다. 그러고는 그녀의 팔을 낚아채 어두운 구석으로 끌고 갔다.

언제나처럼 제이나는 아서스의 갑작스러운 행동에도 놀라지 않고 즉각적으로 그에게 반응했다. 그녀는 한 손으로는 들고 있던 책을 가슴에 꼭 끌어안고 다른 한 손으로 그의 목을 부여잡으며 열렬히 입맞춤에 응했다.

"안녕, 나의 아가씨."

아서스가 제이나의 목에 입맞춤하면서 중얼거렸다. 입맞춤하는 그의 입이 웃고 있었다.

"안녕, 나의 왕자님."

제이나가 조그맣게 한숨을 내쉬며 행복한 듯 속삭였다.

그때 갑자기 한 남자의 목소리가 들려왔다.

"제이나, 왜…."

화들짝 놀란 두 사람이 서로에게서 얼른 떨어지며 목소리의 주인공을 쳐다보았다. 제이나가 숨을 몰아쉬며 얼굴을 붉혔다.

"캘타스…."

엘프 왕자는 애써 담담한 표정을 지었지만, 눈은 분노로 이글거렸고 턱은 긴장한 듯 잔뜩 굳어 있었다.

"나가면서 책을 떨어뜨렸소. 돌려주려고 따라왔지."

그가 책 한 권을 들어 올렸다.

제이나가 아랫입술을 지그시 깨물며 아서스를 올려다보았다. 아서스 역시 그녀만큼이나 놀랐지만 아무렇지 않은 척하려고 애쓰고 있었다. 그는 제이나를 감싸 안은 채 캘타스 왕자를 향해 몸을 돌렸다.

"직접 가져다주시다니 친절하시군요, 캘타스 님. 감사합니다."

아서스가 말했다.

순간, 아서스는 캘타스 왕자가 자신에게 달려들 것이라고 생각했다. 캘타스를 둘러싸고 분노가 불꽃을 튀기고 있는 것만 같았다. 그의 힘은 매우 강력했고, 아서스는 자신이 상대가 되지 않는다는 것을 알고 있었다. 그렇다고 해도 그는 조금도 물러서지 않고 캘타스 왕자와 마주 보았다. 캘타스 왕자가 주먹을 움켜쥐었지만 다가오거나 하지는 않았다.

"제이나가 부끄러운가, 아서스? 남들의 눈을 피해서만 시간과 관심을 들일 정도로?"

캘타스 왕자가 다그쳤다.

화가 난 아서스의 눈이 날카로워졌다.

"괜스레 소문이 나는 걸 피하려고 했지요. 소문이 얼마나 금세 퍼지는지 잘 아시지 않습니까? 누군가 말 한마디만 꺼내면 곧 그게 사실이 되어버리지요. 이렇게 하면 그녀의 평판을 보호할 수…."

"*보호?* 그녀를 조금이라도 아낀다면 공개적으로, 자랑스럽게 구애를 하는 법이야. 남자라면 당연히 그리 해야지!"

캘타스 왕자가 버럭 소리를 질렀다. 제이나를 바라보는 그의 표정에 분노는 온데간데없었다. 다만 스치듯 지나가는 고통만이 있을 뿐이었다. 그나마 그 표정도 금세 사라져버렸다. 제이나는 고개를 숙였다.

"그러면 둘은 계속 *밀회*를 즐기시오. 그리고 걱정 마시오. 아무 말도 안 할 테니."

분노의 숨소리와 함께 캘타스는 더럽다는 표정으로 제이나에게 책을 던졌다. 귀해 보이는 책이 툭 소리를 내며 제이나의 발치에 떨어졌다. 그 소리에 그녀가 움찔 놀랐다. 보라색과 금빛 로브를 펄럭이며 순식간에 캘타스는 사라져버렸다. 제이나는 참았던 숨을 내쉬며 아서스의 가슴에 머리를 기댔다.

아서스가 부드럽게 제이나의 등을 두드렸다.

"괜찮아. 이제 갔어."

"미안해. 미리 네게 말했어야 하는 건데."

갑자기 그의 가슴이 죄어들었다.

"뭘 말해? 제이나, 혹시 그 사람과…?"

"아니야!"

제이나가 즉시 부정하며 아서스를 올려다보았다.

"아니야. 그렇지만 그는 그러길 원하는 것 같아. 난 그저, 캘타스는 좋은 사람이고 강력한 마법사야. 왕자이기도 하고. 하지만 그 사람은 아냐…."

그녀의 목소리가 점점 작아졌다.

"뭐가 아니란 말이야?"

아서스의 목소리는 생각보다 날카로워졌다. 캘타스 왕자는 아서스가 갖추지 못한 면을 모두 가지고 있었다. 나이가 더 많고, 더 세련되었고, 경험이 많고, 능력이 좋고, 게다가 비현실적일 정도로 신체적으로 완벽했다. 아서스는 질투심이 얼음장처럼 차갑고 딱딱한 덩어리처럼 몸속에 퍼지는 것을 느꼈다. 지금 캘타스 왕자가 다시 나타난다면 그에게 달려들지 않을 자신이 없었다.

제이나가 부드럽게 미소를 지었다. 그러자 눈썹 사이에 있던 주름이 사라졌다.

"그는 네가 아닌걸."

아서스의 마음속에 있던 차가운 덩어리가 봄을 맞은 눈처럼 순식간에 녹아내렸다. 그는 다시 제이나를 끌어당겨 입맞춤을 퍼부었다.

거만한 엘프 왕자가 어떻게 생각하든 무슨 상관인가.

별일 없이 새해가 찾아왔다. 여름이 끝나고 서늘한 가을을 지나 겨울이 되자 오크의 포로수용소 유지비에 대한 불만의 소리가 다시 높아졌지만, 테레나스 왕과 아서스는 이미 그것을 예상하고 있었다. 아서스는 우서 경과 수련을 계속했다. 우서 경은 무기로 훈련하는 것도 중요하지만 기도와 명상 역시 그에 못지않게 중요하다는 입장을 고수했다.

"그래요, 적을 벨 줄 알아야 합니다. 하지만 동지와 자신을 치유할 줄도 알아야 하지요."

이 말을 들은 아서스는 천하무적을 떠올렸다. 겨울만 되면 생각은 언제나 천하무적으로 향했고, 우서 경의 말은 아서스가 생애 단 한 번의 실패라고 여기는 그날의 사건을 떠올리게 했다. 성기사가 되기 위한 훈련을 일찍 시작했더라면 훌륭한 그 흰색 말은 아직 살아 있을 것이다. 아서스는 눈 내리던 그날, 정확히 무슨 일이 일어났는지 아직 아무에게도 이야기한 적이 없었다. 사람들은 모두 그것이 사고였다고 믿었다. 그리고 사고였다. 아서스는 스스로에게 그렇게 되풀이해 말했다. 그는 천하무적을 일부러 다치게 할 생각이 전혀 없었다. 아서스는 그 말을 사랑했다. 차라리 자신이 다치는 편이 낫다고 생각할 정도로. 바리안이 어릴 때부터 검술을 배웠듯, 성기사로서 일찍 훈련을 시작했더라면 천하무적을 살릴 수 있었을 것이다. 그는 다시는 그런 일이 일어나게 하지 않겠다고 맹세했다. 필요하다면 무슨 일이든 하리라 결심했다. 다시는 바보처럼 그런 일을 당하지 않겠다고, 상황을 바로잡을 능력이 없는 채로 당하고만 있지 않겠다고 말이다.

겨울이 그렇게 지나갔다. 티리스팔 숲에도 어김없이 봄이 찾아왔다. 봄과 함께 제이나가 돌아왔다. 봄볕을 받아 깨어나며 새싹을 틔우는 나무처럼 아름답고, 신선하고, 반가운 모습이었다. 로데론과 스톰윈드의 봄 축제 중 하나인 귀족의 정원 행사를 공식적으로 돕기 위해 온 것이다. 전날 밤, 아서스와 제이나는 늦게까지 포도주를 홀짝이며 빈 달걀 껍데기에 사탕과 군것질거리를 채워 넣는 작업을 했다. 제이나가 없었다면 무척이나 지루한 일이었겠지만, 사랑스럽게 눈썹을 찌푸린 채 조심스럽게 달걀을 채우고 옆에 쌓아두기를 반복하는 제이나를 바라보는 것은 무척이나 즐거웠다. 아서스는 이제 제이나가 집중할 때마다 눈썹을 찌푸리는 모습을 어디서든 알아볼 수 있을 것 같았다.

공식적인 발표는 없었지만 아서스와 제이나는 양가의 부모가 둘의 관계에 대해 이미 이야기를 마친 사실을 알고 있었고, 따라서 제이나에 대한 아서스의 구혼은 암묵적으로 허락된 상태였다. 이미 많은 사람들로부터 사랑 받던 아서스는 우서 경이나 테레나스 왕을 대신해 왕가의 일원으로서 로데론을 대표하는 행사에 자주 참석하게 되었다. 시간이 흐르면서 우서 경은 빛의 영적인 면에 더욱 깊이 빠져들었고, 나이가 든 테레나스 왕은 다른 곳으로 자주 여행을 다니는 대신 궁에 머물러 있는 편을 좋아하는 것 같았다.

"말을 타고 며칠씩 달리거나 하늘을 지붕 삼아 자는 일도 어릴 때나 신나는 법이지. 내 나이쯤 되면 말 타는 것은 기분 전환일 뿐이고, 별은 가끔 창문 밖으로 내다보는 것만 해도 충분하단다."

테레나스 왕은 아서스에게 이렇게 말했다.

이 말을 들은 아서스는 새로운 책임이 생긴 것에 기뻐하며 미소 지었다. 프라우드무어 제독과 안토니다스 대마법사 역시 같은 결론을 내린 것이 분명했다. 달라란에서 수도로 전령이 파견될 때마다 제이나가 함께 오는 일이 점점 더 잦아지는 것을 보면 알 수 있었다.

"한여름 불꽃 축제에 와."

아서스가 불쑥 말했다. 한 손에 달걀을 들고 다른 손으로 흘러내린 금발 머리를 쓸어 올리던 제이나가 그를 올려다보았다.

"안 돼. 달라란의 학생은 여름에 매우 바쁘단 말이야. 여름 내내 달라란에 머물러야 할 거라고 안토니다스 대마법사께서 이미 말씀하셨는걸."

그녀의 목소리에 아쉬움이 묻어났다.

"그러면 여름 축제 때는 내가 갈게. 대신 할로윈 축제에 오면 되잖아."

아서스가 말했다. 그녀는 고개를 흔들었지만 이내 웃음을 터뜨렸다.

"아서스 메네실 왕자님, 정말 완고하시군요. 그러면 가도록 노력해볼게."

"아니, 꼭 와야 해."

빈 달걀 껍데기와 알록달록 칠해진 달걀, 작은 사탕으로 잔뜩 어질러진 탁자 위로 아서스가 한 손을 뻗어 제이나의 손을 꼭 쥐며 말했다.

그녀가 빙그레 미소 지었다. 그와 사귄 지 꽤 오래되었는데도 아직도 조금은 쑥스러운지 미소 짓는 그녀의 얼굴이 발그레 달아올랐다.

그녀는 오고 말리라.

할로윈 축제날이 오기 전에 조그만 축제가 몇 번 더 있었다. 하나는 조금 우울하고, 또 하나는 신났으며, 이번 것은 두 가지가 섞인 분위기였다. 이때는 산 자와 죽은 자의 경계가 흐릿해져서 살아 있는 사람이 죽은 자를 느낄 수 있다고들 했다. 전통에 따라 추수가 끝나고 겨울바람이 불기 전에 짚으로 커다란 사람의 형상을 만들어 왕궁 바깥에 세웠다. 그리고 축제날 밤 해가 질 무렵에 그것에 불을 붙였다. 밤하늘을 배경으로 거대한 허수아비가 타오르는 것은 정말 멋진 광경이었다. 원하는 사람이면 누구나 허수아비에 다가가 화염 속에 나뭇가지를 하나씩 던질 수 있었다. 그렇게 하면 생각에 잠길 시간이 많은 길고 긴 겨울이 시작되기 전에 원치 않는 잡념과 걱정을 '태워 없앨' 수 있었다.

그것은 언제인지도 기억할 수 없을 만큼 오랜 옛날 시작된 전통 의식이었다. 이제는 나뭇가지를 불속에 던져 자신의 문제를 해결할 수 있다고 믿는 사람은 거의 없었다. 죽은 자와 만날 수 있다고 생각하는 사람의 수는 그보다도 적었다. 당연히 아서스 역시 그런 미신은 믿지 않았다. 그렇지만 할로윈은 매우 인기가 높은 축제였고, 그 덕분에 제이나가 로데론으로 돌아오는 것이기 때문에 아서스는 그날을 기대하고 있었다.

제이나를 위한 깜짝 선물도 계획하고 있었다.

해가 지고 난 직후였다. 군중은 늦은 오후부터 모여들었다. 어떤 사람들은 먹을 것을 싸 오기도 했다. 사람들 대부분이 티리스팔의 언덕에서 얼마 남지 않은 가을날을 즐기려는 것 같았다. 많은 수의 군중이 한자리에 모일 때 일어나기 쉬운 불상사를 막기 위해 여기저기에 경비가 섰지만, 아서스는 별다른 문제가 일어나리라고는 생각하지 않았다. 튜닉과 바지, 짙은 갈색 망토를 걸치고 아서스가 궁 밖으로 모습을 드러내자 사람들이 환호성을 질렀다. 그는 잠시 멈춰서서 그들의 환호에 화답하듯 손을 흔들다가, 몸을 돌려 제이나에게 손을 내밀었다.

제이나는 조금 놀랐지만 이내 미소를 지었다. 그러자 어두운 하늘 위로 아서스의 이름뿐만 아니라 그녀의 이름까지 울려 퍼졌다. 아서스와 제이나는 거대한 허수아비가 서 있는 곳까지 함께 걸어 내려가 그 앞에 섰다. 아서스가 한 손을 들어 좌중을 조용히 시켰다.

"여러분, 우리는 가장 경건한 밤을 축하하기 위해 오늘 이 자리에 모였습니다. 우리를 떠난 이들을 기억하고, 한편으로는 우리의 발목을 붙잡는 것들을 떨쳐내는 밤이지요. 수확한 후 밭에 남아 있는 것들을 태우는 농부들과 마찬가지로, 오늘 우리는 지나가는 한 해를 상징하는 허수아비를 불태울 것입니다. 재가 땅을 기름지게 하듯 이 의식이 우리의 영혼을 살찌울 겁니다. 이렇게 많은 분들이 한자리에 모인 것을 보니 기분이 좋습니다. 그러면 오늘 허수아비에 불을 붙여주실 제이나 프라우드무어 양을 소개합니다."

제이나의 눈이 커졌다. 짓궂게 웃으며 아서스가 그녀를 쳐다보았다.

"프라우드무어 양은 전쟁 영웅인 댈린 프라우드무어 제독의 영애로, 현재 훌륭한 마법사가 되기 위해 수련 중입니다. 마법사란 본래 불을 다루는 재주가 뛰어나지 않습니까? 그러니 오늘 밤 프라우드무어 양에게 허수아비에 불을 붙여달라고 부탁하는 건 어떨까요?"

사방에 모인 군중이 기쁨의 환호성을 올렸다. 아서스는 그런 반응이 나오리라는 것을 이미 알고 있었다. 아서스가 예의 바르게 제이나에게 고개를 숙이고는 그녀의 귀에 속삭였다.

"멋진 볼거리를 만들어줘. 모두가 좋아할 거야."

제이나가 보이지 않게 살짝 고개를 끄덕이고는 군중을 향해 손을 흔들었다. 사람들의 환성이 한층 더 높아졌다. 그녀는 긴장이 되는지 흘러내린 머리카락을 귀 뒤로 넘기고는 표정을 가다듬었다. 그러고는 눈을 감고 두 손을 들어 올려 주문을 외우기 시작했다.

마침 제이나는 붉은색과 노란색, 주황색이 어우러진 불꽃 같은 색깔의 옷을 입고 있었다. 그녀의 손에서 작은 불덩이가 생겨났다. 처음에는 약하게 반짝이더니 이내 점점 밝아지자, 아서스의 눈에는 제이나가 하나의 불꽃처럼 보였다. 그녀는 능숙한 솜씨로 아무렇지 않은 듯 손 위의 불을 다루었다. 주문을 제어하지 못해 고생하던 것도 옛날 이야기였다. 제이나는 훌륭한 마법사가 '될' 것이 아니라 이미 '된' 것이 분명했다. 아직 정식으로 마법사라는 호칭을 받지는 못했더라도 말이다.

그 순간 제이나가 양팔을 쭉 뻗었다. 그러자 불덩어리가 총알처럼 튀어나가 거대한 허수아비를 향해 날아갔다. 불꽃이 허수아비에 닿자 순식간에 화염이 솟구쳤고, 군중들이 탄성을 지르며 손뼉을 치기 시작했다. 아서스가 빙그레 미소 지었다. 일반적인 방식으로 해서는 이렇게 단번에 불이 붙지 않았다.

군중의 환호성을 들은 제이나가 눈을 뜨고 기뻐하며 손을 흔들었다. 아서스가 가까이 다가와 속삭였다.

"정말 눈부신데, 제이나."

"볼거리를 만들어주라고 했잖아."

제이나 역시 싱긋 웃으며 대답했다.

"맞아. 그렇지만 단순히 볼거리라고 하기엔 *정말* 훌륭했는걸. 이제 사람들이 매년 허수아비에 불을 붙여달라고 하겠어."

제이나가 몸을 돌려 아서스를 똑바로 쳐다보았다.

"그러면 안 될 이유라도 있어?"

허수아비에서 솟구치는 불꽃이 그녀의 아름다운 얼굴을 더욱 밝게 비추었다. 머리를 감싸고 밝은 금빛 테가 둘러진 것처럼 보였다. 제이나를 가만히 쳐다보고 있던 아서스가 잠시 숨을 멈추었다. 그녀는 언제나 매력적이었고, 처음 만난 순간부터 그녀를 좋아했다. 지금까지는 비밀을 털어놓을 수 있는 친구인 동시에 즐길 수 있는 상대였다. 그러나 지금 이 순간만큼은 말 그대로 완전히 새로운 빛으로 그녀를 볼 수밖에 없었다.

그가 목소리를 되찾는 데는 조금 시간이 걸렸다.

"아니, 안 될 이유는 전혀 없지."

아서스가 부드럽게 대답했다.

둘은 불을 둘러싸고 춤을 추는 군중의 무리 속으로 들어갔다. 악수를 하고 인사를 나누며 사람들 깊숙이 들어가는 바람에 경비병들이 바짝 긴장했다. 이내 둘은 군중 속으로 홀연히 사라져 경비병들을 떼어냈다. 뒤로 난 복도를 통해 아서스가 제이나를 자신의 숙소로 이끌었다. 지름길을 통해 주방으로 가던 하인들과 맞닥뜨리는 바람에 한동안 꼼짝 않고 숨어 있어야 했다.

그들은 곧 아서스의 방에 닿았다. 그가 문을 닫고 문에 기대어 서 있다가 제이나를 와락 감싸 안고는 입맞춤을 퍼붓기 시작했다. 잠시 후 입맞춤을 멈추고 아서스의 손을 잡아 침대로 이끈 것은 부끄러움이 많고 공부만 좋아하는 제이나였다. 아직도 밖에서 활활 타고 있는 허수아비에서 비추는 주황색 불빛이 그들의 얼굴을 붉게 물들였다.

아서스는 꿈을 꾸는 것처럼 멍하니 제이나의 뒤를 따랐다. 마침내 둘이 침대 옆에 서서 두 손을 마주 잡았을 때, 아서스는 손을 너무 꽉 쥐어 그녀의 손가락이 부러지지나 않을까 걱정이 되었다.

"제이나…."

그가 속삭였다.

"아서스…."

제이나가 흐느끼듯 이름을 부르더니, 다시 그에게 입을 맞추었다. 그리고 두 손으로 아서스의 얼굴을 부드럽게 감쌌다. 제이나를 향한 욕망으로 어지러울 정도였다. 갑자기 제이나가 한 걸음 뒤로 물러서자, 아서스는 무언가를 빼앗긴 것 같은 기분이 들었다. 속삭이는 그녀의 입김이 그의 얼굴을 부드럽고 따뜻하게 어루만졌다.

"나… 우리, 이럴 준비가 된 걸까?"

아서스는 대답하려 했지만, 이내 제이나가 정말로 무엇을 묻는 것인지 알아차렸다. 아서스는 그녀를 완전히 받아들일 준비가 되고도 남았다고 생각했다. 그 아름다운 타레사도 거절하지 않았던가. 게다가 그가 거부한 여자들은 많았다. 아서스는 제이나가 이런 방면에서 자기보다도 경험이 없으리라는 걸 잘 알고 있었다.

"네가 준비되었다면 나도 괜찮아."

아서스가 거친 목소리로 속삭이며 제이나의 입술을 향해 고개를 숙였다. 그때 그녀가 익숙한 표정으로 눈썹을 찌푸리는 것을 보았다.

'입맞춤으로 저 찌푸림을 없애주겠어. 앞으로 영원히 모든 걱정이 사라지게 해주겠어.'

제이나를 번쩍 안아 침대로 향하던 아서스가 속으로 다짐했다.

시간이 얼마나 흘렀을까. 마침내 허수아비가 다 타버리고, 자고 있는 제이나를 비추는 것은 서늘한 달빛뿐이었다. 아서스는 잠을 이루지 못하고 그녀의 부드러운 몸을 손가락으로 가볍게 어루만지고 있었다. 앞으로 무슨 일이 벌어질 것인지 생각하다가 아무 생각 없이 멍해졌다.

그는 불타는 허수아비에 나뭇가지를 던지지 않았다. 태우고 싶은 걱정거리가 하나도 없었기 때문이었다.

'물론 지금도 없지.'

아서스가 혼잣말로 중얼거리며 다시 한 번 입을 맞추려고 고개를 숙였다. 부드럽게 한숨을 내쉬며 제이나가 눈을 뜨더니 그를 향해 두 손을 뻗었다.

"아무도 왕자님의 말은 거역할 수가 없구나. 적어도 나 한 사람만큼은."

둘이 첫 입맞춤을 나누던 날 제이나가 했던 말이었다.

아서스가 다시 한 번 그녀를 와락 끌어안았다. 순간, 찬물을 끼얹은 듯 한기를 느낀 아서스가 몸을 부르르 떨었다. 그 이유는 알 수 없었다.

"날 거부하지 마, 제이나. 앞으로도, 절대로…."

제이나가 그를 올려다보았다. 그녀의 눈이 서늘한 달빛을 받아 빛났다.

"그러지 않아, 아서스. 절대로…."

제 8 장

올해의 겨울맞이 축제만큼 왕궁이 화려하게 장식된 적은 없었다. 무라딘이 드워프족을 대표해 드워프의 전통 중 일부를 로데론에 소개했고, 그것은 해를 거듭하며 점점 인기를 더해서 올해는 많은 사람들이 진심으로 즐겼다.

축제 분위기는 제이나가 지푸라기 허수아비에 불을 붙여 군중들을 즐겁게 해준 몇 주 전부터 이미 무르익기 시작했다. 순간이동 능력이 있는 사람에게 달라란은 그리 먼 곳이 아니었지만, 제이나는 겨울 내내 로데론에 머물기로 했다. 제이나를 대하는 태도에 무언가 달라진 점이 있었다. 그것은 미묘한 동시에 매우 의미심장했다. 쿨 티라스의 통치자의 딸이나 가문의 친구를 넘어서서 대접을 받기 시작한 것이다.

그녀는 왕가의 일원으로 여겨졌다.

처음 리안 왕비가 제이나와 칼리아를 데리고 겨울맞이 축제에 입을 예복을 맞추었을 때, 아서스는 이러한 분위기를 느끼기 시작했다. 축제 기간 동안 왕궁에 머무르는 손님이야 많았지만, 왕비가 자신이나 칼리아의 예복과 잘 어울리는 옷을 입어주기를 바란 사람은 없었다.

테레나스 왕 또한 사람들의 청원을 들을 때 아서스와 제이나에게 그 자리에 참석하라고 이르곤 했다. 그럴 때면 아서스가 왕의 오른편에, 제이나가 왕의 왼편에 앉았다. 왕의 아들인 왕자와 동등한 자리였다.

아서스는 논리적으로 당연한 일이라고 생각했다. 그렇지 않은가? 그는 몇 년 전 칼리아에게 했던 말을 떠올렸다.

"우리에겐 의무가 있어. 누나는 아버지가 원하는 사람과 결혼하고, 나는 왕국을 위해 결혼할 의무 말이야."

제이나는 왕국을 위해 훌륭한 선택이었다. 그리고 그를 위해서도.

그런데 이 생각만 하면 왜 이렇게 불안해지는 걸까?

겨울맞이 축제 바로 전날 밤, 다시 눈이 내렸다. 아서스는 꽁꽁 언 로다미어 호수가 내려다보이는 커다란 창가에 서서 바깥을 내다보고 있었다. 새벽에 내리기 시작한 눈이 한 시간 전쯤 그쳤다. 검정 벨벳 같은 하늘을 배경으로 작고 차가운 다이아몬드처럼 별들이 반짝였다. 그리고 달빛은 모든 것을 고요하고, 조용하며, 신비해 보이게끔 만들었다.

그때 부드러운 손 하나가 아서스의 손을 파고들었다.

"정말 아름답지?"

제이나가 조용히 물었다. 아서스가 창밖에 시선을 고정시킨 채 고개를 끄덕였다.

"탄약이 충분하겠어."

제이나가 속삭였다.

"뭐라고?"

"탄약 말이야. 눈싸움할…."

제이나가 말했다.

그제야 그녀를 향해 돌아선 아서스가 숨을 몰아쉬었다. 그는 그때까지 제이나와 칼리아, 왕비가 오늘 저녁 연회와 무도회에서 입을 예복을 보지 못했다. 제이나의 아름다움에 아서스는 숨조차 쉴 수 없었다. 제이나 프라우드무어는 눈의 소녀 같았다. 얼음으로 만들어진 것 같은 신발에서부터 연한 푸른색을 띤 흰색 예복에 횃불을 받아 따뜻하게 빛나는 은색 관에 이르기까지, 심장이 멈출 정도로 아름다웠다. 그러나 제이나는 얼음 여왕도, 생명이 없는 조각상도 아니었다. 따뜻하고, 부드럽고, 생생하게 살아 있었다. 그녀의 금빛 머리카락이 어깨 근처에서 찰랑거렸고, 감탄하는 아서스의 눈빛에 볼은 발그레해졌으며, 푸른 눈은 행복으로 반짝거렸다.

"흰색 양초 같아. 온통 하얀 금빛이야."

아서스가 제이나의 머리카락 한 올을 손가락으로 꼬며 말했다.

제이나가 빙그레 웃으며 아서스의 머리카락을 만졌다.

"맞아, 아이를 낳으면 분명 금발일 거야."

순간 아서스가 멈칫했다.

"제이나, 혹시…."

그녀가 쿡쿡 웃었다.

"아니, 아직 아냐. 그렇지만 아이를 갖지 못할 이유가 없잖아."

아이! 이 말이 아서스를 충격과 기묘한 고뇌에 빠뜨렸다. 제이나는 그들이 미래에 갖게 될 아이에 관해 이야기하고 있었다. 그의 생각은 미래를 향해 엄청난 속도로 달려갔다. 제이나를 아내로 맞은 미래, 왕궁에는 아이들이 뛰어다니고, 부모님은 돌아가시고, 자신이 왕좌에 앉아 왕관의 무게를 짊어지고 있는 미래. 어떤 면에서는 절실하게 그것을 원했다. 아서스는 제이나가 곁에 있는 것이 너무나 좋았다. 밤마다 그녀를 품에 안는 것, 맛과 향기, 종소리만큼 맑고 장미향처럼 달디단 웃음이 사랑스러웠다.

그는 제이나를 사랑하고….

그런데 이 모든 것을 망쳐버리면 어떡하지?

불현듯 아서스는 지금 이 순간까지만 해도 이 모두가 어린아이의 놀이에 불과하다는 사실을 깨달았다. 어린 시절부터 아서스는 제이나를 동반자로 생각했다. 이제는 놀이가 조금 더 성인 취향으로 바뀐 것만 빼고는 아직도 같은 마음이었다. 그런데 무언가가 그의 마음속에서 달라졌다. 이 모든 게 진짜라면 어떡하지? 그가 정말로 그녀를 사랑하고, 그녀가 그를 사랑한다면? 혹시라도 그가 나쁜 남편, 나쁜 왕이 된다면? 만약…?

"난 아직 준비가 안 됐어."

아서스가 불쑥 말을 내뱉었다.

이 말을 들은 제이나의 눈썹이 찌푸려졌다.

"아이를 바로 가질 필요야 없지."

걱정하지 말라는 듯 제이나가 아서스의 손을 꼭 쥐었다.

아서스가 갑자기 그녀의 손을 툭 떨어뜨리고 한 걸음 뒤로 물러섰다. 아서스의 행동에 혼란스럽다는 듯 제이나는 눈썹 사이의 주름이 한층 깊어졌다.

"아서스? 왜 그래?"

"제이나, 우리는 너무 어려. *난* 너무 어려. 아직 시간이…. 난 못해, 난 준비가 안 됐어."

아서스가 황급히 말했다. 그의 목소리가 조금씩 높아졌다.

제이나의 얼굴이 창백해졌다.

"아서스, 설마… 난…."

죄책감이 아서스를 훑고 지나갔다. 사랑을 나누기 전, 그날 밤 그녀가 그에게 묻지 않았던가.

'이럴 준비가 된 걸까?'

그녀가 물었더랬다.

'네가 준비되었다면 나도 괜찮아.'

그것이 그의 대답이자 진심이었다. 그리고 진심이라고 생각했다.

아서스가 손을 뻗어 제이나의 손을 움켜쥐었다. 그러고는 머릿속에서 솟구치는 수많은 감정을 또렷이 표현하기 위해 필사적으로 노력했다.

"난 아직도 배울 것이 너무 많아. 마쳐야 할 훈련도 많고. 그리고 아버지가 날 필요로 하셔. 우서 경에게서도 배울 것이 많아. 그리고 제이나, 우리는 늘 친구였잖아. 언제나 날 이해해주었잖아. 지금도 이해해줄 수 없겠어? 친구로 남을 수는 없는 거야?"

제이나는 핏기라고는 없는 창백한 입술을 떼었지만 아무 소리도 나오지 않았다. 아서스의 손 안에 있던 그녀의 손이 힘없이 늘어졌다. 그는 필사적으로 제이나의 손을 움켜쥐었다.

'제이나, 제발. 제발 이해해줘. 내가 이해 못하더라도.'

"물론이야, 아서스. 우리는 언제나 친구일 거야. 너와 나."

제이나가 글을 읽듯 딱딱하게 대답했다.

자세와 표정, 목소리까지, 모든 것이 그녀가 얼마나 큰 고통과 충격에 빠져 있는지 말해주었다. 그러나 안도감이 물밀 듯 밀려오는 것을 느끼며 한숨을 몰아쉬던 아서스는 오직 그녀의 대답에만 매달렸다. 모두 괜찮아질 것이다. 지금 당장은 속이 상하더라도 곧 그를 이해하게 될 터였다. 둘은 서로를 너무 잘 알지 않는가. 제이나는 그의 말이 옳다는 것을 알게 되리라. 그것도 아주 곧.

"내 말은, 당분간이야. 지금 당분간만. 넌 공부를 해야 하잖아. 내가 방해가 될 거야. 안토니다스 대마법사도 분명 나를 못마땅해하실 거고."

무엇이든 설명해야 할 것 같은 기분에 아서스가 말했다.

제이나는 아무 말도 하지 않았다.

"이게 최선이야. 언젠가 상황이 달라지면 다시 시작하자. 널 좋아하지 않는 게 아니야…. 네가…."

아서스가 제이나를 끌어당겨 꼭 껴안았다. 제이나는 돌덩이처럼 뻣뻣하게 굳어 있었지만 조금 지나자 긴장감이 사라지고 그녀의 팔이 천천히 그를 감싸 안았다. 둘은 한참 동안 그렇게 가만히 서 있었다. 아서스는 그녀의 밝은 금빛 머리카락에 뺨을 기댔다. 둘 사이에 아이가 생기면 분명 그 머리카락을 갖게 될 것이다. 그런 아이가 태어날 가능성은 아직도 있었다.

"아예 그만두자는 게 아니야. 난 그저…."

아서스가 조용히 말했다.

"괜찮아, 아서스. 이해해."

아서스는 제이나의 양 어깨에 손을 얹은 채 한 걸음 물러서서 그녀의 눈을 들여다보았다.

"정말?"

제이나가 조그맣게 웃었다.

"솔직히? 아니, 이해 못해. 그렇지만 괜찮아. 어쨌든 결국엔 괜찮아질 테니까. 난 알아."

"제이나, 이것이 올바른 결정인지 확실히 하고 싶어. 우리 둘을 위해서."

'모든 것을 망치고 싶지 않아. 망칠 수 없어.'

제이나가 고개를 끄덕였다. 심호흡을 하고 마음을 가다듬고는 아서스에게 미소를 지어 보였다. 고통스러워 보이긴 해도 미소는 미소였다.

"자, 아서스 왕자님. 이 친구를 무도회장까지 데려다 주셔야죠."

어쨌거나 아서스는 그날 밤을 무사히 넘겼다. 제이나도 그랬다. 테레나스 왕이 이상한 눈으로 그를 쳐다보곤 했지만. 아버지에게 말하고 싶진 않았다, 아직은. 힘들고 불행한 밤이었다. 춤을 추다가 잠시 쉬는 틈에 창밖을 내다본 아서스는 흰 눈에 덮인 호수가 달빛을 받아 은색으로 반짝이는 것을 발견했다. 왜 나쁜 일은 모두 겨울에만 일어나는 걸까….

테레나스 왕과 아서스 왕자 앞에 홀로 선 애델라스 블랙무어 사령관은 그다지 기뻐 보이지 않았다. 오히려 필사적으로 그 자리를 피하고 싶어 하는 것처럼 보였다.

지난 세월은 그에게 가혹했다. 운도 나빴다. 아서스는 한때 잘생기고 당당했던 그의 모습을 떠올렸다. 술을 지나치게 좋아하긴 했지만 최소한 그로 인한 문제만은 피할 수 있었던 그의 젊은 날을 말이다. 더 이상은 그렇지 못했다. 블랙무어 사령관의 머리는 군데군데 허옇게 세었고, 몸은 비대해졌으며, 눈은 잔뜩 충혈되어 있었다. 다행히도 정신은 멀쩡했다. 오늘마저 술에 절어 나타났다면, 모든 면에서 자제심을 최고로 여기는 테레나스 왕이 그를 그대로 돌려보냈을 터였다.

블랙무어가 오늘 이곳에 불려 온 것은 사고를 쳤기 때문이었다. 그것도 아주 심각한. 그의 검투사 오크 스랄이 화재가 난 틈을 타 던홀드 요새를 빠져나간 것이다. 블랙무어는 한동안 쉬쉬하며 놈을 찾으려 했지만 초록색 오크의 덩치만큼이나 큰 비밀이 오래갈 리 없었다. 말이 새어나가자 소문은 걷잡을 수 없이 퍼졌다. 어떻게든 내기에서 이겨보려던 라이벌 귀족이 오크를 몰래 풀어주었다는 둥, 질투심에 사로잡힌 정부가 그를 곤경에 빠뜨리려고 그랬다는 둥, 무기력감에 시달리지 않던 영악한 오크 무리가 그를 탈출시켰다는 둥, 오그림 둠해머가 그를 데리고 갔다는 둥, 인간으로 변장해 잠입한 용들이 그곳에 불을 지르고 그를 데려갔다는 둥, 소문도 각양각색이었다.

아서스는 싸움에서 승리한 스랄을 보고 흥분하던 순간에도 오크를 교육하고 훈련하는 것이 과연 현명한 일인지 의심했던 사실을 떠올렸다. 그리고 스랄이 도망 중이라는 소식을 들은 테레나스 왕이 해명을 듣기 위해 블랙무어를 불러들인 것이다.

"오크를 훈련시켜 검투를 시킨 것도 모자라 군사 전략을 가르치고, 읽고 쓰는 법을 알려주고…. 꼭 물어봐야겠다. 사령관, 도대체 무슨 생각이었던 게냐?"

테레나스 왕이 물었다.

애델라스 블랙무어 사령관이 눈앞에서 조그맣게 줄어들고 있는 것 같은 착각이 들어서 아서스는 애써 웃음을 참았다.

"모든 비용과 자재가 경비를 강화하는 데 들어간다고, 자네의 오크가 삼엄한 경비하에 관리되고 있다고 하지 않았나? 그런데 놈이 던홀드 요새가 아니라 바깥세상에서 자유롭게 떠돌고 있다는 말이냐? 어찌하여 그리 된 게냐?"

블랙무어 사령관이 얼굴을 찡그렸지만 겨우 힘을 짜내어 대답했다.

"스랄이 탈출한 것은 분명 운이 나빴습니다. 폐하께서도 지금 제가 어떤 기분인지 잘 아시리라 믿습니다."

블랙무어 사령관이 테레나스 왕에게 한 방 날린 셈이나 다름없었다. 테레나스 왕은 자신의 감시하에 있던 오그림 둠해머가 도망친 일로 인한 상처가 아직도 아물지 않은 터였다. 그러나 분명 현명한 공격은 아니었다. 테레나스 왕이 인상을 쓰며 입을 열었다.

"이것이 불운한 유행의 시작이 아니길 바라네. 그 돈은 사람들의 노동에서 나온 거야, 사령관. 그들을 안전하게 지켜주는 데 쓰여야 한다고. 그 자금이 올바르게 쓰였는지 확인할 사람을 보내야 하나?"

"아니오! 아니, 아닙니다. 그러실 필요 없습니다. 쓴 돈에 대해서는 마지막 한 푼까지 증빙할 수 있습니다."

"그래, 꼭 그리 해라."

테레나스 왕이 부드럽게 말했지만 속내는 좋지 않음을 알 수 있었다.

마침내 계속해서 머리를 조아리며 블랙무어 사령관이 떠나고 나자, 테레나스 왕이 아서스에게로 고개를 돌렸다.

"이 사태에 대해 어찌 생각하느냐? 스랄이 싸우는 걸 보았다지?"

아서스가 고개를 끄덕였다.

"놈은 제가 생각하는 오크와 전혀 달랐습니다. 제 말씀은, 물론 덩치가 좋고 사납게 싸우기는 하지만 분명 지능이 좋은 것 같았습니다. 훈련도 받았고요."

테레나스 왕이 생각에 잠겨 수염을 쓰다듬었다.

"아직도 떠돌아다니는 오크 무리들이 있다. 수용소에 갇혀 있는 오크들에게서 나타나는 무기력한 증세를 보이지 않는 놈들도 있겠지. 스랄이 그런 놈들을 찾아내어 알고 있는 걸 가르친다면 매우 심각한 문제가 될 게다."

아서스가 몸을 더욱 곧게 폈다. 이것이야말로 자신이 그토록 기다리던 모험일지도 몰랐다.

"저는 그동안 우서 경과 열심히 훈련했습니다."

정말 그랬다. 제이나와 왜 헤어졌는지 남들에게, 그리고 자신에게조차 제대로 설명하지 못한 아서스는 훈련에만 온 힘을 쏟았다. 몸이 아파서 더 이상 움직이지 못할 때까지 하루에도 몇 시간씩 싸움을 계속했다. 제이나의 얼굴을 머릿속에서 지워버리기 위해 몸을 혹사시켰던 것이다.

그것은 아서스가 원한 일이었다. 그렇지 않은가? 게다가 제이나도 잘 받아들였다. 그런데 왜 밤마다 잠을 이루지 못하고 그녀의 온기를 그리워하다 못해 고통에 몸부림쳐야 하는 것일까? 심지어는 그토록 싫어했던 명상에 매달리며 주의를 다른 곳으로 돌리기 위해 몇 시간씩 가만히 앉아 있곤 했다. 혹시 싸움에 집중하면, 빛을 받아들이고 마음을 원하는 방향으로 돌리는 법을 배운다면 제이나를 잊어버릴 수 있지 않을까 하는 생각에서였다. 자신이 헤어지자고 말한 바로 그 여자 말이다.

"우리가 오크를 찾아 나설 수 있습니다. 스랄보다 먼저 놈들을 찾아내는 거지요."

테레나스 왕이 고개를 끄덕였다.

"네가 얼마나 열심히 수련하고 있는지 우서 경이 알려주었다. 네 실력이 좋아졌다고 감탄하더구나. 좋다. 가서 우서 경에게 알리고 떠날 채비를 하거라. 처음으로 진정한 전투의 맛을 볼 때가 된 것 같으니."

아서스는 환성을 지르고 싶은 것을 억지로 참았다. 아버지가 많이 걱정하고 있음을 알 수 있었다. 그리고 골칫덩이 초록 괴물들을 죽여버리면 헤어지던 날 제이나가 짓던 그 슬픈 표정을 머릿속에서 지워버릴 수 있을지도 몰랐다.

"감사합니다. 반드시 아버지의 기대에 어긋나지 않도록 하겠습니다."

아서스와 비슷한 푸른빛 초록색 눈에는 비통함이 가득했지만, 테레나스 왕은 애써 미소를 지었다.

"아들아, 그것 말고도 걱정할 일이 많아서 문제구나."

제 9 장

안토니다스 대마법사를 만나기로 한 시간에 늦은 제이나는 정원을 가로질러 달리고 있었다. 또다시 책 속에 파묻혀 시간 가는 줄도 모르고 있었던 것이다. 그것 때문에 스승인 안토니다스 대마법사에게 종종 꾸중을 들었지만, 제이나도 어쩔 수가 없었다. 그녀는 열매가 주렁주렁 달린 황금빛 사과나무 사이를 빠른 속도로 달렸다. 몇 년 전 바로 이곳에서 나눴던 대화가 생각나면서 슬픔이 스치고 지나갔다. 아서스가 뒤에서 나타나 눈을 가리며 "누구게!" 하고 속삭였던 바로 그때 말이다.

아서스…. 제이나는 아직도 아서스가 그리웠다. 앞으로도 그럴 것이다. 그와의 이별은 갑작스럽고 고통스러웠다. 게다가 타이밍도 그보다 나쁠 수는 없었다. 아무 일도 없었다는 듯 무도회에 참석해서 시간을 보냈던 것을 생각하면 지금도 몸서리가 쳐졌다. 그러나 아서스가 말한 이유를 조금씩 이해하게 되면서 처음의 충격도 조금씩 잊혀졌다. 둘은 아직 어렸고, 그가 말했듯 해야 할 일과 마쳐야 할 공부가 남아 있었다. 그녀는 늘 친구로 남겠다고 약속했고, 그때나 지금이나 그 마음은 진심이었다. 그 약속을 지키려면 먼저 상처가 아물어야 했고, 그래서 상처를 지우려 노력했다.

다행히 지난 몇 년간 바쁜 일이 많았던 덕분에 제이나는 다른 곳에 마음을 쏟을 수 있었다. 5년 전, 켈투자드라는 이름의 강력한 마법사가 괴이한 강령술에 손을 대면서 키린 토의 화를 산 적이 있었다. 당장 실험을 중단하라는 명령과 함께 심한 질책을 당한 그는 불가사의하게도 아무 흔적도 남기지 않고 사라져버렸다. 이 사건을 둘러싼 수수께끼가 지난 3년간 그녀의 관심을 끈 일 중 하나였다.

마법의 도시 달라란 밖에서도 많은 일들이 일어났지만 그에 관한 정보는 늘 뿔뿔이 흩어져 있어서 알아내기 힘들거나, 말도 안 되는 소문으로 얼룩져 있거나, 이해할 수 없을 정도로 혼란스러웠다. 제이나가 겨우 알아낸 바에 따르면, 수용소를 탈출한 오크 스랄이 현재는 스스로 호드의 새로운 대족장이라 일컬으며 포로수용소를 공격해서 오크를 마구잡이로 탈출시키고 있다고 했다. 얼마 후 던홀드 요새 역시 오크족의 고대 주술을 이용한 스랄의 공격을 받아 잿더미로 변했다. 그 와중에 블랙무어 사령관이 목숨을 잃었지만, 그를 추모할 여유도 없었다고 모두들 입을 모았다. 물론 제이나도 새로운 호드가 자신의 나라에 몰고 올 피해가 걱정되었지만, 포로수용소가 무너진 것은 그리 슬퍼하지 않았다. 오래전, 포로수용소의 실상을 똑똑히 목격한 적이 있었기 때문이었다.

갑자기 두 사람의 목소리가 들려왔다. 그중 하나는 화가 나 있었다. 이곳에서는 꽤나 드문 일이었기에 제이나는 황급히 걸음을 멈췄다.

"테레나스 왕에게도 말했지만 당신네 인간들은 그들 땅에 갇힌 포로나 마찬가지지요. 지금 다시 한 번 말하지. 인류가 위기에 처했소. 어둠의 물결이 다시 한 번 높아지고 온 세상이 전쟁의 문턱에 도달했단 말이오!"

쩌렁쩌렁 울리는 목소리의 주인공이 누구인지 제이나는 알 수 없었다.

"아, 당신이 누군지 알겠소. 지난번 테레나스 왕의 편지에 등장했던 헛소리나 지껄인다는 예언자로군. 나도 테레나스 왕만큼이나 당신의 실

없는 예언에는 관심이 없소이다."

이 목소리는 안토니다스 대마법사였다. 그는 낯선 이의 고집 센 말투와는 달리 매우 침착했다. 제이나는 들키기 전에 얼른 몸을 피해야 한다는 것을 알고 있었지만, 오래전 아서스와 함께 포로수용소를 구경하러 나섰던 어린 소녀의 호기심이 불쑥 고개를 들었다. 그래서 몸을 투명하게 하는 주문을 외우고는 귀 기울여 듣기 시작했다. 그녀는 최대한 조용히, 더 가까이 다가갔다. 두 사람이 모두 눈에 들어왔다. 안토니다스 대마법사가 비꼬듯 '예언자'라 불렀던 첫 번째 남자는 검은 깃털로 장식된 망토와 두건 차림이었고, 안토니다스 대마법사는 말 위에 올라탄 채였다.

"테레나스 왕이 당신의 예언을 어떻게 생각하는지는 잘 알고 있을 터인데?"

안토니다스 대마법사가 말했다.

"당신은 그 왕보다 더 현명하지 않소! 종말이 다가왔다니까!"

"아까도 말했듯 말도 안 되는 이야기에는 관심이 없소."

딱 부러지고 침착하면서도 상대방을 물리치는 말투. 제이나는 안토니다스 대마법사의 이런 말투를 잘 알고 있었다.

그 예언자는 잠시 말이 없다가 이내 한숨을 내쉬었다.

"여기서도 시간만 낭비했군."

제이나의 눈앞에서 낯선 남자의 형체가 갑자기 흐릿해졌다. 그 모습이 작아지고 변하더니 조금 전까지만 해도 망토를 입은 남자가 서 있던 자리에 커다란 검은 새 한 마리가 나타났다. 짜증이 섞인 까악 소리와 함께 새가 하늘로 솟구치더니 날개를 펄럭이며 이내 사라져버렸다.

푸른 하늘에 작은 점으로밖에 보이지 않는 그 남자를 바라보며 안토니다스 대마법사가 입을 열었다.

"이제 모습을 보이거라, 제이나."

제이나의 얼굴이 뜨겁게 달아올랐다. 그녀는 주문을 외우고는 슬그머니 앞으로 나섰다.

"엿들어서 죄송합니다. 하지만…."

"뭐든지 알고 싶어 하는 너의 그 성격에 요즘 들어 더욱 의지하게 되었단다."

슬며시 웃으며 안토니다스 대마법사가 말을 이었다.

"저 정신 나간 바보가 세상이 곧 멸망할 거라고 굳게 믿고 있구나. 내가 생각하기에는 '역병' 사태를 너무 심각하게 받아들이는 것 같다."

"역병이요?"

제이나가 놀라 반문했다.

안토니다스 대마법사는 한숨을 쉬고는 말에서 내려왔다. 그리고 말 엉덩이를 찰싹 때리자 곧 말이 달려가기 시작했다. 말은 이내 속도를 줄여 얌전히 마구간으로 들어갔다. 돌아온 말은 마부가 알아서 잘 돌볼 것이다. 안토니다스 대마법사가 손짓하자 제이나가 다가가 뼈마디가 불거진 그의 손을 잡았다.

"요전에 내가 수도에 전령을 보낸 것을 기억하느냐?"

"전 그것이 오크 사태에 관한 것인 줄 알았습니다."

안토니다스 대마법사가 주문을 외우자 둘은 홀연히 자취를 감추더니 그의 처소에 다시 모습을 드러냈다. 제이나는 이곳이 마음에 들었다. 어수선한 분위기나 양피지와 가죽, 잉크 냄새, 그리고 몸을 동그랗게 말고 앉아 학문에 푹 빠져들 수 있는 낡은 의자들까지…. 안토니다스가 그녀에게 앉으라고 하고는 손가락을 까딱했다. 그러자 주전자가 날아와 둘에게 과즙을 따르기 시작했다.

"그래, 오크 사태에 관한 일도 있긴 했지. 하지만 그보다 더 긴박한 위험이 코앞에 닥쳤다고 생각했다."

"호드가 다시 뭉친 일보다 더 긴박한 일이라뇨?"

제이나가 손을 뻗자 금빛 액체가 가득 담긴 수정 술잔이 그녀의 손을 향해 둥둥 떠 날아왔다.

"오크는 설득할 수 있는 가능성이라도 있지만 질병은 그렇지 않지. 북쪽 지방에 역병이 퍼지고 있다는 보고가 있었다. 내 생각에 키린 토가 긴밀히 주시해야만 하는 사안이야."

제이나가 그를 응시했다. 과즙을 마시는 그녀의 눈썹이 찌푸려져 있었다. 보통 질병은 마법사가 아니라 사제의 책임이었다. 혹시….

"혹시 그게 마법에 의한 거라고 생각하시는 거예요?"

안토니다스 대마법사가 머리를 끄덕였다.

"가능성이 높단다. 그리고 제이나 프라우드무어, 그곳을 돌아보고 그 문제에 대해 조사하라고 지금 네게 명하는 이유이기도 하다."

제이나는 마시고 있던 과즙이 목에 걸릴 뻔했다.

"제가요?"

그가 부드럽게 웃었다.

"그래, 너. 내가 가르칠 수 있는 것은 거의 다 배웠으니 이제는 이곳을 벗어나 다른 곳에서 그 기술을 활용할 때가 아니겠느냐. 그리고 너를 도와줄 특별 사절까지 마련해두었다."

안토니다스 대마법사의 눈이 다시 반짝였다.

아서스가 눈을 감고 약한 햇살을 향해 얼굴을 치켜든 채 나무에 기대어 앉아 있었다. 자신에게서 침착함과 자신감 넘치는 분위기가 풍기고 있다는 것을 알았다. 그래야만 했다. 부하들이 아서스의 몫까지 걱정하고 있었으니 말이다. 부하들에게 자신도 사실은 초조하다는 것을 드러낼 수는 없었다. 시간이 이만큼 흘렀는데…. 어떻게 하면 잘 지낼 수 있을까? 어쩌면 잘못된 결정이었는지도 모른다. 그러나 모든 사람들이 좋다고 생각했고, 그 역시 그녀가 분별력 있고 냉철한 사람이라는 사실을 잘 알고 있었다. 괜찮을 것이다. 아니, 괜찮아야만 했다.

아서스가 데리고 온 대장 중에는 오랫동안 알고 지내온 팔릭이 있었다. 팔릭은 불안한 듯 그들이 기다리던 네거리에서 한쪽 길로 내려갔다가 올라오더니, 또 다른 길을 따라 왔다 갔다 하기를 반복하고 있었다. 싸늘한 날씨에 입김이 하얗게 올라오는 것이 보였다. 짜증은 시간이 흐를수록 더해가는 것만 같았다. 팔릭이 마침내 입을 열었다.

"아서스 왕자님, 몇 시간이나 기다리고 있었습니다. 친구 분이 오시는 게 맞습니까?"

눈도 뜨지 않고 대답하는 아서스의 입가에 미소가 머물렀다. 보안상의 이유로 부하들에게는 누가 오는지 알려주지 않았던 것이다.

"맞아."

확실했다. 아서스는 인내심 있게 제이나를 기다렸던 몇 번의 기억을 떠올리며 덧붙였다.

"제이나는 보통 조금 늦거든."

아서스의 말이 떨어지기 무섭게 멀리서 고함 소리와 함께 도통 이해할 수 없는 말이 들려왔다.

"나 부순다!"

따스한 햇살 아래 졸다가 갑작스러운 경고에 눈을 뜬 표범처럼 아서스가 한 손에 망치를 쥐고 벌떡 일어섰다. 길을 따라 막 아래로 뛰어 내려가려던 순간, 저 멀리 언덕 꼭대기에서 이리로 달려오는 가냘픈 여자의 모습이 눈에 들어왔다. 그녀의 뒤에는 물의 정령으로 보이는 물색의 액체 덩어리가 빙글빙글 돌며 흐릿하게 움직이고 있었다. 어렴풋하나마 머리와 팔다리도 달려 있는 것 같았다.

그리고 그 뒤에는 오우거 두 마리가 뒤쫓아오고 있는 것 아닌가!

"맙소사!"

팔릭이 소리를 지르더니 앞으로 달려 나갔다. 그 순간 제이나의 얼굴을 보지 못했다면 아서스가 곧장 팔릭을 앞질러 나가 그녀에게 먼저 닿았을 터였다.

제이나는 빙긋 웃고 있었다.

"검은 치워두지, 대장. 제이나도 자기 앞가림 정도는 할 줄 알거든."

아서스는 자신도 모르게 그녀를 따라 웃고 있었다.

아니나 다를까, 제이나는 앞가림을 할 줄 알았다. 그것도 아주 효율적으로. 바로 그 순간 제이나가 빙글 돌아서더니 화염을 만들기 시작했다. 이 순간 불쌍히 여겨야 할 것이 있다면 바로 오우거였다. 화염이 땅딸막하고 흐리멍덩한 그들의 몸을 훑고 지나가자 오우거들은 괴성을 지르며 상대를 멍하니 바라보았다. 조그만 인간 여인이 그들에게 엄청난 고통을 안겨줄 수 있다는 사실을 믿지 못하겠다는 표정이었다. 그중 하나는 그나마 도망갈 정신이라도 있었지만, 나머지 하나는 아직도 사태를 파악하지 못하고 계속해서 그녀에게 다가왔다. 제이나가 주황빛 불덩이를 다시 한 번 오우거에게 날리자 놈이 비명을 지르며 쓰러지더니 금세 타 죽고 말았다. 불에 그슬린 오우거의 고약한 냄새가 아서스의 코를 찔렀다.

오우거 한 놈이 달아나는 것을 바라보고 서 있던 제이나가 두 손을 탁탁 털더니 혼자 고개를 끄덕였다. 땀 한 방울 흘리지 않은 것 같았다.

"자, 제이나 프라우드무어 양을 소개하지. 키린 토의 특사이자 이 땅에서 가장 재능 있는 마법사 중 하나라네."

아서스가 어린 시절 동무이자 예전 애인에게 다가가며 점잖은 말투로 소개했다. 그러고는 제이나를 향해 한마디 덧붙였다.

"예전 솜씨를 잃지 않은 것 같군."

제이나가 활짝 웃으며 몸을 돌려 그를 마주 보았다. 그 순간 어색함 따위는 없었다. 다만 기쁠 뿐이었다. 제이나는 그를 만나 매우 기뻤고, 아서스 역시 마찬가지였다. 즐거움이 마음속에 가득 차오르는 것만 같았다. 아서스가 다시 말했다.

"다시 만나서 정말 기뻐."

몇 마디 되지도 않고 인사치레나 다름없는 그 말 속에 많은 뜻이 담겨 있었다. 그리고 제이나는 전부 이해할 수 있었다. 그녀는 언제나 그를 이해했다. 대답하는 제이나의 눈이 반짝였다.

"나도. 왕자님과 동행하는 건 정말 오랜만이거든."

"그래, 그렇군."

아서스의 대답에는 아쉬움과 안타까움이 묻어났다. 이제는 정말 어색해지고 말았다. 제이나는 그의 시선을 피해 아래를 내려다보았고, 아서스는 멋쩍게 헛기침을 했다.

"자, 그러면 길을 떠나야겠지?"

제이나가 고개를 끄덕이고는 한 손을 흔들어 물의 정령을 사라지게 했다. 그러고는 팔릭과 그의 부하들을 향해 매력적인 웃음을 지어 보이며 말했다.

"이렇게 건장한 군인들이 계신데 이 친구는 필요 없지. 자, 왕자 전하, 우리가 조사해야 하는 역병에 대해 말씀해주실까요?"

"아는 건 별로 없어."

아서스가 제이나와 보조를 맞추며 털어놓았다. 그러고는 말을 이었다.

"아버지께서도 이제야 날 보내신 거야. 우서 경도 최근까지 나와 함께 오크와 싸우느라 바빴고. 그렇지만 달라란의 마법사들이 역병에 대해 알아내려는 걸 보면 마법과 관련이 있다는 말이겠지?"

제이나가 여전히 미소 띤 얼굴로 고개를 끄덕였다. 그녀의 눈썹이 익숙한 모습으로 찌푸려지기 시작했다. 그 모습을 바라보는 아서스의 마음에 묘한 아픔이 스쳐 지나갔다.

"맞아, 정확히 어떻게 연관되어 있는지는 모르지만. 그래서 안토니다스 스승님께서 상황을 관찰하고 보고하라며 날 보내신 거야. 우선 왕의 길을 따라가면서 주변 마을을 확인해야 해. 마을 주민들과 이야기해보면 무언가 알아낼 수 있을지도 몰라. 운이 좋다면 그들은 아직 병에 걸리지 않았을 테고, 국지적인 질병일 수도 있으니까."

제이나를 잘 알고 있는 아서스는 실제로는 그리 낙관적이지 않다는 사실을 알아차렸다. 이해가 되고도 남았다. 심각한 문제가 아니라고 생각했다면 안토니다스 대마법사가 아끼는 제자를 보내 확인하게 할 리 없었기 때문이었다. 물론 테레나스 왕도 아서스를 보낼 리 없었고….

아서스가 화제를 돌렸다.

"혹시 오크랑 관련이 있는 건 아닐까?"

제이나가 무슨 말이냐는 표정으로 눈썹을 올리자, 그가 말을 이었다.

"포로수용소에서 오크가 탈출한 이야기는 들었지?"

그녀가 고개를 끄덕였다.

"응, 우리가 보았던 그 작은 가족도 같이 탈출했을까 하는 생각을 가끔 해."

아서스가 거북한 표정을 지었다.

"탈출한 자들 속에 끼어 있다면 그들도 악마를 숭배하고 있다는 뜻이 돼."

제이나의 눈이 커졌다.

"뭐라고? 오래전에 끝난 일인 줄 알았는데? 오크들은 더 이상 사악한 힘을 쓰지 않는다고."

아서스가 어깨를 으쓱했다.

"아버지의 명으로 우서 경과 함께 스트란브래드 방어군을 도우러 갔었어. 내가 도착할 때쯤엔 이미 오크들이 마을 사람들을 잡아가기 시작했더군. 놈들의 진지까지 쫓아갔는데 이미 세 명이… 희생됐어."

아서스의 기억대로 제이나는 언제나처럼 그의 입에서 나오는 단어 하나하나에 귀를 기울이며 온몸으로 듣고 있었다. 맙소사, 그녀의 모습은 너무나도 아름다웠다.

"오크 놈들이 악마에게 사람을 제물로 바친다고 하더군. 보잘것없는 제물이라고 하는 걸 보아 더 원하는 게 틀림없어."

"그리고 안토니다스 스승님께서는 이 역병이 마법과 관련이 있다고 생각하셔. 혹시 둘 사이에 연관이 있는 건 아닐까? 오크가 예전으로 돌아갔다니, 정말 걱정인걸. 어쩌면 한 무리만 그런 걸지도 몰라."

"그럴 수도 있고, 아닐 수도 있지."

아서스는 스랄이 싸우던 모습을 떠올렸다. 그리고 오합지졸인 오크들이 놀라울 만큼 훌륭한 솜씨로 맞서던 것을 기억했다.

"어쨌든 모험을 하기엔 위험 부담이 너무 커. 부하들은 일단 공격을 받으면 바로 놈들을 죽이도록 명을 받았지."

아서스는 우서 경이 항복하라는 말과 함께 전령을 보냈을 때 오크 무리의 족장이 보낸 답변을 떠올리며 화가 솟구치는 것을 느꼈다. 협상을 위해 전령으로 보낸 두 사람은 죽임을 당했고, 그들의 말들만 돌아왔다. 정말 잔인한 무언의 답변이었다.

"쳐들어가서 저 짐승들을 다 없애버립시다!"

흥분한 아서스가 고함을 질렀다. 은빛 성기사단에 입단할 때 받은 그의 무기가 밝게 빛났다. 우서 경이 그 순간 그의 팔을 잡지 않았다면 단번에 달려 나갔을지도 몰랐다.

"기억하게나, 아서스. 우리는 성기사단이야. 우리의 임무에 복수란 없다네. 화가 피를 보려는 욕망으로 변한다면 우리도 오크와 다를 바가 없지."

우서 경의 목소리는 평온했다.

그의 말이 어느 정도 아서스의 화를 가라앉혔다. 아서스는 주인이 살해당하는 것을 지켜보고 잔뜩 겁먹은 말들이 마구간으로 돌아가는 모습을 보고 이를 악물었다. 우서 경의 말은 지혜로웠지만 아서스는 그 말을 타고 있던 두 남자를 저버린 것 같은 기분이 들었다. 천하무적을 저버린 것처럼 말이다. 이제 두 사람도 천하무적처럼 죽고 없었다. 그는 심호흡을 한 후 대답했다.

"알았어요, 우서 경."

아서스의 태도는 보답을 받았다. 우서 경이 그에게 공격을 이끌게 했던 것이다. 다만 조금만 일찍 공격했더라면 제물로 희생된 세 사람을 구할 수 있었을 텐데. 아서스는 아쉬울 따름이었다.

부드러운 손이 그의 팔을 만지며 아서스를 깊은 생각에서 깨웠다. 아서스는 오랜 버릇대로 아무 생각 없이 제이나의 손을 잡았다. 제이나가 어색한 미소를 지으며 손을 빼려 했다.

"다시 만나서 정말, 너무나 기뻐."

아서스가 충동적으로 말했다.

제이나의 미소가 부드러워지면서 곧 진심이 담긴 미소로 바뀌었다. 그러고는 아서스의 팔을 꼭 쥐었다.

"나도 기뻐요, 왕자 전하. 그건 그렇고, 아까 부하들을 말려줘서 고마워."

제이나의 미소가 곧 웃음으로 바뀌었다.

"전에 말했지? 연약한 인형이 아니라고."

아서스가 쿡쿡 웃었다.

"그럼요, 아니죠, 아가씨. 전투가 벌어지면 우리와 함께 싸우게 될 겁니다."

제이나가 한숨을 쉬었다.

"싸움은 정말 안 했으면 좋겠는데…. 조사만 하면 얼마나 좋을까? 그렇지만 필요하다면 할 일은 반드시 해. 언제나 그랬으니까."

그 말과 함께 제이나가 손을 뺐다. 아서스는 애써 실망한 기색을 감추었다.

"우리 모두 그렇지요, 아가씨."

"오, 그만해. 난 제이나야."

"전 아서스입니다. 만나서 반가워요."

제이나가 장난스럽게 아서스를 밀치자 둘은 웃음을 터뜨렸다. 순간, 둘 사이에 있던 높은 장벽이 사라졌다. 다시 한 번 옆에 서 있는 제이나를 내려다보던 아서스는 가슴이 따뜻해지는 것을 느꼈다. 처음으로 진정한 위험에 함께 맞서게 된 것이다. 그의 생각은 갈팡질팡했다. 한편으로는 제이나를 안전하게 지키고 싶었지만, 다른 한편으로는 그녀가 자신의 능력을 발휘하며 밝게 빛나는 모습을 지켜보고 싶기도 했다. 제이나와 헤어진 것은 과연 옳은 일이었을까? 너무 늦었나? 아서스는 준비가 되지 않았다고 말했다. 그리고 그건 사실이었다. 당시에는 준비되지 않은 부분이 너무나 많았다. 그러나 겨울맞이 축제 이후 많은 것이 달라졌다. 그렇지만 어떤 것은 전혀 변하지 않고 남아 있었다. 갖가지 감정이 순식간에 그를 둘러싸고 괴롭혔지만, 아서스는 한 가지만 남겨두고 나머지는 모두 잊기로 했다. 그것은 제이나와 함께 있어서 기쁘다는 마음이었다.

어스름 무렵, 그들은 길가 작은 공터에서 야영할 준비를 했다. 달빛은 없고 별들만이 칠흑 같은 어둠 속에서 빛나고 있었다. 제이나가 마법으로 불을 피우고 맛있는 빵과 음료를 조금 만들어내더니 장난스럽게 "제할 일은 다 했습니다!" 하고 말했다. 모두들 웃으며 나머지 음식을 준비했다. 산에서 잡은 토끼를 꼬챙이에 끼워 굽고 과일을 내놓았다. 이윽고 모두에게 포도주가 돌아가자, 분위기는 치명적인 역병을 조사하러 나온 무장한 무리가 아니라 저녁 시간을 즐기러 나온 친구들의 모임 같았다.

얼마 후, 제이나는 사람들로부터 조금 떨어진 곳에 혼자 앉아 있었다. 그녀는 미소를 머금은 채 하늘을 올려다보았다. 아서스가 다가와 포도주를 더 마시겠느냐고 물었다. 내민 잔에 포도주를 따라주자 제이나는 포도주를 홀짝거리기 시작했다.

"좋은 포도주예요, 왕자 전… 아서스."

"왕자의 특권 중 하나지."

아서스가 대답했다. 그가 긴 다리를 쭉 뻗고 옆에 누웠다. 한 팔은 베개 삼아 머리 뒤에 괴고, 다른 한 손으로는 술잔을 가슴 위에 올려놓은 채 별들을 올려다보았다.

"우리가 뭘 찾아낼까?"

"글쎄, 잘 모르겠어. 그렇지만 네가 오크와 벌였던 싸움을 생각해보면 정말로 악마와 관련된 건 아닐까 걱정도 돼."

어둠 속에서 아서스가 고개를 끄덕였다. 그러다가 그녀가 그를 볼 수 없는 것을 깨닫고 입을 열었다.

"나도 그렇게 생각해. 그래도 사제 한 명 정도는 데리고 왔어야 하는 게 아닐까?"

이 말을 들은 제이나가 웃었다.

"넌 성기사잖아, 아서스. 빛이 널 통해 움직이신다고. 게다가 지금까지 내가 본 그 어느 사제보다도 무기를 잘 다루잖아."

아서스도 그 말을 듣고 웃었다. 잠시 침묵이 흐른 뒤 그가 손을 뻗으려는 찰나, 제이나가 한숨을 쉬면서 자리에서 일어나더니 남은 포도주를 마저 마셨다.

"늦었다. 왕자님은 어떨지 모르겠지만 난 정말 피곤하네. 아침에 봐. 잘 자, 아서스."

그러나 아서스는 잠을 이룰 수 없었다. 침낭 속에서 하늘을 쳐다보며 이리저리 뒤척였다. 운 좋게 잠이 들려고 할 때마다 밤의 소리가 자꾸만 그를 깨웠다. 더 이상 참을 수가 없었다. 언제나 충동적인 그가 아닌가. 이런 제길….

아서스가 침낭을 걷어차고 벌떡 일어나 앉았다. 야영장은 고요했다. 이곳은 위험하지 않은 지역이라 보초도 세우지 않았다. 아서스가 조용히 일어나 제이나가 자고 있는 곳으로 향했다. 그리고 옆에 무릎을 꿇고 앉아 제이나의 얼굴 위로 흘러내린 머리칼 한 올을 쓸어 넘겼다.

"제이나, 일어나봐."

아서스가 속삭였다.

오래전 그날 밤에도 그랬듯, 제이나는 조용히, 겁내지 않고 일어나 호기심 어린 눈을 깜빡이며 아서스를 올려다보았다.

그가 씩 웃었다.

"모험해보지 않을래?"

제이나가 미소 지으며 고개를 갸우뚱했다. 분명 그때의 기억을 떠올린 것이다.

"무슨 모험?"

"나만 믿어."

"난 언제나 널 믿어, 아서스."

속삭이는 그들의 입에서 입김이 뿜어져 나왔다. 제이나는 한쪽 팔꿈치로 몸을 지탱한 채 비스듬히 누워 있었다. 아서스 역시 같은 자세로 누워 다른 한 손으로 그녀의 얼굴을 어루만졌다. 제이나는 몸을 빼려 하지 않았다.

"제이나, 우리가 다시 만난 데에는 이유가 있다고 생각해."

그녀의 눈썹이 또 한 번 찌푸려졌다.

"물론이지. 폐하께서 널 보내셨잖아."

"아니, 아니야. 그것만이 아냐. 지금 우리는 한 팀으로 일하는 거야. 우리, 서로 잘 맞잖아?"

제이나가 아무 움직임도 없이 쳐다보았다. 아서스는 계속해서 그녀의 부드러운 뺨을 쓰다듬었다.

"나, 이 일이 다 끝나면… 우리, 이야기할 수 있을까? 그거 있잖아."

"겨울맞이 축제날 밤 끝냈던 거 말이야?"

"아니. 끝이 아니라… 시작에 대해서 말이야. 네가 없으니 모든 것이 불완전하게만 느껴져. 제이나, 누구보다도 날 잘 알잖아. 난 네가 그리워."

제이나는 한참 동안 아무 말도 하지 않았다. 그러다가 조용히 숨을 내쉬더니 아서스의 손 안에 가만히 얼굴을 묻었다. 제이나가 고개를 돌려 그의 손바닥에 입을 맞추는 순간, 아서스는 온몸에 전율이 스치는 것을 느꼈다.

"난 한 번도 네 말을 거역할 수가 없었잖아, 아서스."

그녀의 말에 웃음기가 묻어났다.

"그래, 나 역시 불완전하게 느껴졌어. 나도 네가 너무나 그리웠어."

안도의 한숨을 내쉬며 아서스가 몸을 기울였다. 그러고는 그녀를 두 팔에 안고 격정적으로 입을 맞추기 시작했다. 둘은 함께 이 수수께끼의 역병을 샅샅이 조사해서 해결하고 영웅이 되어 집으로 돌아갈 터였다. 그런 다음 결혼할 것이다. 이듬해 봄에 할 수도 있었다. 그는 쏟아지는 장미꽃잎 속에 선 그녀의 모습을 보고 싶었다. 그러고 나면 제이나가 이야기한 것처럼 아름다운 금발을 한 아이들도 갖게 되리라.

아서스의 부하들로 둘러싸인 이곳에서 입맞춤 이상의 것은 할 수 없었다. 그러나 차가운 아침 바람이 불어 그가 마지못해 자신의 침낭으로 돌아갈 때까지 둘은 한 이불을 덮고 나란히 누워 있었다. 이불에서 빠져나가기 전, 아서스는 제이나를 안고 마지막으로 안은 팔에 힘을 주었다.

자신의 잠자리로 돌아간 아서스는 그제야 조금 눈을 붙일 수 있었다. 역병, 악마, 수수께끼, 그 어떤 것도 빛의 성기사 아서스 메네실과 마법사 제이나 프라우드무어의 앞길을 가로막을 수 없었다. 둘은 무슨 일이 있어도 곤경을 함께 헤쳐 나갈 터였다.

제 10 장

다음 날 늦은 아침이 되자, 여기저기 흩어진 농장이 하나씩 보이기 시작했다.

"마을이 그리 멀진 않군. 그런데 이 농장들은 지도에 전혀 나와 있지 않아."

지도를 살피던 아서스가 입을 열었다.

"그렇지요."

팔릭이 말했다. 팔릭은 꽤 오랫동안 왕자를 모셨기 때문에 왕자를 대하는 그의 말투는 다른 사람들보다 친밀했다. 아서스는 예전부터 자신의 생각을 거리낌 없이 말하는 팔릭을 믿었고, 그래서 이번 여행길에 동행할 병사를 뽑을 때에도 가장 먼저 그를 지명했다. 팔릭이 허옇게 세기 시작한 머리를 가로저었다.

"제가 이 동네에서 자랐는데요, 왕자님. 이 농부들은 대체로 남들과 엮이지 않습니다. 필요할 때만 자기가 기른 농작물과 가축을 마을에 가져다 팔고, 농장으로 돌아와 다시 조용히 살아가는 족속들이지요."

"마을 사람들과 안 좋은 감정이라도?"

"아닙니다. 그저 그렇게 살게 된 것뿐이지요."

"사정이 그렇다면 병에 걸려도 외부에 도움을 청하지 않았을지도 모르겠네요. 이미 병에 걸린 상태일 수도 있겠어요."

제이나가 끼어들었다.

"제이나의 말에 일리가 있다. 일단 이 농부들한테 뭘 알아낼 수 있는지 확인해보자고."

말에게 앞으로 가라는 신호를 보내며 아서스가 부하들에게 명령했다. 그들은 천천히 농장으로 다가갔다. 외부인이 다가오고 있음을 알리고 미리 준비할 시간을 주기 위해서였다. 이들이 외부로부터 고립되어 살고 있고 이미 병마가 휩쓸고 지나갔다면 여러 명의 외부인이 찾아오는 것을 반갑게 여길 리 없었다.

농가로 접근하던 아서스의 눈이 주변을 살폈다.

"여길 봐. 대문이 쓰러져 있고 가축은 모조리 사라졌다."

아서스가 손가락으로 가리키며 말했다.

"불길한 징조인데."

제이나가 중얼거렸다.

"게다가 맞으러 나오는 사람이 없습니다. 칼을 들이대는 놈들은 고사하고요."

팔릭이 덧붙였다.

이 말을 들은 아서스와 제이나가 시선을 교환했다. 아서스가 모두에게 멈추라는 신호를 보냈다. 그러고는 쩌렁쩌렁 울리는 목소리로 말했다.

"안녕하시오! 나는 로데론의 왕자 아서스 메네실이오. 우리는 여러분에게 해를 끼칠 뜻이 없소. 잠깐 밖으로 나와 이야기를 나눌 수 있겠소? 당신들의 안전에 관해 물을 것이 있소!"

침묵이 흘렀다. 바람이 거세지더니 가축 한 마리 없는 빈 초원의 풀들을 납작하게 눕혔다. 들리는 것이라고는 불안한 듯 몸을 움직이는 병사들의 갑옷 스치는 소리뿐이었다.

"아무도 없어."

아서스가 말했다.

"아니면 너무 아파서 못 나오는 걸 수도 있어. 아서스, 들어가서 우리 눈으로 확인해야만 해. 우리의 도움이 필요할 수도 있다고!"

제이나가 말했다.

아서스가 부하들을 쳐다보았다. 하나같이 역병 환자가 득실거릴지도 모르는 집에는 들어가고 싶은 눈치가 아니었다. 아서스도 마찬가지였다. 그렇지만 제이나의 말이 옳았다. 이들은 그의 백성이었다. 그는 백성을 돕겠다고 맹세한 사람 아닌가. 그렇다면 그 맹세가 이끄는 곳이라면 어디든 갈 것이요, 맹세를 지키기 위해 필요한 일이라면 무엇이든 할 터였다.

"가자."

아서스가 말하며 말에서 풀쩍 뛰어내렸다. 그러자 옆에 있던 제이나 역시 말에서 내렸다.

"아냐, 넌 여기 남아 있어."

제이나가 금빛 눈썹을 찌푸렸다.

"내가 말했잖아. 난 연약한 인형이 아니라고. 아서스, 난 이 역병을 조사하라는 명을 받았어. 환자가 있다면 내 눈으로 그들을 봐야 해."

아서스가 한숨을 쉬고는 고개를 끄덕였다.

"알았어, 그럼."

그가 농가를 향해 걷기 시작했다. 앞마당에 다다랐을 즈음, 갑자기 바람의 방향이 바뀌었다.

그 순간, 그들의 코를 찌른 냄새는 그야말로 끔찍했다. 제이나는 즉시 입을 틀어막았고, 아서스조차 금방이라도 욕지기가 올라올 것 같았다. 도살장에서 나는 매우 불쾌한 단내 같았다. 아니, 그 냄새는 신선한 기운이라도 있었다. 이것은 썩은 고기에서 나는 악취였다. 아서스의 부하 중

한 명이 황급히 몸을 돌리더니 먹은 것을 죄다 토해냈다. 아서스 역시 토할 것 같았지만 기를 쓰고 참았다. 역겨운 냄새는 분명 집에서 풍기고 있었다. 주민들에게 무슨 일이 일어난 것인지 분명해졌다.

제이나가 아서스를 쳐다보았다. 그녀의 얼굴은 무척이나 창백했지만 표정은 의연했다.

"시신을 확인해야…."

바로 그때, 집 안에서 죽음의 악취와 함께 터져 나온 질척하고도 끔찍한 비명이 공중을 가득 메웠다. 곧바로 이상한 것들이 그들을 향해 놀라운 속도로 뛰어나왔다. 돌연 아서스의 망치가 엄청난 빛을 내기 시작했다. 그 빛이 너무나도 강렬해서 아서스도 눈을 반쯤 감아야 할 정도였다. 그가 망치를 들어 올리며 빙그르르 몸을 돌렸다. 그의 눈이 맞닥뜨린 것은 살아 있는 시체의 텅 빈 눈구멍이었다. 악몽 같은 광경이었다.

그것은 허름한 셔츠와 작업복을 입고 거대한 쇠스랑을 무기 삼아 들고 있었다. 한때 농부였음이 틀림없었다. 그렇지만 살아 있을 때의 이야기였다. 지금은 죽은 것이 분명했다. 회색이 도는 푸르뎅뎅한 살점이 뭉텅뭉텅 뜯겨 뼈에 매달려 있었고, 다 썩어가는 손가락들은 쇠스랑에 살점과 짙은 얼룩을 남겼다. 검은색의 끈적끈적한 액체가 온몸을 덮은 물집에서 터져 나왔고, 입을 벌려 가래가 들끓는 것 같은 소리로 비명을 지르자 피가 섞인 점액이 아서스의 얼굴에 군데군데 튀었다. 아서스는 흉측한 모습에 너무나도 놀라 달려드는 그놈의 쇠스랑에 찔릴 뻔했다. 아슬아슬한 순간에 망치를 번쩍 들어 올린 아서스가 재빨리 망치를 휘둘러 놈의 무기를 쳐내는 동시에 빛나는 망치의 육중한 끝부분을 놈의 상체에 박아 넣었다. 놈이 뒤로 날아가 바닥에 뻗더니 다시는 일어나지 못했다.

그러나 뒤이어 새로운 놈들이 꾸역꾸역 나타났다. 순간 *휘이익* 하는 소리와 함께 제이나가 내쏜 불꽃이 강렬하게 타오르는 소리가 들리고,

원래 메스껍던 냄새에 또 다른 냄새가 더해졌다. 살점이 타는 악취였다. 무기가 쨍강거리며 부딪치는 소리, 부하들의 고함과 기합 소리, 불타는 소리가 사방에서 들려왔다. 시체 중 하나가 비틀거리며 집 안으로 걸어 들어왔다. 몸과 옷에 불이 붙어 활활 타고 있었다. 그러자 열린 문 밖으로 연기가 뿜어졌다.

'이젠 그만!'

"모두 밖으로 나가라, 당장! 제이나! 집을 불태워! 모조리 태워 없애!"

아서스가 고함을 질렀다.

병사들은 하나같이 엄격하게 훈련을 받았지만 *이런 상황*에 대비하는 법은 배우지 못했다. 엄청난 공포와 충격에 휩싸여 당황한 와중에도 다행히 아서스의 명령만은 들렸는지, 모두 몸을 돌려 재빨리 밖으로 뛰쳐나갔다. 아서스가 제이나를 쳐다보았다. 굳게 결심하고 입을 앙다물고는 집을 뚫어져라 쳐다보는 제이나의 작은 손에는 꽃다발을 든 것처럼 아무렇지도 않게 불덩이가 일렁이고 있었다.

그 순간, 사람 키만큼이나 거대한 불덩어리가 집을 향해 날아갔다. 곧 화염이 솟구치더니 집 전체가 불에 휩싸였다. 엄청난 열기에 아서스가 손을 들어 얼굴을 가렸다. 걸어 다니는 시체 몇몇이 집 안에 갇혀 있었다. 잠시 아서스는 눈을 떼지 못하고 불을 바라보다가 이내 집에서 빠져나와 다시 그들에게 달려드는 시체를 공격했다. 나머지를 해치우는 데는 몇 분밖에 걸리지 않았다. 곧 모든 것들이 쓰러졌다. 이번에는 정말로 죽은 것이다.

한참 동안 타닥거리며 집을 태우는 불꽃 소리 외에는 아무 소리도 들리지 않았다. 그러다가 아주 느린 한숨 같은 소리를 내며 건물이 와르르 무너져 내렸다. 아서스는 잿더미로 변해가는 시체들의 모습이 보이지 않는 게 그나마 다행이라고 생각했다.

가쁜 숨을 몰아쉬며 아서스가 제이나를 향했다.

"도대체…."

제이나가 힘겹게 숨을 삼켰다. 시커먼 그을음으로 군데군데 얼룩진 그녀의 얼굴은 땀방울이 흘러내린 곳만 길이 나듯 깨끗해져 있었다.

"저건, 저건 언데드야."

"빛이여, 맙소사. 그런 건 애들 겁주려고 만든 이야기인 줄 알았는데…."

눈이 불쑥 튀어나오고 얼굴이 창백해진 팔릭이 중얼거렸다.

"아니, 존재하긴 해요. 단지, 한 번도 본 적은 없었어요. 이렇게 보게 되리라고는 생각도 못했고… 죽은… 아…."

말을 채 잇지 못한 제이나가 숨을 깊게 들이쉬고는 마음을 가라앉혔다. 목소리가 점점 평정을 찾기 시작했다.

"상당히 끔찍한 죽음을 맞은 자들이 이승을 떠나지 않는 경우가 가끔 있어요. 그것이 유령 이야기를 만들어내지요."

무서운 일을 겪고 난 후 제이나의 침착한 목소리를 듣자 기분이 가라앉았다. 아서스는 부하들이 그녀의 말에 귀를 기울이고 있음을 알아챘다. 다들 무슨 일이 일어났는지 알고 싶어 하는 것 같았다. 그 역시 그녀가 책 읽기를 좋아한다는 사실이 지금처럼 고마웠던 적은 없었다.

"능력이 뛰어난 강령술사들에 의해 시체가 살아 움직이는 경우는 사실 처음이 아니에요. 오크들이 해골을 움직이게 했던 지난 1차 전쟁이나 죽음의 기사가 등장한 2차 전쟁 때 모두 그런 일이 벌어졌죠."

제이나는 도저히 이해할 수 없는 무시무시한 현상을 설명하려 애쓰기보단 책에서 읽은 것을 그대로 읊는 것처럼 말을 이어갔다.

"그렇지만 말씀드렸듯이 제 눈으로 본 적은 한 번도 없었어요."

"뭐, 이제 놈들은 정말로 죽었는데요."

부하들 중 한 명이 말했다. 아서스가 잘했다는 표정으로 그에게 미소를 지어 보였다.

"모두 너희들의 검과 우리의 빛 그리고 제이나 아가씨의 불 덕분이지."

아서스가 말했다.

"아서스, 잠깐 이야기 좀 할까?"

제이나가 물었다.

부하들이 더러워진 몸을 닦고 정신을 가다듬는 동안, 둘은 멀찍이 걸어 나갔다.

아서스가 먼저 입을 열었다.

"네가 무슨 말을 하려는지 알 것 같아. 이 역병이 마법과 관련되었는지 조사하러 온 거잖아. 그런데 벌써 그런 기미가 보이고 있어. 강령술 말이지."

제이나는 말없이 고개를 끄덕였다. 아서스가 부하들을 바라보았다.

"정작 마을에는 닿지도 않았는데, 언데드들을 더 만나게 될 거라는 예감이 든다."

제이나가 얼굴을 찌푸렸다.

"나도 네 말이 맞을 거라는 예감이 들어."

이윽고 모두가 다시 길을 떠나려는데, 불현듯 제이나가 말을 세우고는 우뚝 멈췄다.

"뭘 쳐다보는 거야?"

아서스가 다가왔다. 제이나가 손가락으로 앞을 가리켰다. 그녀가 가리키는 곳을 보니 언덕 위에 곡물 저장탑이 서 있었다.

"곡물 창고?"

제이나가 고개를 흔들었다.

"아니, 그 주변의 땅 말이야."

그녀가 말에서 내려 무릎을 굽힌 채 땅을 만져보았다. 그러고는 바싹 마른 흙과 죽은 풀을 한 움큼 집어 자세히 살펴보았다. 조그마한 벌레 한 마리가 여섯 개의 다리를 하늘로 향하고 움츠린 채 죽어 있었다. 이내 마른 흙이 그녀의 손가락 사이로 사르르 흘러내리더니 불어오는 바람에 한 줌 먼지가 되어 사라져버렸다.

"창고 둘레의 땅이 죽어버린 것 같아."

제이나의 손을 쳐다보던 아서스가 땅으로 시선을 옮겼다. 그녀의 말이 옳았다. 그의 뒤로 몇 발자국 떨어진 곳의 잔디는 파릇파릇하고 건강했다. 토양이 기름지고 비옥하다는 증거였다. 그러나 그의 발아래와 곡물 창고 주변은 한겨울처럼 죽어 있었다. 아니, 그것은 옳은 표현이 아니었다. 겨울은 땅이 잠자는 때가 아닌가. 생명이 잠자고 있을 뿐, 봄이 오면 되살아날 터였다.

그러나 이곳에 생명은 없었다.

창고를 노려보는 아서스의 초록색 눈이 가늘어졌다.

"무엇이 땅을 이렇게 만든 걸까?"

"나도 잘 모르겠어. 다만 어둠의 문과 저주 받은 땅에서 벌어졌던 일이 떠오르긴 해. 어둠의 문이 열렸을 때 드레노어의 생명력을 빨아먹은 악마의 힘이 아제로스로 쏟아져 나왔어. 그리고 어둠의 문 주변 땅은…."

"죽어버렸지."

아서스가 제이나 대신 말을 마쳤다. 그때 한 가지 생각이 퍼뜩 떠올랐다.

"제이나, 곡물 자체가 역병에 걸린 건 아닐까? 곡물이 이 사악한 기운을 옮기고 있다면?"

제이나의 눈이 커졌다.

"그러지 않기만을 빌자."

부하들이 곡물 창고 바깥으로 나르고 있던 나무 상자들을 가리키며 제이나가 말을 이었다.

"저 상자들을 봐. 안돌할의 문장이 새겨져 있어. 북부 도시들의 곡물 유통 중심 도시지. 이 곡물이 역병을 퍼뜨릴 수 있다면 얼마나 많은 마을이 감염되었는지 알 수조차 없을걸."

속삭이다시피 말을 마친 제이나가 갑자기 부쩍 지치고 아파 보였다. 아서스가 그녀의 손을 응시했다. 제이나의 손은 죽은 땅의 먼지가 잔뜩 묻어 허옇게 보였다. 그 순간, 갑작스러운 공포가 아서스의 몸을 관통했다. 아서스가 황급히 제이나의 손을 움켜잡았다. 그러고는 눈을 감고 기도문을 외우기 시작했다. 따뜻한 빛이 아서스를 가득 채우며 그의 손으로부터 제이나의 손으로 옮겨 갔다. 무슨 일이 일어나는지 몰라 당황한 제이나가 아서스를 쳐다보았다. 그러다가 아서스의 장갑 낀 손에 잡혀 있는 자신의 맨손을 내려다보았다. 그제야 자신이 죽을 뻔했다는 사실을 깨달은 그녀의 눈이 커다래졌다.

"고마워."

제이나가 속삭였다.

아서스가 담담한 척 미소를 지어 보였지만, 그 역시 놀라긴 마찬가지였다. 아서스가 부하들을 향해 소리쳤다.

"장갑을 껴라! 여기 이 지역에서는 한 명도 빠짐없이 장갑을 낀다! 예외란 없다!"

아서스의 말을 들은 대장이 고개를 끄덕이고는 아서스의 명령을 반복했다. 부하들은 대부분 완전 무장을 하고 있었고, 덕분에 이미 장갑을 끼고 있었다. 아서스가 아직도 그의 마음을 사로잡고 있는 걱정을 떨쳐내려는 듯 고개를 흔들었다. 다행히 제이나에게서 병의 기운은 느껴지지 않았다.

'빛이여, 감사합니다.'

아서스가 잡고 있던 제이나의 손에 입을 맞추었다. 감동 받은 제이나가 얼굴을 붉히며 부드럽게 미소 지었다.

"정말 바보 같은 행동이었어. 생각이 없었나 봐."

"내가 생각하고 있었으니 다행이지."

"우리 둘의 역할이 바뀌었네."

제이나가 찡그리며 말했다. 그러고는 아서스를 놀린 것이 미안했는지, 빙긋 웃으며 그에게 입을 맞추었다.

이제 그들의 임무는 분명해졌다. 역병에 감염된 곡물 창고를 찾아내어 파괴하는 것이다. 다음 날 쿠엘도레이 사제 두 명과 우연히 마주쳤고 도움을 얻었다. 그들 역시 슬금슬금 땅을 잠식하는 이상한 기운을 느끼고 치유의 도움을 주기로 했다. 그들은 아서스 일행이 향하던 마을 끝의 창고로 가는 길을 알려주었다.

"앞에 집들이 보입니다."

팔릭이 말했다.

"자, 그러면…."

어디선가 *쾅* 하는 소리와 함께, 아서스가 타고 있던 말이 놀라 앞발을 번쩍 들며 울어댔다.

"뭐…."

아서스가 소리가 들려온 방향으로 황급히 고개를 돌렸다. 눈에는 보이지 않을 만큼 작았지만 소리로 보아 분명히 알 수 있었다.

"박격포 공격이다! 가자!"

말고삐를 다잡은 아서스가 말을 돌려 소리가 나는 쪽으로 달렸다.

그들이 다가간 곳에는 드워프 몇 명이 있었다. 그들을 올려다보는 드워프들 역시 아서스만큼이나 놀란 것 같았다. 아서스가 황급히 말을 멈췄다.

"도대체 어디에다 쏘고 있는 거요?"

"저 망할 놈의 해골들을 갈기고 있는 중이다. 이 망할 놈의 마을에 놈들이 득실거리고 있다고!"

찬물을 뒤집어쓴 것처럼 아서스의 등골이 오싹해졌다. 놈들이 눈에 들어왔다. 특유의 몸짓으로 다리를 질질 끌며 시시각각 거리를 좁혀 오는 언데드들이 모습을 드러냈다.

"발사!"

드워프 족장의 고함과 함께 해골 몇 놈이 산산이 부서져 사방으로 흩어졌다.

"당신들의 도움을 좀 빌려야겠군요. 이 마을 끝에 없애야 할 창고가 하나 있소."

아서스가 말했다.

드워프 한 명이 그를 쳐다보았다. 그의 갈색 눈이 놀란 듯 커졌다.

"창고? 이렇게 시체들이 들끓고 있는데 *창고 따위*에 신경을 쓴단 말이야?"

말도 안 된다는 표정으로 그가 외쳤다.

조바심이 난 아서스가 날카롭게 대꾸했다.

"그 창고 안에 있는 것들이 사람들을 죽이고 있소. 그리고 사람들이 죽으면…."

드워프의 눈이 더 커졌다.

"오, 이제 알겠구먼. 얘들아! 가자. 이 예쁘장한 청년을 도우러 가자고!"

그가 아서스를 올려다보았다.

"그건 그렇고, *누구슈*? 예쁘장한 청년 씨?"

무심코 던진 드워프의 질문이 이 끔찍한 현장에서도 아서스를 웃게 만들었다.

"아서스 메네실 왕자요. 그러는 당신은?"

드워프가 잠시 입을 벌린 채 쳐다보더니, 재빨리 정신을 차리고는 대답했다.

"전 다르갈이라고 합니다. 무엇이든 분부만 내리십쇼, 왕자 전하."

더 이상 인사치레를 챙길 시간이 없었다. 아서스는 얼른 말을 진정시켜 이미 움직이기 시작한 부하들과 보조를 맞췄다. 전투에 대비해 철저히 훈련된 아서스의 말은 오크와 싸우면서 지금까지 단 한 번도 속을 썩인 적이 없었다. 그러나 콧속을 파고드는 언데드의 냄새만은 참을 수 없는 것이 분명했다. 그렇다고 말을 탓할 수는 없었지만, 다시금 천하무적의 애정과 용기가 떠올랐다. 아서스는 애써 그 생각을 떨쳐냈다. 그것이 집중력을 흩뜨렸다. 지금 눈앞에서 폭탄에 맞아 산산조각 나고 있는 시체들보다 훨씬 오래전에 이미 세상을 떠난 말을 그리워하고 있을 때가 아니었다. 지금은 이 순간에만 집중해야만 했다.

제이나와 부하들이 박격포 공격을 피한 놈들과 아서스가 지나간 후에 나타난 놈들을 해치우며 뒤에서 따라왔다. 아서스는 지치기는커녕 오히려 기운이 몸 구석구석을 채우고 흐르는 것을 느끼며 망치를 휘둘렀다. 아서스는 다르갈이 제때 나타나준 것이 고마웠다. 언데드가 너무 많아서 그와 부하들이 전부 처리할 수 있을지 장담할 수 없었던 것이다.

인간과 드워프 연합군은 느리지만 꾸준히 곡물 창고를 향해 나아갔다. 창고에 다가갈수록 언데드는 점점 더 많은 무리를 지어 다가왔고, 멀리 창고가 눈에 들어올 때쯤에는 어느 때보다 많은 수가 우글대고 있었다.

그는 자꾸만 머뭇거리는 말에서 뛰어내려 놈들 한가운데로 달려갔다. 손에 쥔 망치가 빛의 힘으로 밝게 빛났다. 처음의 충격과 공포가 가시고 나니, 아서스는 이 괴물들을 처치하는 일이 오크들을 죽이는 것보다는 낫다고 생각했다. 제이나가 말했듯이, 따지고 보면 오크 역시 생명을 지닌 존재 아닌가. 반면에 이것들은 사악한 강령술사에 의해 조종되는 꼭두각시 시체에 지나지 않았다. 그들은 아서스의 망치 아래 줄 끊어진 꼭두각시처럼 힘없이 쓰러졌다. 엄청난 위력을 지닌 망치 한 방에 언데드 두 놈이 한꺼번에 나가떨어지자 아서스는 호쾌하게 웃었다.

지금 싸우고 있는 언데드들은 농장에서 만난 것들보다 죽은 지 훨씬 오래된 것 같았다. 풍기는 악취가 덜했고, 몸은 부패하고 있다기보다 미라가 된 것처럼 보였다. 그중 몇 놈은 처음에 나타났던 것들처럼 해골에 지나지 않았고, 아서스와 부하들을 향해 삐그덕거리며 다가오는 앙상한 몸에는 누더기가 된 옷 조각이나 대강 걸쳐 입은 갑옷이 덜렁댔다.

살이 타는 날카로운 냄새가 코를 찌르자, 아서스는 제이나가 함께 있음을 고마워하며 씩 웃었다. 정신없이 전투에 몰입하던 그는 숨을 헐떡이며 주변을 둘러보았다. 그의 부하 중 아직까지 쓰러진 사람은 없었고, 제이나 역시 힘을 쓰느라 얼굴이 창백했지만 다친 곳은 없어 보였다.

"아서스!"

또랑또랑하고 맑은 제이나의 목소리가 소음을 뚫고 들려왔다. 아서스는 큰 낫을 들고 그의 목을 향해 덤벼드는 한 놈을 막 해치운 틈을 타 그녀를 쳐다봤다. 제이나는 한 손에 불덩어리를 하나 준비해 들고, 다른 한 손으로 앞쪽을 가리켰다.

"저길 봐!"

그녀가 가리킨 쪽으로 몸을 돌린 아서스는 눈살을 찌푸렸다. 앞에 모여 있는 것은 검은색 옷차림의 인간들이었다. 움직임으로 보아 살아 있는 사람이 분명했다. 주문을 외우는 건지 어딜 가리키는 건지 모를 행동을 하며, 지금 아서스 일행을 공격하고 있는 언데드 일당을 조종하는 것이 틀림없었다.

"바로 저기다! 저놈들을 겨냥해!"

아서스가 소리쳤다.

박격포가 방향을 틀고, 동시에 그의 부하들이 언데드 사이를 헤치고 검은 로브를 입은 사람들을 향해 돌진했다.

'이제 잡았다!'

아서스가 잔인한 미소를 지으며 생각했다.

그러나 공격을 퍼붓는 그 순간, 그자들이 돌연 행동을 멈췄다. 놈들이 조종하고 있던 언데드들 역시 갑자기 정지했다. 아직 기운이 있긴 했지만 더 이상 조종 받는 것 같지는 않았다. 그 상태라면 드워프들이 쏘아대는 박격포와 한 놈씩 베어버리고 전진하는 아서스의 부하들에게는 쉬운 과녁이었다. 검은 옷을 입은 마법사들이 한데 모이더니 그중 몇 명이 손을 빠르게 움직이며 주문을 외우기 시작했다. 그러자 빈 공간이 갑자기 빠르게 돌아가기 시작했다. 아서스는 그들이 차원문을 만들고 있다는 것을 알아챘다.

"안 돼! 한 놈도 놓치지 마라!"

아서스가 망치를 휘둘러 한 해골의 가슴팍에 박아 넣고, 몸을 휙 돌려 느릿느릿 다가오는 다른 좀비의 머리를 박살내며 소리 질렀다. 도대체 어디서 그렇게 나오는지 모르겠지만 마법사들이 더 많은 언데드들을 소환해냈다. 해골, 썩어가는 시체들, 거대하고 색이 희미하면서 손발이 너무나 많이 달린 정체 모를 것들까지. 구더기 천지에 허옇게 번들거리는 상체에는 아서스의 손바닥만큼 길게 듬성듬성 꿰맨 자국이 나 있었다. 그것은 미치광이가 만든 헝겊 인형 같았다. 다른 것들보다 훨씬 키가 큰 놈은 손 세 개에 흉측한 무기를 하나씩 들고는 하나 달린 눈으로 아서스를 노려보았다.

어디선가 제이나가 그의 옆에 나타나더니 소리를 질렀다.

"세상에! 저건 시체들을 한데 꿰매어놓은 것 같잖아!"

"먼저 죽인 *다음에* 연구하자고, 알았지?"

아서스가 대답하고는 놈에게 달려들었다. 그 끔찍한 놈이 아서스의 키만큼이나 큰 도끼를 휘두르고 그르릉거리는 소리를 내며 다가왔다. 아서스가 재빨리 한 바퀴 굴러 그 자리를 피하고는 가볍게 튀어 올라 놈의 뒤로 돌아갔다. 장창을 가진 두 명을 포함해 부하 셋이 아서스와 함께 달려들자 놈은 곧 쓰러지고 말았다. 맹렬히 싸우면서도 아서스는 한쪽 눈으로 마법사들을 지켜보았다. 그런데 놈들이 몸을 돌리더니 다 만들어진 차원문으로 달려가는 게 아닌가. 눈 깜짝할 사이에 놈들은 완전히 사라져버렸다. 그들이 버리고 간 언데드들은 그대로 멈춰버렸고, 갈 곳을 잃은 놈들은 금세 아서스 일행의 칼 아래 무너졌다.

"제길!"

아서스가 분을 이기지 못하고 소리 질렀다. 손 하나가 그의 팔을 잡자 밀쳐내버렸지만, 이내 제이나임을 깨닫고 표정이 누그러졌다. 위로나 설명을 들을 기분이 아니었다. 눈앞에서 아슬아슬하게 놓쳐버린 그놈들을 못 잡은 대신 뭔가 해야만 했다.

"저 창고를 당장 때려 부숴라!"

"예, 왕자 전하. 가자!"

조금이라도 승리를 맛보고 싶은 드워프들이 열성적으로 뛰어갔다. 창고가 사정거리 안에 들어올 때까지 죽은 자와 죽은 땅 위로 박격포가 굴러 갔다.

"발사!"

다르갈의 명령에 따라 박격포들이 하나같이 불을 뿜었다. 곡물 창고가 무너져 내리는 것을 지켜본 아서스는 기쁨이 용솟음치는 것을 느꼈다.

"제이나! 남은 것들을 모조리 태워버려!"

아서스의 말이 떨어지기도 전에 제이나는 이미 양손을 위로 쳐들고 있었다. 역시 둘은 죽이 척척 맞았다. 거대한 화염 덩어리가 그녀의 손에서 솟아오르더니 곡물 창고와 그 속에 든 것들이 불길에 휩싸였다. 그들은 불이 다른 곳으로 번지는 것을 막기 위해 잠시 지켜보았다. 바짝 마른 땅에서는 쉽게 불이 번질 수 있었다.

아서스가 땀으로 뻣뻣하게 굳어버린 금발 머리를 한 손으로 쓸어 넘겼다. 활활 타오르는 곡물 창고에서 뿜어져 나오는 열기는 견디기 힘들 정도였다. 시원하고 신선한 바람이 필요했다. 그는 조금 걷다가 땅에 쓰러져 있는 희뿌연 것을 발견하고 발로 툭툭 건드려보았다. 부드러운 살덩이 속으로 발이 푹 들어가자, 악취가 코를 찔렀다. 제이나가 뒤따라 다가왔다. 바닥에 있는 것을 자세히 관찰하니, 제이나의 말이 맞는 것 같았다. 신체의 여러 부위를 한데 꿰매 만든 것이 틀림없었다.

아서스가 자신도 모르게 몸이 떨려오는 것을 애써 참았다.

"그 마법사들… 검은 옷을 입은…."

"아, 아마 강령술사들일 거야. 우리가 이야기한 것처럼."

제이나가 말했다.

"뭐라고요?"

어느샌가 다르갈이 다가와 역겹다는 표정으로 아서스 발치에 있는 흉물을 내려다보고 있었다.

"강령술사요. 흑마법으로 죽은 자들을 불러 조종할 수 있는 마법사예요. 그자들과 그자들이 섬기는 누군가가 이 역병의 배후에 있는 것이 분명해요."

이번에는 제이나가 심각한 표정으로 아서스를 쳐다보았다.

"악마의 힘이 관련되었을 수도 있어. 그렇지만 우리가 처음부터 잘못된 길로 들어선 건 분명한 것 같아."

"강령술사라…. 사악한 군대에 동원할 시체를 얻기 위해 역병을 만들다니…."

이제는 연기만 올라오는 곡물 창고를 돌아보며 아서스가 말을 이었다.

"놈들을 잡아야겠어. 아니, 놈들의 족장을 잡고야 말겠어. 내 백성을 무참히 살해한 나쁜 놈을 내 손으로 잡을 거라고!"

장갑 낀 손으로 주먹을 꽉 쥐었다. 아까 본 곡물 상자에 찍힌 문장이 떠올랐다. 아서스가 눈을 들어 길을 내려다보았다.

"안돌할에 가면 놈을 찾고 우리가 원하는 대답도 얻을 게 분명해."

제 11 장

아서스는 부하들을 너무 밀어붙이고 있다는 걸 알고 있었지만, 시간을 낭비할 수는 없었다. 말에서 내리지도 못한 채 말린 고기를 씹고 있는 제이나를 보자 양심의 가책이 들었다. 빛을 사용할 때면 빛이 힘을 보충해 주었다. 마법사들 역시 다양한 기운을 이용했다. 그래서 훌륭한 마법 솜씨를 보여준 제이나가 지금은 무척 피곤하리라는 것을 잘 알고 있었다. 그러나 수많은 목숨이 그들에게 달린 지금, 쉴 시간은 없었다.

아서스는 무슨 일이 벌어지고 있는지 알아내고 그 일을 멈추는 임무를 부여 받아 길을 떠났다. 수수께끼는 밝혀지기 시작했지만, 정작 이 역병을 멈출 능력이 있는지는 의심스러웠다. 처음 생각한 것처럼 쉬운 일은 아무것도 없었다. 그래도 아서스는 포기하지 않을 터였다. 아니, 포기할 수 없었다. 역병을 멈추고 백성을 구하기 위해서라면 무슨 일이든 하기로 맹세했으니 반드시 그렇게 할 것이다.

안돌할의 성문에 닿기도 전에 하늘로 올라가는 연기를 보고 냄새를 맡았다. 아서스는 이왕 마을이 불에 타버렸다면 저주 받은 곡물들까지 다 타버렸으면 좋겠다고 생각했다. 그러고는 자신이 냉혈한처럼 생각하고 있음을 깨닫고 다시 한 번 죄책감을 느꼈다. 그는 얼른 그 생각을 지우고 말에 박차를 가하며 성문을 통해 달렸다. 여기저기에서 공격이 쏟아질 터였다.

여기저기 불타고 있는 건물에서 뿜어지는 검은 연기 때문에 눈이 맵고 기침이 나왔다. 축축하게 젖은 눈으로 아서스는 주변을 둘러보았다. 마을 사람들은 보이지 않았고 언데드도 눈에 띄지 않았다. 보이는 것이라고는….

"저를 찾아오신 겁니까, 어린 왕자님?"

어디선가 매끄러운 목소리가 들려왔다. 그때 바람이 부는 방향이 바뀌며 검은 연기가 걷혔다. 가까이에서 검은 로브 차림의 남자가 아서스의 눈에 들어왔다. 아서스는 긴장했다. 이자가 족장이 분명하리라. 강령술사는 실실 웃고 있었다. 두건 아래 반쯤 가려진 얼굴에는 능글맞은 웃음이 슬쩍 배어 있었다. 아서스는 놈의 웃는 얼굴을 당장 베어버리고 싶었다. 그의 옆에는 언데드 둘이 충성스럽게 서 있었다.

"저를 찾아내셨군요. 제 이름은 켈투자드입니다."

그 이름을 기억하고 있던 제이나가 놀라서 손을 입에 갖다 댔다. 아서스가 그녀를 흘깃 돌아보고는 다시 놈에게 관심을 집중했다. 망치를 쥔 손에 힘을 주었다.

"경고하러 왔습니다. 이 일에서 손을 떼시지요. 호기심이 지나쳤다간 죽게 되는 법입니다."

켈투자드가 말했다.

"마법의 흔적이 왠지 익숙하다 했더니! 이런 실험 때문에 이미 명예를 잃지 않았나요, 켈투자드! 이것이 큰 재앙으로 이어질 거라 하지 않았습니까. 그런데도 아무것도 깨달은 게 없다니!"

제이나의 목소리가 분노로 떨렸다.

"제이나 프라우드무어 양 아닌가요. 안토니다스의 어린 제자가 다 자랐군요. 보시다시피 당신 생각과는 달리 난 아주 많은 걸 배웠답니다."

켈투자드가 으스대듯 말했다.

"당신이 실험에 쓴 쥐를 보았어요! 그걸로도 부족해서 이젠…."

제이나가 소리쳤다.

"연구를 더욱 발전시켜 완성했지요."

켈투자드가 대답했다.

"이 역병을 퍼뜨린 놈이 너냐, 강령술사? 이 수작이 네놈 짓이냐?"

아서스가 성난 목소리로 물었다.

켈투자드가 그를 향해 돌아섰다. 두건 아래로 눈이 번쩍이고 있었다.

"저주 받은 자들의 교단에 명령해서 역병에 감염된 곡물을 유통시킨 건 맞습니다. 그렇다고 나 혼자 모든 공을 가로챌 수는 없지요."

아서스가 입을 열기도 전에 제이나가 불쑥 물었다.

"무슨 말인가요?"

"전 공포의 군주 말가니스 님을 모시고 있습니다. 이 땅을 깨끗이 정화하고 영원한 어둠의 낙원을 세울 스컬지 군단을 호령하는 분이시지요."

사방에서 타오르는 화염에도 불구하고 그 남자의 목소리는 아서스를 소름 끼치게 만들었다. 그는 '공포의 군주'가 뭔지 몰랐지만 '스컬지(천벌, 재앙이라는 뜻이 있음-옮긴이)'의 뜻만은 분명히 알았다.

"그래서 스컬지라는 것들이 뭘 정화하겠다는 말이냐?"

흰 콧수염 아래로 얄팍한 켈투자드의 입술이 다시 사악한 미소를 띠며 벌어졌다.

"당연히 산 자들이지요. 군주님의 계획은 이미 실행 중입니다. 증거가 더 필요하다면 스트라솔름에서 그분을 찾아보시면 됩니다."

놀리는 듯 빈정거리는 말투를 아서스는 더 이상 참을 수가 없었다. 그는 으르렁거리며 망치의 손잡이를 꽉 거머쥐고 소리를 지르며 앞으로 돌진했다.

"빛을 위하여!"

켈투자드는 눈썹 하나 까딱하지 않았다. 아서스가 코앞에 닥칠 때까지 그 자리에 가만히 서 있을 뿐이었다. 바로 그 순간, 놈을 둘러싼 주변의 공기가 배배 꼬이고 주름이 잡히는 것 같더니, 눈 깜짝할 새에 사라져버리고 말았다. 그의 옆에 조용히 서 있던 언데드 두 놈이 아서스의 양팔을 잡고 그를 바닥으로 내리눌렀다. 놈들의 역겨운 냄새와 연기가 합쳐져 숨이 막혔다. 아서스가 몸을 비틀어 놈들에게 잡힌 팔을 빼고 둘 중 한 놈의 머리에 강력하고도 깨끗하게 망치 한 방을 날렸다. 놈의 두개골이 연약한 갈색 유리처럼 산산조각 나고 뇌가 뭉개져 땅 위로 흩어졌다. 놈의 몸이 쿵 소리와 함께 쓰러졌다. 두 번째 놈도 식은 죽 먹기였다.

"창고로! 어서 가자!"

아서스가 소리를 지르며 말에 뛰어올랐다.

부하들도 황급히 말 위에 올라 활활 타고 있는 마을 한가운데로 난 큰 길을 전속력으로 달렸다. 곡물 창고가 눈앞에 나타났다. 안돌할 전체를 휩쓸고 있는 불길이 창고만은 건드리지 않은 것 같았다.

아서스는 급히 말을 세우고 뛰어내려 전속력으로 창고를 향해 달렸다. 곡물 상자가 높이 쌓여 있기만을 빌며 아서스가 문을 왈칵 열어 젖혔다. 순간 슬픔과 분노가 그를 휩쓸고 지나갔다. 그의 눈에 보이는 것이라고는 텅 빈 공간뿐이었다. 여기저기 흩뿌려져 있는 곡물 알갱이들과 죽어 나자빠진 쥐의 시체 말고는 아무것도 없다. 구역질이 올라올 것 같은 기분에 잠시 멍하니 빈 창고를 쳐다보고 있던 아서스는 정신이 난 듯 재빨리 다음 창고로 달려갔다. 그리고 그다음 창고, 그다음 창고로 가 하나씩 문을 열어젖혔지만 무엇을 발견하게 될지는 문을 열기도 전에 이미 알고 있었다.

창고는 모조리 텅 비어 있었다. 게다가 바닥에 쌓인 먼지와 구석마다

쳐진 거미줄로 보아 창고는 꽤 오래전에 비워진 것이 분명했다.

"곡물은 이미 다른 곳으로 보내졌어."

제이나가 다가오는 것을 느낀 아서스가 허탈하게 중얼거렸다.

"우리가 너무 늦었다고!"

아서스가 장갑 낀 손으로 문을 쾅 내리쳤다. 놀란 제이나가 펄쩍 뛰었다.

"젠장!"

"아서스, 우리는 최선을…."

화가 머리끝까지 솟은 아서스가 휙 돌아서서 제이나를 마주 보았다.

"놈을 찾고야 말겠어. 언데드나 좋아하는 개 같은 자식을 찾아내 사지를 찢어발겨주겠어! 다른 놈이 그 자식의 시체를 다시 꿰매게 말이야!"

아서스가 몸을 부들부들 떨면서 그 자리를 박차고 나갔다. 실패하고 말았다. 놈이 바로 거기 있었는데 잡지 못했다. 곡물은 이미 다른 곳으로 가버렸고, 그로 인해 얼마나 많은 사람들이 죽게 될지는 아무도 몰랐다.

바로 아서스 *자신* 때문에.

아니, 그런 일이 일어나게 내버려두지는 않을 터였다. 아서스는 백성을 보호할 것이다. 그들을 보호할 수 있다면 목숨도 바칠 것이다. 그가 두 주먹을 꽉 쥐었다.

"북쪽. 그곳이 바로 놈이 향한 곳이야. 이 해충 같은 놈을 깨끗하게 없애버리자고."

아서스가 부하들에게 말했다. 평소에는 온순하던 왕자가 무시무시한 분노에 사로잡힌 것을 보고 당황한 부하들은 그의 뒤를 졸졸 따랐다.

아서스는 무언가에 홀린 사람처럼 미친 듯 말을 달렸다. 북쪽을 향해 달리며 그의 길을 가로막는 언데드들은 아무 생각 없이 처참히 베어버렸다. 그는 이 끔찍한 사태로 인한 공포에 무감각해졌다. 그의 머릿속은 언데드를 조종하는 남자의 모습과 그자가 행하는 사악한 마법으로 가득 차 있었다. 이미 죽은 자들은 얼마 지나지 않아 평온을 되찾으리라. 아서스는 그런 사람들이 더 이상 생겨나지 않도록 해야 했다.

그렇게 달리던 중 한번은 엄청난 수의 언데드들과 맞닥뜨렸다. 하나같이 썩어가는 머리를 쳐들고 아서스와 부하들을 향해 다가왔다.

"빛을 위하여!"

아서스는 고함을 지르며 말에 박차를 가하더니 놈들 한가운데로 뛰어들었다. 그리고는 닥치는 대로 망치를 휘두르며 알아듣지 못할 고함을 질렀다. 분노와 좌절감을 해소하기에 완벽한 목표물이었다. 그러다 잠시 싸움이 잠잠해진 틈을 타 주변을 둘러보았다.

싸움판과는 떨어진 안전한 장소에서 바람에 펄럭이는 검은 망토 차림을 한 키 큰 남자가 모든 것을 지켜보고 있었다. 아서스를 기다리고 있기라도 하듯 말이다.

켈투자드였다.

"저기! 놈이 저기 있다!"

아서스가 소리쳤다.

제이나와 부하들이 그의 뒤를 따랐다. 제이나가 연신 불덩이를 쏘아 길을 내면, 곧장 부하들이 불을 피한 놈들을 해치웠다. 켈투자드를 향해 점점 더 다가가던 아서스는 정의로운 분노가 자신의 피를 타고 온몸에 흐르는 것을 느꼈다. 그의 망치가 자동적으로 올라갔다가 언데드들 위로 떨어지기를 반복했다. 아서스는 자신이 공격하는 놈들을 쳐다보지도 않았다. 그의 눈은 모든 사태를 초래한 한 남자에게 고정되어 있었다. 저 괴물 같은 놈을 사람이라 부를 수 있다면 말이다. 놈의 머리를 베어버려, 그러면 놈은 죽겠지.

드디어 아서스가 놈에게 다다랐다. 생생한 분노가 그의 몸속에서 폭탄처럼 폭발했다. 그가 망치를 휘두르자, 번쩍이는 망치가 쉭 소리를 내더니 땅과 평행을 이루며 공기를 갈랐다. 켈투자드가 무릎에 정통으로 망치를 맞고 공중으로 붕 떴다가 나가떨어졌다. 곧 부하들도 가담했다. 검과 도끼가 날아갔다. 부하들 역시 자신들의 비통함과 분노를 재앙의 시작이자 원인인 놈에게 모두 쏟아냈다.

강력한 마법사도 보통 사람처럼 죽는 것이 분명했다. 마법사는 아서스의 망치에 두 다리가 산산이 부서져 이상한 각도로 꺾여 있었다. 그의 검은 로브가 피에 흠뻑 젖어 건조한 검은색과 번들거리는 검은색이 뒤섞였다. 그의 입에서 붉은 피 한 줄기가 흘러내렸다. 놈이 한 팔을 짚고 몸을 일으켜 말을 하려고 하자, 입에서는 목소리 대신 피와 부러진 잇조각만 튀어나왔다. 그가 다시 입을 열었다.

"순진…한 바…보로군…. 내가 죽었다고 달라…지는 건 없…. 이제… 이 땅의 재앙이… 스컬지가 시작될… 겁니…."

그의 팔이 힘을 잃고 툭 떨어지자 놈이 눈을 감으며 쓰러졌다.

그 순간, 놈의 시신이 엄청난 속도로 부패하기 시작했다. 며칠이나 걸려 부패해야 할 시체가 몇 초 만에 썩어 들어갔다. 피부가 허옇게 변하고 부풀어 오르더니 살점이 터져 속이 드러났다. 부하들이 코와 입을 막고 황급히 뒤로 물러섰다. 몇몇은 악취를 견디지 못하고 뒤를 돌아 구역질을 해댔다. 공포와 함께 황홀경에 빠진 듯, 아서스는 눈을 떼지 못하고 그 광경을 멍하니 쳐다보았다. 피부가 터진 틈으로 끈적끈적한 액체가 새어나오더니 살덩이가 크림처럼 물컹해지고 검게 변했다. 이 괴이한 부패 현상이 조금 느려지자, 그제야 아서스가 고개를 돌려 신선한 공기를 들이마셨다.

사색이 된 제이나의 눈 주변은 거뭇하게 꺼져 있었다. 아서스가 다가가 그 역겨운 광경으로부터 억지로 그녀의 몸을 돌려세웠다.

"놈이 왜 저런 거야?"

아서스가 조용히 물었다.

제이나가 침을 꿀꺽 삼키며 진정하려고 애썼다. 처음 언데드를 맞닥뜨렸을 때처럼 다시 한 번 초연한 태도를 보이며 힘을 되찾으려 하는 것 같았다.

"아, 강령술사가 완벽하게 마법을 행하지 못하면, 음… 죽임을 당하면…."

제이나의 목소리가 점점 작아졌다. 마법사의 모습은 온데간데없고, 큰 충격을 받아 속이 메스꺼워진 젊은 여자로밖에 보이지 않았다.

"저렇게 된다고 해…."

"자, 하스글렌으로 가자. 경고를 해줘야 해. 이미 늦지 않았다면 말이지."

아서스가 달래듯 말했다.

그들은 켈투자드의 시신을 쳐다보지도 않고 그 자리에 둔 채 길을 나섰다. 아서스는 자신들이 너무 늦지 않았기를 빛에게 빌었다. 이번에도 실패한다면 어찌해야 할지 몰랐다.

제이나는 너무 지쳐 있었다. 아서스가 최대한 시간을 아끼고 싶어 한다는 사실을 잘 알고 있었고, 그녀 역시 똑같이 걱정하고 있었다. 생명이 달린 문제였다. 아서스가 쉬지 않고 밤새 달릴 수 있겠느냐고 물었을 때 고개를 끄덕인 것도 그래서였다.

쉬지 않고 네 시간쯤 달렸을까, 제이나는 전속력으로 달리는 도중에 말에서 떨어질 뻔했다. 너무 피곤한 나머지 깜빡 의식을 잃은 것이다. 순간 두려움이 몸을 훑고 지나가자 필사적으로 말갈기에 매달려 몸을 끌어올리고는, 재빨리 고삐를 잡아당겨 말을 세웠다.

제이나가 뒤처진 걸 아서스가 깨닫기까지 몇 분간 그녀는 몸을 부들부들 떨면서 고삐를 꼭 쥐고 가만히 앉아 있었다. 아서스가 멈추라고 외치는 소리가 어렴풋이 들렸다. 천천히 말을 달려 다가오는 아서스를 제이나는 아무 말도 하지 않고 쳐다보았다.

"제이나, 무슨 일이야?"

"미안해, 아서스. 빨리 가고 싶어 하는 건 알아. 나도 그래. 하지만 너무 피곤해서 말에서 떨어질 뻔했어. 잠깐만 쉴 수 없을까?"

제이나는 아서스의 표정에서 그녀를 염려하는 마음과 어서 달리지 못하는 조바심이 뒤엉켜 싸우는 것을 읽었다. 어두운 가운데서도 너무나 잘 보였다.

"얼마나 쉬어야 할 것 같아?"

그녀는 '*이틀쯤*' 이라고 말하고 싶은 마음이 굴뚝같았지만 이렇게 대답했다.

"좀 먹고 잠시 쉴 동안만."

아서스가 고개를 끄덕이고는 제이나가 말에서 내리는 것을 도와주었다. 그러고는 그녀를 안고 길가로 데려가 부드럽게 내려놓았다. 제이나가 떨리는 손으로 짐 속에서 치즈를 찾아냈다. 아서스가 돌아가 부하들과 이야기를 나눌 거라고 생각했지만, 그는 돌아와서 그녀 옆에 앉았다. 불꽃에서 열이 나는 것처럼 조바심이 아서스의 온몸에서 발산되고 있었다.

제이나는 치즈를 한 입 베어 물고는 그를 올려다보며 별빛에 비친 그의 모습을 살펴보았다. 그녀가 아서스를 사랑하는 이유 중 하나는 언제나 터놓고 다가가기 쉽고, 인간적이고, 감수성이 풍부한 사람이었기 때문이었다. 그러나 격렬한 흥분 상태에 사로잡혀 있는 지금의 아서스는 수백 킬로미터는 떨어져 있는 사람처럼 멀게만 느껴졌다.

충동적으로 제이나가 손을 들어 아서스의 얼굴을 어루만졌다. 그는 그녀가 있다는 사실을 잊은 것처럼 그 손길에 움찔 놀랐다가 마음을 가라앉히고는 희미하게 미소 지었다.

"다 먹었어?"

아서스가 물었다.

제이나는 이제 겨우 치즈를 한 입 먹었을 뿐이었다.

"아니. 그런데 아서스, 난 네가 조금 걱정돼. 이번 사건이 네게 너무 심각한 영향을 미치는 것 같아서…."

"*나한테* 미치는 영향이라고? 마을 사람들은 어떻고? 죽임을 당해 살아 있는 시체로 변하고 있단 말이야. 제이나, 난 이 일을 멈춰야 해. *그래야만* 한다고!"

아서스가 날카롭게 말했다.

"물론 우리 모두 그렇게 해야지. 그리고 나 역시 최선을 다해 도울 거야. 너도 잘 알잖아. 저기, 그런데, 네가 누군가를 이렇게 증오하는 건 본 적이 없어."

아서스가 허탈한 듯 큰 소리로 짧게 웃었다.

"그러면 강령술사들을 사랑하기라도 해야 한다는 거야?"

제이나가 얼굴을 찌푸렸다.

"아서스, 그 뜻이 아닌 거 알잖아. 넌 성기사야. 빛을 섬기는 사람. 그리고 전사인 동시에 치유사이기도 하지. 그렇지만 지금 네게서 보이는 것이라곤 적들을 모조리 없애고픈 열망뿐이야."

"우서 경 같은 소리를 하는구나."

제이나는 아무 대답도 하지 않았다. 기진맥진하여 생각을 가다듬기가 어려웠다. 우선은 몸이 절실히 필요로 하는 영양분을 공급하는 데 정신을 집중하기로 하고 치즈를 한 입 더 베어 물었다. 어쩐지 삼키기가 힘들었다.

"제이나, 난 다만 죄 없는 사람들이 죽어 나가는 걸 멈추고 싶을 뿐이야. 그게 다야. 그리고 인정할게. 이 일을 막지 못해서 정말 열이 받아. 그렇지만 이 모든 게 끝나고 나면 다 괜찮아질 거야. 약속할게."

아서스가 제이나를 내려다보며 미소를 지었다. 순간 제이나는 그의 잘생긴 얼굴에서 예전의 아서스를 볼 수 있었다. 자신의 미소가 그를 안심시키길 바라며 제이나 역시 미소로 화답했다.

"다 먹은 거야?"

겨우 치즈 두 입. 그러나 제이나는 남은 치즈를 도로 집어 넣었다.

"응, 다 먹었어. 가자."

총소리가 들려온 것은 하늘이 검은색에서 잿빛으로 바뀌는 새벽녘이었다. 아서스의 가슴이 덜컹 내려앉았다. 그는 말에 박차를 가하며 북쪽으로 향한 구불구불한 긴 길을 달려갔다. 하스글렌으로 들어가는 성문 바로 바깥에 사람과 드워프 몇 명이 그들에게 라이플을 겨누고 서 있었다. 어울리지 않게, 가벼운 산들바람을 타고 화약 냄새와 함께 달착지근한 빵 굽는 냄새가 전해졌다.

"쏘지 마라!"

빠르게 말을 달리며 아서스가 소리쳤다. 고삐를 급하게 잡아당기는 바람에 말이 앞발을 쳐들며 히히힝 울었다.

"나는 아서스 왕자다! 무슨 일이냐? 왜 무장을 하고 있는 게냐?"

그들이 총을 내렸다. 왕자가 바로 앞에 서 있는 것에 놀란 모양이었다.

"무슨 일이 벌어지고 있는지 믿지 못하실 겁니다."

"그래도 말해보아라."

처음에는 놀랄 것도 없었다. 죽은 자가 도로 살아나 사람들을 공격하기 시작했다는 이야기였다. 정말로 놀라게 한 것은 '엄청난 수의 군대'

라는 말이었다. 아서스가 제이나를 흘깃 쳐다보았다. 그녀는 지칠 대로 지친 것 같았다. 지난밤 잠깐 쉰 것으로는 피로를 완전히 풀지 못한 것이 분명했다.

"전하, 군대, 놈들이 이리로 오고 있습니다!"

정찰병 중 하나가 헐레벌떡 뛰어오며 소리쳤다.

"제길!"

아서스가 중얼거렸다. 작은 접전 정도라면 사람과 드워프 몇 명으로 충분히 처리할 수 있었지만, 망할 놈의 언데드 군단이라면 이야기가 달랐다. 그는 결정을 내렸다.

"제이나, 난 여기 남아 마을을 보호하겠어. 최대한 빨리 가서 우서 경에게 이 소식을 전해줘."

"하지만…."

"가, 제이나! 한시가 급해!"

이번에는 제이나가 고개를 끄덕였다. 아서스는 그녀의 분별력에 감사할 따름이었다. 그가 그녀에게 고마움의 미소를 보내자마자, 제이나는 차원문을 만들더니 그 속으로 사라졌다.

"왕자님…."

팔릭이 아서스를 불렀다. 그의 말투에서 불길함을 느낀 아서스가 곧바로 팔릭을 쳐다보았다.

"이거, 이걸 좀 보셔야겠습니다."

팔릭의 시선을 따라간 아서스는 가슴이 쿵 내려앉았다. 그것은 안돌할의 문장이 찍힌 빈 곡물 상자였다.

자신의 생각이 틀렸기만을 빌며 아서스가 떨리는 목소리로 물었다.

"이 상자에 무엇이 담겨 있었는가?"

하스글렌 사람 중 한 명이 어리둥절한 표정으로 아서스를 쳐다보았다.

"안돌할에서 온 곡물이었습니다. 왕자님께선 걱정하실 필요 없습니다. 벌써 마을 사람들에게 나눠주었으니까요. 빵은 충분합니다."

바로 그 냄새! 평범한 냄새가 아니었다. 어딘가 이상한, 지나치게 달착지근한 냄새였다. 그 순간 아서스는 모든 사태를 깨달았다. 그의 몸이 흔들렸다. 사태의 심각성과 엄청난 공포의 진실이 순간적으로 그의 머리를 텅 비웠다. 곡물을 이미 나누어주었다…. 그리고 갑자기 엄청난 수의 언데드 군대가 나타났다….

"이럴 수가…."

아서스가 속삭였다. 그들이 이상하다는 듯 아서스를 쳐다보고 있었다. 다시 입을 연 그의 목소리는 여전히 떨리고 있었다. 그러나 이번에는 공포가 아니라 분노 때문이었다.

그 역병은 단순히 그의 백성을 죽이려는 것이 아니었다. 아니, 그것은 그보다 훨씬 더 어둡고 비뚤어진 것이다. 역병에 걸린 사람들이 곧….

아서스가 이렇게 생각하던 도중에 안돌할에서 온 곡물 상자에 대해 설명하던 남자가 컥 하는 소리를 내며 허리를 뒤틀었다. 곧이어 다른 사람에게도 똑같은 일이 벌어졌다. 이상한 녹색빛이 그들의 몸에서 배어나왔다. 맥박이 뛰듯 일렁이던 그 빛이 점점 진해졌다. 하나씩, 그들이 배를 움켜쥐고 바닥에 쓰러졌다. 입에서는 피가 뿜어져 나와 윗옷 앞자락을 흥건히 적셨다. 그들 중 하나가 아서스를 향해 손을 뻗었다. 치유해달라는 것 같았다. 깜짝 놀란 아서스는 공포에 질려 주춤주춤 뒤로 물러섰고, 그 남자는 고통에 몸부림치며 몇 초 만에 숨을 거두고 말았다.

'도대체 내가 무슨 짓을 한 거야?'

치유해달라고 애원하는 사람을 위해 손도 들지 않다니. 그러나 이것이 과연 치유할 수 있는 병일까? 시신을 뚫어져라 쳐다보던 아서스가 생각했다. 빛이라도 이건….

"맙소사! 빵이!"

팔릭이 소리를 질렀다.

이 소리를 들은 아서스가 깜짝 놀라며 죄책감을 떨쳐냈다. 빵, 생명의 양식, 건강에 좋고 영양이 풍부한 빵이 이제는 치명적인 독보다 나쁜 것이 되고 말다니…. 아서스는 부하들에게 명령을 내리기 위해 입을 열었지만 혀가 굳어버린 것 같았다.

그러나 곡물 속에 숨어 있던 역병은 아서스가 할 말을 찾기도 전에 효력을 발휘했다.

죽은 남자가 눈을 번쩍 떴다. 그러더니 비칠비칠 몸을 일으켜 앉았다.

이것이 켈투자드가 짧은 시간 안에 언데드 군단을 만들어낼 수 있었던 이유였다.

광기로 가득한 웃음소리가 아서스의 귓전을 때렸다. 죽어서도 승리를 기뻐하며 미친 듯 웃고 있는 켈투자드였다. 아서스는 충격적인 일련의 사건 때문에 자신이 미쳐가고 있는 건 아닌지 걱정스러웠다. 언데드가 느릿느릿 자리에서 일어났다. 그 움직임을 본 순간, 아서스의 혀와 몸이 풀리는 것 같았다.

"방어하라!"

언데드가 일어날 기회도 주지 않은 채 아서스가 망치를 휘둘렀다. 그러나 동작이 더 빠른 놈들도 있었다. 살았을 때 아서스를 위해 사용하던 라이플이 이번에는 아서스를 향했다. 아서스에게 유리한 점이 있다면 언데드들의 움직임이 서툴고 둔하다는 것이었다. 그들이 쏜 총알은 대부분 빗나갔다. 그 와중에 아서스의 부하들은 굳은 표정을 하고 그들의 머리통을 부수고, 머리를 베고, 몸통을 두들겨 팼다. 조금 전까지만 해도 동지였던 사람들이었다.

"아서스 왕자님! 언데드 군단이 들이닥쳤습니다!"

아서스가 몸을 돌렸다. 병사의 갑옷은 피범벅이었다. 아서스의 눈이 커졌다.

너무 많았다. 놈들의 수가 너무 많았다. 죽은 지 한참 된 해골들, 방금 시체로 변한 자들, 멀겋고 구더기투성이인 끔찍한 괴물들이 그들을 향해 돌진했다. 아서스는 어찌해야 할지 몰랐다. 몇 안 되는 적과 싸운 적은 있지만 이번엔 달랐다. 살아 돌아다니는 시체들의 군대라니….

아서스가 망치를 공중으로 높이 치켜들었다. 그러자 살아 있는 것처럼 망치가 밝게 빛났다.

"물러서지 마라! 우리는 빛이 선택한 사람이다! *우리는 쓰러지지 않을 것이다!*"

아서스가 소리쳤다. 그의 목소리는 더 이상 분노로 떨리지도, 거칠지도 않았다.

빛이 굳게 결심한 아서스의 몸을 감쌌다. 그가 돌진했다.

★ ★ ★

제이나는 생각보다 훨씬 더 지쳐 있었다. 쉬지도 못하고 며칠 동안이나 싸움을 거듭한 그녀는 순간이동 주문을 마치고 쓰러지고야 말았다. 잠시 정신을 잃었던 게 분명했다. 정신을 차려보니 스승이 몸을 굽혀 바닥에서 그녀를 안아 올리고 있었다.

"제이나, 얘야. 무슨 일이냐?"

"우서 경을, 아서스가… 하스글렌…."

제이나가 안토니다스 대마법사의 로브를 와락 거머쥐었다.

"강령술사들이… 켈투자드가… 죽은 자들을 싸움에…."

안토니다스 대마법사의 눈이 휘둥그레졌다. 제이나가 숨을 헐떡거리며 다시 말을 이었다.

"아서스와 부하들이… 하스글렌에서 싸우고 있어요. 당장 도움이 필요해요!"

"우서 경은 궁에 있을 거야. 당장 마법사들을 보내 필요한 만큼 차원문을 열겠다. 수고했다. 네가 정말 자랑스럽구나. 이제 좀 쉬도록 해라."

안토니다스 대마법사가 말했다.

"안 돼요!"

제이나가 힘겹게 소리를 지르며 몸을 일으켰다. 서 있기도 힘들었지만 일어나려는 의지만으로 버틸 수 있었다. 제이나는 떨리는 손을 들어 안토니다스 대마법사를 붙잡았다.

"저도 그와 함께 있어야만 해요. 괜찮을 거예요. 같이 가요!"

도대체 얼마나 싸운 건지 아서스는 알 수 없었다. 그는 멈추지 않고 망치를 휘둘렀다. 팔이 후들후들 떨리고 숨이 차서 가슴이 터질 것 같았다. 한결같이 강력하게 그의 몸속을 흐르고 있는 빛만이 그와 부하들을 지탱해주었다. 언데드는 빛의 힘에는 약해지는 것 같았다. 그것만이 그들의 유일한 약점이었다. 깨끗하게 치명상을 입히는 것만이 그들을 죽일 수 있는 방법이었다. 그런데 '죽인다' 고나 할 수 있을까. 아서스는 힘겨운 와중에 스치듯 이렇게 생각했다.

놈들은 계속해서 나타났다. 한 떼가 쓰러지고 나면 다음 떼가 슬금슬금 다가왔다. *그의 백성*이 *'이것'* 들로 변해가고 있었다. 힘 빠진 팔을 들어 또 한 방을 날리는 순간, 전투의 소음 너머로 아서스가 아는 목소리가 들려왔다.

"로데론을 위하여! 폐하를 위하여!"

빛의 수호자 우서 경의 열정적인 외침에 고무된 아서스의 부하들이 다시 공격을 시작했다. 우서 경이 로데론의 핵심 기사들을 모조리 데려왔다. 하나같이 체력이 튼튼하고 오랜 전투로 다져진 이들이었다. 제이나는 몸을 가눌 수 없을 정도로 피곤했지만 우서 경과 다른 기사들과 함께 차원문을 통해 이동하면서 이미 언데드에 관해 충분히 설명해준 덕분에, 그들은 언데드를 보고도 놀라거나 피하려 들지 않았다. 이제 놈들은 조금 더 빠른 속도로 쓰러져갔고, 더 많은 놈들이 밀려와도 망치와 검, 화염이 전보다 훨씬 더 강한 열정으로 그들과 맞섰다.

마지막 남은 언데드가 화염에 휩싸여 비틀거리다가 바닥에 쓰러지는 순간, 제이나 역시 다리가 풀리면서 그 자리에 풀썩 주저앉았다. 그녀가 물통을 찾아 물을 벌컥벌컥 들이키더니 떨리는 손으로 말린 고기를 꺼내 우물거리기 시작했다. 싸움은 일단락된 것 같았다. 아서스와 우서 경도 투구를 벗었다. 머리카락이 온통 땀으로 헝클어져 있었다. 고기를 씹던 제이나는 아서스가 널브러진 언데드의 시체들을 쳐다보며 만족스러운 듯 고개를 끄덕이는 것을 지켜보았다. 그러다가 무엇을 쳐다보았는지 아서스의 표정이 일그러졌다. 제이나가 그의 시선을 따라가다가 얼굴을 찌푸렸다. 이해할 수 없었다. 사방에 널린 시신 가운데 아서스가 무언가에 홀린 듯 쳐다보고 있는 것은 병사도, 사람도 아니었다. 파리가 잔뜩 달라붙고 퉁퉁 불어 부패하기 시작한 말의 시체였다.

우서 경이 아서스에게 다가가 어깨를 움켜쥐었다.

"홀로 이렇게 오래 버티다니 놀랍네."

그의 목소리에는 자랑스러움이, 입가에는 미소가 담겨 있었다.

"내가 도착하지 않았더라면…."

아서스가 몸을 획 돌리더니 날카롭게 대꾸했다.

"이봐요, 나도 최선을 다했다고요!"

아서스의 말에 놀란 우서 경과 제이나가 눈을 깜빡였다. 격한 반응이었다. 우서 경은 그를 꾸짖으려는 의도가 아니었다. 오히려 그를 *칭찬하*

고 *있었던* 것이다.

"나도 군단을 데리고 왔다면 아마…."

우서 경의 눈이 날카로워졌다.

"교만에 사로잡혀 있을 때가 아니라네! 제이나의 말을 들어보니 이건 시작에 불과하더군."

아서스의 바닷빛 초록 눈이 제이나를 향했다. 우서 경의 말을 모욕으로 받아들인 그는 아직도 속이 부글부글 끓고 있었다. 아서스를 만난 후 처음으로 제이나는 그의 꿰뚫는 듯한 시선 때문에 자신이 작아지는 듯한 기분이 들었다.

"우리 병사 중 한 명이 전투에서 쓰러질 때마다 언데드가 하나씩 늘어나는 것도 알아챘을 테지?"

우서 경이 고집스럽게 말을 이었다.

"그러면 놈들의 족장을 쳐야지요! 켈투자드가 놈이 누군지, 어디에 있는지 알려주었어요. 공포의 군주라고 했던 것 같아요. 이름은 말가니스였고요. 스트라솔름에 있어요, *스트라솔름*. 우서 경, 당신이 빛의 성기사가 되었던 바로 그곳 말입니다. 그래도 아무렇지도 않은가요?"

우서 경이 피곤한 듯 한숨을 쉬었다.

"당연히 마음에 걸린다네. 하지만…."

"내가 가서 말가니스란 놈을 직접 죽이고야 말겠어요!"

아서스가 소리 질렀다. 제이나가 고기를 씹다 말고 그를 멍하니 쳐다보았다. 그가 이렇게 화를 내는 건 본 적이 없었다.

"진정하게. 자네가 용감한 건 아네만, 죽은 자를 조종하는 놈을 혼자서 무찌를 수는 없다네."

"그러면 따라오시든지요. 우서 경, 당신이 오든 말든 난 갑니다."

우서 경이나 제이나가 입을 열기도 전에 아서스는 말에 풀쩍 뛰어오르더니, 고삐를 돌려 남쪽으로 향해 달려갔다.

깜짝 놀란 제이나가 자리에서 일어섰다. 우서 경도 없이 떠나다니…. 부하들도, 그녀도 없이…. 우서 경이 조용히 그녀 옆에 섰다. 제이나가 머리를 절레절레 흔들었다.

"이 모든 죽음에 대해 책임을 느끼고 있는 거예요. 이 모든 걸 막았어야 한다고 생각하고 있어요."

조용히 말하던 그녀가 고개를 들어 우서 경을 쳐다보았다.

"달라란의 마법사들, 오래전 켈투자드에게 이미 경고했던 그 사람들조차 무슨 일이 일어나고 있는지 짐작조차 못했어요. 아서스가 알 수 있을 리가 없었죠."

"처음으로 왕관의 무게를 느끼고 있는 거요. 전에는 그럴 필요가 없었지. 어떻게 하면 현명하게, 나라를 잘 다스릴 수 있는지 배우는 과정이오. 테레나스 왕께서도 젊을 때 같은 문제로 괴로워하는 것을 보았소. 둘 다 선량한 사람이고, 둘 다 백성을 위해 옳은 일을 하고 싶어 하지요. 그들을 안전하고 행복하게 만들기 위해서. 하지만 때로는 두 가지 나쁜 길 중에서 그나마 덜 나쁜 것을 택해야 하는 순간도 있는 거요. 모든 걸 다 해낼 수 없을 때도 있고. 아서스는 바로 그걸 배우고 있는 거라오."

저 멀리 작아져가는 아서스를 바라보는 우서 경의 눈에는 생각이 가득했다.

"저도 이해할 수 있을 것 같아요. 그래도 혼자 가게 놔둘 수는 없어요."

"아니, 행군할 준비만 되면 나 역시 군사를 데리고 그를 쫓아갈 거요. 그동안 아가씨도 휴식을 취해야 합니다."

제이나가 고개를 저었다.

"아니에요, 아서스를 혼자 두어선 안 돼요."

"아가씨, 이런 말을 해도 될지 모르겠지만 왕자가 잠시 머리를 식히게 두는 편이 좋을 수도 있습니다. 꼭 따라가고 싶다면 그리 하되, 그에게 생각할 시간을 좀 주시오."

우서 경이 느릿느릿 말했다.

그의 말뜻은 분명했다. 마음에 들진 않았지만 제이나 역시 그의 생각에 동의했다. 아서스는 지금 제정신이 아니었다. 화가 나고 무기력하다고 느끼는 지금, 이성적으로 설득할 수는 없었다. 그렇지만 아서스를 혼자 두어선 안 되는 절대적인 이유이기도 했다.

"좋아요."

이 말과 함께 제이나가 말 위에 오르더니 주문을 외웠다. 그녀가 눈앞에서 모습을 감추는 것을 본 우서 경이 슬그머니 미소를 지었다.

"제가 아서스를 따라가겠어요. 병사들이 준비되는 대로 오세요."

아서스를 너무 가까이에서 쫓아가지는 않을 작정이었다. 눈에는 보이지 않을지라도 소리가 나지 않는 것은 아니니까. 제이나는 우울한 생각에 잠겨 있을 로데론의 왕자를 쫓아가기 시작했다.

아서스가 말을 세게 걷어찼다. 더 빨리 달리지 못하는 말에 화가 나고, 그것이 천하무적이 아닌 데 화가 나고, 지금 사태가 도대체 어찌 된 건지 제때 알아내지 못한 데 화가 났다. 치밀어 오르는 분노로 정신을 잃을 지경이었다. 테레나스 왕에게는 오크 문제가 있었다. 인간 세상을 정복하는 데 사로잡혀 있던 잔인하고 폭력적인 존재들…. 다른 세상에서 그들의 세상으로 넘어온 놈들…. 그렇지만 지금의 아서스에게는 모두 어린아이 장난 같았다. 그의 아버지와 얼라이언스 연합이 이 문제에 맞닥뜨렸다면 어떻게 대처했을 것인가. 사람을 죽일 뿐만 아니라 시신을 움직여 친구와 가족을 해치게 만드는 역병이라니. 미친 사람이나 재밌다고 여길 만한 역겨운 일이었다. 테레나스 왕이라면 더 잘 대처할 수 있었을까? 한순간, 아서스는 그러리라고 생각했다. 아버지였다면 제때 이 문제의 정체를 파악하여 죄 없는 사람들을 구했을 것이다. 그러다가 다음 순간, 아서스는 아무도 그렇게 하지 못했을 거라고 합리화했다. 이 끔찍한 사건을 맞닥뜨렸다면 테레나스 왕 역시 아서스만큼이나 어찌할 바를 모르고 쩔쩔 맸을 터였다.

너무 깊이 생각에 사로잡힌 나머지 아서스는 길 한가운데 서 있던 남자를 보지 못했다. 깜짝 놀라 황급히 고삐를 잡아당긴 아서스는 아슬아슬하게 말을 멈출 수 있었다.

아서스는 화가 나면서도 걱정이 되어 소리를 질렀다.

"이 멍청이! 도대체 무슨 짓이야? 치일 수도 있었다고!"

길에 서 있던 그 남자는 아서스가 지금까지 본 사람들과 아주 달랐지만, 어딘가 모르게 친숙했다. 키가 크고 어깨가 넓은 그는 반짝이는 검은 깃털로만 만들어진 듯한 망토를 입고 있었다. 그의 모습은 두건으로 가려져 있었지만, 아서스를 올려다보는 눈만은 밝게 빛났다. 곳곳이 회색으로 변한 턱수염이 갈라지더니 하얀 이와 함께 미소가 드러났다.

"날 해치진 않았을 것이오. 그리고 자네의 주목을 끌어야 하기도 했고. 아버지와는 이야기를 나눈 적이 있소, 젊은이. 그렇지만 내 말을 들으려 하지 않더군. 그래서 당신을 찾아왔소. 이야기 좀 합시다."

그의 목소리는 깊고도 부드러웠다. 말을 마친 그가 고개를 숙여 절했지만, 아서스는 눈살을 찌푸렸다. 꼭 자신을 놀리는 것 같은 기분이 들었던 것이다.

아서스가 콧방귀를 뀌었다. 기이한 옷차림을 한 낯선 남자가 왜 친숙하게 느껴지는지 알 것 같았다. 일종의 밀교를 믿는 자칭 예언자에 대해 아버지께서 말씀하신 적이 있었다. 게다가 새로 변신할 수도 있다고 했다. 그는 배짱 좋게도 테레나스 왕의 알현실로 쳐들어와 멸망의 날 따위의 헛소리를 지껄이고 떠났다.

"이럴 시간이 없소."

아서스가 고삐를 고쳐 잡으며 으르렁댔다.

"내 말 잘 들으시오."

남자의 목소리에 조롱하는 뉘앙스는 없었다. 그의 목소리가 날카롭게 아서스의 귀를 파고들었고, 아서스는 자기도 모르게 귀를 기울였다.

"이 땅은 다 끝났소! 벌써 어둠의 그림자가 드리웠으니, 무슨 수를 써도 몰아낼 수는 없을 거요. 진정 백성을 구하고 싶다면 바다 건너로, 서쪽으로 모두 데려가야만 하오!"

아서스는 웃음을 터뜨릴 뻔했다. 아버지의 말씀이 옳았다. 미친 사람이었다.

"도망치라고? 내 땅은 바로 여기고, 내가 할 일은 백성을 보호하는 것뿐이오! 나는 이 끔찍한 사태에 그들을 버려두지 않을 거요. 배후에 있는 자를 찾아내 없애버릴 것이오. 내가 당신 말을 따르리라 생각했다면 당신은 정말 바보요."

"바보라, 내가? 어쩌면 그럴지도 모르지. 아들이 아비보다 현명하리라 믿었다니. 당신은 벌써 마음을 정했군요. 당신보다 더 멀리 내다볼 수 있는 사람이라도 그 마음을 바꿀 수는 없겠어."

그의 밝은 눈에는 근심이 가득했다.

"멀리 내다본다는 것도 당신의 말뿐이지 않소. 내가 보는 것, 그리고 이제까지 본 것만이 확실하오. 바로 나의 백성이 여기에서 나를 필요로 한다는 거요!"

남자가 미소를 지었다. 왠지 슬픈 듯한 미소였다.

"눈으로만 볼 수 있는 게 아니오, 아서스 왕자. 지혜와 마음으로도 보지요. 마지막으로 예언 하나만 남기고 가겠소. 이것 하나만 기억하시오. 적을 무찌르려 노력할수록, 백성을 더 빨리 놈들 손에 넘겨주는 꼴이 될 거라는 걸."

소리를 지르려고 아서스가 입을 연 순간, 그 남자의 모습이 변하기 시작했다. 망토가 또 다른 피부처럼 그의 몸을 감싸는 것 같더니, 까마귀 정도의 크기로 몸이 줄어들면서 새까맣게 반들거리는 날개가 몸에서 솟았다. 짜증이 섞인 것 같은 날카로운 까악 소리와 함께 남자였던 새 한 마리가 위로 솟구쳐 올라 공중을 선회하며 날아가버렸다. 새를 지켜보던 아서스는 왠지 모르게 불안한 마음을 떨칠 수가 없었다. 그 남자는 너무나도 확신에 차 있는 것 같았다.

"몸을 숨겨서 미안해, 아서스."

난데없이 제이나의 목소리가 들려왔다. 깜짝 놀란 아서스가 몸을 돌려 제이나를 찾았다. 그러자 미안한 표정의 제이나가 아서스 앞에 모습을 드러냈다.

"난 그저…."

"변명 따윈 됐어!"

아서스는 화들짝 놀라서 제이나의 두 눈이 커지는 것을 보았다. 그녀에게 소리를 지른 것이 후회스러웠다. 그렇지만 몰래 그를 따라와 감시하고는 놀라게 하다니…. 그러지 말았어야 했다.

"그 남자… 안토니다스 스승님께도 왔었어."

조금 시간이 흐른 뒤, 제이나가 입을 열었다. 아서스가 화를 내기 전에 하려던 말을 끈덕지게 이어갔다.

"그 남자에게서 엄청난 힘이 느껴진다는 말은… 해야겠어, 아서스."

이 말과 함께 제이나가 가까이 다가와 아서스를 올려다보았다.

"이 언데드 역병 말이야…. 전 세계의 역사를 통틀어 이런 일이 벌어진 적은 한 번도 없었어. 이건 단순한 싸움이나 전쟁이 아냐. 그것보다 훨씬 거대하고 어두운 일이 분명해. 그렇다면 똑같은 전술로는 이길 수 없는 게 아닐까? 그의 말이 옳을지도 몰라. 어쩌면 우리가 볼 수 없는 걸 볼지도…. 무슨 일이 벌어질지 정말로 아는지도 몰라."

아서스가 이를 갈며 그녀로부터 몸을 돌렸다.

"그럴 수도 있고, 아니면 말가니스란 놈과 한패일 수도 있고, 아니면 정신 나간 은둔자일 수도 있어. 그가 무슨 말을 하든 난 내 땅을 버리지 않아, 제이나. 이 미친 사람이 미래를 볼 수 있든 없든 상관 없어. 가자."

둘은 한동안 침묵 속에 말을 달렸다. 그러다가 제이나가 조용히 입을 열었다.

"우서 경이 따라올 거야. 병사들을 채비시킬 시간이 필요했을 뿐이야."

아직도 화를 가라앉히지 못한 아서스는 대꾸도 하지 않고 앞만 바라보았다. 제이나가 다시 말을 꺼냈다.

"아서스, 이러면 안…."

"이래도 안 되고, 저래도 안 되고… 이제 아주 질렸어!"

그의 입에서 말이 터져 나온 순간, 제이나 못지않게 아서스 역시 깜짝 놀랐다.

"지금 벌어지고 있는 일들은 끔찍한 것 이상이야, 제이나. 설명할 단어조차 못 찾겠어. 그래도 내가 할 수 있는 건 뭐든지 하고 있어. 나를 따르지 못하겠거든 너도 여기 있으면 안 될지도 몰라."

제이나를 쳐다보던 아서스의 표정이 약간 누그러졌다.

"제이나, 너무 피곤해 보이는구나. 그냥, 그냥 넌 *돌아가야 해.*"

제이나가 아서스와 눈을 마주치지 않고 앞만 쳐다보며 고개를 저었다.

"넌 내가 필요해. 내가 도울 수 있잖아."

아서스의 가슴에서 화가 조금씩 풀려 사라지기 시작했다. 그가 장갑 낀 손을 뻗어 제이나의 손가락을 부드럽게 쥐었다.

"그렇게 소리를 지르면 안 되는 거였는데…. 미안해. 네가 함께 있어서 기뻐. 네가 함께 있는 건 언제나 기뻐."

아서스가 고개를 숙여 그녀의 손에 입 맞추었다. 제이나의 얼굴이 발그레 달아오르면서 그에게 미소 지었다. 눈썹 사이에 있었던 주름이 조금 펴졌다.

"나의 아서스…."

제이나가 부드럽게 말했다. 아서스가 제이나의 손을 꼭 쥐었다가 놓았다.

둘은 말도 없이 쉬지 않고 말을 달리다가 해가 저물 무렵에서야 야영을 하기 위해 비로소 멈췄다. 사냥을 하기에는 너무 피곤했으므로 가지고 있던 말린 고기와 사과, 빵을 꺼냈다. 아서스가 손에 든 빵 덩어리를 말없이 쳐다보았다. 안돌할이 아닌 수도에서 재배된 곡물로 왕궁의 주방에서 만든 빵이었다. 영양가가 높고 맛있는, 기이한 단내가 아니라 본래 빵에서 나는 고소한 냄새를 풍기는 빵이었다. 단순하면서도 기본적인 음식, *누구나* 두려움 없이 먹을 수 있는 그런 음식 말이다.

아서스는 갑자기 목이 막히는 기분이 들어서 빵을 내려놓았다. 한 입도 삼킬 수가 없었다. 그는 두 손으로 머리를 감싸 쥐었다. 한동안 절망과 무기력의 물결이 그를 휩쓸고 지나가서 숨조차 쉴 수 없었다. 그때, 제이나가 다가왔다. 아서스가 마음을 수습하려고 안간힘을 쓰는 동안 무릎을 꿇고 앉아 그의 어깨에 살며시 머리를 기대었다. 아무 말도 하지 않았다. 입을 열 필요도 없었다. 그의 옆에 있기만 하면 되었으니까. 깊은 한숨을 내쉬며 아서스가 몸을 돌려 제이나를 끌어안았다.

제이나도 격정적인 입맞춤으로 그에게 응했다. 제이나도 아서스만큼이나 위안과 위로가 필요했다. 아서스는 제이나의 부드러운 금빛 머리칼을 쓸어내리며 그녀의 향기를 깊이 들이마셨다. 그날 밤 몇 시간 동안, 둘은 끔찍한 죽음과 공포, 역병을 옮기는 곡물, 이상한 예언자와 선택 따위는 잠시 잊고 서로만을 탐했다. 아주 잠깐이었지만, 작고 부드러운 그 세상에는 오직 둘뿐이었다.

제 12 장

아직 잠이 덜 깬 채 제이나가 손을 뻗어 아서스를 찾았다. 그는 자리에 없었다. 제이나가 눈을 깜빡이며 일어나 앉았다. 아서스가 벌써 일어나 옷을 입고 뜨거운 시리얼을 만들고 있었다. 제이나가 일어난 것을 본 아서스가 미소를 보냈지만 눈은 웃지 않았다. 제이나는 망설이다가 미소를 지어 보이고는 로브를 걸치고 손가락으로 대충 머리를 가다듬었다.

"사실 알아낸 게 하나 있어. 어젯밤엔 이야기하지 않았지만 그래도 알고 있어야 할 것 같아서."

아서스가 불쑥 말을 꺼냈다. 그의 목소리에 아무런 감정도 담겨 있지 않아서, 제이나는 덜컥 겁이 났다. 그래도 어제처럼 소리를 지르지는 않으니 다행이라고 해야 할까. 그런데 어쩐지 이 편이 훨씬 더 견디기 힘들었다. 아서스가 김이 모락모락 올라오는 시리얼을 한 그릇 퍼서 그녀에게 가져다주었다. 제이나는 아서스의 말을 들으며 기계적으로 한 숟갈 입에 퍼 넣었다.

"이 역병… 언데드 말이야…."

말을 하다 말고 아서스가 심호흡을 했다.

"곡물이 역병을 옮긴다는 건 알고 있잖아. 그것이 사람을 죽인다는 것도. 하지만 그게 전부가 아니었어. 제이나, 단순히 사람을 죽이고 마는 게 아냐."

이 말을 꺼내면서 아서스는 목이 막힌 것 같았다. 무언가 머리를 스치고 가는 걸 느끼며 제이나는 가만히 앉아 있었다. 방금 삼킨 시리얼이 도로 올라올 것 같은 기분이었다. 숨쉬기조차 힘들었다.

"그게… 그게 사람들을 변화시키는 거야? 사람들을 언데드로 만드는구나, 그렇지?"

'제발… 내가 틀렸다고 말해줘, 아서스!'

그러나 기다리던 대답은 돌아오지 않았다. 그 대신 아서스는 침통한 표정으로 고개를 끄덕였다.

"그래서 수많은 언데드가 그렇게 빨리 나타났던 거야. 곡물이 하스글렌에 도착한 건 얼마 되지도 않았어. 그렇지만 가루로 만들어 빵을 굽기엔 충분했던 거지."

제이나가 멍하니 그를 쳐다보았다. 도대체 이게 무슨 뜻일까. 제이나는 사태의 심각성을 상상조차 하기 힘들었다.

"그래서 어제 황급히 떠난 거야. 말가니스란 자를 혼자 해치울 수 없다는 건 알고 있어. 그렇지만 넋 놓고 앉아 있을 수만은 없었어. 갑옷을 수리하고 야영 준비나 하면서 말이야."

제이나가 조용히 고개를 끄덕였다. 이해할 수 있었다. 아서스가 말을 이었다.

"그리고 그 예언자… 네가 그 사람을 얼마나 강력하다고 생각하든 상관없어. 단지 로데론 사람들 전부가 괴물로 변하게 놔둘 수는 없어. 말가니스… 그게 누구든 막아야만 해. 이 역병을 옮기는 곡물을 마지막 한 상자까지 찾아내서 없애야 해."

이 충격적인 이야기를 꺼내는 것만으로도 화가 나는지 아서스가 벌떡 일어나 왔다 갔다 하기 시작했다.

"도대체 우서 경은 어디 있는 거야? 밤새 실컷 달려오고도 남았을 텐데."

제이나는 반쯤 먹다 남은 시리얼 그릇을 내려놓고 자리에서 일어나 옷을 입었다. 그녀의 머리는 이 사태를 완전하고 냉정하게 이해하기 위해, 그리고 해결할 방도를 찾기 위해 미친 듯 돌아가기 시작했다. 둘은 아무 말 없이 야영장을 정리하고 스트라솔름을 향해 길을 떠났다.

구름이 태양을 가리면서 흐릿한 회색빛 새벽이 더욱 어두워졌다. 어느덧 내리기 시작한 비가 온몸을 차갑게 찔렀다. 둘은 망토에 달린 두건을 올려 썼지만 거세게 떨어지는 빗방울은 막지 못했다. 스트라솔름의 성문에 당도했을 때에는 제이나는 이미 심하게 몸을 떨고 있었다. 고삐를 당겨 말을 세우는 순간, 제이나의 뒤에서 소리가 들렸다. 그녀가 뒤를 돌아보니 진흙탕으로 변해버린 길을 따라 우서 경과 그의 부하들이 달려오고 있었다. 다시 부아가 치밀어 오른 아서스가 쓰디쓴 미소를 지으며 우서 경에게 말을 건넸다.

"드디어 나타나셨군, 우서."

아서스가 빈정댔다.

우서 경은 본래 인내심이 많은 사람이었지만 이번에는 화를 내고야 말았다. 스트레스를 받은 사람은 아서스와 제이나뿐만이 아니었다.

"말조심하게, 아서스. [illegible]일지언정, 나는 성기사로서 자네 상관일세!"

"어찌 그걸 잊겠습니까."

아서스가 곧장 쏘아붙였다. 그러고는 재빨리 언덕 위로 올라가 성벽 너머로 도시 안을 들여다보았다. 보면서도 아서스는 자기가 무얼 찾고 있는지 몰랐다. 살아 있는 사람이 있다는 증거? 평범한 일상? 자신이 제때 도착했다는 증거? 아서스에게 무언가 할 일이 있다는 희망을 줄 수 있다면 무엇이든 좋았다.

"잘 들으세요, 우서. 역병에 대해 얘기할 게 있습니다."

그 순간, 바람의 방향이 바뀌면서 냄새가 아서스의 코끝을 스쳤다. 나쁜 냄새가 아니었다. 하지만 아서스는 배를 얻어맞은 기분이었다. 바로 그 냄새, 역병을 옮기는 곡물로 만든 빵을 굽는 이상하고도 독특한 냄새였다. 축축한 공기에 섞인 그 냄새는 너무나도 분명했다.

오, 빛이시여. 안 돼요…. 이미 빻아서 빵으로…. 그러면 벌써….

아서스의 얼굴에서 핏기가 가셨다. 끔찍한 상황이 이해되면서 그의 눈이 커다랗게 벌어진 채 허공을 주시했다.

"너무 늦었어. 너무 늦었다고! 곡물이… 이 사람들… 사람들이 벌써 다 감염돼버렸어!"

"아서스…."

제이나가 낮은 목소리로 입을 열었다.

"지금은 괜찮아 보일지 모르지만, 언데드로 변하는 것은 시간문제입니다!"

"뭐라고? 정신 나갔습니까?"

우서 경이 소리쳤다.

"아니에요. 아서스 말이 맞아요. 그 곡물을 먹었다면 벌써 감염됐어요. 그리고 감염됐다면… 곧 변할 거예요."

제이나가 미친 듯 머리를 굴리기 시작했다. 할 수 있는 일이 분명 있을 터였다. 안토니다스 대마법사가 언젠가 이야기한 적이 있었다. 문제가 마법과 관련되어 있다면 마법으로 해결할 방법이 있다고. 생각할 시간이 조금만 있다면, 잠시 진정하고 감정이 아니라 논리로 대응할 수 있다면, 아마 치료할 수도….

"도시 전체를 쓸어버려야 해."

아서스의 말은 무뚝뚝하고도 가차 없었다. 제이나가 눈을 깜빡였다. 그녀가 잘못 들은 게 분명했다.

"어떻게 그런 말을 할 수 있나? 다른 방법이 있을 걸세. 병든 사과나무를 뽑아버리자는 이야기가 아니야. 사람으로 가득한 도시란 말일세!"

우서 경이 아서스에게 다가가며 소리를 질렀다.

"젠장, 우서 경! 어쩔 수 없어요!"

아서스가 우악스럽게 얼굴을 들이밀었다. 우서 경과 코끝이 스칠 듯 가까웠다. 제이나가 보기엔 두 사람이 무기를 뽑아들 것만 같았다.

"아서스, 안 돼! 그럴 순 없어!"

제이나가 채 정신을 차리기도 전에 말이 먼저 튀어나왔다. 아서스가 획 돌아서서 마주 보았다. 바닷빛 눈이 분노와 고통, 절망으로 폭풍이 부는 바다처럼 거칠었다. 그때 제이나는 아서스가 이것이 유일한 길이라고 진정으로 믿고 있음을 깨달았다. 더 이상 구제할 수 없는 저주 받은 자들을 희생해서 아직 멀쩡한 다른 이들을 구할 수 있는 유일한 방법. 아서스가 다시 말을 막기 전에 제이나가 다급히 입을 열었다. 그 모습을 지켜보는 아서스의 얼굴이 조금은 부드러워졌다.

"내 말 들어봐. 얼마나 많은 사람들이 감염되었는지는 모르잖아. 곡물을 전혀 먹지 않은 사람들도 있을 거야. 치명적일 정도로 많이 먹지 않은 사람들도 있을 거고. 그리고 이게 치명적으로 작용하려면 얼마나 먹어야 하는지조차 아직 모르잖아. 우리가 아는 게 너무나 적어. 지레 겁먹고 멀쩡한 사람들을 동물처럼 도살할 순 없는 거라고!"

제이나의 마지막 말은 실수였다. 아서스의 표정이 다시 굳어졌다.

"난 죄 없는 사람들을 보호하려는 거야, 제이나. 그게 내가 하기로 맹세한 일이니까."

"이 사람들 모두 죄가 없잖아. 희생양일 뿐이야! 그들이 자초한 일이 아니라고. 아서스, 아이들도 있어. 역병이 아이들까지 감염시키는지는 아직 몰라. 그렇게 과, 과격한 수단을 쓰기엔 아는 게 너무 없어."

아서스가 갑자기 무서울 정도로 조용히 되물었다.

"그러면 감염된 사람들은? 그놈들이 그 아이들을 죽일 거야, 제이나. 우리도 죽이려 들 거고…. 그리고 여기에서 퍼져나가 계속해서 사람들을 죽이겠지. 어쨌든 그들은 죽게 될 거야. 그리고 다시 돌아다니게 되면 살면서는 결코 하고 싶지 않았던 끔찍한 짓들을 저지르게 될 거라고. 너라면 어떻게 하겠어, 제이나? 응?"

예상하지 못한 질문이었다. 제이나는 아서스와 우서 경을 번갈아 쳐다보다가 다시 아서스를 주시했다.

"난, 난 모르겠어."

"아니, 넌 알고 있어."

아서스의 말이 맞았다. 자포자기의 심정으로 제이나가 생각했다. 아서스가 말을 이었다.

"이 역병으로 죽느니 지금 죽어버리길 선택하지 않겠어? 언데드가 되어 닥치는 대로 다른 사람들을, 네가 살면서 사랑했던 모든 걸 공격하느니 생각하는 사람, 살아 있는 사람으로 죽고 싶지 않겠어?"

제이나의 표정이 일그러졌다.

"그건 내 개인적인 선택이야. 맞아. 그렇게 하고 싶겠지. 하지만 다른 사람들을 위해 우리가 대신 결정을 내릴 수는 없는 거잖아. 모르겠어?"

아서스가 고개를 흔들었다.

"그래, 난 모르겠어. 이 사람들 중 하나라도 여길 빠져나가 역병을 퍼뜨리기 전에 이 도시 전체를 파괴해야만 해. 그들 중 하나라도 언데드로 변하기 전에 말이야. 이 사람들을 위한 거야. 그리고 이 역병을 바로 이 자리에서 지금 당장 끝낼 수 있는 유일한 길이라면, 그게 바로 내가 할 일이야."

고뇌의 눈물이 제이나의 눈에 가득 고였다.

"아서스, 시간을 조금만 줘. 이틀 정도만. 안토니다스 스승님께 순간 이동하면 긴급 회의를 소집할 수 있을 거야. 그러면 무슨 방법이라도…."

"이틀이나 시간이 없다고! 제이나, 이건 단 몇 시간 만에 사람들을 바꾸어버려. 어쩌면 몇 분일지도 몰라. 내가 하스글렌에서 봤다고. 고민할 시간도, 토론할 시간도 없어. 조치를 취해야 해. 당장. 아니면 너무 늦어버릴 거야."

아서스가 고함쳤다. 그러고는 우서 경에게 고개를 돌렸다.

"미래의 왕인 내 명에 따라, 이 도시를 정화하시오!"

"자넨 아직 내 왕이 아닐세! 설령 왕이라 한들 그런 명령에는 따를 수 없네!"

순간 둘 사이에 정적이 흐르고 전기가 통하는 듯했다.

'아서스, 사랑하는 내 친구여…. 제발 이러지 마시오.'

"명을 따르지 않는다면 반역으로 받아들이겠소."

아서스의 목소리는 차갑고 무뚝뚝했다. 제이나의 따귀를 때렸더라도 그토록 놀라지는 않았으리라.

"반역이라고? 자네 미쳤나, 아서스?"

우서 경이 깜짝 놀라 물었다.

"내가? 우서 경, 정당하고도 확고한 내 왕위 계승권에 따라 명한다. 지금부터 그대의 지휘권을 박탈하고 그대 성기사들에게 근신 조치를 내리노라."

"아서스! 그렇게 멋대로…."

이제야 충격에서 벗어난 제이나가 소리를 질렀다.

"그만!"

아서스가 몸을 돌려 그녀를 보고는 차갑게 내뱉었다.

제이나는 멍하니 그를 쳐다보았다. 아서스가 몸을 돌려 그의 부하들을 쳐다보았다. 아무 말도 못하고 셋 사이의 말싸움을 조용히 지켜보고만 있었다.

"이 땅을 구할 의지가 있는 자는 나를 따르라! 그렇지 않다면… 내 눈앞에서 사라져라!"

제이나는 순간 속이 뒤집어질 것 같은 욕지기와 함께 현기증을 느꼈다. 아서스는 정말로 그리 할 작정이었다. 스트라솔름으로 행군해 들어가서 닥치는 대로 살아 있는 남자, 여자, 어린아이들을 모조리 베어버릴 셈이다. 제이나의 몸이 휘청거렸다. 그러나 말고삐를 잡고 쓰러지는 것만은 겨우 막을 수 있었다. 말이 머리를 숙이더니 그녀를 향해 낮게 히힝 하고 울었다. 따뜻한 숨이 그녀의 볼을 간질였다. 제이나는 그 순간만큼은 아무것도 모르는 말이 너무나도 부러웠다.

제이나는 우서 경이 왕자를 공격할지도 모른다고 생각했다. 그러나 그는 왕자를 모시겠다고 맹세한 사람이었다. 지휘권을 박탈당하더라도 말이다. 그녀는 우서 경의 목에 두꺼운 힘줄이 서는 것을 보았다. 부득부득 이를 가는 소리가 들리는 것만 같았다. 그러나 우서 경은 자신이 섬기는 군주를 공격하지 않았다.

그렇다고 아무 말도 하지 않을 그가 아니었다. 우서 경의 충성심은 다시금 입을 열게 했다.

"자네는 넘지 말아야 할 선을 넘었네, 아서스."

아서스가 잠시 동안 그를 쳐다보다가 어깨를 으쓱했다. 그러고는 제이나를 쳐다보았다. 그녀의 생각을 읽으려는 듯 유심히 쳐다보는 순간, 겁먹었지만 진지한 그의 어린 본모습이 잠깐, 아주 잠깐이나마 모습을 드러냈다.

"제이나?"

그 말 한 마디에 너무나 많은 의미가 담겨 있었다. 그것은 질문인 동시에 애원이었다. 커다란 독사 앞에 어쩔 줄 모르고 몸이 굳은 작은 새 한 마리처럼 제이나가 꼼짝도 못하고 쳐다보고 있자, 아서스가 손을 내밀었다. 제이나는 잠깐 동안 그 손을 뚫어지게 쳐다보았다. 그 손이 그녀의 손을 따뜻하게 잡았던 때, 그녀를 사랑스럽게 쓰다듬던 때, 그리고 부상 입은 자들을 어루만지며 치유의 빛을 뿜어내던 때를 떠올렸다.

그러나 제이나는 그 손을 잡을 수 없었다.

"미안해요, 아서스. 차마 볼 수가 없어요."

그때만큼은 아서스의 얼굴을 가리고 있는 투구도 없었다. 고통을 감출 만큼 냉정한 표정도 없었다. 믿을 수 없다는 충격만이 얼굴에 가득했다. 제이나는 더 이상 아서스의 모습을 쳐다볼 수가 없었다. 눈물이 가득한 눈으로 숨을 헐떡이던 제이나가 고개를 돌리자 우서 경이 그녀를 바라보고 있었다. 제이나를 측은히 여기면서도 옳은 일을 했다고 말하는 듯한 표정이었다. 우서 경이 손을 내밀어 그녀를 말 위에 올려주었다. 제이나는 침착하면서도 듬직한 우서 경에게 고마움을 느꼈다. 그녀가 심하게 몸을 떨며 말에 몸을 밀착시켰다. 이윽고 우서 경도 말에 올라 그녀의 고삐까지 잡고 다른 방향으로 향했다. 이 무서운 시련을 겪으면서도 이제까지는 마주치지 않았던, 가장 끔찍한 사태가 일어나려는 이곳에서 조금이라도 멀어지려는 생각에서였다.

"제이나?"

아서스의 목소리가 다시 한 번 그녀를 붙잡았다.

제이나는 눈을 감았다. 감은 눈 사이로 눈물이 주르륵 흘러내렸다.

"미안해, 정말 미안해."

"제이나? *제이나!*"

제이나가 등을 돌리고 말았다.

아서스는 이 사실을 믿을 수 없었다. 한참 동안 말문이 막힌 채 멀어져 가는 그녀의 뒷모습을 멍하니 바라보기만 했다. 어떻게 제이나가 나를 버리고 떠날 수 있을까? 제이나는 아서스를 잘 알았다. 이 세상 누구보다, 어쩌면 그 자신보다도 더 잘 알았다. 제이나는 언제든 그를 이해했다. 불현듯, 둘이 처음 몸을 나눈 밤이 떠올랐다. 지푸라기 허수아비에서 타오르는 불꽃에 주황색으로 빛나던 그녀의 몸이 나중에는 달빛을 받아 차가운 푸른색으로 변했다. 아서스는 그녀를 품에 안고 애원했다.

'날 거부하지 마, 제이나. 앞으로도, 절대로….'

'그러지 않아, 아서스. 절대로….'

그래, 격정에 찬 순간에 내뱉은 말일 뿐이었다. 그러나 지금, 정말로 중요한 지금, 제이나가 그를 거부하고 배신하고야 말았다. 이런 젠장, 역병이 닥쳐 자기를 바꾸어버리기 전에, 선하고 옳고 자연스러운 것에 반하는 존재가 되기 전에 죽임을 당하는 게 낫다고까지 말해놓고선! 그러고는 혼자 남겨두고 떠나다니! 아서스의 배에 단검을 꽂은 것이나 마찬가지였다. 이렇게 큰 상처는 처음이었다.

그 순간, 아주 잠깐, 짧고도 선명하게 이런 생각이 아서스를 스쳤다.

'혹시 그녀가 옳다면?'

아니, 아니! 그럴 수 없었다. 그녀의 말이 옳다면 그는 이제 대량 학살을 저지를 참이 아닌가. 나는 그런 사람이 아니야. 아서스는 자신을 잘 알고 있었다.

아서스는 이 끔찍한 생각을 애써 털어버리고 바싹 마른 입술을 핥으며 깊이 숨을 들이마셨다. 부하들 중 일부는 우서 경과 함께 떠나버렸다. 아니, 솔직히 말하면 너무 많은 병사들이 가버렸다. 이렇게 적은 수를 데리고 이 도시 전체를 처치할 수 있기나 할까?

"왕자님, 제가 한 말씀 드려도 될까요? 전… 저기, 저라면, 언데드로 변하느니 온몸이 천 개로 갈가리 찢겨 죽는 편을 택하겠습니다."

팔릭이 우물쭈물 입을 열었다.

여기저기서 웅얼웅얼 맞장구치는 소리가 들려오자 아서스는 마음이 한결 가벼워졌다. 그가 망치를 거머쥐었다.

"지금부터 우리가 할 일이 결코 유쾌하진 않을 것이다. 오직 필요에 의한 일이다. 희생을 최소한으로 하려면 바로 지금, 여기에서 역병을 멈춰야 할 뿐이다. 이 성벽 안에 있는 자들은 이미 죽었다. 그들이 모르고 있다고 해도 우린 이미 알고 있다. 그러니 역병이 그들을 죽이기 전에 우리가 먼저 그들의 목숨을 빠르고 깨끗하게 끝내야 한다."

아서스가 잠시 말을 멈추고 부하들을 한 명씩 차례대로 훑어보았다. 자신의 임무로부터 몸을 빼지 않은 용감한 자들이었다.

"이 사람들을 죽이고 집들을 파괴해야 한다. 그래야 너무 늦어 구하지 못한 사람들이 언데드가 되어 숨어 지낼 곳이 없어진다."

병사들이 고개를 끄덕이며 무기를 쥔 손에 힘을 주었다.

"이건 위대하고 영예로운 전투가 아니다. 불쾌하고 고통스러운 임무가 될 것이다. 나 역시 이 일을 해야 한다는 사실에 진심으로 가슴이 아프다. 그러나 우리가 임무를 완수해야 한다는 것 역시 진심으로 믿는다."

아서스가 망치를 들어 올렸다.

"빛을 위하여!"

아서스의 고함에 따라 부하들 역시 우렁차게 소리를 지르며 각자 무기를 치켜들었다. 그는 성문을 향해 몸을 돌리고는 심호흡한 뒤 돌격했다.

이미 언데드로 변한 자들을 죽이는 건 식은 죽 먹기였다. 그들은 적이었으니까. 더 이상 인간이 아니라 흉하고 조잡한 인간의 모방품에 불과했으니까. 그러니 그자들의 머리를 부수거나 목을 베어버리는 것은 광포한 들짐승을 죽이는 일과 다를 바가 없었다. 그러나 아직 멀쩡한 사람들은….

그들은 처음에는 어리둥절하여 멀뚱멀뚱 쳐다보기만 했다. 그러나 그 다음 순간, 무슨 일인지 어렴풋이 깨닫고 난 후에는 공포에 질려 무장한 병사들과 자신이 섬기는 왕자를 올려다보았다. 처음에 그들은 무기를 잡으려 하지도 않았다. 그들은 병사들의 복장을 알아보았고, 그들을 죽이러 온 이 병사들이 그들을 보호하는 임무를 띤 사람들이라고만 생각했다. 그들은 자신들이 왜 죽어야 하는지 이해조차 하지 못했다. 처음으로 한 사람을 쓰러뜨리던 순간 엄청난 고통이 아서스의 심장을 죄었다. 겨우 사춘기를 벗어난 듯한 소년이 이해하지 못하겠다는 갈색 눈으로 그를 올려다보며 물었다.

"전하, 무슨…?"

어쩔 수 없이 이 일을 해야 한다는 사실에 괴로워하며 아서스가 고함을 질렀다. 그러고는 망치로 소년의 가슴팍을 강타했다. 망치가 더 이상 빛을 내지 않음을 어렴풋이 느낄 수 있었다. 어쩌면 빛도 이렇게 괴로운 조치를 취해야 하는 것을 슬퍼하는지도 모른다. 자기도 모르게 터져 나오는 흐느낌을 억지로 삼키며 아서스는 소년의 어머니를 향해 성큼 다가섰다.

솔직히 시간이 지나면 점점 쉬워질 줄 알았다. 아니었다. 사람들을 없애는 일은 점점 더 괴로워지기만 했다. 그러나 아서스는 무릎 꿇기를 거부했다. 부하들이 아서스를 본보기로 삼을 터였다. 그가 흔들리면 부하들도 흔들릴 테고, 이는 곧 말가니스가 승리한다는 뜻이었다. 그래서 아서스는 부하들이 자신의 얼굴을 보지 못하도록 투구를 쓰고 사람들이 악을 쓰며 갇혀 있는 건물에 불을 질렀다. 그리고 그 소름 끼치는 광경과 소리 때문에 마음이 약해지려는 것을 억지로 참았다.

스트라솔름의 시민들 중 일부가 대항해서 싸우기 시작하자 차라리 조금 덜 괴로웠다. 그러면 방어 본능이 발동해 그들을 공격하기가 더 쉬웠던 것이다. 물론 그들이 훈련된 군인들과 성기사에 상대가 될 리 없었다. 그래도 제이나가 말한 것처럼 동물들을 도살하는 것 같은 끔찍한 기분은 덜해졌다.

"널 기다리고 있었다, 젊은 왕자여."

난데없이 들려온 깊은 목소리는 아서스의 귀뿐만 아니라 마음까지 전율시켰다. 깊게 울려 퍼지는 그 목소리…. 사악하다는 말 말고는 달리 표현할 길이 없었다. 켈투자드가 공포의 군주라고 불렀다. 어두운 존재에게 걸맞은, 진정 어두운 이름이었다.

"나는 말가니스다."

순간, 기쁨 비슷한 감정이 아서스를 스쳐갔다. 아서스의 주장이 옳았다. 말가니스가 여기에 있고, 그자가 역병의 배후에 있었다! 그 목소리를 들은 아서스의 부하들이 고개를 좌우로 돌리며 놈을 찾는 와중에도 마을 사람들이 숨어 있던 집의 문이 열리며 언데드들이 슬금슬금 걸어 나왔다. 그들의 몸은 기이한 초록색으로 빛나고 있었다.

"보다시피 네 백성은 이제 내 손에 들어왔다. 이 도시의 모든 집을 하나씩 하나씩 찾아가주마. 생명의 불씨가 영원히 꺼질 때까지…"

말가니스가 웃었다. 깊고 거칠며 어두운, 기분 나쁜 소리였다.

"그렇게 둘 것 같으냐! 죽어서 네놈의 노예가 되게 하느니 차라리 내 손으로 죽일 것이다!"

아서스가 소리를 질렀다. 자신이 옳은 일을 하고 있다는 생각으로 가슴이 벅찼다.

말가니스가 낄낄거리고 웃더니 처음 나타났을 때 그랬던 것처럼 홀연히 사라져버렸다. 그때까지도 겹겹이 밀려오는 언데드와 목숨을 걸고 싸우던 아서스는 그자를 막을 수 없었다.

스트라솔름의 모든 산 자, 그리고 죽은 자를 처치하는 데 얼마나 시간이 걸렸는지 아서스는 알 도리가 없었다. 그러나 마침내 모든 것이 끝났다. 아서스는 더 이상 팔을 들 수 없을 정도로 녹초가 되었다. 몸이 덜덜 떨렸다. 빵집이 이미 활활 타고 있었지만 아직도 공기 중에 남아 있는 역병 걸린 빵의 기이한 단내가 피, 연기 냄새와 함께 아서스의 속을 뒤집었다. 한때 깨끗했던 그의 갑옷은 피범벅이 되었다. 그러나 그에게는 아직 할 일이 남아 있었다. 놈이 곧 나타나리라는 생각에 아서스는 조용히 기다렸다. 아니나 다를까, 얼마 지나지 않아 적이 모습을 드러냈다. 공중을 날아온 놈이 용케 무너지지 않은 몇 안 되는 건물 지붕에 내려앉았다.

아서스는 깜짝 놀랐다. 놈은 덩치가 산처럼 컸고, 피부는 살아 움직이는 돌덩이처럼 푸른빛을 띤 회색이었다. 머리카락 한 올 없이 반들거리는 두개골에는 뿔이 불쑥 솟았으며, 박쥐와도 흡사한 두 개의 거대한 날개가 살아 있는 그림자처럼 놈의 뒤쪽으로 넓게 펴졌다. 대못이 잔뜩 박혀 흉측한 뼈와 두개골 그림으로 장식된 금속 갑옷에 싸인 그의 두 다리는 뒤로 휘어져 있었고, 다리가 끝나는 곳에는 발 대신 발굽이 달려 있었다. 놈은 번쩍이는 녹색 눈에서 뿜어져 나온 빛과 함께 거만하게 웃으며 날카로운 이를 드러냈다.

공포에 휩싸인 아서스는 멍하니 놈을 올려다볼 뿐이었다. 눈앞에서 보면서도 차마 믿을 수 없었다. 괴물에 대한 이야기를 들은 적은 있었다. 왕궁의 서재나 달라란의 오래된 책에서 그림을 본 적도 있었다. 그러나 화염과 연기로 얼룩진 핏빛 검은 하늘을 배경으로 자신을 내려다보고 있는 이 괴물 같은 존재를 직접 보는 건….

공포의 군주는 악마였다. 신화에서 튀어나온 존재…. 진짜 존재할 수 없었다. 그런데 지금 바로 그의 눈앞에 무시무시한 자태를 뽐내며 나타나지 않았는가.

공포의 군주.

금방이라도 공포가 아서스를 집어삼킬 것 같았다. 그대로 있다가는 공포심에 아무것도 못할 것만 같았다. 싸움 한 번 못해보고 이 괴물의 손에 죽게 될 것이 분명했다. 아서스는 강한 의지만으로 공포심을 몰아내고 다른 감정으로 그 자리를 채웠다. 바로 증오였다. 정의의 분노. 그는 자신의 망치 아래 쓰러진 사람들을 떠올렸다. 산 자, 죽은 자, 탐욕스러운 언데드, 그가 영혼을 구해주려는 것도 이해하지 못하고 겁에 질려 죽어간 여자와 아이들…. 그들의 얼굴이 아서스를 지탱해주었다. 그들의 죽음을 헛되이 할 순 없었다. 아니, 무슨 짓을 해서든 그렇게 되지 않게 하리라. 아서스는 용기를 그러모아 망치를 꼭 쥐고 놈의 눈을 정면으로 마주 보았다.

"이제 결판을 낼 때다, 말가니스! 너와, 내가 말이다…."

아서스가 소리쳤다. 그의 목소리는 강하고 확고했다.

공포의 군주가 머리를 뒤로 젖히더니 큰 소리로 웃었다.

"말은 용감하군. 안됐지만 여기에서 끝이 아니다. 너의 여정은 이제 막 시작되었다, 젊은 왕자여."

놈이 씩 웃자 검은 입술이 말려 올라가면서 날카롭고 뾰족한 이가 드러났다. 말가니스가 한 손을 뻗어 아서스의 부하들을 가리켰다. 한때 위대했던 도시에 아직도 남은 화염이 놈의 길고 날카로운 갈고리 발톱을 밝게 비추었다.

"병사들을 모아 극한의 땅, 노스렌드로 나를 찾아와라. 그곳에서 모든 일이 결판날 것이다. 네 진정한 운명도 그곳에서 시작되지."

"내 진정한 운명? 도대체 무슨…?"

분노와 혼란으로 아서스의 목소리가 갈라졌다. 그 순간, 익숙한 형태로 말가니스 주변의 공기가 희미하게 반짝이며 빙글빙글 돌기 시작했다.

"안 돼!"

아서스가 고함을 치며 무작정 놈을 향해 돌진했다. 순간이동이 끝나기 전이었다면 놈은 공격을 받고 쓰러졌을지도 모를 일이었다. 약하게 빛나고 있던 망치를 공중에서 마구 휘두르며 아서스가 닥치는 대로 고함을 질렀다.

"세상 끝까지라도 널 쫓아갈 것이다! 들리나? *끝까지 말이다!*"

분노로 잔뜩 흥분해서 고래고래 소리를 지르던 아서스는 팔의 힘이 다 할 때까지 공중에 대고 미친 듯 망치를 휘둘러댔다. 그러고는 서서히 망치를 땅 위에 세우고 그 위에 몸을 기댔다. 땀범벅이 된 채, 아서스는 분노와 좌절의 흐느낌을 마구 쏟아내었다.

세상 끝까지.

제 13 장

사흘 후, 제이나 프라우드무어는 로데론의 북쪽, 한때는 아름답고 자랑스러운 도시였던 스트라솔름의 텅 빈 거리를 걷고 있었다.

악취는 참을 수 없을 정도였다. 평온초 꽃잎 향수를 듬뿍 뿌린 손수건으로 얼굴을 가렸지만 지독한 냄새를 완전히 막지는 못했다. 진즉에 꺼지거나 더 이상 태울 것이 없어 조금이라도 수그러들었어야 할 불이 여전히 맹렬한 기세로 타고 있는 걸 보니 어두운 마법이 관련되어 있음을 짐작할 수 있었다. 눈과 목을 찌르는 매운 연기와 함께 풍기는 것은 지독한 부패의 냄새였다.

시신들은 대부분 무기 하나 들지 않은 채 쓰러진 자리에 그대로 누워 있었다. 퉁퉁 부은 시신을 피해 넋을 잃고 걷고 있는 제이나의 눈에 눈물이 고이더니 넘쳐서 뺨 위로 흘러내렸다. 그릇된 자비심에 사로잡힌 아서스와 그의 부하들이 아이들조차 살려두지 않은 것을 보고, 그녀의 입에서 탄식의 신음이 새어나왔다.

죽어서 가만히, 그리고 뻣뻣하게 여기 누워 있는 이 시신들이 아서스가 먼저 쓰러뜨리지 않았다면 도로 일어나 그녀를 공격했을까? 아마도 그랬으리라. 그중 많은 자들이 분명 그리 했을 것이다. 곡물은 분명 빵으로 만들어져 널리 퍼졌고, 많은 이들이 그걸 먹었다. 그렇지만 주민들 모두 그랬을까? 그녀는 죽을 때까지 진실을 알지 못하리라. 그리고 그건 아서스 역시 마찬가지였다.

"제이나… 다시 한 번 부탁이야. 나와 함께 가자."

그의 목소리에는 힘이 담겨 있었다. 그 말을 하는 그 순간에도 그의 마음은 이미 천 길 먼 그곳을 향해 있는 것이 분명했다.

"놈이 도망쳤어. 스트라솔름의 사람들이 놈의 노예로 전락하는 건 막았지만, 최후의 순간에 놈은 도망치고 말았어. 그자는 노스렌드에 있어. 나와 함께 가자."

제이나는 눈을 감았다. 하루하고도 반나절 전에 아서스와 나눴던 대화를 다시 떠올리고 싶지는 않았다. 그리고 어떤 대가를 치르더라도 이 공포의 군주, 이 악마를 없애야만 한다는 생각으로 차갑고 냉담하게 빛나던 아서스의 무서운 눈빛을 다시는 떠올리고 싶지 않았다.

그 순간, 제이나는 시신에 다리가 걸려 넘어질 뻔했다. 눈이 번쩍 떠지면서 그녀가 한때 사랑했던, 아니 이 끔찍한 사태에도 불구하고 아직도 사랑하는 그 남자가 저지른 무시무시한 만행을 보고야 말았다. 어떻게 아직도 그를 사랑할 수 있을까. 오, 빛이시여, 도와주세요. 아직도 그를 사랑하고 있으니….

"아서스, 그건 함정이야. 그자는 악마야. 스트라솔름에서 널 피해 도망칠 정도로 강력하다면, 자신의 영토에서는 분명 널 쓰러뜨릴 거야. 가지 마… 제발…."

제이나는 아서스의 품으로 뛰어들고 싶었다. 할 수만 있다면 그를 몸으로라도 막아 옆에 두고 싶었다. 노스렌드에 가서는 안 되었다. 죽으러 가는 것이나 다름없었다. 수없이 살인을 저지른 아서스였지만, 그를 사지로 내몰 수는 없었다.

"너무나 많은 목숨이 희생됐어. 아서스가 이런 짓을 하다니, 믿을 수 없어.”

제이나가 혼잣말로 중얼거렸다. 그래도 아서스가 한 짓임을 알고 있었다. 도시 전체를….

“제이나? 제이나 프라우드무어?”

낯익은 목소리에 제이나가 화들짝 놀라며 괴로운 생각에서 깨어났다. 우서 경이었다. 목소리가 들리는 방향으로 돌아서는데, 이상한 안도감이 그녀를 스쳤다. 우서 경은 늘 대하기 어려웠다. 그는 덩치가 매우 크고 힘도 세고, 뭐랄까, 빛에 너무 깊숙이 둘러싸여 있었다. 어릴 때 아서스와 함께 우서 경의 독실한 신앙심을 몰래 놀리곤 했던 일이 갑자기 떠오르자, 제이나는 상황에 어울리지 않게 죄책감이 들어 얼굴이 달아올랐다. 언제나 빛에 충실했던 우서 경의 태도가 어린 그들에게는 거드름을 피우거나 독실한 척하는 것처럼 보였기 때문이었다. 어쨌든 그는 놀리기 좋은 상대였다. 그러나 그리도 고통스럽던 사흘 전, 제이나는 아서스에게 등을 돌리고 우서 경 편에 섰다.

“날 절대로 거부하지 않겠다고 맹세했잖아, 제이나. 그런데 가장 나를 지지하고 이해해줘야 하는 순간에 내게 등을 돌리고 말았어.”

아서스가 제이나를 비난했다. 그의 목소리는 차가운 칼날처럼 날카로웠다.

“난, 네가… 아서스, 그렇게 할 만한 증거가 충분하지….”

“그리고 지금도 날 돕기를 거부하고 있어. 제이나, 난 노스렌드에 갈 거야. 네가 함께 갔으면 좋겠어. 이 악마를 막는 걸 도와줘. 가자, 함께 가자!”

제이나가 몸을 움찔했다. 우서 경이 이를 알아챘지만 아무 말도 하지 않았다. 이상할 정도로 격렬히 불타오르는 화염 때문에 못 견디게 더웠지만 완벽하게 군장을 차린 우서 경이 빠른 속도로 그녀에게 다가왔다.

그의 꼿꼿한 자세와 존재감은 위협적이라기보다 힘과 굳건함의 상징처럼 보였다. 그녀를 껴안지는 않았지만, 대신 위로하려는 듯 양팔을 힘 있게 쥐었다 놓았다.

"여기 있을 줄 알았소. 아서스는 어디로 간 거요? 함대를 어디로 끌고 간 게요?"

제이나의 눈이 커다래졌다.

"함대라뇨?"

우서 경이 고개를 끄덕이고는 입을 열었다.

"로데론 함대 전체를 끌고 어디론가 가버렸소. 테레나스 왕에게 짤막한 글만 남겼지. 사령관의 명령도 없는데 왜 그들이 왕자의 명에 따랐는지는 모르겠소."

제이나가 슬며시 슬픈 미소를 보였다.

"그들의 왕자인 아서스잖아요. 사람들은 아서스를 사랑해요. 그들은 이 사태에 대해 몰랐고요."

순간, 우서 경의 엄한 얼굴에 고통이 스쳐 지나갔다. 그가 조용히 고개를 끄덕였다.

"그렇지. 아서스는 아랫사람들에게 언제나 따뜻했지. 그가 사람들을 진정으로 아낀다는 걸 아니까, 모두가 목숨을 바쳐 섬길 거요."

우서 경이 조용히 말했다. 그의 목소리에는 회한이 가득 서려 있었다. 우서 경의 말은 사실이었다. 아서스도 사람들로부터 영원한 사랑을 받을 자격이 있던 때가 있었다.

"그리고 지금도 날 돕기를 거부하고 있어…."

우서 경이 제이나를 부드럽게 흔들었다. 순간 며칠 전으로 향했던 생각이 현재로 돌아왔다.

"아서스가 함대를 이끌고 어디로 갔는지 알고 있소?"

제이나가 깊이 숨을 들이마시곤 입을 열었다.

"떠나기 전에 절 만나러 왔어요. 가지 말라고 애원했는데… 함정 같다고 말했어요."

"어디로 갔냐니까?"

우서 경은 집요하게 물었다.

"노스렌드… 말가니스, 이 역병을 퍼뜨린 공포의 군주를 잡으러 노스렌드로 갔어요. 여기에선 무찌를 수 없었다고…."

"공포의 군주? 이런 망할!"

우서 경의 화가 폭발하자 제이나가 깜짝 놀랐다.

"테레나스 왕께 알려야만 해!"

"아서스를 말리려고 했어요. 그런데… 그가…."

제이나는 어쩔 줄 몰라 하며 산처럼 쌓여 있는 시신들을 가리켰다. 지금까지 수도 없이 그랬듯, 제이나는 자신이 아서스를 멈출 수 있지 않았을까 다시 한 번 생각했다. 혹시 다른 표현을 썼더라면, 아서스를 납득시킬 수 있었더라면, 그랬다면 그가 마음을 돌렸을까….

"하지만 실패했어요."

'아서스, 난 널 저버렸어. 이 사람들을 저버리고, 나 자신을 저버렸어.'

우서 경의 장갑 낀 손이 제이나의 연약한 어깨 위에 놓였다.

"너무 자신을 책망하지 마시오."

그녀가 허탈하게 웃었다.

"그렇게 티가 나나요?"

"감정이 있는 사람이라면 누구든 같은 의문과 죄책감을 품었을 거요. 나도 그러니까."

우서 경의 고백에 제이나가 깜짝 놀라 그를 올려다보았다.

"우서 경도 그렇다고요?"

그가 고개를 끄덕였다. 눈은 피로로 잔뜩 충혈되어 있었고, 그 눈 깊은 곳에는 제이나의 가슴까지 울리는 고통이 배어 있었다.

"그에게 대항할 수는 없었소. 내가 모시는 왕자니까. 그렇지만 지금도 생각하곤 하지. 혹시 내가 그의 앞을 막아 설 수는 없었나? 뭔가 다른 말, 다른 행동을 했다면 그를 막을 수 있었을까?"

우서 경이 한숨을 길게 내쉬고는 고개를 흔들었다.

"그랬을 수도, 그러지 못했을 수도 있지. 그러나 그 순간은 이미 지나간 과거이고, 이제 와서 나의 선택을 돌이킬 수는 없소. 우리 모두 미래를 향해 가야 해. 제이나 프라우드무어 양, 당신은 이 살육과 아무 관계가 없소. 왕자의 행방을 알려주어 고맙소."

제이나가 고개를 숙였다.

"아서스를 또 한 번 배신한 기분이에요."

"제이나, 당신이 그를 구한 것일 수도 있소. 그리고 그가 어떤 존재로 변했는지 전혀 모르는 채 그를 따라간 다른 사람들까지도…."

우서 경의 마지막 말에 놀라서 제이나가 고개를 번쩍 들었다.

"그가 어떤 존재로 변했는지 모른다니요? 그는 아서스라고요!"

우서 경이 괴로운 표정을 지었다.

"그렇지, 아서스가 맞소. 그렇지만 그는 정말로 끔찍한 선택을 했소. 그리고 그 선택으로 인해 어떤 일이 벌어질지는 아직 모르지. 이번 사태가 끝나고 그가 원래대로 돌아올 수 있을지 확신이 서지 않소."

우서 경이 몸을 돌려 시신들을 쳐다보았다.

"죽은 자가 언데드가 되어 살아날 수 있다는 건 알고 있소. 악마가 존재한다는 사실도. 이제는 유령 같은 것이 세상에 있는지 궁금해지는군요. 그렇다면 우리의 아서스 왕자는 수많은 유령에 둘러싸여 있게 될 거요. 자, 여기에서 나갑시다, 아가씨."

마지막 말과 함께 우서 경이 그녀에게 고개를 숙였다.

그러나 제이나가 고개를 저었다.

"아니, 아직요. 전 떠날 준비가 안 됐어요."

우서 경이 그녀의 눈을 한참 들여다보고는 고개를 끄덕였다.

"원한다면. 빛이 언제나 당신과 함께하기를, 제이나 프라우드무어."

"당신도요. 빛의 수호자 우서 경."

제이나가 최대한 밝게 미소를 짓고는 떠나는 뒷모습을 바라보았다. 아서스는 방금 전 제이나가 한 행동을 또 한 번의 배신이라고 생각할 것이 분명했다. 그러나 그의 목숨을 살릴 수만 있다면… 그렇다면 상관없었다.

악취가 점점 더 심해져서 의지로도 버틸 수 없을 지경에 이르렀다. 제이나는 마지막으로 한 번 더 둘러보기 위해 발길을 멈췄다. 마음속 한구석에서는 도대체 여기 왜 왔는지 의아해했지만, 한편으로는 이미 그 답을 알고 있었다. 이 끔찍한 광경을 머릿속에 새겨두기 위해, 여기에서 벌어진 사태의 심각성을 이해하기 위해서였다. 그녀는 절대로 이 일을 잊어선 안 되었다. 아서스가 이미 돌이킬 수 없는 선을 넘었는지 아닌지 알 도리가 없었다. 그러나 여기에서 벌어진 일이 역사책에 별것 아닌 사건으로 기록되어선 안 되었다.

그때 까마귀 한 마리가 천천히 공중을 선회하며 내려왔다. 불쌍한 시신들을 조금이라도 보호하고픈 마음에 얼른 새를 쫓아버리고 싶었지만 새들은 본능에 따르는 것 아닌가. 새에게는 자기가 하는 행동이 인간의 마음을 아프게 할지 판단할 수 있는 이성이 없었다. 제이나는 이런 생각을 하며 잠시 새를 쳐다보다가 화들짝 놀라고 말았다.

새의 모습이 달라지기 시작하더니 점점 커지다가 그 자리에 돌연 한 남자가 서 있는 것 아닌가! 제이나는 그 남자를 알아보고 놀랐다. 이미 두 번이나 본 적 있는 그 예언자였다.

"당신은!"

그가 고개를 까딱 숙이며 *'나도 당신이 누군지 안다'*는 표정으로 미소를 지어 보였다. 이번이 그 남자를 세 번째로 보는 셈이었다. 첫 번째는 그가 안토니다스 대마법사와 이야기하고 있을 때였고, 또 한 번은 아서스와 있을 때였다. 두 번 다 마법으로 모습을 감추고 있었지만, 그는 제이나의 마법에는 속지 않았던 것이 분명했다.

"이 땅의 죽은 자들이 한동안 가만히 누워 있을지는 몰라도 절대로 속으면 안 되오. 당신의 왕자가 추운 북쪽에서 찾을 거라곤 죽음뿐이오."

노골적인 그의 말에 제이나가 잠시 주춤했다.

"아서스는 자신이 옳다고 믿는 일을 하고 있을 뿐이에요."

그 말은 사실이었고, 제이나 역시 알고 있었다. 그의 문제점이 무엇이든 스트라솔름을 완전히 파괴하는 일이 유일한 길이라고 굳게 믿고 있었던 것만은 확실했다.

이 말을 들은 예언자의 눈길이 조금 부드러워졌다.

"칭찬할 만한 일이긴 하지만 그의 열정이 오히려 파멸의 원인이 될 것이오. 이제 책임은 당신에게 달려 있소, 젊은 마법사여."

"뭐라고요? 저한테?"

"안토니다스 대마법사는 내 말을 듣지 않았소. 테레나스 왕과 아서스도 마찬가지였지. 인간의 통치자와 마법의 대가들이 모두 진실을 외면한 것이오. 하지만 당신은 그러지 않으리라 생각하오."

그에게서 뿜어져 나오는 힘의 아우라는 손으로 만져질 듯 강력했다. 그를 감싸고 도는 맹렬하고 강력한 힘이 눈에 보일 정도였다. 그가 다가와 제이나의 어깨 위에 손을 얹었다. 어찌할 바를 모르고 그녀가 그의 눈을 올려다보았다.

"당신의 백성을 이끌고 서쪽을 향해 칼림도어라는 고대의 땅으로 가시오. 그곳으로 가야 그림자와 싸워 이 세상을 화염으로부터 구할 수 있소."

그의 눈을 들여다보고 있던 제이나는 그의 말이 옳다는 것을 직감했다. 제이나를 조종하거나 강요하려는 의도가 아니었다. 분명하고 깊은 지혜만이 마음 깊숙이 전해질 뿐이었다.

"전…."

제이나가 말을 잇지 못하고 침을 꿀꺽 삼켰다. 그녀가 사랑했던, 그리고 아직 사랑하고 있는 남자에 의해 저질러진 끔찍한 공포를 마지막으로 한 번 둘러보고는 말없이 고개를 끄덕였다.

"말씀대로 하겠습니다."

그러고는 제이나가 마음속으로 덧붙였다.

'그리고 나의 아서스는 그가 택한 길을 가게 놔두세요. 다른 길이 없어요.'

"사람들을 모으려면 시간이 걸릴 거예요. 내 말을 믿게 하는 데도요."

"시간이 충분히 남아 있는지는 확실히 알 수 없소. 이미 너무 많은 시간이 흘러버렸으니."

제이나가 턱을 치켜들었다.

"애써보지도 않고 포기할 순 없어요. 저에 대해 그리 많이 아신다면 그런 점도 이미 알고 계실 텐데요."

까마귀 예언자가 조금이나마 긴장을 푸는 것 같더니, 제이나의 어깨를 움켜쥐면서 미소지었다.

"반드시 필요하다고 생각한다면 그리 하시오. 그렇지만 늑장을 부려선 안 되오. 모래시계는 빠르게 비어버리고, 지체하다간 매우 위험해지니."

제이나는 순간적으로 기운이 쭉 빠져버려 아무 말도 못하고 조용히 고개만 끄덕였다. 만나야 할 사람이 너무나 많았다. 안토니다스 대마법사와 마법사들이 가장 먼저였다. 다른 사람은 몰라도 안토니다스 대마법사는 자신의 말에 귀 기울여주리라. 자신이 이 시신들을 위한 산증인이었다. 아직 살아 있는 동안 칼림도어로 후퇴하지 않는다면 얼마나 어리석인 일인지 알려줄 것이다.

예언자의 몸이 변하고 작아지더니 다시 한 번 커다란 검은 새가 되어 날갯짓과 함께 날아가버렸다. 새의 날개에서 불어온 바람이 우연히 그녀의 얼굴을 스쳤다. 그것은 부패한 시신이나 연기 혹은 죽음의 냄새가 아니었다. 신선하고 깨끗한 냄새였다.

그것은 희망의 냄새였다.

제 14 장

노스렌드에 도착한 로데론의 함대가 비수집 만에 닻을 내렸다. 살벌한 바람이 부는 깊고 거친 바다는 회색이 도는 차가운 푸른빛이었다. 깎아지른 듯한 낭떠러지에는 소나무들이 위를 향해 자라고 있어서, 아서스와 부하들이 야영하는 좁고 평평한 공간을 자연적으로 보호해주었다. 옆에서는 물보라를 튀기며 엄청난 높이의 폭포가 쏟아져 내렸다. 전반적으로 볼 때 아서스가 생각한 것보다 괜찮았다. 앞으로는 어떻게 달라질지 모르지만, 공포의 군주가 사는 곳이라고 보기는 힘들었다.

아서스가 보트에서 뛰어내려 물살을 헤치며 물가로 올라갔다. 어느 것 하나 놓치지 않으려는 듯 눈으로 사방을 훑었다. 길을 잃은 아이처럼 바람이 큰 소리로 울어대며 긴 금발 머리를 헤집고, 추위로 무감각해진 손가락을 쓰다듬었다. 그의 옆에서는 아서스가 아버지의 허락도 없이 이끌고 온 함대의 대장 중 한 명이 손뼉을 치며 손을 녹이고 있었다.

"여긴 빛으로부터 버림 받은 땅이 아닙니까? 햇볕을 거의 볼 수 없군요. 이 엄청난 바람이 뼛속까지 스미는 것 같은데 왕자 전하께서는 춥지 않으십니까? 떨고 계시지 않네요."

이 말을 듣고 조금은 놀란 아서스가 그제야 대장의 말이 옳음을 깨달았다. 칼날처럼 꽂히는 추위는 분명 느끼고 있었지만 몸은 떨리지 않았다.

"전하, 괜찮으십니까?"

"함대 전체가 파악되었는가?"

아서스는 대장의 질문에 대답하지 않았다. 바보 같은 질문이었다. 당연히 괜찮지 않았다. 잔혹한 사태를 막기 위해 도시민 전체를 학살해야 했고, 제이나와 우서 경이 그에게서 등을 돌렸으며, 마지막으로 악마 같은 자가 아서스가 나타나기만을 기다리고 있으니.

"거의 되었습니다. 아직 오지 않은 배가 몇 척…."

"알았다. 가장 먼저 할 일은 제대로 방어할 수 있도록 야영지를 세우는 것이다. 저 그림자 속에 무엇이 숨어서 우리를 기다리고 있는지 알 도리가 없으니."

자, 이렇게 말했으니 이제 입 다물고 일이나 하겠지. 기본적인 야영 시설을 세우는 데 아서스 역시 다른 병사들만큼이나 열심히 일했다. 슬금슬금 다가오는 어둠과 추위를 이기기 위해 불을 지필 때는 제이나의 화염 주문이 문득 떠올랐다. 젠장, 아서스는 제이나가 그리웠다. 그러나 그리워하지 않는 법을 배울 것이다. 제이나는 아서스가 가장 필요로 하는 순간에 그를 저버렸으니, 그런 사람을 가슴속에 오래 품지 않을 작정이었다. 아서스의 가슴은 강해져야 했고, 상처 대신 결의를 품어야 했다. 말가니스를 해치우려면 약해질 틈이 없었다. 온기도 품을 여유가 없었다.

별다른 사건 없이 첫날 밤이 지나갔다. 아서스는 동이 틀 무렵까지 지도를 훑어보며 깨어 있었다. 허술한 지도였지만 그것이 아서스가 구할 수 있는 전부였다. 겨우 잠이 들자, 그는 꿈을 꾸었다. 꿈은 즐거운 동시에 악몽 같았다. 꿈속에서 그는 미래에 대한 기대로 가득한 소년이었다. 그리고 그가 그토록 사랑했던 아름다운 백마를 타고 있었다. 예전에 그랬듯, 둘은 또다시 완벽하게 하나가 되어 달리고 있었다. 그들을 막을 것은 아무것도 없었다. 운명의 점프를 할 순간이 가까워지자, 아서스는 꿈을 꾸면서도 두려움이 물밀 듯 다가오는 것을 느꼈다. 이것은 꿈일 뿐이고 그 사실을 알고 있었는데도 천하무적이 곧 사고를 당하리라는 괴로움은 조금도 가라앉지 않고 그를 공격했다. 그는 또 한 번 칼을 빼들고 그의 충성스러운 친구의 심장을 찔렀다.

그러나 이번엔, 이번엔 그 괴로운 순간에 들고 있었던 단순하고 기본적인 무기가 아니라 완전히 다른 검을 들고 있다는 것을 깨달았다. 이번에 그의 손에 들린 것은 아름답게 장식된 거대한 양손검이었다. 칼날을 따라 룬 문자가 빛났고, 천하무적이 누워 있던 눈처럼 차가운 푸른색 안개가 서렸다. 천하무적의 몸에서 칼을 뽑아냈을 때 그 자리에 누워 있는 것은 죽어 쓰러진 말이 아니었다. 그 대신 천하무적이 히히힝 하고 울더니 완벽하게 치유된 모습으로, 오히려 전보다 더욱 강력해진 모습으로 가뿐히 일어났다. 예전에는 하얗기만 하던 몸통에서 이제는 밝은 빛이 발산되는 것 같았다. 그 순간, 지도 위에 엎드려 새우잠을 자고 있던 아서스가 벌떡 몸을 일으켰다. 눈에는 눈물이 고이고 입에서는 기쁨의 탄식이 터져 나왔다. 징조가 분명했다.

싸늘한 회색 아침이 밝아왔다. 말가니스의 흔적을 찾아 그 땅을 모조리 뒤지겠다는 생각에 흥분한 아서스는 해가 뜨기도 전에 자리에서 일어났다. 놈은 분명 이곳에 있었다. 아서스는 알 수 있었다.

그러나 첫날 찾아낸 것은 드문드문 퍼져 있는 언데드 무리뿐이었다. 하루하루 시간이 지나고 더 넓은 구역을 뒤졌지만 놈의 흔적이 보이지 않자 아서스는 점점 기운이 빠지기 시작했다.

머리로는 노스렌드가 탐사된 적이 없는 거대한 땅덩이라는 사실을 잘 알고 있었다. 말가니스는 공포의 군주였고, 여기저기에서 언데드들이 발견되는 것을 보면 그자가 이곳에 있을 확률은 높았다. 그러나 확실한 것은 아무것도 없었다. 놈이 어디에 있는지는 아무도 몰랐다. 노스렌드에 있겠다고 밝힌 것이 아서스를 엉뚱한 곳으로 꾀어내고 자유롭게 움직이기 위한 계략이라면?

아니, 그건 말이 안 되었다. 공포의 군주는 거만한 놈이니 인간 왕자쯤은 이길 수 있다고 생각할 터였다. 아서스는 놈이 이곳에 있다고 믿어야 했다. 그래야만 했다. 물론 제이나의 말이 옳을 수도 있었다. 말가니스가 있는 건 맞지만, 아서스를 해치기 위해 함정을 파놓았으리라는 것. 이런 생각은 하나같이 불안했고, 그런 생각을 곱씹을수록 아서스는 점점 초조해졌다.

좋은 징조를 찾아낸 것은 두 번째 주 중반이 지나서였다. 정찰대 두 명이 먼저 나갔다가 거대한 언데드 무리가 있다는 소식을 가지고 돌아온 후, 그들은 다른 방향으로 행군했다. 그때 꽁꽁 언 땅 위에 산산조각 나서 흩어져 있는 언데드 시신이 눈에 들어왔다. 그리고 아서스가 무슨 일인지 파악하기도 전에 그와 그의 부하들을 향해 총격이 시작되었다.

"몸을 피하라!"

아서스의 고함과 함께 병사들은 나무, 돌덩이, 심지어 눈 더미까지 몸을 숨길 수 있는 것은 무엇이든 찾아 뛰어들었다. 그런데 총격이 시작되자마자 끝나더니 멀리서 고함 소리가 들려왔다.

"빌어먹을! 언데드가 아니잖아! 살아 있는 놈들이야!"

이 황량한 곳에서 들으리라고는 상상도 하지 못한 익숙한 목소리였다. 그가 아는 사람 중에 그렇게 열정적으로 욕을 하는 사람은 단 하나뿐이었다. 아서스는 자신이 여기에 왜 왔는지, 무엇을 찾고 있는지는 잠시 잊고 오랜 옛날의 즐거운 기억을 떠올렸다.

"무라딘? 무라딘 브론즈비어드? 맞습니까?"

아서스가 충격과 기쁨에 휩싸여 소리를 질렀다.

줄줄이 세워진 무기 뒤에서 땅딸막한 드워프 한 명이 조심스럽게 고개를 내밀었다. 찡그린 표정이 순간적으로 함박웃음으로 바뀌었다.

"아서스 아닌가! 자네가 날 구하러 올 줄은 꿈에도 몰랐는데!"

무라딘이 성큼성큼 걸어왔다. 아서스의 기억보다 수염이 훨씬 더 무성하게 자라서 얼굴을 거의 가리고 있었다. 기쁨으로 반짝이는 눈가에는 예전보다 주름이 훨씬 많았다. 무라딘이 팔을 벌리고 다가와 아서스의 허리 부근을 와락 끌어안았다. 아서스가 너털웃음을 지었다. 세상에, 마지막으로 웃어본 적이 언제인지 기억도 나지 않았다. 아서스 역시 오랜 친구이자 스승인 그를 와락 끌어안았다. 마침내 둘이 한 걸음씩 뒤로 물러나고 나서야 아서스는 무라딘의 말을 떠올렸다.

"구하다니요? 무라딘, 전 당신이 여기 있는지도 몰랐습니다. 저는 여기…."

아서스가 그 순간 입을 꼭 다물었다. 무라딘이 어떤 반응을 보일지 몰랐기에 입을 닫고 그저 싱긋 미소만 지어 보였다.

"자세한 이야기는 나중에 하고. 자, 이리 오십시오. 여기서 멀지 않은 곳에서 주둔하고 있습니다. 다들 뜨거운 음식을 좀 먹어야 할 것 같군요."

"에일 맥주도 있으면 좋지."

무라딘이 씩 웃었다.

아서스와 무라딘, 드워프 군단의 부사령관 바엘군 그리고 다른 드워프들이 야영장으로 들어오자 축제 분위기가 되었다. 그 덕분에 끝없는 추위로 인한 스트레스가 조금은 해소될 수 있었다. 아서스는 드워프들이 추운 기후에 익숙한, 옹골차고 씩씩한 종족임을 알고 있었다. 그러나 뜨거운 김이 모락모락 나는 스튜 한 그릇씩을 받아든 그들의 얼굴에 안도와 고마움의 표정이 스쳐 지나갔다. 아서스는 질문을 퍼붓고 싶은 것을 꾹 참고 무라딘과 부하들이 음식을 먹고 조금 쉴 때까지 기다렸다. 그런 다음 무라딘을 불러내어 자신의 텐트가 세워진 구석으로 데려갔다.

"자, 그래서, 여기에서 대체 뭘 하고 있는 겁니까?"

연거푸 뜨거운 스튜를 입에 떠 넣고 있는 무라딘을 내려다보며 아서스가 물었다.

무라딘이 씹던 음식을 꿀꺽 삼키고 에일 맥주 한 모금으로 입가심을 하고는 입을 열었다.

"이게, 아무한테나 알려주는 이야기가 아닌데…."

아서스가 이해한다는 듯 고개를 끄덕였다. 아서스 역시 이끌고 온 병사들 중 극히 소수에게만 노스렌드에 온 이유를 알려주었다.

"날 믿어주면 고맙겠습니다만, 무라딘."

무라딘이 아서스의 어깨를 철썩 때렸다.

"아주 잘 자랐어, 자네 말일세. 이 저주 받은 땅을 찾아온 사람이라면 나와 부하들이 여기서 뭘 하고 있는지 알 권리가 있다고 할 수 있지. 나는 전설의 보물을 찾고 있다네. 우리 드워프족이 언제나 진귀한 물건에 관심 있다는 건 알지?"

에일 맥주를 꿀꺽꿀꺽 들이켜고 소매로 입을 쓱 문질러 닦는 무라딘의 눈이 반짝였다.

"그럼요."

아서스는 무라딘이 탐험가 연맹이라는 조직을 만드는 데 일조했다는 이야기를 들은 적이 있었다. 그 조직은 아이언포지에 기반을 두었으며, 고고학 보물들에 대한 정보를 모으고 보물을 찾기 위해 여행하는 사람들의 모임이었다.

"그러면 연맹 일로 와 있는 겁니까?"

"그래, 그렇지. 전에도 여러 번 왔다네. 이상하게 끌리는 곳일세. 비밀을 쉽게 드러내지 않으려 하고…. 그게 흥미를 자아내는 이유이기도 하다네."

무라딘이 가방을 뒤지더니 가죽으로 묶인 너덜너덜한 일지를 하나 꺼내 아서스에게 불쑥 내밀었다. 아서스가 그것을 받아들고 몇 장 넘겨보았다. 수많은 생물과 건축물, 유적 등의 그림이 수백 장은 들어 있었다.

"얼핏 보는 것보다 훨씬 더 많은 게 들어 있다네."

무라딘이 덧붙였다.

책장을 넘기던 아서스도 동의할 수밖에 없었다.

"그렇지만 대부분은 조사만 할 뿐이야. 배우는 셈이지."

무라딘이 말했다.

아서스가 일지를 덮고 무라딘에게 돌려주었다.

"우리를 보고 놀란 게 맞습니까? 언데드라서가 아니라 언데드가 아니라서 놀란 것 같던데요. 여기 온 지 얼마나 됐습니까? 그리고 뭘 좀 알아냈나요?"

무라딘이 남은 스튜를 박박 긁더니 빵 한 조각으로 남은 국물을 싹 닦아 그것마저 입에 넣었다. 그러고는 조그맣게 한숨을 쉬었다.

"아, 궁의 주방장이 만들던 파이가 그립구나."

그러면서 무라딘이 담배 파이프를 찾아 꺼냈다.

"자네 질문에 답을 하자면, 무언가 문제가 있다는 걸 알아낼 만큼 오래 있었지. 이곳에서 어떤 힘이 자라고 있는 것 같네. 무언가 나쁜 기운인데 점점 나빠지고 있다네. 자네 아버지 테레나스 왕에게도 이야기했지만, 그 힘은 노스렌드에 죽치고 있는 것만으로는 만족하지 못하는 것 같단 말일세."

아서스는 걱정과 흥분을 억누르며 아무렇지 않은 척하려 애썼다.

"저의 백성에게 해가 될 수 있다고 생각하시는 겁니까?"

무라딘이 뒤로 기대어 앉더니 파이프에 불을 붙였다. 낯선 땅에서 풍기는 익숙한 담배 냄새가 묘하게 아서스를 위로하며 코를 간질였다.

"맞아, 그렇게 생각한다네. 이 성가신 언데드 놈들이 생겨난 이유와 관련이 있는 것 같아."

아서스는 지금이야말로 자신이 알고 있는 것을 무라딘에게 알려주어야 할 때라고 생각했다. 그래서 빠르고도 침착하게 역병을 감염시키는 곡물에 대해 무라딘에게 설명했다. 켈투자드, 저주 받은 자들의 교단, 그리고 언데드로 변한 농부들을 처음으로 맞닥뜨린 끔찍한 경험에 대해서도 말했다. 마지막으로 실제 존재하는 공포의 군주 말가니스가 이 역병의 배후에 있으며, 그 악마가 자신에게 노스렌드로 오라고 했다는 말로 이야기를 마쳤다.

스트라솔름에 대해서는 대충 얼버무리고 지나갔다.

"역병이 스트라솔름까지 번졌습니다. 말가니스가 놈의 역겨운 목적을 위해 이용할 시신이 없게 만들어야 했죠."

그 정도만 이야기하면 되었다. 어쨌든 모두 사실이 아닌가. 게다가 무라딘이 아서스가 완수해야만 했던 괴로운 임무의 필요성을 과연 이해할 수 있을지 확신할 수 없었다. 아서스가 무엇과 싸우고 있는지 두 눈으로 똑똑히 본 제이나와 우서 경조차도 이해하지 못했던 일 아닌가.

무라딘이 툴툴거렸다.

"그런 망할 노릇이 있나. 내가 찾고 있는 물건이 이 공포의 군주라는 놈과 싸우는 데 도움이 될지도 모르겠구먼. 이건 진귀한 마법의 물건 중에서도 최고라고 할 수 있다네. 이에 관한 정보가 얼마 전에야 모습을 드러냈고, 그때부터 지금까지 계속 찾고 있는 걸세. 그 물건의 자취를 찾을 수 있는 몇 가지 마법의 아이템이 있긴 한데, 아직까지는 별로 운이 없었다네."

무라딘이 아서스를 쳐다보고 있던 눈을 들어 저 멀리 펼쳐진 황야를 바라보았다. 잠시 그의 눈에 가득하던 장난기가 사라지더니, 일찍이 아서스가 보지 못했던 진지한 눈빛으로 바뀌었다.

아서스는 도대체 그 물건이 무엇인지 궁금해서 죽을 맛이었지만 무라딘이 알고 있던 참을성 없는 어린애처럼 보이지 않기 위해 이를 악물고 기다렸다.

그때 무라딘이 생각에서 깨어나더니 아서스를 골똘히 쳐다보며 입을 열었다.

"우리가 찾고 있는 건 서리한이라 불리는 룬검일세."

서리한! 아서스는 그 말을 듣고 소름이 돋는 것을 느꼈다. 전설의 무기치고는 왠지 모르게 불길한 이름이었다. 룬검에 대해 들어본 적이 있었지만 그것은 극히 드물고 매우 강력한 무기였다. 아서스는 나무 곁에 세워둔 자신의 망치를 흘낏 쳐다보았다. 최근 망치에서 나오는 빛이 유독 약해졌고 어떤 때는 아무 빛도 내지 않았지만, 그는 그 아름다운 무기를 매우 소중히 여기고 있었다.

그러나 룬검이라면….

그 순간, 운명이 아서스의 귀에 속삭이기라도 한 것처럼 확신에 사로잡혔다. 노스렌드는 거대한 곳이었다. 그런데 이곳에서 무라딘을 만난 것은 분명 우연이 아니었다. 서리한을 손에 넣을 수 있다면, 말가니스를 쓰러뜨릴 수 있을지도 몰랐다. 그러면 이 역병을 끝내고 그의 백성을 구할 수 있었다. 무라딘을 만난 건 이유가 있어서였다. 바로 운명이었다.

무라딘이 무언가 말하고 있음을 깨달은 아서스가 퍼뜩 정신을 차렸다.

"여기엔 서리한을 찾으러 온 걸세. 그렇지만 점점 가까이 다가갈수록 언데드를 더 많이 맞닥뜨리고 있어. 그리고 단순히 우연의 일치라고 보기엔 내가 너무 경험이 많거든."

아서스가 부드럽게 미소 지었다. 무라딘 역시 이것이 우연이라고 생각지 않는다면…. 마음속에서 확신이 더욱 굳어졌다.

"말가니스는 우리가 그걸 찾길 바라지 않겠군요."

아서스가 속삭이듯 말했다.

"그런 무기를 쥐고 놈한테 달려들기를 바라지 않을 건 확실하지."

"그러면 서로 도울 수 있을 것 같습니다. 서리한을 찾는 걸 도울 테니, 말가니스와 싸우는 걸 도와주십시오."

"괜찮은 계획인걸. 근데 아서스, 이 친구야, 혹시 에일 맥주 남은 거 더 없는가?"

무라딘이 물었다. 그의 주변으로 검푸른 담배 연기가 기둥이 되어 올라갔다.

며칠이 더 지났다. 무라딘과 아서스는 중요한 기록을 서로 나누었다. 그들에게는 이제 두 가지 임무가 있었다. 룬검을 찾고, 말가니스를 없애는 것. 얼마 지나지 않아 그들은 병사를 데리고 내륙으로 밀고 들어가되, 함대는 북쪽으로 보내 그곳에 새로 야영지를 만들게 하는 것이 현명하다고 결정을 내렸다. 그들의 적은 언데드뿐만이 아니었다. 굶주려 포악해진 늑대들, 울버린과 사람이 반반 섞인 것 같은 이상한 괴물들, 가시덤불 골짜기의 무더운 밀림에 사는 것들과는 반대로 쌀쌀한 기후에 익숙한 트롤 종족까지, 위험은 곳곳에 도사리고 있었다. 추운 기후에 사는 트롤을 본 무라딘은 아서스만큼 놀라지는 않았다. 소위 '얼음 트롤' 이라는 종족은 드워프족의 수도인 아이언포지에도 살고 있는 모양이었다.

아서스는 무라딘으로부터 언데드의 본거지가 이곳에 있다는 이야기를 들었다. 매우 오래된, 이제는 사라진 종족이 살고 있던 기이한 고대 피라미드 모양의 건물이 바로 그것이었다. 그 건물은 흑마법으로 잔뜩 무장되어 있었다. 그러니 없애야 할 것은 언데드뿐만이 아니었다. 놈들이 몸을 숨길 수 있는 은신처 역시 제거해야 했다. 얼마나 많은 언데드를 죽이고 그들의 은신처를 무너뜨렸을까. 그래도 아서스는 목표물에 전혀 가까워지지 못했다. 말가니스의 사악한 흔적은 도처에 널려 있었지만, 말가니스는 끝까지 모습을 드러내지 않았다.

그렇다고 서리한을 찾는 무라딘 일행 역시 일이 잘 풀리는 것은 아니었다. 이해할 수 없는 동시에 매우 단순하기도 한 단서를 찾아 탐색 지역을 좁히고는 있었지만, 여전히 서리한은 전설로 남아 있을 뿐이었다.

아서스의 짜증과 화가 최고조에 달한 어느 날, 일이 벌어졌다. 아무런 성과 없이 하루를 마치고 배고프고, 지치고, 추운 상태로 임시 숙소에 돌아왔을 때였다. 너무나도 신경질이 난 바람에 무슨 일이 벌어졌는지 깨닫기까지 시간이 걸렸다.

보초들이 제자리에 없었던 것이다.

"아니, 이런…."

아서스가 소리를 지르며 무라딘을 돌아보자, 그 역시 즉시 도끼를 움켜쥐었다. 물론 시신은 없었다. 언데드가 공격했다면 시신들은 이미 세상에서 가장 잔인한 강제 징집을 당해 언데드 군단으로 바뀌었을 터였다. 그래도 핏자국이나 싸운 흔적 등은 남아 있어야 했다. 그런데 아무 흔적도 없었다.

아서스와 무라딘 일행은 조용히, 조심스럽게 전진했다. 야영장은 병사 몇 명을 빼고는 텅 비어 있었다. 심지어 짐까지 다 싸놓은 상태였다. 아서스가 숙소 안으로 들어가자, 그들이 올려다보고는 경례를 붙였다. 그리고 질문하기도 전에 대장 중 하나인 루크 발론포스가 대답했다.

"죄송합니다, 왕자 전하. 우서 경의 요청에 따라 테레나스 왕께서 병사들을 불러들이셨습니다. 이번 원정은 중단되었습니다."

아서스의 눈 밑 근육이 움찔거렸다.

"아버지께서 병사들을 불러들이셨다고? 우서 경이 청해서?"

대장이 불안한 표정으로 무라딘을 곁눈질하고는 대답했다.

"예, 왕자님께서 돌아오실 때까지 기다리려 했지만 소식을 전하러 온 전령이 어찌나 완강하던지요. 병사들은 모두 함대로 복귀하기 위해 북쪽으로 떠났습니다. 정찰병에 따르면 언제나처럼 길에는 언데드들이 진을 치고 있어서, 숲을 통해 길을 내느라 바쁘게 움직이고 있습니다. 금방 떠나시면 병사들을 따라잡으실 수 있을 겁니다."

"알겠다. 잠깐 실례하겠다."

아서스가 억지로 미소를 지었지만 속으로는 분한 마음이 들어 이를 부득부득 갈았다. 무라딘의 어깨에 한 손을 얹고는 조용히 이야기할 수 있는 곳으로 데려갔다.

"어, 아쉽게 됐구먼. 뒤늦게 쫓아가려면 좀 귀찮겠…."

"아니오."

무라딘이 눈을 깜빡였다.

"뭐라고?"

"안 돌아갑니다. 무라딘, 나의 전사들이 떠나면 절대로 말가니스를 무찌르지 못할 겁니다! 역병은 절대 멈추지 않을 거라고요!"

자제하려고 했지만 점점 언성이 높아져서, 나중에는 몇몇 병사가 호기심 어린 눈으로 이쪽을 돌아보았다.

"그래도 아버지의 명령 아닌가. 왕 말일세. 왕의 명령을 거역할 수는 없다네. 그건 반역이라고."

아서스가 콧방귀를 뀌었다.

'아버지가 자신의 백성에게 반역을 저지르고 있어.'

아서스는 이 생각을 입 밖에 내지 않았다.

"내가 우서 경의 모든 지휘권을 박탈했습니다. 권한을 빼앗아버렸다고요. 우서 경에게는 이런 짓을 할 권리가 없습니다. 아버지는 속은 겁니다."

"그러면 돌아가서 아버지한테 말씀드려야겠군. 자네 말대로라면 돌아가서 그렇게 말씀드리게. 그렇지만 이 명을 거역할 수는 없다네."

아서스가 무라딘을 쏘아보았다.

'자네 말대로라면? 도대체 뭐야, 저 망할 드워프가…. 내가 거짓말이라도 하고 있다는 거야?'

"한 가지는 확실합니다. 나의 병사들은 지휘 계통에 따라 내려진 명령에 대해서는 매우 충성스럽지요. 직접적인 명령이 내려왔으니 돌아가기를 거부하진 않을 겁니다."

아서스가 생각에 잠겨 턱을 문질렀다. 그 순간, 한 가지 아이디어가 떠올랐다. 아서스가 미소를 지었다.

"바로 그거야! 집으로 돌아갈 수 있는 수단을 없애버리는 겁니다. 그러면 명을 거역하는 게 아니라 명에 *따를 수 없게* 되는 거죠."

무라딘의 텁수룩한 눈썹이 찌푸려졌다.

"무슨 말인가?"

대답 대신 아서스가 음흉한 미소를 지었다. 그러고는 계획을 설명하기 시작했다.

무라딘은 충격을 받은 것 같았다.

"조금 지나친 게 아닌가?"

무라딘의 어조로 보아서는 이미 지나치다고 단정 지은 것이 분명했다. 아니, '조금' 정도가 아니었다. 그러나 아서스는 무라딘의 말을 무시했다. 무라딘은 아서스가 목격한 것을 직접 보지 못했다. 그리고 그가 억지로 해야만 했던 일을 하지도 않았다. 무라딘도 곧 이해하게 될 터였다. 말가니스와 대면하면 알게 되리라. 아서스는 자신이 공포의 군주를 무찌르게 될 것을 알고 있었다. 그래야만 했다. 역병을 끝장내고, 그의 백성을 향한 위협을 뿌리 뽑을 것이다. 그러면 함대를 파괴한 것쯤은 아무것도 아닌 일이 될 터였다. 로데론 백성의 목숨과 비교하면 아무것도 아니었다.

"과격하게 들리는 건 알지만 이렇게 해야 합니다. 반드시."

몇 시간 후 아서스는 망각의 해변에 서서 자신의 함대가 활활 타오르는 것을 지켜보고 있었다.

아서스의 아이디어는 간단했다. 타고 갈 배가 없다면 병사들은 아서스를 버리고 로데론으로 돌아갈 수 없었다. 그래서 아서스는 배를 모조리 불살라버렸다.

아서스는 숲속을 가로질러 남보다 먼저 배에 당도한 다음, 용병을 고용해 언데드들을 죽이고 나무로 된 배에 기름을 뿌려 불을 붙이게 했다. 활활 불타는 배에서 뿜어져 나오는 빛과 열기는 이 춥고 어두운 땅에서 이상하리만큼 반가웠다. 빛이 너무 밝아 아서스는 손을 들어 눈을 가렸다.

그 옆에서는 무라딘이 한숨을 쉬면서 고개를 절레절레 흔들었다. 무라딘이나 그 옆에서 불타는 배를 보면서 중얼거리고 있는 무라딘의 부하들은 모두 이것이 옳은 선택이었는지 확신하지 못하고 있었다. 쿵 하는 소리와 함께 배의 골격이 갈라져 떨어지는 광경을 아서스는 팔짱을 끼고 엄숙하게 바라보았다. 얼굴과 몸 앞쪽은 델 것처럼 뜨겁고 등은 추웠다.

"망할 우서 경, 이런 짓까지 하게 만들다니."

아서스가 중얼거렸다.

*우서 경*에게 보여주고 말 테다. 우서 경, 제이나 그리고 아버지에게 증명하고야 말 것이다. 얼마나 괴롭고 잔인하든 그는 자신의 임무를 저버리지 않는다. 그는 해야 할 일을 마치고 의기양양하게 로데론으로 돌아

갈 것이다. 마음이 약한 사람은 시도도 하지 못할 그런 일들을 말이다. 그리고 아서스 덕분에, 무거운 책임을 기꺼이 짊어지려는 아서스 덕분에 그의 백성은 목숨을 건지게 되리라.

기름에 흠뻑 젖은 나무가 활활 타오르는 소리는 너무나 커서 아서스의 부하들이 그 광경을 보고 내지르는 탄식과 비명은 묻혀버렸다.

"아서스 왕자님! 배가!"

"무슨 일입니까? 우리는 어떻게 돌아가야 합니까?"

이제 어떻게 하면 좋을지에 대한 아이디어가 몇 시간째 아서스의 머릿속에서 맴돌고 있었다. 병사들이 집으로 돌아갈 길이 사라진 것을 알고 혼비백산하리라는 건 알고 있었다. 병사들은 자신을 따르기로 했지만 무라딘의 말이 옳았다. 아버지인 왕으로부터 명령이 내려온다면 왕자인 아서스가 내리는 명령보다도 우선할 것이 분명했다. 그러면 말가니스가 이기게 놔두는 셈이었다. 말가니스의 음모를 지금 여기에서 멈추는 일이 얼마나 중요한지 그들은 이해하지 못했다.

아서스의 눈이 자신이 고용한 용병들에게로 향했다.

그들이 사라져도 아쉬워할 사람은 하나도 없었다.

용병이란 사고팔 수 있는 존재였다. 지금은 아서스의 지휘하에 있지만, 누군가 그들에게 돈을 주고 아서스를 죽이라고 시킨다면 서슴없이 그리 할 터였다. 지금까지 너무 많은 사람들이 죽었다. 선량한 사람, 훌륭한 사람 그리고 죄 없는 사람들까지. 그들의 무의미한 죽음이 복수를 부르짖고 있었다. 그리고 부하들이 진심으로 그를 따르지 않는다면 승리를 거둘 수 없을 것이다.

아서스는 그 사실을 견딜 수 없었다.

"나의 전사들아!"

아서스가 망치를 치켜 올리며 소리쳤다. 망치는 더 이상 빛나지 않았다. 언젠가부터는 빛나리라고 기대하지도 않았다. 아서스는 불타고 있는 배에서 각종 물자를 꺼내 작은 배에 싣고 해안으로 올라오고 있는 용병들을 가리켰다.

"이 살인자들이 우리의 배를 불사르고 너희들이 집으로 갈 길을 없애 버렸다! 로데론의 이름으로 한 놈도 남기지 말고 쓰러뜨려라!"

아서스가 가장 먼저 돌진했다.

제 15 장

무라딘이 텐트 장막을 벌컥 젖히고 서서 그를 노려보기도 전에 아서스는 짧지만 묵직한 발자국 소리를 알아들었다. 둘은 한참 동안 아무 말 없이 서로를 노려보았다. 그러다가 무라딘이 화난 듯 고개를 까닥하며 바깥을 가리키더니 텐트 장막을 내리고 나가버렸다. 그 순간, 훈련용 나무검을 손에서 놓쳤던 무라딘과의 첫 만남이 떠올랐다. 아서스는 얼굴을 찌푸리고는 자리에서 일어나, 무라딘을 따라 병사들이 없는 한적한 곳으로 나갔다.

무라딘은 에둘러 말하는 사람이 아니었다.

"자넨 부하들에게 거짓말을 하고 자넬 위해 싸운 용병들을 배신했네!"

무라딘이 꽥 소리를 지르더니 최대한 몸을 뻗어 아서스의 얼굴 가까이에 그의 얼굴을 들이밀었다.

"지금의 자네는 내가 가르친 소년이 아닐세. 은빛 성기사단에 들어간 젊은이도 아니고, 테레나스 왕의 아들도 아니란 말일세!"

"난 소년이 아닙니다. 그리고 필요하다고 생각한 일을 한 것뿐입니다."

아서스가 무라딘을 밀어내며 내뱉었다.

그는 무라딘이 자신을 한 대 후려갈길 거라고 반쯤 예상했다. 그 대신 불같은 화가 조금씩 누그러지는 것 같았다.

"아서스, 도대체 무슨 일이 일어난 겐가? 복수가 그리도 중요하던가?"

무라딘이 조용히 물었다. 그의 목소리는 고통과 혼란으로 가득했다.

"훈계는 필요 없습니다. 당신은 말가니스가 내 땅에서 무슨 짓을 했는지 못 봤잖습니까. 놈이 죄 없는 남자, 여자 그리고 아이들에게 무슨 짓을 했는지!"

"자네가 무슨 짓을 저질렀는지 들었다네. 한잔하고 나니까 자네 부하들 중 몇 명이 입이 가벼워지더군. 나도 생각하는 바가 있지만 자네의 잘잘못을 따질 수 없다는 것도 안다네. 네 말이 맞아. 난 못 봤지. 그리 끔찍한 결단을 내리지 않아도 되었다는 사실에 빛에 감사할 따름이라네. 그래도… 잠깐, 무슨 일이지? 자네…."

박격포와 병사들의 비명이 무라딘의 말을 잘랐다. 무라딘과 아서스가 즉시 무기를 꺼내어 들고 야영장으로 돌아왔다. 병사들은 아직도 무기를 찾느라 허둥대고 있었다. 팔릭이 병사들에게 명령을 내리는 동안, 바엘군 역시 드워프 군단을 정비했다. 그때 야영장 바깥에서 전투가 벌어지는 소리가 들렸다. 아서스는 언데드들이 거리를 좁혀 오는 것을 볼 수 있었다. 그의 두 손이 망치를 움켜쥐었다. 어쩌다가 마주쳐 싸움이 시작된 것이 아니라 미리 조직된 공격의 흔적이 눈에 띄었다.

"어둠의 지배자가 네가 올 거라 하더군."

어디선가 익숙한 목소리가 들려왔다. 기쁨의 흥분이 아서스를 채웠다. 말가니스가 이곳에 있었다! 결국 헛된 원정은 아니었던 셈이다.

"네 여정은 이곳에서 끝이다. 세상의 꼭대기에 발목이 묶여 얼어 죽는 거지. 죽음만이 네 최후를 노래할 것이다."

무라딘이 긁적대며 턱을 쓰다듬었다. 눈이 사방을 주시하고 있었다. 야영지 바깥에서 싸우는 소리가 들려왔다.

"이거 안 좋은데. 완전히 포위당했군."

드워프답게 사태를 다소 과소평가하며 무라딘이 말했다.

아서스가 멍하니 허공을 응시하며 중얼거렸다.

"이길 수 있었을 텐데, 서리한만 있었더라면… 이길 수 있었을 텐데…."

무라딘이 시선을 피했다.

"저기, 아서스, 사실 미심쩍은 구석이 좀 있었다네. 그 검에 관해서…. 그리고 솔직히 말하자면 자네에 대해서도 말일세…."

아서스가 그의 말뜻을 이해하는 데는 잠시 시간이 걸렸다.

"그걸 어떻게 찾을 수 있는지 알아냈단 말입니까?"

무라딘이 고개를 끄덕이자 아서스가 그의 팔을 덥석 잡았다.

"무슨 의심이 들든 지금은 아닙니다. 말가니스가 여기 있는 지금은요. 검이 어디 있는지 알면 당장 갑시다. 서리한을 찾게 도와줘요! 당신 입으로 말했지요. 제가 그 검을 쥔 걸 보면 말가니스가 좋아하지 않을 거라고요! 놈에겐 우리보다 병사가 많습니다. 서리한 없이는 우리 모두 쓰러질 겁니다. 알잖습니까!"

무라딘이 고민하는 표정을 짓더니 눈을 감았다.

"예감이 안 좋아. 그래서 찾으려고 애쓰지 않은 거라네. 이 검에는 뭔가, 정보를 얻은 경로도 그렇고, 뭔가 이상한 구석이 있어. 그렇지만 돕기로 약속했으니, 얼른 가서 부하 몇 명을 데려오게나. 그 룬검을 찾게 해줄 테니."

아서스가 무라딘의 어깨를 잡았다. 바로 이것이었다.

'그 망할 룬검을 찾아 네 시커먼 심장에 꽂아주마, 공포의 군주 놈아. 죗값을 치르게 해주겠다.'

"뚫린 틈을 막아라! 다반! 발사!"

아서스가 팔릭에게 뛰어가고 있을 때 박격포의 굉음이 울려 퍼졌다.

"팔릭!"

팔릭이 돌아보았다.

"전하, 완전히 포위됐습니다. 한동안은 버틸 수 있겠지만 결국엔 놈들에게 꺾이고 말 겁니다. 대체 누가… 뭐가…. 우리 수가 적어지면 놈들이 늘어나게 될 겁니다."

"안다. 무라딘과 나는 서리한을 찾으러 갈 거야."

충격과 희망이 교차하면서 팔릭의 두 눈이 커졌다. 그 검과 검이 갖고 있다는 엄청난 힘에 대해 아서스는 가장 믿는 심복 몇 명에게만 털어놓은 적이 있었다.

"그것만 찾으면 승리는 우리 것이 될 거야. 시간을 좀 벌 수 있겠나?"

"그럼요, 폐하! 이 언데드 놈들을 붙잡아두고 있겠습니다!"

팔릭이 싱긋 웃으며 대답했지만 여전히 걱정스러운 눈치였다.

잠시 후, 지도 한 장과 이상하게 빛나는 물건을 가지고 무라딘이 아서스와 부하 일행에 합류했다. 입을 앙다문 무라딘의 눈에는 불만이 가득했지만 자세만큼은 꼿꼿했다. 팔릭이 신호를 보내더니 놈들을 유인하기 시작했다. 아서스를 향해 오던 언데드 대부분이 몸을 돌려 팔릭 쪽을 향하면서 야영장 뒤편을 깨끗이 비웠다.

"갑시다."

아서스가 엄숙하게 말했다.

불규칙적으로 번쩍이던 이상한 물건과 지도를 번갈아 보던 무라딘이 지시를 내렸다. 발이 푹푹 빠지는 눈밭 속에서 그들은 무라딘이 신호하는 대로 최대한 빨리 움직이며 꼭 필요한 순간에만 아주 잠깐씩 멈춰 섰다. 구름이 많아지면서 하늘은 점점 더 어두워졌다. 눈이 내리면서 그들의 움직임은 더욱 느려졌다.

아서스는 기계적으로 움직이기 시작했다. 눈 때문에 몇 미터 앞도 볼 수 없었다. 어느 방향으로 가고 있는지 신경도 쓰지 않은 채 무라딘을 따라 부지런히 다리를 놀렸다. 시간 감각도 없었다. 출발한 지 몇 분이 지났는지, 며칠이 지났는지 알 수 없었다.

머릿속에는 서리한에 대한 생각뿐이었다. 그들의 구원자. 아서스는 그것이 그들을 구원해주리라 확신했다. 야영지의 부하들이 언데드와 그 악마의 손에 쓰러지기 전에 검을 손에 넣을 수 있을까? 팔릭이 시간을 벌 수는 있다고 했다. 얼마나? 말가니스가 야영지에 와 있다는 걸 알면서도 공격하지 못하는 그 심정은….

"저기라네, 저 안에 있어."

그 순간 무라딘이 경건한 표정으로 가리켰다.

아서스가 우뚝 걸음을 멈췄다. 사납게 몰아치는 눈발 때문에 속눈썹에 얼음이 맺혀서 눈을 조금밖에 뜰 수 없었다. 그들은 큰 동굴 입구 앞에 멈춰 섰다. 회색으로 어두운 이날, 눈보라가 몰아치는 가운데 그 동굴은 매우 황량하고 불길해 보였다. 동굴 안에는 조명이라도 있는지 부드러운 청록색 빛이 어렴풋이 흘러나오고 있었다. 완전히 지치고 몸이 꽁꽁 얼었지만 흥분이 아서스를 휩쓸고 지나갔다. 그는 얼어버린 입을 움직여 말을 꺼냈다.

"서리한… 말가니스의 최후다. 그리고 역병의 최후다. 갑시다!"

바람이 불어 등을 밀어주는 것 같았다. 아서스는 굳은 다리를 애써 움직이며 앞장섰다.

"잠깐!"

무라딘의 목소리가 아서스를 불러 세웠다.

"이렇게 귀한 보물이 아무나 찾을 수 있는 곳에 널브러져 있진 않을 걸세. 조심스럽게 접근해야 해!"

아서스는 조바심이 났지만 이 분야에 훨씬 경험이 많은 무라딘의 말을 무시할 수는 없었다. 그래서 고개를 끄덕이고 망치를 잡은 손에 힘을 준 후 조심스럽게 안으로 들어갔다. 순간적으로 거센 바람과 눈발이 사라지자 한층 용기가 난 그들은 동굴의 심장부로 더욱 깊이 들어갔다. 바깥에서 얼핏 본 빛은 동굴의 벽과 바닥, 천정에 박힌 터키석과 각종 광맥에서 은은하게 흘러나오고 있었다. 아서스는 빛을 내는 광물에 대해 들은 적이 있었다. 지금은 빛을 내는 그것들이 고마울 따름이었다. 그 덕분에 횃불 대신 무기에 더욱 집중할 수 있었다. 한때 아서스의 망치도 길을 밝혀 줄 만큼 빛을 냈더랬다. 그 생각에 아서스는 문득 얼굴을 찌푸렸지만, 이내 그 생각을 떨쳐냈다. 지금은 빛이 어디서 나오는지 중요하지 않았다. 빛이 있다는 사실만이 중요했다.

목소리가 들려온 것은 바로 그때였다. 무라딘의 말이 옳았다. 누군가 그들을 기다리고 있었다.

목소리는 깊고 공허했으며 차가웠다. 그리고 아서스의 귀로 흘러들어오는 그들의 말은 음산하기 짝이 없었다.

"돌아가라, 인간이여. 이 저주 받은 동굴에서 너희를 기다리는 건 죽음과 어둠뿐이다. 여긴 지나갈 수 없다."

무라딘이 우뚝 멈춰 섰다.

"아서스, 저 말을 듣는 게 좋겠네."

무라딘의 목소리는 나지막했지만 동굴 속에서 끊임없이 메아리가 되어 울려 퍼졌다.

"뭘 듣는단 말입니까? 백성을 구할 길을 막으려는 저 말도 안 되는 소리를요? 재수 없는 말 몇 마디로는 저를 막을 수 없습니다!"

아서스가 소리쳤다. 망치를 꼭 쥐고 성큼성큼 앞장서서 걷다가 모퉁이를 돌아서더니 우뚝 멈춰 섰다. 눈앞에 펼쳐진 광경은 놀라웠다.

목소리의 주인공이 바로 그곳에 있었다. 모든 일이 냉혹하고 끔찍한 방향으로 흘러가기 전, 제이나가 길에서 오우거를 물리칠 때 그녀를 돕던 고분고분한 물의 정령이 떠올랐다. 정령 같은 존재들이 차가운 동굴 바닥 위에서 맴돌고 있었다. 그러나 그것은 물이 아니었다. 그것은 얼음 말고도 자연에서는 볼 수 없는 이상한 것으로 되어 있었고, 몸에서 자라난 것 같은 갑옷을 입고 있었다. 투구를 쓰고 있었지만 얼굴은 없었고, 장갑을 끼고 무기와 방패를 들고 있었지만 팔은 없었다.

무서워 보이는 놈들이었지만, 아서스는 그들을 흘깃 쳐다보고 곧장 다른 곳으로 시선을 돌렸다. 아서스가 동굴을 찾아온 이유가 바로 그곳에 있었다.

서리한.

그것은 공중에 떠 있는 얼음 덩어리에 꽂혀 있었다. 칼날을 따라 새겨진 룬 문자가 서늘한 푸른색으로 빛났다. 그 아래에는 눈 덮인 언덕 위로 일종의 연단이 솟아 있었고 동굴 높은 곳 어딘가에서 한줄기 빛이 새어 들어와 룬검을 비췄다. 검의 일부가 얼음에 가린 덕분에 나머지 부분이 더욱 과장되어 보였다. 마치 하늘하늘하게 얇은 커튼 뒤로 실루엣만 드러나 보이는 애인의 벗은 몸처럼 사람 마음을 애태웠다. 아서스는 그 검을 이미 알고 있었다. 그가 처음 이곳에 도착했을 때 꿈속에서 본 바로 그 검이었다. 그의 애마 천하무적을 찌르고도 죽이지 않았던, 오히려 치유하고 더 건강하게 만들었던 바로 그 검이었다. 당시에는 그것을 좋은 징조로만 여겼지만 이제는 확실한 예언이었음을 알게 되었다. 이 검이 모든 것을 바꾸어놓을 것이다. 아서스는 황홀경에 빠져 검을 쳐다보았다. 말가니스를 끝장내고, 그가 로데론의 백성에게 가져다준 고통을 끝내고, 이 복수를 향한 갈망을 멈추게 해줄 검이었다. 그 검의 손잡이를 움켜쥐고, 부드럽게 아치를 그리며 내리 꽂히는 검을 직접 느끼고 싶었다. 무엇엔가 이끌린 사람처럼 아서스는 한 걸음 다가섰다.

그때 검을 지키고 있던 정령이 얼음 같은 칼을 빼들며 말했다.

"돌아가라, 너무 늦기 전에."

"아직도 검을 보호하려 드는 게냐?"

아서스가 호통쳤다.

"아니, 검으로부터 널 보호하려는 것이다."

목소리가 울려 퍼졌다.

아서스가 깜짝 놀라 정령을 멍하니 노려보았다. 그러다 정신을 차리려는 듯 머리를 흔들고 결의를 다졌다. 눈초리가 날카로워졌다. 한낱 속임수에 불과했다. 서리한으로부터, 그의 백성을 구할 수 있는 유일한 길로부터 달아날 생각은 없었다. 아서스는 거짓말에 속지 않을 작정이다. 아서스가 돌진하자 부하들이 뒤를 따랐다. 정령들이 그들에게 몰려들더니 손에 들고 있던 기이한 무기를 가지고 공격하기 시작했다. 그러나 아서스는 서리한을 지키고 있는 정령의 족장에게만 온 신경을 집중했다. 그러고는 그동안 쌓였던 모든 희망과 걱정, 두려움, 좌절감을 검을 보호하고 있는 정령에게 퍼부었다. 부하들도 아서스의 뒤를 따라 다른 정령들을 공격했다. 아서스의 망치가 올라갔다 내려갔다 반복하며 얼음 같은 갑옷을 박살내기 시작했다. 아서스의 목구멍에서 분노의 외침이 비집고 나왔다. 감히 이런 것들 따위가 그와 서리한 사이를 막아서다니… 감히….

죽어가는 사람의 목구멍에서 가래가 끓는 듯한 소리로 고통의 비명을 지르던 정령이 손을 번쩍 들고 사라져버렸다.

아서스는 숨을 헐떡이며 정령이 사라진 자리를 노려보았다. 차가운 입술에서 하얗게 김이 올라오고 있었다. 힘겹게 손에 넣은 보물을 향해 몸을 돌렸다. 그 검에 시선이 닿는 순간, 그동안 느낀 모든 불안과 의심이 단번에 사라졌다.

"보십시오, 무라딘. 우리를 구원할 서리한입니다!"

자신의 목소리가 떨리고 있음을 느끼며 아서스가 낮게 속삭였다.

"잠깐 기다리게."

명령과도 같은 무라딘의 퉁명스러운 목소리가 아서스에게 찬물을 끼얹는 것 같았다. 황홀경에서 깨어난 아서스가 눈을 깜빡이며 무라딘을 쳐다보았다.

"뭡니까? 왜요?"

무라딘이 눈살을 잔뜩 찌푸린 채 공중에 떠 있는 검과 그 밑의 연단을 노려보았다. 그러고는 통통한 손가락으로 룬검을 가리켰다.

"뭔가 이상해. 너무 쉬웠어. 보게나. 어디서 나오는지 알 수도 없는 빛을 내뿜으면서 꺾이기를 기다리는 꽃처럼 떡하니 나와 있다니."

"너무 쉽다뇨? 이걸 찾는 데 그리도 오래 걸렸으면서요! 게다가 이 이상한 정령들과 싸워야 했잖습니까!"

아서스가 믿을 수 없다는 듯 무라딘을 쳐다보았다.

"흥! 내가 이런 물건에 대해 좀 아는데, 수상하기 짝이 없단 말일세."

무라딘이 한숨을 쉬었다. 눈살은 아직도 찌푸려진 채였다.

"잠깐! 연단에 글이 새겨져 있군. 읽을 수 있는지 보세. 뭔가 알아낼 수 있을지도 모르니까."

아서스와 무라딘이 함께 연단으로 다가갔다. 무라딘이 무릎을 꿇고 연단을 살펴보는 동안, 아서스는 자신을 부르는 것만 같은 검을 향해 더 가까이 다가갔다. 무라딘이 흥미로워하는 글씨를 아서스는 한 번 흘깃 쳐다볼 뿐이었다. 아서스는 그 언어를 몰랐지만, 무라딘의 눈이 글 위를 왔다 갔다 하는 것으로 보아 그는 읽을 수 있는 것 같았다.

아서스가 한 손을 들어 검과 그 사이를 막고 있는 얼음을 부드럽게 어루만졌다. 부드럽고, 매끄럽고, 이상할 정도로 차가운 얼음…. 분명 얼음은 맞지만 무언가 다른 점이 있었다. 단순히 물을 얼린 것이 아니었다. 어떻게 알아보았는지는 몰라도 물이 아닌 것만은 분명했다. 매우 강력하고 이 세상 것이 아닌 듯한 분위기가 감돌았다.

서리한….

"음, 어디서 많이 본 문자 같더니만, 정령어 문자군. 이건… 경고라네."

계속해서 글을 읽는 무라딘의 표정이 점점 어두워졌다.

"경고요? 무슨 경고입니까?"

얼음을 깨면 검에 상처가 날지도 모를 일이었다. 이 기이한 얼음은 더 큰 조각에서 잘려 나온 것처럼 보였다. 무라딘이 느린 속도로 글을 해석하며 소리 내어 읽기 시작했다. 눈은 검에 고정시킨 채 아서스는 건성으로 귀를 기울였다.

"이 검을 갖는 자는 영원한 힘을 휘두르게 될 것이다. 검이 살점을 베어내듯 이 힘은 영혼에 상처를 남길 것이다."

그 순간 무라딘이 펄쩍 뛰어 올랐다. 아서스가 그때까지 본 중 가장 동요한 모습이었다.

"오! 진작 알았어야 했는데! 이 검은 저주 받았다네! 당장 여길 빠져나가야 하네!"

무라딘의 외침을 들은 아서스의 가슴이 쥐어짜듯 죄어 왔다. 도망쳐? 검을 놔두고? 그렇게 엄청난 힘을 쓰지도 못하고, 아무도 손대지도, 쓰지도 못한 채 얼음 속에 갇혀 공중을 떠돌게 놔두고 가란 말이야? 영혼에 상처를 남길 것이라며 위협하긴 했지만 '영원한 힘' 을 약속하지 않았나?

“내 영혼은 이미 상처가 났습니다.”

아서스가 말했다. 사실이었다. 사랑하는 말의 죽음, 죽은 자가 다시 일어서는 것을 지켜본 공포, 그리고 사랑하던 사람의 배신으로 그의 영혼은 이미 심각하게 상처를 입었다. 그렇다, 아서스는 제이나 프라우드무어를 사랑했다. 룬검의 심판 앞에 영혼이 발가벗겨진 이 순간이 돼서야 제이나를 사랑했음을 인정할 수 있었다. 그것이 전부가 아니었다. 수백 명의 사람들을 학살하고, 자신의 부하에게 거짓말을 했으며, 명령에 반기를 들거나 거역한 사람들을 영원히 입 다물게 한 그의 영혼은 이미 처절하게 찢겨 있었다. 이 무시무시한 사태를 바로잡기 위해 지금부터 생길 상처가 이미 생겨버린 흉터보다 클 리 없었다.

“아서스, 자네한텐 이런 저주 말고도 이미 골칫거리가 많지 않은가?”

무라딘이 말했다. 거친 목소리로 애원하다시피 하고 있었다.

“저주? 내 나라, 내 백성을 구하는 길이라면 어떤 저주든 달게 받겠습니다.”

아서스가 씁쓸하게 웃었다.

옆에 선 무라딘이 몸을 떠는 것을 보았다.

“아서스, 내가 미신 따위는 믿지 않는 건 알지? 말도 안 되는 헛소리에 놀아나지 않는 것도 말일세. 그렇지만 이것 하나만 말해주겠네. 이건 정말 안 좋다네. 그냥 놔두게. 아무도 찾지 않는 이곳에 그냥 두란 말일세. 말가니스가 이곳에 있다고? 좋아, 이 황량한 땅에서 얼어 죽도록 그냥 놔두게나. 이런 일은 다 잊고 병사들을 데리고 돌아가세.”

그때 부하들의 모습이 아서스의 머릿속을 가득 채웠다. 기억 속에서 그들의 모습이 보였다. 그리고 그 옆에는 이미 끔찍한 역병에 걸려 쓰러진 수백 명의 사람들이 누워 있었다. 꺼멓게 썩어 문드러진 시신의 모습으로, 아무런 생각 없이 걸어 다니며 다른 사람들을 공격하던 그 사람들

말이다. 그들은 어떻게 할 것인가? 그들의 영혼, 그들의 고통, 그들의 희생은? 또 다른 장면이 떠올랐다. 거대한 얼음 조각, 지금 서리한이 박혀 있는 그 얼음 조각이었다. 이 얼음 조각이 어디에서 왔는지 알 것 같았다. 그것은 무언가 더 크고, 더 강력한 것의 일부였다. 그 얼음 조각은 속에 서리한을 품은 채, 아서스가 쓰러진 자들을 위해 복수할 수 있게끔 그에게로 온 것이다. 작은 목소리가 그의 귓전을 울렸다.

'죽은 자들이 복수를 부르짖고 있어.'

소름 끼치는 최후를 맞고 쓰러진 수많은 사람들을 생각하면 그깟 몇 명의 부하쯤이야 어떻단 말인가!

"망할 부하들!"

그것은 아서스의 마음속 깊은 곳에서 폭발하여 터져 나온 것 같았다.

"저는 죽은 자들을 위한 의무가 있습니다. 아무도 저의 복수를 막지 못할 겁니다."

이 말과 함께 아서스가 검으로부터 눈을 떼어 걱정스러워하는 무라딘의 눈을 바라보았다. 아서스의 표정이 조금 부드러워졌다.

"심지어 당신이라고 해도."

"아서스, 내가 자네에게 싸우는 법을 가르쳤네. 좋은 왕뿐만 아니라 훌륭한 전사가 되기를 바랐거든. 그렇지만 훌륭한 전사는 싸워야 할 전투도 고를 줄 알아야 한다네. 그리고 그 전투에 사용할 무기도…."

무라딘이 통통한 손가락으로 서리한을 가리켰다.

"그리고 저건 자네 무기고에 들어갈 무기가 아니라네!"

아서스가 두 손으로 검이 꽂힌 얼음을 붙잡고 매끄러운 표면 가까이 얼굴을 가져다 댔다. 무라딘의 목소리는 아주 먼 곳에서 들려오는 것처럼 희미했다.

"내 말 듣게. 백성을 구할 다른 방법을 찾게 될 게야. 지금 당장 로데론으로 돌아가 그 길을 찾아보세!"

무라딘의 말이 틀렸다. 도대체 이해를 못하고 있었다. 아서스는 이 일을 해야만 했다. 지금 여기서 발길을 돌린다면 또다시 실패하는 셈이었다. 다시는 그런 일이 벌어지게 내버려둘 수 없었다. 지금까지 지나는 골목마다 좌절을 맛보지 않았던가!

이번엔 절대 그럴 수 없었다.

아서스는 빛의 존재를 믿었다. 자신이 볼 수 있고 사용한 적이 있기 때문이었다. 유령과 언데드의 존재 역시 믿었다. 맞서 싸운 적이 있기 때문이었다. 그러나 지금까지 어떤 장소나 사물이 지닌 보이지 않는 힘, 정신이나 영혼 같은 것은 비웃곤 했다. 지금은 달랐다. 영혼의 중심부까지 파고드는 강렬한 기대와 열망으로 심장이 터질 듯 뛰었다. 무시무시한 욕심으로 가득한 목소리가 자기도 모르게 입 밖으로 새어나왔다.

"지금, 이곳을 지키는 영혼들에게 말하노라. 그대들이 선량하든 사악하든, 아니면 둘 다든 아니든 상관없다. 나는 그대들의 존재를 느낄 수 있다. 내 말을 듣고 있다는 사실도 알고 있다. 나는 준비가 되었고, 모든 것을 이해하고 있다. 나의 백성을 구하는 데 도움이 된다면 무엇이든 주겠다. 무슨 대가든 치르겠다. 내 말을 들어다오."

아서스의 입에서 하얀 입김이 새어나와 차갑고 고요한 공기 중에 잠시 멈췄다. 그의 손이 닿지 않는 바로 그곳에서 서리한이 공중에 매달린 채 그에게 손짓하고 있는 것만 같았다.

모두들 숨죽이고 기다리는 동안 아무 일도 일어나지 않았다. 아서스의 숨이 하얗게 올라왔다 사라지고, 올라왔다 다시 사라졌다. 눈썹 위에 차가운 땀이 송골송골 맺혔다. 가진 모든 것을 내놓았건만, 거부당한 것인가? 또 한 번 실패하고 만 것인가?

바로 그 순간, 찌이익 하는 소리가 낮게 퍼지며 정적을 깼다. 아서스가 숨을 멈췄다. 갑자기 얼음덩이의 부드러운 표면에 금이 갔다. 금은 지그재그로 움직이고 사방으로 퍼지며 얼음 속에 박힌 검의 모습이 보이지 않을 때까지 계속 이어졌다. 돌연 엄청난 굉음이 동굴 안을 가득 채우자 아서스가 두 손으로 귀를 막고 뒷걸음질쳤다.

그때였다. 검을 감싸고 있던 얼음덩이가 폭발했다. 날카롭고 뾰족한 파편 하나하나가 검이 되어 사방으로 날아갔다. 단단한 돌바닥과 벽으로 날아간 것들이 산산조각 나면서 귀를 찢을 듯한 소리를 냈다. 자동적으로 머리를 감싸고 바닥에 납작 엎드린 아서스의 귀에 외마디 비명이 들려왔다.

"무라딘!"

폭발의 충격으로 무라딘의 몸이 1미터는 뒤에 나가떨어져 있었다. 차가운 돌바닥에 큰 대 자로 뻗은 그의 복부에 창처럼 뾰족한 얼음 파편이 박혀 있었다. 그 주변으로 천천히 붉은 피가 고였다. 눈을 감은 그는 미동도 하지 않았다. 아서스가 허둥지둥 일어나 장갑을 벗고는 오랜 친구이자 스승인 무라딘에게 달려갔다. 아서스가 한 손으로 그를 안아 올리며 상처에 다른 한 손을 갖다 댔다. 어서 빛이 나오기를, 치유의 힘이 그의 손을 감싸기를 기다리며 무라딘의 상처를 뚫어져라 쳐다보는 아서스의 온몸에는 쓰라린 죄책감이 훑고 지나갔다.

그래, 이것이 아서스가 치러야 할 끔찍한 대가였다. 자신이 아닌 친구의 목숨. 그를 아끼고, 가르치고, 지지하던 친구의 목숨이었다. 눈물이 차오르는 것을 느끼며 아서스는 고개를 숙이고 기도하기 시작했다.

'내가 어리석었어. 내가 치러야 할 대가라고. 제발….'

바로 그때, 사랑하는 친구의 익숙한 손길처럼 빛이 느껴졌다. 빛이 그를 위로하듯 따뜻하게 몸속을 꿰뚫었다. 그리고 다시 손을 감싸며 빛나기 시작하자 아서스가 탄성을 삼켰다. 그리도 깊은 곳까지 추락했지만 아직 늦지 않았다. 빛은 그를 버리지 않았다. 이제 해야 할 일은 그것을 깊이 들이마시고, 빛을 향해 마음을 여는 것뿐이었다. 그러기만 하면 무라딘은 죽지 않을 터였다. 무라딘을 치유해 둘이 함께….

그때 아서스의 뒤에서 무언가 움직이는 것이 느껴졌다. 아니, 뒤가 아니라 마음속 깊은 곳이라고 해야 할 것 같았다. 그는 재빨리 위를 올려다보았다.

그러고는 경이로움에 빠져 멍하니 바라볼 뿐이었다.

서리한이 얼음덩이로부터 빠져나와 아서스의 앞에 서 있었다. 푸른색과 흰색이 뒤섞인 룬 문자가 차가우면서도 형용할 수 없을 만큼 아름다운 빛을 내뿜고 있었다. 무엇에 홀린 사람처럼 그 자리에서 일어난 아서스의 손에서 빛이 점점 흐려졌다. 서리한이 그를 기다리고 있었다. 완벽한 아름다움을 뽐내기 위해 사랑하는 사람의 손길을 필요로 하는 여인처럼.

마음속 깊은 곳에서 속삭임이 계속되었다.

'이것이 바로 그 길이야. 빛을 믿는 건 바보 같은 짓이다. 너를 저버리지 않았느냐, 그것도 계속해서…. 천하무적을 구하지도, 네 왕국의 모든 백성을 쓸어버릴 기세로 몰려오던 역병의 행진을 막지도 못했어. 서리한의 강력한 힘, 그것이야말로 공포의 군주와 맞설 수 있는 유일한 수단이야.'

그래, 무라딘은 이 지독한 전쟁에서 어쩔 수 없는 희생자일 뿐이었다. 그러나 잘만 하면 마지막 희생자가 될 터였다. 찬란하게 빛나는 서리한을 향해 아서스가 불안한 걸음을 떼었다. 아직 무라딘의 피로 축축하게 젖어 있는 손을 떨며 앞으로 뻗었다. 마침내 손이 칼자루에 닿는 순간, 손가락이 그것을 움켜쥐는 순간, 검과 아서스는 서로를 위해 만들어진 존재처럼 완벽하게 들어맞았다.

한기가 몸을 꿰뚫었다. 팔을 타고 올라오더니 온몸으로 퍼지며 심장으로 향했다. 처음 잠깐은 고통으로 깜짝 놀랐지만, 그다음 순간에는 아무렇지도 않았다. 모든 것이 다 좋았다. 이제 서리한이 그의 것이요, 그는 서리한의 것이었다. 언제나 그곳에 있었던 것처럼 서리한의 목소리가 아서스의 마음속에서 말하고 속삭이며 그를 사랑스럽게 어루만졌다.

기쁨의 탄성을 내지르며 아서스가 서리한을 번쩍 치켜들었다. 그것을 바라보는 아서스의 눈에는 경이로움과 뜨거운 자부심이 넘쳐흘렀다. 이제 모든 일을 바로잡으리라. 바로 그, 아서스 메네실과 그의 정신, 마음, 호흡만큼이나 아서스의 일부가 된 빛나는 서리한이 하나가 되어서.

아서스는 서리한이 털어놓는 비밀에 조용히 귀를 기울였다.

제 16 장

아서스와 부하들이 야영지로 다시 달려왔을 때까지도 전투의 기세는 전혀 누그러들지 않고 있었다. 병사들의 수는 줄어들었지만 시신은 어디에서도 찾을 수 없었다. 물론 시신들이 있으리라고 기대하지도 않았다. 목숨을 잃고 쓰러진 자들은 곧 공포의 군주의 명에 따라 적이 되어 돌아왔으니까.

갑옷이 온통 피와 살점으로 뒤범벅된 팔릭이 아서스의 모습을 발견하곤 반가워하며 소리를 질렀다.

"왕자님! 할 수 있는 데까지 최선을 다했습니다. 무라딘은 어딨습니까? 더 이상 버틸 수가 없습니다!"

"무라딘은 죽었다."

아서스가 대답했다. 그 순간만큼은 차갑지만 편안하게 아서스를 감싸던 검의 힘이 물러나고 고통이 그의 심장을 짓눌렀다. 무라딘의 목숨을 검에 대한 대가로 치렀지만, 그것으로 말가니스를 무찌를 수 있다면 그럴 만한 가치가 있었다. 아서스가 아는 것을 모두 알았더라면, 아서스가 이해한 것을 모두 이해했더라면 무라딘 역시 동의했을 터였다. 그들을 향해 다가오는 언데드를 향해 연거푸 박격포를 장전하던 드워프들의 얼굴이 일그러졌다.

"그의 죽음을 헛되이 하지 말아야 한다. 마음을 다잡아라! 서리한의 힘 앞에 적들은 오래 버티지 못할 것이다!"

믿지 못하겠다는 표정으로 부하들이 지켜보는 가운데 아서스가 전투의 한복판으로 뛰어들었다.

동굴 안에 두고 온 망치로도 지금까지 꽤 잘 싸웠다고 생각했다. 그러나 지금 아서스가 적들에게 퍼붓는 공격에 비하면 아무것도 아니었다. 서리한은 무기가 아니라 몸의 일부 같았다. 아서스는 금세 서리한을 이용하여 싸우는 리듬을 찾아내고는 언데드들을 베어 쓰러뜨리기 시작했다. 놈들은 추수할 때 쏟아져 내리는 곡물 낟알처럼 우수수 나가떨어졌다. 손 안에서 검은 얼마나 균형 잡히고 완벽하게 느껴지는지! 검이 아치를 그리며 허공을 가르자 언데드의 머리통 하나가 굴러 떨어졌다. 가로로 검을 휘두르자 해골 뼈가 후드득 흩어졌다. 또 하나의 일격으로 세 번째 놈이 쓰러졌다. 아서스를 둘러싸고 사방에 썩어가는 시신이 쌓이기 시작했다. 또 다른 놈을 찾아 사방을 둘러보던 아서스는 우연히 팔릭이 자신을 멍하니 바라보는 것을 발견했다. 그의 얼굴에는 경외심과 함께 충격, 공포라고 할 수밖에 없는 표정이 어려 있었다. 그렇게 시체를 즐비하게 만들어내고 있으니 당연하리라. 분명 그 때문이리라. 이제 서리한은 아서스의 손에서 노래를 부르고 있었다.

바람이 거세지고 눈이 빠르게 퍼붓기 시작했다. 서리한은 이를 반기는 것 같았다. 아무리 눈이 많이 와도 아서스의 움직임이 조금도 느려지지 않은 것을 보면 알 수 있었다. 한 번, 그리고 또 한 번 서리한의 날카로운 날이 목표물을 발견했고, 더 많은 언데드의 시신이 쌓여갔다. 마침내 졸병들은 거의 마무리가 되었다. 이제는 족장과 맞설 차례였다.

"말가니스, 이 비겁한 놈아! 당장 모습을 드러내라! 내게 이리로 오라고 하지 않았더냐. 나와서 싸워보자!"

아서스가 우렁차게 소리를 질렀다. 울부짖는 바람 소리에도 불구하고 쩌렁쩌렁 울리는 아서스의 목소리는 자신의 귀에도 다르게 들렸다.

놈이 나타난 것은 바로 그때였다. 능글맞게 웃으며 왕자를 내려다보는 놈은 아서스가 기억하고 있는 것보다 훨씬 컸다. 놈이 큰 몸을 당당히 폈다. 날개가 공중에서 펄럭이고, 꼬리가 채찍질하듯 이리저리 쌩쌩 날렸다. 놈이 가볍게 손가락을 까닥하자 놈의 지휘하에 있던 언데드 군단이 그 자리에 우뚝 멈춰 섰다.

이번에는 말가니스의 흉측한 모습을 보고도 마음의 준비가 되어 있었다. 놈의 모습은 조금도 아서스를 놀라게 하지 못했다. 놈을 유심히 노려보던 아서스가 아무 말 없이 서리한을 들어 올리자, 칼날을 따라 새겨져 있던 룬 문자가 어슴푸레한 빛을 뿜었다. 검을 알아본 말가니스는 푸르뎅뎅한 입가를 가볍게 찌푸렸다.

"그래, 동지들의 목숨을 대가로 서리한을 차지했구나. 어둠의 지배자가 말한 그대로야. 생각보다 강한 놈이로군."

아서스가 조용히 놈의 말을 들었다. 그런데 또 하나의 목소리가 있었다. 그 목소리가 매끄럽게 머릿속에서 속삭였다. 아서스가 귀를 기울이더니 씩 웃었다.

"괜히 떠들 필요 없다, 말가니스. 내가 듣는 것은 서리한의 목소리뿐이니."

공포의 군주가 뿔난 머리를 뒤로 젖히고는 호탕하게 웃었다.

"네가 듣는 건 어둠의 지배자의 목소리다. 그가 검을 통해 네게 속삭이고 있다고!"

말가니스가 검은색 손톱이 달린 날카로운 손가락을 들어 룬검을 가리켰다.

순간, 아서스는 자신의 얼굴에서 핏기가 가시는 것을 느꼈다. 공포의 군주가 모시는 자, 그자가 서리한을 통해 그에게 말하고 있다고? 그렇지만 어떻게 그럴 수 있나? 이것이 최후의 속임수인가? 꾐에 빠져 말가니스의 흉측한 손아귀에 사로잡히고 만 것인가?

"그가 뭐라고 하더냐, 어리석은 인간아?"

놈이 다시 히죽거렸다. 상대방은 모르는 비밀을 알고 있는 자의 표정이었다. 놈은 득의양양하게 이 최후의 반전을 즐기고 있었다.

"죽은 자들의 어둠의 지배자가 지금은 뭐라고 하냔 말이다! 응?"

다시 한 번 속삭임이 들려왔다. 이번에는 조금 전에 공포의 군주가 그랬듯이 아서스가 능글맞게 웃을 차례였다. 말가니스가 모르는 무언가를 알고 있는 사람은 바로 아서스였다.

아서스가 머리 위에서 서리한을 휘둘렀다. 그 거대한 검이 그의 손 안에서 가볍고 우아하게 움직였다. 그런 다음 검을 내려 상대를 향해 겨누고 공격 자세를 취했다.

"드디어 복수할 때가 왔다고 하는구나."

놈의 이글이글 타오르는 초록색 눈이 커다랗게 벌어졌다.

"뭐라고? 그럴 리가…."

아서스가 달려들었다.

서리한이 위로 올라갔다가 내려왔다. 말가니스는 깜짝 놀랐지만 그것도 잠시였다. 지팡이로 서리한의 공격을 아슬아슬하게 막아냈다. 그가 옆으로 펄쩍 뛰어 피하자, 거대한 날개가 돌연 돌풍을 일으키며 아서스의 금빛 머리를 사방으로 흩어놓았지만 균형이나 속도에는 아무 영향도 미치지 못했다. 아서스가 한 번, 그리고 또 한 번 공격해 들어갔다. 한 마리의 살모사처럼 차갑고 절제되어 있으면서도 민첩한 몸놀림이었다. 서리한 역시 즐거운 듯 빛났다. 순간, 어떤 생각이 아서스의 머리를 스치고 지나갔다.

'서리한은 목이 마르다.'

그때 마음속 깊은 곳에서 한 줄기 두려움의 전율이 일었다.

'무엇에 대한 갈증이지?'

그러나 중요하지 않았다. 아서스 자신도 복수에 목이 말랐고, 이제 곧 그 목마름을 해소하게 될 터였다. 말가니스가 마법을 쓰려 할 때마다 서리한이 놈을 옆으로 쓰러뜨리고, 살점을 베어내며 집요하게 따라붙었다. 최후의 치명타를 가할 때까지 말이다. 아서스는 서리한의 기대와 열망을 느낄 수 있었다. 마침내 아서스가 고함을 지르며 서리한을 크게 휘두른 순간, 서리한이 서슬 시퍼렇게 원을 그리며 말가니스의 복부를 가로로 갈랐다.

새하얀 눈밭 위에 검붉은 피를 뿌리며 공포의 군주가 쓰러졌다. 놈의 얼굴에는 놀라움이 서려 있었다. 최후의 순간까지도 자신이 패하리라고는 생각하지 못한 것 같았다.

잠시 동안 아서스는 가만히 서 있었다. 바람과 눈발이 그의 주변에서 아우성을 쳤다. 말가니스의 피로 가려지긴 했지만, 서리한의 날에서 빛나는 룬 문자가 승리의 현장을 밝게 비추었다.

"끝났다."

아서스가 조용히 말했다.

'너의 긴 여정 중에서 여기까지 오는 부분은… 그렇지, 끝났다. 젊은 왕자여.'

서리한이 속삭였다. 아니, 진정 말가니스가 말한 어둠의 지배자인가? 아서스는 알지도 못했고 상관하지도 않았다. 조심스럽게 몸을 굽혀 눈으로 서리한을 깨끗이 닦았다.

'그렇지만 더 있다. 훨씬 많이. 네 것이 될 수 있는 엄청난 힘이. 엄청난 지식과 지배력이.'

아서스는 무라딘이 해석해준 연단의 글귀를 떠올렸다. 자기도 모르게 아서스의 손이 심장 언저리를 만졌다. 이제 검은 그의 일부요, 그는 검의 일부였다.

폭설이 더욱 심해지고 있었다. 아서스는 조금 놀라며 전혀 춥지 않다는 사실을 깨달았다. 서리한을 든 채 몸을 펴고 주변을 둘러보았다. 말가니스가 발치에 쓰러져 있었다. 서리한이든 정체불명의 어둠의 지배자이든, 그 목소리가 옳았다.

아직도 여정이 남았다. 훨씬 많이….

이 겨울이 그에게 가르쳐줄 터였다.

아서스 메네실이 서리한을 움켜쥔 채 폭설이 내리는 먼 곳을 쳐다보았다. 그러고는 그 모두를 받아들이기 위해 달리기 시작했다.

이 종소리는 평생 기억에 남을 것이다. 종은 나라에 중요한 일이 있을 때만 울렸다. 왕족의 결혼, 왕위 계승자의 탄생, 왕의 장례식 등, 왕국의 중요한 순간을 기념하기 위해서였다. 오늘의 종소리는 다름 아닌 로데론의 왕자, 아서스 메네실의 귀환을 축하하는 것이었다.

아서스는 미리 편지를 보내 자신의 승리를 알렸다. 역병의 배후에 누가 있었는지 알아내고 놈을 찾아낸 일, 놈을 없앤 일, 그리고 오늘 그의 고향으로 영광스럽게 귀환하리라는 사실을 적었다. 말을 타지 않고 걸어서 수도로 향하는 아서스에게 백성의 환호와 박수갈채가 쏟아졌다. 무시무시한 재앙에서 벗어난 나라가 구원자이자 사랑하는 왕자에게 보내는 감사였다. 아서스는 고맙게 백성의 감사를 받아들였지만, 마음은 오랜만에 만나는 아버지에게로 가 있었다.

"단둘이 있는 자리에서 제가 그동안 배운 것과 본 것들에 대해 말씀드리겠습니다, 아버님. 분명 제이나와 우서 경으로부터 말씀을 들으셨을 거라 생각합니다. 그들이 무슨 말을 했을지 상상이 됩니다. 아버님과 저를 갈라놓으려 했겠지요. 저는 로데론의 백성을 위한 것이라 믿는 일을 했을 뿐입니다. 종국에는 이 역병을 시작한 자를 없애고 우리 왕국에 새 시대를 가져다줄 열망에 가득 차 금의환향하는 것입니다."

며칠 전, 전령을 통해 보낸 편지에서 아서스는 아버지에게 이렇게 전했다.

아서스를 따라 행진하는 부하들 역시 말이 없었고, 얼굴은 모두 두건으로 가리고 있었다. 그들이 아무리 조용해도 사람들은 개의치 않고 계속 환호성을 올렸다. 거대한 도개교가 내려오자 아서스가 그 위를 건너갔다. 성 안에도 환호하는 사람들이 있었다. 다만 평민이 아니라 각 도시국가의 외교관들, 신분이 조금 낮은 귀족들, 엘프족, 드워프족, 노움족의 고위 인사들이라는 점이 다를 뿐이었다. 그들은 안뜰 말고도 발코니까지 가득 채웠다. 분홍색, 흰색, 붉은색의 장미꽃잎이 돌아온 영웅의 머리 위에 쏟아져 내렸다.

아서스는 잠시 과거가 떠올랐다. 둘의 결혼식날, 꽃잎을 맞으며 미소를 띤 채 그에게 입맞추기 위해 고개를 드는 제이나의 모습을 상상했던 적이 있었다.

제이나….

제이나의 모습을 떠올린 탓일까, 아서스가 문득 장갑 낀 손을 들어 붉은 꽃잎 하나를 잡았다. 생각에 잠겨 그것을 엄지손가락으로 가볍게 문지르자 얼룩이 생겼다. 아서스는 얼굴을 찌푸렸다. 그 얼룩이 점점 커지더니 꽃잎은 생기를 잃고 망가지기 시작했다. 곧 손바닥에 놓인 꽃잎에는 붉은색보다 갈색이 더 많이 남았다. 아서스는 재빨리 죽은 꽃잎을 던져버리고 걸음을 재촉했다.

익숙한 알현실의 거대한 문을 열고 아서스가 들어섰다. 아버지의 얼굴을 보고 미소를 지어 보였지만, 두건에 가려 보이지 않았다. 아서스가 무릎을 꿇고 아버지에게 인사를 올렸다. 그의 앞에 놓인 서리한의 뾰족한 날 끝이 돌바닥 위에 새겨진 로데론의 문장에 닿았다.

"아, 아들아. 무사히 돌아와서 정말 기쁘구나."

비틀거리며 자리에서 일어선 테레나스 왕이 말했다. 왕은 어딘지 모르게 아파 보였다. 지난 몇 달간 일어났던 일 때문에 급속히 늙어버린 것 같았다. 머리카락은 전보다 회색빛이 많았고 눈은 피곤해 보였다.

그러나 이제 모든 일이 괜찮아질 터였다.

'더 이상 백성을 위해 희생하실 필요가 없습니다. 왕관의 무게를 감당할 필요도 없습니다. 제가 모든 걸 책임질 테니까요.'

아서스가 자리에서 일어났다. 움직임에 따라 갑옷이 덜거덕 소리를 냈다. 손을 들어 얼굴을 가리고 있던 두건을 뒤로 넘기고 아버지의 반응을 지켜보았다. 외아들에게 일어난 엄청난 변화를 지켜본 테레나스 왕의 눈이 커다래졌다.

한때 백성의 주식인 밀처럼 금빛이던 아서스의 머리가 이제는 새하얗게 변해 있었다. 아서스는 자신의 얼굴이 핏기 하나 없이 창백하다는 것도 알고 있었다.

'때가 왔다.'

서리한이 그에게 속삭였다. 어찌할 바를 모르고 연단 위에 멈춰 서 있던 아버지를 향해 아서스가 다가갔다. 알현실 여기저기에 경비병이 몇 명 배치되어 있었으나, 아서스와 서리한 그리고 부하 두 명에게는 상대가 되지 않을 터였다. 아서스는 대담하게 앞으로 걸어가 아버지의 팔을 잡았다.

아서스가 검을 빼들었다. 기대에 찬 듯 서리한에 새겨진 룬 문자가 밝게 빛났다. 그리고 어디선가 속삭임이 들려왔다. 이번엔 서리한이 아니라 기억 저편에 잠자고 있던 목소리였다. 전생처럼 멀기만 한 과거로부터 어두운 머리색의 왕자가 말했다.

'암살당하셨어. 믿었던 측근이… 아버지를 살해했어. 그 여자가 아버지의 심장에 칼을 박아 넣었다고….'

아서스가 고개를 흔들자 목소리가 사라졌다.

"무슨 일이냐? 뭐 하는 게냐, 아들아?"

"왕위를 물려받는 겁니다, 아버지."

그렇게 서리한의 목마름이 해소되었다. 당분간은.

아서스가 그들을 자유롭게 풀어놓았다. 그에게 철저히 복종하는 새로운 부하들을. 왕이 쓰러지자 달려든 경비병들을 없애는 일은 식은 죽 먹기였다. 거사를 마친 아서스가 차디찬 표정으로 안뜰로 나갔다.

그것은 광기였다.

조금 전의 흥겨운 잔치가 난장판이 되었다. 축제는 이제 목숨을 구하기 위한 필사의 도주전이 되었다. 탈출한 사람은 거의 없었다. 돌아온 왕자를 환영하기 위해 몇 시간씩 기다린 사람들 대부분이 차갑게 식어 쓰러져 있었다. 흉측한 상처에서 뿜어져 나온 피가 굳기 시작했고, 팔다리가 떨어져 나가고, 온몸이 부서져 있었다. 각국의 외교 사절이 평민들과 함께, 남자와 여자 그리고 아이들 할 것 없이 똑같이 시신이 되어 쓰러졌다.

그 시신들이 어떻게 되든 아서스는 개의치 않았다. 까마귀밥이 되든 그를 따를 새로운 부하가 되든 상관없었다. 이제는 아서스만큼이나 창백하고 두 배는 무자비하게 변한 팔릭과 마윈이 알아서 처리할 터였다. 아서스는 자신이 들어왔던 길로 성큼성큼 걸어 나갔다. 그의 마음속에는 오직 단 한 가지 목표뿐이었다.

누워서, 혹은 걸어 다니며 궁의 안뜰을 가득 메우고 있는 시신들을 벗어나자마자 아서스는 전속력으로 달리기 시작했다. 말들은 더 이상 그를 태우려 하지 않았다. 아서스나 그의 부하들의 냄새만 맡아도 말들은 겁에 질려 날뛰었다. 다행스럽게도 아서스는 말을 타지 않고 뛰어다녀도 전혀 지치지 않았다. 서리한이든, 아니면 서리한을 통해 말을 걸어오는 리치 왕이든, 검의 속삭임을 듣고 있을 때면 전혀 피로를 느끼지 못했다. 그렇게 아서스는 바람같이 달렸다. 지난 몇 년간 가보지 못한 곳으로 그의 다리가 그를 데려갔다.

그의 기억 속에서 대화의 단편들과 목소리가 맴돌았다.

'아직 그 말을 타선 안 된다는 걸 잘 알고 있지 않은가.'

'수업을 또 빼먹었더군.'

천하무적의 무시무시한 고통의 비명이 그의 마음속에서 메아리쳤다. 성기사에 입단하던 날, 그가 축복을 받을 자격이 있는지 묻듯이 잠시 머뭇거렸던 빛. 제이나와의 관계를 끊던 날 그녀의 얼굴.

'내 말 잘 들으시오…. 벌써 어둠의 그림자가 드리웠으니, 무슨 수를 써도 몰아낼 수는 없을 거요…. 적을 무찌르려 노력할수록, 백성을 더 빨리 놈들 손에 넘겨주는 꼴이 될 거라는 걸.'

'…병든 사과나무를 뽑아버리자는 이야기가 아니야. 사람으로 가득한 도시란 말일세!'

'…우리가 아는 게 너무나 적어. 지레 겁먹고 멀쩡한 사람들을 동물처럼 도살할 순 없는 거라고!'

'자넨 부하들에게 거짓말을 하고 자넬 위해 싸운 용병들을 배신했네! 테레나스 왕의 아들도 아니란 말일세!'

그러나 이들은 모두 알지도, 이해하지도 못했다. 제이나… 우서 경… 아버지… 무라딘…. 그들 모두 언젠가 한 번씩은 말로든 표정으로든 그를 비난했다.

농장에 점점 가까워지자 아서스는 걸음을 늦췄다. 이미 그의 부하들이 다녀간 모양인지 농장에는 차갑게 식어가는 시신들만 누워 있을 뿐이었다. 그들이 누구인지 알아본 아서스의 얼굴에 잠시 고통이 서렸다. 그래도 곱게 죽음을 맞은 그들은 운이 좋은 편이었다. 남자 한 명, 여자 한 명 그리고 아서스 또래의 청년 한 명.

그리고 금어초 꽃밭…. 올해도 꽃이 흐드러지게 피었다. 아서스는 키가 크고 아름다운 보랏빛 꽃을 만져보려고 가까이 다가가 손을 뻗었다가 아까의 장미꽃잎을 떠올리고는 머뭇거렸다.

꽃이나 보려고 이곳에 온 것이 아니었다.

아서스가 몸을 돌려 무덤으로 향했다. 7년이나 된 무덤이었다. 잡초가 무성하게 덮여 있었지만 표지는 알아볼 수 있었다. 무덤 속에 무엇이 잠자고 있는지 표지를 읽어볼 필요도 없었다.

잠시 그 앞에 멈춰 섰다. 아버지와 백성의 무덤보다도 이 무덤 속에 누워 있는 존재의 죽음에 가슴이 더욱 저렸다.

'이 힘이 모두 너의 것이다. 원하는 대로 해라.'

속삭임이 들려왔다.

아서스가 한 손을 앞으로 뻗었다. 다른 한 손에는 서리한을 굳게 쥐고 있었다. 앞으로 내민 손을 감싸고 어두운 빛이 돌기 시작하더니 점점 속도가 빨라졌다. 그 빛은 한 마리의 뱀처럼 물결치듯 이리저리 배배 틀며 아서스의 손가락 사이를 움직였다. 다음 순간, 빛이 땅 속을 꿰뚫고 들어갔다.

아서스는 그 빛이 땅 아래 묻혀 있는 해골에 닿는 것을 느꼈다. 순간 기쁨이 그를 감쌌고 눈물이 고였다. 그가 손을 들어 올리자 차갑고 어두운 땅속에서 7년간 잠자고 있던 것이 땅 위로 올라왔다. 더 이상 죽은 상태가 아니었다.

"일어나라!"

아서스가 입을 열어 큰 소리로 명령했다.

그러자 무덤이 화산처럼 폭발하더니, 흙더미가 비처럼 쏟아졌다. 뼈밖에 없는 다리들이 발길질을 하며 후두둑 쏟아져 내리는 흙 속에서 발 디딜 곳을 찾았다. 곧 두개골이 위로 솟구치며 땅 표면 위로 올라왔다. 아서스는 숨을 멈추고 가만히 지켜보았다. 그의 창백한 얼굴에 미소가 떠올랐다.

번들번들한 양막에 싸여 꿈틀대던 축축한 새 생명을 떠올리며 아서스는 생각했다.

'네가 태어나는 것을 지켜보았다. 네가 이 세상에 나오는 것을 도왔고, 또 세상을 떠나는 것도 도왔다…. 이제 내 손에 의해 너는 다시 태어났다.'

뼈밖에 없는 말이 흙 속에서 버둥대다가 두 앞발을 땅에 굳건히 대고 마침내 몸을 일으켰다. 한때 눈이 있었던 빈 눈구멍에서 빨간 불이 활활 타올랐다. 말이 고개를 뒤로 젖히고 껑충껑충 뛰며 기분 좋은 듯 울었다. 소리를 내는 기관은 이미 오래전에 썩어 없어졌을 텐데도 말이다.

가볍게 몸을 떨며 아서스가 언데드 말에게 손을 내밀자, 말이 뼈뿐인 주둥이를 손바닥에 문질렀다. 7년 전, 그가 이 말을 죽였다. 7년 전, 꽁꽁 언 뺨 위로 뜨거운 눈물을 흘리며 검을 들어 사랑하는 이 말의 용감한 심장을 찔렀다.

그날 이후 아서스는 늘 그 행동에 대한 죄책감에 사로잡혀 있었다. 그러나 이제야 이해할 수 있었다. 그것은 모두 운명이었다. 말을 죽이지 않았다면 지금 되살릴 수도 없었으리라. 이 말이 살아 있었다면 그를 두려워했으리라. 정체불명의 리치 왕 덕분에 알게 된 강령술로 몸은 뼈뿐이고 눈 대신 불꽃이 타오르는 언데드로 되살아난 지금에야 비로소 아서스와 다시 만날 수 있었다. 7년 전 그 사건은 실수가 아니었다. 아서스가 잘못한 것도 아니었다. 그때도, 지금도.

앞으로도.

이것이 그 명백한 증거였다.

서리한이 아버지의 피로 젖어 아직도 축축하고 붉은 지금, 아서스가 다스리는 이 땅에 죽음이 닥치고 있었다. 새로운 변화였다.

아서스가 입고 있던 망토를 벗어 뼈뿐인 말 등에 올리고는 그 위에 올라탔다. 그러고는 사랑하는 그의 말에게 약속했다.

"이 왕국은 멸망할 것이다. 그리고 잿더미에서 새로운 질서가 탄생해 세상의 기반을 모조리 흔들어놓을 것이다!"

말이 나지막이 울었다.

천하무적이었다.

3부
어둠의 여왕

그 사이의 이야기

쿠엘탈라스의 전 순찰대 사령관이자 밴시, 포세이큰의 어둠의 여왕인 실바나스 윈드러너가 언제나 그렇듯 재빠르고 날렵한 맵시로 왕궁에서 걸어 나왔다. 실바나스는 일상적인 활동을 할 때면 본래의 몸을 갖추기를 좋아했다. 신고 있는 가죽 장화는 언더시티의 돌바닥에서 아무 소리도 내지 않았지만, 여왕을 알아본 사람들의 고개가 따라서 돌아갔다. 외모가 매우 독특해서 못 알아볼 수가 없었다.

한때 실바나스의 머리칼은 금빛이었고 눈은 파랬으며 피부는 신선한 복숭앗빛을 띠었다. 살아 있을 때의 이야기였다. 이제 검푸른 두건에 가려 잘 보이지 않는 그녀의 머리는 칠흑같이 검은 가운데 길고 흰 가닥들이 보였으며, 피부는 흐릿하고 진주 같은 푸르뎅뎅한 회색이었다. 실바나스는 살아 있을 때 쓰던 갑옷을 계속해서 입었다. 잘 세공된 가죽으로 만든 그 갑옷은 날씬하면서도 근육 잡힌 상체를 대부분 드러냈다. 사람들의 웅얼거리는 말소리에 실바나스의 귀가 쫑긋거리며 움직였다. 그녀는 평소에는 처소 밖으로 거의 나오지 않았다. 언더시티의 통치자인 그녀에게 사람들이 찾아왔으니까.

실바나스를 따라 허둥지둥 걷고 있는 것은 왕립 연금술사 협회의 협회장인 수석 연금술사 파라넬이었다. 그가 억지웃음을 지으며 활기차게 말했다.

"와주셔서 얼마나 고마운지 말로 다 할 수가 없습니다. 실험이 성공하면 알려달라고 하셨지요. 직접 보고 싶으시다고요…."

파라넬은 걷고, 절하고, 말하기를 한 번에 하느라 쩔쩔맸다.

"내가 무슨 명을 내렸는지는 나도 잘 알지."

언더시티 깊숙한 곳으로 향하는 구불구불한 복도를 따라 내려가며 실바나스가 쏘아붙였다.

"그럼요, 그럼요. 여기 다 왔습니다."

두 사람이 방으로 들어섰다. 심장이 약한 사람에게는 귀신의 집이나 다를 바 없어 보이는 곳이었다. 커다란 탁자 위에 언데드 한 명이 구부정하게 앉아 노래를 흥얼거리며 시체의 여러 부위를 꿰매고 있었다. 실바나스가 희미하게 미소 지었다.

"자신의 일을 즐기는 사람을 보니까 기분 좋군."

그녀가 능글맞은 목소리로 말했다. 옆에 있던 연금술사가 흠칫 놀라더니 깊이 고개를 숙였다.

일종의 기운이 이글거리며 낮은 소리를 냈다. 한쪽에서는 연금술사들이 바쁘게 움직이며 물약을 섞고, 약에 들어갈 재료의 무게를 재고, 무언가를 기록했다. 썩는 냄새와 약품 냄새, 그리고 어울리지 않게도 약초의 깨끗한 냄새가 합쳐져 방 안에 진동했다. 실바나스는 문득 자신의 반응에 깜짝 놀랐다. 그 약초 냄새를 맡으니 이상하게도 고향이 그리워졌다. 다행히 약해빠진 감정은 오래가지 않았다. 그런 감정은 절대로 오래가는 법이 없었으니까.

"보여봐라."

실바나스가 명령했다. 파라넬이 허리를 굽혀 절하고는 신체 부위가 주렁주렁 벽에 걸려 있는 곳을 지나 옆방으로 그녀를 모시고 갔다.

누군가 우는 소리가 희미하게 들렸다. 안으로 들어가니 우리 몇 개가 바닥에 놓여 있었다. 천장에 걸린 쇠사슬에 매달려 천천히 흔들리는 것도 있었다. 모두 실험 대상자로 가득 채워져 있었다. 그중 일부는 사람이었고 일부는 포세이큰이었다. 너무나 오랫동안 뼛속까지 괴롭혀온 공포 때문에 이제는 무감각해졌는지, 그들의 눈은 생기 하나 없이 풀려 있고 몸도 굳어 있었다.

그러나 곧 달라질 터였다.

"짐작하셨겠지만 스컬지를 실험 대상으로 쓰자니 운반하기가 어렵습니다. 그렇지만 실험 대상으로 쓰기에는 포세이큰과 스컬지가 동일하다고 봅니다. 그리고 이 분야에 관한 한 실험 결과는 모두 잘 기록되어 있고 꽤 성공적이었다고 자신 있게 말씀드리고 싶습니다."

파라넬이 말했다.

실바나스의 몸속에서 흥분이 솟구쳤다. 보기 드물지만 여전히 아름다운 미소를 지어 보였다.

"그 말을 들으니 무척 기쁘구나."

칭찬을 들은 파라넬이 기쁨에 몸을 떨었다. 그리고 조수인 키버를 손짓해서 불렀다. 처음 죽을 때 뇌에 손상을 입은 포세이큰인 키버는 알아들을 수 없는 소리로 중얼거리며 실험 대상자 둘을 데려왔다. 하나는 인간 여자였다. 완전히 정신을 놓아버리진 않았는지, 키버가 여자를 질질 끌어 우리에서 꺼내자 숨죽인 채 울기 시작했다. 그러나 두 번째로 키버가 데려온 포세이큰 남자는 아무 표정이나 의지도 없이 가만히 서 있기만 했다. 실바나스가 그를 쳐다보았다.

"범죄자인가?"

"물론입죠."

실바나스는 파라넬의 대답을 듣고도 반쯤은 믿지 않았다. 그러나 뭐가 그리 중요한가. 결국에는 아무 상관도 없어질 텐데. 따지고 보면 모두 포세이큰을 위한 일이었다. 인간 여자가 무릎을 꿇고 앉았다. 키버가 그 위로 몸을 구부정하게 굽히더니 그녀의 머리채를 잡고 머리를 뒤로 젖혔다. 여자가 고통에 소리를 지르며 입을 열자, 그 틈을 타 키버가 무언가를 한 컵 가득 목구멍에 부어 넣었다.

실바나스는 고통에 몸부림치는 인간 여자를 가만히 지켜보았다. 그녀 앞에 있던 포세이큰 남자는 아무런 저항 없이 파라넬이 내민 컵을 받아 들더니 한 방울도 남기지 않고 꿀꺽꿀꺽 들이켰다.

그 일은 순식간에 일어났다. 인간 여자가 갑자기 몸부림을 멈추는 것 같더니 몸이 경직되고 곧이어 발작을 일으키기 시작했다. 키버가 잡고 있던 손을 놓고 호기심이라고 할 법한 표정으로 바라보았다. 그때 여자의 입, 코, 눈, 귀에서 피가 흘러내리기 시작했다. 실바나스가 시선을 포세이큰에게로 옮겼다. 그는 아직 조용히, 침착하게 마주 보고 있었다. 실바나스의 얼굴이 찌푸려지기 시작했다.

"그렇게 효과적이지 않은가 본데…."

바로 그때, 포세이큰 남자가 몸을 부르르 떨었다. 잠시 몸을 일으키려고 애썼지만 급속도로 몸이 약화되어 말을 듣지 않자 곧 그 자리에 쓰러져버렸다. 모든 사람이 한 걸음 물러섰다. 실바나스가 넋을 잃고 그 광경을 쳐다보았다. 흥분한 듯 입술이 반쯤 열려 있었다.

"같은 약인가?"

실바나스가 파라넬에게 물었다. 인간 여자가 한 번 신음을 흘리더니 이내 조용해졌다. 눈을 뜬 채였다. 그 광경을 지켜보던 연금술사가 만족스럽다는 듯 고개를 끄덕였다.

"그럼요. 짐작하셨겠지만 결과가 꽤…."

파라넬이 대답했다. 그때 포세이큰이 경련을 일으키기 시작했다. 그의 피부가 여기저기에서 툭툭 터지더니 검은 피가 새어나왔다. 그 역시 조금 후에 움직임을 멈췄다.

"… 만족스럽습니다."

"그렇군."

실바나스가 대답했다. 그녀는 기쁨을 숨기느라 애썼다. '만족스럽다'는 표현만으로는 부족했다.

"인간과 스컬지를 모두 없앨 수 있는 역병이라. 그런데 우리 포세이큰까지 죽이는군. 우리 또한 언데드니까."

실바나스가 이글이글 타오르는 은빛 눈을 들어 파라넬을 쳐다보았다.

"이것이 잘못하여 다른 사람 손에 들어가는 날에는 엄청난 일이 일어날 거야."

파라넬이 침을 꿀꺽 삼켰다.

"그럼요. 그럴 수 있습니다."

궁으로 돌아오는 길에 실바나스는 억지로 아무렇지 않은 표정을 지으려 애썼다. 머릿속에는 한 번에 수천 가지 생각이 떠올랐지만 할로윈 축제 때마다 불을 지피던 허수아비처럼 밝고 거세게 불타오르는 생각은 단 하나뿐이었다.

'마침내! 아서스, 네놈이 저지른 짓에 대해 대가를 치르게 되리라. 네놈처럼 아무 가치 없이 세상에 우글거리고 있는 인간들도 모두 학살되리라. 그리고 스컬지 군단은 행진을 멈추게 되리라. 생각이라곤 없는 언데드 꼭두각시 군단 뒤에 숨을 수도 없을 것이다. 네놈이 우리에게 그랬듯 아무런 자비나 동정도 베풀지 않을 테니 두고 보아라.'

굳은 결심에도 불구하고 그녀는 자기도 모르게 미소를 지었다.

제 17 장

자신이 강령술사 켈투자드를 쓰러뜨렸는데 이제는 그를 부활시킬 임무를 맡다니, 정말로 아이러니가 아닐 수 없었다. 뼈밖에 남지 않은 충실한 천하무적을 타고 안돌할을 향해 가던 아서스가 생각했다.

안심하라는 듯 서리한이 속삭였다. 그러나 스스로를 리치 왕이라 칭하는 그 목소리에게서 그런 말을 들을 필요는 없었다. 아서스는 자신이 한 짓을 돌이킬 수 없었다. 물론 그렇게 하고 싶지도 않았다.

수도가 무너지고 난 후, 아서스는 성기사와 매우 비슷하지만 사악한 버전의 성지순례를 떠났다. 로데론을 동서남북으로 가로지르며 새 부하들을 마을마다 풀어놓았다. 켈투자드가 알려준 스컬지라는 이름이 매우 잘 어울린다고 생각했다. 일부 극단적인 사제들 사이에서 자신을 채찍질하는 데 쓰이는 채찍의 이름인 스컬지에는 더러움을 깨끗이 정화한다는 의미가 있었다. 그의 스컬지 군단은 산 자들의 세상을 깨끗이 청소할 터였다. 아서스는 세상을 발아래에 두고 있었다. 그는 살아 있다고 할 수는 있었지만 리치 왕은 그를 죽음의 기사라 불렀다. 머리와 피부, 눈에서 색깔이 빠져나간 것은 곧 이것이 이름에 그치지 않음을 의미했다. 그러나 아서스는 자신의 상황을 정확히 알지도 못했고, 상관하지도 않았다. 그는 리치 왕이 가장 아끼는 기사였고, 스컬지는 그의 지휘하에 있었다. 그리고 기이하게도 아서스는 자신이 그들을 아끼고 있다는 사실을 깨달았다.

지금 아서스는 리치 왕의 부관들 중 하나를 통해 리치 왕을 섬기고 있었다. 겉모습으로는 말가니스와 똑같은 공포의 군주였지만, 이상하게도 이것 역시 아서스에게는 아무 문제가 되지 않았다.

"말가니스처럼 나도 공포의 군주다. 그러나 난 너의 적이 아니다. 사실 난 네 공을 치하하러 왔다. 네 아비를 죽이고 이 땅을 스컬지 군단에게 넘김으로써 넌 첫 번째 시험을 통과한 것이다. 리치 왕께서는 네 열정을 마음에 들어 하신다."

공포의 군주 티콘드리우스가 말했다. 비웃음에 가깝게 그의 입술이 비틀렸다.

아서스는 두 가지 감정을 동시에 느꼈다. 고통과 환희였다.

"그렇다. 그분의 이름으로 사랑했던 모든 사람과 모든 것을 저주했다. 그래도 후회하지 않는다. 아쉬움도, 수치심도 없다."

목소리를 침착하게 내려 애쓰며 아서스가 대답했다. 그런데 그 순간 그의 심장 한구석에서 다른 목소리가 들려왔다. 서리한에서 들리는 소리가 아니었다.

'거짓말.'

아서스는 감정을 억눌렀다. 그 목소리는 어떻게든 사그라들 것이다. 약한 면이 커지도록 내버려두어선 안 되었다. 살이 썩어 들어가는 것과도 같았다. 과감히 자르지 않고 놔두면 그의 몸을 모조리 집어삼키리라.

티콘드리우스는 아서스의 기분을 눈치채지 못한 것 같았다. 그가 서리한을 가리켰다.

"네가 쓰는 룬검은 아주 오래전에 우리 종족이 만든 것이다. 그리고 그것이 영혼을 훔치도록 리치 왕께서 힘을 내리셨지. 네 영혼이 바로 첫 번째였다."

순간 아서스의 머릿속에서 감정이 회오리쳤다. 서리한을 뚫어져라 쳐다봤다. 티콘드리우스가 고른 단어가 그의 뇌리를 떠나지 않았다. *'훔쳤다'*. 리치 왕이 아서스에게 백성을 구하는 대신 영혼을 내놓으라고 했다면 기꺼이 그렇게 했을 터였다. 그러나 리치 왕은 부탁 따위는 하지 않았다. 그냥 가져가버렸다. 이제는 아서스의 영혼은 빛나는 서리한 속에 갇혀 있었다. 너무나 가까워서 아서스 왕자, 아니 이제는 왕이 된 그가 만질 수 있을 정도였지만 그럴 수는 없었다. 그러면 아서스가 처음부터 원했던 것은 이루어졌는가? 그의 백성은 구원 받았는가?

이제 와서 그 일이 중요한가?

티콘드리우스가 아서스를 유심히 쳐다보았다.

"그러면 영혼 없이 지내면 되지. 리치 왕께선 무얼 원하시는가?"

아서스가 가볍게 대꾸하고는 되물었다.

리치 왕이 원하는 것은 간단했다. 저주 받은 자들의 교단 중 남은 자들을 규합해 또 하나의 목표를 달성하도록 돕는 일이었다. 그 목표란 바로 켈투자드의 시신을 되찾는 것이다.

시신은 아서스가 놔둔 그대로 썩은 내를 풍기며 안돌할에 있다고 했다. 역병을 옮기는 곡물이 나온 바로 그곳이었다. 아서스는 강령술사를 공격하며 느낀 분노를 떠올렸지만, 더 이상 그런 감정은 느껴지지 않았다. 창백한 입술에 미소가 번졌다. 아이러니였다.

엄청난 불길에 휩싸였던 건물은 이제 숯덩이 기둥밖에 남지 않았다. 언데드 말고는 아무도 남아 있지 않아야 하는 이곳에 누군가 있었다. 아서스가 고삐를 잡아당기며 얼굴을 찌푸렸다. 살아서 그랬듯 죽어서도 충성스러운 천하무적이 제자리에 멈춰 섰다. 아서스의 눈에 움직이는 사람들의 형체가 보였다. 흐릿한 빛을 받아 빛나는 것은 다름 아닌….

"갑옷이잖아."

아서스가 중얼거렸다. 묘지 주변과 작은 무덤을 둘러싸고 갑옷을 입은 남자들이 서 있었다. 자세히 보기 위해 찌푸렸던 눈이 놀라움으로 휘둥그레졌다. 살아 있는 보통 사람도 아니고 군인들도 아닌 성기사들이었다. 그들이 왜 그곳에 있는지 알 것 같았다. 켈투자드가 여러 사람의 관심을 끌었던 모양이다.

그러나 아서스가 성기사단을 근신시키지 않았나? 이곳에 모이는 것은 고사하고 성기사는 한 명도 *남아 있지* 않아야 했다. 서리한이 속삭였다. 갈증이 난다고 했다. 함께 있던 부하들이 볼 수 있게 아서스가 검을 빼어 높이 들었다. 그러고는 성기사들을 향해 돌진했다. 천하무적이 펄쩍 뛰어 올랐다. 아서스는 묘지 주변에 서 있던 남자들의 얼굴에 놀라움과 충격이 번지는 것을 보았다. 그들은 용맹스럽게 맞서 싸웠지만 소용없는 짓이었다. 그들 역시 그 사실을 알고 있었다. 그들의 눈에 훤히 드러나 있었다.

적의 몸속 깊이 박혀 들어가 영혼을 빼앗고 기뻐하는 서리한을 다시 잡아 뽑는 순간, 누군가가 외쳤다.

"아서스!"

어디선가 들어본 적은 있지만 정확히 누구인지는 기억할 수 없었다. 그는 목소리가 들리는 쪽으로 몸을 돌렸다.

남자는 키가 크고 당당한 풍채를 자랑했다. 그 남자가 투구를 벗었다. 아서스의 기억을 일깨운 것은 그의 텁수룩한 수염이었다.

"게빈라드, 오랜만입니다."

아서스가 짐짓 놀라며 말했다.

"더 오래 안 봤으면 좋았을걸. 우리가 선물한 망치는 어찌했느냐? 성기사의 무기, 명예의 무기 말이다!"

게빈라드가 내뱉듯 물었다.

순간 아서스에게 옛 기억이 떠올랐다. 망치를 아서스의 발치에 내려놓았던 사람이 바로 게빈라드였다. 그때만 해도 모든 것이 얼마나 깨끗하고 순수하고 단순했던가!

"지금은 더 좋은 무기가 생겼습니다."

아서스가 대답하며 서리한을 들어 올렸다. 손 안에 있는 서리한에서 기쁨의 맥박이 뛰는 것 같았다. 불현듯 어떤 생각이 아서스를 스쳤다.

"물러서십시오, 형제여. 저는 오래된 유골을 가지러 왔을 뿐입니다. 그냥 가게 해준다면 그날을 생각해서라도, 한때 우리가 함께 속했던 기사단을 봐서라도 해치지 않겠습니다."

아서스의 말에는 부드러운 기색까지 느껴졌다.

게빈라드는 숱 많은 눈썹을 찌푸리더니, 아서스를 향해 침을 뱉었다.

"우리가 널 형제라고 불렀다니 믿을 수가 없다! 우서 경이 어쩌다 너를 후원하고 나섰는지도 이해할 수 없어. 네놈의 배신은 우서 경의 심장을 산산이 조각냈다. 네 목숨을 구하기 위해서라면 아무런 망설임 없이 목숨을 내놓았을 거야. 그런데 이런 식으로 우서 경의 충성에 보답하는 게냐? 응석받이 왕자를 성기사단에 받아들이는 것 자체가 실수라는 사실을 알고 있었다! 너는 은빛 성기사단을 웃음거리로 만들었어!"

아서스의 분노가 솟구쳤다. 갑작스럽고도 엄청난 분노에 아서스는 숨이 막힐 것 같았다. 어디서 감히! 리치 왕의 오른팔인 죽음의 기사에게 감히! 산 자, 죽은 자, 언데드, 이 모두가 아서스의 통제 아래 있었다. 살려주겠다는 제의에 이렇게 침을 뱉다니. 아서스가 이를 부드득 갈았다.

"아니, *형제여*. 네놈의 몸을 베어 쓰러뜨리고 나의 종으로 일으켜 세운 다음, 내 노래에 맞춰 춤을 추게 하리라. *그게* 바로 은빛 성기사단을 진정한 웃음거리로 만드는 일이겠지!"

아서스가 으르렁거렸다. 그러고는 씩 웃으며 게빈라드에게 덤비라는 시늉을 했다. 아서스와 함께 온 언데드와 교단 추종자들이 조용히 기다렸다. 게빈라드는 서두르지 않고 정신을 가다듬은 뒤 빛에게 기도를 올렸다. 소용없는 짓이지만 게빈라드가 기도를 마치고 한때 아서스의 망치가 그랬듯 그의 무기가 달아올라 빛날 때까지 아서스는 조용히 기다렸다. 한 손에 서리한을 꽉 쥔, 죽었지만 죽지 않은 몸속에는 리치 왕의 힘이 솟구쳤다. 게빈라드에게 아무런 승산이 없음을 아서스는 이미 알고 있었다.

그랬다. 게빈라드는 온 힘을 다해 싸웠지만 그것으로는 부족했다. 아서스는 게빈라드의 말을 듣고 상한 기분을 달래기 위해 그를 잠시 가지고 놀았다. 그러나 이내 그것도 지루해지자 한 칼에 옛 형제를 베어버렸다. 아서스는 서리한이 또 하나의 영혼을 집어삼키는 것을 느끼며, 게빈라드의 몸뚱이가 땅으로 떨어지는 순간 몸을 부르르 떨었다. 그리고 이야기한 것과는 달리 그를 언데드로 만들지 않고 죽은 상태로 놔두었다.

퉁명스러운 몸짓으로 아서스가 부하들에게 시신을 가져오라고 명했다. 아서스는 켈투자드가 쓰러진 그 자리에서 썩게 내버려두었지만, 켈투자드의 충성스러운 추종자들이 시신을 수습해 작은 토굴에 넣어둔 것 같았다. 저주 받은 자들의 교단 추종자들이 달려 나와 무덤을 찾더니, 힘겹게 토굴 뚜껑을 열었다. 그 안에 들어 있던 관이 재빨리 밖으로 옮겨졌다. 아서스가 씩 웃으며 발로 툭툭 건드렸다.

"자, 일어나라, 강령술사!"

켈투자드의 관이 '시체 마차'라 불리는 마차 뒤에 실리고 있을 때 아서스가 장난스럽게 말했다.

"네가 한때 섬겼던 분께서 널 다시 필요로 하신다."

"죽는다고 달라지는 건 없다고 제가 말씀드렸지요."

아서스가 흠칫 놀랐다. 그는 주인 없는 목소리를 듣는 데 익숙해져 있었다. 리치 왕이 서리한을 통해 끊임없이 그에게 말을 걸고 있었기 때문이었다. 그러나 이 목소리에는 어딘가 다른 구석이 있었다. 아서스는 그 목소리를 알아보았다. 전에 들은 적이 있었다. 그때는 오만하고 비웃는 것 같았지만 지금은 은밀한 동료의 목소리 같았다.

켈투자드였다.

"이게 대체, 유령의 목소리가 들리는 건가?"

들리는 것뿐만이 아니었다. 보이기도 했다. 켈투자드의 모습이 천천히 눈앞에서 형태를 갖추었다. 투명하게 공중에 떠 있는 그자의 눈에는 눈동자 대신 어두운 구멍만 있을 뿐이었다. 그러나 의심할 여지 없는켈투자드였다. 기괴한 놈의 입술이 아는 체하는 미소로 일그러졌다.

"당신에 대한 제 생각이 옳았습니다, 아서스 왕자."

"꽤 오래 걸렸군."

성난 듯 낮은 티콘드리우스의 목소리가 들려오자마자 유령의 모습이 순식간에 사라졌다. 아서스는 충격을 받았다. 아서스의 상상일 뿐이었나? 영혼으로도 모자라 이제는 제정신까지 잃어버리기 시작한 건가?

티콘드리우스는 전혀 눈치채지 못했다. 관 뚜껑을 열더니 액체로 변해버린 켈투자드의 시신을 보고 역겹다는 표정을 지었다. 아서스에게도 냄새는 지독했지만, 예상한 것보다는 견딜 만했다. 켈투자드를 망치로 쓰러뜨리고 시신이 엄청난 속도로 부패하는 것을 지켜본 일이 전생처럼 까마득하게만 느껴졌다.

"시신이 심하게 부패되었군. 쿠엘탈라스까지 버티지 못하겠어."

티콘드리우스가 말했다.

"쿠엘탈라스라고?"

엘프들의 금빛 땅이라….

"그래. 하이 엘프의 태양샘에서 나오는 힘만이 켈투자드를 되살릴 수 있다. 그러나 시신은 시시각각 부패가 심해지고 있어. 너는 가서 성기사가 지니고 있는 아주 특별한 유골 항아리를 훔쳐야 한다. 놈들이 지금 이리로 가져오고 있어. 그 안에 켈투자드의 시신을 넣으면 쿠엘탈라스까지 안전하게 가져갈 수 있다."

공포의 군주 티콘드리우스가 능글맞게 웃고 있었다. 다른 속셈이 있는 게 분명했다. 아서스는 무슨 속셈인지 물으려 입을 열었다가 다시 다물었다. 어쨌든 말해주지 않을 테니까. 아서스가 어깨를 으쓱하고는 천하무적을 타고 그가 알려준 곳으로 달리기 시작했다.

그의 뒤에서 놈이 웃는 소리가 들려왔다.

티콘드리우스의 말이 옳았다. 천천히 길 위를 걸어가는 것은 조촐한 장례 행렬이었다. 장식한 모양새를 보니 죽은 사람은 군인이나 고위 인사 같았다. 갑옷을 입은 남자 몇 명이 한 줄로 행진하고 있었고, 중간에 있는 남자가 튼튼해 보이는 팔에 무언가를 들고 있었다. 남자의 갑옷에 반사된 햇빛이 그 물건을 비춘 순간, 아서스는 그것이 티콘드리우스가 말한 항아리임을 알 수 있었다. 그리고 왜 그리 히죽거렸는지 이유를 깨달았다.

성기사의 마차와 갑옷은 독특하여 쉽게 알아볼 수 있었다. 서리한을 움켜쥔 아서스의 손이 별안간 떨렸다. 아서스는 혼란스럽고 불안한 감정을 힘겹게 가라앉히고 부하들에게 접근하라고 명령했다.

장례 행렬은 유명한 전사들로 가득했지만 규모가 그리 크지 않아서 포위하기가 쉬웠다. 기사들이 무기를 빼들었지만 공격하는 대신 가운데에서 항아리를 들고 있는 남자를 쳐다보았다. 그 남자는 다름 아닌 우서 경이었다. 옛 제자를 바라보는 그는 담담해 보였다. 얼굴에는 아무 표정도 없었지만 아서스가 기억하던 것보다 더 주름이 많았다. 그러나 우서 경의 눈만큼은 그 순간 정의의 분노로 이글거렸다.

"개는 자기가 토해놓은 것을 핥으러 다시 돌아오는 법이라네. 돌아오지 말라고 그리도 기도했건만."

우서 경이 말했다. 그의 목소리가 날카로운 채찍 소리 같았다.

아서스가 조금 움찔했다. 대답하는 그의 목소리가 거칠었다.

"아무래도 난 위조지폐인 모양이군요. 아무리 없애도 자꾸 나타나는 걸 보니…. 그런데 아직도 스스로를 성기사라 일컫고 있습니까? 내가 분명 기사단을 근신시켰을 텐데."

그 말을 듣고 우서 경이 웃음을 터뜨렸다. 씁쓸한 웃음이었다.

"자네에게 그럴 자격이라도 있는 것처럼 말하는군. 나는 빛의 부르심에 직접 응한다네. 자네도 한때 그랬던 것처럼."

빛이라. 아서스도 아직은 기억하고 있었다. 가슴이 쿵 하고 내려앉는 듯하더니 자신도 모르게 아주 잠깐 검을 내렸다. 그때 다시 속삭임이 들려왔다. 그에게 어떤 힘이 있는지 다시금 일깨워주고, 빛의 길을 따라 걸어도 원하는 것은 아무것도 갖지 못했다는 사실을 강조하고 있었다. 아서스가 다시 한 번 서리한을 굳게 거머쥐었다.

"예전에 내가 했던 일이 한두 가지였어야지요. 하지만 더 이상은 아닙니다."

아서스가 내뱉었다.

"자네 아버지께서 50년간 다스리신 이 땅을 자네는 단 며칠 만에 잿더미로 만들어버렸어. 물론 타락과 파괴는 쉬운 일이라네, 안 그런가?"

"아주 극적이시군요, 우서 경. 이렇게 만나서 반갑지만 옛 추억이나 떠올리고 있을 시간이 없습니다. 항아리를 넘겨주시죠. 그러면 고통 없이 죽여드리지요."

우서 경을 살려둘 순 없었다. 살려달라고 빈다고 해도 말이다. 그렇다면 더더욱 살려둘 수 없었다. 둘 사이에는 골이 깊었다. 남은 감정 또한 너무 많았다.

이번에 우서 경의 얼굴에 떠오른 것은 분노가 아니었다. 그가 아연실색하여 아서스를 쳐다보았다.

"이 항아리엔 자네 아버지의 재가 들어 있다네, 아서스! 아버지의 왕국을 무너뜨리고 떠나기 전에 마지막으로 아버지의 유해에 오줌이라도 갈기고 싶은 겐가?"

그 순간 충격이 아서스를 감쌌다.

아버지….

"무엇이 들어 있는지는 몰랐습니다."

아서스가 중얼거렸다. 우서 경만이 아니라 자신에게도 하는 말이었다. 그래, 이게 바로 티콘드리우스가 명령을 전하며 능글맞게 웃었던 두 번째 이유였다. 놈은 항아리 안에 무엇이 들어 있는지 알고 있었던 것이다. 시험의 연속이었다. 아서스가 자신의 옛 스승에 맞서 싸울 수 있겠는가? 그리고 아버지의 유해를 모독할 수 있겠는가? 아서스는 슬슬 시험에 질려갔다. 분노가 솟아오르는 것을 느끼며 말에서 내려 서리한을 뽑아 들었다.

"상관없습니다. 어떤 식으로든 가지러 온 걸 가져가고야 말 테니까요."

아서스의 머릿속에서, 그리고 그의 손 안에서 서리한이 싸우고 싶어 조바심을 내며 윙윙 소리를 내고 있었다. 아서스가 공격 자세를 취했다. 우서 경이 아서스를 잠시 쳐다보더니 빛을 내기 시작한 자신의 망치를 집어 들었다.

"난 믿고 싶지 않았다네."

우서 경의 목소리가 쉬어 있었다. 그의 눈에 눈물이 고인 것을 알아챈 아서스가 깜짝 놀랐다.

"자네가 어리석고 이기적이었을 때는 그저 어린아이라서 그렇다고 생각했지. 그 후에 자네가 철없이 고집을 부렸을 때에는 아버지의 그늘에서 벗어나려는 젊은이의 욕구라고 여겼다네. 그리고 스트라솔름, 빛이시여, 그래, 스트라솔름 사건 이후에도 난 자네가 자신만의 길을 찾아 실수를 깨닫게 해달라고 기도드렸네. 군주의 아들에게 맞설 수는 없었어."

둘은 서로의 약점을 찾아 천천히 원을 그리며 돌기 시작했다. 아서스가 억지로 미소를 지었다.

"그런데 지금은 아니란 말입니까?"

"자네 아버지에게 약속했네. 그의 유해를 귀하게 모시겠다고, 아무것도 모르고 무장조차 하지 않은 채 자신의 아들에게 살해당한 내 친구에게 약속했단 말일세."

"그 약속을 지키다 죽겠다는 말이군요."

"그럴지도 모르지."

우서 경은 죽는 것쯤은 상관없는 듯했다.

"네놈의 자비심에 매달려 목숨을 건지느니 그 약속을 지키다 명예롭게 죽겠다. 네 아버지가 죽어서 차라리 다행이다. 네놈이 어떤 존재가 되었는지 보지 않고 죽어 다행이란 말이다!"

우서 경의 마지막 말은, 고통스러웠다. 아서스가 미처 예상하지 못한 것이었다. 아서스가 우뚝 멈춰 섰다. 갖가지 감정이 그를 괴롭혔다. 아서스가 잠시 망설이는 틈을 타 우서 경이 공격했다. 안 그래도 이미 우세한 아서스였다.

"빛을 위하여!"

우서 경이 고함을 지르며 온 힘을 다해 망치를 뒤로 당겼다가 아서스를 향해 휘둘렀다. 빛나는 망치가 어찌나 빠른 속도로 움직이는지 아서스에게 휭 하는 소리가 들릴 정도였다.

아슬아슬한 순간, 아서스가 옆으로 펄쩍 뛰어 피했다. 망치가 지나가면서 일으킨 바람이 얼굴에 느껴졌다. 잔뜩 집중한 우서 경은 침착하고 위험했다. 반역자인 친구의 아들을 처단하고 악이 퍼지는 것을 막는 것은 그의 임무였다.

그러나 한때 자신을 가르쳤던 스승을 없애는 것 또한 아서스의 임무였다. 자신의 과거, 모든 과거를 죽여야만 했다. 그렇지 않으면 과거는 연민과 용서라는 달콤하지만 그릇된 희망을 앞으로도 끊임없이 심어주려 할 터였다. 알아들을 수 없는 기합을 내지르며 아서스가 서리한을 내려쳤다.

우서 경의 망치가 공격을 막았다. 두 남자가 얼굴을 마주 대고 팽팽히 맞섰다. 엄청난 힘 때문에 팔이 부들부들 떨렸다. 그때 꿍 하는 소리와 함께 우서 경이 아서스를 밀쳤다. 아서스가 비틀거리며 뒤로 넘어졌다. 우서 경이 그 틈을 타 달려들었다. 표정은 무서우리만치 침착했지만 눈빛에는 굳은 결의가 담겨 있었다. 그리고 자신의 승리가 당연하다는 태도로 싸우고 있었다. 그 절대적인 자신감이 아서스를 뒤흔들었다. 자신의 공격 역시 매우 강했지만 균형이 흐트러지고 산만했다. 지금까지 아서스는 단 한 번도 우서 경을 이겨본 적이 없었다.

"이제 끝이다!"

우서 경이 쩌렁쩌렁 울리는 목소리로 외쳤다. 놀랍게도 우서 경의 망치가 눈을 뜰 수 없을 정도로 밝게 빛나기 시작했다. 망치뿐만이 아니었다. 아서스를 쓰러뜨릴 진정한 빛의 무기라도 되는 것처럼 그의 몸 전체가 빛나고 있었다.

"빛의 정의를 위하여!"

망치가 내리꽂혔다. 망치 끝이 아서스의 복부를 정통으로 가격하자, 아서스는 순간적으로 숨을 쉴 수 없었다. 갑옷 덕분에 치명타는 피했지만 우서 경이 휘두른 망치에 맞아 찌그러지고 말았다. 아서스가 풀썩 나동그라지면서 서리한이 손에서 나가 떨어졌다. 아서스는 숨을 몰아쉬면서 일어서려고 애썼고, 온몸에 엄청난 고통이 꿰뚫고 지나갔다. 그가 저버린 빛이 이제 복수하고 있었다. 아서스의 옛 스승, 빛의 수호자 우서 경에게 광휘와 결의를 심어주며 그를 통해 복수하고 있었다.

우서 경을 감싸고 있던 빛이 더욱 환히 빛났다. 아서스의 영혼뿐만 아니라 눈까지 태워버릴 기세로 강렬하게 타오르는 빛 때문에 고통스러워서 눈을 감았다. 빛을 저버린 것은 잘못된, 너무나도 잘못된 짓이었다. 이제 빛의 자비심과 사랑이 이렇게 눈부시고도 무자비한 존재로 변해 그를 공격하고 있었다. 우서 경의 눈에서 뿜어져 나오는 하얀 빛을 올려다보며 죽음의 치명타를 기다리고 있는 아서스의 눈에 회한의 눈물이 차올랐다.

그때였다. 아서스가 자신도 모르는 사이에 검을 집어든 것일까? 아니면 검이 스스로 날아올라 그의 손에 들어간 것일까? 모든 것이 회오리처럼 몰아치는 혼란스러운 상태여서 아서스는 정확히 알지 못했다. 그가 아는 것이라고는 그 순간 그의 두 손이 서리한을 움켜쥐었고, 머릿속에 속삭임이 들려왔다는 것뿐이었다.

'낮에는 밤이 있듯 모든 빛에는 그림자가 있다. 세상에서 가장 밝은 촛불도 꺼질 수 있지. 그리고 세상에서 가장 밝은 생명도!'

아서스가 바싹 마른 폐 속으로 공기를 흠뻑 들이마시며 숨을 꿀꺽 삼켰다. 그 순간, 우서 경을 감싸고 있던 빛이 조금 어두워지는 것이 보였다. 그때 우서 경이 최후의 일격을 날리기 위해 망치를 다시 치켜들었다.

그러나 아서스는 이미 그 자리를 피한 후였다.

우서 경이 거대하고 강력한 곰이라면 아서스는 힘세고 민첩한 호랑이였다. 아무리 강력하고 빛의 축복을 받은 무기라 해도 망치는 빠른 무기가 아니었다. 우서 경의 전투 스타일 역시 빠르지 못했다. 그러나 거대한 룬검 서리한은 스스로의 힘만으로도 싸울 수 있었다.

아서스가 다시 한 번 돌격했다. 이번에는 망설이지 않고 전력을 다해 싸웠다. 빛의 수호자 우서 경을 공격하며 조금의 틈도 남기지 않았다. 우서 경이 다시 망치를 들 틈조차 주지 않았다. 우서 경의 눈이 놀라서 커졌다가 굳게 결심한 듯 가늘어졌다. 그러나 조금 전까지만 해도 그토록 환하게 그의 몸에서 뿜어나오던 빛은 시간이 흐를수록 약해졌다.

리치 왕에게서 부여 받은 아서스의 힘 앞에서 약해지고 있었다.

한 번, 그리고 또 한 번 더 서리한의 칼날이 떨어졌다. 빛나는 망치의 머리 부분에, 망치의 자루에, 그리고 우서 경의 목가리개와 어깨보호대 사이의 좁은 틈에….

우서 경이 신음을 흘리며 비틀비틀 뒤로 물러섰다. 상처에서 피가 솟구쳤다. 그러나 서리한은 더 많은 피를 보고 싶었다. 아서스 역시 서리한을 위해 그렇게 해주고 싶었다.

흰 머리칼을 날리면서 야수처럼 으르렁거리며 아서스가 또 한 번 달려들었다. 서리한이 우서 경의 팔 하나를 잘라내자, 무감각해진 그의 손에서 빛나는 망치가 툭 떨어졌다. 우서 경의 가슴보호대에 일격이 날아가 두꺼운 금속판을 찌그러뜨렸다. 같은 곳에 가해진 두 번째 일격이 금속을 쪼개고 들어가더니 가슴을 꿰뚫었다. 빛의 수호자 우서 경이 무릎을 꿇자, 얼라이언스 연합의 색인 푸른색과 금색으로 장식된 그의 옷이 갈기갈기 찢겨 눈밭 위에 날렸다. 우서 경이 위를 올려다보았다. 숨 쉬는 것조차 힘들어 보였다. 벌어진 입에서 피가 흘러 내려 수염 속으로 스며들었지만 그의 눈에 굴복의 기색 따위는 없었다.

"지옥에 너만을 위한 특별한 자리가 마련돼 있기를 진심으로 바란다, 아서스."

우서 경이 기침하자 피가 거품처럼 올라왔다.

"그건 알 수 없을 겁니다, 우서 경. 난 영원히 살 생각이거든요."

아서스가 차갑게 말하며 마지막으로 서리한을 들어올렸다. 검이 기대에 차 노래를 부르듯 소리를 냈다.

아서스가 검을 정확히 아래로 내리꽂았다. 칼날이 우서 경의 목구멍을 꿰뚫으며 그의 마지막 말을 잠재우고 위대한 심장을 관통했다. 우서 경은 그 자리에서 숨을 거두었다. 아서스가 검을 빼며 뒤로 물러섰다. 몸이 떨리고 있었다. 환희를 느끼고 긴장이 풀리는 데서 오는 떨림이 분명했다.

아서스가 무릎을 꿇고 항아리를 집어 들었다. 한참을 들고 서 있다가 천천히 봉인을 깨고 항아리를 기울였다. 속에 든 재가 쏟아져 나왔다. 테레나스 왕의 유해는 회색빛 비처럼, 역병에 걸린 밀가루처럼 떨어져 눈위로 흩어졌다. 그 순간 갑자기 바람의 방향이 바뀌었다. 왕의 마지막 남은 회색 가루가 갑자기 살아 있는 것처럼 움직이더니 회오리처럼 돌아 아서스 위로 쏟아졌다. 깜짝 놀란 아서스가 비틀거리며 한 걸음 뒤로 물러섰다. 저도 모르게 손으로 얼굴을 가리면서, 들고 있던 항아리가 둔탁한 소리와 함께 바닥으로 떨어졌다. 아서스가 재빨리 눈을 감으며 고개를 돌렸지만 때는 늦었다. 재가 숨을 막아서 아서스는 심하게 기침하기 시작했다. 당황한 아서스가 장갑 낀 두 손으로 얼굴을 부볐다. 목구멍과 코에 달라붙고 눈을 맵게 만드는 고운 가루를 문질러대고 침을 뱉었다. 순간 속이 뒤집어질 것 같았다.

아서스가 숨을 깊이 들이쉬고 마음을 가다듬었다. 잠시 후 자리에서 일어선 그는 다시 마음의 평안을 되찾은 상태였다. 어떤 감정이 스치고 지나갔을까? 그랬다 하더라도 이미 너무 깊숙이 감추어버려 본인도 알지 못했다. 돌처럼 딱딱하게 굳은 표정으로 아서스가 액체로 변한 켈투자드의 시신이 실린 마차로 돌아왔다. 그러고는 스컬지 중 한 명에게 불쑥 항아리를 내밀었다.

"강령술사를 이 안에 넣어라."

아서스가 천하무적에 올라탔다.

쿠엘탈라스는 이곳에서 멀지 않았다.

제 18 장

하이 엘프의 땅으로 향하는 엿새 동안, 아서스는 켈투자드의 유령과 계속해서 이야기를 나누었고 수많은 언데드를 얻었다.

안돌할을 떠나 동쪽으로 이동하는 아서스를 따라 시체 마차도 덜컹덜컹 움직였다. 그들은 펠스톤 농장, 달슨의 과수원, 가론의 활력 같은 작은 마을을 지나고 톤드로릴 강을 건너 로데론의 동쪽 지역으로 들어갔다. 역병에 걸렸다가 언데드로 다시 태어난 자들은 사방에 널려 있었고, 명령만 내리면 충실한 사냥개처럼 따라오게 만들 수 있었다. 그들은 돌보는 일도 쉬웠다. 죽은 자들을 먹고사니까. 모든 것이 꽤나 깔끔했다.

역병으로 쓰러진 자들, 서로 다른 시체의 부위를 꿰매 만든 누더기골렘들, 죽은 자들의 유령들, 아서스는 이들 모두가 자신의 편이 되리라고 확신했다. 그러나 새로운 지원군이 나타났을 때에는 깜짝 놀라 기겁했다. 물론 이 놀라움은 곧 기쁨으로 바뀌었다.

그것들을 처음 본 것은 쿠엘탈라스에 반쯤 갔을 때였다. 저 멀리 보이는 그것은 처음에는 땅이 움직이는 것 같았다. 아니, 아니었다. 일종의 짐승이었다. 주인들이 언데드로 변해버리자 우리를 부수고 나온 소나 양 떼들인가? 시신들을 발견하고 포식하러 나온 곰이나 늑대들인가? 이리저리 생각하던 아서스가 순간 헉 하는 소리를 내며 서리한을 꽉 움켜쥐었다. 그의 눈이 충격과 의혹으로 크게 벌어졌다.

그것들은 발 넷 달린 동물처럼 움직이지 않았다. 언덕과 풀숲 위를 총총거리며 잰 걸음으로 어기적거리는 그것들은 다름 아닌….

"거미…."

아서스가 중얼거렸다.

놈들은 이제 언덕을 따라 물밀듯 내려오고 있었다. 보라색과 검정색이 이리저리 뒤섞여 매우 위험해 보이는 놈들은 많은 다리를 재게 놀리며 아서스에게 다가왔다. 놈들은 아서스를 공격하러 오는 게 틀림없었다. 놈들은….

"리치 왕께서 아끼시는 용사에게 보내시는 새 병사들입니다."

켈투자드의 목소리가 들려왔다. 이 유령은 아서스만 보고 들을 수 있는 게 분명했다. 그리고 그는 지난 며칠간 잠시도 쉬지 않고 말을 걸었다. 최근 들어서는 죽음의 기사 아서스의 마음속에 의심의 씨앗을 뿌리는 데 더욱 집중하고 있었다. 자신이 아니라 티콘드리우스와 다른 악마들에 대해서였다.

"공포의 군주들을 믿어선 안 됩니다. 그들은 갇힌 리치 왕을 지키고 있는 간수들입니다. 전부 이야기해드리겠습니다…. 다시 이 땅을 걸을 수 있게 되는 날에…."

그동안 시간이 충분하지 않았나? 아서스는 켈투자드가 정보를 자기 앞에서 미끼처럼 대롱대롱 흔들며 자신을 꾀는 것은 아닌가 생각했다. 그래야 켈투자드의 몸을 되찾는 임무를 완수할 테니까.

아서스가 물었다.

"저놈들을 보냈다고, 내게? 도대체 뭔데?"

"한때 네루비안이었던 놈들입니다. 아퀴르라는 이름의 자부심 강한 고대 종족의 후손이죠. 살아선 놀랍도록 영리했고, 자신들과 닮지 않은 것이면 무엇이든 쓸어버리는 걸 목표로 삼았던 자들입니다."

아서스는 혐오감에 몸서리치며 거미들을 쳐다보았다.

"멋지군. 그래서 지금은?"

"이놈들은 우리가 모시는 분에 맞서 싸우다 전사한 것들입니다. 그분께서 놈들과 그들의 군주인 아눕아락을 언데드로 되살리셔서 당신을 도우라고 보내신 겁니다, 아서스 왕자. 그분과 당신의 영광을 위해서."

그것들은 거대하고 흉측한 동시에 치명적이었다. 놈들은 서걱서걱 소리를 내며 빠른 걸음으로 걸어오더니 언데드, 망령, 누더기골렘들과 대열을 맞춰 행진하기 시작했다.

"쿠엘탈라스의 엘프에 대적하기 위한 언데드 거미라…."

리치 왕이 누구인진 몰라도 극적인 장면을 연출하는 데는 일가견이 있는 모양이었다.

물론 아서스의 접근을 지켜보는 사람들이 있었다. 엘프족은 정찰에 뛰어나기로 유명했다. 아서스가 그들을 알아챌 즘에는 이미 그 소식을 족장에게 전달하고도 남았을 터였다. 아서스의 군대는 놀라운 규모로 커져 있었고, 켈투자드가 안달하며 경고했지만 아서스는 이 불가사의한 영원의 땅으로 진입하여 곧 태양샘에 닿을 수 있으리라 굳게 믿었다.

그들은 우연히 쿠엘탈라스의 젊은 사제 한 명을 사로잡았는데, 그가 반항하는 과정에서 자신도 모르게 매우 중요한 정보를 발설하고 말았다. 아서스는 그 정보를 현명하게 잘 이용할 것이다. 물론 그 사제와 달리 자발적으로 백성과 조국을 배신하고 아서스와 리치 왕이 약속한 힘을 얻으려는 자도 있었다.

이 엘프 마법사가 자기 종족을 너무나도 쉽게 배신하는 것을 본 아서스는 놀랐다. 그리고 마음이 불편했다. 아서스도 한때는 아버지처럼 백성들로부터 사랑 받은 적이 있었다. 그리고 아랫사람들의 마음에서 우러

나오는 따뜻한 사랑과 관심을 즐겼다. 시간을 내어 그들의 이름을 외우고, 그들의 가정에 무슨 일이 일어나는지 귀를 기울인 적도 있었다. 그들로부터 사랑 받길 원했다. 그리고 지금의 팔릭이 그렇듯, 그들은 아서스를 충성스럽게 따랐다.

물론 엘프의 족장들 역시 백성을 사랑하리라고 가정해야 했다. 대다수는 백성들을 배신하지 않으리라고 말이다. 그런데도 이 마법사는 별것도 아닌, 힘을 주겠다는 약속, 힘에 대한 환상 때문에 백성을 저버렸다.

인간이란 존재는 타락할 수 있었다. 인간은 마음을 돌릴 수도, 살 수도 있었다.

아서스가 자신의 군대를 둘러보며 미소 지었다. 그래, 이 편이 훨씬 나았다. 복종밖에 할 줄 모르는 이 존재들에게 충성심의 문제 따위는 없었다.

"사실입니다. 모두 다요."

정찰병이 헉헉대며 말했다.

실버문의 순찰대 사령관 실바나스 윈드러너는 이 엘프를 잘 알고 있었다. 켈마린이 가져오는 정보는 언제나 정확하고 상세했다. 그녀는 믿고 싶지 않지만 감히 그럴 수 없어서 귀를 기울였다.

물론 소문은 진즉 들었다. 역병이 인간의 땅을 뒤덮기 시작했다는 소문이었다. 그러나 쿠엘도레이 엘프들은 이 땅에서 안전하리라 생각했다. 이곳에서 수세기에 걸쳐 용과 오크, 트롤의 공격을 이겨냈다. 그러니 인간 땅에서 벌어지는 일들은 그들에게까지는 미치지 않을 것이 분명했다.

그런데 그런 일이 벌어진 것이다.

"아서스 메네실이 확실하더냐? 그 왕자가?"

켈마린이 여전히 숨을 헐떡이며 고개를 끄덕였다.

"예, 사령관님. 그자의 부하들이 그렇게 부르는 것을 들었습니다. 제가 본 바에 따르면 그가 아버지를 살해하고 로데론을 무너뜨렸다는 소문이 거짓이 아니었습니다."

켈마린의 말을 듣던 실바나스의 눈이 커다래졌다. 정찰병이 들려주는 이야기는 너무나 허황하여 믿을 수 없을 정도였다. 되살아난 시체들, 그것도 갓 죽은 것과 미라가 된 것들, 여러 신체 부위를 얼기설기 꿰매 만든 거대한 생물, 돌덩이가 살아난 것처럼 보이는 날아다니는 이상한 짐승, 이미 사라졌다고 생각한 아퀴르를 연상시키는 거대한 거미 같은 것들, 그리고 악취…. 켈마린은 허풍을 떨지 않는 사람이었다. 그런 그가 적군이 다가오기 전부터 코를 찌른다는 그 냄새에 대해 설명할 때에는 중간중간 말을 잇지 못하기까지 했다. 이 땅의 첫 번째 방어벽인 숲이 놈이 가져온 희한한 장갑 전차 같은 것 아래 무너지고 있었다. 실바나스는 그리 오래되지 않은 과거에 숲에 불을 질렀던 붉은 용들을 떠올렸다. 물론 실버문은 무사했지만 숲은 큰 피해를 입었다. 지금처럼….

"사령관님, 놈이 뚫고 들어온다면 수적으로 감당하기 어려울 겁니다."

켈마린이 비통한 표정으로 실바나스를 쳐다보며 덧붙였다.

그 마지막 말이 그녀가 필요로 하던 분노를 불러일으켰다. 실바나스가 몸을 곧게 펴며 내뱉었다.

"우리는 쿠엘도레이다. 우리 땅은 난공불락이야. 놈은 들어오지 못할 것이다. 걱정 마라. 놈은 먼저 쿠엘탈라스를 보호하고 있는 마법을 깰 방법을 알아야만 해. 그러고도 그 마법을 실제로 실행할 수 있어야 하고. 놈보다 더 낫고 영리한 적들도 실패하지 않았더냐. 믿음을 가져라. 태양샘의 힘에, 그리고 우리 백성들의 힘과 의지에…."

다른 병사가 나타나 켈마린을 데려갔다. 본래 자리로 돌아가기 전에 음식을 먹고 쉬게 할 것이다. 실바나스가 순찰대원들을 향했다.

"이놈의 면상을 직접 보고 싶다. 제1부대를 소집해라. 켈마린의 말이 옳다면 선제공격을 준비해야 하니."

둥글게 둘러친 험준한 산과 함께 쿠엘탈라스를 보호하는 거대한 성문 위에 실바나스가 몸을 뉘었다. 비교적 편안한 가죽 갑옷으로 완전 군장을 하고 등에 활을 메고 있었다. 갑자기 그녀가 벌떡 몸을 일으켰다. 앞서서 순찰대 일행을 기다리고 있던 정찰병 쉘다리스와 보라틸도 아연실색하여 적들을 쳐다보았다. 켈마린이 경고한 대로 적군의 모습이 눈에 들어오기도 훨씬 전부터 썩어가는 악취가 코를 찔렀다.

아서스 왕자가 눈에서 불을 내뿜는 뼈뿐인 말을 타고 거대한 검 한 자루를 등에 멘 채 다가오고 있었다. 실바나스는 그것이 룬검임을 한눈에 알아보았다. 짙은 색 옷을 입은 인간들이 그의 명에 따라 바삐 움직였다. 죽은 자들도 마찬가지였다. 썩어가는 시체 집단으로 시선을 옮기자, 그녀는 욕지기가 올라오는 것을 겨우 참았다. 마침 바람의 방향이 바뀌어 악취가 더 이상 불어오지 않자 마음속으로 감사드렸다.

실바나스가 긴 손가락을 재빠르게 움직이며 계획을 설명하자, 정찰병들이 고개를 끄덕였다. 그들이 그림자처럼 살그머니 돌아간 후, 실바나스는 아서스를 응시했다. 그는 아직 아무것도 눈치채지 못한 것 같았다. 예전에 들은 것처럼 금발이 아니라 흰색으로 변해버렸고 얼굴도 창백하긴 했지만, 여전히 인간처럼 보이긴 했다. 그런데 어떻게 이 상황을 견디고 있는 거지? 죽은 자들에 둘러싸여 있다니, 이 끔찍한 악취와 기괴한 모습들을….

실바나스가 몸을 부르르 떨었다. 그러고는 정신을 차려 다시 현실에 집중했다. 아서스에게 복종하는 언데드들은 가만히 서서 명령을 기다리고 있었다. 그러나 인간들은 강령술사들이 분명했다. 증오의 물결이 실바나스의 몸을 훑었다. 강령술사들은 망을 볼 새로운 괴물들을 만들어내느라 바쁘게 움직이고 있었다. 패배란 생각도 못하고 있을 게 분명했다.

그러나 자만심은 자멸로 이어지리라.

실바나스는 궁수들이 위치를 잡을 때까지 적군을 지켜보며 기다렸다. 켈마린의 경고를 들은 그녀는 순찰대 중 3분의 2를 소집했다. 아서스가 쿠엘탈라스를 보호하고 있는 마법의 엘프 관문을 뚫고 들어올 수는 없다고 굳게 믿었다. 그렇게 하려면 알아야 할 것이 너무나 많았고, 그걸 알아낼 리 만무했다. 그렇다 해도 지금 눈앞에 펼쳐진 장면들도 말로만 듣고는 믿을 수 없지 않았나…. 지금 당장 위험스러운 뿌리는 뽑아버리는 편이 나았다.

실바나스가 쉘다리스와 보라틸 쪽을 쳐다보았다. 그들이 그녀와 눈을 맞추더니 고개를 끄덕였다. 준비가 된 것이다. 실바나스는 당장 놈들을 기습하고 싶은 마음이 굴뚝같았지만, 명예를 생각하면 그렇게 해선 안 되었다. 비겁한 수를 써서 조국을 지켜낸 순찰대 사령관 실바나스 윈드러너에 관한 전설은 남길 수 없었다.

"쿠엘탈라스를 위하여."

실바나스가 조그맣게 속삭이고는 일어섰다.

"우리는 불청객은 환영하지 않는다!"

실바나스가 소리를 질렀다. 목소리가 맑고 낭랑하면서도 강했다. 아서스가 말머리를 돌려 그녀를 바라보았다. 순간, 실바나스는 그의 말이 불쌍해졌다. 강령술사들이 일제히 입을 다물더니 명령을 기다리며 아서스를 쳐다보았다.

"나는 실버문의 순찰대 사령관 실바나스 윈드러너다. 지금 당장 말을 돌려 돌아가라!"

아서스의 입술이 살짝 벌어지며 미소를 드러내었다. 흰 얼굴에 입술은 회색이었다. 분명 살아 있긴 한데 회색 입술이라니….

"돌아가야 할 건 너다, 실바나스. 죽음이 너의 땅을 찾아왔으니."

일부러 직위는 붙이지 않은 채로 대답했다. 이상한 기운만 없었다면 아서스의 목소리는 기분 좋은 저음으로 들렸으리라. 그 기운은 실바나스의 뜨거운 가슴을 한순간이나마 얼어붙게 했다. 실바나스는 떨리는 몸을 겨우 진정시켰다.

그녀의 푸른 눈이 가늘어졌다.

"그러면 어디 한번 해봐라! 왕국으로 통하는 엘프 관문은 가장 강력한 마법으로 보호되고 있다. 절대 통과하지 못할 것이다!"

그 말과 함께 실바나스가 화살을 시위에 걸었다. 공격하라는 신호였다. 눈 깜빡할 사이에 하늘은 수십 개의 화살이 날아가는 소리로 가득했다. 실바나스는 인간인지 아닌지 모를 왕자를 겨누었다. 조준은 언제나처럼 정확했다. 화살이 쌩 하는 소리를 내며 보호되지 않은 아서스의 머리를 향했다. 그러나 표적을 맞추기 전에 푸른색과 흰색이 섞인 섬광이 번쩍였다.

실바나스가 멍하니 바라보았다. 감히 상상할 수도 없을 만큼 빠르게 아서스가 차가운 푸른색과 흰빛을 내뿜는 룬검을 들어 화살을 두 동강 냈다. 아서스가 씩 웃으며 윙크했다.

"돌격하라! 모두 베어버려라! 나와 나의 군주를 모시게 하라!"

아서스가 소리 질렀다. 그의 목소리에는 강력한 힘에서 나오는 이상한 울림 같은 것이 있었다. 실바나스가 으르렁거리고는 다시 아서스를 향해 화살을 조준했다. 그러나 그는 움직이고 있었다. 죽은 말은 그를 태우고 묘하리만큼 민첩하게 달렸다. 실바나스는 이 흉측한 적군이 공격을 시작했음을 깨달았다.

한 점으로 모이듯 순찰대를 향해 아무런 생각 없이 달려드는 적군의 모습은 벌떼 같았다. 궁수들은 이미 지시를 받았다. 산 자를 먼저 쏘아 넘어뜨리고 나서 불화살로 죽은 자들을 없애라는 명령이었다. 첫 번째 일제 사격을 통해 모든 인간들이 죽어 나자빠졌다. 두 번째로 날아든 수십 개의 불화살은 걸어 다니는 시체들의 몸속 깊이 박혔다. 그러나 바짝 말라 불에 활활 타는 시체도, 축축하게 썩어서 불이 잘 붙지 않는 시체도 너무 많아서 그 수만으로도 엘프 순찰대를 압도할 지경이었다.

흙과 돌을 쌓아 수직으로 만든 순찰대 진지에도 놈들이 기어오르기 시작했다. 그중 일부는 너무 심하게 부패하여 기어오르다가 팔다리가 떨어지는 바람에 굴러 떨어지기도 했다. 그러나 넘어졌다고 그대로 누워 있을 놈들이 아니었다. 놈들은 순찰대를 향해 앞으로, 위로 밀고 올라왔다. 엘프 순찰대는 활 대신 검을 꺼내 들었다. 그들은 잘 훈련된 병사여서 육탄전에서도 잘 싸울 수 있었다. 그렇지만 출혈이 심하거나 팔다리를 잃으면 속도가 떨어지는 적을 상대로 할 경우였다. 이놈들은 달랐다.

손가락이라기보다는 갈고리 발톱에 가까운 죽은 손들이 쉘다리스를 향해 다가왔다. 이 붉은 머리의 순찰대원은 잔뜩 인상을 쓰고 열정적으로 맞서 싸웠다. 입에서 거센 반항의 고함이 쏟아져 나왔지만 실바나스의 귀에는 들리지 않았다. 놈들이 점점 다가와 쉘다리스를 에워쌌다. 마침내 쉘다리스가 놈들에게 깔려 더 이상 모습을 보이지 않자 실바나스는 가슴을 찌르는 듯한 고통을 느꼈다.

실바나스가 시위를 잡아당겼다 놓았다, 당겼다 놓았다 하는 동작을 반복했다. 자신의 임무에만 집중한 채 재빠르게 화살을 쏘아댔다. 그때 기괴한 모습의 날개 단 괴물이 가까이에 내려와 앉는 것이 얼핏 보였다. 놈의 회색 피부는 돌덩이처럼 단단해 보였다. 바닥에 가까워지자 박쥐 같은 놈의 얼굴이 기쁨으로 일그러졌다. 그러고는 나무에서 잘 익은 과일을 따듯 보라틸을 쉽사리 낚아채어 공중으로 올라갔다. 놈의 발톱이 보라틸의 어깨를 깊숙이 파고들자 실바나스의 얼굴 위로 피가 튀었다.

보라틸이 놈의 손아귀에서 벗어나려 발버둥을 쳤다. 그러더니 겨우 단검을 빼어 들었다. 실바나스가 신음을 흘리며 아래에서 위로 올라오는 언데드를 겨냥하던 활을 돌려 공중에 떠 있는 놈을 겨누었다. 그러고는 놈의 목을 향해 화살을 쏘았다.

화살은 빗나갔다. 괴물이 고개를 한 번 흔들더니 으르렁거렸다. 보라틸을 가지고 노는 데 질렸는지, 한 발을 들어 거대한 발톱으로 그의 목을 긋고 그의 몸을 툭 떨어뜨리더니 다른 순찰대원을 찾아 날아갔다.

실바나스는 아무 소리도 내지 못하고 친구 보라틸의 몸이 속수무책으로 추락하는 것을 지켜보았다. 화살을 맞고 쓰러진 추종자들의 시신 위로 그의 몸이 떨어졌다.

그때 실바나스가 소리를 질렀다.

추종자들의 시체가 움직이고 있었다.

몸을 삐죽이 뚫고 나온 알록달록한 화살을 가득 달고 놈들이 몸을 일으키기 시작했다. 어떤 놈의 몸에는 화살 수십 개가 꽂혀 있기도 했다.

"안 돼…."

실바나스가 힘없이 말했다. 갑자기 속이 메슥거리기 시작했다. 시선이 아서스에게로 향했다.

아서스 왕자가 그녀를 똑바로 쳐다보고 있었다. 얼굴에는 미소를 머금은 채였다. 장갑 낀 두꺼운 손에는 룬검이 들려 있었다. 다른 손을 까닥하자 실바나스가 지켜보고 있는 가운데 시체 하나가 부스럭거리며 몸을 움직이더니 비틀비틀 자리에서 일어났다. 그러고는 옷에 붙은 보풀을 떼어내듯 아무렇지도 않게 눈에 박힌 화살을 뽑아냈다. 순찰대의 공격은 아서스에게 아무런 피해도 입히지 못했다. 목숨을 잃은 자는 누구든 그의 흑마법에 의해 되살아났으니까. 실바나스가 이 사실을 깨닫고 분노로 눈이 이글이글 타오르는 것을 지켜본 아서스의 미소가 웃음으로 바뀌었다.

"아까 말했잖나. 그런데도 이렇게 새 병사들을 만들어주다니…."

시끄러운 전투의 소음을 뚫고 그의 목소리가 울려 퍼졌다.

아서스가 다시 손짓을 하자 보이지 않는 끈을 연결해 위에서 잡아당긴 것처럼 또 다른 시체 하나가 불쑥 위로 튀어 오르더니 두 발로 섰다. 호리호리하지만 탄탄하게 근육이 잡혀 있고, 검은 머리를 하나로 묶었으며, 까무잡잡하게 탄 피부에 뾰족이 솟은 귀를 하고 있는 남자였다. 무언가에 베여 벌어진 목에서는 아직도 붉은 피가 흘러내렸고, 목이 심하게 손상되었는지 움직일 때마다 머리가 이리저리 흔들렸다. 한때 여름 하늘처럼 푸르렀던 눈이 이제는 아무런 초점 없이 실바나스를 쳐다보고 있었다. 그리고 천천히 그녀를 향해 움직이기 시작했다.

보라틸!

그 순간, 실바나스는 발밑에서 성문이 흔들리는 것을 느꼈다. 미세한 움직임이었지만 흔들리는 것은 분명했다. 죽었어야 할 존재들이 다시 일어나는 장면을 목격하고 그것들과 싸우는 데 정신이 팔려 있어서 아서스의 기괴한 장갑 전차가 움직이는 것을 미처 알아채지 못했다. 구울을 이어 붙여 오우거만하게 만든 괴물 역시 성문을 마구 두들겨 부수고 있었다. 거미 같은 것들도 마찬가지였다.

그때 무엇인가가 부드럽게 펑 하는 소리를 내며 성벽을 때리기 시작했다. 축축한 액체가 실바나스를 적셨다. 순간적으로 지금 자신이 보고 있는 것이 무엇인지 알아차릴 수 없었다. 다음 순간, 갑작스레 상황이 이해되기 시작했다.

아서스는 죽은 엘프들의 시체를 되살리기만 한 것이 아니었다. 그들의 시신과 찢겨진 몸 조각을 무기 삼아 던지고 있었다.

실바나스가 꿀꺽 침을 삼키고는 조금 전까지만 해도 자신의 입에서 나오리라고는 상상도 하지 못한 말을 외쳤다.

"신두 팔라 나! 후퇴하라! 제2성문으로 후퇴하라!"

얼마 되지 않지만 아직 목숨을 부지하며 싸우고 있던 엘프들이 즉시 명령에 따라 부상당한 자들을 어깨에 들쳐 메고 모였다. 땀범벅이 된 그들의 창백한 얼굴에는 실바나스 역시 느끼고 있던 끔찍한 공포가 꿈틀거렸다. 엘프들이 모두 도망치기 시작했다. 달리 표현할 말이 없었다. 질서잡힌 전술적 후퇴가 아니라 목숨을 구하기 위해 전속력으로 달아나고 있었다. 실바나스도 다른 병사들과 함께 최대한 많은 부상자들을 데리고 쏜살같이 달렸다. 머릿속이 빠른 속도로 돌아가기 시작했다.

절대 듣지 못할 것 같았던 성문 부서지는 소리와 함께 언데드들이 지르는 승리의 환성이 바로 뒤에서 들려왔다. 극심한 통증으로 실바나스의 심장은 반으로 쪼개지는 것 같았다.

아서스가 해내고 말았다. 그런데 어떻게? 정말 어떻게?

그때 아서스의 목소리가 사방에 쩌렁쩌렁 울렸다. 무언가 어둡고 끔찍한 느낌이 낮게 깔린 목소리가 다른 소음을 꿰뚫었다.

"엘프 관문이 무너졌다! 앞으로, 나의 전사들아! 승리를 향해 앞으로!"

기쁨에 찬 그 목소리에서 가장 끔찍한 점은 언데드 전사들을 향한 아서스의 *애정*이 묻어난다는 사실이었다.

실바나스가 옆에서 달리고 있던 젊은이의 소매를 잡아당겼다.

"텔코, 태양샘 고원으로 달려가라. 우리가 무얼 봤는지 알려라. 그리고 공격에 대비하라고 전해라."

아직 어린 텔코의 잘생긴 얼굴에는 이곳에 남아 싸우지 못하는 것에 대한 아쉬움이 묻어났다. 그러나 이내 실바나스의 마음을 이해하고 금빛 머리를 끄덕였다. 실바나스가 잠시 머뭇거렸다.

"사령관님?"

"그리고 전해라. 배신자가 있을지도 모른다고."

그 말을 들은 텔코의 얼굴이 창백해졌다. 그러고는 고개를 끄덕이고 활시위를 떠난 화살처럼 전속력으로 달리기 시작했다. 텔코는 훌륭한 궁수였지만, 지금부터 시작될 전투에서 활이 하나 더 있다고 큰 차이는 없다는 사실을 실바나스는 잘 알고 있었다. 그러나 태양샘의 힘을 다스리고 인도하는 마법사가 적에 대해 조금이라도 빨리 알게 된다면 전투의 최종 결과에 매우 큰 영향을 미칠 터였다.

엘프들은 북쪽으로 달리고 있었다. 순찰대원들이 다리를 건너고 있을 때 실바나스가 멈춰서 뒤를 돌아보았다.

실바나스가 숨을 몰아쉬었다. 아서스와 그의 병사들이 따라오리라는 것은 당연히 예상하고 있었다. 언데드, 누더기골렘, 날아다니는 박쥐 같은 놈들, 기괴한 거미 떼들…. 수백의 적군이 무자비한 결의를 다지며 쫓아오는 것만으로도 끔찍했다. 그러나 예상하지 못한 것, 더욱 끔찍한 것이 하나 있었으니 바로 적군이 지나간 자리에 남은 흔적이었다.

달팽이가 지나간 자리에 남은 흔적처럼, 쟁기가 밭을 갈고 지나갈 때 남은 이랑처럼, 언데드의 발이 밟고 지나간 땅은 시커멓게 불모의 땅으로 변해버렸다. 아니, 그보다 심각했다. 실바나스는 돌연 오크들이 남기고 간 불타버린 숲을 떠올렸다. 피해가 막심하긴 했지만, 얼마 뒤 자연이 다시 힘을 되찾자 자연스럽게 숲은 복구되었다. 그러나 이것은, 죽음이 남긴 무서운 검은 얼룩이었다. 시체들을 살아 움직이게 만든 이상한 마법의 힘이 그것들이 지나간 땅마저 죽이는 것 같았다. 독, 그것은 독이었다. 가장 흉악한 종류의 흑마법이었다.

그리고 그것은 그곳에서 끝나야 했다.

실바나스가 멈춰 서 있던 것은 한순간에 불과했지만 평생처럼 길게 느껴졌다.

"멈춰라! 이곳에서 반격에 들어간다!"

결의에 찬 실바나스의 목소리가 맑고 우렁차게 울려 퍼졌다.

순찰대원들은 잠시 어리둥절한 듯 보였지만, 곧 명령을 이해했다. 그러고는 재빨리 실바나스의 지시에 따랐다. 실바나스를 경악하게 했던 검은 흔적을 발견하고 그들도 충격에 휩싸였지만 금세 정신을 차렸다. 상처 받은 땅을 치유하는 것은 나중에 걱정할 일이었다. 지금으로서는 무시무시한 상처가 더 넓게 퍼지는 것을 막아야만 했다.

악취가 적군보다 먼저 다가왔지만 실바나스와 순찰대원들은 이미 익숙해져 있었다. 그들은 처음만큼 당황하거나 놀라지 않았다. 실바나스가 다리 위에 굳건히 섰다. 꼿꼿이 쳐든 머리에 쓴 두건 사이로 금발 머리가 조금씩 흩어져 날렸다. 아서스의 군단이 그 광경을 보고 혼란스러운 듯 속도를 늦추더니, 이내 완전히 멈춰 섰다. 천하무적이 놀라 앞발을 들자 아서스가 살아 있는 동물을 대하듯 뼈만 불거진 목을 쓰다듬었다. 그 흉측한 말이 주인의 손길에 반응하는 것을 본 실바나스는 말도 안 되는 광경에 욕지기가 올라오는 것을 느꼈다.

"세상에, 이게 그리도 무섭다는 엘프 관문은 아니겠지?"

온기와 유머가 담긴 말투로 아서스가 말했다.

실바나스는 억지로 미소를 지어 보였다.

"아니, 안 될 말씀이지. 꽤나 힘들 거다."

"그냥 다리 아닌가. 물론 엘프들이 고양이에다가 종이로 갈기를 만들어 붙여놓고는 호랑이라고 부르기로 유명하긴 하지."

실바나스가 적군을 잠시 훑어보았다. 애써 점잖은 척했지만 분노가 치미는 것은 막기 힘들었다.

"이 도살자, 관문은 뚫었을지 몰라도 두 번째 문은 절대로 열지 못할 것이다. 실버문으로 향하는 내부 성문은 오직 특별한 열쇠로만 열 수 있다. 그건 절대 손에 넣지 못할 것이야!"

말을 마친 실바나스가 동료 대원들에게 고갯짓을 하자 그들이 달려와 함께 섰다.

아서스의 유머 감각이 사라지고 연한 눈이 번득였다. 그러고는 장갑 낀 손으로 룬검을 꽉 움켜쥐었다. 검에 새겨진 룬 문자가 빛났다.

"시간을 낭비하고 있군. 이미 정해진 결과를 거스를 수는 없다. 물론 네 병사들이 쪼르르 도망가는 모습을 지켜보는 게 재밌기는 하지만 말이야."

이번에는 실바나스가 진심으로 웃음을 터뜨렸다. 영혼 깊숙한 곳에서 우러나오는 분노와 만족감의 표현이었다.

"우리가 도망가고 있다고 생각하느냐? 엘프와 싸워본 적이 없는 게로구나!"

어떤 일은 어쩌면 이리도 단순한지…. 실바나스가 손을 들어 무엇인가 세게 던지며 생각했다. 그것은 전혀 마법을 쓰지 않은, 꽤나 실용적인 폭파 장치였다. 다리가 폭발하는 것을 보고 실바나스가 몸을 돌려 냉큼 달아났다. 금색과 은색이 섞인 키 큰 나무들이 순찰대원들을 적군으로부터 숨겨주었다. 달아나기 직전에 아서스가 내뱉는 말을 들은 실바나스가 미소를 지었다.

"저 여자가 나를 성가시게 하는군."

'그래, 더 성가시게 해주마. 참새가 매를 괴롭히듯 귀찮게 해주마. 엘렌다르 강이 영원노래 숲을 반으로 가로지르고 있지. 네 흉측한 장갑 전차가 건너올 길은 찾을 수 없을 것이다.'

물론 적군의 행진을 조금 늦출 뿐이라는 사실은 잘 알고 있었다. 그러나 충분히 늦어지기만 한다면 태양샘으로 소식을 전할 시간은 충분했다.

걱정이 되어 실바나스는 마음이 조마조마했다. 아서스가 그토록 자신감 넘치는 걸 보면 엘프 관문을 지키는 마법을 깨뜨릴 방도를 알고 있는 것 같았다. 첫 번째 문을 무너뜨린 걸로 보아 이미 많은 부분을 알고 있음이 분명했다. 물론 첫 번째 문을 보호하고 있는 마법은 두 번째 문만큼 강하지 않았다. 그리고 지금까지 지켜본 결과 그는 평상시에도 꽤나 오만한 것 같았다. 그렇지만, 혹시? 텔코에게 마지막으로 덧붙였던 경고의 말이 다시금 떠올라 마음을 혼란스럽게 만들었다.

누군가가 정말 배신했을까?

아서스가 정말 열쇠에 대해 알고 있을까?

제 19 장

다르칸 드라시르라는 반역자 덕분에 일이 더 쉬웠어야 했다. 물론 어느 정도까지는 그 마법사의 덕을 보았다. 그렇지 않았다면 세 개의 달의 열쇠에 대해 몰랐을 테니까. 이 마법의 물건은 세 개의 달의 수정으로 나뉘어 삼엄한 경비하에 쿠엘탈라스 곳곳에 숨겨져 있었다. 달의 수정이 숨겨진 각각의 사원은 태양샘과 마찬가지로 지맥이 교차하는 곳에 세워져 있다고 했다. 기꺼이 동족을 배신한 엘프가 알려준 사실이었다. 지맥은 지구의 혈관과도 같지만 피처럼 붉은 액체 대신 마법을 담고 있었다. 그래서 지맥이 교차하는 곳에서는 달의 수정이 반디노리엘, 즉 문지기라는 이름의 에너지 장을 만들어냈다. 아서스는 안텔라스, 안다로스, 안오윈 세 곳에서 이러한 에너지 장을 찾고 경비병들을 없앤 후 달의 수정을 찾기만 하면 된다.

그런데 지나칠 정도로 예쁘고 놀라울 정도로 끈질긴 엘프들이 일을 어렵게 만들었다. 천하무적에 걸터앉아 멍하니 서리한을 만지작거리던 아서스는 그리도 약해 보이는 종족이 어떻게 그의 군대에 맞설 수 있는지 곰곰이 생각하기 시작했다. 수백 명의 언데드 리치로 구성되어 없애기도 어려운 이 군대를 말이다.

순찰대 사령관 실바나스가 잔꾀를 부려 다리를 날려버린 덕분에 아서스는 귀중한 시간을 낭비했다. 쿠엘탈라스를 관통하는 그 강은 동쪽의 언덕 지대에 닿을 때까지 끊임없이 흘렀다. 언덕 지대 역시 강과 마찬가지로 아서스의 시체 마차가 움직이기 어려웠다.

시간이 좀 걸리긴 했지만 결국 아서스는 강을 건넜다. 해결책을 생각해내는 동안 마음속 깊은 곳에서 무엇인지 알 수 없는 감정이 꿈틀거렸다. 왠지 마음에 걸렸지만, 아서스는 애써 이상한 기분을 떨쳐버리고는 충성스러운 부하들에게 직접 다리를 세우라고 명령했다. 썩어가는 살덩이로 만든 다리였다. 언데드 수십 명이 물살을 헤치고 강으로 들어가 그 자리에 드러누웠다. 시체들이 줄줄이 들어가 겹겹이 포개어 다리를 만들자, 시체 마차와 투석기, 장갑 전차들이 꿀렁꿀렁 움직이며 강을 건넜다. 물론 다리가 된 언데드 중에는 너무 심하게 망가지거나 찢겨서 더 이상 쓸모가 없어진 것들도 있었다. 이러한 언데드들은 아서스가 친절히 마법에서 해방하여 진정한 죽음을 맞게 해주었다. 강 속에 남겨진 시체들은 수질을 더럽힐 것이다. 또 하나의 무기나 다름없었다.

아서스는 쉽게 강을 건넜다. 조금의 망설임도 없이 천하무적은 강물 속으로 뛰어들었다. 아서스는 문득 몇 년 전 한겨울에 있었던 천하무적의 운명적인 점프를 떠올렸다. 지금처럼 주인의 뜻에 완전히 복종하여, 꽁꽁 언 암석 위에서 펄쩍 뛰어올랐다가 미끄러졌던 그날이었다. 순식간에 밀어닥친 아픈 기억 때문에 아서스는 잠시 숨조차 쉬지 못했다. 고통과 죄책감이 밀려왔다.

그러나 아픔은 닥칠 때처럼 급작스레 사라졌다. 이제 모든 것이 괜찮았다. 아서스는 더 이상 죄책감과 수치심에 휘둘리고, 흐느껴 울다가 충성스러운 친구의 심장에 칼날을 박아 넣은 어린아이가 아니었다. 천하무적 역시 이제는 그런 상처에 아파할 동물이 아니었다. 그들 모두 전보다 훨씬 강해졌다. 천하무적은 영원히 살면서 예전처럼 주인을 모시게 되리

라. 목마름도, 고통도, 배고픔도, 피로도 모르리라. 그리고 아서스는 자신이 원하면 무엇이든 갖게 될 것이다. 아버지의 말 없는 비난도, 빛만을 굳게 믿던 우서 경의 꾸짖음도 더 이상 없었다. 익숙한 표정으로 눈썹을 찌푸리던 제이나의 의심스러운 눈초리도 더 이상….

'*제이나*….'

아서스가 세차게 고개를 흔들었다. 제이나에게는 그와 함께할 기회가 있었다. 아서스를 거부한 것은 그녀였다. 절대 그러지 않겠다고 맹세까지 했건만…. 그에게는 아무 잘못도 없었다. 이제 명령을 내릴 수 있는 것은 리치 왕뿐이었다. 생각이 다른 방향으로 향하자 갑자기 마음이 편안해졌다. 아서스는 미소를 지으며 삐죽이 튀어나온 천하무적의 등뼈를 부드럽게 쓰다듬었다. 그러자 말이 화답하듯 머리를 끄덕이며 울었다. 잠깐이었지만 자신의 행보에 의심을 품고 마음이 불안해진 것은 분명 그 아름답고 고집 센 엘프 순찰대 사령관 때문이었다. 실바나스 역시 기회가 있었다. 아서스에게는 이곳에 온 본래 목적이 있었다. 그리고 그 목적은 쿠엘탈라스를 무너뜨리고 그곳의 주민을 모조리 쓸어버리는 것이 아니었다. 그들이 아서스의 군대에 저항하지 않았더라면 평화롭게 살도록 내버려두었을 터였다. 쿠엘탈라스가 멸망한다면 그것은 실바나스의 날카로운 혀와 반항적인 태도 때문이지, 아서스 탓이 아니었다.

강물이 아서스의 갑옷 틈새를 타고 바지, 셔츠, 윗옷으로 새어 들어와 점점 차갑고 축축해졌다. 그러나 아서스는 느끼지 못했다. 잠시 후 천하무적이 훌쩍 몸을 솟구치더니 강둑 반대편으로 기어 올라갔다. 때마침 마지막 시체 마차와 비교적 멀쩡한 언데드들이 육지로 올라왔다. 나머지 언데드들은 겹겹이 쌓여 다리가 된 채 그 자리에 그대로 누워 있었다. 한때 수정처럼 맑던 강물이 시체들을 감싸고 흘렀다.

"전진!"

죽음의 기사 아서스가 외쳤다.

퇴각하던 순찰대가 산들바람 마을에 닿았다. 무시무시한 적군의 출현을 전해 들은 주민들은 처음에는 엄청난 충격에 사로잡혔지만, 일단 충격이 가라앉고 나자, 부상병들을 치료하거나 자기들이 지니고 있던 무기를 내어놓거나 너도나도 싸움에 참가하겠다며 나섰다. 실바나스는 부상을 입어 더 이상 싸울 수 없는 자들에게 되도록 빨리 실버문으로 향하라고 명령했다.

실바나스의 명령을 들은 한 여자가 고개를 끄덕이더니 허둥지둥 위층으로 향한 계단으로 발을 옮겼다.

"짐도 챙기지 마라!"

"하지만 위에…."

실바나스가 획 돌아섰다. 눈이 이글이글 타오르고 있었다.

"이해하지 못하겠나? *죽은 자들이 이리로 행진하고 있다!* 놈들은 지치지도 않고, 속도를 늦추지도 않아! 우리 병사가 쓰러지면 자기네 편으로 만든다. 우리가 한 일이라고는 놈들을 조금 늦춘 것뿐이다! 가족들을 데리고 당장 *떠나라!*"

여자는 순찰대 사령관의 반응에 크게 놀랐지만, 허겁지겁 가족들을 모아 수도 실버문으로 가는 길에 올랐다.

아서스는 금세 쫓아올 터였다. 실바나스가 부상병들을 훑어보았다. 단 한 명도 여기 남겨둘 수 없었다. 그들 역시 실버문으로 대피시켜야 했다. 그 수는 적더라도 아직 건재한 사람들에게는 부탁이 있었다. 그들이 가진 모든 것, 목숨까지 내놓아야 할지도 몰랐다. 실바나스와 마찬가지로 그들 또한 백성을 지키기로 맹세한 사람들이었다. 오늘이 바로 그날이었다.

엘렌다르와 실버문 사이에 첨탑이 하나 있었다. 잘은 몰라도 아서스가 강을 건널 방법을 찾아내어 추격할 게 분명했다. 아름다운 조국에 검푸른 상처를 남기면서 말이다. 최후의 방어선을 치기에는 그 첨탑이 안성맞춤이었다. 진입로가 좁아 언데드가 밀고 올라오기 힘들었고, 층이 높고 사방이 뚫려 있어 실바나스와 궁수들이 놈들에게 최대한 큰 피해를 입힐 수 있었다. 장렬한 최후를 맞는 그 순간까지….

실바나스 윈드러너, 실버문의 순찰대 사령관이 숨을 깊이 들이쉬고 뜨겁게 달아오른 얼굴에 물을 부었다. 그러고는 물 한 잔을 들이켜고 자리에서 일어섰다. 부상을 입지 않은 자들과 부상은 입었지만 아직 걸을 수 있는 자들을 모아 최후의 전투를 벌일 시간이 다가왔다.

자칫하면 너무 늦을 뻔했다.

궁수들이 첨탑을 오르던 그때, 한때는 달콤하고 신선하던 공기가 역겨운 부패의 냄새로 가득 차기 시작했다. 머리 위에는 용매를 탄 궁수들이 공중을 맴돌았다. 금색과 붉은색이 화려한 용매들이 기분이 나쁜 듯 거대한 뱀 같은 머리를 길게 뺐다. 고삐가 팽팽하게 당겨질 정도였다. 그들 역시 죽음의 냄새를 맡고 마음이 불안해진 것 같았다. 이 아름다운 짐승들이 이렇게 끔찍한 일에 쓰인 것은 처음이었다. 기수 중 한 명이 실바나스에게 신호를 보내자, 실바나스 역시 답을 보냈다.

"언데드의 모습이 보인다. 제 위치로, 서둘러라."

실바나스가 침착하게 병사들에게 알렸다.

매끄럽게 기름칠 된 기계처럼 병사들이 움직였다. 용매 기수들은 다가오는 적들을 향해 남쪽으로 솟구쳐 날아올랐다. 궁수 한 무리와 육탄전을 벌일 병사들 역시 앞으로 나섰다. 그들이 1차 방어선을 구축할 터였다. 가장 훌륭한 솜씨를 자랑하는 궁수들이 첨탑 가장 높은 곳까지 뛰어올라갔다. 나머지는 첨탑 아래에 넓게 퍼졌다.

오래 기다릴 필요는 없었다.

행군이 지체되는 동안 적군의 수가 조금이라도 줄기를 바라며 실낱같은 희망을 품었지만, 돌바닥 위로 쏟아지는 고운 수정처럼 희망은 산산조각 났다. 흉측한 선봉대의 모습이 보였다. 썩어 들어가는 언데드 뒤로 해골과 거대한 누더기골렘이 뒤따랐다. 거대한 누더기골렘들은 세 개나 달린 팔마다 커다란 무기를 쥐고 있었다. 그들 위로는 돌덩이 같은 괴물들이 윙윙거리며 날았다.

'뚫고 들어오고 있어….'

정신이라는 것은 이다지도 묘한가…. 실바나스는 희미하게 미소를 지으며 생각했다. 죽음이 임박한 이때, 아주 먼 옛날 들었던 노래가 떠올랐다. 세상이 멀쩡히 돌아가고 모두 함께 모여 살았던 먼 옛날, 그녀와 형제들이 즐겨 불렀던 노래였다. 실바나스는 언니인 알레리아와 베리사 그리고 남동생 리라스와 함께 황혼이 부드러운 보랏빛 그림자를 그들의 망토 위로 드리우고 바다와 꽃의 달콤한 냄새가 땅 위를 떠다닐 때 노래를 부르곤 했다.

"아나랄라, 아나랄라 벨로레, 쿠엘도레이, 신두 팔라 나. 빛이여, 태양과 하이 엘프의 빛이여. 적들이 뚫고 들어오고 있다…."

자신도 모르게 실바나스의 손이 가느다란 목에 걸린 목걸이로 향했다. 큰언니 알레리아의 선물이었다. 그러나 그것을 전해준 것은 알레리아가 아니라 그녀의 부관 중 하나였던 베라나였다. 알레리아는 호드가 아제로스와 다른 세상에 다시금 잔악무도한 짓을 저지르는 것을 막으려다 어둠의 문으로 사라져버렸다.

알레리아는 다시 돌아오지 않았다. 어둠의 문으로 사라지기 전, 알레리아는 부모님에게서 받은 목걸이를 녹여 세 개의 보석을 박아 윈드러너 자매들에게 하나씩 나누어주었다. 실바나스가 받은 것은 사파이어였다.

목걸이에 새겨진 글귀는 항상 외우고 있었다.

'실바나스에게, 언제나 사랑한다. 알레리아가.'

실바나스는 언제나처럼 죽은 언니와 마음이 연결되는 것을 느끼며 목걸이를 한 손에 움켜쥐고 기다리다가 천천히 손을 내려놓았다. 그러고는 깊이 숨을 들이쉬고 고함을 질렀다.

"공격! 쿠엘탈라스를 위하여!"

적군을 멈추게 할 방도는 없었다. 사실 그렇게 할 수 있으리라고 기대하지도 않았다. 피범벅이 된 엘프들의 엄숙한 얼굴을 둘러본 그녀는 병사들 역시 이 사실을 알고 있음을 깨달았다. 얼굴에 땀이 솟았다. 몸은 피로와 고통으로 아우성쳤지만, 실바나스 윈드러너는 싸움을 멈추지 않았다. 화살을 시위에 재고 쏘기를 반복하는 그녀의 손은 너무나 빨라 형체를 알아볼 수 없을 정도였다. 시체들과 괴물 무리가 가까이 다가와 화살을 쏠 수 없게 되자, 활을 내던지고 단검과 단도를 꺼내 들었다. 실바나스는 알아들을 수 없는 고함을 내지르며 몸을 빙그르르 돌리고, 휙 젖히고, 칼을 휘둘렀다.

한 놈이 더 쓰러졌다. 어깨에서 덜렁거리던 머리통이 아래로 떨어지더니 놈의 발에 밟혀 수박처럼 터져버렸다. 그자가 쓰러진 자리에 괴물 두 놈이 더 나타났다. 실바나스는 영원노래 숲에 살고 있는 맹수처럼 격렬히 싸웠다. 그녀의 모든 고통과 분노가 폭발하더니, 맹렬한 싸움을 통해 발산되었다. 최대한 많은 놈들을 저승으로 데려갈 작정이었다.

'뚫고 들어오고 있어….'

놈들이 밀고 들어왔다. 시체 썩는 냄새로 정신을 잃을 지경이었다. 이제 놈들의 수는 너무 많았다. 실바나스는 속도를 늦추지 않았다. 놈들이 그녀를 완전히 짓밟을 때까지 싸울 작정이었다.

바로 그 순간, 짓밟을 듯 밀려오던 시체들이 갑자기 사라지고, 한 걸음 뒤로 물러나더니 멈춰 섰다. 숨을 헐떡이며 실바나스가 언덕 아래를 내려다보았다.

아서스가 언데드 말 위에 앉아 그곳에 있었다. 실바나스를 뚫어져라 쳐다보는 아서스의 흰 머리카락이 바람에 날렸다. 그녀가 몸을 펴며 얼굴에 묻은 피와 땀을 훔쳤다. 놈은 한때 성기사였다. 큰언니도 그와 같은 성기사를 사랑했더랬지. 돌연, 실바나스는 알레리아가 죽은 것이 다행이라고 생각했다. 죽어서 이 광경을 보지 못하는 것이, 한때 빛의 투사였던 한 남자가 윈드러너 자매들이 그토록 사랑하고 아꼈던 모든 것을 파멸시키고 있는 이 광경을 보지 못하는 것이 그토록 다행스러울 수가 없었다.

아서스가 인사하듯 빛나는 룬검을 들어 올렸다.

"너의 용맹스러움에 경의를 표한다, 엘프. 그러나 술래잡기도 이제 끝이다."

아서스는 진심으로 실바나스를 칭찬하는 듯했다.

실바나스가 꿀꺽 침을 삼켰다. 입 안이 사막만큼이나 건조했다. 무기를 쥔 손에 더욱 힘을 주었다.

"그러면 여기에서 너와 맞서겠다, 이 도살자. 아나랄라 벨로레!"

아서스의 회색 입술이 씰룩였다.

"마음대로 하시지, 순찰대 사령관."

아서스는 말에서 내리지도 않았다. 대신 언데드 말이 히히힝 하고 울더니 실바나스를 향해 곧장 달려오기 시작했다. 아서스가 왼손으로 고삐를 잡고 오른손으로 거대한 검을 치켜 올렸다. 실바나스의 입에서 탄성이 새어 나왔다. 단 한 번이었다. 두려움이나 회한의 비명은 없었다. 다만 증오와 정의의 분노가 가득 담긴 짧고 거친 탄식뿐이었다. 적을 멈출 수 없다는 사실, 그녀가 가진 모든 것, 살과 피를 모두 내놓아도 놈을 막을 수 없다는 사실만이 실바나스를 괴롭혔다.

'알레리아 언니, 내가 간다.'

실바나스는 자신의 무기를 들어 룬검의 치명적 공격에 정면으로 맞섰다. 그 충격으로 그녀의 무기가 산산조각 났다. 그 순간, 룬검이 실바나스의 몸을 꿰뚫었다. 차가운 느낌, 너무나 차가워 얼음으로 만들어진 것 같은 검이 실바나스를 갈랐다.

그녀와 눈을 맞춘 채 아서스가 검에 무게를 실으며 몸을 기댔다. 실바나스가 컥 하며 기침을 토했다. 미세한 핏방울이 아서스의 창백한 얼굴에 뿌려졌다. 그녀가 상상한 것인가? 아니면 잘생긴 그의 얼굴에 후회의 표정이 스치고 지나간 것인가?

아서스가 검을 잡아 빼자 실바나스가 그 자리에 풀썩 쓰러졌다. 피가 솟아 나왔다. 차가운 돌바닥에 누운 실바나스가 몸을 떨었다. 참을 수 없는 통증이 온몸을 찔렀다. 아무 소용 없었지만 손이 덜덜 떨리며 벌어진 상처로 향했다. 손으로 막으면 피가 멈추기라도 할 것처럼.

"죽여라. 나는 깨끗하게, 죽음을 맞을 자격이 있다."

실바나스가 조그만 소리로 내뱉었다.

눈을 감은 그녀의 몸 위로 둥둥 떠다니는 듯한 아서스의 목소리가 들려왔다.

"네년이 나한테 한 짓을 봐라. 그런데 평화로운 죽음을 기대하다니."

한순간 공포가 솟구치더니 다른 모든 것들과 마찬가지로 흐려지기 시작했다. 그녀를 다시 불러일으킬 작정인가? 저 기괴하게 비틀대는 괴물들처럼?

"안 돼… 감히… 절대로…."

실바나스가 중얼거렸다. 그녀의 목소리는 저 멀리 보이지 않는 곳에서 들려오는 것 같았다.

그때 목소리가 사라졌다. 모든 것이 사라졌다. 추위, 악취, 타는 듯한 통증…. 모든 것이 부드럽고, 따뜻하고, 어둡고, 평화로우며, 편안했다. 실바나스는 그 안락한 어둠에 몸을 맡겼다. 드디어 쉴 수 있게 되었다. 조국을 위해 그리도 오래 쳐들고 있던 팔을 이제야 내려놓을 수 있게 되었다.

바로 그때.

극심한 통증이 그녀를 꿰뚫었다. 생전 처음 느끼는 통증이었다. 이제껏 견뎌낸 그 어떤 육체적 통증도 이 괴로움에 비하면 약하게 흔들리는 촛불에 불과했다. 이것은 영혼의 고통이었다. 영혼이 생명을 잃은 몸을 떠나 다른 것에 속박되는 고통이었다. 침묵과 고요함의 따스한 안식처로부터 찢겨지고 뜯겨져 떨어져 나가는 고통…. 그 끔찍한 행위에 담긴 어마어마한 폭력성이 괴로움을 더욱 부채질했다. 실바나스는 몸속 깊은 곳에서부터 비명이 점점 부풀어 올라 이제는 온기라고는 찾을 수 없는 입술 밖으로 새어 나오는 것을 느꼈다. 이 길고도 예리한 울부짖음은 곧 다른 사람의 피를 얼리고 심장을 멈추게 하리라.

시야에서 어둠이 점점 걷혔다. 그러나 색은 돌아오지 않았다. 눈앞의 그를 보는 데 빨강이나 파랑, 노랑 같은 색은 필요하지 않았다. 실바나스에게 이런 고통을 안겨준 그자는 색깔이 존재하는 이 세상에서도 온통 흰색과 회색, 검정색일 뿐이었다. 그녀의 목숨을 앗아 간 룬검이, 영혼을 삼켜버린 룬검이 번쩍이며 빛을 발산했다. 편안한 죽음의 포옹으로부터 실바나스를 떼어놓은 아서스의 또 다른 한 손이 이리 오라는 듯 움직였다.

“밴시, 내가 너를 만들었다. 넌 네 고통을 소리 내어 말할 수 있다. 실바나스, 너에게 그 정도는 허락하겠다. 다른 놈들보다 훨씬 좋은 조건이지. 그리고 그렇게 하여 너는 다른 자들에게 고통을 안겨주리라. 이 골칫덩이 순찰대 사령관, 넌 그렇게 날 모시게 될 것이다.”

아서스가 말했다.

공포로 이성을 잃어버린 실바나스가 피투성이가 되어 쓰러진 자신의 시신 위를 맴돌았다. 생명이 사라진 채 번쩍 뜬 자신의 눈을 들여다보던 실바나스가 아서스를 바라보았다.

"아니, 너를 섬기는 일 따위는 절대 없다!"

공허하고 등골이 오싹하지만 아직은 그녀의 것처럼 들리는 목소리로 실바나스가 대꾸했다.

그 말을 들은 아서스가 손짓했다. 손가락을 슬쩍 움직이는 정도의 아주 가벼운 손짓이었다. 그러나 그 순간 찌르는 듯한 고통이 등을 활처럼 휘게 만들었다. 또 한 번, 비명이 입에서 터져 나왔다. 분노와 슬픔에 휩싸인 채, 실바나스는 자신이 아서스 앞에서 아무 힘도 없다는 사실을 깨달았다. 그녀는 그의 도구였다. 썩어가는 언데드와 악취를 풍기는 창백한 누더기골렘과 다를 바 없는.

"네 병사들도 이제 나의 것이다."

아서스가 입을 열었다. 다음 순간 그의 말투에는 진정한 후회가 담겨 있었다.

"꼭 이럴 필요는 없었다. 너와 그들 그리고 너희 백성의 운명이 모두 너의 선택 때문이라는 것만 알아둬라. 나는 이제 태양샘으로 갈 것이다. 그리고 너는 나를 따르게 될 거야."

실바나스의 형체 없는 몸속에서 살아 있는 생물처럼 증오가 자랐다. 아서스의 새로운 장난감이 된 실바나스는 둥둥 떠다니며 그의 주변을 맴돌았다. 그녀의 시신은 별것 아닌 것처럼 시체 마차 위로 던져졌다. 시신이 어떤 처참한 최후를 맞게 될지는 아무도 몰랐다. 그녀와 그를 연결하는 실이라도 있는 것처럼 실바나스는 죽음의 기사 아서스 곁에서 몇 미터 이상 떨어지지 못했다.

그리고 그녀 역시 속삭임을 듣기 시작했다.

처음에는 자신이 이 새롭고 무시무시한 부활을 거치며 제정신을 잃은 것이라고 생각했다. 그러나 곧 정신 이상이라는 도피처마저도 실바나스를 저버린 게 분명해졌다. 처음에 머릿속에서 들려오던 말은 전혀 알아들을 수 없었고, 그녀 역시 듣고 싶지 않았다. 그렇지만 그 목소리가 누구의 것인지 알게 되었다.

실버문으로 진군하는 동안 아서스는 실바나스를 유심히 지켜보았다. 그러다가 어느 순간, 매우 분명한 속삭임이 들려왔다.

'실바나스, 넌 나의 영광을 위해 섬길 것이고, 죽은 자들을 위해 일할 것이며, 복종만을 갈구할 것이다. 아서스는 처음이자 내가 가장 사랑하는 죽음의 기사다. 그가 너를 영원히 지배하고, 넌 그를 기쁘게 받아들이리라.'

실바나스가 몸을 부르르 떠는 것을 본 아서스가 미소를 지었다.

쿠엘탈라스의 성문 바깥에서 아서스를 처음 보았을 때, 이 위대한 땅이 아직 깨끗하고 순수하며 죽음의 손길에 닿지 않았을 때, 실바나스는 그를 증오했다. 그리고 그의 졸개들이 그녀의 사람들을 쓰러뜨리고 꼭두각시로 다시 일으켜 세웠을 때, 아서스의 흉악한 룬검이 한 번에 그녀를 꿰뚫었을 때에도 증오했다. 그러나 지금 느끼는 증오심에 비하면 아무것도 아니었다. 그것은 촛불과 태양, 나지막한 속삭임과 밴시의 비명을 비교하는 것과 같았다.

'절대로! 그가 내 행동을 지배할진 몰라도 나의 의지를 깨뜨리지는 못하리라.'

그녀가 머릿속에서 들려오는 속삭임에게 대꾸했다.

들려오는 소리라고는 공허하고 차디찬 웃음뿐이었다.

아서스의 군대는 산들바람 마을과 동부 성소를 지나 행군을 계속했다.

실버문의 성문에 다다라서야 행진은 멈추었다. 아서스의 목소리가 그렇게 크게 울릴 수는 없었다. 그러나 성문 앞에 선 그의 목소리는 도시 구석구석까지 퍼졌다.

"실버문의 백성들아! 항복할 기회를 그리도 많이 주었건만 너희는 고집스레 거부했다. 바로 오늘, 너의 종족 전체와 고대 유산이 모두 최후를 맞게 되리라! 죽음이 너희 엘프들의 땅을 차지하러 왔으니!"

항복하지 않으면 어떻게 될 것인지 본보기를 보여주기 위해 한때 그들의 순찰대 사령관이었던 실바나스 윈드러너를 그들 앞에 세웠다. 그래도 그들은 항복하지 않았다. 억지로 아서스의 명령에 따라야 했던 실바나스는 그들이 더욱 자랑스러웠다.

그렇게 도시가 무너졌다. 아름답게 빛나던 마법의 도시가 언데드 군대의 발아래 산산이 부서져 돌로 변해버렸다. 실버나스는 아서스가 기묘한 애정을 담은 목소리로 언데드 군단을 스컬지라고 부르는 것을 들었다. 예전에 그랬듯 아서스는 쓰러진 엘프들을 되살려 자신의 병사로 만들었다. 실바나스에게 심장이 남아 있었다면 그토록 사랑했던 친구들과 가족들이 아무 생각 없이 비틀비틀 걷는 모습을 보고 심장이 찢어졌으리라. 도시를 통과한 아서스의 군대가 계속 전진했다. 그들이 지나간 자리에 남은 것이라고는 검푸른색을 띤 흉한 상처나 부서진 머리를 흔들거나 삐져나온 내장을 질질 끌며 비틀비틀 걸어가는 엘프들뿐이었다.

실바나스는 실버문과 쿠엘다나스 사이의 해협이 넘지 못할 장벽이 되기를 바랐다. 잠시나마 소망이 이루어지는 것도 같았다. 아서스가 고삐를 당겨 멈추더니 햇빛으로 빛나는 푸른 물을 뚫어지게 쳐다보았다. 하얀 눈썹을 잔뜩 찌푸린 채 아서스는 언데드 말 위에 앉아 있었다.

"이 해협을 시체들로 메울 순 없을 거다, 아서스. 도시 전체를 갖다 부어도 부족할걸. 넌 여기서 끝이다. 네 실패는 그야말로 달콤하구나."

실바나스가 의기양양하게 말했다.

그러자 한때 사람이었던 그가, 한때 모든 면에서 선하다고 했던 그가 몸을 돌리더니 실바나스를 향해 씩 웃었다. 이 모습을 본 그녀는 찌르는 듯한 극심한 통증을 느끼고는 또 한 번 영혼마저 찢어놓을 듯한 비명을 쏟아냈다.

아서스가 해협을 건널 방법을 찾았다.

그는 서리한을 물기슭에 획 던졌다. 그러고는 빙글빙글 돌며 날아가 칼끝이 모래에 꽂히는 것을 기쁜 듯 바라보았다.

"서리한이 말한다…."

실바나스도 들었다. 사악한 무기에서 흘러나오는 리치 왕의 목소리였다. 서리한의 칼날을 때리던 물이 그 순간 얼어붙었다. 무기와 병사들이 해협을 건너갈 수 있도록 말이다.

아서스는 실바나스의 목숨을 앗아 갔다. 그녀가 사랑하던 쿠엘탈라스와 실버문을 빼앗아 가더니 최후의 공격 직전에 왕마저 죽여버렸다.

쿠엘다나스의 사람들은 맹렬히 저항했다. 아나스테리안 왕이 아서스 앞에 모습을 드러냈을 때 그의 강력한 마법이 아서스가 만들어놓은 얼음다리를 부수기 시작했다. 그러나 아서스가 곧 얼음을 복구했다. 아서스는 인상을 찌푸리고 눈에서 불꽃을 튀기며 서리한을 뽑아들었다. 그러고는 엘프 왕 아나스테리안을 향해 달려들었다.

실바나스는 아나스테리안 왕이 아서스를 무너뜨리기를 바랐지만 그렇게 되지는 않으리라는 사실을 이미 알고 있었다. 왕은 3천 년이나 살았다. 발까지 내려오는 흰머리는 흑마법 때문이 아니라 나이 때문이었다. 그도 한때는 뛰어난 용사였고 지금도 강력한 마법사였지만, 유령이 되어 새로운 눈으로 보니 따뜻한 숨을 내쉴 때는 보이지 않았던 연약한 기운이 그에게 서려 있었다. 그래도 왕은 한 손에는 '화염쐐기', 불꽃 공격이라는 뜻의 오래된 무기 펠로멜로른을, 다른 한 손에는 강력한 힘을 지닌 수정이 박힌 지팡이를 들고 그에게 맞섰다.

아서스가 치고 들어왔다. 그러나 아나스테리안 왕은 이미 천하무적 앞에 서 있지 않았다. 실바나스의 눈보다도 빠르게 무릎을 꿇더니 펠로멜로른을 휘둘러 천하무적의 앞다리를 깨끗이 두 동강 냈다. 말이 비명을 지르더니 쓰러졌다. 위에 타고 있던 아서스 역시 바닥에 떨어졌다.

"천하무적!"

아서스가 소리를 질렀다. 언데드 말이 옆으로 구르더니 존재하지도 않는 앞다리를 짚고 일어서려는 것을 지켜보는 아서스의 얼굴이 고통으로 얼룩졌다. 아나스테리안 왕이 방금 유리한 고지를 점령했는데 '천하무적'이라고 고함을 지르다니, 실바나스는 이해할 수가 없었다. 그러나 엘프 왕을 올려다보는 아서스의 얼굴에서 이미 고통은 사라졌고 벌거벗은 분노만이 자리하고 있었다. 그의 모습은 거의 인간처럼 보였다. 자신이 사랑하는 존재가 고통 받는 모습을 지켜보아야만 하는 인간 남자의 모습. 아서스가 비틀거리며 자리에서 일어서더니 못내 아쉬운 듯 뒤를 돌아 다시 한 번 말을 쳐다보았다. 순간 실바나스가 생각했다.

'혹시… 설마….'

그러나 고대의 엘프 무기는 룬검의 상대가 될 수 없었다. 실바나스가 생각한 그대로였다. 서로 맞부딪친 순간, 펠로멜로른이 둘로 부러지면서 파편이 사방으로 튀었다. 아나스테리안 왕이 그 자리에 쓰러졌다. 그의 영혼도 다른 수많은 영혼들처럼 시신에서 찢겨지더니 빛나는 서리한에게 먹혀버렸다.

얼음 위에 처참히 널브러진 왕의 몸에서 피가 솟아나와 시뻘건 웅덩이를 만들었다. 왕의 흰머리가 수의처럼 넓게 펼쳐졌다. 아서스가 서둘러 천하무적에게 달려가 잘린 다리를 고쳐주었다. 어루만지는 주인의 손길에 언데드 말이 껑충껑충 뛰며 그의 손에 주둥이를 비벼댔다. 실바나스는 이 엄청난 고통과 고뇌, 그리고 아서스와 그가 저지른 잔악한 행위에 대한 불타오르는 증오를 더 이상 참을 수 없었다. 아직도 남아 있는 사랑하는 사람들에게 피해가 될 것은 알았지만 견딜 수가 없었다. 머리가 뒤로 젖혀지고 양팔이 옆으로 벌어지면서 입에서 비명이 쏟아졌다. 아름다운 동시에 끔찍한 비명이 존재하지 않는 목구멍에서 솟아 나왔다.

밴시로 태어나자마자 아서스의 마법에 고통을 느끼고 비명을 지른 적이 한 번 있었다. 그러나 그 비명은 그녀만의 고통과 절망에서 비롯된 것일 뿐이었다. 이번에는 더 많은 것이 녹아 있었다. 괴로움, 통증, 무엇보다도 순수함에 가까운 극심한 증오가 있었다. 다른 사람들이 내뱉는 고통의 신음 소리가 그녀의 비명과 함께 어우러졌다. 엘프들이 피가 흐르는 귀를 부여잡고 바닥으로 쓰러지는 것이 보였다. 그들의 목소리와 주문이 멈추었다. 마법의 말이 알아들을 수 없는 슬픔과 고통의 비명으로 바뀌었다. 그들 중 일부는 그 자리에서 숨을 거두었다. 갑옷이 산산조각 나고 날카로운 파편이 되어 날아갔다. 그들의 뼈마저도 피부 속에서 갈라지고 부러졌다.

아서스마저도 실바나스를 멍하니 쳐다보았다. 흰 눈썹이 모아지더니 그녀를 샅샅이 살펴보기 시작했다. 실바나스는 멈추고 싶었다. 입을 다물어 그토록 증오하는 남자에게 도움이 될 뿐인 이 파괴의 비명을 멈추고 싶었다. 드디어 고통이 잦아들면서 실바나스, 새로 태어난 밴시가 조용해졌다.

"정말 훌륭한 무기로군. 그렇지만 양날의 검이 될지도 모르겠구나. 너를 지켜보겠다."

아서스가 중얼거렸다.

아서스의 군대가 행군을 계속했다. 아서스가 드디어 태양샘 고원에 닿았다. 태양샘을 지키던 사람들을 베어버리는 것으로도 모자라 그는 실바나스 또한 공격에 가담하게 만들었다. 그러고는 엘프들에게 궁극의 공포를 선사했다. 수천 년 동안 쿠엘도레이를 지켜온 영광스러운 빛의 연못으로 저벅저벅 걸어간 것이다. 그 옆에 서서 아서스를 기다린 사람은 실바나스도 아는 얼굴, 바로 다르칸 드라시르였다.

그렇다, 쿠엘탈라스를 배반한 것은 바로 그였다. 손에 수천 명의 피를 묻힌 것은 아서스뿐만이 아니었다. 아니, 오히려 더 많은 피가 다르칸 드라시르의 손에 흐르는 셈이었다. 실바나스의 몸속에 분노가 솟구쳤다. 그녀는 따뜻한 금색 빛이 아서스의 얼굴에 아른거리는 것을 지켜보았다. 조금이나마 그의 얼굴이 부드러워 보였고, 인공적이나마 온기가 느껴지는 것 같았다. 그때 아서스가 잘 세공된 항아리를 거꾸로 들더니 안에 있던 내용물을 금빛 연못에 쏟아 부었다. 순간 빛이 바뀌었다. 맥박이 뛰듯 움직이고 빙글빙글 돌더니, 소용돌이의 한가운데에서 이상한 마법의 빛이 뿜어져 나왔다.

그것은 빛이 아니라 그림자였다.

죽어서 밴시가 된 바로 그날 별별 사건을 목격한 실바나스였지만, 더럽혀진 태양샘에서 팔을 높이 쳐들고 모습을 드러낸 존재를 보자 너무 놀라서 입을 다물 수 없었다. 그것은 뿔이 달리고 빈 눈구멍에서 불을 내뿜는 해골이었다. 쇠사슬로 몸을 감싼 채 일그러진 모습으로 웃고 있는 그놈이 움직일 때마다 보라색 옷이 흐느적거렸다.

"약속한 대로 다시 태어났다! 리치 왕께서 내게 영생을 주셨다!"

이걸 위해서였나? 이 괴물 하나를 되살리기 위해? 모든 살인과 고통, 공포가? 말할 수 없을 정도로 귀하고 소중한 태양샘이 망쳐지고 수천 년 동안 지켜오던 종족의 삶이 송두리째 사라진 것이 모두 이 때문이라고?

실바나스는 낄낄대며 웃고 있는 놈을 멍하니 바라볼 뿐이었다. 그나마 고통을 조금이라도 줄여주는 일이 있었다. 동포를 배신했듯 새로운 주인마저 배신하려 한 다르칸이 서리한의 날카로운 칼날 아래 죽음을 맞았다는 사실이었다.

제 20 장

찬바람이 흰 머리칼을 어지럽히고 얼굴을 어루만지자 아서스가 미소 지었다. 추운 곳으로 다시 돌아오니 좋았다. 항상 초여름 날씨에 진한 꽃향기와 생명의 활기를 내뿜는 엘프들의 땅은 아서스를 불편하게 만들었다. 제이나와 많은 시간을 보냈던 달라란의 정원과 발니르 농장의 금어초 꽃밭이 떠올랐기 때문이다. 차라리 그를 깨끗하게 씻어주는 것 같은 바람과 기억을 억누르는 추위가 있는 곳이 나았다. 그런 기억은 그를 약하게 만들 뿐, 아무 소용도 없었다. 이제 아서스 메네실의 마음속에는 나약함이 머무를 공간은 없었다.

언제나 그렇듯 아서스는 충실한 말 천하무적 위에 앉아 있었다. 쿠엘탈라스에서 망할 놈의 아나스테리안 왕이 비겁하게도 아무 죄 없는 말을 공격하는 바람에 잠시 괴로웠던 기억이 떠올랐다. 천하무적이 죽음에 이르게 된 것과 똑같이 다리를 자르다니…. 그 사건으로 끔찍한 기억을 되살린 아서스는 마음속으로 부르르 떨며 얼음처럼 찬 분노를 쏟아내었고, 그것이 결과적으로는 아나스테리안 왕과의 싸움에 도움이 되었다. 아서스를 둘러싸고 그의 병사들이 눈 덮인 길을 행진했다. 추위에 떨지도, 지치지도 않는 그들이었다. 그 기괴한 행렬 속 어딘가에서 밴시가 둥둥 떠다녔다. 그 순간만큼은 아서스도 실바나스가 자유롭게 움직일 수 있도록 놔두었다. 언데드 리치로서는 어울리지 않게 평화로이 그의 옆에서 떠다니고 있는 켈투자드에게 더 관심이 갔기 때문이었다. 스컬지 군단을 이머나먼 추운 곳까지 안내한 것도 바로 그였다. 아서스는 지금까지 행진의 이유나 목적지를 캐묻지 않았다. 그러나 행군은 지겨워졌고, 아서스의 호기심은 커져만 갔다. 아서스는 미소를 지으면서 입꼬리가 올라가는 것을 느꼈다.

"그래, 저번에 내가 죽인 일에 대해선 기분 나쁘지 않은 건가?"

아서스가 놀리는 말투로 물었다.

"바보 같은 소리는 하지 마십시오. 우리의 만남이 그렇게 끝나지 않으리라는 건 리치 왕께서 이미 말씀해주셨던 겁니다."

언데드 강령술사인 켈투자드가 대답했다. 이 말을 들은 아서스가 깜짝 놀랐다.

"리치 왕께서 내가 널 죽이리라는 걸 알고 있었다고?"

아서스가 무릎 위에 놓인 서리한을 내려다보며 눈살을 찌푸렸다. 검은 자는 듯 조용했다. 아무런 속삭임도 들리지 않았고 룬 문자가 강력한 힘을 자랑하며 빛나지도 않았다.

"그렇습니다. 스컬지 군단이 시작되기도 전에 이미 당신을 기사로 뽑아두셨던 겁니다."

켈투자드가 뽐내는 듯한 기색으로 음험하게 대꾸했다.

아서스의 마음이 점점 더 불편해졌다. 아무도 그의 운명에 대해 묻지도, 알려주지도 않았다. 그러나 미리 알고 있었다면 운명을 순순히 받아들였을까?

'아니.'

아서스는 남에게 조종되는 걸 좋아하지 않았다. 그러나 그가 리치 왕의 무시무시한 병기가 될 운명이었다면 꾸준히 단련될 필요가 있었다.

한 걸음, 한 걸음씩 운명에 다가가야지, 그렇지 않았다면 분명 거부했으리라. 거부했다면 아직도 제이나와 함께였을 테고, 그랬다면 우서 경과 아버지도….

"리치 왕이 모든 것을 다 알고 있다면, 어떻게 공포의 군주들이 그를 조종할 수 있지?"

"공포의 군주는 우리의 주인이신 리치 왕을 창조하신 분의 대리인일 뿐입니다. 바로 불타는 군단의 불 같은 악마들이죠."

이 말을 들은 아서스는 등골이 오싹해지는 기분이 들었다. 불타는 군단, 두 단어였지만 그 말에서 풍기는 강력한 힘만으로도 머리가 어지러운 듯했다. 그의 무릎 위에 놓여 있던 서리한이 순간 빛을 번쩍였다.

"그것은 이 세상 말고도 수없이 많은 다른 세상을 모조리 집어삼킨 거대한 악마의 군대입니다."

켈투자드의 목소리는 최면을 거는 듯했다. 아서스는 잠시 눈을 감았다. 켈투자드의 목소리에 따라 여러 가지 장면이 펼쳐졌다. 붉은 세상 위로 붉은 하늘이 둥글게 그려졌다. 산등성이를 넘어 괴이한 생물들이 물결처럼 쏟아져 내려왔다. 그것들은 사냥개처럼 달리고 있었지만, 분명 이 세상에 존재하는 생물은 아니었다. 무시무시하게 커다란 입은 뾰족한 이로 가득했고, 이상한 촉수가 어깨에 솟아 있었다. 거대한 돌덩이들이 초록색 불길을 남기며 날아와 바닥에 떨어지더니, 살아 있는 듯 움직이면서 적을 향해 돌진했다.

"자, 이제는 이 세상을 불태울 차례입니다. 우리의 주인 리치 왕께서는 불타는 군단이 도착할 길을 닦기 위해 창조되었습니다. 공포의 군주들은 리치 왕이 이 일에 성공하도록 돕기 위해 보내진 것입니다."

아서스의 머릿속에서 장면이 바뀌었다. 화려하게 조각된 거대한 문을 바라보고 있었다. 직접 본 적은 없었지만, 어찌 된 일인지 그것이 어둠의 문임을 알 수 있었다. 녹색 불을 내뿜는 문 주변에는 악마들이 우글거렸다. 아서스가 고개를 흔들자 곧 환영이 사라졌다.

"그러면 로데론에 퍼진 역병이나 노스렌드의 요새, 엘프의 학살, 이 모든 일이 엄청난 악마의 침공을 준비하기 위해서라는 말이냐?"

"그렇습니다. 시간이 지나면 우리의 역사 전체가 곧 다가올 전쟁을 위해 꾸며진 것이라는 사실을 알게 될 겁니다."

아서스가 곰곰이 생각하기 시작했다. 서리한이 잠을 깼다. 아서스가 오른손의 장갑을 벗고 맨손으로 검을 만졌다. 차가웠다. 서리한을 다룰 수 있게 단련된 죽음의 기사인 아서스의 손도 못 견딜 만큼 차디찼다. 만지는 손에 통증이 느껴질 정도였다. 다시금 속삭임을 들으면서 아서스가 미소 지었다.

"할 이야기가 더 있지, 그렇지 않나? 공포의 군주들이 우리의 주인님을 가뒀다고 하지 않았나? 이야기해보지?"

켈투자드에게 다시 시선을 돌리며 아서스가 물었다.

살점이라고는 없는 켈투자드는 감정을 드러낼 만한 표정은 짓지 못했다. 그러나 켈투자드의 몸이 살짝 구부정해지는 것을 보고 아서스는 그의 심기가 불편한 것을 눈치챘다. 켈투자드가 입을 열었다.

"리치 왕의 계획 중 1단계는 스컬지 무리를 만들어 군단을 막을 만한 것들을 모조리 뿌리 뽑는 것입니다."

아서스가 고개를 끄덕였다.

"로데론의 기사들처럼. 하이 엘프들도 그렇고."

아서스는 뱃속에 차가운 덩어리가 맺히는 기분이 들었지만 애써 무시했다.

"바로 그겁니다. 그리고 2단계는 침공에 불을 붙일 악마의 군주를 소환하는 것입니다."

켈투자드가 뼈뿐인 손가락을 들어 그들이 가고 있는 방향을 가리키며 덧붙였다.

"여기에서 멀지 않은 곳에 악마 관문을 사용하고 있는 오크들의 진지가 있습니다. 악마의 군주와 의사소통을 하고 지시를 받기 위해서는 그 관문을 이용해야만 합니다."

아서스는 잠시 아무 말도 하지 않고 천하무적 위에 앉아 있었다. 스트란브래드에서 빛의 수호자 우서 경과 함께 오크들을 상대로 싸우던 옛날이 떠올랐다. 오크들은 자신이 모시던 악마의 군주를 위해 인간을 제물로 바치고 있었다. 그 모습을 본 그와 우서 경 모두 역겨움을 금치 못했다. 그때 아서스는 분노가 솟구쳐 올랐고, 증오와 분노를 담고 싸움에 임해서는 안 된다며 우서 경으로부터 잔소리를 들었다.

"화가 피를 보려는 욕망으로 변한다면 우리도 오크와 다를 바가 없지."

우서 경은 죽고 없었고, 오크들을 죽이긴 하지만 자신은 악마들과 한편이 되다니…. 아서스의 눈 근처에서 미세하게 경련이 일어났다.

"그러면 뭘 기다리고 있는 거야?"

아서스가 쏘아붙이고는 천하무적에 박차를 가했다.

오크들은 용감하게 맞섰지만 결국 아무 소용 없는 짓이었다. 스컬지 군단을 저지하려는 시도는 무엇이든 소용이 없었으니까. 아서스가 앞장서서 달렸다. 천하무적은 쓰러진 오크들의 시체를 가볍게 뛰어넘었다. 아서스는 오랫동안 관문을 쳐다보았다. 세 개의 넓적한 석판으로 만들어진 관문은 야만적인 종족에게는 어울리지 않을 만큼 이상하게도 기품이 흘렀다. 근처에는 흐릿한 붉은색으로 빛나는 거대한 동물의 뼈가 세워져 있었다. 석판을 둘러싸고 경계를 따라 녹색 기운이 느릿느릿 원을 그리며 돌았다. 다른 세상으로 이어지는 통로였다. 제이나가 본다면 분명 매혹될 터였다. 그렇지만 겁이 나서 차마 안으로 들어가지는 못하겠지. 그것이 그녀를 약하게 만드는 이유니까….

그것이, 그것이 제이나를 제이나답게 만드는 것이니까….

"야수들은 다 없앴다. 이제 악마의 관문은 네 것이다, 언데드 리치."

아서스가 내뱉듯 켈투자드에게 말했다.

해골뿐인 켈투자드가 기쁨에 몸을 떨며 둥둥 떠 앞으로 나서더니, 탄원하는 듯한 모습으로 양팔을 쳐들었다. 관문으로 가는 곳에는 계단이 있었다. 아서스는 켈투자드가 계단을 밟지 않고 맨바닥에 서 있는 것을 알아챘다. 악마에 대한 존경심에서일까, 아니면 위험을 피하기 위한 현실적인 욕구 때문일까. 아서스는 알 수 없었다. 그는 천하무적 위에 앉아 조금 멀찍이 떨어져서 이 광경을 지켜보았다.

"당신을 부르옵나이다, 아키몬드여! 당신의 비천한 종이 알현을 청하옵니다!"

녹색 안개 같은 것이 계속해서 빙빙 돌았다. 그때, 아서스가 잘 알고 있는 공포의 군주와 비슷한 듯도 하고 아닌 듯도 한 형체가 조금씩 드러났다.

아서스가 보기에 그 존재의 피부는 푸른색이 도는 회색이었지만 초록 기운도 띠고 있어서 어떤 색이라고 규정짓기가 힘들었다. 그러나 그 악마의 몸이 매우 강하다는 사실은 의심의 여지가 없었다. 울퉁불퉁하게 두꺼운 가슴과 크고 강해 보이는 팔, 염소처럼 생긴 하체는 다리가 뒤로 휘어져 발 대신 끝이 갈라진 발굽이 달려 있었다. 침착해 보이는 태도와는 달리, 꼬리는 경련을 일으키듯 이따금씩 부르르 떨렸다. 팔과 어깨, 다리는 모두 해골과 대못 모양으로 장식된 금색 갑옷으로 감싸고 있었다. 그리고 두 개의 길고 가는 촉수가 턱에서 삐죽 나와 있었다. 그러나 길쭉한 얼굴에서 가장 시선을 끄는 것은 바로 눈이었다. 그의 주변을 감싸며 돌고 있는 녹색 안개보다 더 밝고 인상적으로 빛나는 기이한 초록색 눈. 아직 아키몬드가 이곳에 직접 나타난 것은 아니었지만 아서스는 그 악마의 존재감 때문에 태연한 척할 수가 없었다.

"내 이름을 불렀느냐, 보잘것없는 언데드 리치야. 여기 왔다. 네가 켈투자드로구나."

악마가 대답했다. 그의 목소리는 쩌렁쩌렁 울리며 아서스의 뼛속까지 파고들었다.

켈투자드가 뿔이 솟은 머리를 깊이 숙였다. 아서스가 보기에는 굽실대고 있었다.

"예, 위대한 분이시여. 제가 감히 그 이름을 불렀나이다. 비오니, 어떻게 하면 당신을 이 세상으로 모시고 올 수 있는지 알려주십시오. 이 비천한 몸은 주인님을 모시기 위해서만 존재할 따름입니다."

"네가 찾아야 할 책이 한 권 있다."

악마의 군주가 대답했다. 그때 그가 시선을 돌려 잠깐 아서스를 훑어보더니, 별것 아닌 양 무시하고 다시 켈투자드에게로 향했다. 아서스는 점점 더 짜증이 나기 시작했다.

"최후의 수호자 메디브가 남긴 책, 메디브의 마법책이 마지막으로 한 권 남아 있다. 사라진 그의 주문만이 나를 너의 세상으로 불러올 힘을 가지고 있지. 인간의 도시 달라란으로 가라. 그곳에 그 책이 보관되어 있다. 책을 찾아 오늘부터 사흘 후, 해질녘에 소환 의식을 시작하도록 하라."

놈의 모습이 사라졌다. 아서스는 텅 빈 공간을 한동안 쳐다보았다.

달라란. 쿠엘탈라스 다음으로 아제로스에서 가장 마법이 풍부한 도시.

달라란. 제이나 프라우드무어가 수련한 곳. 제이나가 아직 머물고 있을 곳…. 순간적으로 고통이 스쳐 지나갔다.

"달라란은 아제로스에서 가장 강력한 마법사들이 방어하고 있어. 우리의 접근을 숨길 방법이 없다. 금세 알아채고 방어할 거야."

아서스가 켈투자드에게 느릿느릿 말했다.

켈투자드가 낄낄 웃음을 터뜨렸다. 공허한 소리였다.

"쿠엘탈라스처럼 말입니까? 우리 군대가 엘프들을 얼마나 쉽게 짓밟았는지 생각해보십시오. 달라란에서도 마찬가지일 겁니다. 게다가 기억하십니까? 저도 한때 키린 토의 일원으로 안토니다스 대마법사와 가까운 사이였습니다. 제가 인간에 지나지 않았을 때 달라란은 고향이었습니다. 그곳의 모든 비밀과 그곳을 보호하고 있는 마법, 그들이 절대로 감시하지 않는 길로 들어가는 방법까지 모조리 알고 있습니다. 저의 길과 운명을 저버리게 하려 했던 자들에게 엄청난 공포를 가져다줄 수 있다니, 그저 행복할 따름입니다. 걱정하지 마십시오, 죽음의 기사. 우리는 실패할 수 없으니. 누구도, 그 무엇도 스컬지 군단을 멈출 수 없습니다."

그때 시야의 가장자리에서 무언가 움직이는 것이 느껴졌다. 아서스가 재빨리 고개를 돌렸더니, 실바나스 윈드러너가 공중에 둥둥 뜬 채 서 있었다. 대화를 엿듣고, 새롭게 내려진 명령에 대한 아서스의 반응을 본 것이 분명했다.

"달라란 이야기가 나오니 동요하는군."

실바나스가 능글맞게 말했다.

"입 다물어라, 유령."

아서스가 중얼거렸다. 그러나 그 순간에도 제이나를 호위하며 달라란의 성문을 처음으로 지나치던 때가 떠올랐다. 그 당시의 순진하고 천진한 마음을 이제는 상상조차 할 수 없었다.

"아끼는 사람이라도 있나 보지? 즐거운 기억이라도?"

망할 놈의 밴시가 입을 다물려 하지 않았다. 분노에 몸을 맡긴 아서스가 한 손을 들었다. 아서스의 마법으로 실바나스가 잠시 고통에 몸부림쳤다.

"이 일에 대해서 다시는 아무 말도 하지 마라. 임무나 시작하지."

실바나스는 아무 말도 하지 않았다. 그러나 창백하고 유령 같은 얼굴에는 잔인하고 만족스러운 미소가 사라지지 않았다.

★ ★ ★

"도울 수 있어요. 저도 많이 배운걸요."

제이나의 목소리는 침착했다. 자신이 예상한 것보다 훨씬 더. 제이나는 어지럽지만 친숙한 안토니다스 대마법사의 정든 서재에 서서 그를 골똘히 쳐다보고 있었다.

안토니다스 대마법사는 느슨하게 뒷짐을 지고 마법을 연습하는 학생을 내려다보듯 편안한 표정으로 창밖을 내다보고 있었다.

"아니, 너에겐 다른 임무가 있다. 나, 그리고 테레나스 왕이 회피해버린 임무 말이다. 빛이여, 테레나스를 굽어살피소서. 그 낯선 예언자의 말을 듣지 않은 덕분에 결국 아들 손에 목숨을 잃고, 왕국은 죽은 자들만이 사는 폐허로 변해버렸으니…."

이 말과 함께 안토니다스 대마법사가 몸을 돌려 제이나를 마주 보았다. 그의 표정을 본 순간 제이나는 낙담하고 말았다. 그리고 아서스….
제이나는 아직도 그의 이야기만 들으면 저절로 몸이 움찔했다.

아직도 믿기 힘들었다. 그렇게도 그를 사랑했는데, 지금도 사랑하고 있는데…. 제이나는 자신만이 아는 침묵의 기도를 올렸다. 아서스가 자신의 힘으로는 어쩔 수 없는 나쁜 힘에 지배되고 있는 게 분명하다고 말이다. 그가 스스로의 의지로 그런 짓을 저질렀다면 그건, 그건….

"나 역시 예언자의 말을 들었고, 오만하게도 스스로 모든 걸 알고 있다고 여겼다. 제이나, 그래서 결국 이 지경에 이르렀구나. 누구나 자신의 결정에 따라 살고 죽는 법이지."

안토니다스 대마법사가 슬픈 미소를 지었다. 제이나는 눈물을 흘리지 않으려 안간힘을 썼다.

"저도 남게 해주세요. 저도…."

"돌보기로 약속한 사람들을 안전하게 보호해주어라, 제이나 프라우드무어. 여기는 한 명 많거나 적거나, 별 차이가 없을 테니까. 이젠 다른 사람들이 너에게 의지하고 있다."

안토니다스 대마법사의 목소리와 태도가 점점 엄해졌다.

"안토니다스 스승님…."

제이나의 목소리가 갈라졌다. 제이나가 와락 달려들어 두 팔로 안토니다스 대마법사를 감쌌다. 전에는 감히 그를 안은 적이 없었다. 안토니다스 대마법사는 언제나 무섭고 엄한 존재였다. 그러나 지금 그는 갑자기 늙어 보였다. 늙고, 약하고, 무엇보다도 체념한 것처럼 보였다.

"얘야, 아니, 이제 더 이상 아이가 아니지. 넌 어른이자 군주다. 그래도 가야만 한다. 그것이 최선의 길이야."

안토니다스가 나지막이 웃으며 다정하게 제이나의 등을 두드렸다.

그때였다. 바깥에서 강한 목소리가 쩌렁쩌렁 울렸다. 익숙한 목소리였다. 제이나는 한 대 얻어맞은 것 같은 기분이었다. 누구의 목소리인지 알아차린 그녀가 소스라치게 놀라며 안토니다스 대마법사의 품에서 빠져나왔다.

"키린 토의 마법사들아, 나는 리치 왕의 죽음의 기사 아서스다. 당장 성문을 열고 스컬지 군단의 힘에 굴복하라!"

죽음의 기사? 제이나가 놀란 눈으로 안토니다스 대마법사를 바라보았다. 그가 슬픈 미소를 지어 보였다.

"모르게 하고 싶었는데…. 적어도 지금은 말이다."

제이나는 현기증이 났다.

'아서스가… *여기에*….'

안토니다스 대마법사가 발코니로 나갔다. 뼈마디가 굵은 손을 살짝 흔들자, 그의 목소리 역시 아서스처럼 커졌다.

"안녕하신가, 아서스 왕자. 아버지는 어찌 지내시는가?"

안토니다스 대마법사가 소리쳤다.

"대마법사 안토니다스, 그렇게 비난할 필요는 없지 않소?"

아서스가 대꾸했다.

'그가 어디에 있지? 바로 바깥에? 스승님과 같이 발코니로 나가면 모습을 볼 수 있을까?'

제이나가 고개를 돌리며 눈물을 훔쳤다. 무슨 말이든 하고 싶었지만 목이 꽉 막혀서 아무 소리도 낼 수 없었다.

"당신이 올 줄 알고 미리 대비했소, 아서스. 형제들과 함께 오라를 세웠지. 그곳을 통과하려는 언데드는 모조리 죽게 될 거야!"

"당신의 시시한 마법으로는 날 멈추지 못할 거요. 쿠엘탈라스에서 무슨 일이 있었는지는 들었겠지요? 그자들도 스스로 천하무적이라고 생각했습니다."

'쿠엘탈라스!'

제이나는 속이 뒤집어지는 것 같았다. 쿠엘탈라스가 무너졌다는 소식을 들었을 때 그녀는 이곳 달라란에 있었다. 겨우 탈출에 성공한 소수의 생존자들이 쿠엘탈라스의 패배를 알려주었다. 쿠엘도레이의 왕자인 캘타스 역시 달라란에 있었다. 제이나는 그가 그렇게 화를 내는 걸 본 적이 없었다. 너무 큰 충격을 받고 그대로 감정을 드러내는 모습도 처음이었다. 위로라도 하려는 생각에 찾아갔지만, 제이나의 모습을 본 왕자는 깊은 분노가 담긴 눈으로 그녀를 노려보았다. 제이나는 본능적으로 한 걸음 뒤로 물러섰다.

"아무 말도 하지 마시오."

캘타스 왕자가 호통쳤다. 주먹이 불끈 쥐어져 있었다. 한 대 칠 것 같은 기세를 겨우 억누르고 있는 것을 보고 제이나는 놀랐다.

"멍청한 것. 정녕 네가 *이* 괴물에게 몸을 내어준 것이냐?"

제이나가 눈을 깜빡였다. 그렇게 교양 있는 사람에게서 노골적인 말이 나올 줄은 몰랐다.

"전…."

그러나 캘타스는 제이나의 말에 귀를 기울이고 싶은 마음이 없었다.

"아서스는 도살자야! 수천 명의 죄 없는 사람들을 학살했다고! 놈의 손에는 피가 너무도 많이 묻어서 바닷물을 전부 가져온들 깨끗이 닦아내지 못할 게다. 그런데 놈을 *사랑한다고? 나* 대신 놈을 택해?"

평상시에는 감미롭고 절제되었던 그의 목소리가 끝내는 갈라지고 말았다. 눈물이 고이는 걸 느끼며 제이나는 그제야 이해할 수 있었다. 캘타스 왕자는 적을 공격할 수 없어서 대신 그녀를 몰아붙이고 있었다. 아무것도 하지 못하고 무능력하게 느낀 나머지 가장 가까이에 있는 사람인 제이나에게 모든 걸 퍼붓고 있었던 것이다. 마음을 얻고 싶었으나 그러지 못했던 바로 그 사람에게….

"오, 캘타스 왕자님, 아서스가 너무나도 끔찍한… 일을 저질렀어요. 왕자님의 백성들이 겪은 고통은…."

"당신은 고통 따윈 모르잖아! 당신은 어린아이에 불과해! 어린아이의 정신과 어린아이의 마음! 그, 그놈 따위에게 줘버린 그 마음 말이야! 제이나, 놈은 사람들을 동물처럼 학살했소. 그리고 그 *시신*을 다시 일으켰단 말이오!"

제이나가 아무 말도 못하고 가만히 쳐다보았다. 캘타스 왕자의 마음을 조금이나마 이해하게 된 제이나는 그런 말을 들어도 더 이상 찌르는 듯이 아프지 않았다.

"놈은 내 아버지를 살해했소, 제이나. 자기 아버지를 죽인 것처럼 말이오. 나, 나도 그 자리에 있었어야 하는 건데…."

"아버지와 함께 죽으려고요? 백성들과 함께 죽으려고요? 그렇게 부질없이 목숨을 내던지는 게 무슨 소용이…."

마지막 말을 내뱉자마자 제이나는 그 말을 하는 게 아니었다는 생각이 들었다. 캘타스 왕자는 몸이 굳더니, 날카롭게 제이나의 말을 끊었다.

"나라면 놈을 멈출 수 있었을 거요. 그랬어야만 했소."

캘타스 왕자가 몸을 폈다. 차가운 냉기가 몸속에서 활활 타고 있는 불을 쫓아낸 것 같았다. 그가 과장된 행동으로 깊이 고개를 숙였다.

"최대한 빨리 달라란을 뜰 것이오. 여기엔 내가 있어야 할 이유가 전혀 없소."

그 말에 담긴 공허함과 자포자기한 느낌 때문에 제이나의 얼굴이 일그러졌다.

"당신네 인간들이 도와줄 거라 생각한 내가 바보였소. 늙은 마법사들과 야심만 많은 젊은 마법사들로 가득한 이 땅을 떠날 거요. 누구도 날 도울 수 없어. 백성들이 나를 필요로 하고 있소. 아버지께서 그리 되셨으니…."

캘타스는 한동안 말을 잇지 못했다. 그러고는 침을 꿀꺽 삼키고 다시 입을 열었다.

"나는 백성들에게 가야만 하오. 얼마 남지 않은 그들에게 말이오. 모진 고난을 이겨낸 사람들, 당신이 그토록 *사랑하는* 그자를 섬기고 있는 괴물들을 용케 피한 사람들에게 말이오."

그 말과 함께 캘타스 왕자가 성큼성큼 걸어갔다. 키 크고 품위 있는 몸 구석구석에는 분노가 깊이 아로새겨 있었다. 제이나는 그의 고통으로 자신의 가슴마저 찢어지는 것을 느꼈다.

그런데 아서스가 이곳에 와 있었다. 죽음의 기사가 되어 언데드 군단의 군주로 이곳에 와 있었다. 안토니다스 대마법사의 목소리에 제이나가 화들짝 놀라며 깨어났다.

"군사들을 물리시오. 그렇지 않으면 어쩔 수 없이 우리의 전력을 전부 다 쏟아 부을 테니! 선택하시오, 죽음의 기사!"

안토니다스 대마법사가 방으로 한발 물러서더니 제이나에게 고개를 돌렸다. 그러고는 낮은 목소리로 말했다.

"제이나, 곧 순간이동 방해 마법을 쓸 거야. 지금 당장 떠나지 않으면 이곳에 갇히게 된다."

"어쩌면 제가 그와 이야기할 수 있을지도 몰라요, 어쩌면…."

자신의 목소리에 이룰 수 없는 욕심이 담겨 있음을 느낀 제이나가 말을 멈췄다. 스트라솔름에서 주민들을 살해하는 것도 막지 못했다. 그리고 함정이 있으리라 짐작하면서도 노스렌드로 가는 그를 막지 못했다. 그 당시에도 이미 아서스는 그녀의 말을 듣지 않았다. 정말로 아서스가 나쁜 힘에 의해 조종되고 있다면 이제 와서 어떻게 설득할 수 있겠는가?

제이나가 심호흡을 하고 뒤로 물러섰다. 안토니다스 대마법사가 부드럽게 고개를 끄덕였다. 스승이자 길잡이인 안토니다스 대마법사에게 하고 싶은 말이 너무나 많았다. 그러나 할 수 있는 일이라고는 불안한 미소를 지어 보이는 것뿐이었다. 이 전투가 마지막이 되리라는 사실은 두 사람 모두 알고 있었다. 제이나는 작별 인사조차 할 수 없었다.

"백성을 돌보겠습니다."

제이나가 울먹임을 참으며 겨우 말했다. 그러고는 순간이동 주문을 외운 뒤 사라졌다.

전투가 일단락되고 아서스는 자신이 원하는 메디브의 마법책을 찾았다. 그것은 커다랗고, 크기에 비해 이상하게 무거웠으며, 금실로 묶여 붉은 가죽으로 싸인 책이었다. 표지에는 검은 까마귀가 날개를 활짝 펼친 아름다운 그림이 새겨져 있었다. 책에는 아직도 안토니다스 대마법사의 피가 묻어 있었다. 아서스는 그 덕분에 책의 힘이 더 강력해지지는 않을까 궁금했다.

아서스 아래에서 천하무적이 발굽을 구르고 목을 흔들며 이리저리 움직였다. 살점도 없는 몸에 파리라도 달라붙는 것처럼 말이다. 그들은 달라란이 내려다보이는 언덕 꼭대기에 서 있었다. 달라란의 거리는 피바다가 되었지만 탑들은 여전히 빛을 받아 금색과 흰색, 보라색으로 빛났다. 몇 시간 전만 해도 그에 맞서 싸우던 마법사들 중 상당수가 이제는 언데드가 되어 아서스 옆에 서 있었다. 대부분은 몸이 너무 손상되어 적군에게 던지는 용도로밖에 쓸 수 없었지만, 일부 마법사들은 아직도 쓸모가 있었다. 살아서 지니고 있던 기술이 죽어서는 리치 왕을 위해 유용하게 쓰이게 되리라.

켈투자드는 겨울맞이 축제날 아침의 어린아이 같았다. 그는 새 장난감에 푹 빠진 아이처럼 메디브의 마법책을 읽어 내려갔다. 아서스는 조바심이 났다.

"네가 지시한 대로 힘의 마법진이 준비되었다, 언데드 리치. 소환 의식을 시작할 준비는 되었나?"

"거의 다 됐습니다."

뼈뿐인 손가락으로 또 다른 페이지를 넘기며 켈투자드가 대답했다.

"배울 게 너무 많아. 악마에 대한 메디브의 정보만 해도 그 양이 엄청나군. 혹시 사람들의 생각보다도 훨씬 더 강력한 자가 아닐까….”

켈투자드가 혼잣말을 하던 그때, 갑자기 검은 기운이 도는 초록색 소용돌이가 생기더니 말을 마칠 때쯤이 되자 티콘드리우스가 모습을 드러냈다. 그리고 평소처럼 거만한 말투로 입을 열자 아서스의 짜증은 더욱 심해졌다.

“죽음을 피해 갈 만큼 강력하지는 못했나 보군. 그것 하나는 확실하네. 그자가 시작한 일을 우리가 오늘 마무리한다고 보면 되겠군. 그러면 소환 의식을 시작하라!”

티콘드리우스가 다시 사라졌다. 켈투자드가 마법진 안으로 둥둥 떠 들어갔다. 그 둘레에는 네 개의 작은 첨탑이 서 있고, 한가운데에는 이해할 수 없는 글이 새겨진 빛나는 원이 있었다. 켈투자드는 책을 들고 서 있었다. 그가 자리를 잡고 나자 마법진의 선이 보라색으로 빛나며 생명을 얻은 듯 살아났다. 그 순간, 활활 타는 소리와 함께 그를 둘러싸고 여덟 개의 불꽃 기둥이 솟구쳤다. 켈투자드가 고개를 돌려 이글이글 타는 눈으로 아서스를 쳐다보았다.

“아직 달라란에 살아 있는 자들은 이 주문의 힘을 느낄 수 있을 겁니다. 이 의식을 거행하는 동안 방해를 받으면 실패할 수도 있습니다.”

켈투자드가 경고하듯 말했다.

“네 뼈다귀들은 잘 지켜주마, 언데드 리치.”

아서스가 대꾸했다.

켈투자드가 이야기한 대로 달라란으로 들어가 방어 주문을 걸어놓은 사람들을 없애고 마법책을 챙기는 일은 비교적 쉬웠다. 아서스는 한때 강력하다고 생각했던 안토니다스 대마법사를 직접 죽이기까지 했다.

제이나가 있었다면 분명 그에게 맞섰으리라. 예전에도 그랬듯이, 한때 둘 사이에 존재했던 감정에 호소했으리라. 그리고 그때도 그랬듯이 아서스로부터 원하는 바를 얻어내지 못했을 터였다. 아니….

아서스는 제이나와 싸울 필요가 없어서 정말 다행이라고 생각했다.

그때 아서스의 생각이 갑자기 현실로 돌아왔다. 성문이 열리기 시작했다. 아서스의 회색 입술이 미소로 벌어졌다. 조금 전까지만 해도 갑작스러운 공격을 감행한 것은 스컬지 군단이었다. 물론 달라란에는 강력한 마법사들이 있었지만 그들은 훈련 받은 군인도 아니었고, 키린 토의 마법사가 모두 달라란에 있는 것도 아니었다. 보아하니 지난 몇 시간 동안 빈둥거리고 있었던 것은 아닌 모양이었다.

그들의 군대가 순간이동해 온 것이다.

'좋아.'

화끈한 싸움이라도 한판 벌이면 제이나에 대한 생각이나 어린 시절의 기억 같은 잡생각들을 떨쳐버릴 수 있을 터였다.

아서스가 서리한을 높이 들어 올렸다. 검의 낮은 울림이 느껴지고 리치 왕의 부드러운 목소리가 그의 생각을 어루만지는 것 같았다.

"서리한은 목이 마르다. 갈증을 풀어주자!"

아서스가 검으로 달라란의 마법사들을 가리키며 부하들에게 외쳤다.

스컬지 군단이 함성을 질렀다. 괴로움에 가득 찬 실바나스의 비명이 그 소음을 뚫고 높이 울려 퍼졌다. 그 소리를 들은 아서스는 미소를 지을 수밖에 없었다. 죽어서도, 그의 명령에 복종해야만 하는 상태에서도 실바나스는 어쩐 일인지 그에게 반항하고 있었다. 그래서 그녀가 보호하고 싶어 하는 이들을 상대로 싸우게 하는 것은 더욱 즐거웠다. 천하무적이 풀쩍 뛰어 오르더니 전속력으로 달리기 시작했다.

스컬지 군단 중 일부는 켈투자드를 보호하기 위해 그 자리에 남았지만, 대다수가 아서스를 따라 나섰다. 아서스는 키린 토의 마법사들이 순간이동시킨 군인들의 제복을 알아보았다. 그들은 한때 친구였지만 그 또

한 과거일 뿐, 어제의 날씨만큼이나 아무 상관이 없었다. 모든 일이 점점 쉬워지고 있었다. 아서스 느끼는 것이라고는 위로 올라갔다 떨어지길 반복하면서 갑옷도 살점처럼 쉽게 베어버리고 영혼들을 집어 삼키는 서리한의 빛과 울림뿐이었다.

첫 번째 무리의 병사들이 모두 쓰러지고 스컬지로 부활하거나 너무 심하게 망가져 죽은 채 그 자리에 버려지고 난 후, 두 번째 무리가 달려들었다. 이번에는 마법사들이 끼어 있었다. 그들은 거대한 눈이 수놓인 달라란의 보라색 로브를 입고 있었다. 그러나 아서스에게도 도움의 손길은 있었다.

악마도 자기편은 보호하고 싶어 하는 모양이었다.

거대한 돌덩이들이 비명을 지르며 하늘에서 쏟아져 내렸다. 놈들의 꼬리에서 초록색 불길이 선을 그렸다. 그것들이 떨어진 자리마다 땅이 흔들렸고, 그 충격으로 깊게 팬 구덩이에서 돌로 만들어진 골렘처럼 생긴 것들이 걸어 나왔다. 괴이한 녹색 기운이 돌덩이들을 한 몸처럼 엮어주며 그들을 이끌었다.

아서스가 어깨 너머로 켈투자드 쪽을 쳐다보았다. 켈투자드가 팔을 넓게 벌리고, 뿔 달린 머리를 뒤로 젖힌 채 공중에 떠 있었다. 어떤 기운이 바지직거리며 몸을 타고 흐르자, 녹색 구가 만들어지기 시작했다. 갑자기 그가 팔을 내리고 원 밖으로 나왔다.

"나오소서, 아키몬드여! 이 세상으로 들어와 그대의 강력한 힘을 느끼게 하소서!"

켈투자드가 소리 질렀다.

녹색 구가 맥박이 뛰듯 움직이더니 점점 길쭉한 모양으로 커지면서 더욱 밝게 빛났다. 갑자기 불기둥이 하늘로 솟구치더니, 이에 화답하듯 원 바깥으로 번개가 몇 차례 내리꽂혔다. 그러자 아무것도 없던 자리에 누군가 서 있는 모습이 보였다. 그 존재는 키가 크고, 강력하며, 어둡고 위험한 품위를 자랑하고 있었다. 아서스가 전투에 다시금 정신을 집중했다. 적진에서 후퇴하라는 소리가 들려왔다. 적어도 마법사들만은 아서스의 진영에서 무슨 일이 벌어지고 있는지 깨달은 모양이었다. 이내 군사들이 말을 돌려 안전한 달라란으로 달리기 시작했다. 물론 그곳도 그리 오래 안전하진 못하겠지만. 달리는 그들 뒤에서 깊고 쩌렁쩌렁 울리는 목소리가 다급한 말발굽 소리를 뚫고 들려왔다.

"떨어라, 인간들아, 그리고 절망하라! 이 세계에 파멸이 닥쳤다!"

아서스가 한 손을 올리자, 그 몸짓만으로 스컬지 군단 전체가 우뚝 서더니 후퇴하기 시작했다. 아서스가 거대한 악마의 군주를 쳐다보며 켈투자드에게 돌아오자, 티콘드리우스 역시 순간이동해서 나타났다. 그러면 그렇지. 모든 위험이 지나가고 *나서야* 모습을 드러낸 것이다.

공포의 군주 티콘드리우스가 아키몬드에게 깊이 머리 숙여 절했다. 아서스는 고삐를 잡아당겨 조금 떨어진 곳에서 멈췄다. 멀리서 구경이나 하는 편이 나을 것 같았다.

"아키몬드 님, 모든 준비가 끝났습니다."

"잘했다, 티콘드리우스. 이제 리치 왕은 아무 쓸모가 없으니, 너희 공포의 군주들이 스컬지를 지휘하도록 하라."

아키몬드가 자기보다 지위가 낮은 악마에게 물러가라는 듯 고개를 끄덕이며 말했다.

그 말을 들은 아서스는 지금까지 명상과 자기 절제를 배우며 낭비한 시간들이 고맙게 느껴졌다. 그렇지 않았더라면 그가 느낀 충격과 분노가 고스란히 얼굴에 드러났을 게 뻔했기 때문이었다. 천하무적만은 주인의 마음을 느꼈는지 불안한 듯 몸을 움직였다. 신경질적으로 고삐를 잡아채자, 말이 그제야 조용해졌다. 리치 왕이 더 이상 쓸모가 없다고? 왜? 그가 도대체 누구이고, 그에게 무슨 일이 일어난 거야? 아서스에게는 무슨 일이 일어날까?

"곧 침공을 명할 것이다. 그러나 먼저 이 하찮은 마법사 나부랭이들에게 본때를 보여줘야겠다. 놈들의 도시를 역사 속의 잿더미로 만들어주지."

아키몬드가 성큼성큼 걸어 나왔다. 몸은 오만하고 당당하게 곧추세웠고, 걸을 때마다 발굽이 확고하게 바닥을 내리찍었다. 그의 갑옷은 해질녘처럼 장밋빛과 금색, 연한 자주색으로 빛났다. 그의 옆에서 여전히 절을 하며 티콘드리우스가 따라가고 있었다. 아서스는 그들이 제법 멀리 갈 때까지 기다렸다가 켈투자드에게로 몸을 돌리고는 참았던 질문을 던졌다.

"말도 안 돼! 이제 우리는 어떻게 되는 거냐?"

"조금만 참으십시오, 젊은 죽음의 기사여. 리치 왕께서는 이것까지도 미리 내다보셨습니다. 그의 거대한 계획 속에서 당신의 역할은 아직 끝나지 않았을 수도 있습니다."

'끝나지 않았을 *수도 있어?*'

화가 머리끝까지 치민 아서스가 콧구멍을 벌렁대며 켈투자드를 향해 돌아섰지만, 이내 화를 가라앉혔다. 누구든, 악마든 리치 왕 자신이든, 아서스를 쉽게 쓰고 버릴 수 있는 도구로 여겼다면 그들의 생각이 얼마나 잘못된 것인지 보여줄 터였다. 아서스는 너무나 많은 일을 했고, 너무나 많은 것을 잃었다. 이렇게 버려지기에는 잃어버린 것이 너무나 많았다.

그 모든 것을 수포로 돌아가게 할 순 없었다.

수포로 돌아가게 놔두지 *않으리라*.

땅이 꿀렁거리며 움직였다. 천하무적이 불안하게 움직이며 꿀렁거림을 피하려는 듯 발을 들어 올렸다. 아서스가 재빨리 달라란을 올려다보았다. 이 시간에 탑들은 깊어가는 황혼 빛에 물들어 어느 때보다도 당당하고 아름답게 빛났다. 탑들을 보고 있던 그때, 무언가 깨지는 소리가 깊숙이 울렸다. 그와 함께 도시에서 가장 높고 아름다운 탑이 갑자기 무너지기 시작하더니, 거대하고 보이지 않는 손이 탑 가운데를 움켜잡아 부서뜨린 것처럼 천천히, 돌이킬 수 없이 와르르 쏟아져 내렸다.

도시의 나머지 부분도 쉽게 무너졌다. 모든 것이 부서지고 무너지는 파멸의 소리에 귀가 멍해졌다. 아서스는 큰 소리에 얼굴을 찌푸리면서도 고개를 돌리지 않았다.

실버문을 무너뜨린 것은 아서스였다. 스컬지 군단을 이끌어 무너뜨렸던 것이다. 그러나 이건… 무언가 가볍고 무관심한 듯한 느낌이 있었다. 쉬운 느낌…. 실버문은 어렵게 얻은 포상이었다. 그런데 아키몬드는 그곳에 직접 가보지도 않은 채 가장 위대한 인간 도시들을 산산조각 낼 능력이 있는 것이 분명했다.

아서스는 아키몬드와 티콘드리우스에 대해 생각했다. 그가 생각에 잠겨 턱을 쓰다듬었다.

무릎 위에 놓인 서리한이 아무도 몰래 혼자 빛을 내었다.

제 21 장

'켈투자드는 언데드 리치치고는 꽤 쓸모가 있단 말이지.'

초록색 언덕 꼭대기에서 오기로 되어 있다는 사람을 기다리던 아서스가 생각했다.

켈투자드는 말도 못할 정도로 리치 왕에게 충성스러웠다. 아키몬드와 티콘드리우스가 옆에 있는 동안에는 그들의 충성스러운 졸개 역할까지 할 정도였다. 아서스는 입을 다물고 있기로 했다. 켈투자드만큼 그럴듯하게 거짓말을 잘할 자신이 없었기 때문이었다. 아키몬드와 티콘드리우스는 켈투자드와 아서스를 별것 아닌 존재로 여기고 무시했지만, 곧 자신들의 생각이 얼마나 잘못되었는지 깨닫게 되리라. 그들은 부주의하게 메디브의 마법책을 켈투자드의 손에 맡겨두는 실수를 범했다. 켈투자드 역시 매우 강력한 주문과 마법을 갖춘, 아서스조차도 그 범위와 깊이를 짐작할 수 없을 정도의 마법사였는데 말이다.

"계획의 3단계는 군단이 꾸미고 있는 음모의 핵심입니다."

두 악마들이 떠난 뒤 날씨 이야기라도 하듯 켈투자드가 가볍게 말을 꺼냈다.

아서스는 얼마 전 켈투자드가 알려준 리치 왕의 계획을 기억했다. 1단계는 스컬지 군단을 만드는 것이고, 2단계는 아키몬드를 소환하는 일이라고 했다. 아서스는 강한 호기심을 느끼며 켈투자드의 말에 귀를 기울였다.

"군단의 목표는 이 세상의 모든 마법을 가로채고 모든 생명을 집어삼키는 겁니다. 그렇게 하기 위해 그들은 엘프들의 영원의 샘 속에 담긴 농축되고 강력한 힘을 모두 빼앗을 계획입니다. 영원의 샘은 바다 건너 칼림도어 대륙에 있습니다. 그리고 그렇게 하려면 먼저 아제로스에서 가장 참되고 순수한 생명의 정기를 함유하고 있는 물건을 찾아 파괴해야만 하는데, 그것은 놀드랏실, 세계수라고 불립니다. 이것이 칼도레이들에게 영원한 생명을 부여하는 원천입니다."

"칼도레이? 쿠엘도레이는 아는데. 그건 또 다른 엘프 종족인가?"

혼동이 되어 아서스가 물었다.

"최초의 종족입니다."

켈투자드가 정정해주었지만, 이내 별것 아니라는 듯 손을 흔들었다.

"그렇지만 중요하지 않습니다. 중요한 것은 군단이 이 목표를 달성하지 못하도록 막아야 한다는 거죠. 그리고 칼도레이 중에서 우리를 도울 엘프가 한 명 있습니다."

그래서 켈투자드가 이 먼 대륙의 한복판, 널리 전경이 내다보이는 언덕 위로 아서스를 순간이동한 것이다. 이곳의 숲은 울창하고 건강했지만, 멀리 떨어진 곳에서는 군단이 저지른 만행을 쉽게 알아볼 수 있었다. 땅, 나무, 짐승들이 모조리 죽거나 썩어 있었다. 모든 생명을 집어삼킨다고 했던가…. 진정 그랬다.

그때 언덕 아래에 누군가 나타났다. 아서스가 혼자 미소를 지었다. 그가 기다리던 사람이리라.

'나이트 엘프'는 확실히 어딘가 달랐다. 피부는 연한 자주빛에, 몸에는 의식에 쓰이는 문장처럼 문신과 흉터가 어지럽게 새겨져 있었다. 검은 천이 눈에 질끈 묶여 있었지만 움직이는 데는 아무 문제가 없어 보였다. 그의 무기는 아서스가 이제까지 본 그 무엇과도 달랐다. 손잡이가 있고 거기에서부터 칼날이 길게 뻗어 나온 전통적인 무기와는 달리, 이것은 두 개의 삐죽삐죽한 날만 양쪽으로 솟아 있었다. 그리고 악마의 힘으로 얼룩진 것처럼 기이한 녹색빛을 뿜었다.

'이자는 악마와 거래한 적이 있군.'

아서스는 조용히 그자를 관찰하며 기다렸다. 켈투자드가 일리단 스톰레이지라고 부른 이 나이트 엘프는 혼자서 마구 화를 내고 있었다. 마음속에 맺힌 한이 얼마나 많은지, 켈투자드의 말대로 그자는 복수하고 힘을 얻고 싶은 열망에 가득 차 있는 것 같았다.

아서스가 슬그머니 미소를 지었다.

"1만 년 만에 풀려났는데 내 형제마저 내가 나쁜 놈이라고 생각하다니! 나의 진정한 힘을 보여주고 말 테다. 악마들이 내게 아무런 힘을 미치지 못한다는 걸 보여주고야 말겠다!"

"정말인가, 악마 사냥꾼? 정말로 자신의 의지대로 움직이고 있다고 확신하나?"

아서스의 목소리를 듣고 놀란 나이트 엘프가 몸을 돌리며 무기를 휘둘렀다. 겉으로 보기에는 장님이 분명한 이놈이 아서스를 쳐다보고 있다는 느낌을 받았다. 일리단이 콧방귀를 뀌며 으르렁댔다.

"죽음의 냄새가 진동을 하는군, 인간. 내게 찾아온 걸 후회하게 될 거다."

아서스가 씩 웃었다. 그 역시 한판 붙고 싶어서 몸이 근질근질하던 차였다.

"그렇다면 덤벼봐. 막상막하인 걸 알게 될 거다."

천하무적이 앞발을 치켜들더니 언덕을 따라 달려 내려갔다. 주인만큼이나 몸을 움직이고 싶어 하는 것 같았다. 일리단이 으르렁 소리를 내며 마주 달려왔다.

그것은 춤과 같았다. 맞서 싸우던 아서스가 생각했다. 강하면서도 품위 있는 일리단의 기술은 악마의 힘 덕분에 더욱 강력했다. 그러나 아서스 역시 단순한 군인이 아니었고, 서리한 역시 평범한 검이 아니었다. 둘의 대결은 열정적이면서도 빨랐다. 아서스의 말이 옳았다. 둘은 그야말로 막상막하였다. 금세 두 맞수는 거친 숨을 몰아쉬며 뒤로 물러섰다.

"이대로 가다간 평생 싸우겠군. 원하는 게 뭐냐?"

일리단이 물었다.

아서스가 서리한을 든 손을 내리며 입을 열었다.

"아까 혼자 중얼대던 말을 들으니 너와 네 동지들이 언데드에게 크게 당한 것 같더군. 언데드 군단을 지휘하는 공포의 군주는 티콘드리우스라는 자다. 그자가 굴단의 해골이라는 강력한 마법의 물건을 가지고 있지. 그것이 이 숲을 썩게 만든 거다."

일리단이 고개를 갸우뚱 했다.

"그래서 나보고 그걸 훔치라는 말이냐? 왜?"

아서스가 흰 눈썹을 치켜 올렸다. 이자는 정말 눈치가 빨랐다. 그러니 본래 진실의 반 정도는 알고 있어도 되는 것 아닐까…. 아서스는 알려주기로 마음먹었다.

"티콘드리우스한테 좋은 감정이 없다는 정도로 해두지. 그리고 군단이 무너지는 게 내가 섬기는 군주께 좋다는 것도."

"내가 왜 네 말을 믿어야 하나, 인간?"

아서스가 어깨를 으쓱했다.

"좋은 질문이군. 대답해주지. 내가 모시는 분께서는 모든 걸 내다보신다. 네가 평생 강한 힘을 갖고 싶어 했다는 것도 알고 계시지. 이제 그 힘이 네 손 닿는 곳에 있다! 그걸 붙잡아라. 네 적들이 곧 무너지게 되리라."

이 말과 함께 아서스가 일리단의 가려진 눈앞에서 주먹을 꽉 쥐어 보였다. 예상한 대로 나이트 엘프의 머리가 주먹을 향해 돌아갔다.

일리단이 천천히 머리를 들어 아서스를 바라보았다. 앞을 볼 수 있는 장님이라…. 기분 나쁜 사내였다. 일리단이 뒤로 물러서면서 생각에 잠겨 고개를 끄덕였다. 아서스는 말 한 마디 없이 천하무적을 돌려 곧장 그 자리를 떠났다.

곧 켈투자드가 마법으로 일리단을 다시 불러오리라. 모든 일이 리치 왕의 계획대로 돌아갔다. 일단은 넘어온 것처럼 보이는 일리단이 말을 잘 듣기만 하면 되었다. 그러나 그렇지 않다면… 일이 복잡하게 될 터였다.

실바나스는 살아 있는 것이 아니었다. 비명과 함께 새로운 존재로 다시 태어나게 만든 장본인의 명령에 저항할 힘도 없었다.

그러나 실바나스 윈드러너에게는 의지가 있었다. 어찌 된 일인지 아서스는 그녀의 의지만은 없애지 않았다. 다른 언데드들과는 달랐다. 왜 그녀만 아서스에게 완전히 굴복하지 않았을까? 그녀의 힘 덕분이었을까, 아니면 아서스가 계속해서 실바나스를 괴롭히고 싶어 했기 때문일까? 지금의 상태로는 이 의문에 대한 답을 결코 알아낼 수 없었다. 그러나 단지 즐기기 위해 의지를 남겨두었다면, 최후에 웃는 사람은 그녀가 되리라.

실바나스는 그렇게 하기로 맹세했다. 그리고 실바나스 윈드러너는 자신과의 약속을 지키는 사람이었다.

아서스 메네실과 스컬지 군단이 그녀의 고향을 휩쓸고 지나간 지도 꽤 오래되었다. 그동안 세상에는 많은 일이 일어났다.

소위 그녀의 '주인' 아서스는 체스의 졸처럼 이용당하기를 거부했다.

아서스는 그 오만한 해골 켈투자드, 아름답던 태양샘을 망친 바로 그놈과 함께 공포의 군주 티콘드리우스와 악마 아키몬드에 맞설 궁리를 했다. 특히 아키몬드는 켈투자드가 직접 아제로스로 불러온 존재였는데도 말이다. 실바나스는 이 사태에 주목했다. 아서스가 자신의 생각이나 싸우는 방식 등을 드러내는 경우라면 무엇이든 잘 알아두는 편이 유용했으니까.

아서스는 말가니스를 처치한 것과는 달리 티콘드리우스를 직접 쓰러뜨리려는 시도는 하지 않았다. 아니, 이 교활한 죽음의 기사는 다른 사람을 속여 대신 더러운 짓을 하게 만들었다. 일리단, 재수 없게 아서스에게 이용당한 존재의 이름이었다. 아서스는 일리단의 힘을 향한 갈증을 눈치채고, 그것을 이용해 전설적인 오크 마법사인 굴단의 해골을 훔치게 했다. 그러려면 일리단은 먼저 티콘드리우스를 없애야 했다. 결과적으로 아서스는 티콘드리우스를 없애고, 일리단은 힘을 향한 갈증을 채워줄 마법의 물건을 얻게 되었다. 일단은 모든 일이 계획대로 진행됐다. 그러나 그때 이후로 일리단에게서는 아무 소식도 들리지 않았다.

그리고 아키몬드, 주문 하나로 위대한 마법의 도시 달라란을 간단히 파멸시킨 이 무시무시한 악마는 자신이 차지하러 온 생명의 힘에 의해 무너졌다. 지금의 실바나스는 군단이 그랬던 것만큼이나 산 자들을 증오했다. 그래서 아키몬드가 무너졌다는 소식을 들었을 때 시원섭섭한 기분이 들었다. 아키몬드를 없애기 위해 나이트 엘프들은 그들의 영생을 희생해야 했다. 세계수가 가지고 있던 막대한 힘을 한꺼번에 방출하여 놈에게 거대한 충격파를 내보냈던 것이다. 순수하면서도 농축된 자연의 힘이 아키몬드를 내부로부터 파괴해버렸다. 아키몬드가 쓰러졌을 때 남은 것이라고는 그의 해골뿐이었고, 이로써 이 세상에 발을 들여놓으려던 군단의 계획 역시 산산이 부서지고 말았다.

생각에 잠겨 있던 실바나스가 다시 정신을 차렸을 때, 문득 아키몬드의 이름이 그녀의 귀에 들려왔다.

"아키몬드 님으로부터 소식을 들은 지 벌써 몇 개월이나 됐다. 이 망할 놈의 언데드나 돌보는 일은 이제 지긋지긋해! 도대체 우리는 여기에서 뭘 하고 있는 거야?"

공포의 군주 중 우두머리인 데서록이 말했다. 그가 짜증을 내며 발굽을 굴렀다.

공포의 군주들은 한때 궁전의 정원이었던 곳에 있었다. 오래된 것 같으면서도 얼마 되지 않은 과거에 아서스가 자신의 아버지를 죽이고 백성에게 파멸을 가져다준 바로 그곳이었다. 그리고 정원 역시 사람들처럼 썩어 들어가고 있었다.

"이 땅을 관리하라는 책임을 맡은 거잖아, 데서록. 여기 남아 스컬지 군단이 움직일 준비를 하는 것이 우리의 임무다."

발나자르라는 공포의 군주가 대답했다.

"그렇지. 그래도 지금쯤은 명령이 내려와야 하는데."

세 번째 공포의 군주 바리마트라스가 중얼거렸다.

실바나스는 자신의 귀를 의심했다. 그녀가 켈투자드를 쳐다보았다. 아서스를 극진히 모시는 그를 아서스만큼이나 경멸했지만, 그런 감정은 잘 숨기고 있었다.

"군단은 벌써 몇 달 전에 패했는데, 어떻게 저들은 까맣게 모르는 거지?"

실바나스가 낮은 소리로 켈투자드에게 물었다.

"글쎄, 그렇지만 이놈들이 지휘권을 잡고 있는 기간이 길어질수록 스컬지 군단은 점점 더 망가지게 될 거다. 무슨 일인가가…."

그 순간, 전혀 예상하지 못한 소리가 들리면서 켈투자드의 말이 멈췄다. 성문이 부서져 떨어지는 소리였다. 실바나스와 켈투자드가 동시에 그쪽을 돌아보았고, 악마 셋이 으르렁거리며 검은 날개를 펄럭였다.

실바나스의 이글이글 타오르는 눈이 조금 크게 뜨였다. 성문을 부수고 나타난 사람은 다름 아닌 아서스였다. 낯익은 언데드 말이 기쁨에 날뛰었다. 머리에 투구를 쓰지 않아서 흰 머리칼이 바람에 나부꼈다. 그의 창백한 얼굴에는 실바나스가 그토록 증오하는 오만하고 능글맞은 미소가 서려 있었다. 형체뿐인 그녀의 손이 주먹을 쥐려 했지만, 아서스의 통제가 너무나도 강해서 할 수 있는 일이라고는 손가락을 부르르 떠는 것뿐이었다.

아서스의 쩌렁쩌렁한 목소리는 쾌활했다.

"안녕들하신가, 공포의 군주님들. 나 없는 동안 왕국을 돌봐준 데 대해 감사해야겠군. 그런데 이를 어쩌나. 이제 더 이상 당신들이 필요 없는데."

이 말을 들은 공포의 군주들이 아서스의 건방진 태도에 화가 났는지 그를 뚫어져라 보았다. 잠시 그들은 아무 말도 하지 못하고 아서스를 쳐다보기만 했다. 마침내 정신을 차린 발나자르가 쏘아붙였다.

"여긴 우리 땅이다. 스컬지 무리도 군단에 속하고!"

'아, 이제 시작이군.'

실바나스가 생각했다.

아서스의 능글맞은 미소가 더욱 크게 번졌다. 목소리는 대단히 기쁜 것처럼 들렸다.

"더 이상은 아니지, 악마. 너희 주인은 패배했다. 군단도 끝장이야. 마지막으로 너희들만 죽어주면 일이 완전히 마무리될 거야."

여전히 싱글싱글 웃으며 아서스가 서리한을 치켜들었다. 날에 새겨진 룬 문자가 춤을 추듯 일렁이며 빛났다. 그가 고삐를 바짝 조이자, 천하무적이 세 악마를 향해 달려들었다.

"아직 끝이 아니다, 이 인간 놈아!"

데서록이 고함을 질렀다. 공포의 군주들은 천하무적보다 동작이 빨랐다. 아무도 없는 빈 공간을 가른 서리한이 분노와 짜증이 섞인 소리를 냈다. 놈들이 순식간에 차원문을 만들어 안전한 곳으로 피해버린 것이다. 아서스는 인상을 썼지만 기분은 금세 좋아졌다. 놈들을 도망치게 만들었으니 죽이는 일도 시간문제라고 생각하는 것이 분명했다.

아서스가 위를 올려다보더니 실바나스에게 이리 오라고 손짓했다. 그녀는 복종할 수밖에 없었다. 그러나 켈투자드에게는 압력을 넣을 필요조차 없었다. 그는 복종하는 똥개처럼 기쁘게 아서스를 향해 다가갔다.

"돌아오실 줄 알았습니다, 아서스 왕자님!"

켈투자드가 반갑게 말했다.

아서스는 충실한 하인에게는 눈길 한 번 주지 않았다. 그의 시선은 실바나스에게 고정되어 있었다.

"감동적이군. 그래, 너도 내가 돌아올 거라 생각했느냐, 밴시?"

"그랬지."

실바나스가 대답했다. 그건 사실이었다. 아서스는 돌아와야만 했다. 그래야 복수할 수 있으니까. 실바나스가 불손하다고 여긴 아서스가 손가락을 튕기자 고통이 그녀의 몸을 꿰뚫었다.

"… 아서스 왕자님."

실바나스가 고통에 헐떡거리며 덧붙였다.

"아, 아니지. 이젠 왕이라고 불러야 해. 따지고 보면 여긴 내 땅이니까. 난 통치하기 위해 태어난 사람이니 그리 해야지. 일단…."

아서스가 말을 멈추더니 헉 하고 숨을 들이마셨다. 그의 눈이 커지더니 얼굴이 고통으로 일그러졌다. 그러고는 천하무적의 목 위로 몸을 잔뜩 웅크리고 장갑 낀 손으로 고삐를 움켜쥐었다. 날카로운 고통의 신음이 새어 나왔다.

이 모습을 지켜보던 실바나스는 쿠엘탈라스가 몰락한 끔찍한 날 이후로 최고의 기쁨을 맛보았다. 그녀는 아서스의 고통을 달콤하고 향기로운 음료처럼 벌컥벌컥 들이켰다. 왜 아파하는지는 몰랐지만, 어쨌거나 이 순간을 즐기기만 하면 되었다.

이를 부드득 갈고 끙 하는 소리를 내뱉으며 아서스가 고개를 들었다. 실바나스의 눈에는 보이지 않는 무언가를 뚫어져라 쳐다보며 도와달라는 듯 그쪽을 향해 팔을 뻗었다.

"고통이… 참을 수 없다. 무슨 일이 벌어지는 거지?"

아서스가 이를 부득부득 갈며 말했다. 다른 이에게는 들리지 않는 무언가가 대답이라도 하는지 아서스가 귀를 기울였다.

"아서스 폐하! 도와드릴까요?"

켈투자드가 외쳤다.

아서스는 대답하지 않았다. 그가 숨을 헐떡이더니 천천히 몸을 세워 앉았다. 충격과 고통을 다스리고 있는 것이 눈에 보였다.

"아니… 아니, 통증은 지나갔다. 그런데… 나의 힘이… 줄어들었어."

아서스는 매우 곤혹스러워했다. 실바나스에게 심장이 있었다면 그 말을 듣고 미친 듯 뛰었을 터였다.

"뭔가가 잘못됐다. 나…."

그 순간 통증이 다시 한 번 그를 꿰뚫었다. 그의 몸이 경련을 일으키더니 소리 없는 비명과 함께 그의 입이 벌어지고 고개가 뒤로 떨어졌다. 목의 힘줄이 두껍게 곤두섰다. 켈투자드가 호들갑을 떨며 사랑하는 주인님 곁을 맴돌았다. 실바나스는 경련이 지나갈 때까지 차갑게 쳐다보고만 있었다. 아서스가 천천히, 그리고 조심스럽게 천하무적에서 내려왔다. 그러나 발이 바닥에 닿는 순간 스르륵 미끄러지더니, 바닥으로 털썩 떨어졌다. 켈투자드가 뼈뿐인 손을 내밀어 아서스 왕자, 아니 자칭 왕을 다시 일으켜 세웠다.

"내 옛 처소로…. 좀 쉬어야겠다…. 그러고 나면 긴 여행을 준비해야 해."

아서스가 헐떡거리며 말했다.

실바나스는 아서스가 옛 처소로 비틀거리며 힘겹게 걸어가는 것을 지켜보았다. 자기도 모르게 미소를 지으며 입꼬리가 위로 올라갔다.

그리고 형체 없는 손가락을 잠시 움찔거리더니 분노로 떨며 주먹을 쥐었다.

은빛소나무 숲은 이상하리만치 평온했다. 솔잎이 덮인 촉촉한 땅 가까이 가벼운 안개가 맴돌았다. 실바나스에게 발이 있었다면 푹신하고 부드러운 바닥을 느낄 수 있었을 텐데. 그리고 촉촉한 공기에서 풍부한 상록수 향기를 맡을 수 있었을 텐데. 그러나 실바나스는 아무것도 느끼지 못했고, 아무 냄새도 맡지 못했다. 형체가 없는 그녀는 누군가를 만나기로 한 장소로 둥둥 떠서 움직이고 있었다. 이 만남을 고대한 나머지, 그 순간만큼은 아무 감각이 없는 것마저 아쉽지 않았다.

아서스는 실바나스에게서 첫 '성공'을 거둔 이후, 아름답고 자부심과 의지가 강한 쿠엘도레이 여자들을 밴시로 바꾸었다. 그리고 살아서는 그들의 순찰대 사령관이었던 실바나스에게 밴시들을 지휘하도록 했다. 충성스러운 사냥개에게 뼈다귀를 던져주듯 말이다. 그러나 곧 그녀가 충성스러운 애완동물과는 얼마나 거리가 먼지 알게 되리라. 얼마 전 공포의 군주들이 나누는 대화를 엿들은 후, 실바나스가 밴시들 중 하나를 보내 그들과 이야기를 나누고 정보를 수집하게 했던 것이다.

세 악마들은 실바나스의 밀사를 기쁘게 맞아들였고, '밴시 여왕의 현 상태에 있어서 서로에게 도움이 될 만한 일' 을 의논하자며 오늘 그녀를 만나자고 했다.

숲 한복판에 이른 실바나스는 은은하게 초록빛이 비치는 곳을 보고 그리로 다가갔다. 그러면 그렇지. 그들이 기다리고 있었다. 세 명의 거대한 악마들이 그녀를 향해 돌아섰다. 겉으로는 침착해 보였지만, 펄럭이는 거대한 날개에서 초조한 마음을 읽을 수 있었다.

발나자르가 먼저 입을 열었다.

"실바나스, 와줘서 고맙군."

"어찌 안 올 수 있겠소? 무슨 이유인진 모르겠지만 리치 왕의 목소리가 더 이상 들리지 않소. 나의 의지가 돌아왔지. 당신네 공포의 군주들은 그 이유를 알고 있는 것 같은데…."

실바나스가 말했다. 리치 왕의 목소리는 정말로 사라지고 없었다. 그녀는 목소리에 기쁨이 드러나는 것을 겨우 참았다. 악마들에게 너무 많은 걸 보여주고 싶지는 않았다.

그들이 서로 시선을 교환하더니 미소를 지었다.

"리치 왕이 힘을 잃고 있다는 사실을 알아냈지. 그리고 그자의 힘이 약해질수록 당신 같은 언데드들을 지휘하는 능력 역시 약해져."

바리마트라스가 대답했다. 목소리에는 소름 끼치는 기쁨이 서려 있었다.

정말 좋은 소식이었다. 그것이 사실이라면 말이다. 그러나 그 정도로는 부족했다.

"그렇다면 아서스 왕은? 그의 힘은 어떻게 되는 것이오?"

그녀가 캐물었다. 아서스를 왕이라 부르면서 코웃음을 참지 못했다.

발나자르가 별것 아니라는 듯, 검은 발톱이 달린 손을 휘휘 내저었다.

"그자는 더 이상 우리를 귀찮게 하지 못할 거야. 철 지난 여름 파리처럼 말이지. 놈의 룬검 서리한이 강력한 마법을 지니고 있다고는 하지만, 그의 힘은 시간이 지나면 점점 사라질 거야. 피할 수 없는 일이지."

실바나스는 확신할 수 없었다. 그녀 역시 한때 아서스를 과소평가했고, 마음속에는 그를 향한 차가운 증오 외에도 그를 얕보고 승리를 내어준 데 대한 죄책감이 자리하고 있었다.

"당신들은 그를 몰아내고 싶어 하고 내가 도와주길 바라지."

실바나스가 불쑥 말을 꺼냈다.

셋 중 우두머리처럼 보이는 데서록은 두 형제들이 실바나스와 이야기를 하는 내내 조용히 서 있기만 했다. 나머지 둘은 화를 내고 흥분했지만, 데서록만은 무표정했다. 그제야 입을 연 그의 목소리에는 증오만이 가득했다.

"군단이 패배했을지는 모르지만, 우리는 나스레짐이다. 일개 애송이 인간 따위가 설치고 다니게 두지 않을 거야. 아서스는 파멸해야만 해!"

마지막 말과 함께 데서록이 각자와 눈을 맞추었다. 마지막으로 녹색으로 빛나는 그의 눈이 실바나스와 마주쳤다.

"네가 우리를 관찰한 것처럼 우리 역시 널 보고 있었다. 언데드 리치 켈투자드가 주인을 저버리지 않을 것은 분명해. 놈은 지나치게 충성스럽지. 둘 사이에는 일종의 애정 같은 게 있는 것 같더군. 하지만 너는…."

데서록의 회색 입술이 위험한 미소를 지으며 위로 치켜 올라갔다.

"놈을 증오하지."

실바나스는 활활 타오르고 있는 증오는 아무리 숨기려 해도 숨길 수 없다는 사실을 알고 있었다.

"그런 점에서는 의견이 일치하는군. 나 역시 복수해야 할 이유가 있소. 아서스가 내 백성을 몰살하고 나를 이, 이런 괴물로 만들었소."

실바나스가 말을 멈추었다. 아서스와 그가 저지른 짓에 대한 증오가 너무 강해서, 잠시 말을 이을 수가 없었다. 악마들은 점잖은 척하며 참을성 있게 기다렸다.

그들은 실바나스를 이용할 수 있다고 생각하고 있었다. 한참 잘못된 생각이었다.

“내가 당신네 공격에 가담할지는 모르나 내 방식대로 할 거요. 새로운 주인 따위는 필요 없소. 나의 도움을 원한다면 받아들여야 할 거요.”

실바나스는 그들을 자기편으로 끌어들이고 싶었지만, 자신이 한낱 노리개나 꼭두각시가 될 생각이 없다는 사실은 분명히 할 필요가 있었다.

데서록이 미소 지었다.

“그렇다면 함께 죽음의 기사를 무찌르게 되리라.”

실바나스가 고개를 끄덕였다. 느릿느릿한 미소가 그녀의 창백한 얼굴 위로 번졌다.

‘살 날이 얼마 남지 않았다, 아서스 메네실. 그리고 내가, 내가 바로 모래시계가 되겠다.’

제 22 장

아서스가 환영을 계속해서 떠올리며 관자놀이를 문질렀다. 이제까지 리치 왕과의 소통은 언제나 서리한을 통해 이루어졌다. 그러나 무시무시한 통증이 닥친 순간, 아서스는 그가 모시고 있는 존재를 처음으로 볼 수 있었다.

환영 속에서 리치 왕은 거대한 동굴 속에 혼자 있었다. 그는 서리한이 그랬던 것처럼 기이한 얼음 속에 갇혀 있었다. 그러나 그를 덮고 있는 얼음은 매끈하지 않았다. 뚜껑처럼 덮인 얼음은 누군가가 큰 덩어리를 떼고 삐죽삐죽한 나머지 덩어리들을 그대로 남겨놓은 것처럼 여기저기에 금이 가 있었다. 얼음에 가려진 리치 왕의 모습은 완벽히 보이지는 않았지만, 고통에 몸부림치며 지르는 고함 소리만은 아서스의 머릿속으로 곧장 뚫고 들어오는 것 같았다.

"얼어붙은 왕좌에 위험이 다가오고 있다! 힘이 약해지고 있어…. 시간이 없다, 당장 노스렌드로 돌아와야 한다! *복종하라!*"

맨 마지막 말은 날카로운 창처럼 아서스의 복부를 꿰뚫었다.

이렇게 그의 목소리가 들릴 때마다 아서스는 정신이 멍하고 속이 울렁거렸다. 그가 인간에 불과할 때에도 아드레날린처럼 혈관을 타고 흐르던 힘이 이제는 조금씩 사라지고 있었다. 그리고 그에게 주어진 힘보다 더 많은 것을 가져가버렸다. 아서스는 약하고 위험한 상태였다. 처음 서리한을 손에 넣고 자신이 믿던 모든 것으로부터 등을 돌린 그 순간부터 지금까지, 한 번도 상상하지 못한 일이었다. 힘겹게 천하무적에 올라 켈투자드를 만나러 나가는 아서스의 얼굴이 땀으로 축축했다.

켈투자드는 공중에 뜬 채 아서스를 기다리고 있었다. 불안한 듯 펄럭이는 로브와 태도에서 그가 아서스를 매우 걱정한다는 사실을 알 수 있었다.

"발작이 점점 더 심해지고 있습니까?"

켈투자드가 물었다.

아서스는 잠시 망설였다. 털어놓아도 괜찮을까? 얼마 남지 않은 힘을 빼앗아 가려는 건 아닐까? 아니, 이 강령술사는 아서스를 잘못된 길로 이끈 적이 한 번도 없었다. 그의 충성심은 언제나 리치 왕과 아서스를 향해 있었다.

아서스가 고개를 끄덕였다. 작은 동작만으로도 머리가 떨어져 나갈 것 같았다.

"그래, 힘이 모조리 빠져나가 전사들을 지휘하기도 힘들다. 리치 왕께서 얼른 노스렌드로 오지 않으면 모든 걸 잃을 수도 있다고 경고하셨어. 얼른 길을 떠나야 한다."

불이 이글이글 타오르는 텅 빈 눈구멍에서 걱정스러운 표정이 드러날 리 만무했지만, 어쨌든 켈투자드의 눈은 그렇게 보였다.

"물론입니다, 폐하. 지금까지 그랬듯 앞으로도 폐하를 저버리지 않을 것입니다. 준비되시는 대로 출발을…."

"계획이 바뀌었다, 아서스. 넌 아무 데도 못 간다."

누군가가 다가오는 것도 느끼지 못하다니, 힘이 약해지고 있는 게 틀림없었다. 세 명의 공포의 군주에 둘러싸인 아서스는 깜짝 놀라 그들을 쳐다보았다.

"자객이다! 함정이야! 폐하를 보호하…."

켈투자드가 외쳤다. 그러나 성문이 쾅 닫히는 소리에 목소리가 묻히고 말았다. 아서스가 서리한을 빼어 들었다. 그 검과 하나로 합쳐진 이후, 처음으로 검이 너무나도 무겁고 생명이 없는 것처럼 느껴졌다. 칼날을 따라 새겨진 룬 문자는 빛나지 않았으며, 균형 잡힌 아름다운 무기가 아니라 금속 덩어리에 지나지 않는 것 같았다.

언데드 한 놈이 아서스에게 달려들었다. 그 순간, 아서스는 언데드를 처음으로 맞닥뜨렸던 과거로 빨려 들어가는 것 같은 기분이 들었다. 또 한 번, 작은 농가 마당에 서서 부패하는 살덩이에서 풍기는 악취의 휩싸여 죽어야 할 것들이 살아 움직이는 것을 처음 목격한 것과 같은 충격을 받았다. 언데드라는 존재가 가져다주는 공포나 혐오감 따위는 이미 사라진 지 오래였다. 이제는 오히려 애정을 가지고 바라볼 정도였다. 그들은 아서스의 백성이었다. 아서스가 그들의 생명을 빼앗고 깨끗이 정화하여 리치 왕의 영광을 섬기게 만들었다. 그들은 단순히 움직이고 싸우는 것이 아니었다. 바로 그를 위해 움직이고 싸웠다. 그랬던 그들이 지금은 공포의 군주들에게 완전히 장악되었다. 아직 남아 있던 힘을 끌어 모아 아서스는 그들에게 맞섰다. 이상하고 기분 나쁜 느낌이 그를 가득 채웠다. 아서스는 그들이 자신을 배신하리라고는 꿈에도 생각하지 못했다.

싸우는 소리를 뚫고 발나자르의 목소리가 아서스에게 들렸다. 비웃는 기색이 역력했다.

"넌 돌아오지 말았어야 했다, 이 애송이 인간아. 우리가 너의 병사 대부분을 통제하고 있다. 네 통치도 그리 오래가지 못할 것 같구나, 아서스 왕."

아서스가 이를 부드득 갈았다. 그리고 몸속 깊은 곳에서 싸움에 대한 의지와 기운을 조금씩 끌어올렸다. 여기에서 죽을 수는 없었다.

그러나 적의 수가 너무 많았다. 한때 그리도 쉽게 지휘하고 명령했던 수많은 병사들이 이제는 등을 돌리다니…. 아무런 생각이나 마음이 없는 그들이 누구든 가장 강한 사람에게 복종한다는 것은 아서스도 알고 있었다. 그래도 마음이 아팠다. 다른 사람도 아닌 아서스 자신이 만든 군대가 아닌가….

아서스는 점점 더 약해지고 있었다. 그러다 한순간 복부를 향해 정면으로 날아오는 공격을 막지도 못했다. 무딘 검 하나가 갑옷을 때리며 쨍강 소리를 냈다. 큰 상처는 입지 않았지만, 한낱 시체가 휘두른 검조차 막지 못했다는 사실에 아서스는 덜컥 겁이 났다.

"수가 너무 많습니다, 폐하! 도망치십시오…. 여기서 나가셔야 합니다! 저도 이곳을 빠져나가 황야에서 기다리고 있겠습니다. 기회는 지금뿐입니다, 폐하!"

켈투자드의 음침한 목소리가 들려왔다. 그의 말에 담긴 충성심을 느끼고, 아서스는 자신도 모르게 코끝이 찡해졌다.

켈투자드의 말이 옳았다. 아서스는 고함을 지르며 어렵사리 말에서 내렸다. 그가 손을 한 번 흔들자 천하무적의 몸이 희미해져 유령으로 변하더니 이내 사라져버렸다. 이곳에서 무사히 빠져나가면 천하무적을 다시 부를 참이었다. 아서스는 약해진 서리한을 두 손으로 움켜쥐고 이리저리 칼을 휘둘렀다. 적을 죽이거나 부상을 입히려는 의도가 아니었다. 도망칠 길을 만드는 정도밖에는 할 수 없었다.

성문은 굳게 닫혀 있었다. 그러나 어린 시절부터 성인이 될 때까지 살던 이 궁을 구석구석까지 잘 알고 있었다. 아서스는 모든 성문과 성벽, 비밀 통로까지 알고 있었으므로, 어차피 혼자 힘으로는 열지도 못할 성문 대신 왕궁의 한복판으로 걸음을 옮겼다. 언데드들이 따라오기 시작했다. 아서스는 한때 왕족의 개인 숙소였던 곳의 후미진 복도를 따라 달렸다. 한때 제이나의 손을 꼭 잡고 가로지른 적이 있는 바로 그곳이었다. 순간적으로 몸이 휘청했다. 마음이 크게 흔들렸다.

어쩌다가 이 지경이 된 것일까. 자신이 만든 존재, 자신이 지키겠다고 맹세한 백성으로부터 도망쳐 텅 빈 궁 안을 달리고 있다니. 아니, 자신이 만든 것이 아니라 죽인 백성이라고 해야 옳았다. 리치 왕이 약속한 힘을 얻기 위해 배신한 자기의 백성…. 그 힘이 아물지 않은 상처에서 조금씩 흐르는 피처럼 아서스의 몸을 빠져나가고 있었다.

아버지… 제이나….

아서스는 애써 머릿속에서 기억들을 몰아냈다. 지금 그런 생각을 한들 아무 소용이 없었다. 지금은 오직 속도와 교활한 꾀만이 필요했다.

좁은 복도 덕분에 아서스를 추격하는 언데드의 수는 얼마 되지 않았고, 놈들을 피해 문을 닫아걸 수 있었다. 조금이라도 놈들을 늦출 수 있으면 된다. 마침내 자신의 옛 방에 당도했다. 그 방에는 숨겨진 비밀 통로가 있었다. 아서스, 그의 부모님, 칼리아 모두 각자의 방에 통로가 있었다. 그것에 대해 아는 사람이라고는 왕족과 우서 경 그리고 주교뿐이었다. 지금은 그를 제외한 모두가 죽고 없었다. 아서스는 벽에 걸려 있던 벽걸이 융단을 옆으로 밀고 뒤에 숨겨진 작은 문 안으로 들어갔다. 그러고는 다시 그것을 닫고 단단히 걸어 잠갔다.

이제는 정말 약해진 그가 좁고 구불구불한 계단을 따라 비틀거리며 미친 듯 달리기 시작했다. 계단 끝에는 자유가 있었다. 통로 끝에 있는 문은 왕궁의 외벽과 똑같이 보이도록 만들어졌고, 마법으로 보호되고 있었다. 아서스는 숨을 헐떡이며 잠긴 문을 열고 기다시피 왕궁에서 빠져나왔다. 티리스팔 숲의 어렴풋한 빛이 그를 반겼다. 뒤에서 싸우는 소리가 들려왔다. 아서스는 가쁜 숨을 몰아쉬며 위를 올려다보았다. 상황을 이해할 수 없어서 잠시 고개를 갸우뚱하며 눈을 깜빡였다. 언데드들이 서로 싸우고 있었다.

그렇다. 그들 중 일부는 아직도 아서스의 통제하에 있었다. 그들은 아직도 그의 백성이….

아니, 그의 도구, 무기라면 몰라도 백성은 아니었다.

아서스는 차가운 돌에 기대어 그 광경을 잠시 지켜보았다. 적군을 따르는 누더기골렘 한 놈이 다른 언데드의 몸에서 기다란 귀가 달린 머리통을 베어내 집어던졌다. 누더기골렘과 목이 잘린 언데드의 모습을 보니 전에는 느끼지 못했던 혐오감이 물결처럼 밀려왔다. 구더기가 가득 낀 채 느릿느릿 움직이고 있는 부패한 시체들이라니…. 누가 조종하든 흉측한 존재임은 분명했다. 그때 희미한 불빛이 아서스의 시선을 사로잡았다. 작은 망령 하나가 외로이 머뭇거리며 다가오고 있었다. 한때 사춘기 소녀였던 것이 분명했다. 살아 있었을 때 말이다. 그가 직접 했든 아니든 그녀의 목숨을 빼앗았다. 그의 *백성*…. 그러나 산 자의 세상을 완전히 떠난 것은 아니었는지, 조금이나마 인간성을 지니고 있었다. 아서스는 그 점을 이용하기로 했다. 아서스가 힘을 향한 자신의 욕망 때문에 생겨난 망령 소녀에게 그가 팔을 뻗었다.

"작은 망령이여, 네 능력이 필요하다. 나를 도와주겠니?"

최대한 상냥하게 아서스가 물었다.

그녀의 얼굴이 밝아지더니 아서스에게 다가왔다.

"저는 오직 당신을 섬기기 위해 존재합니다, 아서스 폐하."

죽은 자의 공허한 울림이 담긴 그녀의 목소리에는 아직도 귀여운 구석이 있었다. 아서스는 억지로 미소를 지었다. 썩어가는 살덩이들을 조종하는 일이 더 쉽긴 했지만, 이것도 그 나름대로 장점이 있었다.

마지막으로 남은 힘을 쥐어짜 아서스가 다른 언데드들을 불러 모았다.

너무 힘을 쓴 나머지 이제는 매 순간마다 소리를 내며 숨을 몰아쉬어야 했다. 그래도 놈들은 아서스를 찾아왔다. 누구든 가장 강한 사람을 섬기는 자들이었으니까. 어렵사리 찾아낸 숙명의 길에서 앞을 가로막는 자들은 누구도 내버려두지 않으리라. 아서스는 크게 소리를 질렀다. 그러나 아서스의 부름을 듣고 찾아오는 것은 그의 편만이 아니었다. 그를 공격하기 위해 다가오는 놈들이 더 많았다. 그 순간 아서스는 너무나도 약했다. 그렇지만 그를 보호해줄 수 있는 것이라고는 이 부패한 살덩이들뿐이었다. 아서스는 숨을 몰아쉬고 몸을 부들부들 떨며 점점 더 무거워지는 팔로 힘겹게 서리한을 내저었다. 그 순간 땅이 부르르 흔들렸다. 아서스가 몸을 돌려 그곳을 바라보니, 세 놈이나 되는 누더기골렘이 그를 향해 걸어오고 있었다.

아서스가 엄숙하게 서리한을 들어 올렸다. 로데론의 왕 아서스 메네실은 순순히 죽지 않을 셈이었다.

그때였다. 갑자기 무엇인가 어지럽게 움직이더니 고통에 찬 비명 소리가 들려왔다. 유령 새처럼 흐릿한 물체들이 높이 올라갔다 곤두박질치기를 반복하며 누더기골렘들을 공격하고 있었다. 아서스를 향해 다가오던 놈들이 멈춰 서더니, 그 존재들을 향해 팔을 휘두르고 괴성을 지르기 시작했다. 그 순간, 유령 같은 존재들이 놈들의 몸속으로 다이빙하듯 날아들어갔다.

미끈미끈한 구더기투성이의 하얀 누더기골렘들이 걸음을 우뚝 멈추고는 아서스를 공격하고 있던 언데드들에게로 시선을 돌렸다. 죽음의 기사 아서스의 창백한 얼굴에 미소가 번졌다. 밴시였다. 아서스는 실바나스가 증오에 사로잡혀 자신을 도우러 오지 않거나, 다른 병사들과 마찬가지로 적군의 졸개가 되어버렸다고 생각했다. 그러나 아서스를 향한 전 순찰대 사령관의 분노는 사라진 것이 분명했다.

밴시에게 홀린 누더기골렘들의 도움으로 전세는 곧 역전되었다. 잠시 후 아서스는 가만히 서서 이제는 정말로 죽어버린 시체 더미를 내려다보았다. 아서스를 공격하던 언데드들을 해치운 누더기골렘들은 이내 서로를 공격해 산산조각 내버렸다. 아서스는 지금 남은 시체 조각들로도 다시 놈들을 꿰어 붙일 수 있을지 궁금해졌다. 놈들이 하나씩 땅으로 쓰러지자, 그 몸을 차지하고 있던 밴시들이 자유롭게 날아올랐다.

"고맙다. 너희들과 네 여주인이 내 편으로 남아 있는 걸 보니 정말 기쁘구나."

밴시들이 아서스의 주변을 맴돌며 부드럽고도 으스스한 목소리로 대답했다.

"물론이죠, 위대한 왕이시여. 실바나스가 폐하를 찾으라며 우리를 보냈습니다. 폐하를 모시고 강을 건널 것입니다. 강을 건너고 나면 황야는 안전할 것입니다."

황야라…. 켈투자드가 말한 바로 그곳이었다. 아서스는 한결 마음이 놓였다. 그의 오른팔과 왼팔이 똑같은 생각을 하고 있는 것이 분명했다. 아서스가 한 손을 들더니 정신을 집중했다.

"천하무적, 돌아와라!"

아서스가 불렀다. 잠시 후 작은 안개 덩어리가 나타나더니, 빙글빙글 돌며 말의 모습을 띠기 시작했다. 그리고 천하무적이 모습을 드러냈다. 아서스는 천하무적을 다시 부르는 데 아무런 힘도 들지 않았다는 사실이 기뻤다. 천하무적은 그를 사랑했다. 다른 것은 몰라도 천하무적을 되살린 일은 옳은 행동이었다. 무슨 일이 있어도 절대로 그를 저버리지 않을 단 하나의 언데드, 살아 있을 때만큼이나 충성스럽게 그를 따르는 언데드가 천하무적이었다. 아서스는 조심스럽게 말에 올라탔다. 밴시들과 다른 언데드들에게 약한 모습을 보이지 않으려 애썼다.

"실바나스와 켈투자드에게로 가자. 길을 안내해라, 따라갈 테니."

아서스가 밴시들에게 말했다.

그들은 아서스의 명에 따라 왕궁을 떠나 미끄러지듯 티리스팔 숲의 한복판으로 그를 안내했다. 발니르 농장과 가까워지자 아서스는 갑자기 불편해지기 시작했다. 다행히도 밴시들은 곧 방향을 바꾸어 언덕 지대로 향했고, 그곳을 통해 넓게 열린 벌판에 닿았다.

"자매들이여, 이곳이다. 위대한 왕이시여, 여기에서 잠시 쉬겠습니다."

실바나스나 켈투자드의 모습은 보이지 않았다. 아서스는 천하무적의 고삐를 잡아당겨 그 자리에 서서 주변을 둘러보았다. 아서스는 순간적으로 두려움이 몰려오는 것을 느꼈다.

"왜 이곳이냐? 실바나스는 어디에 있느냐?"

아서스가 물었다.

그 순간 다시 통증이 밀려왔다. 아서스가 소리를 지르며 가슴을 움켜쥐었다. 천하무적이 불안한 듯 서성이자, 아서스는 떨어지지 않기 위해 온 힘을 다해 말에 매달렸다. 갑자기 회색빛이 도는 녹색 숲이 사라지고, 부서진 얼어붙은 왕좌의 푸른빛과 흰빛이 사방을 채웠다. 리치 왕의 목소리가 머리를 찌를 듯 들려왔다. 아서스는 애써 비명을 참았다.

"넌 속았다! 당장 내게로 와라! *복종하라!*"

"무슨, 도대체 무슨 일이…."

아서스가 이를 부득부득 갈며 겨우 입을 열었다. 고개를 들어 억지로 눈을 깜빡이며 정신을 차리려 애썼다. 그것만으로도 신음이 새어나올 지경이었다.

그때 활을 든 여자가 나무 뒤에서 걸어 나왔다. 순간 아서스는 자신이 쿠엘탈라스로 되돌아가 살아 있는 엘프와 대면하고 있다고 생각했다. 그러나 그녀의 머리는 더 이상 금빛이 아니었고 흰 가닥이 드러난 칠흑같이 까만 머리였다. 피부는 푸른 기가 돌 만큼 창백했으며, 눈은 은색으로 빛나고 있었다. 그것은 실바나스였다. 아니, 실바나스라고 할 수도 없었다. 실바나스는 산 것도 아니요, 그렇다고 밴시처럼 형체가 없는 것도 아니었다. 그녀가 자신의 시신을 찾아낸 것이다. 아서스가 실바나스를 괴롭히기 위해 명령하여, 지금까지 시신은 쇠관에 숨겨놓았다. 실바나스가 전세를 역전시켰다.

아서스가 여전히 고통에 몸부림치며 도대체 무슨 일이 벌어지고 있는지 이해하려 애쓰고 있을 때, 실바나스가 미끈한 검은 활을 꺼내어 아서스를 향해 조준했다. 그녀의 입술에 차가운 미소가 번졌다.

"제 발로 걸어 들어왔구나, 아서스."

그 말과 함께 실바나스가 활시위를 놓았다.

날아온 화살은 종잇장을 뚫듯 아서스의 갑옷을 뚫고 왼쪽 어깨에 박혔다. 새로운 통증이 더해졌다. 순간, 아서스는 혼란스러웠다. 실바나스는 활의 명수였다. 이렇게 가까운 거리에서 이 정도 목표물을 명중시키지 못할 리가 없었다. 왜 심장이 아닌 어깨를 쏜 것일까? 오른손이 저도 모르게 상처로 향했지만 손가락이 말을 듣지 않았다. 엄청난 속도로 손가락이 마비되고 있었다. 발도… 이제는 다리도….

아서스가 천하무적의 목 위로 몸을 늘어뜨렸다. 말을 듣지 않게 된 팔다리로 최대한 천하무적의 몸에 매달렸다. 이제는 실바나스 쪽으로 고개를 돌릴 수도 없었다. 아서스는 겨우 입을 열었다.

"반역자! 내게 무슨 짓을 한 거냐?"

실바나스는 웃고 있었다. 기분이 좋았다. 아주 천천히, 나른한 몸짓으로 그녀가 아서스를 향해 걸어왔다. 그녀는 아서스에게 죽임을 당할 때 입고 있던 갑옷 차림이었다. 창백한 피부가 훤히 드러나 있었다. 그러나 그날 입은 무수한 상처는 모두 사라지고 없었다.

"특별히 널 위해 만든 독화살이다. 지금 겪는 마비 증세는 네가 내게 준 엄청난 고통에 비하면 새 발의 피지."

실바나스가 다가오며 화살을 다시 등에 둘러메고는 단검을 꺼내 손가락으로 쓰다듬었다.

아서스가 침을 삼켰다. 그의 입속은 모래를 씹은 것처럼 깔깔했다.

"그렇다면 죽여라."

실바나스가 고개를 뒤로 젖히더니 미친 듯 웃어대기 시작했다. 공허하고 으스스한 소리였다.

"깨끗한 죽음… 네가 내게 준 것처럼 말이냐?"

그녀의 얼굴에서 웃음기가 금세 사라지더니 눈이 붉게 타오르기 시작했다. 그리고 둘 사이의 거리가 팔 하나만큼이 될 때까지 계속 다가왔다. 그녀가 점점 가까워지자 천하무적이 불안한 듯 움직였다. 아서스는 미끄러져 떨어질 뻔했다.

"오, 아니지. 난 너한테 아주 좋은 걸 배웠다, 아서스 메네실. 적들에게 자비를 베푸는 게 얼마나 어리석은 짓인지, 그리고 그자들에게 고통을 안겨주는 게 얼마나 기쁜 일인지 말이야. 그래서 나의 스승인 네놈에게 그동안 내가 얼마나 잘 배웠는지 보여주려 해. 넌 나와 똑같은 고통을 겪게 될 거야. 내 화살 덕분에 도망치지도 못하지 않나."

지금 아서스가 움직일 수 있는 것이라고는 눈동자밖에 없었다. 그는 어찌할 도리 없이 실바나스가 단검을 치켜드는 것을 바라보았다.

"지옥에 내 안부나 전해주렴, 이 어리석은 놈아."

'안 돼, 이렇게는…. 마비되어 아무것도 할 수 없는 이 상태로는… 제이나….'

그때였다. 실바나스가 갑자기 휘청거리며 뒷걸음질쳤다. 단검을 쥐고 있던 창백한 손이 뒤틀리더니 검을 떨어뜨렸다. 그녀의 얼굴에 담긴 표정은 놀라움 그 자체였다. 곧이어 아까 전에 아서스를 도와주었던 망령이 나타났다. 자신의 왕을 도울 수 있어 행복하다는 듯 기쁘게 웃고 있었다.

"물러서라, 이 생각 없는 것들! 왕이시여, 오늘은 무너지실 때가 아닙니다!"

켈투자드였다! 약속한 대로 그가 나타났다. 이 비겁한 밴시가 유인해 온 이곳까지 아서스를 찾으러 왔다. 그리고 켈투자드는 혼자가 아니었다. 열 명도 넘는 언데드들이 함께 있었다. 그들이 실바나스와 밴시들을 공격하기 시작했다. 아서스의 마음속에 희망이 자라나기 시작했다. 그러나 그는 몸 전체가 마비된 상태였고 손가락 하나 까딱할 수 없었다. 아서스는 자신을 둘러싸고 전투가 벌어지는 것을 지켜보았다. 얼마 지나지 않아 실바나스 일당이 후퇴하기 시작했다.

마지막으로 실바나스가 아서스를 쏘아보았다. 눈이 붉게 타오르고 있었다.

"아직 끝이 아니다, 아서스! *절대로* 포기하지 않겠어!"

아서스는 그림자 속으로 녹듯이 사라지는 그녀를 뚫어져라 쳐다보고 있었다. 마지막까지 없어지지 않고 남아 있던 그녀의 핏빛 눈도 이내 모습을 감추었다. 여주인이 사라지자, 그녀를 따르던 밴시들도 도망쳐버렸다. 켈투자드가 황급히 아서스에게 다가왔다.

"어디를 다치셨습니까, 나의 군주이시여?"

아서스는 그를 쳐다볼 뿐이었다. 이제는 마비가 너무 많이 진행되어 입술조차 움직일 수 없었다. 뼈다귀뿐인 켈투자드의 손가락이 놀라울 정도로 섬세하게 화살을 움켜쥐더니 잡아당겼다. 화살이 뽑혀 나온 순간, 아서스는 고통의 비명을 억지로 참았다. 붉은 피와 함께 찐득찐득한 검은 물질이 섞여 나왔다. 켈투자드가 그것을 조심스럽게 들여다보았다.

"독의 효과는 시간이 지나면 사라질 것입니다. 이 독은 폐하를 움직이지 못하게 하기 위한 것 같습니다."

'당연하지. 안 그랬다면 단검 따위는 필요하지 않았을 테니까.'

아서스는 안도감이 밀려오자 더욱 기운이 빠지는 것 같았다. 정말 아슬아슬한 순간이었다. 충성스러운 켈투자드가 아니었다면 실바나스 손에 끝장 날 뻔했다. 다시 입을 열어 겨우 말을 할 수 있었다.

"네가 나의 목숨을 구했다."

켈투자드가 뿔이 난 머리를 조아렸다.

"도움이 될 수 있어서 기쁩니다, 폐하. 그렇지만 어서 이곳을 떠나 노스렌드로 가셔야 합니다. 여행 준비는 마쳤습니다. 저는 어떻게 할까요?"

켈투자드의 말이 옳았다. 팔다리에 조금씩 감각이 돌아오고는 있었지만 혼자 힘으로 움직일 수 있을 정도는 아니었다.

"나는 최대한 빨리 리치 왕을 찾아야만 한다. 더 지나면… 무슨 일이 일어날지는 모르겠다. 돌아올 수 없을지도 모른다. 그러나 그때까지 너는 이곳에서 이 땅을 보살피고 있기를 바란다. 내가 남긴 것들이 계속 이어지도록 말이야."

아서스는 켈투자드를 믿었다. 자신을 향한 애정이나 충성심을 믿은 것이 아니라 그의 복종이 냉정하고 엄연한 사실이기 때문이었다. 켈투자드는 공통의 주인에게 속박된 언데드였다. 아서스의 눈이 조금 떨어진 곳에서 미소 지으며 떠 있는 작은 망령 여자아이를 향했다. 그러고는 명령만 떨어지면 절벽에서도 뛰어내릴 무표정한 시체들도 둘러보았다.

그것들은 그저 죽은 살덩이와 찢겨진 영혼에 불과했다. 그의 백성이 아니었다. 한 번도 그의 백성인 적이 없었다. 망령이 아무리 고운 미소를 지어도 말이다.

"영광입니다, 나의 군주님. 명령대로 하겠습니다, 아서스 폐하. 그리 하겠습니다."

이제 실바나스에게는 몸이 있었다. 크게 달라지긴 했지만 예전의 그녀와 비슷한 몸이 있었다. 실바나스는 살아서 그랬듯 날렵한 걸음걸이로 움직였고 똑같은 갑옷을 입었다. 그렇지만 똑같지는 않았다. 영원히, 이제는 돌이킬 수 없이 변해버렸다.

"근심이 있으십니까, 주인님?"

실바나스가 깜짝 놀라 자신을 둘러싸고 떠 있는 여러 밴시 중 자신을 부른 이를 쳐다보았다. 실바나스도 그들과 함께 떠다닐 수 있었다. 그러나 그녀는 도로 찾은 묵직하고 단단한 유형의 육신을 더 좋아했다.

"너는 그렇지 않느냐? 며칠 전만 해도 우리는 리치 왕의 노예였다. 그의 명령에 따라 살육을 자행하기 위해서만 존재했다. 그리고 이제는… 자유로워졌다."

실바나스가 퉁명스럽게 말했다.

"이해가 안 됩니다. 이제 우리의 의지는 우리 것이 되었습니다. 그게 우리가 싸운 목적이 아니었나요? 기뻐하실 거라고 생각했는데요."

밴시의 공허한 목소리는 어리둥절해하고 있었다.

실바나스가 소리 내어 웃었다. 아니, 오히려 히스테리에 가까운 웃음이었다.

"이 망할 놈의 저주에 기쁨이 어디 있느냐? 우리는 아직도 언데드다, 아직도 괴물이란 말이다. 저주의 노예가 아니라면 도대체 무엇이란 말이냐?"

실바나스가 손을 뻗어 푸른 기운이 도는 회색 피부를 이리저리 만져보았다. 서늘한 냉기가 제2의 피부처럼 손을 감싸고 있었다.

아서스는 너무나 많은 것을 가져가버렸다. 며칠, 아니 몇 주에 걸쳐 천천히 죽인다고 해도 분이 풀리지 않을 터였다. 물론 그가 죽는다고 죽은 자들을 되살리거나, 태양샘을 정화하거나, 본래의 복숭앗빛, 금빛을 띤 자신으로 돌아갈 수는 없었다. 그러나 그러면 기분이라도 좋을 것 같았다.

며칠 전, 아서스는 교묘하게 실바나스의 손아귀에서 빠져나갔다. 하필이면 결정적인 순간에 그의 졸개인 언데드 리치 켈투자드가 나타난 것이다. 아서스는 그녀의 손이 닿지 않는 곳에서 스스로를 치유할 터였다. 그가 켈투자드의 손에 역병 지대를 맡겨놓고 떠났다는 소식을 들었다. 그러나 상관없었다. 실바나스는 죽은 몸 아닌가. 더없이 훌륭한 복수를 준비할 만한 시간은 얼마든지 있었다.

무언가가 움직이는 것을 느낀 실바나스가 재빠르게 자리에서 일어나더니 민첩한 동작으로 단번에 화살을 시위에 메기고 그쪽을 겨누었다. 빠르게 돌아가며 차원문이 열리더니, 바리마트라스가 오만한 미소를 만면에 띠고 그녀를 내려다보고 섰다.

"안녕하신가, 실바나스. 우리 형제들 모두 아서스를 무너뜨리는 데 제 역할을 해준 자네에게 감사하고 있네."

이 말과 함께 악마는 고개를 숙여 인사까지 했다. 실바나스가 한쪽 눈썹을 치켜 올렸다. 악마가 정말로 고마워할 리가 없었다. 그녀가 한 역할이라…. 이 일을 연극이나 장난처럼 이야기하고 있었다.

"무너뜨려? 물론 그렇게 말할 수도 있겠지. 놈은 쥐새끼처럼 달아나버렸소. 그것 하나만은 확실하지."

거대한 악마가 어깨를 으쓱했다. 그 몸짓과 함께 날개가 벌어졌다.

"그렇든 아니든 놈은 이제 더 이상 우리의 골칫덩이가 아니다. 내가 여기에 온 건 우리의 새 군대에 들어오라고 정식으로 초대하기 위해서다."

'새 군대?'

전혀 새로울 것이 없었다. 주인만 다를 뿐, 노예 생활을 하는 것은 똑같았다. 실바나스는 관심이 없었다.

"바리마트라스, 내가 관심 있는 것이라고는 아서스 놈에게 죽음을 안기는 일뿐이오. 이 목표를 달성하기 위한 첫 번째 시도에 실패했으니, 다음번에 반드시 성공하기 위해 모든 노력을 집중하려고 하오. 그러니 당신네 쩨쩨한 정치 놀음이나 세력 다툼에 끼어들 시간은 없지."

실바나스가 차갑게 대답했다.

악마의 태도가 순식간에 달라졌다.

"조심하시지. 우리의 화를 돋우는 건 현명한 일이 못 돼. 우리가 바로 이, 역병 지대의 미래다. 너는 우리와 함께 이곳을 통치하거나 제거되거나 둘 중 하나다."

"당신들이? 미래? 켈투자드는 그토록 사랑하는 아서스와 함께 가지 않았소. 켈투자드가 이곳에 남은 건 이유가 있어서야. 그렇지만 뭐, 강력한 태양샘의 정기를 받아 다시 태어난 시체가 당신네들처럼 강력할 리는 없다고 봐야겠지."

실바나스의 목소리에는 경멸이 담겨 있었다. 이 말을 들은 공포의 군주가 험악하게 인상을 썼다.

"나는 이미 노예로 오래 살았소, 공포의 군주."

죽은 사람이 '살았다'는 말을 쓰다니…. 웃기는 일이었다. 오래된 버릇은 쉽사리 사라지지 않는 모양이었다.

"놈에 의해 만들어진 나라는 존재로부터 벗어나려고 필사적으로 싸웠소. 덕분에 나의 의지가 다시 내 것이 되었으니, 나의 길은 내가 결정할 것이오. 불타는 군단은 패배했소. 남은 건 얼마 되지도 않는 당신네 형제들뿐이지. 당신네 종족은 멸종하고 있어. 그런 바보들한테 자신을 얽매는 짓은 하지 않을 거요."

"그러면 마음대로 하시지. 우리의 대답을 곧 듣게 될 거야."

바리마트라스가 내뱉듯 말했다. 화가 머리끝까지 오른 것 같았다.

그가 잔뜩 인상을 쓴 채 순간이동으로 사라졌다.

실바나스의 말을 듣고 악마가 분노로 몸을 떨고 있다고 해도 좋았다. 그녀는 냉정하게 이 일을 생각했다. 바리마트라스는 화를 돋우기 쉬운 상대였다. 그녀가 큰 위협이 되지 않는다고 여겼으니 그런 자를 전령으로 보냈으리라.

아서스와 맞서 싸우려면 밴시 몇으로는 부족했다. 실바나스에게는 군대나 죽은 자들의 도시가 필요했다. 아니, 로데론이 필요했다. 실바나스는 자신처럼 숨을 쉬지는 않지만 자신의 의지를 가지고 있는 잃어버린 영혼들을 규합해 군대를 만들고는 포세이큰, 그래, 포세이큰('버림 받은 자' 라는 뜻—옮긴이)이라 부를 것이다. 무엇보다도 악마 형제들과 싸우려면 밴시 자매들보다 더한 것이 필요했다. 아니, 어쩌면 악마 둘만 상대하게 될지도 몰랐다.

실바나스는 다시 한 번 바리마트라스를 떠올렸다. 얼마나 조종하기 쉬웠던가.

어쩌면 이자가 유용하게 쓰일지도 몰라….

그래, 실바나스와 포세이큰이 함께 이 땅에서 제 길을 찾으리라. 그리고 그 길을 막아서는 자는 누구든 베어내리라.

제 23 장

노스렌드. 아서스는 고향에 돌아온 것 같은 이상한 기분이 들었다. 해안이 눈에 들어오자, 아서스는 그곳에 처음 도착했던 때가 기억났다. 제이나와 우서 경의 배신으로 마음은 고통으로 가득 차고, 스트라솔름에서 해야 했던 일로 아파하고 있던 차였다. 갑작스레 너무 많은 일이 일어나서 전생의 일처럼 느껴졌더랬다. 당시 아서스에게는 자신의 백성을 걸어 다니는 시체로 만든 악마를 죽이겠다는 복수심만이 가득했다. 그러나 지금은 걸어 다니는 시체들을 지배할 뿐만 아니라 켈투자드와 한편이 되어 있었다.

참으로 이상했다. 운명의 장난이라는 것은….

그때와는 달리 지금은 추위를 전혀 느끼지 못했다. 아서스를 그토록 충성스럽게 따르는 부하들 역시 추위를 몰랐다. 죽음이 사소한 감각 따위는 무뎌지게 만드는 것이겠지. 오직 살아 있는 강령술사들만이 추위에 떨며 몸을 꽁꽁 싸맸다. 바람은 신음과 비명을 번갈아 흘리며 세차게 불어댔고, 배를 정박하고 육지로 올라올 때쯤에는 눈도 내리기 시작했다.

군함에서 작은 보트로 옮겨 탄 후 육지에 닿을 때까지 아서스의 움직임은 뻣뻣했다. 추위는 느끼지 않았지만 힘과 육체가 약해진 탓이었다. 발이 땅에 닿는 순간, 아서스는 리치 왕을 느낄 수 있었다. 희미한 빛밖에 내지 못하고 있던 서리한도 조금은 강해진 것 같았다. 리치 왕은 서리한을 통해 말을 걸어오거나 아서스의 머릿속에서만 느껴지지 않았다. 아서스는 리치 왕을, 자신의 주인을 피부로 느낄 수 있었다. 그것이 전부가 아니었다. 점점 더 강해지는 찌릿찌릿한 위협의 느낌 역시 커지고 있었다.

아서스는 자신을 따라 육지로 올라오고 있던 부하들을 향해 몸을 돌렸다. 구울, 유령, 망령, 누더기골렘, 강령술사 등 제각각이었다.

"서둘러야 한다. 누군가가 리치 왕을 위협하고 있다. 얼어붙은 왕좌에어서 당도해야 한다."

아서스가 고함을 질렀다.

"폐하!"

강령술사 중 하나가 소리를 지르며 손가락으로 가리켰다. 아서스는 서리한을 빼어 들며 몸을 빙글 돌렸다.

떨어지는 눈발 사이로 금색과 붉은색이 섞인 형체들이 공중에 떠 있는 것이 보였다. 그들이 다가오면서 과연 그 형체가 무엇인지, 그리고 그것의 주인이 누구인지 눈치채고는 아서스의 눈이 분노와 놀라움으로 가늘어졌다.

그것은 용매였다. 아서스는 놀랄 수밖에 없었다. 하이 엘프들은 거의 다 몰살했다고 생각했다. 아서스가 어디에 있는지 알아내어 이리로 찾아오는 건 둘째치고, 무리를 만들기에 충분한 수가 어떻게 살아남았단 말인가. 그의 잘생긴 얼굴에 천천히 미소가 번졌다. 아서스는 자기도 모르게 이 종족에게 존경심이 솟아나는 것을 느꼈다.

용매 무리가 더욱 가까이 다가왔다. 아서스는 인사의 표시로 서리한을 높이 들었다.

"인정할 건 인정해야겠군. 여기에서 쿠엘도레이를 보게 되다니, 놀랐는걸. 그렇게 연약한 종족에게 이런 추위는 힘겹지 않나?"

바로 그때였다. 아서스의 머리 위를 돌고 있던 용매 기수 중 하나가 입을 열었다. 그의 큰 목소리가 맑고 쩌렁쩌렁하게 울렸다.

"아서스 왕자! 네가 보고 있는 건 쿠엘도레이가 아니다. 우리는 *신도레이*, 블러드 엘프들이다! 우리는 쿠엘탈라스의 유령들을 대신해 복수하기로 맹세했다. 이 죽음의 땅을 깨끗이 쓸어주겠다! 네놈이 만들어낸 이 역겨운 존재들도 드디어 평온한 휴식을 맞게 되겠지. 그리고 살인자 네놈 역시 정의의 벌을 받게 되리라."

잠시나마 아서스는 이 상황이 꽤나 웃기다고 생각했다. 그들은 수는 보잘것없었다. 지금 보이는 것이 멸종한 종족의 마지막 생존자들이리라. 그런데 그를 잡겠다고 여기까지 오다니. 그 순간 아서스의 즐거운 기분이 짜증으로 바뀌었다. 아서스가 피곤한 기색으로 입을 열자, 목소리에는 분노가 담겨 있었다.

"노스렌드는 스컬지 군단의 것이다. 엘프, 너 또한 곧 그들의 일원이 되리라. 이곳에 온 것은 큰 실수다!"

지상의 순찰대원들과 함께 용매가 몇 마리 더 나타났다. 순간적으로 셀 수 없이 많은 화살이 눈꽃처럼 하늘을 가득 채우며 언데드들에게 꽂혔다. 그러나 대부분은 쓰러지지 않았다. 치명적인 급소만 피한다면 화살 세례를 받는 것쯤은 아무렇지도 않으니까.

천하무적에는 타지도 않은 채 아서스가 돌진했다. 서리한은 목이 말랐다. 밝게 빛나는 영혼을 집어삼킬 때마다 서리한도 아서스처럼 기운과 힘이 생기는 것 같았다. 전투는 계속되었다. 그러다가 위쪽의 언덕으로부터 노스렌드만큼이나 깊고 차가운 목소리가 들려왔다.

"스컬지 군단을 위해 전진하라! 넬쥴의 이름으로 엘프들을 죽여라!"

그동안 온갖 끔찍한 일을 목격하고 스스로 행한 아서스였지만 뼛속까지 시리게 만드는 그 목소리에 절로 소름이 돋았다. 아서스는 재빨리 위쪽을 올려다보았다. 눈앞에 펼쳐진 광경에 눈이 저절로 커졌다.

네루비안! 그러면 그렇지. 여긴 그들의 고향이 아닌가. 네루비안들이 쏟아져 내려오는 것을 본 아서스의 마음이 한결 가벼워졌다. 눈발 사이로 그들의 모습이 어렴풋이 보였다. 먹잇감을 향해 쏜살같이 내려오는 익숙하고도 두려운 모습은 거미와 같았다. 이 신도레이 엘프들을 인정해줘야 했다. 아서스가 보기에도 그들은 매우 용맹스럽게 싸웠다. 그러나 수적으로 열세여서 전혀 가망이 없었다. 곧 아서스는 붉은색과 금색 시체들의 바다 한가운데 서 있었다. 그가 손을 들어 올리자 죽은 엘프들이 몸을 움찔하더니 자리에서 일어나 멍한 눈으로 아서스를 쳐다보았다.

"그분을 위해 더 많은 병사가 생겼군."

아서스가 말했다. 다시 주변을 둘러보다가 시선이 네루비안의 군주에 닿았다.

네루비안의 군주 아눕아락은 다른 거미들보다 컸다. 아서스를 향해 수월하게 눈 덮인 언덕을 내려온 그는 다른 놈들의 키를 훌쩍 넘어섰다. 그는 왕처럼 침착하면서도 정확하게 움직였다. 아서스는 낯선 아눕아락의 모습을 더 편안하게 받아들이기 위해 자신이 알고 있는 다른 생물과 비교하기 시작했다. 인간의 눈으로 보기에 그의 부하인 네루비안들은 거미와 비슷하게 생겼지만, 아눕아락은 딱정벌레와 네루비안의 잡종같이 생겼다. 아눕아락이 다가오는 것을 본 아서스가 자신도 모르게 한 걸음 뒤로 물러섰다. 그러나 다음 순간, 자신이 물러선 것을 깨닫고 그 자리에 가만히 서 있기 위해 의식적으로 애썼다.

아눕아락이 다가오더니, 마침내 아서스의 몸에 그림자를 드리울 정도로 가까이에서 멈췄다. 여러 개의 눈으로 아서스를 내려다보는 그자의 모습은 완벽한 공포라고 해야 옳았다. 그런 그가 아서스의 동맹이라니.

아서스는 애써 침착한 척하며 목소리를 가다듬었다.

"도와줘서 고맙소, 강한 자여."

아눕아락 역시 고맙다는 듯 고개를 숙였다. 그러고는 아래턱을 딸깍거리며 깊고 음험한 목소리로 입을 열었다. 아서스는 여전히 그 목소리가 편치 않았다.

"당신을 도우라며 리치 왕이 보냈다, 죽음의 기사. 나는 아눕아락, 아졸네룹의 옛 왕이다. 다른 이는 어디 있나?"

마지막 말과 함께 아눕아락이 뒷다리로 서서 주변을 둘러보았다.

"다른 이?"

"켈투자드 말이다."

아눕아락이 다시금 쉭쉭거리는 신음 소리와 함께 깊게 울리는 목소리로 대답했다. 그리고 앞다리를 내리더니, 여러 개의 눈으로 아서스를 뚫어져라 쳐다보았다.

"그를 알고 있다. 그가 처음 리치 왕을 섬기러 왔을 때 인사했지. 지금 당신한테 하듯."

아서스는 켈투자드도 이 고대 종족인 곤충 같은 언데드 왕을 처음 본 순간 자기처럼 불편한 기분이 들었는지 궁금해졌다. 아마도 그랬으리라. 이런 존재를 처음 만나면 누구나 그럴 터였다.

"처음 엘프들을 공격할 때 당신의 백성이 큰 도움이 되었소."

다시 한 번 쓰러진 신도레이들을 보며 아서스가 말했다. 아눕아락의 '백성' 이 아서스의 편인 것은 정말 다행이었다.

"그리고 지금 또 한 번 도와주어 매우 감사하오. 그렇지만 이렇게 인사를 주고받을 시간이 없소. 리치 왕이 당신을 보냈다면 그가 지금 위험에 처해 있다는 것도 알겠지요? 당장 얼어붙은 왕좌로 가야 하오."

"그렇다. 나머지 병사들을 모을 테니 함께 움직여서 우리의 주인을 보호하도록 하지."

아눕아락이 무시무시하게 생긴 머리를 끄덕이더니 앞다리 두 개를 뻗으며 대답했다.

거대한 아눕아락이 오만한 태도로 움직이며 충성스러운 부하들을 불렀다. 부하들이 급히 다가왔다. 아서스는 몸이 부르르 떨리는 것을 꾹 참고 땅에 쓰러진 엘프의 시체 하나를 발로 툭 찼다. 팔다리가 사방으로 찢겨서 되살리기엔 지나치게 망가져 있었다.

"엘프들은 형편없어. 그들의 땅을 쉽게 무너뜨린 것도 당연한 일이지."

"그곳에서 네놈을 막지 못한 것이 한이로구나. 오랜만이다, 아서스."

목소리는 낭랑하고 부드러우면서도 교양이 있었다. 그리고… 증오로 얼룩져 있었다. 아서스가 몸을 돌렸다. 목소리의 주인공이 누구인지 알아보고는 깜짝 놀랐지만 한편으론 반가웠다. 그야말로 운명의 장난이 아닐 수 없었다.

"캘타스 왕자…."

아서스가 씩 웃으며 말했다. 캘타스 왕자가 몇 미터 떨어진 곳에 서 있었다. 순간이동 주문의 흔적이 빛나다가 서서히 사라졌다. 얼핏 보면 나이를 먹지 않은 것 같은 그는 아서스가 기억하는 모습 그대로였다. 아니, 정확히 그대로라고 할 수는 없었다. 푸른 눈이 억눌린 분노로 반짝였다. 지난번에 마주쳤을 때 보았던 뜨거운 분노가 아니라 몸속 아주 깊은 곳에 자리한 차가운 분노였다. 캘타스는 보라색과 파란색이 섞인 키린 토의 로브 대신 자신의 종족이 전통적으로 입는 진홍색 로브를 입고 있었다.

"아서스 메네실…."

캘타스 왕자는 아서스에게 왕자나 왕이라는 호칭을 붙이지 않았다. 경멸의 의미로 그랬겠지만 아서스는 개의치 않았다. 그는 이미 자신이 어떤 존재인지 알고 있었고, 곧 예쁘장한 엘프 왕자도 그 사실을 알게 될 테니.

"네 이름을 입에 올리는 것만으로도 침을 뱉고 싶어지지만, 그럴 가치조차 없다."

"아, 캘타스. 욕을 하는데도 심하게 교양이 넘치는군. 변하지 않은 모습을 보니 좋아. 무력한 옛 모습 그대로군그래. 그런데 의문이 생기는군. 도대체 쿠엘탈라스에는 왜 없었던 거야? 너의 그 보랏빛 성채에 안전하게 들어앉아 백성이 죽게 놔둬도 마음이 편했나 보지? 그렇지만 이제 그 짓도 끝이다."

이 말을 들은 캘타스 왕자가 이를 부드득 갈았다. 눈이 매섭게 변했다.

"그 일만큼은 네 말이 옳다고 해두지. 그래, 나도 거기 있었어야 했다. 그때 내가 무얼 하고 있었는지 아느냐? 인간들이 스컬지 군단에 대항해서 싸우는 걸 돕고 있었다. 네놈이 네 백성에게 풀어놓은 그 스컬지 말이다! 너는 네 백성을 돌보지 않을지는 몰라도 난 다르다. 지금까지 인간과 상대하면서 너무나, 너무나 많은 걸 잃었어. 이제부터는 엘프의 편에만 설 테다. 신도레이, 피의 자손들을 위해서만. 넌 죗값을 치르게 될 거야, 아서스. 네놈이 저지른 짓에 대해 엄청난 죗값을 치를 거라고!"

"이런 대화도 즐거운걸. 정말 오랜만이지 않나? 언제더라? 널 마지막으로 본 게…."

아서스는 일부러 마지막 말을 제대로 마치지 않았다. 캘타스 왕자의 눈가가 씰룩거리는 것이 보였다. 그렇다, 그는 기억하고 있었다. 제이나와 아서스가 입맞춤을 나누고 있는 장면을 우연히 보게 된 과거의 일을 기억했다. 그 기억은 짧은 순간 아서스마저 뒤흔들었고, 그 때문에 캘타스 왕자의 고통을 지켜보는 기쁨이 반감되었다. 아서스가 다시 입을 열었다.

"이 말은 해야겠다. 네가 이끄는 엘프들에게 실망했다고 해야 하나. 더 화끈한 싸움을 기대했는데 말이지. 기백이 있는 놈들은 쿠엘탈라스에서 이미 다 죽여버렸나 보군."

캘타스 왕자는 아서스의 조롱에 말려들지 않았다.

"네가 조금 전에 맞섰던 것은 정찰대에 지나지 않는다. 걱정 마라, 아서스. 곧 훌륭한 상대를 만나게 될 테니. 일리단의 군대를 무찌르는 건 훨씬 더 힘들 거라 장담하지."

일리단의 이름을 듣고 아서스가 깜짝 놀라자 캘타스가 미소를 지었다.

"일리단? 그자가 배후에 있나?"

젠장, 이럴 줄 알았으면 칼도레이 일리단을 끌어들이느니 아서스가 직접 티콘드리우스를 죽이는 편이 나을 뻔했다. 일리단이 힘에 굶주려 있다는 건 이미 알고 있었다. 다만 그자가 이렇게 큰 위협이 될 줄은 몰랐다.

"그렇다. 우리 편은 그 수가 막대하지. 지금 이 순간에도 얼어붙은 왕좌로 진격하고 있어. 네 소중한 리치 왕을 구하러 결코 제때 도착하지 못할 거야. 이게 쿠엘탈라스, 그리고 나에 대한 또 다른 모욕의 대가라고 여겨라."

부드러운 캘타스 왕자의 목소리에는 기쁨이 서려 있었다.

"다른 모욕? 혹시 그 모욕에 대해 세세한 이야기가 듣고 싶은가? 그녀를 품에 안았을 때, 그녀의 달콤한 입술을 맛보았을 때 어땠는지 궁금한가? 아니면 그녀가 내 이름을 부르며 절정에…."

바로 그때였다. 지금까지 느낀 것보다 더욱 극심한 고통이 몰려왔다.

아서스가 털썩 무릎을 꿇었다. 눈앞에 보이는 모든 것이 붉은색이었다. 또 한 번, 리치 왕의 모습이 보였다. 넬쥴… 아눕아락이 그를 그렇게 불렀다. 그가 얼음 감옥에 갇혀 있었다.

"서둘러라! 적이 가까이 왔다! 우리의 시간이 다했다!"

리치 왕이 소리쳤다.

"괜찮나, 죽음의 기사?"

아서스가 눈을 깜빡이며 정신을 차리자, 눈앞에 아눕아락의 얼굴이 있었다. 거미 같은 기다란 다리가 도움을 주려는 듯 아서스를 향해 뻗어 있었다. 아서스는 잠시 망설였지만, 혼자 힘으로 일어나기는 역부족이었다. 마음을 굳게 먹고 그의 다리를 잡고서 몸을 일으켰다. 바짝 마른 막대기 같은 그의 다리는 미라 같은 느낌이었다. 그는 스스로의 힘으로 설 수 있게 되자 곧 다리를 놓았다.

"힘이 약해지고 있지만 괜찮소. 캘타스는 어디에 있지?"

아서스가 심호흡을 하며 둘러보았다.

"사라졌다. 우리가 작살내기도 전에 마법을 써서 순간이동해버렸지."

돌덩이처럼 차가운 아눕아락의 목소리에는 불만이 가득했다.

그 비겁한 마법사가 또 순간이동을 했다니. 아서스의 강령술사들이 그런 마법을 쓸 수만 있다면 리치 왕은 지금 같은 위험에 처해 있지 않았을 텐데. 아서스는 다른 시체들을 불러 일으키며, 캘타스 왕자도 이런 최후를 맞아야만 한다고 생각했다.

"인정하긴 싫지만 그 망할 놈의 엘프 말이 맞소. 아눕아락, 또 다른 환영을 봤소. 리치 왕이 위험에 처했소. 일리단과 캘타스, 놈들이 리치 왕께 점점 가까워지고 있소! 우리는 절대로 제시간에 그곳에 가지 못할 거요!"

'실패했다….'

그러나 아눕아락은 전혀 동요하지 않는 것 같았다.

"땅 위로는 그렇겠지. 길고 고된 길이 될 테니까. 그러나 다른 길이 있다, 죽음의 기사. 지금 우리가 밟고 있는 이 땅속 깊은 곳에 고대의 사라진 왕국 아졸네룹이 자리 잡고 있어. 내가 오랫동안 다스렸던 나라지. 모든 길과 비밀의 장소들을 잘 알고 있다. 어둠의 시기에 무너지긴 했지만 빙하까지 지름길이 될 거야."

아눕아락이 말했다.

이 말을 들은 아서스가 고개를 들었다. 직선 거리로는 그리 멀지 않았지만 그들 앞을 가로막고 선 언 땅과 높은 산은….

"이 터널로 빙하에 닿을 수 있는 게 확실하오?"

아서스가 물었다.

"확실한 건 아무것도 없지. 지하의 옛터는 매우 위험할 거야. 그렇지만 위험을 무릅쓸 만한 가치는 있지."

잠시나마 아눕아락이 능글맞게 웃고 있는 것 같았다.

'어둠의 시기에 무너졌다고?'

엄청나게 나이를 먹은 언데드 거미 왕이 쓰기엔 웃긴 말 같았다. 아서스는 그 말이 정확히 무슨 뜻인지 궁금했다.

그러나 아서스는 곧 그 의미를 알게 되리라고 생각했다.

아눕아락과 그의 부하들이 북쪽을 향해 빠른 속도로 움직이기 시작했다. 아서스와 스컬지 군단 역시 보조를 맞추었고, 곧 바닷가에서 점점 멀어졌다. 수평선 너머 낮게 걸린 태양은 어두침침한 하늘을 금세 지나갔다. 길고 긴 밤이 다가오고 있었다. 행진을 계속하며 아서스는 병사들을 보내 나뭇가지들을 모으게 했다. 위험한 지하 왕국을 지나려면 횃불이 많이 필요할 터였다.

괴롭도록 느린 행군이 몇 시간 동안 계속되었다. 언데드는 추위를 느끼지는 못했지만 거센 바람과 눈발이 걸음을 늦추었다. 아눕아락이 빈정대는 말투로 이야기하긴 했어도 한 가지는 확실했다. 땅 위로 갔다면 리치 왕, 결과적으로는 아서스 자신도 제때 구하지 못했으리라는 사실이었다. 결국 아서스를 강하게 몰아붙인 것은 다름 아닌 보호 본능이었다. 리치 왕이 아서스를 발견했고, 지금의 자신으로 만들었으며, 엄청난 힘을 주었다. 아서스는 그 사실을 잘 알았고 고마워했지만, 리치 왕을 향한 충성심 때문에 그를 구하러 가는 것은 아니었다. 위대한 존재 리치 왕이 쓰러진다면 아서스 역시 죽음을 맞이하리라는 것은 의심할 수 없는 사실이었다. 그리고 일찍이 우서 경에게 말한 것처럼 영원히 살 작정이었다.

드디어 아졸네룹의 성문에 도착했다. 온통 얼음과 눈으로 덮여 있어서 처음에는 잘 알아보지 못했다. 그러나 아눕아락이 걸음을 멈추더니 여덟 개의 다리 중 앞의 두 다리를 들어 넓게 벌리고는 앞을 가리켰다.

낫 혹은 곤충 다리처럼 보이는 구부러진 돌이 위로 튀어나와 있었다. 양끝이 서로 맞닿을 듯 구부러져 있어서 터널처럼 보였다. 정면으로 거대한 성문이 보였다. 문에는 집채만한 거미 모양이 새겨져 있었다. 혐오감으로 아서스의 입술이 일그러졌지만, 스톰윈드 곳곳에 세워진 조각상들이 떠올랐다. 이것이라고 그리 다를 바가 없었다. 입구의 터널과 성문이 빙산처럼 보이는 것의 중심으로 이어지고 있었다. 아주 잠깐, 아서스는 아눕아락의 조용하고도 거대한 몸집을 힐끗 쳐다보며 거미와 파리들을 떠올렸다. 그러고는 자신이 과연 옳은 일을 하고 있는지 생각했다.

"한때 강력했던 고대의 장소로 통하는 이 입구를 보라. 나는 이곳의 군주였고, 모두가 나의 명령에 따랐지. 강력한 존재였던 나는 그 누구에게도 고개를 숙이지 않았다. 그러나 상황은 달라지기 마련이지. 나는 지금 리치 왕을 섬긴다. 그리고 나의 왕국이 그를 보호하고 있다."

아눕아락이 말했다.

아서스는 역병에 대한 자신의 분노와 복수하려는 뜨거운 열망을 떠올렸다. 그리고… 서리한이 영혼을 집어삼킬 때 아버지의 눈에 떠올랐던 표정을 생각했다.

"상황은 달라지는 법이지요. 하지만 지금은 옛 추억에 잠길 시간이 없소. 내려갑시다."

아서스가 기괴한 새 둥지를 쳐다보며 차갑게 미소 지었다.

제 24 장

노스렌드의 꽝꽝 언 땅속, 고대의 네루비안 왕국에서 얼마나 오랜 시간이 흘렀는지 아서스는 알지 못했다. 햇빛 속으로 쫓겨나온 박쥐처럼 눈을 깜빡이며 밝은 곳으로 걸어 나온 아서스에게는 두 가지 생각밖에 없었다. 첫 번째는 리치 왕을 지킬 수 있도록 제시간에 왔기를 바라는 마음이었고, 두 번째는 그 끔찍한 지하 왕국을 벗어난 것이 너무나 다행스럽다는 생각이었다.

네루비안의 왕국도 한때는 매우 아름다웠으리라. 기대한 것은 아니었지만, 그래도 선명한 파란색이나 보라색, 방이나 복도 등을 표시하는 복잡한 기하학적 형태 같은 것은 정말 뜻밖이었다. 그곳에는 여전히 옛날의 아름다움이 남아 있었지만 잘 말린 장미 같은 느낌이었다. 아직도 아름답긴 하지만 그래도 죽은 것임에는 틀림없는 존재…. 계속 걷다 보니 이상한 냄새가 공중에 떠다녔다. 아서스는 그 냄새가 무엇인지, 어떤 종류인지도 알 수 없었다. 그것은 독하면서도 퀴퀴했지만 썩어가는 시체들과 지내는 데 익숙했으므로 불쾌할 정도는 아니었다.

지하 왕국을 가로지르는 것은 아눕아락의 말처럼 지름길이긴 했지만 한 걸음, 한 걸음이 모두 피를 불러왔다. 지하 왕국에 발을 들여놓자마자 공격을 받았던 것이다.

열 마리도 넘는 거미들이 화난 듯 서걱서걱 소리를 내며 어둠 속에서 달려 나왔다. 아눕아락과 그의 부하들이 맞섰다. 아서스는 아주 잠깐 망설이다가 적에게 달려들며 부하들에게도 싸움을 지시했다. 네루비안의 비명과 서걱대는 소리, 언데드들의 그르렁거리는 신음 소리, 그리고 네루비안의 독 공격을 받은 강령술사들의 비명으로 거대한 동굴이 가득 찼다. 놈들은 특히 사나운 언데드들을 두껍고 찐득찐득한 거미줄로 꽁꽁 묶어 움직이지 못하게 공중에 매달아놓고는 강력한 이빨로 그들의 머리를 끊어버리거나 날카로운 다리로 찌르고 몸을 갈라 죽였다.

아눕아락은 제일 끔찍한 악몽이 현실로 되살아난 것 같은 존재였다. 그는 그르렁 소리가 나는 자신의 언어로 무시무시하고 공허한 소리를 내뱉더니, 한때 자신의 수하에 있었던 다른 거미들에게 달려들었다. 발이 따로 움직이면서 재수 없이 걸려든 다른 거미들을 붙잡고 찔러댔다. 날카로운 집게발로는 팔다리를 잘라냈다. 거미들 사이에 격투가 벌어지는 내내 탁한 공기는 비명으로 가득 찼고, 그러한 상황에 단련되어 있던 아서스조차도 몸을 떨며 치밀어 오르는 구역질을 참아야 했다.

짧은 전투는 격렬했고 이쪽 역시 피해가 컸지만, 결국 네루비안들은 자신들이 태어난 어둠 속으로 다시 도망쳤다. 그들 중 몇은 뒤에 남겨진 채 다리를 부들부들 떨다가 몸을 둥글게 말고는 숨을 거두었다.

"도대체 무슨 일이오? 이 네루비안들은 당신의 피붙이 아니오? 왜 우리를 공격한 거지?"

숨을 헐떡이던 아서스가 아눕아락을 향해 돌아서며 물었다.

"거미 전쟁 중 나를 포함해 엄청난 수가 목숨을 잃었고, 우리는 리치왕을 모시기 위해 되살아났지. 그러나 이 전사들은 죽지 않았어. 어리석게도 스컬지 군단로부터 네룹을 해방시키기 위해 아직도 싸우고 있지."

아눕아락이 쓰러진 거미 중 하나를 향해 앞다리를 내저으며 대답했다.

아서스가 죽은 네루비안을 내려다보았다. 그러고는 한 손을 들어 시체를 다시 일으켜 세우며 중얼거렸다.

"정말 어리석군. 어차피 죽으면 살아서 그리도 저항하던 분을 섬기게 될 텐데."

마침내 흐릿하게 빛이 드리운 땅 위의 세상으로 다시 나와 차갑고 신선한 공기를 흠뻑 들이마실 때쯤, 아서스의 군대는 그의 명령에 따르는 새 거미들로 더욱 규모가 커져 있었다.

아서스가 천하무적의 고삐를 잡아당겨 그 자리에 멈춰 섰다. 그는 심하게 떨고 있었다. 그 순간 원하는 것이라고는 그 자리에 주저앉아 잠시 신선한 공기를 마시는 일뿐이었다. 그러나 맑은 공기도 그의 군대에서 풍기는 썩은 내 때문에 곧 완전히 오염되고 말았다. 아눕아락이 옆을 지나가며 냉정한 눈초리로 아서스를 쳐다보았다.

"쉴 시간 따위는 없다, 죽음의 기사. 리치 왕이 우리를 필요로 하신다. 우리는 그를 모셔야만 해."

이 말을 들은 아서스는 그를 흘깃 쳐다보았다. 그의 말투에는 미묘한 증오랄까, 분노 같은 감정이 서려 있었다. 아눕아락이 리치 왕을 섬기는 것은 선택의 여지가 없기 때문일까? 할 수만 있다면 리치 왕에게, 그러니까 아서스에게서 등을 돌릴 것인가?

리치 왕의 힘이 점점 약해지고 있었다. 아서스의 힘 역시 그와 함께 줄어들고 있었다. 혹시라도 너무 약해진다면….

아서스는 아눕아락의 뒷모습을 쳐다보다가 숨을 크게 들이마시고는 뒤를 따랐다.

거센 눈발과 세찬 바람을 뚫고 얼마나 행군했는지 알 수 없었다. 이제는 너무 약해진 상태라서 말 위에서 의식을 잃을 뻔하기도 했다. 자신도 모르게 정신이 멍해진 것을 느끼고 화들짝 놀란 아서스는 말고삐를 부여잡고 겨우 말에서 떨어지지 않을 수 있었다. 지금 쓰러질 수는 없었다.

그러던 중 언덕 꼭대기에 이른 아서스는 마침내 계곡 한가운데에 거대한 빙하가 있는 것을 발견했다. 반갑게도 그곳엔 그를 기다리는 군대가 있었다. 자신과 리치 왕을 위해 싸울 군사가 그렇게나 많이 모인 것을 보고, 아서스의 기세가 되살아났다. 아눕아락이 뒤에 남겨두고 온 병사들이 준비된 상태로 기다리고 있었다. 그러나 조금 더 내려가면 빙하 가까운 곳에 또 다른 형체들이 우글거리고 있었다. 거리가 멀어 정확히 알아볼 수는 없었지만 누구인지는 짐작할 수 있었다. 아서스의 시선이 조금 더 위쪽을 향했다. 헉 하고 숨을 몰아쉬었다.

빙하 속 깊은 곳, 바로 그곳에 리치 왕이 있었다. 아서스가 환영에서 본 대로 얼음 감옥에 갇힌 채였다. 네루비안 중 하나가 아눕아락과 아서스에게로 달려와 현재 상황을 보고하는데도 정신을 집중할 수가 없었다.

"딱 맞춰 오셨습니다. 일리단의 무리들이 빙하 아래에 자리를 잡고 있습니다. 그리고…."

최악의 고통이 아서스를 치고 지나가는 바람에 고함을 질렀다. 무지막지한 통증이 훑고 지나가자, 세상이 다시 한 번 핏빛으로 변했다. 리치 왕에게 매우 가까워진 지금, 그와 공유하는 고통 역시 백배는 심해진 것 같았다.

"아서스, 나의 용사. 드디어 왔구나."

"주인님. 예, 왔습니다. 여기에 있습니다."

아서스가 속삭이듯 말했다. 눈을 꽉 감고, 손가락으로 관자놀이를 세게 누르고 있었다.

"내가 갇힌 이곳, 얼어붙은 왕좌에 금이 가서 내 힘이 새어 나가고 있다. 네 힘이 약해진 것도 그 때문이다."

리치 왕이 말을 이었다.

"어쩌다가…?"

누가 그를 공격했나? 누군가 직접적으로 그를 공격하는 것은 보지 못했다. 아직은 너무 늦지 않은 것 같은데….

"그 룬검, 서리한도 이 안에 갇혀 있었다. 그것이 널 찾아갈 수 있도록, 그리하여 널 내게로 데려오도록 내가 얼음 밖으로 빼냈다."

"그렇게 날 찾았군요."

아서스가 중얼거렸다. 리치 왕은 얼음 안에 갇혀 옴짝달싹 못하고 있었다. 그 거대한 검을 얼음 밖으로 빼내 아서스에게 보낸 것은 대단한 의지 덕분이었다. 이제야 서리한이 박혀 있던 얼음덩이가 기억났다. 더 큰 덩어리에서 떨어져 나온 것처럼 표면이 들쭉날쭉했더랬다. 그렇게 엄청난 힘이라니…. 게다가 그 힘이 모두 아서스를 이곳으로 데려오기 위해 쓰인 것이다. 아서스는 한 걸음씩 이곳으로 인도되었다. 이끌어지고, 통제되고….

"서둘러야 한다, 나의 용사여. 나를 창조한 악마의 군주 킬제덴이 날 없애기 위해 부하들을 보냈다. 놈들이 너보다 먼저 얼어붙은 왕좌에 당도한다면 모든 것이 끝장이다. 스컬지 군단은 파멸이야. 자, 서둘러라! 내가 줄 수 있는 모든 힘을 주겠다."

갑자기 냉기가 아서스의 몸으로 스며들었고, 그는 분노와 고통을 억누르고 생각을 가다듬기 시작했다. 힘은 너무나 거대하고 강렬했다. 아서스가 이전에 가졌던 어떤 힘보다도 강력했다. 바로 이것, 이것이 아서스가 이곳에 온 이유였다. 이 얼음처럼 차가운 바람을 들이마시고 리치 왕의 차가운 힘을 받아들이기 위해서. 다시 눈을 뜨자 시야가 또렷해졌다. 서리한에 새겨진 룬 문자가 새로이 번쩍이고, 차가운 안개가 스며 나오기 시작했다. 싸늘한 미소를 띠며 아서스가 서리한을 위로 치켜 올렸다.

입을 열자 아서스의 목소리는 맑게 울렸으며, 차가운 공기 속에서 멀리 퍼져나갔다.

"리치 왕의 모습을 또 한 번 보았다. 그가 나의 힘을 되돌려주셨다. 이제 우리의 임무가 무엇인지 분명히 알게 되었다."

이 말과 함께 아서스가 서리한을 들어 저 멀리 인형처럼 작게 보이는 적들을 가리켰다.

"일리단이 스컬지 군단을 조롱하는 것도 끝이다. 놈이 리치 왕의 얼어붙은 왕좌로 침입하려 하고 있다. 놈은 실패할 것이다. 이제 놈에게 죽음의 공포를 다시금 심어줄 때가 왔다. 이 게임을 완전히 끝낼 때가 온 것이다."

말을 마친 아서스는 커다란 고함과 함께 머리 위에서 서리한을 크게 휘둘렀다. 더 많은 영혼을 마시고 싶어 하던 서리한 역시 소리를 내며 울었다.

"리치 왕을 위하여!"

아서스가 외치며 적들을 향해 돌진했다.

아무 힘도 들이지 않고 서리한을 휘두르는 아서스는 신이 된 듯한 기분이었다. 서리한이 빼앗는 영혼 하나하나가 힘을 더해주었다. 블러드엘프들이 쏘아대는 화살쯤은 눈처럼 맞아도 상관없었다. 놈들은 낫 앞의 짚단처럼 쓰러졌다. 그러다가 어느 순간, 아서스가 싸움터를 둘러보았다. 쓰러뜨려야 할 그자는 대체 어디 있는가? 아직 일리단의 모습은 보이지 않았다. 혹시 놈이 벌써 저 안으로 들어간 것은….

"아서스! 아서스, 돌아서서 나와 맞서라, 이 저주 받을 놈아!"

또렷하고 증오에 가득 찬 목소리를 듣고 아서스가 몸을 돌렸다.

캘타스 왕자가 몇 미터 떨어진 곳에 서 있었다. 새하얀 눈밭 위에서 붉은색과 금색 옷은 피처럼 붉었다. 큰 몸을 꼿꼿이 하고 지팡이를 앞에 세운 채 서 있는 그의 눈이 아서스에게 붙박혀 있었다. 그를 둘러싸고 마법이 전기처럼 흘렀다.

"아무 데도 못 간다, 이 도살자."

아서스의 눈 근처가 씰룩거렸다. 실바나스도 그를 그렇게 불렀다. 아서스는 가볍게 쯧 하는 소리를 내고는, 한때 어린 왕자였던 그에게는 강력하고 교양 있어 보이던 이 엘프 왕자를 쳐다보며 씩 미소를 지었다. 그의 기억은 제이나와 입맞춤하고 있을 때 그가 갑자기 나타나 놀라던 순간으로 돌아갔다. 당시 소년티를 채 벗지 못했던 아서스는 나이가 많고 훨씬 강력한 이 마법사에게 적수가 안 된다는 사실을 잘 알고 있었다.

그러나 아서스는 더 이상 소년이 아니었다.

"아까는 비겁하게 사라지더니만 이렇게 다시 얼굴을 내보이다니, 정말 놀랍군, 캘타스. 내가 제이나를 빼앗아 갔다고 속상해하지는 말길 바란다. 그 일은 이제 포기하고 잊어버리지그래. 이 세상에는 즐길 거리가 아직 많이 있잖아. 잠깐, 아니지…. 이젠 하나도 없네!"

"지옥에나 가라, 아서스 메네실. 넌 내가 아끼던 모든 것을 가져가버렸다. 내게 남은 것이라곤 복수뿐이야!"

캘타스 왕자가 날카롭게 소리쳤다. 목소리가 분노로 부들부들 떨렸다. 캘타스는 더 이상 시간을 낭비하지 않았다. 그 대신 쥐고 있던 지팡이를 높이 들어올렸다. 끝에 박힌 수정이 밝게 빛나더니 다른 한 손에서 불덩이가 나타났다. 그다음 순간, 불덩이가 아서스를 향해 솟구쳐 오르는 동시에 얼음 파편이 아서스 위로 우수수 쏟아져 내렸다. 캘타스 왕자는 매우 뛰어난 마법사였고, 아서스가 지금까지 마주친 그 누구보다도 빨랐다. 아서스가 활활 타오르며 날아오는 불덩이를 서리한을 들어 아슬아슬하게 막아냈다. 그러나 얼음 파편은 식은 죽 먹기였다. 머리 위로 서리한을 휘두르자 자석이 철가루를 끌어당기듯 얼음 파편이 저절로 칼날에 붙었다. 미소를 지으며 아서스가 다시 한 번 검을 머리 위에서 한 바퀴 돌리자 얼음 조각들이 고스란히 캘타스 왕자에게로 날아갔다. 캘타스의 빠른 속도에 잠시 놀랐지만, 또다시 그런 실수를 저지르지는 않으리라.

"얼음으로 공격하는 건 포기하는 게 좋을걸, 캘타스."

아서스가 껄껄 웃으며 말했다. 상대의 화를 돋워 조급하게 행동하도록 만들어야 했다. 마법을 쓰려면 무엇보다도 자기 통제가 중요했고, 캘타스 왕자가 평정을 잃는다면 분명 이 싸움에서 질 터였다.

그가 눈을 매섭게 떴다.

"충고는 고맙군."

아서스가 고삐를 팽팽히 당겨 잡으며 상대방을 향해 돌격할 준비를 했다. 그런데 그때, 그의 발아래 쌓인 눈이 주황색으로 밝게 빛나더니 얼음이 물로 변해버리는 것 아닌가. 천하무적의 발이 푹 빠지면서 발굽이 쭉 미끄러졌다. 아서스는 재빨리 말 위에서 뛰어내려 말을 멀리 보낸 후, 마음을 다잡고 오른손에 서리한을 굳게 쥐었다. 그러고는 왼팔을 쭉 폈다. 펼쳐진 그의 손바닥에서 녹색 기운이 빙글빙글 돌며 어두운 공 모양이 되더니 쏜살처럼 캘타스 왕자를 향해 날아갔다. 그가 방어 마법을 썼지만 아서스의 공격이 너무 빨랐다. 캘타스의 얼굴이 조금 창백해지며 뒤로 비틀거렸다. 그의 손이 심장을 움켜쥐었다. 캘타스 왕자의 기운이 조금 빠져나와 자신에게 들어온 것을 느낀 아서스가 미소 지었다.

"난 네 여자를 뺏었다."

제이나는 캘타스의 여자가 아니었고 아서스 역시 그 사실을 잘 알고 있겠지만, 그의 화를 돋우기 위해 계속해서 제이나 이야기를 꺼냈다.

"밤마다 그녀를 내 팔에 품었다. 입맞춤할 때면 얼마나 달콤한 맛이 나는지 아느냐? 그녀는…."

"그녀는 지금 널 증오하고 있지. 제이나가 너를 얼마나 역겹게 여기는

지 아느냐, 아서스? 그녀에게 널 향한 감정이 조금이라도 남아 있었다면 이제는 모두 증오로 변해버렸다."

캘타스 왕자가 대답했다.

이상하게도 가슴이 죄어 왔다. 그러고 보니 제이나가 그를 어떻게 생각하고 있을지 한 번도 생각해본 적이 없었다. 잠깐이라도 그녀의 생각이 떠오를 때면 밀어내려고 애쓰기만 했다. 캘타스의 말이 사실일까? 정말 제이나가 그를….

바로 그 순간, 거대한 불덩이가 날아와 아서스의 가슴팍을 때리며 폭발했다. 그 충격으로 몸이 뒤로 날아간 아서스가 소리를 질렀다. 겨우 정신을 차리고 그에 대항하는 주문을 외우기 전까지 몇 초 동안 불꽃이 그의 몸을 뒤덮었다. 갑옷 덕분에 몸은 보호되었지만 피부에 느껴지는 열기는 극심한 고통을 안겨주었고, 무엇보다도 급작스럽게 상대방에게 허점을 찔렸다는 사실에 아서스는 큰 충격을 받았다. 두 번째로 불덩이가 날아왔지만, 이번에는 준비가 되어 있었다. 아서스가 얼음으로 화염 공격을 막아냈다.

"난 네 조국을 무너뜨리고, 네 귀중한 태양샘을 더럽혔다. 그리고 네 아비를 죽였지. 서리한이 그의 영혼을 먹어치웠다, 캘타스. 그의 영혼은 영원히 사라졌다고."

"넌 나이 든 왕들을 죽이는 데 기술이 아주 좋지. 그래도 우리 아버지와는 맞서 싸우지 않았더냐. 그런데 네 아버지는 어떠냐, 아서스 메네실? 자기 아들을 품에 안으려고 팔을 벌린 무방비 상태의 아비를 그렇게 쓰러뜨리다니, 참으로 용감하구…."

이 말에 예상하지 못한 고통을 느낀 아서스가 캘타스에게 달려들었다. 몇 걸음 만에 상대의 코앞까지 달려가 서리한으로 내리쳤다. 캘타스 왕자가 지팡이를 들어 공격을 막았다. 지팡이가 잠시 버티는 것 같더니 곧 서리한의 맹렬한 공격 아래 부러지고 말았다. 그러나 잠깐의 틈을 타서 캘타스는 반짝이는 새 검을 꺼내 들었다. 서리한의 차디찬 푸른색과는 달리, 붉게 타오르는 것 같은 룬검이었다. 두 검이 맞부딪쳤다. 두 남자가 검을 맞대고 온 힘을 다해 서로를 밀어붙였다. 그 상태로 몇 초가 흘렀다. 둘의 눈이 마주치자 캘타스 왕자가 차갑게 미소를 흘렸다.

"이 검을 알아보겠느냐?"

아서스는 알아볼 수 있었다. 그 검의 이름과 혈통까지 모두 알고 있었다. 캘타스의 조상이자 엘프 왕조를 세운 다트리마 선스트라이더의 검, 화염쐐기, 다른 이름으로 펠로멜로른이었다. 그 검은 알지도 못할 만큼 오래된 것이었다. 고대의 전쟁, 귀족의 탄생을 지켜본 검이었다. 아서스도 미소를 띠었다. 화염쐐기는 곧 또다시 중대한 사건의 목격자가 되리라. 바로 선스트라이더 가문의 최후 말이다.

"오, 기억나지. 네 아비를 베기 직전 서리한의 칼날 아래 두 동강이 났더랬지."

육체적으로는 아서스가 강했고 리치 왕의 힘까지 온몸을 흐르고 있던 차였다. 아서스는 끙 하는 소리를 내며 캘타스를 밀어냈다. 그는 균형을 잃을 뻔했지만 금세 자세를 잡고는 춤을 추는 듯한 유연한 동작으로 다시 한 번 펠로멜로른을 휘둘렀다. 캘타스의 시선은 절대로 아서스에게서 떠나지 않았다.

"내가 찾아내어 다시 만들었다."

"부러진 검은 아무리 수리를 잘해도 약하게 마련이지."

아서스가 상대의 빈틈을 찾아 빙글빙글 돌며 말했다.

이 말을 들은 캘타스 왕자가 웃음을 터뜨렸다.

"인간의 검은 그렇겠지. 그러나 엘프의 것은 다르다. 마법과 증오 그리고 복수의 열망으로 다시 만들어진 검은 달라. 아서스, 펠로멜로른은 그 어느 때보다 강력해졌다. 나처럼, 그리고 신도레이처럼 말이지. 우리는 한 번 무너진 이후로 더욱 강해진다. 더욱 강해지고, 한 가지 목표로 똘똘 뭉치지. 지금 목표는 뭔지 아나? 바로 네놈이 쓰러지는 걸 보는 것이다!"

공격은 순식간이었다. 한순간 캘타스는 가만히 선 채로 소리만 지르고 있더니, 다음 순간에는 아서스가 목숨을 걸고 그에게 맞서 싸우고 있었다. 서리한이 화염쐐기를 막으며 쨍 하는 소리를 냈다. 젠장, 엘프의 말이 옳았다. 그의 검은 부러지지 않고 버텼다. 아서스는 잠시 뒤로 물러섰다가 피하는 시늉을 하고는 다시 서리한을 들어 세차게 가로로 그었다. 캘타스 왕자가 훌쩍 뛰어 칼날을 피하더니 다시 빙그르르 돌아 공격했다. 그의 강력하고 격렬한 공격에 잠시 놀라, 아서스는 뒤로 밀렸다. 한 걸음, 두 걸음, 그 순간 갑자기 아서스가 미끄러지더니 바닥에 쓰러졌다. 으르렁거리는 소리와 함께 캘타스 왕자가 날아올랐다. 최후의 공격을 날릴 때라고 생각한 것이 분명했다. 그러나 그 순간 아서스는 무라딘과 하던 훈련을 떠올렸다. 그리고 그가 가장 좋아하던 비법이 갑자기 생각났다. 아서스는 다리를 최대한 가슴으로 끌어당긴 후 젖 먹던 힘까지 다해 캘타스를 걷어찼다. 갑작스러운 일격을 맞은 캘타스가 신음을 흘리며 눈 속에 나가떨어졌다. 아서스가 숨을 헐떡이며 자리에서 벌떡 일어서 양손으로 서리한을 그러쥐고 바닥을 향해 내리꽂았다.

어찌 된 일인지 화염쐐기가 번개같이 나타나서 서리한을 막아냈다. 두 검이 다시 한 번 팽팽히 맞서기 시작했다. 캘타스 왕자의 두 눈이 증오로 활활 타올랐다.

그렇지만 육탄전에서는 아서스가 더욱 강했다. 힘도 더 셌고, 펠로멜로른이 얼마나 강력하게 만들어졌든 간에 아서스의 검이 더 센 것은 분명했다. 천천히, 그러나 당연하게도 서리한이 캘타스 왕자의 드러난 목을 향해 내려가기 시작했다.

"… 그녀는 널 증오해."

캘타스 왕자가 속삭였다.

아서스가 고함을 질렀다. 엄청난 분노가 시야를 가렸다. 다음 순간, 아서스가 온 힘을 다해 아래로 밀어붙였다.

그러나 서리한은 캘타스 왕자의 몸이 아닌 꽁꽁 언 땅에 꽂혔다.

캘타스는 사라져버렸다.

"비겁한 놈!"

그에게는 들리지 않을 것을 알면서도 아서스가 고함을 질렀다. 이 나쁜 자식이 또다시 최후의 순간에 순간이동해버렸다. 분노가 들끓어 판단력이 흐려질 것만 같았다. 아서스는 애써 마음을 진정시켰다. 캘타스의 말을 듣고 그렇게 당황하다니, 바보 같은 짓이었다.

'널 저주해, 제이나. 지금까지도 내 머릿속에서 떠나지 않는구나.'

"천하무적, 와라!"

아서스가 큰 소리로 외쳤다. 그 순간, 목소리가 떨리고 있음을 깨달았다. 캘타스 왕자는 아직 죽지 않았지만 일단 방해는 받지 않게 되었으니 괜찮았다. 아서스는 천하무적을 돌려 다시 한 번 전투가 벌어지는 한복판에 뛰어들었다.

아서스는 한낱 벌레 떼에 지나지 않는 것처럼 수많은 적들 사이를 헤집고 다녔다. 죽어 쓰러지는 자들은 다시 살려내어 예전의 동료들을 공격하게 했다. 언데드가 멈출 수 없는 무자비한 물결처럼 몰려왔다. 빙하 아래에 쌓인 눈은 마구 헤쳐진 채 피로 얼룩졌다. 아서스는 작은 규모로 군데군데 싸움이 진행되고 있는 주변을 둘러보았다. 블러드 엘프들이었다. 그러나 그들의 주인은 보이지 않았다.

일리단은 대체 어디에 있는 것일까?

그 순간, 무엇인가가 빠른 속도로 움직이며 아서스의 눈길을 끌었다. 그것이 무엇인지 확인한 아서스가 조용히 으르렁거렸다. 또 다른 공포의 군주였다. 놈이 거대한 검은 날개를 좌우로 펼친 채 아서스에게 등을 돌리고 서 있었다. 놈의 뜨거운 발굽이 눈을 녹였다.

아서스가 서리한을 들어 올렸다.

"네놈의 족속들은 이전에 처치한 적이 있지, 공포의 군주. 용기가 있다면 뒤돌아 내게 맞서라! 아니면 비겁한 너희 족속답게 썩 꺼져라."

이 말을 들은 놈이 천천히 뒤를 돌아보았다. 머리에는 거대한 뿔이 두 개 달려 있고 입술에는 잔인한 미소를 띠고 입꼬리가 올라가 있었다. 그리고 두 눈 위에는 검은 눈가리개가 씌워져 있었다. 대신 눈이 있어야 할 자리에 두 개의 초록색 점이 빛났다.

"안녕하신가, 아서스."

깊고 음흉한 목소리…. 목소리가 조금 달라졌지만 몸에 비하면 변한 것도 아니었다. 여전히 연한 자주색 피부에 똑같은 문신과 어지러운 무늬가 새겨져 있었지만, 발굽이 달린 다리와 날개 그리고 뿔은…. 아서스는 그에게 무슨 일이 일어났는지 깨달았다. 그래, 그래서 일리단이 그렇게 강력해진 거로군.

"달라 보이는군, 일리단. 굴단의 해골이 몸에 잘 맞지 않았나 보지?"

일리단이 뿔이 돋은 머리를 뒤로 젖히더니 음울하면서도 성량이 풍부한 목소리로 껄껄 웃어댔다.

"정반대야. 지금처럼 좋았던 적이 없지. 어떤 면에서는 너한테 감사해야 할 지경이다, 아서스."

"그렇게 고마우면 길을 비켜주는 건 어때. 얼어붙은 왕좌는 내 것이다, 이 악마야. 물러서라. 이 세상을 떠나 다시는 돌아오지 마라. 돌아오면 내가 기다리고 있을 테니."

아서스의 목소리가 갑자기 차가워졌다. 농담하는 기색조차 없었다.

"우리에겐 각자 모시는 주인이 계시지. 나의 주인께서는 얼어붙은 왕좌가 파괴되길 원하신다. 우리 둘의 목표가 서로 충돌하는 것 같군."

일리단이 대답하며 아서스가 전에 본 적 있는 무기를 들어 올렸다. 날카로운 검은 손톱이 달린 그의 거대한 손이 무기의 한가운데를 잡더니 우아하고도 편안한 자세로 그것을 돌리기 시작했다. 그 모습에 아서스는 조금 불안해지기 시작했다. 캘타스 왕자와 방금 싸움을 끝낸 판이었다. 겁쟁이 같은 엘프 놈이 도망가지만 않았더라도 승자가 될 수 있었지만, 어쨌든 그 전투로 인해 아서스는 기운이 빠져 있었다. 반면 일리단에게는 피로한 기색이 조금도 없었다.

아서스의 불편한 기색을 감지한 일리단의 미소가 점점 커졌다. 그는 기이하리만치 능숙한 솜씨로 특이하고 사악한 무기를 움직이더니 자세를 잡고 소리쳤다.

"어쩔 수 없지! 자, 덤벼라!"

"네 군대는 산산조각 나거나 나의 병사들로 바뀌어버렸다. 너도 그중 하나가 될 테고!"

이 말과 함께 아서스가 서리한을 빼어 들었다. 칼날에 새겨진 룬 문자가 밝게 빛나고 칼자루에서는 묘한 안개가 피어올랐다. 눈가리개 뒤에 숨겨져 예전보다 훨씬 더 강렬하게 녹색을 내뿜던 일리단의 눈이 그 모습을 본 듯 가늘어졌다. 악마같이 변한 이 칼도레이에게도 강력한 무기가 있었지만, 아서스의 서리한 역시 이에 못지않았다.

"설마! 난 네가 상상하는 것 이상으로 강력하다. 그리고 너의 주인을 만든 분이 바로 나의 주인이시다! 와라, 이 졸개. 네 하찮은 주인을 해치우기 전에 너부터 끝장을 내…."

일리단이 말을 마치기도 전에 아서스가 달려들었다. 서리한이 빛을 뿜으며 윙윙댔다. 아서스만큼이나 일리단의 죽음을 원하는 것 같았다. 일리단은 아서스의 갑작스러운 공격에도 동요하지 않고 손쉽게 자신의 양날 무기를 들어 이에 맞섰다. 서리한은 이미 고대의 매우 강력한 무기들도 두 동강 낸 적이 있었지만, 이번에는 쨍강 소리를 내며 빛나는 녹색 금속을 한 번 긁고 지나갈 뿐이었다.

일리단은 그 자리에서 한 발자국도 움직이지 않고 아서스에게 히죽 웃어보였다. 아서스는 또 한 번 불편한 기분이 스치고 지나가는 것을 느꼈다. 놈은 굴단의 해골의 힘을 흡수한 뒤로 달라진 것이 틀림없었다. 한 가지 예로, 전보다 신체적으로 훨씬 강했다. 일리단이 깊이 울리면서도 듣기 싫은 소리를 내며 웃더니, 세차게 아서스를 밀어붙였다. 한 걸음 뒤로 밀리며 상대의 공격을 막기 위해 무릎을 꿇어야 했던 것은 아서스였다.

"전세가 역전되니 정말 짜릿하군, 죽음의 기사. 잘만 싸워준다면 재빨리 죽여줄 수도 있다."

일리단이 중얼거렸다.

아서스는 말대꾸하는 데 힘을 낭비하지 않았다. 그는 이를 부드득 갈며 자신에게 쏟아지는 공격을 받아내는 데에만 온 신경을 집중했다. 일리단의 무기는 너무 빨리 움직여서 초록색으로 빛나며 돌아가는 빛 같았다. 아서스는 그것에서 발산되는 녹색 악마의 기운을 느낄 수 있었다. 일리단 역시 서리한의 엄숙한 어둠의 기운을 느낄 수 있으리라.

갑자기 일리단이 홀연히 사라지면서 아서스는 자신의 힘을 이기지 못하고 앞으로 고꾸라질 뻔했다. 펄럭이는 소리에 고개를 돌리니 일리단이 공중에 떠 있는 것이 아닌가. 아서스의 손이 닿지 않는 곳에서 선회하면서 놈이 거대한 날개로 거센 바람을 일으켰다.

둘은 서로를 쳐다보았다. 아서스가 가쁜 숨을 몰아쉬었다. 일리단 역시 싸움이 조금은 힘들었는지, 거대한 연자줏빛 상체에 땀이 송골송골

맺혀 있었다. 아서스가 다시 자세를 잡았다. 새로운 공격에 대비해서 서리한 역시 고쳐 잡았다.

그때 일리단이 전혀 예상하지 못하게 움직였다. 껄껄 웃으며 무기를 양손으로 잡더니 이리저리 손을 움직이자 무기가 반으로 갈라졌다. 그래서 강력한 검을 양손에 하나씩 들게 되었다.

"아지노스의 쌍날검이다, 어떠냐."

일리단이 뻐기듯 말했다. 그리고 점점 더 높이 올라가더니 왼손과 오른손에 든 검을 각각 돌렸다. 그 모습을 본 아서스는 일리단이 양손 모두 잘 쓰는 것을 알아챘다.

"둘 다 훌륭한 전투검이지. 합치면 무시무시한 하나가 되지만 보다시피 둘로 나눠서도 쓸 수 있다. 내가 쓰러뜨린 강력한 악마 우두머리 놈으로부터 빼앗은 거야. 1만 년 전쯤의 일이지. 네 예쁘장한 검은 얼마나 오래 썼나, 인간? 네 무기를 얼마나 잘 알고 있느냐고!"

그 말은 아서스를 불안하게 만들기 위한 것이었다. 그러나 그 말을 들은 아서스는 오히려 기운이 솟는 것을 느꼈다. 일리단이 이 강력한 무기를 더 오래 지니고 있었는지는 몰라도, 서리한과 아서스는 서로에게 속한 존재였다. 검이라기보다는 아서스의 일부에 가까웠다. 꿈속에서 처음 서리한을 본 순간, 노스렌드에 처음 도착한 순간부터 그렇게 되리라는 것을 알고 있었다. 그리고 그를 기다리고 있던 그 검을 처음 본 순간, 둘 사이를 잇는 강력한 유대감을 확신했다. 마침내 검을 손에 들었을 때, 둘의 결합을 확인해주기라도 하듯 엄청난 힘이 솟구치는 것을 느꼈다.

놈의 칼날이 번뜩였다. 일리단이 돌덩이처럼 아서스 위로 뚝 떨어졌다. 아서스가 고함을 지르며 떨어져 내려오는 놈을 향해 서리한을 휘둘렀다. 이번 공격은 지금까지의 공격에 비해 확신이 있었다. 예상대로 검이 살점 깊숙이 들어가는 것을 느꼈다. 일리단의 상체를 가로질러 깊은 상처를 남기고 다시 검을 뺀 아서스는 상대가 고통스러운 비명을 지르는 것을 듣고 깊은 만족감에 사로잡혔다.

그래도 놈은 쓰러지지 않았다. 날개가 발작적으로 펄럭이며 놈을 공중에 뜬 상태로 지탱해주었다. 다음 순간, 아서스의 눈앞에서 기이한 일이 일어났다. 일리단의 몸이 어두워지더니 검정, 보라, 녹색 연기가 꿈틀거리며 섞여 있는 듯 변했다.

"이것이 바로 네가 내게 준 힘이다."

일리단이 소리를 질렀다. 원래도 낮은 그의 목소리가 어찌 된 일인지 훨씬 더 낮아졌다. 아서스는 뼛속까지 전율이 느껴졌다. 빙글빙글 도는 어둠으로 변해버린 일리단의 얼굴에서 악마의 눈만이 강렬한 빛을 쏘았다.

"네가 준 선물, 바로 이 힘이다. 이 힘이 널 파멸시키리라!"

아서스가 비명을 지르며 무릎을 꿇고 쓰러졌다. 활활 타오르는 것 같은 녹색 불길이 아서스의 갑옷을 따라 돌아다니며 그의 피부를 태우는 것 같았다. 서리한의 푸른빛까지도 잠시 흐려졌다. 찢어지는 듯한 아서스의 비명을 뚫고 일리단의 웃음소리가 들려왔다. 또 한 번 놈의 불길이 휘감자, 아서스가 숨을 헐떡이며 앞으로 쓰러졌다. 불길이 걷히고 일리단이 최후의 일격을 가하러 내려오는 것을 본 순간, 아서스는 손에 쥐고 있던 서리한이 반격하라며 용기를 북돋는 것을 느꼈다.

서리한은 그의 것이요, 그는 서리한의 것이었다. 강력하게 결합된 둘은 천하무적이었다.

일리단이 자신의 무기를 치켜든 순간, 아서스 역시 젖 먹던 힘까지 끌어내 서리한을 위로 깊숙이 찔렀다. 서리한의 날이 놈에게 닿고, 그다음 살점을 뚫고 들어가더니 깊은 곳까지 쑤시고 들어갔다.

일리단이 쿵 하는 소리와 함께 땅 위로 떨어졌다. 놈의 상체에서 피가 솟구쳐 흐르며 푸쉬쉭 하는 소리와 함께 주변의 눈을 녹였다. 가쁜 숨과 함께 그의 가슴이 헐떡였다. 자랑스러운 쌍날검도 아무 소용이 없었다. 하나는 손에서 빠져나가 눈밭에 떨어져 있었고, 다른 하나는 손잡이를 제대로 쥘 수도 없는 손바닥 위에 아무렇게나 놓여 있었다. 아서스가 자리에서 일어섰다. 놈이 날린 불길의 영향으로 아서스의 몸은 여전히 따끔거렸다. 아서스는 일리단을 한참 동안 쳐다보며 그 장면을 머릿속에 새겨두었다. 최후의 공격으로 숨통을 끊어놓을까 생각하다가, 이 무자비한 추위가 놈을 대신 처리하게 놔두기로 했다. 더 중요한 일이 남아 있었다. 아서스는 몸을 돌려 정면에 높이 솟은 뾰족한 얼음 탑을 바라보았다.

그는 침을 꿀꺽 삼키고는 잠시 가만히 서 있었다. 어떻게 해서 이렇게 느끼는지는 몰라도 곧 자신의 삶을 송두리째 바꿔놓을 만한 일이 벌어지리라는 사실을 느꼈기 때문이었다. 다음 순간, 심호흡을 한 아서스가 동굴 안으로 들어갔다.

땅속으로 이어진 구불구불한 터널을 따라서 아서스는 꿈속을 걷는 것처럼 움직였다. 적들도 하나 없는지 아무 소리도 들리지 않았고, 안내라도 받는 듯 저절로 발은 앞으로 나아갔다. 엄청난 힘이 내는 깊은 공명음이 어디선가 들려왔다. 아서스는 그 소리를 듣는다기보다는 몸으로 느낄 수 있었다. 그 힘이 숙명으로 더욱 가까이 이끄는 것을 느끼며, 아서스는 계속해서 아래로 걸어 내려갔다.

그러자 푸른색과 흰색이 섞인 차가운 빛이 보였다. 달리다시피 다가가니 터널이 넓어지면서 왕의 알현실과 비슷한 공간이 나타났다. 그 앞에 우뚝 서 있는 것을 본 아서스가 헉 하는 소리와 함께 숨을 멈췄다.

리치 왕이 갇힌 감옥이 꼬불꼬불한 탑 꼭대기에 있었다. 푸른색과 녹색이 어우러져 빛나는 얼음 같으면서도 얼음이 아닌 뾰족탑은 동굴 지붕을 찌를 듯 높이 솟아 있었다. 탑을 둘러싸고 위로 올라가는 좁은 길이 있었다. 길을 따라 올라가는 아서스는 아직 리치 왕이 보내준 힘으로 가득 차 있었기 때문에 전혀 지치지 않았다. 그러나 한 발, 한 발 위로 올라가는 그에게 나쁜 기억들이 귀찮은 파리 떼처럼 달려들었다. 단어, 대화, 장면들이 떠올랐다.

"기억하게나, 아서스. 우리는 성기사단이야. 우리의 임무에 복수란 없다네. 화가 피를 보려는 욕망으로 변한다면 우리도 오크와 다를 바가 없지."

제이나… 오, 제이나….

"아무도 왕자님의 말은 거역할 수가 없구나. 적어도 나 한 사람만큼은."

"날 거부하지 마, 제이나. 앞으로도, 절대로…."

"그러지 않아, 아서스. 절대로…."

아서스의 두 발이 쉬지 않고 움직였다.

"우리가 아는 게 너무나 적어. 지레 겁먹고 멀쩡한 사람들을 동물처럼 도살할 순 없는 거라고!"

"이건 정말 안 좋다네. 그냥 놔두게. 아무도 찾지 않는 이곳에 그냥 두란 말일세…. 백성을 구할 다른 방법을 찾게 될 게야. 지금 당장 로데론으로 돌아가 그 길을 찾아보세."

한 발이 움직이면 다른 한 발이 그 뒤를 따랐다. 위로, 계속 위로…. 까마귀처럼 검은 날개가 그의 기억 속에 스쳐 갔다.

"마지막으로 예언 하나만 남기고 가겠소. 이것 하나만 기억하시오. 적을 무찌르려 노력할수록, 백성을 더 빨리 놈들 손에 넘겨주는 꼴이 될 거라는 걸."

이러한 기억들이 아무리 아서스를 자극하고 심장을 움켜쥐듯 억눌러도 더욱 강력하게 다가오는 모습과 목소리는 단 하나뿐이었다.

"나의 용사여, 네가 가까워질수록 내 자유의 순간도 다가온다…. 그것과 함께 너는 진정한 힘을 얻게 되리라."

계속해서 위로 올라가는 아서스는 얼음 탑 꼭대기에 시선을 고정하고 있었다. 아서스가 이 길에 첫발을 들여놓게 만든 장본인이 갇혀 있는 거대한 푸른색 얼음 감옥…. 몇 걸음 떨어지지 않은 곳에서 멈춰 설 때까지 그것은 계속해서 아서스를 끌어당겼다. 아서스는 얼음 속에 갇힌 존재의 흐릿한 모습을 한참 동안 쳐다보았다. 얼음에서 안개가 흘러나와 그 모습을 한층 더 알아보기 힘들게 했다.

손에 든 서리한이 푸르게 번뜩였다. 얼음 속 깊은 곳에서 서리한에 화답하듯 미세한 푸른빛 두 점이 반짝였다.

"서리한을 내게 돌려주어라. 임무를 완수하라. 나를 이 감옥에서 풀어주어라!"

깊고 거친 목소리가 아서스의 머릿속에서 쩌렁쩌렁 울렸다.

아서스가 한 걸음 앞으로 나갔다. 그리고 또 한 걸음. 그러더니 서리한을 치켜든 채 달리기 시작했다. 이것이 최후의 목적지였다. 아서스는 자신도 모르게 고함을 지르며 온 힘을 다해 검을 아래로 내리쳤다.

서리한이 아래로 내리꽂히는 순간, 얼음에 금이 가는 소리가 방 안을 가득 메웠다. 얼음이 산산조각 나면서 거대한 덩어리들이 사방으로 날아갔다. 아서스는 저도 모르게 두 팔을 들어 얼굴을 가렸지만, 얼음 조각은 아무런 해도 끼치지 않고 날아가 흩어졌다. 갇힌 몸에서 얼음들이 우수수 떨어져 내리자, 리치 왕이 갑옷을 걸친 양팔을 하늘로 들어 올리며 함성을 내질렀다. 으르렁거리는 소리와 얼음에 금 가는 소리가 동굴과 리치 왕에게서 울려 퍼졌다. 그 소리가 너무 커서 아서스는 인상을 쓰며 귀를 막았다. 세상이 한꺼번에 무너져 내리는 것만 같았다. 그때, 갑옷을 입은 리치 왕도 그가 갇혀 있던 얼음 감옥처럼 산산조각 나더니, 아서스의 눈앞에서 와르르 무너져 내리고 말았다.

그 속에는 아무것도, 아무도 없었다.

차가운 검정색 갑옷만이 쩔그렁 소리를 내며 여러 조각으로 나뉘어 바닥에 떨어졌다. 텅 빈 투구가 떼구르르 굴러오더니, 발치에 멈췄다. 아서스는 한참 동안 그것을 내려다보았다. 전율이 온몸으로 퍼졌다.

지금까지, 그는 유령을 쫓았던 것인가. 리치 왕이 이곳에 갇혀 있기는 했던가? 그것이 아니라면 얼음 감옥으로부터 서리한을 꺼낸 사람은 누구인가? 감옥에서 꺼내달라고 명령했던 자는 누구인가? 얼어붙은 왕좌에 갇혀 있어야 했던 사람은 아서스 메네실 자신이었던가?

그가 쫓고 있던 이 유령… 유령이 바로 아서스 자신이었나?

결코 답을 얻지 못할 질문이었다. 그러나 한 가지는 분명했다. 서리한이 그의 것이었듯, 갑옷도 그의 것이 분명했다. 아서스는 뾰족한 투구를 거머쥐었다. 그가 경건하다고 할 만한 몸짓으로 아주 천천히 투구를 들어 올리더니, 두 눈을 감고 머리에 썼다.

갑자기 전기라도 통한 듯 그의 몸에 생기가 돌았다. 리치 왕의 정수가 몸속으로 들어오는 것을 느낀 아서스의 몸이 저절로 팽팽하게 긴장되었다. 리치 왕의 기운은 그의 심장을 뚫고 들어와 잠시 숨을 멈추게 하더니, 거대한 파도처럼 온몸의 혈관을 따라 차갑고도 강력한 힘을 흘려보냈다. 눈은 감겨 있었지만, 아서스는 볼 수 있었다. 아니, 너무나 많은 것이 보였다. 오크 주술사 넬줄이 알고 있던 모든 것, 그가 본 것, 그가 행한 일 모두를 볼 수 있었다. 잠시, 아서스는 이 모든 일이 너무나 엄청나서 오히려 자신이 꺾이는 것은 아닐까 걱정했다. 리치 왕이 신선한 새 몸을 차지하기 위해 자신을 이리로 꼬여낸 것은 아닌가 하고 말이다. 그래서 자신의 몸에 대한 통제권을 두고 격렬한 전투가 시작되리라 믿고 단단히 마음먹었다.

그러나 싸움은 없었다. 오직 섞이고 하나로 녹아드는 느낌만이 있을 뿐이었다. 그를 둘러싸고 동굴이 계속해서 무너져 내렸지만, 아서스는 느끼지 못했다. 닫힌 눈꺼풀 뒤에서 눈동자가 빠르게 움직였다.

그의 입술이 움직였다. 그가 말했다.

아니, *그들이*… 말했다.

"이제, 우리는 하나가 되었다."

마치는 이야기: 리치 왕

푸르고 흰 세계가 아서스의 꿈속에서 어른거렸다. 차갑고도 순수한 두 가지 색깔이 잠시 흔들리더니, 나무와 불꽃의 따뜻한 빛깔로 바뀌었다. 그는 자신의 말대로 했다. 자신의 삶을 기억해냈고, 그보다 앞서 일어난 일들을 기억했으며, 얼어붙은 왕좌로, 그리고 이 깊고 깊은 꿈속에 이르는 그 길로 다시 한 번 발을 내딛은 것이다.

그러나 꿈은 아직 끝나지 않았다. 아서스는 다시 한 번 상상 속의 연회장에서 긴 탁자의 주빈 자리에 앉아 있었다.

그리고 그의 꿈에 그토록 큰 관심을 보였던 두 인물 역시 여전히 옆에 앉아 그를 주시하고 있었다.

왼편에 앉은 오크, 나이가 들었지만 여전히 힘이 센 그자가 그의 얼굴을 살피더니 슬며시 미소를 지었다. 미소를 짓자 오크의 얼굴에 그려진 흰색 해골 그림이 좌우로 늘어났다. 그리고 오른편에 앉은 여위고 아픈 소년은 처음 이 꿈을 꾸었을 때보다 훨씬 더 아파 보였다.

소년이 갈라지고 창백한 입술을 핥더니, 말을 할 것처럼 숨을 들이쉬었다. 그렇지만 먼저 침묵을 깬 사람은 왼편의 오크였다.

"아직도 더 많이 남아 있다."

오크가 말했다.

오크의 말과 함께 여러 광경이 아서스의 머릿속을 가득 채웠다. 과거와 미래의 장면들이 하나로 뒤엉키며 한데 섞이고 차곡차곡 쌓여갔다. 스톰윈드의 깃발을 들고 말을 탄 인간 군대, 늑대를 타고 그들과 함께 싸우고 있는 호드, 그들은 한편이 되어 스컬지 군단을 공격하고 있었다. 그러다가 장면이 바뀌었다. 이제 인간과 오크가 서로를 공격하고 있었다. 그리고 언데드들, 남에게 명령을 내리거나 자신의 의지를 가지고 있는 듯 움직이는 언데드들이 오크들과 이상하게 생긴 타우렌, 트롤들과 어깨를 나란히 하고 서 있었다.

쿠엘탈라스가 멀쩡한 것인가? 아니, 아서스와 그의 부하들이 남긴 거대한 상처가 남아 있었지만 도시가 재건되고 있었다….

여러 장면이 조금 더 빠르게 아서스의 머릿속을 가득 채웠다. 어지러울 정도로 혼란스러운 모습이었다. 어느 것이 과거고, 어느 것이 미래인지 알 수 없었다. 또 다른 장면, 해골뿐인 용들이 아서스가 전에는 본 적이 없는 도시를 파멸시키고 있었다. 오크로 가득한, 뜨겁고 건조한 곳이었다. 그리고… 그래, 언데드 용의 공격을 받고 있는 곳은 이제 스톰윈드로 바뀌었다.

네루비안, 아니, 아눕아락의 백성인 네루비안이 아니라 그들과 비슷한 존재가 분명했다. 사막에 사는 종족, 그들이 부리는 것은 머리가 개와 같은 거대한 생물이었다. 흑요석으로 만들어진 골렘, 놈들이 반짝이는 노란 줄을 건너가고 있었다.

어떤 글자가 나타났다. 아서스가 잘 아는 것이었다. 로데론의 문장, 검에 꿰뚫린 L 자는 똑같았지만 푸른색이 아니라 붉은색이었다. 그 문장이 바뀌더니 흰색 배경을 바탕으로 활활 타고 있는 붉은 불꽃이 되었다. 그 불꽃이 곧 살아 있는 것처럼 활기를 띠더니 흰 배경을 집어삼키고 완전히 태워버렸다. 배경이 사라진 곳에서 거대한 은빛 물이 드러났다. 바다였다.

… 무엇인가가 바다 표면 바로 아래에서 소용돌이치고 있었다. 지금까지 고요하던 표면이 폭풍이 몰아친 것처럼 거칠게 요동치기 시작했다. 분명 날은 맑았는데도 말이다. 어렴풋이 웃음소리 같은 괴이한 소리가 아서스의 귀에 들렸다. 그리고 그 소리와 함께 온 세상이 비명을 질러대기 시작했다. 본래 자리에서 억지로 뜯겨 나온 것처럼, 마치 셀 수도 없을 만큼 오랜 세월이 흐른 뒤 처음으로 빛을 보는 것처럼….

녹색, 모든 것이 녹색이었다. 그늘지고 괴이한 악몽 같은 장면들이 아서스의 머릿속에서 움직였지만 제대로 보려고만 하면 모두 달아나 흩어졌다. 그중에서도 아서스가 흘깃 본, 지금은 사라져버린 모습이 있었다. 사슴뿔이었나? 사슴? 남자? 정확히 알 수는 없었다. 그 인물을 감싸고 잠시 희망의 기운이 감돌았으나, 그것을 파괴하기 위한 기운 역시 가까이에 있는 것을 느꼈다.

산들이 생명이 있는 것처럼 살아나더니 거대한 발걸음을 떼며 길에 놓인 모든 것을 깔아뭉갰다. 한 번 발을 내디딜 때마다 온 세상이 부르르 떨렸다.

서리한. 이것 하나만큼은 잘 알고 있었다. 그것도 아주 속속들이. 아서스가 공중에 던져놓은 것처럼 서리한이 빙글빙글 돌았다. 그때 또 다른 검 하나가 날아가 서리한과 맞부딪쳤다. 아름답지는 않지만 길고 강력한 검이었다. 무시무시한 날에는 해골 무늬가 있었다. 서리한처럼 검 이상의 검, '파멸의 인도자' 가 그 이름이었다. 쨍강 하는 소리와 함께 두 검이….

아서스가 눈을 깜빡이며 고개를 흔들었다. 기운이 나는 동시에 마음을 불안하게 하는 이미지들, 정신없이 흔들리며 돌아가던 장면들이 순식간에 사라졌다.

오크가 쿡쿡 웃었다. 오크의 표정과 함께 얼굴에 그려진 해골도 따라 움직였다. 한때 그의 이름은 넬쥴, 환영을 보여주는 능력을 가진 자였다. 아서스는 자신이 본 모든 장면을 완벽히 이해할 수는 없었지만 그 모두가 언젠가는 현실로 다가오리라고 믿었다.

"아주 많아. 그렇지만 이 길의 끝에 도달해야만 모든 걸 얻을 수 있다."

오크가 또 한 번 말했다.

천천히, 죽음의 기사 아서스가 소년을 향해 머리를 돌렸다. 병약한 소년이 놀라울 정도로 맑은 시선으로 그를 마주 보았다. 한순간, 아서스는 마음속 깊은 곳에서 무엇인가 움직이는 것을 느꼈다. 이런 상황에서도 소년은 얌전히 죽지 않으리라.

그렇다면 그건….

소년이 조그맣게 미소를 지어 보이자 아픈 기운이 조금 사라지는 것 같았다. 아서스는 할 말을 찾지 못했다. 겨우 입을 연 아서스의 목소리는 부드러웠고, 놀라움이 담겨 있었다.

"너, 너는 나야. 우리 둘 다… 나지. 하지만 넌, 넌 아직도 내 속에서 얼음에 저항하며 타고 있는 작은 불꽃이야. 너는 내 속에 마지막 남은 인간성, 연민, 사랑할 수 있고, 슬퍼할 수 있고, 걱정할 수 있는 능력의 흔적이야. 너는 제이나, 내 아버지, 그리고 한때 나를 나답게 만들었던 그 모든 것을 향한 나의 사랑이다. 어찌 된 일인지 나도 모르겠지만 서리한이 널 모조리 없애진 않았구나. 너로부터 도망가려고 무척 애썼다…. 하지만 그럴 수 없었어. 그리고 지금도 그럴 수 없다."

소년의 바닷빛 초록색 눈이 밝아지더니 아서스에게 미소를 보냈다. 순식간에 소년의 혈색이 좋아지고 몸에 난 혹이 일부 사라졌다.

"이제 알겠지? 아서스, 아무리 힘들어도 넌 날 버리지 않았다는 걸. 분명 이유가 있어. 아서스 메네실, 나쁜 일을 많이 저질렀지만 네 안에는 아직도 선함이 남아 있어. 완전히 사라져버렸다면, 지금 내가 존재하지 않겠지. 꿈속에라도 말이야."

말을 마친 소년의 눈에 희망의 눈물이 맺혔다. 조금 전까지만 해도 강하던 소년의 목소리가 북받치는 감정으로 떨리기 시작했다. 소년이 의자에서 내려오더니 천천히 아서스를 향해 걸어왔다. 아서스도 자리에서 일어났다. 잠시 둘은 서로를 응시했다. 소년 아서스와 어른이 된 아서스의 모습 그대로였다.

사랑하는 아버지에게 안아달라고 말하는 살아 있는 아이처럼, 소년이 그를 향해 두 팔을 뻗었다.

"아직도 늦지 않았어."

소년이 조용히 말했다.

"아니, 아니지."

소년에게서 눈을 떼지 않은 채 아서스 역시 조용히 말했다.

아서스가 소년의 볼을 어루만졌다. 그러고는 작은 턱 밑에 손을 갖다 대고 빛나는 얼굴을 위로 들어올렸다. 그리고 자신의 것인 두 눈을 들여다보며 미소 지었다.

"이미 늦었어."

서리한이 번뜩였다. 소년이 비명을 질렀다. 배신에 놀라 괴로워하는 비명이었다. 그것은 흡사 바깥에서 아우성치는 바람 소리 같았다. 소년만큼이나 큰 칼날을 그의 가슴에 박은 채 아서스는 소년의 눈을 바라보았다. 마지막 후회, 양심의 가책이 그를 훑고 지나갔다.

다음 순간, 소년이 사라졌다. 남은 흔적이라고는 이 저주 받은 땅에 불고 있는 쓰디쓴 바람의 비명뿐이었다.

기분이 정말 최고였다. 소년이 죽고 나니 마지막 남은 인간성의 자취가 그동안 자신에게 얼마나 끔찍한 짐이었는지 깨달을 수 있었다. 그는 가볍고, 강력하면서도, 깨끗이 정화된 기분이 들었다. 박박 문질러 깨끗이 닦인 느낌…. 이제 아제로스도 그렇게 되리라. 약하거나 무른 그의 모든 모습, 그를 머뭇거리게 만든 모든 것이 이제는 완전히 사라졌다.

남은 것은 아서스, 아서스의 마지막 영혼 조각까지 차지하고 기뻐하고 있는 서리한, 그리고 해골이 그려진 얼굴로 승리의 웃음을 짓고 있는 오크, 셋뿐이었다.

"그래! 네가 그렇게 할 줄 알고 있었지. 그 하찮은 선함의 찌꺼기, 마지막 남은 인간의 잔재를 가지고 오랫동안 고생했다. 그렇지만 더 이상은 아니지. 소년이 널 붙잡고 있었지만 이제는 자유다."

오크가 말했다. 이제는 미친 듯 웃고 있었다. 그가 자리에서 일어났다. 몸은 여전히 늙은 오크였지만 움직임만은 젊은이처럼 편하고 유연했다.

"우리는 하나다, 아서스. 우리가 바로 리치 왕이야. 이제는 넬쥴도, 아서스도 없다. 오직 영광스러운 하나의 존재지. 내가 알고 있는 이 모든 지식으로 우리는…."

그 순간, 검이 넬쥴의 몸을 꿰뚫었다. 놀란 그의 눈이 튀어나올 듯 크게 떠졌다.

번뜩이는 서리한을 더 깊숙이 찔러 넣으며 아서스가 앞으로 다가섰다. 한때 넬쥴로 불렸다가 리치 왕이 된 자, 이제 곧 아무것도, 정말 아무것도 아닌 존재가 되어버릴 오크. 아서스가 한 팔로 오크의 몸을 감싸며 그의 녹색 귀에 자신의 입술을 가져다 댔다. 너무도 친밀해 보이는 몸짓이었다. 어차피 남의 목숨을 빼앗는 행위란 언제나 친밀한 법 아닌가.

"아니, '우리'가 아니지. 내게 이래라저래라 할 사람은 없다. 네게서 필요한 것은 모두 얻었다. 이제 그 힘은 내 것, 나만의 것이야. 이제는 '나' 뿐이다. 내가 바로 리치 왕이야. 그리고 난 준비가 되었다."

아서스가 속삭였다.

오크가 그의 팔에 안긴 채 배신의 충격으로 부르르 몸을 떨었다. 그러고는 사라져버렸다.

갑자기 제이나의 손이 무감각해지면서 들고 있던 찻잔이 떨어져 산산조각 났다. 축축한 회색 낮의 추위가 순간적으로 그녀의 몸을 꿰뚫어 숨조차 쉴 수 없었다. 에이그윈이 다가와 뼈마디가 불거진 손으로 그녀의 손을 감싸 쥐었다.

"에이그윈, 나… 무슨 일이죠?"

제이나의 목소리에는 극심한 고통이 담겨 있었다. *무언가*를 잃어버리고 슬픔에 잠긴 것처럼, 그녀의 눈에 눈물이 가득 고였다.

"너만 느낀 것이 아니야. 나도 느꼈다. 무슨 일인지는… 곧 알게 되겠지."

에이그윈이 침울한 표정으로 대답했다.

자기 앞에 서 있는 거대한 악마가 한 대 후려치기라도 한 것처럼 실바나스가 움찔 놀랐다. 물론 놈이 그럴 리는 없겠지만. 바리마트라스가 눈살을 찌푸렸다.

"무슨 일이오, 실바나스?"

놈이다.

언제나 그놈이지.

장갑을 낀 실바나스가 주먹을 쥐었다가 다시 폈다.

"무슨 일이 일어났소. 리치 왕과 관련된…. 나, 느꼈소."

아서스와 실바나스 사이에는 더 이상 어떤 관계도 없었다. 최소한 그녀가 아서스의 통제하에 있던 때와는 분명 달랐다. 그러나 무언가, 아주 작은 무언가가 없어지지 않고 꾸물거리며 남아 있었다. 경고를 보내주는 무엇인가가….

"계획을 세워야 해. 갑자기 급박해졌소."

그녀가 바리마트라스에게 말했다.

아주 오랫동안 아서스는 아무것도 느끼지 못했다. 그는 왕좌 위에서 움직이지 않고 꿈을 꾸며 기다렸다. 돌덩이처럼 가만히 앉아 있는 동안 얼음이 그를 감쌌다. 그렇지만 그것은 감옥이 아니라 제2의 피부 같았다.

그는 자신이 무엇을 기다리고 있는지 몰랐다. 그러나 지금은 아니었다. 그 옛날, 스톰윈드의 어린 왕자가 아버지를 잃고 울면서 그를 찾아온 암흑의 첫날 시작된 여정의 마지막 단계가 마침내 끝났다. 그 여정은 아제로스를 거쳐 노스렌드로, 얼어붙은 왕좌와 열린 하늘로 아서스를 이끌었다. 마음속 깊은 곳에 숨겨진 자신을 찾아서, 자신을 붙잡고 있던 죄 없는 소년과 자신에게 엄청난 힘을 주고 숨겨진 본성을 찾아내준 오크를 모두 죽이고는 여기까지 왔다.

영광과 권능 속에 홀로 앉아 있던 리치 왕 아서스가 천천히 두 눈을 떴다. 눈에 붙어 있던 얼음이 깨지면서 얼어붙은 눈물처럼 무수한 조각이 되어 떨어졌다. 흰머리와 창백한 피부를 덮고 있는 화려한 투구 아래에서 미소가 번졌다. 잠에서 깨어 서서히 움직이자, 몸에서 더 많은 얼음 조각이 우수수 떨어져 내렸다. 이제는 더 이상 필요 없어진 번데기 껍질처럼. 그가 깨어났다.

"이제 시작이다."

글쓴이에 대하여

이 책의 저자 크리스티 골든은 공상과학, 판타지, 공포 장르에서 서른 권이 넘는 소설과 몇 편의 단편으로 여러 차례 상을 수상한 바 있다.

그녀는 1991년, 큰 성공을 거둔 첫 번째 소설 《Vampire of the Mists》로 게임인 던전 앤 드래곤 속 가상 세계를 다룬 레이븐로프트(Ravenloft) 시리즈를 시작했다. 이 첫 번째 소설에서 그녀는 잰더 선스타라는 엘프 뱀파이어를 처음으로 소개했다. 판타지 소설 부문에서 엘프 뱀파이어라는 캐릭터를 만들어낸 것은 그녀가 최초일 것이다.

그녀는 게임이나 영화를 기반으로 한 소설 외에도 《The Final Dance》 시리즈인 《On Fire's Wings》, 《In Stone's Clasp》, 《Under Sea's Shadow》를 포함해 다수의 판타지 소설을 썼다. 그중 《In Stone's Clasp》는 2005년 콜로라도 작가 연합에서 시상하는 최고의 장르 소설로 선정되어 그녀에게 두 번째 상을 안겨주기도 했다.

또 다른 작품으로는 《Star Trek》 시리즈와 《스타크래프트 다크 템플러 3부작》인 《Firstborn》, 《Shadow Hunters》, 《Twilight》을 비롯하여 다수가 있다. 블리자드 사의 MMORPG 게임 〈월드 오브 워크래프트〉의 열렬한 게이머이기도 한 그녀는 워크래프트 세계에 대해서도 《워크래프트 3: Lord of the Clans》와 《Rise of the Horde》을 포함하여 여러 책을 썼으며, 앞으로 세 권을 더 펴낼 계획이다. 또한 도쿄팝에서 출간된 워크래프트 만화 중 《I Got What Yule Need》과 《A Warrior Made》의 스토리를 썼다.

현재 그녀는 애런 얼스턴, 트로이 데닝과 함께 스타워즈 시리즈 '제다이의 운명' 아홉 권 중 세 권의 책을 저술하고 있다. 시리즈 중 첫 번째 책인 《Omen》이 2009년 6월에 출간되었다.

그녀는 남편과 고양이 두 마리와 함께 미국 콜로라도에 살고 있다. 그녀의 홈페이지 www.christiegolden.com에서 더욱 자세한 정보를 얻을 수 있다.

덧붙이는 말

여러분이 방금 읽은 이 소설은 블리자드 엔터테인먼트 사의 컴퓨터 게임인 〈워크래프트 3: 레인 오브 카오스〉와 그 확장팩인 〈워크래프트 3: 프로즌 스론〉을 바탕으로 쓰여진 것이다. 2002년 7월과 2003년 7월에 출시된 두 게임은 판매 순위를 휩쓸며 비평가들로부터 많은 찬사를 받았다. 또한 여러 매체에서 "에디터의 선택", "올해의 전략 게임", "올해의 게임"으로 선정되기도 했다.

6년이 지난 오늘날까지도 워크래프트 3는 온라인 멀티플레이어 게이머들에게 사랑 받고 있으며, 전 세계 온라인 게임 대회에서 빠지지 않는 게임이 되었다. 싱글 플레이어 캠페인을 통해 게이머는 워크래프트 세계에서 가장 강력하고 흥미로운 캐릭터들을 조종하고 함께 어울릴 수 있으며, 아제로스의 역사 중에서 가장 중요한 시기를 직접 체험할 수 있다.

추천 도서

이 소설에 등장하는 캐릭터나 상황과 배경 등을 더 알고 싶다면 다음의 책을 통해 아제로스에 관한 또 다른 이야기들을 읽을 수 있다.

- 스랄과 타레사 폭스턴, 애델라스 블랙무어, 던홀드 요새, 오크 포로 수용소 이야기가 궁금하다면 《워크래프트 3: Lord of the Clans》

(크리스티 골든)에서 찾을 수 있다.

- 제이나 프라우드무어에게 무슨 일이 일어났는지 궁금한가? 《월드 오브 워크래프트: Cycle of Hatred》(키이스 R. A. 디캔디도)과 월간 월드 오브 워크래프트 만화(월터 시몬슨, 루도 룰러비, 존 뷰런, 마이크 보우덴)에서 그녀가 중심인물로 등장한다.
- 켈투자드가 키린 토의 화를 산 내용은 월드 오브 워크래프트 웹사이트인 www.worldofwarcraft.com에서 "워크래프트: Road to Damnation"(에블린 프레데릭슨) 부분에 자세히 나와 있다.
- 태양샘이 이후 어떤 운명에 처하는지는 《워크래프트: 태양샘 3부작》(리처드 A. 나크, 김재환)에서 밝혀진다.
- 스톰윈드의 바리안 린 왕자는 이 책에서 로데론에 피난 온 소년으로 등장하지만, 월간 월드 오브 워크래프트 만화에서 그의 모험은 계속된다.
- 마법의 도시 달라란은 2010년 2월 출판 예정인 만화 《워크래프트: Mage》(리처드 A. 나크)에 또 한 번 등장할 예정이다.
- 테레나스 왕과 안토니다스 대마법사, 아서스 그리고 제이나에게 경고했던 신비의 예언자를 둘러싼 뒷이야기가 《워크래프트: The Last Guardian》(제프 그럽)에서 펼쳐진다.
- 넬쥴의 삶과 죽음에 관한 자세한 이야기는 《월드 오브 워크래프트: Rise of the Horde》(크리스티 골든)와 《월드 오브 워크래프트: Beyond the Dark Portal》(애런 로젠버그, 크리스티 골든), 그리고 월드 오브 워크래프트 웹사이트 www.worldofwarcraft.com 중 "워크래프트: Road to Damnation"(에블린 프레데릭슨)에 다시 등장한다.
- 스컬지 군단의 실버문 공격과 실바나스 윈드러너를 다룬 부분은 《워크래프트: 태양샘 3부작》 중 세 번째, 《Ghostlands》(리처드 A. 나

크, 김재환)에서도 펼쳐진다.

- 일리단 스톰레이지와 아키몬드 그리고 불타는 군단의 여러 악마들이 《워크래프트: 고대의 전쟁 3부작》(리처드 A. 나크)에서 다시 한 번 아제로스에 대혼란을 몰고 온다.
- 대부분의 악마처럼 킬제덴 역시 본래는 인간이었다. 그의 종족인 에레다르가 《월드 오브 워크래프트: Rise of the Horde》에서 타락하고 만다.
- 안두인 로서 경이 어쩔 수 없이 자신의 가장 오랜 친구를 죽여야 했던 사연이 《워크래프트: The Last Guardian》에서 펼쳐진다. 그는 《월드 오브 워크래프트: Tides of Darkness》(애런 로젠버그)에서 오그림 둠해머와 결전을 펼친다.
- 테레나스 왕과 빛의 수호자 우서 경 그리고 로데론의 얼라이언스 연합이 호드를 몰아내는 이야기는 《월드 오브 워크래프트: Tides of Darkness》에서 만날 수 있다.
- 오그림 둠해머가 성인이 되었을 때 오크 부족인 드레노어가 하나의 야만적인 호드로 합쳐졌다. 이 이야기는 《월드 오브 워크래프트: Rise of the Horde》에서 자세히 설명된다. 후에 2차 전쟁 중 둠해머가 예기치 못하게 패배하는 사건은 《월드 오브 워크래프트: Tides of Darkness》에서 자세히 볼 수 있다.
- 은빛 성기사단은 《월드 오브 워크래프트: Tides of Darkness》에서 처음 만들어진다. 기사단에서 가장 유명한 인물 중 하나가 망명 생활을 하는 이야기가 《워크래프트: of Blood and Honor》(크리스 멧젠)에서 시작되어 《월드 오브 워크래프트: Ashbringer》(미키 닐슨, 루도 룰러비)로 이어진다.
- 카드가의 모험에 대해서는 《워크래프트: The Last Guardian》과

《월드 오브 워크래프트: Tides of Darkness》, 《월드 오브 워크래프트: Beyond the Dark Portal》에서 자세히 알 수 있다.

- 에이그윈은 《월드 오브 워크래프트: Cycle of Hatred》에서 제이나를 만날 때까지 힘겹고 외로운 삶을 살았다. 월간 월드 오브 워크래프트 만화에서 제이나를 향한 에이그윈의 도움과 조언이 계속 이어진다.
- 아눕아락이 아제로스에 대한 리치 왕의 어두운 계획을 밝히는 내용은 월드 오브 워크래프트 웹사이트인 www.worldofwarcraft.com에서 "워크래프트: Road to Damnation" 부분에서 찾을 수 있다.
- 데이벌 프레스톨 경이 칼리아 공주와 결혼할 뻔했다가 붉은 용 코리알스트라즈의 의심을 사서 계획이 수포로 돌아가는 내용은 《워크래프트: Day of the Dragon》(리처드 A. 나크)에서 그려진다.

전쟁은 계속된다

이 책에서 여러분은 아서스를 만났다. 그의 어린 시절과 가장 큰 사랑, 가장 큰 상처 그리고 가장 큰 도전을 모두 보았다. 그가 가장 큰 절망에 빠졌던 때를 목격했으며, 그가 잔인하게 힘을 얻는 것을 보았고, 마지막으로 그가 다시 깨어나는 것까지 지켜보았다. 그러나 이것은 시작에 불과하다. 이제 '월드 오브 워크래프트: 리치 왕의 분노'에서 그에게 직접 도전할 수 있게 된 것이다.

월드 오브 워크래프트는 화려한 수상 경력을 자랑하는 워크래프트의 세상에서 펼쳐지는 온라인 롤플레잉 게임이다. 그 속에서 플레이어는 자신만의 영웅을 만들어 수많은 게이머들과 함께 거대한 세상을 탐험하고, 모험하며, 여러 퀘스트를 수행한다. 서사시적 전투를 통해 함께 모험을 즐기거나 서로 대항하여 싸우는 게이머들은 우정을 쌓고, 연합을 형성하며, 힘과 명예를 목표로 적들과 경쟁을 펼친다.

월드 오브 워크래프트는 전 세계 1,150만 사용자가 즐기는 세계에서 가장 인기 많은 대규모 다중 사용자 온라인 롤플레잉 게임(MMORPG)으로, 사용자의 수를 한 나라의 인구수로 친다면 이보다 인구가 적은 국가가 135개국이나 있을 정도다. 2008년 11월에 출시된 두 번째 확장팩 리치 왕의 분노는 출시 24시간 만에 280만 개, 출시 첫달에만 400만 개 이상을 판매하며 세상에서 가장 빠른 속도로 팔린 PC 게임이라는 새로운 기록을 세웠다.

전 세계 수백만 게이머들을 사로잡으며 계속 확장하고 있는 이 세계를 경험하고 싶다면 웹사이트 www.worldofwarcraft.com을 방문하여 무료 버전을 다운 받으면 된다. 월드 오브 워크래프트의 엄청난 세상 속으로 빠져들어보자.